Marco Buticchi
Die Jagd nach den Mondsteinen

W0062029

SERIE
PIPER

Zu diesem Buch

Sie sind von unermeßlichem Wert, und um ihren Ursprung ranken sich jahrtausendealte Sagen: Mit Hilfe einer vergilbten, halb zerfallenen Chronik aus dem 17. Jahrhundert hofft die römische Wissenschaftlerin Sara Terracini, das Geheimnis der legendären Mondsteine lüften zu können. Doch außer ihr sind noch andere auf der Spur nach den goldenen Statuen mit den magischen Kräften. Und Sara kann nicht ahnen, daß der geheimnisvolle Oswald Breil, der mit seinen Hinweisen ihre Arbeit so vorantreibt, eigentlich in Diensten des Mossad steht und seine eigenen dunklen Ziele verfolgt ... Ein mitreißender Abenteuerroman, der seine Leser in atemloser Spannung vom alten Rom über Ägypten und die Zeit der spanischen Konquistadoren bis ins 20. Jahrhundert führt.

Marco Buticchi, 1957 in La Spezia geboren, ist Archäologe und lebt nach zahlreichen Reisen heute in Italien. Sein erster Roman, »Die Jagd nach den Mondsteinen«, wurde in Italien ein Überraschungserfolg und landete innerhalb kürzester Zeit auf sämtlichen italienischen Bestsellerlisten.

Marco Buticchi
Die Jagd nach den Mondsteinen

Roman

Aus dem Italienischen von
Christel Galliani

Piper München Zürich

Ungekürzte Taschenbuchausgabe
August 2000
© 1997 Longanesi & C., Mailand
Titel der italienischen Originalausgabe:
»Le Pietre della Luna«
© der deutschsprachigen Ausgabe:
1998 Malik in Piper Verlag GmbH, München
Umschlag: Büro Hamburg
Stefanie Oberbeck, Katrin Hoffmann
Foto Umschlagvorderseite: Thierry Borredon / Tony Stone
Satz: Uhl + Massopust, Aalen
Druck und Bindung: Clausen & Bosse, Leck
Printed in Germany   ISBN 3-492-23076-8

INHALT

Für Mel Fisher, seinen Mut und seine Beharrlichkeit.
Für diejenigen, die noch glauben, daß dort, wo der
Regenbogen endet, ein Topf voller Gold zu finden ist.

PROLOG

Rom. Mai 1996.

Auf seinem Höhepunkt breitete der Frühling über der Stadt die herrlichsten Farben seiner Palette aus: goldglänzende Gelbs, verwässerte Karmesinrots und leuchtende Grüns. In den Straßen flimmerte die Hitze. Die Menschenmenge schlenderte gemächlich dahin, und man sah etliche, die sich den Schweiß von der Stirn wischten und einen Blick – eher überrascht als flehentlich – zum Himmel emporsandten. Unwillkürlich schien er zu fragen: Wann endlich wird diese Quälerei ein Ende haben? Und schien hinzuzufügen: Der Sommer soll doch erst noch kommen. Aber unweigerlich und trotz allem behielt der philosophisch angehauchte Geist des römischen Charakters auch hier die Oberhand. Irgendwann würde die Hitze ausgestanden und zu Ende sein, dann würde der Winter kommen und damit den Klagen einen neuen Wortlaut verleihen. Im Grunde war ja auch diese Hitze von Gott gesandt, dem Gott, der im Augenblick amtierte, einem der vielen, die den Himmel und die Geschicke Roms in den gut zweitausend Jahren seiner Geschichte bestimmt hatten.

Wie auch immer – es war verdammt heiß.

Nicht aber hinter den großen blauverspiegelten Fenstern eines dritten Stockwerks im ehemaligen Vorzeigeviertel EUR. Es schien ein Büro wie viele andere auch, vielleicht der ausgelagerte Teil eines Ministeriums oder einer Regierungsbehörde, vielleicht auch das Ausbildungszentrum einer Bank oder der Sitz eines Multis. Doch wer hier zufällig den Blick zum Himmel hob, hatte sicher weder die Zeit noch einen besonderen Grund, bei diesen Fenstern zu verweilen. Gewiß lagen sie ein wenig außerhalb des Üblichen, aber wenn die Römer anfingen, sich über unübliche Dinge zu wundern, die die Geschichte ständig für sie bereitgehalten hatte, müßten sie damit beim ersten Augenblick ihres Lebens anfangen und bis zum letzten weitermachen.

Dort droben, hinter den blauverspiegelten Fenstern, hatten schlicht und einfach die Büros eines Ausbildungszentrums ihren

Sitz. Eines ganz besonderen Zentrums, das aus internationalen Fonds finanziert und ins Leben gerufen worden war, um archäologische Funde aus dem alten Rom zu entschlüsseln, in welcher Form auch immer sie zutage traten.

Hinter zwei dieser Fenster arbeitete eine junge Wissenschaftlerin an einem großen Computerbildschirm, der in drei Sektoren unterteilt war – zwei ausgedehnte vertikale und ein breiter, tiefer horizontaler. Er war mit einem Gerät verbunden, das in den Augen eines Laien vielleicht einem Fotokopiergerät ähnelte – ein etwas sonderbares Ding mit einer geheimnisvollen Reihe von Lampen, Lämpchen und Lichtern, die auf kleinen länglichen Bildschirmen aufblitzten oder über sie hinwegliefen. Und es besaß jede Menge Tasten, Druckknöpfe, kleine Hebel, Kabel, Strippen und Drähte.

Tatsächlich war es keineswegs ein Fotokopiergerät, sondern ein hochentwickelter wissenschaftlicher Scanner, mit dem auf der ganzen Welt nicht mehr als zwanzig Forschungszentren ausgerüstet waren. Entstanden war er aus einer überaus interessanten und komplexen Verbindung, die ultraviolettes Licht, Infrarotstrahlen, Beta-Röntgenographie und Laserstrahlen miteinander eingegangen waren. Mit ihm war man in der Lage, den Inhalt von antiken Schriftrollen und Blättern zu lesen – selbst wenn mit dem bloßen Auge nicht mehr das geringste darauf zu sehen war – und diese direkt und unverschlüsselt auf einen Computerbildschirm zu übertragen. Ein ebenso hochentwickeltes Gerät löste die Dokumente voneinander und restaurierte sie sogar, bevor sie über die Glasplatte des Scanners liefen. Bereits Dutzende von antiken Texten und Schriftstücken konnten auf diese Weise entziffert und interpretiert werden, ob sie nun auf Papyrus, Pergament, Stoff, Wachs oder anderem geschrieben waren. Sie waren abgefaßt in Latein, Altgriechisch, Ägyptisch, Aramäisch und Syrisch sowie in vielen anderen Sprachen und Alphabeten.

Dieses Mal aber war die hochentwickelte Maschine mit keiner dieser Aufgaben befaßt. Im Augenblick las sie gerade ganz gewöhnliches Papier – allerdings eines, das von recht grober Struktur war, ziemlich primitiv hergestellt und so brüchig, daß zu befürchten war, es würde sich jeden Moment in Staub auflösen. Als sie dieses holzhaltige Material zum ersten Mal in der Hand hielt, verließ die junge Wissenschaftlerin fast all ihr Mut.

Die einzelnen Seiten befanden sich wirklich in erbärmlichem Zustand. Sie waren so miteinander verklebt, daß es aussah, als ließen sie sich nie mehr voneinander trennen. Auch waren Schimmelpilze erfolgreich dabei, der uralten Tinte aus dem Saft irgendwelcher obskurer Pflanzen endgültig den Garaus zu machen.

Doch Sara Terracini verlor ihren Mut nicht, das lag nicht in ihrem Charakter. Statt dessen griff sie zum Haustelefon und rief ihren wertvollsten Kollegen, Toni Marradesi, an. Als ganz junger freiwilliger Helfer hatte er in den Schlammassen, die einst die Überschwemmung in Florenz hinterlassen hatte, noch weit schlimmere Situationen zu lösen gewußt. Und inzwischen hatte die Technologie die unglaublichsten Fortschritte gemacht. Auch war das Labor, in dem Sara arbeitete, nicht zuletzt durch die Zuteilung der Mittel aus dem EU-Programm »Laser Analysis and Restoration of Art« mittlerweile an die Weltspitze gelangt.

In wenigen Worten erklärte ihm Sara die Situation. Und schon nach einigen Minuten war Toni – inzwischen nicht mehr ganz jung, aber im Hinblick auf sein Gehalt noch immer quasi ein freiwilliger Helfer – bereits bei der Arbeit. Er ging das Problem mit dem kühlen Kopf eines Chirurgen an. Erst durchschnitt er die Fäden, dann entfernte er die Reste des Einbands und bewirkte so die erste Trennung der blockartig zusammengepreßten Seiten, soweit es überhaupt möglich war. Dann zog er eine mikroskopisch kleine Probe des Papiers und gab sie in den automatischen Aminosäurenanalysator ein. Innerhalb kürzester Zeit würde die Maschine exakt berechnet haben, in welcher Menge er die Ätzmittel für das Trennungsbad ansetzen mußte.

Sara überließ ihn seiner Arbeit in der Gewißheit, daß sie das hochgradig beunruhigende Geschenk, das ihr von ihrem alten Freund Oswald Breil anvertraut worden war, in die sachkundigsten Hände übergeben hatte. Sie kehrte an ihren Arbeitsplatz zurück, um auf Nachricht von Toni zu warten.

Allein zurückgeblieben in dem höhlenartigen Kabuff, das jedem Hexenmeister größte Ehre gemacht hätte, nahm Marradesi an den verklebten Seiten eine Fluoreszenzspektroskopie vor – genau die gleiche Technik, die man bei Gemälden anwendete, um unter einem Bild eventuell noch andere Zeichnungen oder weitere künstlerische

Gravuren oder Formgebungen eines Malers zu »sehen«. Und wirklich, der Bildschirm wurde hell und gab Geheimnisse preis, die eine Röntgenaufnahme der herkömmlichen Art niemals hätte entdecken können. Glücklich und zufrieden erhob sich Toni von seinem Hocker, auf dem er gewöhnlich wie Daniel Düsentriebs kleines Helferlein auf seinem Stänglein kauerte, und begann, mit ein paar Reagenzgläsern und destilliertem Wasser herumzuhantieren. Verstohlen drückte er sich selbst kurz den Daumen, dann tauchte er das erste der Seitenbündel in die Lösung.

Mit dem Blick auf der Stoppuhr zählte er die Zeit Sekunde um Sekunde mit, bis er schließlich den Seitenblock wieder herausnehmen konnte. Er hatte genauestens die Temperatur des Konversionsgeräts kontrolliert. Nun konnte er nur noch hoffen – ebenso wie ein Arzt, nachdem er einen riskanten Eingriff vorgenommen hatte.

Aber schließlich konnte er die ersten vergilbten Seiten auf seinen Tisch legen. Sie waren säuberlich voneinander getrennt, aber noch nicht lesbar. Darum mußte sich Sara kümmern, jetzt war sie dran. Er ging selbst zu ihr hinauf, um ihr die ersten Resultate seiner Arbeit vorzulegen.

Doch schienen diese Papiere – die sicherlich qualvolle Ereignisse ausgestanden hatten, von denen heute niemand auch nur das geringste ahnen konnte – dem bloßen menschlichen Auge nichts von dem preisgeben zu wollen, was einst feinsäuberlich auf sie zur Übermittlung an nachkommende Generationen geschrieben worden war. Allzusehr hatten sie unter Sonne und Sturm, Wasser und Luft, Salz und Sand gelitten.

Nur diese seltene, exquisite Maschine, die Zigtausende von Dollar gekostet hatte und von Sara Terracini mit der Präzision eines Chirurgen bedient wurde, konnte vielleicht das Geheimnis lüften. *Vielleicht.* Doch nach drei Arbeitstagen waren die Zweifel darüber noch immer nicht ausgeräumt. Trotz des hartnäckigen Einsatzes der jungen Wissenschaftlerin hatten die alten Papiere bis zu diesem Moment noch immer keinerlei Zugeständnisse gemacht und verschlossen sich hartnäckig selbst gegenüber dieser Zukunftsmaschine.

Aber Sara ließ nicht locker. Sie war schon mit ganz anderen Herausforderungen konfrontiert worden. Und sie hätte sich noch weit größeren Schwierigkeiten stellen müssen, wenn von ihr verlangt worden wäre, nicht diese handschriftlichen Blätter, sondern die sehr viel älteren, leider verlorengegangen Schriftrollen zu entschlüsseln, die nach Breils Ansicht wahrscheinlich hier als erste Abschrift vorlagen.

Ein leises Brummen und das Piepen der Elektronik waren das einzige, was von Zeit zu Zeit die Stille durchbrach. Die junge Wissenschaftlerin war eine Frau von ausgeprägter Schönheit – das Haar tiefschwarz, die Haut von einer gesunden Bräune, eine markante Nase und leuchtende dunkle Augen –, so daß es nicht selten vorkam, daß sich auf der Straße ein Mann nach ihr umdrehte und ihr bewundernde Blicke zuwarf. Sicher dachte er dann, daß sie eine Schauspielerin aus den nahegelegenen Fernsehstudios oder ein Model sei, das bei den alljährlichen Modeschauen ihrer Arbeit nachging. Freilich, wenn man sie nicht kannte, war nur schwer darauf zu kommen, daß es sich bei ihr um eine äußerst versierte und sehr professionelle Wissenschaftlerin handelte. Wenn es Sara in diesem Moment sehr heiß war, lag das gewiß nicht an den klimatischen Verhältnissen in ihrem Arbeitsraum. Denn sowohl Wärme wie auch Feuchtigkeit waren aus ihrem Labor strengstens ausgeschlossen.

Eine Menge kleiner digitaler Bildschirme, die in die Wand eingelassen waren, dazu ein weiterer, der direkt auf ihrem Arbeitstisch stand, zeigten ständig und ohne zeitliche Verzögerung jede Temperaturschwankung und Veränderung des Feuchtigkeitsgrades im Raum an. Die Zahlen beider Skalen standen fast ständig bei einundzwanzig und fünfzig. Kam es zu einer Abweichung von mehr als nur einem halben Grad oder einem halben Zehntel nach oben oder unten, stellte der leise, aber deutlich spürbare Hauch der Klimaanlage innerhalb weniger Sekunden wieder die optimalen Werte her. Einundzwanzig Grad Celsius, fünfzig Prozent Luftfeuchtigkeit. Die idealen Bedingungen für das Überleben der kostbaren, handgearbeiteten Gegenstände, die in diesem Labor untersucht, studiert und entschlüsselt wurden, um nach und nach ihre jahrhundertealten Geheimnisse zu enthüllen.

Trotz der Hitze des römischen Frühlings waren Temperatur und Luftfeuchtigkeit den ganzen Nachmittag lang immer im optimalen Bereich geblieben. Die Wärme, von der sich die junge Frau durchströmt fühlte, hatte einen ganz anderen Ursprung. Sie war von den

Daten und Bildern hervorgerufen worden, die Sara begonnen hatte, über die beiden vertikal geteilten Hälften des großen Bildschirms laufen zu lassen. Die Tastatur, die sie dabei bediente, war sehr viel größer, als man sie von normalerweise üblichen Schreibtischcomputern her kannte.

Beim Überprüfen der linken Hälfte des Monitors, der auf seinem silbrigen Hintergrund mit zahlreichen Kästchen und Daten übersät war, modifizierte sie ein letztes Mal die Parameter. Sie zeigten Werte, die im Vergleich zur Bandbreite der möglichen Skalen zum Grenzwert hin fast unendlich klein wurden.

MATTIGKEIT DES KARTONS: +0,1
OUTPUT: +0,4
BELEUCHTUNG HALBTOENE: +3
KONTRAST: −2
QUALITAET: ExtraExtra & +2
ROTATION: Right & 0,00001

Gespannt biß sie sich auf die Oberlippe. Nichts hätte sie von der Arbeit ablenken können. Der Daumen der rechten Hand tippte mit größter Entschiedenheit die Returntaste an. Sofort verschwand das lange silbrige Rechteck auf der linken Seite des Bildschirms, das ihr, wie auch eine Reihe von brummenden und surrenden Geräuschen, signalisierte, daß nun der Abtaster die Anweisung erhalten hatte und dabei war, sie korrekt zu verarbeiten. Kein warnendes Piep ertönte, das dem dumpfen *crunk-crunk* Einhalt geboten hätte, mit dem die komplizierte Apparatur ihren x-ten Interpretationsversuch begonnen hatte. Die Parameter waren akzeptiert worden. Daß die Ablesungsfunktion der Maschine hergestellt war, bedeutete jedoch nicht, daß die Daten nun auch auf dem Computerbildschirm und somit vor den Augen der schönen Wissenschaftlerin erschienen. Und so vollführte Sara mit ihrer linken Hand, die ihr locker über die Hüfte herabhing, eine für den volkstümlichen italienischen Geist typische Handbewegung: Sie öffnete den Zeigefinger und den kleinen Finger, so daß sie wie zwei Hörner aussahen.

Ansonsten rührte sie sich nicht, sondern starrte nur auf die rechte vertikale Hälfte des Bildschirms, die jedoch unerbittlich weiß blieb.

Wäre es einer Fliege gelungen, in das Zimmer einzudringen, hätte ihr Summen wahrscheinlich das der Apparate übertönt. Und hätte sich jemand neben die junge Frau gestellt, hätte er mit größter Wahrscheinlichkeit das heftige, rhythmische Pochen ihres Herzens hören können. Davon abgesehen herrschte absolute Stille und Reglosigkeit.

Nun begannen im weißen Teil des Monitors einige Formen in Grau aufzublitzen. Unbestimmte, unbestimmbare Formen, unleserlich für das gewöhnliche Auge, und sei es auch noch so scharf. Aber nicht für die Luchsaugen von Sara Terracini.

Energisch biß sich die junge Frau auf die Unterlippe. Sie nahm ihre rechte Hand von der Tastatur und bediente mit drei ihrer Finger die Knöpfe für die Helligkeit, die Farbe und den Kontrast am unteren Rand des Bildschirms. Durch die lange Erfahrung war es ihr möglich, alles gleichzeitig zu tun. Und wirklich, damit wurden die winzigen dunklen Formen auf der rechten, weißen Spalte des Bildschirms sehr viel deutlicher.

Sara entschlüpfte ein triumphierendes Lachen, das ihr ihre Selbstbeherrschung normalerweise niemals erlaubt hätte. Aber mit all ihren Fähigkeiten konzentrierte sie sich jetzt krampfhaft auf die rechte Hälfte des Bildschirms, der mit beinahe grausamer Langsamkeit endlich anfing, das Geheimnis der ersten Seite dieser vier dicken Bände aus altem Papier preiszugeben. Sie waren durch die Wechselfälle von mehr als einem Leben stark verwüstet worden.

Die junge Frau las die ersten Zeilen, die trotz des archaischen Italienisch und des ungebräuchlichen Tons, in dem man sie vor vierhundert Jahren niedergeschrieben hatte, durchaus verständlich waren. Dazwischen eingestreut waren ein paar spanische Ausdrücke von ebenso archaischem Klang, die bei Sara Terracini einen wahren Gefühlsaufruhr hervorriefen. Das war die Sprache, in der sich die *abuelos*, ihre Vorfahren mütterlicherseits, einst verständigt hatten, die mehr als ein Jahrhundert, bevor diese vier Bände mit engelsgleicher Geduld und Sorgfalt niedergeschrieben wurden, Granada hatten verlassen müssen. Es handelte sich dabei um ein prunkvolles altes Kastilisch, das in ihrer Familie von einer Generation zur nächsten weitergegeben wurde. Damit sollte auch weiterhin die Lektüre der tagebuchähnlichen Niederschriften gewährleistet werden, in denen die Vertreibung der jüdischen Familie aus dem Spanien Isabellas der Katholischen, Königin von Kastilien, und Ferdinands II. von Aragon festgehalten worden war. Denn das Gedenken an diese leidvollen Ereignisse aus der Vergangenheit sollte auf immer wachgehalten werden. Fes, Algier, Alexandria, Aleppo, Smyrna, Saloniki, Konstantinopel – welch eine lange Reise war es gewesen, bevor sich die Familie endgültig in Rom niedergelassen hatte…

Beharrlich richtete Sara ihre Aufmerksamkeit auf das, was sich auf dem weißen Teil des Bildschirms abzuzeichnen begann, und versuchte es zu interpretieren. War sie auch noch so aufgeregt, so erlaubte sie sich dennoch nicht, das bunte Lämpchen zu ignorieren, das, begleitet von einem gebieterischen Gebimmel, in der rechten oberen Ecke ihres Computers aufblitzte und MESSAGE! MESSAGE! MESSAGE! signalisierte. Schnell drückte sie eine der kleinen Tasten im oberen Bereich ihres Keyboards.

Im unteren Teil des Bildschirms öffnete sich nun horizontal ein langes, schmales und schwarzes Fenster, durch das mit weißen Buchstaben eine Mitteilung zu laufen begann. Sie bestand aus einem einzigen Wort: ALSO?

Sara lächelte und schüttelte den Kopf. Schnell drückte sie hintereinander die Tasten *CTRL* und *R*, und dann schrieb sie ein paar Buchstaben auf der Tastatur. Ihre Antwort, ebenfalls ein einziges Wort, lief schnell über den schwarzen Streifen: HEUREKA.

GUT GEMACHT, war die lakonische Antwort des Kommunikationssystems. Eine Antwort, die aus mehr als tausend Kilometer Entfernung kam. Weiß Gott, wo er sich in diesem Moment aufhielt, ihr Gesprächspartner. Dieser Teufelskerl.

Noch immer lächelte sie, als sie an diesen Freund dachte, von dem sie die elektronische Nachricht erhalten hatte. Er war ein echter Meister in der Verwendung von computerisierten Forschungsapparaturen, ein Mann, dem sie sowohl durch tiefe persönliche Sympathie wie auch durch besonders hohe berufliche Wertschätzung verbunden war. Doch bewirkte das triumphierende Gefühl, von dem sie sich plötzlich durchdrungen fühlte, daß Sara erneut ihre Aufmerksamkeit auf den langen Streifen auf der rechten Computerseite richtete, auf dem jetzt ziemlich klar ein handgeschriebener Text in einer eckigen alten Handschrift zu lesen war. Und der Maschine gelang es tatsächlich, ihn auch zu entziffern.

Jetzt brauchte der Text nur noch in irgendeine der sieben modernen Sprachen übersetzt werden, die die junge Frau – neben verschiedenen alten – perfekt beherrschte: Italienisch – ganz klar –, aber auch Französisch, Spanisch, Englisch, Deutsch, Russisch und Hebräisch. Außerdem verfügte sie noch über ein paar sehr effektive Grundkenntnisse im Arabischen, Chinesischen und Japanischen, die es ihr auf ihren verschiedenen Studien- und Vergnügungsreisen in den Mittleren und Fernen Osten ermöglicht hatten, dort sehr gut allein zurechtzukommen.

Mit dem Anschlagen einiger Tasten auf dem Keyboard speicherte Sara den Originaltext in ihrem Textverarbeitungsprogramm. Innerhalb weniger Augenblicke las die Maschine den Text und zeigte ihn in einem neuen Fenster auf der linken Seite des Bildschirms, genau neben dem, in dem das fast unleserliche Manuskript zu sehen war. Die junge Frau begann zu lesen, und – wie bei jedem Mal – empfand sie auch jetzt eine Art von Ehrerbietung gegenüber den diabolischen Computer-Fuzzis, die es wieder geschafft hatten, ein Programm auszuarbeiten, das ihr ermöglichte, jede Handschrift zu lesen – und sei sie auch noch so zerfallen oder alt.

Der Text war weit entfernt von jeder Perfektion. Das Entschlüsselungsprogramm hatte die Textverarbeitungsdatei mit einer langen Reihe von « ~ » übersät, was bedeutete, daß sie es mit einer ebenso langen Reihe nicht interpretierbarer Zeichen zu tun hatte. Trotzdem konnte sie das Geschriebene fast vollständig verstehen. Nachdem sie alles abgespeichert hatte, schloß sie das Fenster des Entschlüsselungsprogramms und öffnete dann ein neues für das Textverarbeitungsprogramm, genau neben dem, in dem die Maschine den alten Text rekonstruiert hatte. Rasch begann sie mit der Abschrift.

Die ersten Wörter waren einfach. Sie besagten: *Regio~ Re~ia. No~döstliche Grenze des Rö~ischen R~iches. Anno 823 nach ~er Grü~du~g Ro~s.* Völlig verständlich, obwohl die Maschine so viele Zeichen nicht erkannt hatte.

Allerdings bekam sie es sofort mit einem neuen Problem zu tun: Wie sollte sie den Text mit seinem höfischen und geschraubten Stil, der zwar verständlich war, in einer modernen Sprache wiedergeben?

»Unglückseliger Sterblicher«, begann Sara zu tippen, »an denjenigen, der niemals das Kampfgeschrei erlebt haben wird. Derselbe wird gewiß niemals den Vorzug erlangen, zu phantasieren« – zu *phantasieren*? Hm, dachte Sara – »von den Aufregungen der Krieger und der Heftigkeit des Geistes...« Klingt aber schön... Sie hörte auf zu tippen und saß in Gedanken versunken da.

Genau in diesem Augenblick gab ihr das herrische Gebimmel und das Lämpchen, das in der oberen Ecke leuchtete, zu verstehen, daß eine neue Nachricht eingetroffen war. In dem schmalen schwarzen Fenster unten am Bildschirm sah sie rasch die folgenden Worte vorüberlaufen: KEINE PINDARSCHEN GEDANKENFLUEGE. BITTE SCHOEN. KEINE *LITERATUR*. IN DIESEM AUGENBLICK GEHT ES VOR ALLEM DARUM, DASS WIR *VERSTEHEN* UND NICHT UEBER DIE SCHOENHEIT DER PROSA IN *AUFREGUNG* GERATEN. *FASSE ZUSAMMEN* UND, FALLS NOETIG, *ERGAENZE* MIT BEDACHT.

Sie tippte *CTRL* und *R* und verfaßte sofort die Antwort. Zwei einfache Kürzel, dann ein Wort und ein Ausrufezeichen: OK. OK. VERFLIXT!

SEHR GUT. GUTE ARBEIT, lautete der lakonische Abschluß dieses kurzen elektronischen Schlagabtausches.

Sara brach in ein Lachen aus, das ihre Seele wieder frei machte. Verflixt, also wirklich. Dieser verdammte Oswald Breil konnte auch noch durch die Netze und über Tausende von Kilometern Entfernung ihre Gedanken lesen. Ein Teufel von einem Mann. Ja wirklich, ein Teufel von einem Mann. Doch eigentlich wußte sie ja bereits, daß er das war.

Sie konnte ihn förmlich sehen, wie er da vor seiner Computerzentrale kauerte, die noch sehr viel komplexer und futuristischer zu sein schien als ihre eigene. Und so saß er inmitten eines ganzen Urwalds aus Festplatten, Laufwerken, Abtastern, Dechiffriergeräten, Scannern und sonstigen Teufeleien, hielt seinen großen Kopf gegen den Bildschirm geneigt und baumelte mit den Beinen in der Luft. Ein Teufelskerl von einem *Männlein*. Von einem... ja, wirklich: von einem *Gnom*! Vielgeliebter *Gnom*.

Okay, Oswald, murmelte sie in sich hinein. Keine pindarschen Flüge und auch keine *Literatur*. Es geht darum, daß wir *verstehen*. Noch immer lachend, begann sie, mit neuem Eifer ihre Abschrift in die Tasten zu tippen.

ERSTER TEIL

ERDE

Die Wurzeln

1.

Region Rezia. Nordöstliche Grenze des Römischen Reiches.
Anno 823 nach der Gründung Roms.
[70 n. Chr. (Anm. d. Ü.)]

Wer nie das Geschrei einer Schlacht kennengelernt hat, hat keinerlei
Vorstellung, von welchen Empfindungen ein Krieger heimgesucht
wird – sein Denken ist so übererregt und hitzig, daß es sich beinahe
zu materialisieren scheint und inmitten der Schwaden der Irratio-
nalität und chaotischen Wirrnis, die jedem Zusammenstoß vorangehen, fast greifbare Formen annimmt. Natürlich ist da die Angst,
sterben zu müssen, gewiß, auch die. Und der gegenüber steht erwar-
tungsgemäß der Wunsch, den Feind zu bezwingen, ihn zu besiegen
und ihm den Garaus zu machen.

Drei Tage standen wir uns gegenüber, und keines der beiden
Heere – ein jedes lag fein säuberlich auf seiner Seite des Rheintals –
schien in der Lage, die nötigen Anstalten zu unternehmen, um eine
gebührende Schlachtordnung zu bilden, die auch nur den Ansatz zu
einer klaren Linie zeigte. Die beiden Truppenformationen befanden
sich nur ein paar Hundert Ellen voneinander entfernt und waren bereit zum Angriff. Gegenüber den zwölftausend Mann unserer Legion
waren die Germanen vielleicht in der Minderzahl, aber deswegen bei
weitem nicht zu unterschätzen. Denn die Germanen sind ein sehr
kriegerisches Volk, das mit unglaublicher Wildheit zu kämpfen versteht.

Ich kontrollierte, ob die Bänder, mit denen der Köcher mit den
sieben Wurfspießen auf meinem Rücken gesichert war, auch gut ver-
schnürt waren. Aus der Ferne hörte ich das Getrampel der Kavallerie näher und näher kommen und auch das unruhige Wiehern der
Tiere. Aus Erfahrung wußte ich, daß dies die Geräusche waren, bei
denen man höllisch aufpassen mußte. Denn die Aufgabe unserer

Truppe war es, aus der Schlachtordnung herauszubrechen, bevor die Heeresformationen aufeinanderprallten, um dann in Verbindung mit der Kavallerie eine erste Störaktion zu unternehmen. Und das einzige Signal für die fünfzehn Männer, die ich kommandierte, war das Donnern der galoppierenden Pferde.

Das Wolfsfell hing mir über den Rücken hinab, und das aufgerissene Maul des Tiers ragte drohend über meiner Stirn empor. Ein Trompetenstoß ertönte, und wir alle wurden aus unserer scheinbaren Trägheit und Gleichgültigkeit gerissen. Wir bewegten uns fast im Gleichklang, wobei wir zwischen den Schilden und Lanzen der ersten Linie so wenig Zwischenraum wie möglich ließen.

Jetzt erkannte ich den Feind ganz deutlich: Ich sah das unheilvolle Blitzen seiner Waffen, das wilde Gesicht, die Augen… Nun war der Augenblick gekommen! Schon konnten wir das Schwarz seiner Pupillen sehen, es war jetzt höchste Zeit anzugreifen! Dieser eine Wink genügte. Blitzartig schlüpften wir zwischen den Schilden unserer Kameraden hervor und warfen uns nach vorne, wobei wir den ersten Wurfspieß in unseren Händen balancierten. Der eine oder andere Legionär schrie, vielleicht um sich Mut zu machen – während ich es vorzog, meinen Verstand unter Kontrolle zu halten. Kühl berechnete ich die Entfernung und fixierte das Ziel, das ich hatte – einen der schrecklichen Barbaren mit diesen gräßlich langen Haaren. Also machte ich meinen Rücken krumm und ließ den *pilum* losschnellen. Ich konnte aber nicht stehenbleiben und abwarten, welches Ergebnis dieser Wurf mir brachte. Schließlich mußte ich all meine Spieße weggeschleudert haben, bevor der Feind uns angriff – oder wir von der Vorhut der Legion überholt wurden. Wenn wir mit unserer Aktion fertig waren, würden wir uns wieder ins Innere der Schlachtordnung zurückziehen und uns dann vorbereiten, mit dem Schwert zu kämpfen.

Als wir uns wieder hinter den Lanzenträgern aufgestellt hatten, hatten wir kaum Zeit, überhaupt wieder zu Atem zu kommen. Ich hörte sofort das gewaltige Geschrei der Krieger, aus nächster Nähe, dann folgte der mächtige Aufprall der Waffen. Nur wenige Schritte vor mir sah ich, wie sich in der ersten Linie die Schultern der Legionäre zusammenschlossen, um dem drohenden Aufprall standzuhalten. Ich zückte mein Kurzschwert und machte mich zum Kampf bereit.

Erst vor kurzem hatte die Schlacht begonnen, noch war keines der beiden Heere von seiner ursprünglichen Schlachtordnung abgewichen. Wie der endlose Wellenschlag eines Meeres im Sturm, wogten die Vorhuten der beiden Truppen vor und zurück, wobei es sich immer nur um ein paar Schritte handelte. Dann hörte ich einen Schrei, der von Mund zu Mund ging: »Sie sind durchgebrochen, dort drüben rechts.« Ich wußte, welche Gefahr sich hinter diesem Satz verbarg. Instinktiv drehte ich mich um und sah, daß ein Teil unserer Krieger in völliger Unordnung auseinandergesprengt war, von etwa hundert Barbaren verfolgt, die sie zum Rückzug zwangen. Ich befahl meinen Leuten, mir zu folgen. Wir mußten alles versuchen, um den Durchgang wieder zu schließen und den Feind, der zwischen unsere Linien eindrang, zum Halten zu bringen. Und es gelang uns tatsächlich, ihn von hinten zu überraschen. Sofort hatte sich die Vorhut der Legion vor uns wieder hermetisch geschlossen und die Germanen in einer tödlichen Falle eingesperrt.

Ich kämpfte mit ziemlicher Wucht, und doch fühlte ich mich in meinem Geist außerordentlich klar. Mehrere Male stand ich in blutigem Zweikampf dem Feind von Angesicht zu Angesicht gegenüber, doch gelang es mir dabei immer, die Oberhand zu behalten. Weitaus mehr als das Töten begeisterte es mich, meinem Herausforderer in die Augen zu blicken und zu erkennen, daß er es nach meinen ersten Hieben mit dem Kurzschwert mit der Angst zu tun bekam. Bald würde ich sehen können, wie er verzweifelt die Flucht ergriff – ein Schauspiel, das bei den Germanen nicht allzuoft vorkam. Denn sie waren Männer, die dem Tod willig ins Auge blickten und um nichts in der Welt dazu bereit waren, in einem Kampf, den sie einmal begonnen hatten, von ihrer Position zurückzuweichen.

Das Gefecht zog sich nun schon ziemlich lange hin, und die Front, die zu Anfang noch fest geschlossen war, hatte sich mittlerweile in verschiedene kleinere Scharmützel aufgeteilt. Doch schien es, als sei die Legion dabei, die Oberhand zu gewinnen. Die Brandpfeile der Bogenschützen hatten auf dem Schlachtfeld viele Feuer entfacht, wobei sie ihre Spitzen nur allzugern in die Rippen eines Kriegers bohrten.

In geringer Entfernung von mir erkannte ich unseren General Publius Marcius. Er ritt einen Hengst, der schwarz war wie die Nacht.

Ich sah, wie er seinem Pferd die Sporen gab und sich in einen wahren Wald aus geharnischten Männern warf. Für einen Augenblick hatte ich den Eindruck, als sei er verschwunden, doch dann hob sich sein Körper wieder deutlich von denen der anderen ab – in der Faust hielt er kühn sein Schwert, seine Knie waren eng um die Flanken seines Pferdes geschlossen. Ich beobachtete, mit wieviel Kraft er seine mächtigen Hiebe setzte, und mir schien es, als könnte ich selbst auf diese Entfernung das Zischen seiner Klinge hören. Dann wandte ich meinen Blick von unserem Tribun und richtete ihn auf den Hügel, auf dem der kaiserliche Legat vor seinem Zelt stand und, umgeben von seinen Strategen und Leibgardisten, den Hergang des Kampfes verfolgte.

Aber es war Marcius, in dem wir unseren wahren Feldherrn sahen – er war es, der uns allen mit seinem Verhalten ein Beispiel gab. Ich wußte, daß alle Pläne und Taktiken, die wir in der Schlacht anwendeten, seinem Verstand entsprungen waren. Demgegenüber war der Legat Cestius mehr eine Symbolfigur, ein guter Familienvater von Adel, von Rom dazu ausersehen, die obligate Pflichtkarriere bei einer Legion an den äußersten Grenzen des Reichs zu absolvieren. Nun blickte ich wieder in Richtung unseres Tribuns. Plötzlich schien mir, als bewegte sich irgend etwas hinter ihm. Mit großer Besorgnis erkannte ich, daß ein Barbar auf ihn zulief, der den Tribun innerhalb der nächsten Augenblicke von hinten überfallen würde.

Ich hatte noch einen Wurfspieß übrig, aber eigentlich blieb mir keine Zeit für einen weiteren Wurf. Doch nahm ich ihn aus dem Köcher – er war der schwerste von allen. Wahrscheinlich besaß er nur eine geringe Reichweite, doch garantierte andererseits ein schwerer Wurfspieß immer eine weit höhere Treffsicherheit. Unabhängig, welchen Teil des Körpers er traf, er würde tödlich sein. Also konzentrierte ich mich auf meine rechte Schulter und holte mit dem Arm zum Schwung aus. Dann machte ich drei schnelle Schritte vorwärts, zielte und krümmte dabei meinen Körper wie einen Bogen aus Sandelholz. Der Wurfspieß zischte in der Luft an meinem Ohr vorbei und nahm seine Bahn in Richtung auf den Feind. Ich behielt ihn ständig im Auge und sah, wie er, so exakt und präzise wie ein Falke, auf sein Ziel herniederstieß. Nur wenige Schritte vom Pferd meines Herrn entfernt, prallte er mit dem Körper des Germanen zusammen, und es sah ganz so aus, als würde dieser straucheln.

Ich sah, wie die Eisenspitze ihm an einer Stelle, die von dem kurzen Maschenrock unbedeckt war, in den Oberschenkel drang. Er fiel und stieß dabei einen Schrei aus, der eher nach Wut denn nach Schmerz klang. Erst in diesem Moment schien Marcius zu bemerken, welcher Gefahr er entronnen war. Er betrachtete einen Augenblick lang den Mann, der sich am Boden wand. Mein Speer hatte ihm eins seiner Beine durchschlagen und sich dann in das andere gebohrt. Ich, der davon weit entfernt stand, war von dem magischen Flug der Waffe fasziniert, und mir war gar nicht bewußt, daß es meine Hand war, von der sie geleitet worden war. Aber mir schien, als würde Marcius seinen Blick auf mich richten, und plötzlich erkannte ich deutlich den Anflug eines Lächelns auf seinen Lippen, wobei er leicht seinen Kopf bewegte. Doch dann trübte sich mein Verstand. Ich war getroffen worden. Mir blieb keine Zeit, Schmerz zu fühlen. Aber dieser Augenblick genügte, um mir einen flüchtigen Blick über die Schwelle des Todes zu gewähren.

Ich erwachte wieder auf einem Bett des Krankenlagers der kleinen Festung. Der Schmerz am Kopf war unerträglich. Das dunkle Gesicht des jungen Arztes, der vor mir stand, tauchte aus einem unbestimmten, dunstigen Lichtschein auf.

»Willkommen zurück von der Reise in die Unterwelt, Legionär. Drei Tage und drei Nächte hast du im Reich der Toten verbracht. Es war der Tribun Marcius, der den Befehl gegeben hat, dich hierherzubringen, obwohl dein Zustand hoffnungslos schien.« Er gebärdete sich sehr weibisch, was ihn nie und nimmer zu einem guten Soldaten werden lassen würde. Aber der junge Ägypter kannte sich mit Wunden aus und verstand sich auf dieses Handwerk. Er erklärte mir, er habe erfahren, daß ich hinterrücks von einem Feind angegriffen worden sei. »Du verdankst dein Leben diesem alten Wolfsfell«, fuhr er fort und hielt es mir hin. Ich nahm den getreuen Pelzharnisch aus seinen Händen. Exakt an dem Punkt, an dem die Schädeldecke nicht entfernt worden war, um den Rachen des Wolfs so gefährlich wie in Wirklichkeit aussehen zu lassen, wies der Tierkopf einen tiefen, klaffenden Spalt auf. Der Schädelknochen war vollständig zertrümmert worden.

»Marcius«, fuhr der Ägypter fort, »hat verlangt, ständig über deinen Zustand informiert zu werden. Ich muß schnell eine seiner Wachen benachrichtigen, daß du endlich erwacht bist!« Er ließ mir keine Zeit, etwas zu erwidern – vielleicht hätte ich auch gar nicht die Kraft dazu gehabt –, sondern machte sich sofort auf den Weg. Plötzlich vernahm ich das Wehklagen meiner Waffengefährten, was mich dazu veranlaßte, mich ein wenig umzudrehen. Ich war umgeben von Verwundeten, von denen viele auf dem Boden lagerten. Dieses Spektakel jagte mir das gleiche Gefühl von Angst ein, wie ich es immer auf dem Schlachtfeld empfand, wenn endlich das blutige Gemetzel beendet war.

Ich mußte erneut die Augen schließen. Ich war sterbensmüde, und der Schmerz schien meinen Schädel wie in einem Schraubstock zusammenzupressen.

Ich glaube, es war nur sehr wenig Zeit vergangen, als es einer ruhigen, freundlichen Stimme gelang, mich wieder aus diesem Zustand der Stumpfheit herauszuholen. Ich sah Publius Marcius, der am Fußende meines Lagers stand, und sah auch den äußerst zufriedenen Ausdruck in seinem Gesicht.

»Du hast eine Natur aus Stein, Legionär«, sagte er. »Ich zweifelte nicht an deiner Genesung. Wie heißt du?«

»Ich bin Iunius, Herr, Iunius aus der Stadt Luna.«

»Diesem tapferen Soldaten«, hob Marcius wieder an und wandte sich an sein Gefolge und an die übrige Menge der Genesenden, und ein jeder folgte seinen Worten in andächtigem Schweigen, »verdanke ich mein Leben. Seiner Fähigkeit, den richtigen Zeitpunkt zu nutzen, und seiner Treffsicherheit als Schütze habe ich es zu verdanken, daß ich noch weiterhin euer Kommandant sein kann. Um mich zu erretten, hat er das eigene Leben aufs Spiel gesetzt. Und somit verfüge ich, daß du, Iunius aus der Stadt Luna, in den Rang eines Zenturios befördert wirst. Ich erwarte dich in meiner Unterkunft, sobald du gänzlich wiederhergestellt bist.«

Trotz des Rauschens, das ich noch immer in meinen Ohren hörte, wurde ich von einem ungeheuren Gefühl von Stolz und Befriedigung durchdrungen. Beförderungen auf dem Feld waren inzwischen nur noch Legende. Einstmals, in den Zeiten, als das Reich die großen Eroberungen gemacht hatte, fand so etwas fast in regelmäßiger Folge statt. Doch inzwischen beschränkten sich unsere Aufgaben hauptsächlich darauf, die Grenzen der römischen Welt zu verteidigen, wobei für planmäßige Erweiterung und – was am meisten zählte – für Kriegsbeute nicht allzu große Zugeständnisse gemacht werden sollten. Schon zu den Zeiten des Augustus schien es, als ob der Rhein die unüberschreitbare Grenze der Reichsterritorien wäre und bliebe. Doch gewiß galten die Germanen und die anderen kriegerischen Barbarenvölker auch weiterhin als eine ständige Bedrohung.

Und nun sollte ich Kommandant einer Hundertschaft werden und das Privileg genießen, zu Pferde zu kämpfen. Doch war ich fest davon überzeugt, daß – trotz meines jugendlichen Alters – es mir meine vielen, im Kampf gesammelten Erfahrungen erlauben würden, mich als ausgezeichneter Offizier zu beweisen.

Heutiges Rom.

Sara schüttelte den Kopf und kaute zerstreut auf ihrem Stift herum, den sie sich zwischen die Zähne geklemmt hatte. Sie war verblüfft. Das erste Mal in ihrem Leben, jedenfalls so weit sie sich zurückerinnern konnte, hatte sie eine schwierige, unruhige Nacht erlebt. Sie hatte zwar geschlafen, aber ihr Schlaf war durch rastlose Träume von Kriegern, Schlachten, Heldentaten und viel Blut gestört worden. Und in jeder dieser Szenen zeichnete sich – deutlich aus dem Gedränge der im Kampf verwickelten Körper herausragend – die Gestalt des Iunius ab.

Als sie am frühen Morgen erwachte, erfüllt von einer ihr völlig unverständlichen Aufregung, hatte sie nur einen Gedanken: so rasch wie möglich in ihr Labor zu eilen und ihre Arbeit des Datenkopierens wiederaufzunehmen. Sie wollte herausfinden, was mit Iunius und den anderen Personen aus der Welt des alten Roms sonst noch geschehen war.

Da saß sie nun vor ihrem Computerbildschirm, in der völligen Stille des Labors, in dem noch kein anderer ihrer Kollegen war. Der hochentwickelte wissenschaftliche Scanner hatte ihr bereits wieder treue Dienste erwiesen und noch mehr von diesen ausgeblichenen und klebrigen Seiten aus dem ersten der vier alten Bände übersetzt,

der von den Heldentaten des Legionärs handelte und in dem alter-
tümlichen Italo-Spanisch abgefaßt war. Mittlerweile hatte eine neue
Gestalt die Szene betreten, die den Eindruck erweckte, als sollte ihr
in dem Geschehen eine erhebliche Bedeutung zukommen.

»Oje!« schmunzelte Sara. »*Cherchez la femme!*« Sie rieb sich die
Hände. Die Taten des Iunius aus der Stadt Luna waren dabei, sich zu
einem veritablen Abenteuerroman zu entwickeln. Was hatte sich
dieser verflixte Gnom, der der gute Oswald Breil nun einmal war, bei
alldem gedacht? Wo war er wohl gewesen, und was mochte er gerade
getan haben, als er ihr so trocken mitteilte, daß man vor allen Dingen *verstehen* muß? Warum überhaupt *verstehen*? Nun gut,
fassen wir zusammen, sagte sie sich. Und *ergänzen wir* gegebe-
nenfalls, wenn auch mit Bedacht. Aber wechseln wir vor allen Dingen in die dritte Person. Also, rasch ans Werk.

Anno 821 nach der Gründu~g, las sie auf dem Bildschirm. Nachdem sie in einer der Ecken ein simples Rechenprogramm geöffnet
hatte, das sie selbst am Abend zuvor ausgearbeitet hatte, gelang ihr
im Bruchteil eines Augenblicks die Umrechnung dieses Datums – es
war das Jahr 68 nach Christus.

Kaiserliches Rom. Anno 821 nach der Gründung.
[68 n. Chr. (Anm. d. Ü.)]

Der Aedes Vestae, dieser der Vesta geweihte Tempel, war genau auf
dem Forum Romanum errichtet worden, und nur wenige Schritte
trennten den kreisförmigen Bau des heiligen Ortes vom Atrium Vestae, der Wohnstätte der Vestalinnen. Der Tradition nach lag die Zahl
der Kandidatinnen bei zwanzig. Sie stammten alle aus freien Familien, hatten keine körperlichen Makel und hatten alle Eltern, die
noch lebten und niemals irgendwelche niedrigen Tätigkeiten ausgeübt hatten. Die jüngsten der Mädchen waren kaum älter als sechs,
während die, die bereits als erwachsen galten, nicht mehr als zehn
Jahre zählten. Clelia, die gerade dieses Alter erreicht hatte, war von
ihrer sakralen Rolle, als auserwählte Jungfrau ihr späteres Leben dem
Dienst an der Göttin zu weihen, voll und ganz in Anspruch genommen.

Es war nicht auszuschließen, daß der eine oder andere beim Anblick der kleinen Schar ein leichtes Lächeln auf den Lippen fühlte. Wie sie mit so feierlichen Schritten dahertrippelten, glichen sie eher einer Gruppe wohlerzogener, sittsamer Schülerinnen als Mädchen, die für ein dermaßen bedeutsames Amt auserwählt waren. Doch wagte niemand zu lachen. Das Volk erkannte in ihnen voll und ganz den Ausdruck des göttlichen Willens. Und alle, die sich in der Nähe des Forums aufhielten, betrachteten den Zug der Mädchen im Geiste der heiligsten Verehrung.

Der Prozession voran schritten die Liktoren. Und der Ausdruck im Antlitz der Obersten Vestalin, die den Namen Cornelia trug, ließ keinen Zweifel darüber, daß sie ihre hohe Aufgabe mit äußerster Strenge erfüllte.

Clelia betrachtete das weit geöffnete Bronzeportal. Dahinter erhob sich der Tempel, der auf achtzehn Säulen ruhte, die kreisförmig um das *compluvium* angeordnet waren. Das Kohlenbecken glühte rot, und das Licht, das es auf die Wände aus weißem Marmor warf, erfüllte diesen Raum mit der traulich-heiligen Ruhe, der sich der Kult der Vestalinnen verschrieben hatte. Niemals durfte dieses Feuer verlöschen, es mußte immerwährend brennen, als sei es seine Aufgabe, die grenzenlose Erhabenheit des Reichs auf immer zu erleuchten. Sollte es jemals verlöschen, würde die Priesterin, die für dieses furchtbare Unglück verantwortlich zu machen wäre, vom Pontifex Maximus höchstpersönlich mit der Peitsche bestraft. Daraufhin würde das Feuer von neuem entzündet werden, wobei darauf zu achten war, daß nicht eine Flamme dafür verwendet wurde, die bereits vorher schon brannte. Vielmehr mußte mit Brennspiegeln ein neues, vollkommen reines Feuer geschaffen werden.

Novaesium. Rheintal.
Anno 825 nach der Gründung Roms.
[72 n. Chr. (Anm. d. Ü.)]

Der Winter fiel ins Land, getrieben von den ersten kalten Nordwinden. In ihrem Gefolge brach der Schnee herein, der alles mit seinem Weiß bedeckte und jede militärische Aktion unmöglich machte. Für die Truppen wurde es höchste Zeit, im Innern des befestigten Lagers, das tief in einem Flußtal lag, Zuflucht zu suchen. Bei Tagesanbruch hatten sich die vier Manipel in Marsch gesetzt. Der eisige Wind zwängte sich wirbelnd über die Berge, wobei er zunehmend an Stärke gewann, bevor er sich dann auf die Reihen der Legionäre herabstürzte.

Der Wagen des Legats Cestius befand sich genau in der Mitte der Aufstellung, die trotz der unebenen Wege in geordneter Formation marschierte. Iunius nahm die Gefahr nicht sofort wahr. Doch plötzlich, ohne jede Vorwarnung, schoß ein Gewitter aus brennenden Pfeilen auf sie herab und säte Tod und Verwirrung. Hektisch brachen die Männer aus den Reihen aus und suchten irgendwo in dem nackten Gelände nach einem Unterschlupf. Aber es war nichts zu finden.

Iunius beobachtete, wie plötzlich die beiden Gespanne den Wagen des Legats fortzogen. Wie von einer Tarantel gestochen, rasten die Pferde los, und gleichzeitig stieg hinter ihnen eine riesige Wolke weißen Rauchs in die Luft, die zu einer jähen Flamme aufloderte. Nicht einem der Insassen im Wagen blieb eine Fluchtmöglichkeit. Ohnmächtig mußte Iunius mitansehen, daß ihre Körper wie Fackeln brannten, wobei er, eingehüllt von den Flammen, die menschlichen Gestalten erkannte, die sich in den Qualen des Todes wanden. Keinem gelang es, ihnen zu Hilfe zu eilen.

Kaum war sich Tribun Marcius des Hinterhalts bewußt geworden, versuchte er mit der bedächtigen Ruhe seiner Befehle das Heer wieder aufzustellen und eine neue Verteidigungslinie aufzubauen. Wie in einer Falle waren die römischen Soldaten in dieser Schlucht gefangen und ganz und gar den germanischen Bogenschützen ausgeliefert, die sie von einer höher gelegenen Position unter Beschuß hielten.

Iunius blickte nach oben: Es gelang ihm, die Flugbahnen der Brandpfeile zu erkennen und den Punkt auszumachen, von dem aus sie abgeschleudert wurden. Er lag bei den Ausläufern des Felsens, der sich zwei- oder dreihundert Fuß über sie erhob. Er schätzte, daß die Zahl der Feinde nicht allzu groß war, vielleicht waren es um die dreißig, aber trotzdem war es ihnen gelungen, die Römer aufzuhalten und sie erfolgreich zu dezimieren. Als Marcius zu ihm trat, war

Iunius damit beschäftigt, aufmerksam eine Schlucht zu beobachten, die senkrecht nach oben führte und sich an mehreren Punkten verengte. Von den flachen Zonen entlang des Abhangs, auf denen sie Stellung bezogen hatten, war es den Germanen nicht möglich, diesen Einschnitt in der Bergflanke unter Kontrolle zu halten.

»Cestius ist tot, Iunius«, informierte ihn der Tribun mit einer Stimme, die sich noch über die Schreie der Fußsoldaten erhob, »und ich fürchte, bald werden viele von uns ein ähnliches Schicksal erleiden. Wir müssen den Angriff um jeden Preis zurückschlagen.«

Plötzlich hatte Iunius von Luna eine Eingebung. Er bat seinen Kommandanten – ohne auf den ehrerbietigen Ton zu verzichten, der ihm als sein Untergebener angemessen war –, den Befehl zu geben, daß zwei Katapulte bereitgestellt würden. Er wußte nur allzugut, daß diese Geschosse niemals die Höhe erreichten, von der die Germanen herabschossen. Nein, dieses Manöver war lediglich als eine Kriegslist gedacht, mit der er die Aufmerksamkeit der Angreifer auf ein bestimmtes Ziel lenken wollte. In der Zwischenzeit würde er versuchen, die Schlucht emporzuklettern, um die Feinde von hinten zu überraschen.

Er bat um die Erlaubnis, zehn syrische Bogenschützen und etwa zwanzig Männer mitzuführen, die er unter den schnellsten und tapfersten der Truppe auswählte. Sie begannen mit dem Aufstieg. An Felszacken geklammert, versuchten sie, sich mit ihren Füßen an einigermaßen hilfreichen Punkten abzustützen, die ihnen die Bergflanke bot. Noch immer drangen die Schreie der Legionäre an Iunius' Ohr und machten ihm klar, wie groß die Not war, in der sie sich befanden. Das stachelte seinen Eifer an, und er trieb seine Männer an, die Felswand mit noch größerem Eifer emporzuklimmen.

Als sie endlich beim letzten Stück angekommen waren, wiesen ihre Hände und Beine heftige Abschürfungen auf, die stark schmerzten. Der Felskamin war nur wenig breiter als ihre Schultern, aber dadurch, daß sie sich auf der einen Seite mit den Füßen abstützten und auf der gegenüberliegenden mit dem Rücken, gelang es den Männern, sich langsam emporzuhieven – immer zwei auf einmal.

Eine mit wildem Pflanzenwuchs bedeckte Bodenerhebung hinderte sie daran, die Germanen zu sehen, aber zum Glück galt das gleiche für ihre Feinde. Schweigend krochen sie bis an das alles überwuchernde Dickicht aus Sträuchern heran. Kaum war der Grat überwunden, sichtete Iunius sie. Mindestens fünfundzwanzig germanische Bogenschützen standen vor ihm, aufgereiht wie an einer Schnur und, mit dem Rücken ihm zugewandt am Rand des Abgrundes stehend. Und hinter ihnen war etwa ein Dutzend Männer postiert, deren Aufgabe es war, die Spitzen der Pfeile in heißes Pech zu tauchen und sie, bevor sie auf der Bogensehne landeten, anzuzünden. Iunius warf einen Blick auf seine Syrer, die sich leise und in vollendeter, beispielhafter Disziplin in einer Linie aufstellten. Und er beobachtete auch, wie sie alle gleichzeitig die Sehnen ihrer Bögen spannten. Ihre Pfeile hatten Federn, die sich spiralförmig um die Kerben am Schaftende wanden, so daß sie in kreisförmige Drehung versetzt werden konnten. Dadurch wurde ihre Stabilität und Schnelligkeit in der Luft erhöht, aber auch gleichzeitig ihre Reichweite und Treffsicherheit.

Unbeweglich wie Hunde, die eine Beute witterten, warteten sie auf das Signal, dann ließen sie die Sehnen los, die sie bis zum Zerreißen gespannt hatten. Präzise erreichten die zehn Pfeile ihr Ziel, obwohl sich die Feinde mehr als sechzig Schritt von ihnen entfernt befanden. Er sah, wie viele der Germanen, von hinten durchbohrt, zu Boden fielen, während die Überlebenden, völlig desorientiert durch den plötzlichen Angriff, wild durcheinanderliefen. Doch ließ er ihnen keine Zeit, sich zu sammeln, sondern attackierte die Angreifer sofort, während sich die Bogenschützen für einen weiteren Abschuß ihrer Pfeile bereit machten. Viele der Feinde schafften es nicht einmal mehr, rechtzeitig ihr Schwert in die Hand zu nehmen.

Ein paar Augenblicke später hatten die Römer den Sieg errungen, und um das ihren Kameraden zu demonstrieren, stellten sie sich am Rand des Abgrundes auf. Die im Tal eingeschlossenen Legionäre erkannten sie und stießen freudig ein wildes Triumphgeschrei aus. Nur zwei Männer hatte der junge, mutige Kommandant verloren, während zwei leicht verletzt worden waren.

Als die Sonne unterging, stiegen sie von der Spitze des Berges hinab. Marcius eilte ihnen entgegen. Iunius kannte mittlerweile sein Verhalten. Er wußte, es geschah nur selten, daß Marcius sich zu schmeichelnden Worten hinreißen ließ oder die Erfolge seiner Männer pries. Oft genügte ein Blick von ihm, um seine Untergebenen mit freudiger Erregung zu erfüllen oder ihnen das genaue Gegenteil, nämlich die Schmach der Bestrafung, zu erteilen.

»Danke, Zenturio Iunius!« waren die einzigen Worte, die er sagte. »Dir und deinen Männern.« Das genügte.

Die Nacht verbrachten sie in einem improvisierten Lager, nicht weit von der Schlucht des Hinterhalts entfernt. Am nächsten Tag machte sich die kleine Karawane in den ersten Morgenstunden wieder auf den Weg zum Lager. Marcius befahl, daß sein Zenturio ihn an der Spitze der Kolonne begleitete, denn nach Cestius' Tod stand nun ihm das alleinige Kommando zu. In ihren Gedanken aber waren sich alle sicher, daß in kürzester Zeit aus Rom seine Ernennung zum Legaten des Römischen Reiches eintreffen würde.

Kaiserliches Rom. Anno 821 nach der Gründung.
[68 n. Chr. (Anm. d. Ü.)]

Einige Monate waren vergangen. Clelia mußte erkennen, daß die Begeisterung, von der sie in der Anfangszeit ganz und gar erfüllt gewesen war, sich zunehmend abschwächte. Die Tage der Priesteranwärterinnen verliefen eintönig und monoton. Nach Beendigung der obligatorischen Waschungen und Unterweisungen am Morgen begannen die heiligen Handlungen, an die sich inzwischen jedes der Mädchen gewöhnt hatte. Sie liefen nach dem immer gleichen Prinzip ab, wirklich, ständig wiederholte sich alles. Selbst die schroffen Ermahnungen und die ständigen Verweise, die von der strengen Cornelia gegenüber den ihr anvertrauten Schützlingen mit eiserner Disziplin und allergrößter Deutlichkeit artikuliert wurden, blieben die gleichen. In der Praxis mußten die jungen Mädchen alle Pflichten einer richtigen Priesterin ausführen, aber keines der vielen Privilegien, die solch eine Priesterin hatte, wurde ihnen dafür zuteil.

Oft unterrichtete sie der *protomagister*, der vom Kaiser das Amt des Pontifex Maximus verliehen bekommen hatte, selbst in religiöser Praxis und priesterlichem Verhalten. Und es war genau während einer seiner langen, mit rauher Stimme gehaltenen Sermone, daß Clelia damit begann, ihre eigenen Gefühle zu hinterfragen, um dieser unendlichen Langeweile zu entgehen. Und ihr wurde zunehmend klarer, daß sie einen wichtigen Teil ihres Lebens einfach verloren hatte, ohne daß sie es überhaupt bemerkt hatte – dieses kleine Stück Dasein, das auf die unschuldigen Spiele der frühen Kindheit folgte. Sie hatte sich mit viel Kraft, ja fast gewaltsam dazu gezwungen, nicht mehr an die Vergangenheit zu denken oder sie zu beklagen. Aber mittlerweile mußte sie sich mit ziemlichem Schrecken eingestehen, daß die Zukunft ihr im besten Fall nichts anderes bieten würde als die Augenblicke und Stunden, die Tage und Monate, die sie jetzt erlebte, auf schier endlose Jahre ausgedehnt.

Die Pubertät kam vor der Zeit, und ihr Körper nahm bereits die ersten Rundungen an. Aber ihre Gedanken begannen sich ebenfalls zu regen, wurden immer dichter, bis sie schließlich Gestalt annahmen. Sie hatte einen aufgeschlossenen Verstand, war intelligent und durchaus bereit zu lernen. Wahrscheinlich war gerade das der Grund, weshalb die Oberste Vestalin ihr gegenüber schon vom ersten Tag an eine ziemlich unverhohlene, sehr deutlich spürbare Abneigung entgegengebracht hatte, obwohl auf der anderen Seite die Lernfähigkeit dieser jungen Kandidatin sie immer wieder aufs höchste erstaunte. Denn trotz ihres wenig gefügigen, oft störrischen Charakters war Clelia beim Studium der kanonischen Fächer eine der gelehrigsten Schülerinnen.

Die Anwärterinnen lebten in einer Wohnanlage in unmittelbarer Nähe des Atrium Vestae. Gaia, Clelias Zimmergenossin, war ein lebhaftes Mädchen mit einem freundlichen Lächeln. Zwischen den beiden Mädchen war schon in den allerersten Tagen eine tiefe, unzertrennbare Freundschaft entstanden.

Novaesium. Anno 827 nach der Gründung Roms.
[74 n. Chr. (Anm. d. Ü.)]

Das feste Lager ähnelte einer kleinen Stadt, die zweckmäßig und autark, mit Werkstätten und einem Markt, einem Krankenlager und mehreren Kultstätten ausgestattet war. Die Schlafsäle der Legionäre beherbergten jeweils acht Mann und das, was sie an persönlicher Habe und Ausrüstung besaßen. Jeder Legionär mußte wissen, daß er im Fall einer taktisch notwendigen Verlegung ungefähr noch mal die Hälfte seines eigenen Gewichts auf dem Rücken zu tragen hatte.

Wahrscheinlich war es gerade seine Legionärsherkunft, die Iunius dazu führte, die Taktiken im Kampf von einer Sicht zu beurteilen, die weitaus dynamischeren Charakter als üblich hatte. Daher kam er auch zunehmend zu der Überzeugung, daß gerade dieses Bündel eine schwere Behinderung darstellte. Obwohl er noch jung war und glaubte, daß ihn die Götter in ihrem großen Wohlwollen mit einem Glückslos bedacht hatten, wagte er nicht, dieser Auffassung Ausdruck zu verleihen. Doch ballte er seine Faust in der Tasche und schwor sich, irgendwann, bei der ersten Gelegenheit, die sich ihm böte, diesem glühenden Wunsch nachzugeben und es zu tun – und sei es auch nur, weil ihn sein jugendliches Ungestüm dazu zwingen würde.

Der größte Teil der Gebäude war beheizt, ebenso die Unterkünfte der Truppe. Sie waren in der Weise angelegt, daß in jedem Gebäudeblock zwei Zenturionen einquartiert waren, deren Quartiere sich jeweils am Ende eines Blocks befanden. Im Lauf der Jahre hatte sich Iunius noch zwei weitere kleine Auszeichnungen verdient. Was für ihn aber weit mehr zählte war die Tatsache, daß Marcius sich oft die Zeit nahm, mit ihm über Strategie und Taktik zu sprechen. Oft lauschte er den Worten des jungen Zenturios, als seien es die eines Tribuns – und das, obwohl Iunius doch nur den Dienstgrad eines niedrigen Offiziers innehatte.

Eines Tages, während Iunius auf der Pferderennbahn trainierte, kamen die Wachen zu ihm. Marcius erwartete ihn in seinen Gemächern. Er hatte aus Rom die Ernennung zum Legaten erhalten, nur wenige Monate, nachdem Cestius aus dem Hinterhalt getötet worden war.

Die Gemächer des Kommandanten lagen genau in der Mitte des befestigten Lagers. Vier Posten bewachten ständig die beiden kleinen Häuser des Hauptquartiers. In diesen Gebäuden befand sich auch der Tresor, in dem die Kriegsbeute aufbewahrt wurde. Regelmäßig wurde eine Wagenkolonne nach Rom geschickt, um die Schätze, die dem Feind entrissen worden waren, nach Rom zu bringen.

Marcius stand am Tisch. Vier der fünf Tribune waren bei ihm. »Tribune«, verkündete er, »dies ist der Kommandant der sechsten

Kohorte, der Zenturio Iunius.« Der junge Offizier entbot seinen Vorgesetzten den militärischen Gruß.

Marcius fuhr sogleich mit seiner Rede fort, und erst in diesem Moment erkannte Iunius, daß er dazu eingeladen war, an der Versammlung des Generalstabs teilzunehmen.

»Der strenge Winter läßt nach«, sagte der General und ging zu einem Modell aus tonhaltiger Erde, das sehr wirklichkeitsgetreu das Gebiet abbildete, in dem die römischen Truppen in Garnison lagen. »Wir täten deshalb gut daran, wenn wir und unsere Soldaten endlich unsere Trägheit abschüttelten, die wir uns in der Sicherheit der Garnisonstadt angewöhnt haben. In Kürze werden wir die Ausbildung wieder aufnehmen. Ich brauche mich nicht damit aufzuhalten, die Bedeutung unserer Mission zu unterstreichen: Niemandem ist es je für lange gelungen, über den Rhein zu setzen und die Bedrohung durch die Germanen tatsächlich und wirksam auszuschalten. Und obwohl uns schwere Schlachten erwarten, besteht die Aufgabe, die uns vom Römischen Reich anvertraut worden ist, darin, dorthin zu gelangen, wo andere noch nie dauerhaft bleiben konnten.« Marcius zeigte nacheinander auf jede Örtlichkeit, die inmitten der tönernen kleinen Berge des Modells lagen. Er beschrieb, wie sie aussahen und wo die Legion lagern könnte. Dann zeigte er auf die Täler, die sich als Kriegsschauplatz eigneten, und hob dabei die Vor- oder Nachteile jedes einzelnen Geländeabschnitts hervor.

Der General machte eine Pause und fragte, ob vielleicht einer das Wort ergreifen wolle. Iunius war völlig klar, daß er mit seiner Entscheidung, dieser Aufforderung nachzukommen, auch das Risiko einging, gegenüber den mit dem Rang des Militärtribuns ausgezeichneten Patriziern nicht genügend Respekt zu zeigen. Aber nun war er nicht länger gewillt, seinem jugendlichen Eifer Einhalt zu gebieten, er mußte nun endlich die Sache in die Hand nehmen. Also hob er an und sprach: »Edle Offiziere, ich bitte Euch um Entschuldigung, wenn ich – obwohl mir bewußt ist, hier der Rangniedrigste zu sein – dennoch es wage, meine Ansichten kundzutun. Was mich zu dieser persönlichen Sichtweise führt, die ich gleich darlegen werde, ist vielleicht gerade meine Herkunft. Aber auch die Gewohnheit, mit größter Schnelligkeit zuschlagen zu müssen und sich dann wieder in die Etappe zurückzuziehen.«

Als er so gesprochen hatte, machte er eine Pause, und dabei bemerkte er, daß all seine Vorgesetzten ihm mit großer Aufmerksamkeit zuhörten. »Die Legion«, hob er wieder an, »ist langsam, General. Die Männer marschieren völlig krumm und schief unter dem Gewicht ihrer *impedimenta,* dieses schweren Gepäcks, das ihnen nicht umsonst den Spitznamen »Marius' Mulis« verliehen hat. Ein Ausdruck, der sich, wie Euch sicher bekannt ist, von dem Konsul Marius ableitet, der vor ungefähr zweihundert Jahren die militärischen Ränge reformiert hat. Seit damals hat sich wenig geändert, ausgenommen die wenigen Abwandlungen, die Augustus an der Schlachtentechnik vorgenommen hat. Also, unsere Leute bewegen sich zu langsam, und am Ende eines Marschs sind sie völlig erschöpft und vom Gewicht ihres Gepäcks und der Feldausrüstung zum Umfallen müde.«

Da meldete sich Sextilius zu Wort, der Tribun, der fast gleichzeitig mit Marcius' Beförderung bei der Legion eingetroffen war. Der Ton, mit dem er sich an den jungen Offizier wandte, war zwar nicht ausgesprochen geringschätzig, doch zeugte er von einiger Arroganz: »Und du, Zenturio, was würdest du vorschlagen? Daß die Männer barfüßig und unbewaffnet marschieren, auf daß sie behender sind?« Die anderen Heerführer konnten ihr Lächeln nicht verbergen, das sich in unterschiedlichen Abstufungen zeigte. Doch ermunterte der General mit einer Geste, die jeden Einwand abschloß, Iunius dazu, mit seinen Ausführungen fortzufahren.

»Nein, Tribun Sextilius«, bemerkte Iunius und fragte sich, wie es diesem herausgeputzten Bürger – den man nur aus Gründen der Karriere und des politischen Gleichgewichts an die äußerste Front des Römischen Reiches entsandt hatte – wie es ihm gelungen war, die Mühen und den ständigen Mangel auszuhalten, die ein Soldat nun mal auf sich nehmen mußte. »Nein, so weit würde ich nie gehen. Was ich vertrete, wurzelt in der Erfahrung, die ich auf dem Feld gesammelt habe, und nicht in all den Traktaten, die über Militärtaktik geschrieben wurden. Erinnert Ihr Euch, Legat Marcius, als uns die Germanen in diesen Hinterhalt gelockt haben? Und wißt Ihr auch noch, wie viele der hundertdreißig Männer, die wir auf dem Gelände ließen, noch ihren Tornister und das übrige Gepäck trugen?«

Der General nickte, und so fuhr Iunius mit neuem Mut wortreich fort: »Unsere Legion hat doppelt so viele Männer, als es die Norm vorschreibt. Eben weil sie die Aufgabe hat, ein schwieriges Gebiet zu besetzen und einem hinterlistigen Feind entgegenzutreten. Tatsächlich befassen sich mit der Aufgabe des Nachschubs nur die Marketender und die Köche, fast alle sonstigen Tätigkeiten sind den Legionären selbst anvertraut. Auf diese Weise müssen sie sich den unterschiedlichsten Notwendigkeiten anpassen und sind gezwungen, die Aufgabe zu vernachlässigen, die im Grunde absoluten Vorrang haben sollte: die Verteidigung der heiligen Grenzen unserer römischen Heimat. Also frage ich: Warum gehen wir nicht daran, stufenweise den Nachschubsektor auszubauen und somit die Soldaten ihre eigentliche Aufgabe, den Kampf, erfüllen zu lassen? Die Sorge um den Transport all dessen, was man so braucht, um Palisaden und Lager zu errichten, wird von speziellen Abteilungen übernommen.«

Marcius hörte mit gespannter Aufmerksamkeit zu, und auch zwei der Tribunen taten ihr lebhaftes Interesse kund. Nicht aber Sextilius, der erneut das Wort ergriff: »Gut so. Wir, die Offiziere höheren Ranges, lassen uns hier von einem einfachen Zenturio Lektionen erteilen – einem eingebildeten jungen Mann, der davon überzeugt ist, uns über seine ganz persönlichen Ansichten der Militärtaktik belehren zu können. Und dabei vergißt er die in seinen Augen zu vernachlässigende Tatsache, daß das römische Heer gerade dank dieser Ausrüstung, die sich über so langer Zeit bewährt hat, die Welt eroberte. Verbreite keinen ketzerischen Unsinn, Zenturio Iunius, und hüte deine Worte.«

Iunius war solches Verhalten nicht gewohnt. Er hatte lediglich seinen Standpunkt geäußert und verstand nicht, warum er mit so unglaublicher Überheblichkeit gemaßregelt wurde. Doch behielt er die Ruhe und sprach weiter: »Halte mich nicht für unbesonnen oder, schlimmer noch, für einen Schwächling, edler Sextilius. Aber es ist meine feste Überzeugung, daß eine leichter gerüstete Armee über mehr Energie verfügt und daher in der Lage ist, uns zu dem Durchbruch zu führen, den wir schon seit vielen Jahrzehnten ersehnen. Die Legion bewegt sich wie ein Elefant in Ketten! Trotz ihrer Masse besitzt sie Kraft und Schnelligkeit, doch wird ihre Beweglichkeit von ihren Ketten behindert.«

»Sprich, Zenturio, erleuchte uns. Wir sind ganz Ohr«, erwiderte Sextilius in einem Ton, der schon verächtlich zu nennen war.

Unbeirrt richtete sich Iunius nun direkt an den Kommandanten: »Marcius«, hob er an, »ich bitte, daß man mir ein Kontingent von dreihundert ausgesuchten Männern anvertraut sowie die Befugnis, daß ich mich außerhalb der Stellungen der Legion bewegen darf.«

Es fiel ihm regelrecht ein Stein vom Herzen, als er sah, wie der Legat zum Zeichen der Einwilligung den Kopf senkte. Ihm lief ein Schauder über den Rücken – er konnte und durfte bei dieser Probe nicht versagen.

Bei den ersten Anzeichen des Tauwetters nahmen die Angriffe auf das germanische Gebiet deutlich zu. Als das Sommerlager fertiggestellt war und die Vorbereitungen für die aufreibenden Kampfesmanöver mit dem feindlichen Heer begannen, waren die Männer hervorragend ausgebildet. Iunius wartete mit großer Spannung auf den Augenblick, in dem der erste Waffengang erfolgen sollte.

Die dreihundert Männer, die unter seinem Befehl standen, hatten das Lager der Legion am Abend zuvor verlassen. Jetzt, da sie fast tausend Schritt vom Gefechtsgebiet entfernt waren, sahen sie aus wie ein einfacher Trupp der Nachhut.

Dort standen sie, als die Trompeter im Tal das Signal zur Schlacht gaben. Aber noch war der Moment nicht gekommen, um zu handeln. Der Zenturio signalisierte leise seinen Leuten, zu warten, ehe sie das Manöver, das er so sorgfältig erdacht hatte, beginnen und den Feind von der Flanke her angreifen würden. Nach einigen langen Minuten war nach seiner Schätzung endlich der Moment gekommen, und er hob seinen Arm. Die dreihundert Männer schnellten los wie ein einziger Körper – perfekt koordiniert, behende, unaufhaltsam und tödlich. Der Zusammenprall war fürchterlich, da er völlig unvorhergesehen erfolgte. Er brachte die Aufstellung der Germanen völlig ins Wanken, und ihre Front riß auf.

Mit diesem ersten, blitzartigen und erdrückenden Sieg öffnete sich der Weg zur Eroberung Germaniens.

»Wenn ich ehrlich sein soll«, fuhr Iunius in seinen Erinnerungen fort, die in altem Italienisch mit spanischen Anklängen überliefert waren, »weiß ich nicht, was eigentlich mein Beitrag zu dem so erfolgreichen Manöver meiner Truppe war. Ich erinnere mich nur, daß

Marcius mich rufen ließ – in einer jener Pausen, die zwischen zwei Schlachten lagen und immer häufiger aufeinanderfolgten, je weiter wir vorrückten. Es schien, als gäbe es niemanden, der noch in der Lage war, uns Widerstand entgegenzusetzen.«

»Nimm Platz, Iunius«, sagte der General zu ihm, kaum war er in sein Zelt getreten. Und mit einer gelassenen, aber gleichzeitig äußerst bestimmten Geste forderte er die Anwesenden auf, sie allein zu lassen, um dann fortzufahren: »Ich habe beschlossen, daß du ab jetzt an allen Stabsversammlungen teilnehmen wirst. Es ist richtig so.«

»General«, wehrte der junge Mann ab, »der Rang, den ich bekleide, erlaubt kein Privileg dieser Art. Du weißt sehr wohl, wie schwer es für einen Offizier niederen Ranges ist, sich des Vertrauens eines Tribuns zu erfreuen, ja überhaupt von ihm angehört zu werden!« Das war keine falsche Bescheidenheit. Iunius wußte genau, daß nicht nur seine direkten Vorgesetzten alles tun würden, um seiner Anwesenheit in diesem so illustren Kreis entgegenzuwirken. Sie würden sicher alles daransetzen, ihm das Leben schwer oder sogar unmöglich zu machen.

»Ich will mit allergrößter Aufrichtigkeit zu dir sprechen, Iunius. Seit einigen Jahren stehst du jetzt unter meinem Befehl. Ich habe dich beobachtet. Und ich hatte die Gelegenheit, deine Fortschritte, deine Ausdauer und Tapferkeit genau zu studieren. Weißt du aber, wer tatsächlich Fürsorge für unsere Soldaten trägt?«

Eindringlich blickte er in die Augen des Zenturio, schüttelte den Kopf und fuhr fort: »Du weißt es so gut wie ich, schließlich lebst du schon eine lange Zeit in den Militärzelten unter offenem Himmel. Aber trotzdem werde ich es dir noch einmal sagen! Diese fünf Patrizierbürschchen, die zu Militärtribunen ernannt wurden, obwohl sie nicht die geringste Erfahrung im Feld haben, sind doch nichts als hochmütige, arrogante Gecken. In erster Linie denken sie nur daran, wie sie ihr Ansehen in ein paar Jahren, wenn sie nach Rom zurückgekehrt sind, einsetzen können, um ein politisches Amt zu erhalten. Daher ist es mir wirklich ein Bedürfnis, deine Erfahrung und dein Verantwortungsgefühl an meiner Seite zu haben. Betrachte zum Beispiel Sextilius. In weniger als einem Jahr wird er vermutlich in die Hauptstadt zurückkehren und einen diplomatischen Auftrag erhalten. Danach wird er sich endgültig in Rom niederlassen und das Amt eines Richters, wenn nicht gar eines Senators innehaben. Was weiß der schon von der Grausamkeit des Krieges, von den mörderischen Blicken des Feindes? Wann ist er auf seinen Wegen jemals einem feindlichen Krieger begegnet?«

»Herr«, gab Iunius verlegen zur Antwort, »es ist sicher nicht statthaft, wollte ich meine Kenntnisse mit denen meiner Vorgesetzten vergleichen. Ich bekleide diesen Rang nur dank deiner Großmut.«

Marcius erhob seinen Arm mit so viel Schwung, als wolle er ein lästiges Insekt verjagen. »Dein Wissen, Iunius, ist mindestens ebenso groß wie das meiner sonstigen Mitstreiter. Du stehst jedem von ihnen gleichwertig gegenüber, doch hast du den Vorteil, jünger als die meisten von ihnen zu sein. Dabei spreche ich noch nicht einmal von deinem Mut. Freilich stellt die adlige Herkunft der anderen einen Unterschied dar, aber das ist nur scheinbar so und ein relativ unwesentlicher Faktor. Die Erfahrungen, die du im Feld gesammelt hast, sind mehr als ausreichend und gleichen das übrige vollständig aus.«

»Deine Stärke, General, liegt in dem Namen, den du trägst. Meine Herkunft dagegen ist eine mehr als bescheidene: Ich wurde im Land der Ligurer geboren, nicht unter Roms glücklichen Patriziern…«, unterbrach ihn der junge Zenturio ein wenig zu impulsiv.

Marcius' Ton änderte sich. Der weise General nahm einen halb scherzhaften, halb drohenden Ton an. »Iunius aus der Stadt Luna, es geziemt sich nicht, daß ein Zenturio seinen General unterbricht, und noch viel weniger, daß er dessen Entscheidungen widerspricht. Rom braucht deine Erfahrung. Und das ist ein Befehl von mir.«

Kaum hatte er so gesprochen, klatschte Marcius zweimal kräftig in die Hände, und wie durch Zauber erschien am Eingang des Zelts ein Sklave. In seinen Händen hielt er goldverziertes Schuhwerk und einen ebensolchen Helm und Harnisch. Und die weiße Toga, die er ebenfalls trug, war mit Purpur umsäumt, dem Schmuck, der die Paradeuniformen der hohen Offiziere auszeichnete.

»Du hast die eisigkalten Nächte in den Bergen erlebt, wobei du als einzigen Schutz ein Wolfsfell auf deinem Kopf trugst. Du hast dich tapfer geschlagen und entscheidend zu unserem Vorstoß beigetragen. Von diesem Moment an, so beschließe ich, wirst du wegen deiner Verdienste in den Rang eines Militärtribuns befördert.«

Die Verwirrung in Iunius' Innerem war so stark, daß sie fast die Grenze des Erträglichen überschritt. Dem jungen Mann fiel es schwer, zu glauben, was er hörte. Seine Taten auf dem Schlachtfeld waren unter den Männern der Legion bereits zur Legende geworden. Aber nur in seinen geheimsten Träumen, die er niemandem zu enthüllen gewagt hätte, hatte er sich eine derartige Belohnung ausgemalt. In seinem Kopf drehte es sich. Er spürte, wie ihm die Knie in einer Weise weich wurden, die einem Soldaten kaum angemessen war. Wer ihn wenige Augenblicke später erblickte, wie er voller Stolz zwischen den Zelten des Lagers einherschritt, in seinen Armen die Uniform eines Militärtribuns und auf seinen Lippen ein so verträumtes Lächeln, daß es aussah wie gemalt, hätte annehmen können, der tapfere Zenturio habe den Verstand verloren.

In den folgenden acht Monaten fielen die Römer im gesamten Gebiet der Germanen ein und kehrten noch nicht einmal während des Winters in ihr festes Lager zurück. Unaufhaltsam eroberten sie neues Areal. Doch verbot Marcius jede Art von willkürlicher Gewalt gegenüber der einheimischen Bevölkerung, solange sie sich nicht zur Wehr setzte. Nur in den seltensten Fällen mußte er aus taktischen Gründen die Anordnung geben, daß ein Dorf des unbeugsamen Feindes dem Erdboden gleichgemacht und verwüstet werde, damit dieser Teil des Gebiets in Zukunft unbewohnbar bliebe. Tatsächlich bildeten seine Soldaten den Brückenkopf des Römischen Reiches, und es oblag ihnen, der römischen Zivilisation mit ihren Gesetzen und ihrer Ordnung den Weg zu ebnen.

Heutiges Rom.

Fassen wir zusammen, fassen wir zusammen, dachte Sara Terracini mit rotem Kopf und bearbeitete mit neuer Energie die Tastatur. Aber ein wenig leid tat es ihr doch. Es war die Geschichte der Ewigen Stadt, ihrer Stadt, die auf diesen mürben, fast unleserlichen Blättern aufgerollt wurde. Mit wahrer Engelsgeduld gewann Toni Marradesi jeden Tag weiteres Material, das der elektronische Scanner unermüdlich und mit großer Ausdauer las. Weiter, weiter. Seltsamerweise hatte sich Oswald Breil an diesem Tag noch nicht gemeldet. Wo er wohl war?

Die raffinierte Apparatur des Scanners entzifferte und rekonstruierte kontinuierlich die zerknitterten Seiten, fast geräuschlos und mit präziser Sorgfalt. Weiter, weiter.

Kaiserliches Rom. Anno 821 nach der Gründung.
[68 n. Chr. (Anm. d. Ü.)]

Clelia fuhr aus dem Schlaf hoch und setzte sich mit einem Ruck auf. Sie war von dem Alptraum noch völlig durcheinander.

»Was ist denn, Clelia?« erklang aus dem anderen Bett die schlaftrunkene Stimme Gaias.

»Nichts, ich habe nur schlecht geträumt.«

Gaia entzündete die Öllampe und stützte sich auf die Ellbogen. »Das muß ein Alptraum gewesen sein: Du hast vor Schreck geschrien.«

»Ich habe geträumt, daß ich zum Tode verurteilt wurde. Dann führte mich eine Schar von Wächtern zum Richtplatz des Campus Scelleratus.«

»Noch sind wir keine Priesterinnen, und du fürchtest bereits die schlimmste Strafe?« gab Gaia zur Antwort. Nach einer Pause fuhr sie nachdenklich fort: »Schon seit einiger Zeit finde ich, daß du dich sehr sonderbar verhältst, Clelia. Aufgeregt und voller Besorgnis. Was beunruhigt dich nur? Willst du nicht darüber sprechen?«

»Ich habe Angst, Gaia, ich habe Angst, daß ich dieses Leben in völliger Klausur nicht ertragen kann«, antwortete die junge Frau mit spontaner Ehrlichkeit.

»Meine liebe Freundin, es ist für niemanden leicht, in einer solchen Beengtheit zu leben. Gänzlich isoliert und vollständig an die eisernen Regeln der Obersten Vestalin gebunden. Versuche, dich damit abzufinden. Es ist der einzige Weg, um eines Tages eine von den sechs heiligen Priesterinnen zu werden.«

»Genau das ist es, Gaia, was ich fürchte! Ich weiß nicht, ob es mir jemals gelingen wird, das zu werden. Vielleicht nicht so sehr wegen der geringen Chancen bei der Auslosung, sondern wegen der vielen Zweifel, die ich hege. Ich weiß nicht, ob ich es schaffen werde, diese Art von Leben zu ertragen, mit all der Unnachgiebigkeit seiner Prinzipien.«

»Augenblicke des Kummers widerfahren allen...«, versuchte die Freundin sie zu trösten, wenn auch nur wenig überzeugend.

»Das ist nicht nur ein Augenblick«, erwiderte Clelia. »Schon seit einiger Zeit stelle ich mir viele Fragen, die meine Gegenwart und Vergangenheit betreffen. Auch fürchte ich mich vor der Zukunft. Mir scheint, daß unser Dasein hier drinnen nur mit dem der vielen unglücklichen Tiere verglichen werden kann, die in Käfige eingesperrt sind. Oft ertappe ich mich dabei, wie ich die heiligen Dienste mit völlig mechanischen Gesten und ohne die geringste Überzeugung verrichte.«

Novaesium. Anno 829 nach der Gründung Roms.
[76 n. Chr. (Anm. d. Ü.)]

Die Männer des Tribuns Iunius schritten an der Spitze der Legion durch die Tore in den Mauern des festen Lagers. Es war auch ihrer Tapferkeit zu verdanken, daß Germanien nun seit mittlerweile drei Monaten wieder eine Provinz des Römischen Reiches geworden war.

Iunius wollte niemals riskieren, des Hochmuts beschuldigt zu werden. Doch wußte er in seinem Innersten, daß sein Einfluß entscheidend dazu beigetragen hatte, der Moral der Männer und damit ihrem Verhalten in der Schlacht die nötige Stoßkraft zu verleihen. So konnte die Eroberung, die einst Augustus begonnen hatte, endlich vollendet werden, auch wenn es Iunius eigentlich nicht wagte, das Maß seines Einsatzes so einzuschätzen.

Alle Soldaten der Besatzungstruppe standen auf den Mauern der Zitadelle bereit, um sie zu erwarten – von den Furieren, die für die Unterkünfte und Proviant zuständig waren, bis zu den Dirnen, deren frivole, aber wertvolle Aufgabe darin lag, Sinn und Gemüt der Legionäre zu stärken. Noch am selben Abend sollte das Fest stattfinden, das sich, wer weiß wie lange, bei Trinkgelagen und Gesängen hinziehen würde.

In der Nähe der Kommandantur wurden sie von dem kaiserlichen Boten erwartet, der sie mit herzlichen Worten des Willkommens empfing. Marcius stieg von seinem Pferd und wechselte mit ihm ein paar unverbindliche Sätze. Dann trat er über die Schwelle des Wohnhauses, und der Bote folgte ihm.

Iunius begab sich in sein Quartier. Nach einem Jahr im Feld, auf den schlammigen Wegen und in der Kälte des Winters, kamen ihm die steinernen Mauern der Kammern, die den Tribunen vorbehalten waren, vor wie ein Traum.

Er zog seine Felduniform aus. Die milde Wärme der Heizung taute seine fröstelnden Glieder auf. Er befahl, daß man ihm ein warmes Bad herrichte, und genoß endlich die Freuden der wohlverdienten Ruhe. Wenige Stunden später erschien er bereits bei seinem General, um Rapport zu erstatten. Inzwischen kannte er ihn fast so gut wie sich selbst, daher fiel ihm der stolze Ausdruck in Marcius' Blick sofort auf.

»Der kaiserliche Bote ist gekommen, um mir meine Versetzung mitzuteilen. In zwei Monaten wird ein anderer Legat meine Ämter übernehmen.« Das war für die weitere Entwicklung dieses Kriegsschauplatzes gewiß keine positive Nachricht. Iunius hörte sich das schweigend an, wodurch er seine Meinung viel deutlicher als durch Worte auszudrücken meinte. Er glaubte außerdem, durch einen gewissen Unterton in Marcius' Stimme vernommen zu haben, daß dieser noch weitere Neuigkeiten bereithielt.

»Ich werde nach Rom zurückberufen, Tribun Iunius«, fuhr der Legat fort, und seine Lippen zeigten ein freimütiges Lächeln. »Der Kaiser hat beschlossen, uns und unserer Unternehmungen zu Ehren einen Triumphzug auszurichten!«

Ein Triumphzug! Iunius schreckte zusammen – die höchste Anerkennung des Römischen Reiches!

»Ich glaube, daß damit«, führte der Legat weiter aus, »das Ende meiner militärischen Laufbahn eingeläutet wird, aber auch der Anfang einer ebenso neuen wie faszinierenden Aufgabe.«

Als er die Verwirrung im Blick seines Gegenübers wahrnahm, sprach er weiter: »Ich wollte dich bitten, mich auf dieser Reise zu begleiten, Tribun Iunius.«

Die Verwirrung steigerte sich zu hochgradiger Erregung. »Ich…

nach Rom …? Natürlich erfüllt mich diese Aufforderung mit großer Freude und ist eine Ehre für mich, General. Aber ich kann nicht umhin, dich und auch mich selbst zu fragen: Bin ich dessen würdig? Werde ich in der Lage sein, dir auch außerhalb des Schlachtfelds die notwendige Unterstützung zu gewähren? Ich bin Soldat, Marcius. Ich wüßte nicht, was ich fern von den Waffen zu tun imstande bin.«

»Deine Aufrichtigkeit ehrt dich, Tribun. Aber ich gebe dir den Rat, deine Fähigkeiten nicht zu unterschätzen. Bei anderen Menschen, die dich weniger gut kennen als ich, könnte eine solche Haltung gefährliche Mißverständnisse heraufbeschwören. Du bist jung und tapfer, und du hast schreiben gelernt. Und du hast dir mit deinen scharfsinnigen Vorschlägen einen Namen erworben, denn durch sie ist es uns gelungen, den Sieg zu erringen. Wie du imstande warst, dir im Feld einen Platz an der Spitze zu erobern, so wird es dir sicher gelingen, dich auch in jedem anderen Bereich auszuzeichnen. Dessen bin ich mir völlig gewiß. Mich erwartet eine politische Aufgabe im größten Reich, das die Welt je kannte. Und ich bitte dich, an meiner Seite diesem Abenteuer entgegenzutreten.«

Marcius mußte nicht weiter darauf dringen – Iunius hätte alles für ihn getan, sich sogar mit ihm allein einem Heer von Germanen entgegengestellt. Um so mehr folgte er jetzt, da Marcius ihn bat, der Mann seines Vertrauens zu werden. Andererseits wußte er ganz genau, daß jeder Wunsch seines Generals einem Befehl gleichkam.

Kaiserliches Rom. Anno 821 nach der Gründung.
[68 n. Chr. (Anm. d. Ü.)]

Die Auslosung unter den Anwärterinnen erfolgte lange vor dem Tag der Einweihung. In jeweils einer Fünfergruppe wurden die neuen Priesterinnen durch das Los ausgewählt, und genau in der Reihenfolge dieser Auslosung traten sie dann, wenn ein Platz frei wurde, die Stelle an. Die Mitglieder des Pontifikalrats waren vollzählig im Tempel der Vesta erschienen. Der *protomagister* richtete sich in seiner vollen Größe auf und eröffnete feierlich das Losverfahren. Er verkörperte die höchste religiöse Instanz von Rom. Ihm zur Seite nahmen die Vestalinnen ihre Plätze ein. An vielen von ihnen zeigten sich bereits die unvermeidlichen Spuren der Zeit. Die Oberste Vestalin dagegen stand hochaufgerichtet und in formeller Haltung neben dem Palladium, dem heiligen Bildnis der Minerva, das der Legende nach von Äneas selbst einst an die Küste Latiums gebracht worden war.

Der erste Name, den Cornelia bei der Eröffnung der Zeremonie mit fester, bedeutsamer Stimme aussprach, war der von Gaia. In würdevoll getragenem Klang intonierte der *protomagister* die rituelle Formel der »Gefangennahme«. »*Te, Amata, capio...*«, sagte er: »So nehme ich dich, o Geliebte, zur vestalischen Priesterin, um die Riten zu vollziehen, die eine vestalische Priesterin im Interesse des römischen Volkes und seiner Quiriten (Inhaber aller bürgerlichen Rechte) zu vollziehen hat. Denn sie allein ist durch das Gesetz für diese ehrenvolle Aufgabe auserkoren.« Und dann ergriff er die junge Frau beim Arm und führte sie wie eine Kriegsgefangene in den Bereich des Tempels, der dafür ausersehen war.

Das Zeremoniell ging sofort weiter. Cornelia verzog ihr Gesicht zu einer Grimasse, die jedoch im Halbdunkel des Tempels niemand wahrnehmen konnte. Und dann verkündete sie nach einem kurzen, bedeutungsschwangeren Schweigen mit leicht brüchiger Stimme den nächsten Namen: »Clelia«.

Auch die zweite neue Vestalin hatte sich diesem Ritual der »Gefangennahme« zu unterziehen – während ihr Vater mit tiefbewegten Blicken beobachtete, wie der *protomagister* sie ihm für immer entzog. Für mindestens dreißig Jahre würde nun das Leben seiner Tochter dem Dienst der Göttin Vesta und der Jungfräulichkeit geweiht sein.

Von nun an waren Clelia und Gaia in ihrem Schicksal und in ihrer Freundschaft unzertrennlich vereint.

Novaesium. Anno 830 nach der Gründung Roms.
[77 n. Chr. (Anm. d. Ü.)]

Die vielen Verfahren und Abläufe, die den neuen höheren Offizieren dazu verhelfen sollten, ihr Amt adäquat auszufüllen, dauerten fast den ganzen Winter über. Erst in den letzten Tagen des Februar machten sich der Legat und Iunius zur Abreise bereit. Marcius hatte verfügt, daß ein Kontingent von dreihundert Mann sie auf der Reise zur Hauptstadt begleitete, und die Aufgabe, diese Kohorte zusammenzustellen, dem jungen Tribun Iunius übertragen. Insgesamt sieben Wagen transportierten den Schatz, der von den Germanen erbeutet worden war, und man konnte sicher sein, daß so manche Räuberbande darin einen Anreiz zum Angriff sah. Die Straße nach Rom war lang und gefährlich. Iunius ging daran, jeden einzelnen Kämpfer für die Begleittruppe selbst auszuwählen, doch überließ er jedem Legionär die Entscheidung, ob er an diesem Expeditionskorps auch teilnehmen wollte. Keiner von ihnen wies diese Ehre zurück. Sie verzichteten sogar auf die Soldzulage, die normalerweise den Soldaten an der Front bestimmt war, denn die Verlockung des Triumphzuges besiegte alle Zweifel.

Die Legion stellte sich draußen vor der Zitadelle in perfekter Ordnung auf. Die dunkelroten Schilde bildeten eine fortlaufende Reihe. Ihre goldfarbenen Wappen spiegelten in leuchtendem Schein das Sonnenlicht wider und auch das Weiß der noch immer mit tiefem Schnee bedeckten Felder. Vorsichtig rückte Iunius ein wenig vor, wobei er geschickt und aufmerksam die Gangart seines Pferdes kontrollierte. Einerseits durfte er nicht allzusehr dem General vorauseilen, auf der anderen Seite mußte er gleichzeitig auf der Höhe des Tribuns Sextilius bleiben, der neben ihm ritt. Wo immer sie vorbeikamen, präsentierten Zenturionen und Fähnriche stolz ihre Waffen. Als sie die Mitte der Aufstellung erreicht hatten, kam ihnen der neue Kommandant mit dem Gefolge der höchsten Offiziere entgegen.

Mit vielen von ihnen hatte Iunius die Schrecken der Schlacht geteilt, und auch den Schmerz der Wunden und die Freuden der Eroberung. Bei dem Gedanken, daß er nun nie mehr die Heftigkeit des Kampfes erleben und die Gerüche der Schlacht riechen sollte, überfiel ihn ein seltsames Gefühl der Leere. Einen Augenblick lang geriet der Tritt seines Pferdes fast ins Stolpern. War die Entscheidung, die er gefällt hatte, auch tatsächlich richtig? Nur die Zeit konnte das erweisen. Und so richtete er sich stolz zu seiner ganzen Größe auf und ritt weiter.

Die Zeremonie der Befehlsübergabe verlief äußerst schlicht. Als sie beendet war, richtete Marcius eine Ansprache an seine Männer, mit denen er einst das Brot des Kriegers geteilt hatte. Aufmerksames, respektvolles Schweigen begleitete seine Worte. Er sprach mit sicherer, lauter Stimme, damit er möglichst von allen Soldaten gehört wurde. Aber vielleicht griff er auch zu diesem Stentorton, um einen Anflug von Rührung zu verbergen, wer weiß.

»Männer«, sagte er, »Helden Roms und der Zivilisation. Der Kaiser ruft mich, um mir die höchste Ehre zu erweisen, die einem Soldaten erteilt werden kann. Mir ist völlig bewußt, daß diese Auszeichnung nicht allein nur mir zukommt, sondern euch allen – vom Offizier des obersten Ranges bis zum geringsten Stallknecht. Nur dank euch ist Germanien heute eine römische Provinz. Die gesamte Legion wird durch die beiden Tribune Iunius und Sextilius repräsentiert und durch all die Soldaten, die mich auf dieser Reise begleiten – jeder von ihnen verkörpert einen von euch. Ich verlasse dieses Land, das nun befriedet ist, und lasse meine Truppen unter dem Befehl eines tapferen Kommandanten und all der Offiziere zurück, die ihr bereits so gut kennt. Die Götter seien mit euch, unerschrockene Römer.«

Trotz der gestrengen Disziplin, die auch bei jeder Parade ein unabdingbares Muß war, ertönte ein nicht zu überhörendes Gemurmel aus der Truppe, das sich nach und nach in ein laut donnerndes Tosen wandelte. Immer deutlicher hob sich der Name »Marcius« aus dem Gewirr der Stimmen ab und schwang sich schließlich empor zu den Höhen der Berge. Das war der Gruß der Soldaten Roms an ihren hochgeschätzten und geliebten Kommandanten.

Als Iunius, kaum hatten sie den Weg angetreten, an die Seite des Generals eilte, bemerkte er sogleich die große Erschütterung, die diesen weisen, gerechten Mann ergriffen hatte. Sie war sicher ebenso groß wie die, von der er selber durchdrungen war.

Kaiserliches Rom. Anno 821 nach der Gründung.
[68 n. Chr. (Anm. d. Ü.)]

»Also bist du ausgesucht worden, um der Heiligen Göttin zu dienen!« Cornelias Ton war deutlich anzuhören, wie sehr sie das alles verdroß.

Ehrerbietig, wie es ihre Rolle ihr auferlegte, antwortete Clelia mit einem verhaltenen Zeichen der Zustimmung, so daß die Oberin sogleich fortfuhr: »Nun, wäre es nicht nach dem Los, sondern nach meinem Urteil gegangen, könnte ich dir nicht sicher sagen, ob du tatsächlich ausgewählt worden wärst. Ich hege dir gegenüber ernsthafte Zweifel. Doch – es geschehe der Wille der Götter.« Ihr Blick wurde plötzlich böse und gefährlich, dann setzte sie hinzu: »Höre auf meinen Rat, Clelia: Von diesem Augenblick an werde ich dich tagaus und tagein beobachten. Ständig und unaufhörlich. Kein Fehler von dir, und sei er auch noch so klein, und auch kein Schwanken wird je mein Verständnis finden. Doch hast du nun, da du aus den Novizinnen erwählt worden bist, keine andere Wahl. Entweder wird aus dir eine keusche, vorbildliche Dienerin der Vesta, an der sich alle ein Beispiel nehmen können, oder du erleidest die strengsten und unerbittlichsten Strafen. Und nun bin ich fertig. Du kannst dich entfernen.«

Das junge Mädchen verließ den Raum. Im Hof der Wohnstätte, in der die Vestalinnen lebten, kostete sie mit ihrer Freundin die noch schwachen Sonnenstrahlen aus, einer der seltenen und kurzen Momente, die ihnen zur Zerstreuung blieben.

An Clelias düsterem Gesicht sah Gaia sofort, wie beunruhigt diese war. Kaum hatte sie von deren Unterredung mit der Obersten Vestalin erfahren, sprach sie voller Warmherzigkeit zu ihr: »Gib acht, Clelia, diese Frau ist ebenso mächtig wie niederträchtig. Wer weiß, durch welche geheimnisvollen Gründe sie zu ihrem Tun bewegt wird. Doch ist uns allen schon seit einiger Zeit klar, daß sie dich nicht liebt. Vielleicht, weil du so schön bist, Clelia, obwohl man als Auserwählte sich niemals solchen Betrachtungen hingeben sollte. Aber ach, trotz dieses heiligen Amtes sind und bleiben wir doch menschliche Wesen. Und diese verbitterte Frau hat sich sicher niemals durch große Schönheit ausgezeichnet. Jedenfalls nicht in gleichem Maß wie du, mögen es mir die Götter verzeihen. Dich zu den schlimmsten Martern zu verdammen wäre für Cornelia ein höchst abartiges Vergnügen. Nimm dich in acht vor ihr!«

Rätische Alpen. Anno 830 nach der Gründung Roms.
[77 n. Chr. (Anm. d. Ü.)]

Der Weg war mühsam. Sie mußten schneebedeckte Pässe und gefährliche Steige emporklimmen und unüberwindbare Berggipfel umgehen. Dennoch schienen die Männer kaum Müdigkeit zu fühlen, sondern kümmerten sich voller Eifer und Tatkraft um die sieben Wagen, die unter der Last der Kriegsbeute, die in Germanien erobert worden war, fast zusammenbrachen. Mit all ihren Kräften versuchten die Legionäre, die Schwierigkeiten auf ihrem Weg zu bewältigen. Fast zehn Tage nach der Abreise von Novaesium bemerkte Iunius, daß das Gelände zunehmend weniger unwegsam wurde. Die Wälder wurden seltener und machten zunächst Wiesen und Grasland und schließlich Äckern Platz, und in der Morgensonne blitzten die ersten Knospen in leuchtendem Grün. Sie beschlossen, das Lager auf einem Plateau aufzuschlagen, das von mächtigen Felsausläufern geschützt war. Als die angestrengte Anspannung sich ein wenig gelegt hatte, bemerkte der Tribun mit geübtem Blick, wie die Legionäre Anzeichen von Müdigkeit und Erschlaffung erkennen ließen. Und er nahm sich vor, in Zukunft mehr auf der Hut zu sein.

Plötzlich und völlig unerwartet brach ein Schneesturm über sie herein. Zum Glück waren bereits die Zelte aufgebaut, anderenfalls hätte die Kohorte ernsthafte Schwierigkeiten gehabt, das Lager aufzuschlagen. Die Sonne verdunkelte sich, und in rasender Schnelligkeit flogen niedrige graue Wolken dahin, die ein eisiger, nasser Wind vor sich hertrieb. Dann fielen die ersten Flocken, zunächst noch spärlich, doch schließlich immer dichter, bis sie eine fast undurchdringliche Mauer bildeten. Innerhalb kurzer Zeit war alles von einem weißen Mantel bedeckt. Doch lehrte die Erfahrung, daß zu dieser Jahreszeit ein Schneesturm keine lange Dauer hatte. Und es wäre weitaus schlimmer gewesen, wenn der Sturm sie nicht unten, am Fuß der Berge, überrascht hätte, sondern noch oben, auf den steilen Höhen der Felsen.

Iunius bestimmte, daß je zehn Männer in bestimmtem Turnus als Wachen eingesetzt würden, dann begab er sich in sein Zelt. Wütend und wild pfiff der Wind, wodurch er keinen Schlaf finden konnte. Er fühlte sich unerklärlich angespannt und nervös und schrieb diesen

Zustand dem Toben der Elemente zu. Er konnte kein Auge zuma-
chen, sondern wälzte sich voller Unruhe auf dem spartanischen
Feldbett hin und her, das man für ihn gerichtet hatte. Unnütz, länger liegenzubleiben. Also zog er wieder die schweren Kleidungsstücke an, nahm dann, aus alter Gewohnheit und ohne große Überlegung, einen Bogen an sich sowie ein paar Pfeile und trat in den
Schneesturm hinaus. Er hoffte, irgendein eßbares Tier finden, das
auf der Suche nach Nahrung seine Höhle verlassen hatte. Etwas
Frischfleisch hätte sich auf ihren Tischen mehr als gut ausgemacht.

Die weiße Wand begrenzte die Sicht auf wenige Schritte. Die
Schneeflocken wirbelten fast horizontal umher, bevor sie auf die
Erde niederfielen.

Die alte Gewohnheit veranlaßte ihn, seinen Blick einmal rings-
herum schweifen zu lassen, um sich zu vergewissern, daß die Wachtposten anwesend waren. Doch im Gestöber des Schneesturms
konnte er keinen ausmachen. Plötzlich gebot ihm eine laute Stimme
stehenzubleiben. Da erkannte er den ersten ganz in der Nähe. Kaum
hatte der Legionär festgestellt, wer er war, unterließ er seinen ag-
gressiven Tonfall und wechselte zu einem fast unterwürfigen: »Entschuldige, Tribun Iunius, daß ich dich nicht erkannt habe.«

»Gut, daß du so scharfe Wache hältst, Vitus«, antwortete Iunius,
der mit ihm Seite an Seite gekämpft hatte und ihn wie fast jeden
beim Namen kannte. »Es ist besser, auf der Hut zu sein, obwohl ich
glaube, daß die einzige Gefahr, vor der du dich heute in acht nehmen
mußt, dir bloß von einem hungrigen Bären droht!«

Sie tauschten noch ein paar scherzhafte Bemerkungen über das
Wild aus, das Iunius inzwischen hätte fangen können, dann verab-
schiedeten sie sich voneinander. Iunius machte sich wieder auf den
Weg, wobei er bei jedem Schritt darauf achtete, genau in die Fußspuren des Legionärs zu treten. Im Kopf berechnete er die Entfernung, die zwischen der einen Wache und der nächsten liegen mußte.
Der Schnee reichte ihm schon bis an die Wade, doch die Spur, die von
den regelmäßigen Schritten des Wachtpostens vorgegraben war, half
ihm wenigstens, nicht darin zu versinken. Er dachte, langsam müßte
er den Wachbereich des nächsten Postens erreicht haben. Plötzlich
fiel sein Blick auf die zahlreichen Fußspuren, die überall in wildem
Durcheinander auftauchten. Und aus dem Weiß des Schnees stachen

eine Menge Blutflecken heraus. Dann sah er den toten Körper des Wachtpostens, der nicht weit von ihm lag. Offensichtlich hatte der Mörder versucht, ihn hinter einem Busch zu verstecken.

Vorsichtig näherte er sich der Leiche. Ganz auf der Hut, streckte er sich, so weit es ging, nach vorn. Das Blut quoll noch immer aus der durchschnittenen Kehle, die von einem breiten Rand aus gestocktem Blut umgeben war. In der Todesstarre sahen die Augen des Toten so aus, als wären sie aus Glas. Der Mörder mußte noch immer in der Nähe sein. Völlig instinktiv griff Iunius mit seiner rechten Hand über die Schulter und zog mit den Fingern einen Pfeil aus dem Köcher. Gleichzeitig hob er mit der Linken den geschmeidigen syrischen Bogen. Die Spitze des Pfeils bestimmte seinen Blick, und er drehte seinen Oberkörper in Richtung auf den Wald. Er sah sie sofort. Sie bewegten sich so geschmeidig wie ein Rudel Hirsche. Um sich besser der verschneiten Umgebung anzupassen, trugen manche von ihnen ein weißes Fell auf dem Rücken. Sie traten aus dem Schatten der Bäume und taten einige Schritte, bevor sie sich wieder hinter einem anderen Baum versteckten. Iunius richtete seine Aufmerksamkeit nun auf das Zeltlager oder, besser gesagt, auf den Ort, von dem er meinte, daß sich dort hinter dem undurchdringlichen weißen Vorhang aus Schnee vielleicht das Lager befand. Doch war er zu weit davon entfernt, um Alarm zu schlagen. Also kehrte er um. Fast blieb ihm keine Zeit, zu bemerken, daß nun auch Vitus leblos am Boden lag.

Kaum sah er die ersten Zelte, erhob er seine Stimme mit aller Kraft und brüllte so laut, wie er nur konnte: »Zu den Waffen, Römer, zu den Waffen! Wir werden angegriffen! Zu den Waffen!«

Die Männer stürzten aus ihren Zelten hervor, die meisten von ihnen hielten bereits das Schwert in der Hand. Wenige Augenblicke später fielen schon die geheimnisvollen Angreifer über sie her. Wäre es ihnen, wie beabsichtigt, gelungen, einen Überraschungsangriff auf das Lager zu führen, hätten sie mit größter Wahrscheinlichkeit die Römer bezwungen. Sie waren mindestens achtzig, aber entgegen ihrer Vermutung hatten sie es nicht mit einer Schar schlaftrunkener Soldaten zu tun, sondern mit einem schlagkräftigen Korps von Legionären unter Waffen, bereit, den Angriff zurückzuschlagen. Als sich das wirre Ungestüm des ersten Ansturms gelegt hatte, waren die

Römer endlich in der Lage, ihre Kräfte neu zu organisieren und sich wieder auf ihre zahlenmäßige Überlegenheit zu besinnen, die für die Angreifer im Grunde erdrückend erscheinen mußte. Doch erwiesen diese sich als hervorragende Krieger, obwohl sie in einem der Anzahl nach so ungleichen Kampf nur wenig ausrichten konnten. So traten sie nach kurzer Zeit den Rückzug an, wobei sie mindestens zwanzig Männer auf dem Schlachtfeld zurückließen.

Während Iunius ihnen mit seinen Legionären hinterherjagte, bemerkte er trotz aller Aufregung, daß manche der Kämpfer plötzlich in der Flucht innehielten, um ihren verwundeten Kameraden den Gnadentod zu geben. Die Römer verfolgten sie noch eine Weile, kehrten dann aber lieber wieder zu ihren Wagen mit der Kriegsbeute zurück. Immerhin hatte sie die lange Erfahrung bereits gelehrt, daß es sich auch bei diesem Angriff bloß um ein äußerst geschicktes Ablenkungsmanöver handeln könnte, um freien Zugriff auf das römische Beutegut zu erhalten. Sechsunddreißig Legionäre waren getötet und zwölf verletzt worden.

Iunius näherte sich der Leiche eines der Barbaren, die sie angegriffen hatten. Auf seiner Brust klaffte eine große Wunde, und sein Hals war am hinteren Teil glatt abgeschnitten, und es war klar zu ersehen, daß die beiden Verletzungen zu unterschiedlichen Zeiten erfolgt waren. Ein paar Augenblicke blieb er da stehen, reglos über die Leiche gebeugt und tief in Gedanken versunken. Was er in seinem Innern geahnt hatte, entsprach der Wahrheit – die Räuber wollten keine Zeugen zurücklassen. Doch warum? Der Tote hielt noch immer das Schwert in der Hand, und um es ihm abzunehmen, bog Junius ihm die Finger um. Ein kleines Stück unterhalb des Hefts erkannte er deutlich, daß in ihm das Zeichen der kaiserlichen Schmiede eingraviert war. Das kannte er nur allzugut, denn alle Waffen, mit denen die Legionäre ausgerüstet waren, trugen dieses Zeichen.

»Wie viele Männer haben wir verloren?« fragte Marcius und erhielt umgehend eine präzise Antwort. Halblaut und in besorgtem Ton erwiderte er: »Das sind viele. Aber«, so befand er dann, »es hätte sehr viel schlechter ausgehen können, wenn es nicht einem der Wachtposten gelungen wäre, Alarm zu schlagen. Iunius, finde mir diesen tapferen Mann, ich will ihm von Angesicht zu Angesicht ge-

genübertreten. Denn er hat unser aller Leben und die kostbare Fracht gerettet, die wir nach Rom bringen.«

Es war in Wirklichkeit nur einer Reihe von Umständen zu verdanken, daß Iunius die Angreifer gesichtet hatte, und seine angeborene Aufrichtigkeit zwang ihn dazu, den korrekten Hergang seinem Herrn zu erklären. In kurzen Worten informierte er ihn darüber, daß es seine Stimme gewesen war, die Alarm gegeben hatte.

Marcius nickte ein zweites Mal und wirkte, als sei er tief in Gedanken versunken. »Ein sonderbares und glückliches Schicksal, das ich da habe, mein Iunius. Dreimal bereits verdanke ich dir mein Leben!« Und während er das sagte, wandte er sich ihm mit einer Geste väterlicher Zuneigung zu.

Sextilius hatte sich abseits gehalten. Iunius erinnerte sich nicht, ihn während der Schlacht gesehen zu haben. Er konnte nicht umhin, zu dem Schluß zu kommen, daß sein Mittribun nun wirklich nicht von einer besonderen Hingabe zum Kämpfen beseelt war. Diese Eigenschaft unterschied ihn am allermeisten von jedem anderen Soldaten, der vom Kaiserreich in die entfernten Grenzregionen geschickt worden war. Tatsächlich ließ sich der adelige Stabsoffizier bei den seltenen Gelegenheiten, bei denen er einem Waffengang nicht ausweichen konnte, von einer Schar ausgewählter Wachen umgeben. Und um diese Taktik angemessen zu erklären, nahm er zu den Worten Zuflucht, daß er seine Leute in den Angriff führen müsse. In Wirklichkeit aber hatte er nur eines im Sinn – von ihnen beschützt zu werden.

Wirklich ein höchst sonderbarer Soldat. Und dann erinnerte sich Iunius wieder an die spontanen Äußerungen von Marcius ihm gegenüber. Mit welch großer Bitterkeit hatte er über die Motive des puren, persönlichen Vorteils gesprochen, der so viele Sprößlinge des römischen Adels förmlich darum betteln ließ, für einige Zeit an die Front geschickt zu werden! Alles nur wegen der politischen Karriere! Auch Sextilius schien diese subtilen und hinterlistigen Künste vollkommen zu beherrschen. Würden solche Männer wie er und Marcius, die nur für den Krieg ausgebildet waren, jemals imstande sein, diese Fähigkeiten zu erlernen? Nun, jetzt war nicht die Zeit, um darüber nachzudenken. Jetzt mußte man handeln und so gut wie möglich auf der Hut sein.

»Verstärkt die Wachen«, befahl er den Männern mit lauter Stimme, um das Dröhnen des Schneesturms zu übertönen. »Die Wachtposten sollen sich so aufstellen, daß jeder den anderen sehen kann. Und die Legionäre in den Zelten halten ihre Waffen griffbereit.« Dann wandte er sich erneut an Marcius: »Verzeih mir, Kommandant. Ich muß mit dir sprechen.«

Wenige Augenblicke später trat er in Marcius' Zelt. Sextilius' Anwesenheit, der ständig in seiner Nähe weilte, verunsicherte ihn inzwischen außerordentlich. Verlangte denn auch er nach Schutz? Wer weiß. Manchmal erschien es ihm sogar so, als werde er von ihm kontrolliert, wobei er sogleich versuchte, sich von diesem Gedanken wieder frei zu machen. Sextilius war ein Offizier des Römischen Reiches wie er selbst auch, und er war direkt vom Imperator in dieses Land geschickt worden.

Er schüttelte den Schnee ab und stampfte dabei mit den Füßen auf den Boden. In der Mitte des Zelts glühte ein Kohlenbecken, so daß die Temperatur recht annehmbar war, ja, fast angenehm. Mit wenigen Sätzen setzte er den Legat über den tatsächlichen Hergang des Angriffs in Kenntnis und sprach auch ziemlich ausführlich über die verdächtigen Aspekte dieses Hinterhalts. »Unsere Angreifer«, schloß er, »bewegten sich, als hätte ihnen jemand die Gegebenheit unseres Lagers kundgetan, und ebenso erschien mir ihre Kampfweise mehr als bemerkenswert. Sie zogen es vor, ihren Kameraden lieber den Tod zu geben, als sie als Zeugen in unserer Hand zurückzulassen. Außerdem – und das finde ich ein höchst beunruhigendes Detail – stammten einige ihrer Waffen aus den kaiserlichen Werkstätten.«

Marcius verharrte ein paar Augenblicke in tiefem Nachdenken, dann aber, vielleicht um die Spannung des Augenblicks zu vertreiben, vertagte er die Entscheidung. »Wichtig ist, daß es uns gelungen ist, die Verluste so gering wie möglich zu halten. Auch ist uns der Schatz der Germanen nicht geraubt worden«, sagte er. »Hoffen wir, daß die schändlichen Diebe nicht neue Kräfte für die nächste Attacke sammeln.«

»Ich glaube nicht, daß sie zurückkommen«, wandte Sextilius ein, der zum ersten Mal seine Stimme hören ließ. Doch schien es, als hätte die Angst, die ihn bewegte, seinen Gesichtszügen noch immer nicht erlaubt, sich zu entspannen.

»Sie haben den Rückzug angetreten«, fuhr er fort, »und zwar genau in dem Augenblick, als sie bemerkten, daß ihr Plan vom Überraschungsangriff fehlgeschlagen war. Hätten sie weitere Verstärkung gehabt, hätten sie diese sicherlich sogleich eingesetzt, und zwar noch im Lauf des ersten Angriffs. Warum sollten die übrigen Männer nicht sofort eingreifen?«

Eine scheinbar einwandfreie Logik. Wenn ihm der Sinn danach stand, konnte Sextilius tatsächlich die Gaben eines weisen Strategen an den Tag legen.

Dennoch war sich Iunius bewußt, daß er besser die Nacht auf den Beinen bliebe, um mehrmals und immer wieder die Reihe der Wachtposten zu inspizieren.

2.

Kaiserliches Rom. Anno 821 nach der Gründung.
[68 n. Chr. (Anm. d. Ü.)]

Daß sich die Vestalinnen über die kurze Strecke zwischen ihrer Wohnstätte und dem Tempel der Göttin hinauswagten, war nur bei den Anlässen möglich, die genauestens vom Gesetz festgelegt waren, wie zum Beispiel, wenn sie bei den vorgeschriebenen heiligen Diensten anwesend zu sein hatten. Und so wurden Clelia und Gaia nur eine Woche nach ihrer Weihe dazu auserkoren, das erste Mal in ihrem Leben als Vertreterinnen der religiösen Instanzen an einer Opferung teilzunehmen. Sie wurden zu den Stufen des Tempels geführt und erblickten das Opfertier, das dort, *intactum* und sein Schicksal noch nicht ahnend, mit aufgeputztem Kopf und um den Bauch gewickelten bunten Bändern wartete. Sie sahen die Diener mit ihren Speisebrettern, auf denen Obst und Süßigkeiten lagen, sowie den Opferpriester, der, den Kopf halb von der Toga bedeckt, die Weihrauchkugeln in die Glut warf. Dann sahen sie, wie aus der Tür des Tempels das Bildnis der Gottheit getragen wurde.

Nun wurde die Stirn des Opfertiers mit Wein besprengt und dann mit *mola salsa* bestreut, dem mit Salz gemischten gemahlenen Emmerweizen, der von drei älteren Priesterinnen im Haus der Vestalinnen vorbereitet worden war. Eines Tages würde es sicher auch Clelias und Gaias Aufgabe sein, die *mola* vorzubereiten.

Wenn es ihr Schicksal war, ihr ganzes Leben bis ins hohe Alter als Vestalinnen zu dienen, wäre es ihre Pflicht, jedes Jahr von den Nonen des Mai bis einen Tag vor den Iden des Mai täglich einige Körner aus den Ähren des Emmers in einen Korb zu legen, um sie, sobald sie getrocknet waren, zu zerkleinern und zu zermahlen. Und dreimal pro Jahr, und zwar an den Luperkalien sowie dem Fest der Göttin Vesta und den Iden des September, würden sie diesem Mehl gereinigtes

Kochsalz zugeben, das, mit Gips versetzt, im Ofen gebacken und anschließend mit einer Eisensäge zerkleinert und zermahlen wurde, so daß man eben dieses Kleiemehl *mola salsa* erhielt, das man zur *immolatio* der Tiere benötigte.

Begleitet wurde die *immolatio* von einem Gebet, das dazu diente, die Gottheit gnädig zu stimmen. Dann wurde das ahnungslose Tier mit einem Axthieb betäubt und seine Arterie mit einem zweischneidigen Messer geöffnet. An diesem Punkt schloß das Mädchen Clelia die Augen, um nichts mehr sehen zu müssen.

So entging ihr, wie das Tier verblutete, wobei der Opferpriester und die übrigen Anwesenden tausend Vorkehrungen treffen mußten, daß der Altar oder sie selbst nicht von Blut befleckt wurden. Auch sah sie nicht, wie das Tier ausgeweidet wurde, damit sein Herz sowie Leber und Lunge, Milz und Nieren untersucht werden konnten. Nur an den Gebeten, die laut und inbrünstig in den Himmel aufstiegen, wurde ihr bewußt, daß die Organe ohne Makel waren und damit das Opfer in Gnade angenommen worden war.

Als sich Clelia schließlich dazu zwang, ihre Augen wieder zu öffnen, fürchtete sie, daß vielleicht jemand ihr Verhalten bemerkt haben und sie daher von der Obersten Vestalin bestraft werden könnte. Die gekochten Eingeweide waren bereits mit Wein abgekühlt und zerlegt worden, um danach erneut mit *mola salsa* bestreut, auf den Altar gelegt und verbrannt zu werden. Das Feuer entzog den Menschen diese Speise, die der Gottheit vorbehalten blieb – verwandelt in Dampf und Rauch würde sie nun gen Himmel steigen.

Nun begann auf dem Platz vor dem Tempel das Bankett, mit dem die Zeremonie ihren Abschluß fand. Da es ihnen schon aus Gründen ihres Alters nicht erlaubt war, daran teilzunehmen, machten sich die beiden blutjungen Vestalinnen auf und kehrten wieder zu ihrer Wohnstatt zurück, wobei sie – gemäß den Riten – von den Liktoren angeführt wurden. Überall, wo sie vorbeischritten, erwiesen ihnen die Menschen ihre Ehrerbietung. Manch einer verneigte sich vor ihnen, andere stimmten Lobpreisungen an und wieder andere wagten es sogar, an sie heranzutreten und ihre Fürsprache bei der göttlichen Vesta zu erbitten.

In der Nähe des Forum Romanum aber veranlaßte sie ein aufgeregtes Geschrei dazu, auf ihrem Weg innezuhalten – mehr aus Neugierde denn aus Angst. In einer Seitenstraße bemerkten sie einen alten, gebückten Mann, der blutüberströmt und voller Wunden war. Offensichtlich hatten ihn einige Verfolger mit ihren Schlägen übel zugerichtet – und nun wurde er von einer aufgebrachten Menge umringt.

Clelia gab den Liktoren ein Zeichen, ihren Schutz zu erhöhen. Dann schritt sie auf die entsetzliche Szene zu.

Kaum erkannten sie die Vestalin, blieben die Leute stehen, und es wurde still. »Welche Verbrechen hat dieser Alte begangen?« fragte das junge Mädchen, wobei sie sich an diejenigen wandte, die am aufgeregtesten schienen.

»Er verleugnet unsere Götter!« gab man ihr zur Antwort.

»Er ist Christ!« meinte ein anderer und drängte sich vor.

Clelia betrachtete das Gesicht des alten Mannes, das von den Schlägen ganz entstellt wirkte. Doch erblickte sie in seinen Augen keine Angst, sondern einen unerhörten Stolz – gewiß bedingt durch die Tatsache, daß dieser Unglückliche sich darüber zu freuen schien, im Namen des Gottes zu sterben, an den er glaubte.

»Wie heißt du?« fragte sie ihn.

»Valeriano, edle Priesterin!« antwortete der Alte, der kaum seinen geschundenen Körper aufrichten konnte, aber dennoch fähig war, ihr einen offenen, klaren Blick zuzuwerfen.

»Diese Menschen hier behaupten, du hättest die Götter verleugnet.«

»Ich glaube an den alleinigen Gott, Vestalin, der seinen einzigen Sohn, Jesus von Nazareth, auf die Erde gesandt hat«, antwortete der Alte darauf.

Bei diesen Worten holte ein Mann mit seinem Stock aus und schlug den Alten damit in die Seite: »Halte dich wenigstens davor zurück, im Angesicht einer Botin der Göttin zu fluchen, du Christenhund«, wetterte er.

»Halt ein!« befahl Clelia mit lauter Stimme. Obwohl sie dem Alter nach die Tochter von fast allen Anwesenden hätte sein können, legte sich bei ihren Worten sofort der Aufruhr.

»Wohin bringt ihr ihn?«

»Ins Gefängnis!« gab die Menge fast einstimmig zur Antwort.

»Dort soll er für immer eingesperrt bleiben, um ja keinen Schaden mehr anrichten zu können!«

Zwei der vier Liktoren stellten sich zu beiden Seiten des Christen auf, der sich nur mit großer Mühe auf den Beinen hielt. Ohne noch ein weiteres Wort zu verlieren, bedachte Valeriano die junge Priesterin mit einem Blick, der so stolz, unbeugsam und intensiv war, daß ihr, völlig unerklärlich, ein Schauer über den Rücken lief. Es sah ganz so aus, als könne er seinen Blick nicht mehr von ihr abwenden. Und während ihn die Wachen wegzogen, versuchte er noch einige Male, sich nach Clelia umzudrehen und ihren Blick zu erhaschen.

Clelia blieb lange stehen und schaute ihm nach. Sie fragte sich, mit wieviel Liebe sich dieser Mann an seinen Gott gebunden fühlte, der ihm, selbst angesichts der Aussicht, vielleicht ein Leben lang im Kerker schmachten zu müssen, noch so viel Mut einflößte wie einem Krieger auf seinem Weg in die Schlacht.

Sie ging wieder zu Gaia zurück, die sie mit ernster Miene empfing. »Clelia! Es war unrecht von dir, dich auf diese Weise zu verhalten«, ermahnte sie die Freundin. »Vergiß nicht, du bist eine Priesterin der Vesta und nicht die Beschützerin eines Übeltäters!«

»Dieser Mann war ein Christ und kein Übeltäter!« gab Clelia allzu rasch und unüberlegt zur Antwort.

»Ich verstehe nicht, wo da der Unterschied liegt«, erwiderte Gaia. »Wer für den Brand Roms verantwortlich ist und noch weitere, unerhörte Verbrechen auf dem Gewissen hat, kann sich zur eigenen Rechtfertigung nicht hinter seinem Gott verschanzen. Das ist Blasphemie! Diese Christen, meine liebe Clelia, sind dabei, einen Anschlag gegen das Römische Imperium zu führen! Es wird sicher besser sein, sie zum Schweigen zu bringen, und zwar auf jede erdenkliche Art. Denn sonst wird sich ihr gotteslästerlicher Glaube nur noch weiter verbreiten!«

Sie langten an ihrer Wohnstätte, dem Atrium Vestae, an. Rasch eilten sie in ihre Zimmer, die sie, seit ihrer Ernennung zu Priesterinnen, getrennt bewohnten. Nicht lange danach ließ Cornelia Clelia zu sich rufen. Ihr Ton, in dem sie das Geschehnis mit dem Christen kommentierte, war von unnachsichtiger Strenge.

»Wage niemals wieder, dich um das Schicksal eines Christen zu kümmern. Oder willst du vielleicht bereits in so jungen Jahren die

Freuden des Campus Scelleratus erfahren, diesem Ort der höchsten Schande.«

Allein schon der Name brachte die junge Priesterin zum Erschauern. An diesem schrecklichen Ort lagen in geheimen unterirdischen Gängen die Körper der Vestalinnen, die sich mit Schuld befleckt hatten. Sie hatten gegen das Gebot der Jungfräulichkeit verstoßen und waren daher bei lebendigem Leib begraben worden.

Ihr Gefühl riet Clelia, die Vorwürfe Cornelias zurückzuweisen und ihre Vorstellungen von Gerechtigkeit und gesittetem Verhalten zu verteidigen, die sie, trotz ihrer Jugend, schon immer in sich gespürt hatte. Doch entschloß sie sich, besser zu schweigen. Also senkte sie das Haupt und nickte.

Angesichts Clelias demütiger Haltung besänftigte sich unverzüglich Cornelias Zorn. »Aufgrund deines jugendlichen Alters sind wir geneigt, diese Angelegenheit unter dem Aspekt eines unliebsamen Zwischenfalls zu betrachten«, sagte sie. »Bedenke aber, daß ich keinen weiteren Fehler seitens einer heiligen Vestalischen Jungfrau zulassen werde!«

Clelia fühlte, wie ihr die Tränen in die Augen stiegen, doch zwang sie sich dazu, ihr Leid hinunterzuschlucken. Eine solche Genugtuung wollte sie Cornelia nicht geben. Tief betrübt verabschiedete sie sich von ihr, und erst, als sie allein in ihrem Zimmer war, ergab sie sich in ihren Schmerz. Seltsamerweise sah sie noch immer den Blick des Christen vor ihren Augen, und in ihrem Kopf schwirrten noch immer seine Worte umher.

Vor der Stadt Luna. Anno 830 nach der Gründung Roms. [77 n. Chr. (Anm. d. Ü.)]

Sie standen auf der Spitze eines Hügels, der über und über mit Grün bedeckt war, und sahen in der Ferne das glitzernde Meer leuchten. Das Meer! Sein Anblick rief in Iunius ein starkes Glücksgefühl hervor. Dort unten, tief unter ihm, erstreckte sich sein Land. Nur mit Mühe und Not hielt er sich zurück, seiner Freude laut Ausdruck zu geben, die er so machtvoll in seiner Brust aufsteigen fühlte.

Nach den vielen Jahren, die er in den fernen, unwirtlichen Landstrichen Germaniens zugebracht hatte, in Frost und Schnee und zwischen eisbedeckten Bergspitzen, erblickte er endlich wieder das vertraut funkelnde Bild von Wasser und Sonne. Und plötzlich wurde er von seinen Erinnerungen an seine Kindheit, die Familie und die alten Freunde zu Hause überwältigt.

Dann sah er den Fluß, dessen Lauf sich unter ihm schlängelte und den er mit seinen Blicken so weit verfolgte, bis dieser sich schließlich ins Meer ergoß. Nicht weit von seiner Mündung erstreckten sich deutlich sichtbar die Mauern der Stadt Luna. Schon erkannte er in der Ferne das riesige Bauwerk des Zirkus und darüber, in erhöhter Position, den Tempel der Venus.

Im Süden verlor sich die Küste in einem schmalen Sandstrand, der wie ein Strich aussah. Im Norden dagegen erhob sie sich plötzlich und ragte weit nach oben. Noch weiter weg, in der endlosen Weite des Wassers, erblickte Iunius die beiden Inseln, auf deren Sandboden er als Kind so manche Stunde seinen Träumen nachgehangen hatte.

Sein Herz war voller Aufregung und Freude. Ohne daß er es bemerkte, stand plötzlich Marcius neben ihm. »Ich kann mir denken, was du empfindest, Tribun Iunius«, sagte er. Das waren die einzigen Worte, die er zu ihm sprach. Dann befahl er den Truppen, den Marsch wieder aufzunehmen, allerdings nun in einer langsameren Gangart.

Marcius wandte sich erneut an seinen Tribun. »Noch ehe es Abend wird, wirst du deine Lieben umarmen können«, sagte er, und in seiner Miene lag all die Zuneigung, die Iunius bereits kennengelernt hatte.

Doch schien es, als würde die kurze Entfernung niemals ein Ende nehmen. Schließlich aber gelangte der Konvoi, der die ganze Zeit dem ruhigen Lauf des Flusses Magra folgte, in Sichtweite der Stadtmauern. Im Hafen, der in der Ferne zu sehen war, lagen etliche Lastschiffe vertäut, die nur darauf warteten, bis ihre Laderäume endlich mit dem wertvollen Marmor aus Luna gefüllt waren, der bis in den letzten Winkel des Römischen Reiches transportiert wurde.

Iunius wußte, daß sein Vater gewöhnlich erst zur Abenddämmerung von den Feldern nach Hause zurückkehrte. Um festzustellen, ob diese Regel noch immer galt, ließ er seinen Trupp einen kleinen Umweg nehmen.

In der Mitte der Äcker, die ihm so wohlvertraut waren, etwa eine halbe Meile vor den Mauern der Stadt, erblickte Iunius einen Wagen, der von einem Ochsen gezogen wurde. Ein Mann, der trotz seines Alters groß und von hoch aufgerichteter Statur war, lenkte ihn mit seiner Linken. Auf dem Wagen lagen allerhand Geräte, die zur Feldarbeit benötigt wurden. An seiner Vorderseite waren gabelähnliche Haken angebracht, mit denen im Herbst die Feldfrüchte ebenso wie das Blattwerk der Pflanzen aufgehoben und ins Innere des Karrens befördert wurden. Später trennten die Frauen die eßbaren Früchte von den Abfällen.

Iunius gab seinem Pferd die Sporen und ritt der einsamen Gestalt entgegen, der die Schatten der Abenddämmerung einen ganz besonderen Zauber verliehen. Der laue Frühlingswind strich ihm über das Gesicht, und er roch das Meer. Der Mann drehte sich nicht zu ihm um, obwohl er absichtlich laut galoppierte.

»Ich suche Iunius, Alter!« sagte der junge Mann, kaum daß er ihn erreicht hatte, und versuchte dabei, seine Stimme zu verstellen.

Der Mann blieb stehen, zögerte einen Augenblick, aber dann antwortete er ihm, wobei sein Antlitz noch immer in die andere Richtung gewandt war: »Ich bin sicherlich alt und auch blind. Aber, den Göttern sei Dank, ich bin nicht taub. Es wird dir nicht gelingen, mich zu täuschen, Legionär!«

Der junge Mann stieg rasch von seinem Pferd, ergriffen und zutiefst gerührt. »Vater … Vater!« Das waren die einzigen Worte, die er aussprechen konnte, während ihm die Tränen über das Gesicht liefen, ihm, der durch die vielen Schlachten doch abgehärtet schien. Der alte Mann umarmte seinen Sohn mit großer Zärtlichkeit und strich ihm immer wieder mit seinen Händen über Gesicht und Körper.

»Ich dachte, du seist damit beschäftigt, dich mit den Barbaren herumzuschlagen, und doch spüre ich an deinem Körper nicht eine einzige Wunde. Auch keine Verstümmelungen – was die Götter verhüten mögen. Welch guter Wind trägt dich wieder nach Hause, Sohn?«

Ehe der junge Mann eine Antwort geben konnte, erklang die Stimme des Marcius: »Der Tribun Iunius aus der Stadt Luna hat sich dafür entschieden, mich nach Rom zu begleiten und der Mann meines Vertrauens zu werden.«

Die leeren Augen des Vaters wandten sich zur Seite, fast als versuchten sie, die Quelle zu sehen, von der die gebieterische Stimme kam. »Wer hat gesprochen?« fragte er und wies mit dem Haupt in die Richtung, aus der die Stimme zu kommen schien.

Erst jetzt erkannte Marcius, daß er es mit einem Blinden zu tun hatte. Er stieg vom Pferd, näherte sich dem Alten und erklärte: »Ich bin Legat Marcius, Kommandant der Legion, in der dein Sohn so heldenhaft gekämpft und sich damit meine Dankbarkeit sowie die des ganzen Römischen Imperiums verdient hat.«

Zwar hatte der alte Mann einst auch selbst eine lange Zeit im Militär hinter sich gebracht, doch nie die Gelegenheit gehabt, ein Wort mit einem so berühmten General zu wechseln. Demütig senkte er den Kopf, doch hielten ihn die starken Arme des Legats davon ab, sich vor ihm zu verneigen.

»Marcius, dein Ruhm eilte dir leuchtend voraus, und das hat meinen lichtlosen Augen erlaubt, deine Heldentaten gegen die Germanen mitanzusehen. Ganz so, als wäre ich selbst dort gewesen, an eurer Seite, mit der Waffe in der Hand. Ich habe lange zu den Göttern gebetet, daß mein Sohn nicht das gleiche Schicksal erleide, das einst mir zuteil wurde. Keinem Feind möge es jemals erlaubt sein, ihn zu verletzen. Aber sage mir, Legat, sprichst du die Wahrheit, wenn du behauptest, daß Iunius ein Tribun ist? Lügst du auch nicht?«

Eine ziemlich respektlose Äußerung! Aber der General wußte die Ungläubigkeit eines Manns richtig einzuschätzen, der gezwungen war, immer in Dunkelheit zu leben. »Gewiß, guter, alter Mann«, antwortete er, »er hat sich im Feld durch seine Tapferkeit immer wieder Auszeichnungen verdient, bis ihm schließlich einer der höchsten Ränge zuteil wurde. Und nun steht er mir zur Seite, wobei er sich nicht nur meines Respekts, sondern auch meiner Zuneigung sicher sein kann.«

Der Vater hob seine Hände empor, und für eine Weile irrten sie unsicher in der Luft herum, bevor sie erneut das Gesicht seines Sohnes erreichten. Von seinen Gefühlen übermannt, konnte der alte Mann kaum sprechen, und so murmelte er nur: »Wieviel Ehre hast du uns zuteil werden lassen, mein Sohn. Wieviel Stolz ich für dich empfinde… Deine Mutter… Wir müssen zu deiner Mutter nach Hause gehen… Sie hat nie aufgehört, auf dich zu warten.«

Sie zogen in Paradeformation in die Stadt ein. Aus jedem Winkel kamen Scharen von Menschen hervor, die das Ereignis feiern wollten. Manch einer rief laut den Namen des Marcius, aber es gab nur wenige, die in dieser Gewandung eines obersten Offiziers ihren Mitbürger Iunius erkannten. Doch wenn das geschah, war es sein Name, der durch die engen Straßen der Stadt Luna erschallte.

Besorgt über die unerwartete Truppenbewegung, war der Kommandant der örtlichen Garnison dem Konvoi entgegengeeilt, bevor dieser die Mauern der Stadt erreicht hatte. Eskortiert wurde er von einer umfangreichen Truppe seiner Männer. Kaum erkannte er die Insignien, gab er aber seinem Pferd die Sporen, um eilig den Kämpfern entgegenzureiten, die aus so weiter Ferne zurückgekehrt waren. Er brannte förmlich darauf, ein Empfangskomitee zusammenzustellen, das ihn in den Augen seines Generals nicht blamierte.

Iunius brachte seinen Vater dazu, hinter ihm aufs Pferd zu steigen, so daß dieser sich an den Gewändern seines Sohns festhalten konnte. Von unbändiger Freude erfüllt, sprach er ständig auf Iunius ein: »Hörst du, wie sie deinen Namen rufen, hörst du? Welch ein Empfang! Das ist eine große Ehre für einen alten Mann, mein Sohn, wirklich eine große Ehre.«

Die Truppen wurden zu einem großen freien Platz in der Nähe des Theaters geführt, wo sie die Nacht über lagern konnten. Dann eilten Marcius, Sextilius und Iunius sowie sein Vater auf das Haus der Familie zu.

Der junge Mann hatte kaum sein Pferd zum Stehen gebracht, als sein Vater bereits von ihm verlangte, daß er selbst als erster das Haus betrete. »Ich möchte nicht«, sagte er, »daß die plötzliche Freude über das Wiedersehen mit dir die Gesundheit deiner Mutter gefährdet, mein Sohn.« Tastend suchte er nach dem Türpfosten, aber kaum befand er sich im Innern des Hauses, bewegte er sich so geschickt, als könnte er sehen.

Als er das Zimmer betrat, in dem seine Frau einen großen Teil des Tages mit Nähen verbrachte, konnte er sein Glück nicht verbergen. »Frau«, kündigte er an, »ich glaube, du kannst dir nicht vorstellen, wer gekommen ist ...« Er konnte den Satz nicht vollenden.

»Iunius!« rief die Mutter, ließ Nähfaden und Stoffe fallen und stürzte hinaus, um den Sohn zu umarmen.

Lange weinte sie und hielt ihn an sich gedrückt, als wäre er noch das Kind von vor vielen Jahren. Sie streichelte ihm mit so viel Sanftheit und Liebe über Kopf und Gesicht, daß ein Hauch von Rührung auch in den Augen des Generals aufglomm, die durch den Anblick so vieler Schlachten doch hart geworden waren.

»Sieben sehr lange Jahre, mein Sohn«, wiederholte sie immer wieder. »Sieben endlose Jahre, in denen ich täglich zu den Göttern gebetet habe, sie mögen dir die Dunkelheit der Unterwelt ersparen.« Dann löste sie sich aus der Umarmung und betrachtete aufmerksam ihren Sohn. »Wie müde und abgezehrt du bist, mein Kind, aber… wieso trägst du die Gewänder eines Offiziers?«

»Er ist in den Rang eines Tribuns befördert worden, Frau«, erklärte der Vater in feierlichem Ton. »Unser Sohn ist ein Tribun!« wiederholte er und versuchte dabei nicht einmal, sein Glück zu verbergen.

»Das, Mutter«, gelang es Iunius schließlich zu sagen, wobei er auf seinen General deutete, »ist der Legat Marcius, in Begleitung des Tribun Sextilius.«

»Es ist uns eine Ehre, daß ein so tapferer General unser bescheidenes Heim betritt«, antwortete die Frau und deutete eine kleine, schüchterne Verbeugung an. Schon ging sie in Gedanken von einem Zimmer in das nächste, als fürchtete sie, sie seien nicht ordentlich genug, um zwei so überragende Persönlichkeiten aufzunehmen.

Doch schienen selbst Marcius wie auch der sonst so undurchschaubare Sextilius von der heiteren, glücklichen Stimmung erfaßt worden zu sein. Als das bescheidene, trotzdem schmackhafte Abendessen beendet war, blieben die Männer noch länger im *triclinium* sitzen. Der Vater erzählte von seinen Erlebnissen als Veteran in den Legionen des Iunius Domitius Nero. Und als er auf die Narben an seinen Schläfen zeigte, erklärte er mit großer Bitterkeit: »Die letzte Erinnerung, die ich an das Licht der Sonne habe, ist begleitet von dem grimmigen Gesichtsausdruck des feindlichen Bogenschützen, der mich mit seiner Waffe in die Tiefen der Dunkelheit gestürzt hat.« Ein spitzer Pfeil hatte ihm nämlich auf der Höhe der Schläfen den Schädel von einer Seite zur anderen durchbohrt. Wie durch ein Wunder war Iunius, der Ältere, dabei am Leben geblieben, war aber von da an unheilbar blind.

Inzwischen war es spät geworden. Die Gesellschaft machte sich daran, sich für die Nacht zurückzuziehen, obwohl die Unterhaltung immer angenehmer geworden war und jeden der Männer in das familiäre Klima des Hauses mit einbezog. Doch bevor sie aufstanden, bat der Vater um die Erlaubnis, seinem Sohn ein Geschenk überreichen zu dürfen. Sicheren Schritts verließ er das Zimmer, um nur wenig später mit einem Bündel in der Hand wieder zu erscheinen.

»Mein Sohn«, sagte er, »du weißt, welche große Bedeutung diese kleinen Statuen hier für uns und unsere Landsleute haben. Ich möchte, daß sie neben deinen Laren in dein Haus einkehren. Kümmere dich um sie und beschütze sie. Dann werden auch sie dich beschützen.«

Als er so gesprochen hatte, übergab er mit einer übertrieben feierlichen Geste, die fast eines Priesters würdig gewesen wäre, die Hülle aus trockenem Stroh seinem Sohn. Behutsam entfernte sie Iunius, schon allein, um die Neugierde der übrigen Anwesenden zu befriedigen.

Im schwachen Licht der Laternen kamen drei leuchtende, funkelnde Stelen der Luna – die Pietre della Luna – zum Vorschein. Drei einzigartige, menschenähnliche Figuren, die ein wenig gedrungen waren und einen Kopf in Form des Mondes hatten. Die erste stellte den abnehmenden Mond dar, die zweite den zunehmenden und die dritte den Vollmond. Sie waren aus massivem Gold gefertigt, dem man die Jahrhunderte nicht ansah, obwohl es ziemlich weich und von rötlicher Farbe war.

Wie oft hatte er sie schon gesehen, wie viele Male ihre Geschichte erzählt bekommen. Wortlos vor lauter Rührung legte er die Figürchen vorsichtig in ihre Hülle zurück und umarmte den Vater. Er wußte sehr wohl, daß er ihn am nächsten Morgen noch einmal auf dem Lagerplatz sehen würde. Lange bevor die Sonne aufging, würde er kommen, um sich von ihm zu verabschieden.

Bei Tagesanbruch belebte sich die Stadt Luna. Es schien, als wären alle auf die Straße gegangen, um den Helden des Römischen Reiches zu huldigen, die dabei waren, in die Hauptstadt aufzubrechen.

Der Konvoi war bislang mit allem fertiggeworden – er hatte die fast unbezwingbare Feindseligkeit der Berge überwunden und sich zu den höchsten Höhen emporgeschleppt, um unwegsame Pässe zu überwinden. Bei diesen Aufstiegen wurden die Soldaten bis fast an die Grenzen des Menschenmöglichen getrieben, um sofort den Abstieg zu wagen – wobei sie die größte Vorsicht aufbringen mußten, um bei dem lockeren Geröll der Abhänge nicht das Risiko eines Absturzes einzugehen. Nun, da die gepflasterte, ebene Straße vor ihnen lag, sah es für sie so aus, als gliche sie dem ruhigen Lauf eines breiten Flusses, auf dem sie sich, so bequem wie auf einem Floß, von der Strömung treiben lassen konnten.

Die blockförmigen Steine des Straßenpflasters waren mit so viel vollendeter Sorgfalt angeordnet, daß sie der Einlegearbeit eines Mosaiks ähnelten. Auch war die leichte Wölbung, die sie bildeten, in ihrer Ausführung so durchdacht und berechnet worden, daß das Regenwasser ungehindert wieder abfließen konnte. Wie viele Männer und Sklaven mochten wohl an dem Bau dieser Straße beteiligt gewesen sein! Ebenso am Bau der vielen anderen, die von der Größe Roms zeugten und den Grad seiner hochstehenden Kultur zum Ausdruck brachten.

In solche und ähnliche Gedanken war Iunius versunken, als er plötzlich hörte, wie sich die stampfenden Geräusche von Marcius' Pferd näherten. »Woran denkst du, Tribun?« fragte ihn der Legat.

»Ich bin glücklich, General«, antwortete der junge Mann ehrlich. »Ich bin glücklich, daß ich bald Rom sehen werde, aber auch, daß ich an deinen Siegen teilhaben konnte. Und nun ist mir sogar die Möglichkeit gegeben, an deiner Seite für das Wohl des Römischen Reiches zu arbeiten.«

»Ja richtig«, hob Marcius wieder an. »Für das Wohl des Römischen Reiches … Alles andere als ein leichtes oder risikoloses Unterfangen. In der Hauptstadt bekämpfen sich die opponierenden Lager der eingeschworenen Feinde, und sie treiben ihr Unwesen im Rahmen einer Politik, in der alles erlaubt ist. Die Präsenz eines Militärs im Senat wird sicher toleriert werden, aber ich fürchte, im Grunde völlig unerwünscht sein. Denn dadurch gerät das ohnehin schon labile Gleichgewicht noch mehr ins Wanken.« Als er das gesagt hatte, machte Marcius eine Pause – er schien sichtlich beunruhigt zu sein. Doch veranlaßte ihn der neugierige Blick seines Gesprächspartners – der ihn sehnlichst verstehen wollte – dazu, mit seiner Rede fortzufahren. »Weißt du, worin – wie ich glaube – der Unterschied zwischen unseren Schlachten an der Front und einem Leben in der Politik liegt? Darin, daß man in einer Schlacht dem Feind direkt ins Auge blickt, während einem in der Politik diese Möglichkeit nicht gegeben ist. Es scheint, als seist du nur von Freunden umgeben, die aber in Wirklichkeit nur allzurasch bereit sind, dich mit allen Mitteln zu zerstören. Nicht zuletzt auch mit einem Dolch, der einem von einem Meuchelmörder in den Rücken gestoßen wird.«

Das erste Mal seit dem räuberischen Angriff kam Iunius wieder der Anblick der Waffen in den Sinn, die offensichtlich in den kaiserlichen Werkstätten geschmiedet worden waren, und es traf ihn wie ein Blitz. »Diese merkwürdigen Angreifer mit den römischen Waffen…«, murmelte er und gab damit seinen Überlegungen Ausdruck.

Genau in diesem Augenblick bemerkte er, daß Sextilius wie aus dem Nichts erschienen war und sie eingeholt hatte. Nun ritt er zur Linken von Marcius. Da er offensichtlich Iunius' beunruhigende Frage gehört hatte, fühlte er sich bemüßigt, eine logische Erklärung darauf zu geben: »Wahrscheinlich haben die Angreifer sie aus unseren Arsenalen gestohlen«, sagte er mit diesem arroganten, allwissenden Ton, den er so gern benutzte.

Die Schlachtrösser marschierten Seite an Seite an der Spitze des Zuges. Ab und zu kamen sie an einigen Wagen vorbei und auch an Männern, die zu Fuß auf der Straße marschierten. Die blieben dann immer an der Seite stehen, um den Insignien des Generals ehrerbietig und voller Respekt den Gruß zu entbieten.

»Was sind das für goldene Statuetten, die dir dein Vater gegeben hat?« fragte Marcius unvermittelt. Damit gab er seiner Neugierde nach, die ihn bereits seit der vorigen Nacht verfolgt hatte.

»Sie sind das Heiligste, das meine Stadt besitzt. Seit Jahrhunderten werden sie sorgsamst aufbewahrt und immer vom Vater an den Sohn weitergegeben. Nach der Überlieferung wurden diese drei Figuren anläßlich des Todes unseres Höchsten Priesters in Stein gehauen, um eine Darstellung von den Mondphasen und all den unerklärlichen Phänomenen zu geben, die damit in Zusammenhang stehen. In der Folgezeit wurden diese drei Statuen – wie die Legende sagt – zusammen mit dem Leichnam des heiligen Boten aus dem Jenseits begraben.

Eines Nachts soll Minerva in das Grab des Priesters hinabgestiegen sein und ihn wieder ins Leben zurückgebracht haben. Sie hatte in ihm einen wertvollen Ratgeber erkannt, den sie mit sich nahm. Am Morgen darauf lagen dafür diese drei Statuen vor dem Grabmal, doch unerklärlicherweise hatte sich der grobe Stein, aus dem sie waren, in massives Gold verwandelt.

Die Weisen der Stadt ordneten darauf sofort eine Inspektion des Grabmals an. Doch erwiesen sich die Siegel noch immer als intakt, auch wenn der Leichnam des Priesters verschwunden war. Daher wurde angeordnet, daß die Stelen der Luna in den Besitz der Nachfahren unseres Höchsten Priesters übergingen – und das war einer von meinen Vorfahren. Offensichtlich wollte die Göttin unsere Familie dafür entschädigen, daß sie die toten Überreste unseres trefflichen Ahnen entwendet hatte.

Es wird auch behauptet, daß die Figuren mit geheimnisvollen, weit über das Gewöhnliche gehenden Kräften ausgestattet und daher imstande seien, Herd und Heim der Menschen zu schützen, die sie aufbewahren. Und in der Tat wurden sie im Lauf der Zeit meiner Familie schon mehrmals entwendet, sind aber, wie durch einen mysteriösen Zauber, immer wieder in unser Eigentum zurückgekehrt.«

»Hoffen wir, daß sie auch uns vor allem Unglück bewahren«, kommentierte Marcius mit leiser Stimme. Und seine Worte zeigten ein weiteres Mal, welch eine bedeutsame Bindung zwischen ihm und dem jungen Tribun entstanden war.

Sextilius verharrte in finsterem Schweigen. Der Neid nagte an ihm. Er konnte die Tatsache nicht ertragen, daß ihm, einem römischen Patrizier aus altem Geschlecht, solch ein dahergelaufener Provinzler von plebejischer Herkunft vorgezogen wurde.

Der Konvoi legte täglich etwa neunzig Meilen zurück. In der Nacht ruhten die Männer, um ihren Weg in der ersten Morgendämmerung bereits wieder fortzusetzen.

Nach Iunius' Schätzung würde es genau vier Tagesmärsche dauern, bis sie die große Kaiserstadt erreicht hätten. Doch dann informierte ihn Marcius über die Pläne, die er für das Reiseprogramm gemacht hatte, und er mußte seine Vorstellungen korrigieren. »Wir werden eine Rast auf dem Gut meiner Familie in Ostia einlegen«, sagte der Legat eines Abends, »damit sich die Männer und die Tiere ein paar Tage ausruhen können. Denn bei dem Triumphzug sollten sie sich in der besten Verfassung zeigen, die möglich ist. Und in dieser Zeit wirst du, Iunius, eine genaue Inventarliste des Schatzes zusammenstellen. Danach wirst du mich mit Sextilius zum Imperator begleiten, um ihm die Ankunftszeit des Konvois mitzuteilen sowie ihn über das Ausmaß der Kriegsbeute zu informieren, die wir mit uns führen. Vor allem aber haben wir mit seiner erlauchten Person über die Art und Weise zu sprechen, wie unser Einzug in Rom ablaufen wird.«

»Gewöhnlich«, überlegte der junge Mann, »marschiert bei solchen Triumphzügen in der Heimat die gesamte Legion in Paradeformation. Demnach ist es ein großes Privileg, das dir zuteil wird, Marcius.«

»Das ist wahr«, bekannte der General, »es scheint, als wolle man vorrangig meiner Person die Ehre erweisen, anstelle der gesamten Armee und ihrem Wirken. Ich vermute, dies alles gehört zu jenem Plan, der darauf abzielt, den Zwist zu schlichten, durch den die Familie der Flavier und die, die sich den Vitelliern verbunden fühlten, wie das auch für meine Familie gilt, entzweit wurden. Auf jeden Fall werde ich die Gelegenheit wahrnehmen, auf diese Weise das Fundament für meine Kandidatur im Senat zu legen.«

Sextilius hörte ihm mit der größten Aufmerksamkeit zu, auch wenn er bei seinen eigenen Einwänden versuchte, seine Worte mit größter Vorsicht und Präzision abzuwägen. »Kommandant«, sagte er, »nach meinem bescheidenen Urteil ist es zweckmäßig, daß du stufenweise vorgehst. Würdige zunächst einmal die Tatsache, daß deine politische Zukunft von einem Makel befleckt würde und sicher von Anfang an behindert wäre, wenn du mit deiner Kandidatur im Senat scheiterst.«

»Ich stamme aus einer Patrizierfamilie«, erwiderte Marcius, »und im Grunde müßten mir meine militärischen Erfolge, die durch das Echo des Triumphzuges noch größer werden, mir einen Sitz in der Kurie garantieren.«

»In der Politik«, hub Sextilius mit der ihm üblichen Methode der einschmeichelnden, aber trotzdem so überzeugenden Argumentation wieder an, »kann man nichts als sicher voraussetzen, das weißt du sehr wohl. Ich persönlich würde dir raten, dein Ungestüm zu zügeln, das uns Soldaten allen zu eigen ist. Agiere mit denkbar größter Vorsicht! Meiner Ansicht nach müßte dir deine Kandidatur sicher sein, vor allem, wenn sie genau vorbereitet ist und durch eine kurze politische Erfahrung mit hervorragenden Ergebnissen untermauert wurde.«

Marcius' Gesichtsausdruck wurde nachdenklich – die Argumente seines Ratgebers ließen sich zu einem guten Teil nachvollziehen. Doch nur *zu einem guten Teil*. »Ich kann gewiß nicht wieder ganz unten anfangen und die Leiter der Ehre und des Erfolgs erneut emporklimmen. Meinst du vielleicht, ich sollte als Ädil oder Quästor anfangen, um mir dann in etwa zehn oder zwanzig Jahren einen Sitz im Senat erkämpft zu haben. Meinst du etwa das?« wandte er ein.

»Daran habe ich dabei nicht gedacht, Herr«, stellte Sextilius klar. »Ich beabsichtige wirklich nicht, die Vortrefflichkeit deiner Person gering zu achten oder zu schmälern. Aber glaubst du denn nicht, daß du bei der Kurie in höherem Ansehen stündest, wenn du einer der *duoviri* von Ostia wärest? Besonders da du doch eine so glückliche und heldenhafte Militärlaufbahn hinter dir hast?«

Und wirklich, seine Worte machten Eindruck – immer häufiger gab Marcius nickend seine Zustimmung zu dem, was Sextilius sagte. Dadurch angespornt drängte der junge Patrizier weiter: »Deine Sippe stammt aus der Stadt Ostia, sie nennt dort einigen Besitz und unzählige *clientes* ihr eigen. Das Amt des *duovir* ist nur auf ein Jahr begrenzt, und dennoch würde es für dich eine sehr nützliche Erfahrung darstellen. Ostia ist eine wirklich bedeutende Stadt, der Dreh- und Angelpunkt von Roms Handel und der größte Hafen des Römischen Reiches. Nach meinem bescheidenen Urteil wäre dies alles hervorragend dafür geeignet, dir den passenden Unterbau zu liefern, um deine politischen Qualitäten ins rechte Licht zu rücken.«

Nach diesen Worten warf Sextilius einen verstohlenen Blick auf Marcius: Ihm war vollkommen bewußt, daß sich seine Worte ihren Weg direkt in Herz und Verstand des Generals bahnten und voll ins Ziel trafen. Auch Iunius, dessen Erfahrungen noch sehr begrenzt waren, schienen diese Argumente völlig logisch. Ein Jahr, dachte er, das ist ja wirklich keine so lange Zeit.

**Kaiserliches Rom. Atrium Vestae. Anno 828 nach der Gründung.
[75 n. Chr. (Anm. d. Ü.)]**

Die Jahre vergingen unendlich langsam und öde. Das Leben der Vestalinnen war von erstickender Monotonie: Ständig mußte das heilige Feuer gepflegt und unausgesetzt wollten die Gebete im Tempel
gesprochen werden. Dazu kam jeden Juni die Ausrichtung der Vesta-
lien, wie die Festlichkeiten zu Ehren der Göttin genannt wurden.
Acht Tage dauerte es, um den *penus*, den innersten Teil des Tempels,
einer feierlichen Reinigung zu unterziehen. Der Abfall wurde wegge-
schafft und in die Wasser des Tibers gekippt, das Gebäude sorgfältig
mit Quellwasser gereinigt und der Mühlstein für die *mola* sowie der
Esel, der ihn in Bewegung hielt, mit Kronen geschmückt. Mitte des
Monats kam dann schließlich der Tag, der im Kalender mit der Abkürzung QSDF oder *Quando Stercum Delatum Fas* gekennzeichnet
wurde und deutlich machte, daß der »Kot« oder der Schmutz nun
beseitigt war. Danach wurden in der ganzen Stadt sowie auch im
Tempel der Vesta die normalen Tätigkeiten wieder aufgenommen.

Dazwischen immer wieder eingeschoben – und das geschah um
so öfter, je älter Clelia und Gaia wurden – kam die Verpflichtung, an
einer Reihe öffentlicher Veranstaltungen teilzunehmen, die von den
feierlichen Zeremonien bis zu den grausamen Spielen im Zirkus
reichten. Und all das stets unter dem mürrischen Blick der Obersten
Vestalin, die eine starke Neigung hatte, die jungen Priesterinnen mit
großer Härte zur Ordnung zu rufen.

Clelia, die inzwischen siebzehn Jahre alt war, schien sich noch
immer nicht an diese Art Eingeschlossensein gewöhnt zu haben. Allzuhäufig geschah es, daß sie sich in ihrem Innersten irgendwelchen
wirren Freiheitsträumen hingab. Manchmal, wenn sie dazu die Gelegenheit hatte, betrachtete sie mit einem schmerzlichen Gefühl von
neidvollem Sehnen ihre Altersgenossinnen, die ganz und gar mit
diesem schwierigen Spiel der Jugend beschäftigt waren, bestehend
aus vielen kleinen Leidenschaften und ständiger Wißbegierde, die so
schön nichtig und eitel waren.

»Wie sonderbar«, überlegte sie, »aber vielleicht empfinden die
heiligen Priesterinnen der Vesta, die ganz mit der ernsthaften Seel-
sorge befaßt sind, ganz ähnlich.«

Besonders in den Augenblicken des größten Kummers, wenn es ihr völlig unmöglich schien, ihr Täuschungsmanöver noch länger durchzuhalten, und sie auch fast nicht mehr wagte, mit Gaia über ihre geistigen Qualen zu sprechen, erschien ihr die Erinnerung an den alten Christen das einzige, das ihr Trost spenden konnte. Seine Augen waren so voller Licht und Dankbarkeit gewesen!

Sie dachte daran, mit wieviel Mut dieser Mann dazu bereit war, für seinen Gott selbst den Tod auf sich zu nehmen. Welch einen Gegensatz bildeten dazu ihre Schwierigkeiten, dieses der Gottheit gewidmete Leben zu führen, das so reich an Privilegien war.

Woher kam wohl dieses reine Leuchten im Blick des alten Manns und sein offensichtlich unerschütterlicher Glaube, auf welche geheimnisvollen Kräfte begründeten sie sich?

Es war Gaia, die ihr eines Tages anvertraute: »Ich habe von meinem Cousin, der Ädil ist, erfahren, daß dieser alte Valeriano noch immer in den Verliesen des Gefängnisses schmachtet. Und wider jede Logik überlebt er selbst die schlimmsten, unbeschreiblichsten Nöte, die sehr viel mutigere, kräftigere Männer, als er es ist, töten.«

Clelia tat so, als schenkte sie diesen Worten keine größere Beachtung, doch fühlte sie, wie sie in ihrem Innern von den heftigsten Gefühlsregungen ergriffen wurde. Sie schwor sich, auf jeden Fall zu versuchen, den alten Mann noch einmal zu treffen. Koste es, was es wolle. Sie mußte es wissen. Und verstehen.

Stadt Ostia. Anno 830 nach der Gründung Roms.
[77 n. Chr. (Anm. d. Ü.)]

Sie kamen in Sichtweite der Hafenstadt, als die Sonne schon unterging. Die Männer waren müde, dennoch beschlossen sie, den Marsch bis zum Familiensitz des Generals fortzusetzen. Sie erreichten das Besitztum in der Dunkelheit, und es wurde angeordnet, das Lager auf einer Anhöhe etwa tausend Schritt weit vom Haus aufzuschlagen. Von dem Ort, an dem er sich befand, konnte Iunius das umfangreiche Areal des gesamten Landguts überblicken. Nie hatte er etwas Ähnliches gesehen, und er war überzeugt, daß es nichts gab, das großartiger und prächtiger sein konnte.

Marcius stellte sicher, daß die Männer von den Sklaven versorgt wurden, die in großer Zahl herbeigeeilt waren, um ihren Herrn bei seiner Rückkehr willkommen zu heißen. Anschließend bat er die beiden Tribunen, ihn in sein Landhaus zu begleiten, wo für sie ein Nachtlager bereitstand.

Das Gebäude lag nicht weit vom Meer entfernt und war von einer hohen Einfriedungsmauer umgeben, auf der in immer gleichem Abstand Schilderhäuschen angebracht waren. Im Erdgeschoß verlief entlang der Vorderseite ein großer *porticus*, der auf einen meisterlich gepflegten Garten hinaus führte.

Mehr als fünfzehn Bögen umfaßte eine Loggia im ersten Stock, die ebenfalls zum Garten hin offen war, dahinter lagen die Räume der herrschaftlichen Wohnung. Zu beiden Seiten des Hauptgebäudes erstreckten sich Nutzgärten und bebaute Felder, die auch auf der anderen Seite der Mauer weitergingen. In geringer Entfernung vom Herrschaftshaus befand sich der landwirtschaftliche Teil, wo die Oliven und die Trauben gepreßt, die Pferde in ihren Stallungen versorgt und der Käse hergestellt wurde. Außerdem befanden sich dort auch die Lagerhallen für die Ernten und das Saatgut.

Jeder Raum der Villa, vom *impluvium* bis zum *triclinium* und vom *peristylium* bis zum *atrium*, war reich mit Wandmalereien und Stukkaturen verziert. Den größten Teil der Fußböden schmückten die herrlichsten Mosaiken, die in den verschiedenen Blautönen des Meeres leuchteten.

Es schien, als könnte Marcius in den Gedanken seines jungen Gastes lesen und verstünde auch sein Erstaunen, denn er erklärte ihm: »Dies ist der Besitz meiner Familie. Und wenn wir uns erst einmal in Rom niedergelassen haben, wird hier unsere Insel der Ruhe sein. Dann kommen wir her, um uns auszuruhen und uns von den Mühen der Politik zu erholen.«

Der Gutsverwalter, der während der fast ständigen Abwesenheit des Marcius die Interessen seines Herrn wahrgenommen hatte, zeigte deutlich, wie glücklich er war, wieder an Marcius' Seite stehen zu können. In kürzester Zeit ließ er ein prächtiges Abendessen vorbereiten.

Den Abend verbrachten sie mit angenehmer Konversation. Auch hier war der Gutsverwalter zugegen, und der Hausherr zeigte ihm gegenüber eine fast ebenso große Zuneigung wie ein Vater. Nachdem er sich die begeisterten Schilderungen des Verwalters darüber angehört hatte, wie es ihm gelungen sei, den Ernteertrag zu erhöhen, ging Marcius seinerseits daran, ihm von den militärischen Unternehmungen zu erzählen, die er und seine Gäste zusammen erlebt hatten. Erst spät in der Nacht zog sich die Gesellschaft in die Zimmer zurück, die ihnen zugewiesen worden waren. Endlich ein richtiges Bett!

Ungestört von den üblichen Lagergeräuschen und der ständigen Sorge um die militärische Disziplin, die ihm sein Verantwortungsgefühl immer verursachte, erwachte Iunius sehr spät am nächsten Morgen. Er ging in den Hof hinunter, wo der Schatz untergebracht worden war und von zwanzig Männern scharf bewacht wurde. Sofort begann er mit der nicht leichten Arbeit, eine Inventarliste zu erstellen.

Trotz der Hilfe von vier zuverlässigen Männern dauerte das Unternehmen fast zwei ganze Tage. Als er die Arbeit abgeschlossen hatte, verglich Iunius die eben angefertigte Bestandsliste mit der, die zum Abreisezeitpunkt aufgestellt worden war. Er war sprachlos. Er prüfte das Ganze noch einmal und dann ein drittes Mal. Sein Staunen wurde nur größer. Vom letzten versiegelten Wagen fehlten fünfundsiebzig Pfund Gold im Wert von ungefähr dreihunderttausend Sesterzen. Eine wahrhaft ungeheure Summe!

Unverzüglich setzte er Marcius von dieser Entdeckung in Kenntnis, der sofort den Zustand der Verschlüsse und Siegel kontrollierte. Aber insgesamt versuchte er, die Sache zu bagatellisieren, indem er die Ursache für die fehlende Menge weniger in einem Diebstahl sah, als in einer zu flüchtigen und daher fehlerhaften Abschrift zum Zeitpunkt der ersten Bestandsaufnahme. Auch meinte er, daß es sich bei dem fehlenden Betrag zwar um eine bedeutende Summe handelte, aber im Verhältnis zum gesamten Wert der Kriegsbeute, der über dreißig Millionen Sesterzen betrug, der Verlust wirklich nur geringfügig war.

»Nun sind wir bereit«, sagte er noch am selben Abend, »vor Vespasians Angesicht zu treten.« Am folgenden Morgen brachen der Legat und die beiden Tribunen mit einer Eskorte von dreißig berittenen Männern zur Kaiserstadt auf.

Als sie noch im Feld lagen, hatte Marcius oft die Gelegenheit wahrgenommen, während der vielen Nachtwachen an den Feuern mit
träumerischer Miene die Schönheiten Roms zu verherrlichen. Einmal
hatte er Iunius gefragt, ob er jemals dort gewesen sei. Als ihm der junge
Offizier darauf ein »Nein« zur Antwort gab, schlug er ihm fröhlich
mit der Hand auf die Schulter und prophezeite ihm: »Gut, Tribun, ich
versichere dir, daß du noch allerhand Grund haben wirst, dich zu
wundern.« Nie sollte eine Prophezeiung so wahr werden wie diese.

Von den beiden Straßen, die von Ostia nach Rom führten, entschied sich der Legat für die, die südlich des Tibers verlief – sie war
weniger verkehrsreich als die nördliche, die direkt zum Hafen führte.
»Auf diese Weise«, erklärt er, »erreichen wir die Hauptstadt und das
Forum Romanum in wesentlich kürzerer Zeit.«

Sie kamen an den Lagern vorbei, in denen die Obdachlosen und
auch die kleinen Händler außerhalb des Mauerrings lebten, und
dann passierten sie die mächtigen Mauern der Stadt. Ein wirklich
außerordentliches Schauspiel bot sich den Augen des Iunius dar. Ein
Netz aus Straßen, ähnlich einem Labyrinth, wand sich zwischen
Backsteinhäusern hindurch, die vier oder fünf Stockwerke hoch
waren, die sogenannten *insule*. Hätte er in diesem Irrgarten seine
Anführer verloren, wäre es ihm sicher nie mehr gelungen, allein wieder zurückzufinden.

Nie hatte er etwas Vergleichbares gesehen. Verwirrt und aufgeregt
drehte er sich einmal zu der einen Seite und ein anderes Mal wieder
zur anderen und betrachtete mit weit aufgerissenen Augen das
Leben, das sich rings um ihn abspielte. Da waren Werkstätten und
Tavernen auf Schritt und Tritt, und alles voller Menschen, die etwas
kaufen wollten oder nach ein wenig Abwechslung und Müßiggang
in Gesellschaft strebten. Marcius lenkte sein Pferd neben Iunius'
Tier, zügelte es auf Schrittempo und erklärte ihm geduldig all diese
bemerkenswerten Dinge: »Nach der letzten Volkszählung beläuft
sich die Bevölkerung nun auf fast eine Million Menschen«, sagte er,
»aber ich glaube, daß es in Wirklichkeit doppelt so viele sind. Daher
ist es kein Wunder, daß sich die Strukturen der Stadt ständig weiter-
entwickeln und andauernden Veränderungen unterworfen sind.
Denn ständig muß auch mit den neuen Bedürfnissen der Bevölkerung Schritt gehalten werden.«

Sie kamen an einer endlosen Reihe von Denkmälern und Tempeln vorbei, und bei jedem einzelnen beschrieb Marcius, wie es entstanden war und welche Bestimmung es hatte. Plötzlich lag vor ihnen eine unermeßlich große Arena. Ohne auf die Fragen zu warten, die ihm Iunius eventuell stellen könnte, deutete Marcius auf Pferde, denen der Schaum aus Maul und Nüstern trat: »Das ist der Circus Maximus, junger Freund«, erklärte er. »Du weißt sicher, wofür er vorrangig bestimmt ist. In seinen vielen Sitzreihen finden fast dreihunderttausend Menschen Platz.«

Dann kamen sie an eine Baustelle, wo das Fundament eines großen elliptischen Baukörpers zu erkennen war. »Das ist das neue Amphitheater, das Vespasian unbedingt errichten will«, fuhr der Legat fort. »Es wird vorwiegend Gladiatorenkämpfe zeigen. In dem Tal, in dem du jetzt die Baustelle erkennen kannst, und auch auf den Hügeln Oppius und Celius, die es umfassen, ließ sich Nero auf dem Gipfel seines Wahnsinns eine riesige Fläche einräumen, um dort seine Residenz errichten zu lassen, das *Domus Aurea*. Ich hatte noch die Gelegenheit, es zu besichtigen, bevor es dem Erdboden gleichgemacht wurde. Denn jede Erinnerung an den wahnsinnigen Imperator sollte ausradiert werden. Du hast keine Vorstellung davon, welch maßloser Prunk in seinem Innern herrschte.«

Nachdem sie ihre Pferde und die Eskorte unweit des Venustempels zurückgelassen hatten, kamen sie endlich zum Forum Romanum. Iunius konnte nicht umhin, die Dimensionen dieser Bauten und heiligen Gebäude und auch die Stadien, die er zu Gesicht bekam, mit dem einzigen zu vergleichen, was ihm bekannt war: dem Venustempel, dem Forum und dem Theater der Stadt Luna. Doch konnte man im Grunde darüber wirklich keine Vergleiche anstellen.

Auf dem Forum Romanum wurde das wilde Durcheinander, das er bislang überall gesehen hatte, noch chaotischer. Überall befanden sich die Menschen in ständiger Bewegung, rannten und hasteten förmlich wie der Wirbelwind hin und her und schienen mit tausend Dingen zugleich beschäftigt zu sein. Entweder gingen sie von einem der öffentlichen Gebäude zum nächsten, oder sie unterhielten sich angeregt in kleinen Grüppchen miteinander, oder sie schlenderten einfach auf dem marmornen Pflaster einher.

Iunius fühlte sich wie benommen, ja beinahe wie verhext. Er

drehte den Kopf nach allen Seiten und blieb immer wieder stehen, um alles zu bestaunen. Mit seinem Verhalten hatte er bereits einige Male den Unmut und Ärger von Sextilius hervorgerufen, der ihn mittlerweile ganz ungeniert wie einen Bewohner vom Land behandelte, der keine Ahnung von der Welt hat. Iunius bemerkte das zwar, nahm es aber Sextilius nicht übel. Der junge Patrizier hatte schließlich recht. Alles, was er jemals an Großartigem gesehen hatte, waren die Gipfel der Alpen gewesen.

Marcius dagegen schien stolz zu sein, ihm den Glanz der Hauptstadt zeigen zu können, und überschüttete ihn förmlich mit Erklärungen über jedes Bauwerk und jedes Objekt, das den Blick seines begeisterten Mündels auf sich zog.

»Die Anhöhe, die du dort vor uns siehst«, sagte er, »ist der Kapitolinische Hügel mit den Tempeln des Jupiter und der Juno. Weiter unten, unterhalb des *tabularium*, des Staatsarchives, befinden sich die Heiligtümer der Concordia und das des Vespasian, das gerade fertiggestellt wurde. Rechts davon, im Tempel des Saturn, wird der ungeheure Staatsschatz aufbewahrt. Tausende und Abertausende Pfund von Silber und Gold, Iunius. Außerdem Edelsteine und Münzen für Millionen und Abermillionen Sesterzen.«

Dann drehte er seinen Oberkörper in die gegenüberliegende Richtung und erklärte weiter: »Und dies hier ist der Triumphbogen des Augustus, den der Senat errichten ließ, um die Rückgabe der von den Parthern erbeuteten Legionsinsignien zu feiern. In ein paar Tagen werden wir genau unter diesem Bogen hindurchschreiten, und dann wird mein Name in den Stein an der Innenseite gehauen – neben den Namen all der anderen heldenhaften Feldherren.« Seine Stimme klang plötzlich so enthusiastisch, wie es Iunius noch niemals von ihm vernommen hatte. Aber er verstand diese Regung seines Vorgesetzten durchaus.

»Im Innern dieses runden Tempels, der der Vesta geweiht ist, brennt das heilige Feuer«, fuhr Marcius fort, während sie auf den Palatin zugingen. »Und diese Gebäude hier sind das Domizil staatlicher Behörden und der Gerichte.«

Nachdem das Trio das Forum Romanum hinter sich gelassen und die Via Sacra verlassen hatte, erreichte es endlich die Residenz des Imperators. An dem monumentalen Eingang mußten sie eine doppelte

Reihe von Wachen passieren, die endlos lang war, und sich von den Prätorianern kontrollieren lassen. Dort wurden ihre Personalien festgestellt und überprüft, ob sie auch wirklich von Kaiser Vespasian erwartet wurden. Schließlich wurden zwei Soldaten abkommandiert, die den Befehl hatten, die Gäste vor den Herrscher zu führen. Sie durchquerten prunkvolle Säle mit Springbrunnen und Säulen. Die kostbare Einrichtung war so konzipiert, daß sie die Macht des Imperators noch unterstrich. Direkt im Zentrum der Residenz befand sich ein riesiges, rechteckiges *perystilium*, das von einem *porticus* aus numidischem Marmor begrenzt wurde. Die korinthischen Säulenkapitelle sahen so aus, als seien sie imstande, wie Atlas die Welt zu tragen. In der Mitte ragte ein großartiger achteckiger Brunnen empor, dessen Wasseroberfläche so hoch lag, daß sich darin ein Block von mehreren Statuen aus goldüberzogener Bronze widerspiegelte. Die Gesichter der dargestellten Personen erinnerten Iunius an die Götterbilder, die er an den äußersten Grenzen des Römischen Reiches gesehen hatte. Hier aber waren der Imperator mit seinen Söhnen Titus und Domitian dargestellt.

Schließlich gelangten sie vor eine bronzene Tür, vor der zwei Liktoren mit den großen *fasces* in ihren Armen standen. Die Tür wurde bei ihrer Ankunft mit einem heftigen Ruck geöffnet, und sie hörten, wie ein Sklave mit lauter Stimme ihre Namen verkündete. Sie wurden in eine riesige Halle geführt, über die sich nicht – wie üblich – eine Kuppel wölbte. Vielmehr bestand sie aus einer freitragenden Konstruktion, bei der eine Kassettendecke riesigen Ausmaßes von hölzernen Dachbindern gestützt wurde, von denen jedes einzelne Feld mit fortlaufenden Gemälden in den zartesten Farben geschmückt war. Die Wände waren mit den wundervollsten Fresken ausgestattet, bei denen Purpurtöne, leuchtende Grüns und Ocker dominierten.

Kaiser Vespasian saß auf einem mit Seidenstickereien bedeckten Thron am äußersten Ende des Saals, mehr als vierzig Schritte vom Eingang entfernt. Zu seiner Rechten saß sein Sohn Titus, der sein zuverlässigster Gefolgsmann war. Außerdem befanden sich weitere fünf Männer im Saal, in denen Iunius Senatoren erkannte.

Wieviel Neues! Iunius erinnerte sich plötzlich an die Worte seines Herrn, wie unterschiedlich doch die Risiken seien, die man in einer

Schlacht oder einem der Politik gewidmeten Leben einzugehen hat. Und daß sie im politischen Bereich noch viel subtiler und heimtückischer wären.

Der Imperator nahm huldvoll ihre ehrerbietige Verbeugung entgegen, dann ergriff er das Wort und sprach in feierlichem Ton zu Marcius: »Legat des Kaisers, ich habe von deiner Tapferkeit und deinen Erfolgen am Rhein erfahren. Seit den Zeiten des göttlichen Augustus hat dieser Fluß die Grenze des Römischen Reiches markiert. Dank deiner hat sich das Blatt gewendet. Soweit mir bekannt ist, haben die Legionen unter deinem Kommando Roms Territorien um Hunderte von Meilen erweitert und die wilden, rebellischen Völker, die eine schwere Bedrohung für die römische Welt darstellten, dazu gezwungen, sich uns zu unterwerfen. Dazu hat uns die Eroberung dieser Städte und Territorien eine stattliche Kriegsbeute eingebracht, und mir werden, soweit mir bekannt ist, auch noch weitere Schätze von dir als Geschenk dargebracht. Also habe ich mich entschlossen, dir, Publius Marcius, für deine Tapferkeit die Ehre eines Triumphzuges zuteil werden zu lassen. Er wird feierlich begangen werden in …« – und dabei wandte er sich an seinen Sohn Titus, der ihm das Datum zuflüsterte – »in zwölf Tagen von heute an. So lautet mein Beschluß.« Das Gesicht des Imperators war von der Anstrengung gerötet, die es ihn kostete, mit so lauter Stimme zu sprechen. Doch sollten seine Worte den Klang des Feierlichen vermitteln, der durch das Dachgewölbe in der Halle noch zusätzlich verstärkt wurde.

Der Abschluß seiner Rede schien auch gleichzeitig ihre Verabschiedung zu beinhalten. Denn kaum hatte Marcius eine Kopie der zwölf Pergamentrollen, auf denen Iunius peinlichst genau die Bestandsliste des Schatzes aufgestellt hatte, in Titus' Hände übergeben, wurden die drei wieder zum Audienzsaal hinauskomplimentiert.

»Wer weiß«, dachte der junge Mann, der nun in seiner ganzen Naivität und Unerfahrenheit ein wenig dreist zu werden wagte, »wer weiß, ob all das Edelsteingefunkel nicht ein wenig deine Kälte mildern soll, göttlicher Vespasian. Jedenfalls würde ich das von meiner Warte aus«, konnte er nicht umhin, daraus zu schließen, »so sehen und würde sogar einen Eid darauf schwören.«

Nie hätte er gedacht, daß er beim Anblick eines Imperators so wenig Furcht und Ehrerbietung empfinden würde. Aber er mußte an die zahlreichen respektlosen Anekdoten über den Kaiser denken, die er nachts an den Grenzen des Römischen Reiches in den Quartieren von den Soldaten gehört hatte. So wurde Vespasian, als er sich als junger Ädil geweigert hatte, die Straßen angemessen vom Abfall reinigen zu lassen, auf Befehl von Gaius Caesar von den Soldaten mit Schlamm beworfen. Und als er als Prokonsul auf einer Reise in Achaia einschlief und laut zu schnarchen begann, während der göttliche Nero sang, bekam der Imperator eine solch rasende Wut auf ihn, daß er ihn mit Ungnade strafte, was eine der höchsten Gefahren bedeutete. Als Imperator ließ sich Vespasian von einem Blinden beschwatzen, ihm in die Augen zu spucken, so daß er das Augenlicht wiedererlange – nach einer Weisung, die er im Traum von Serapis empfangen habe.

Als Soldat war er nicht nur tapfer, sondern oftmals auch recht grob. So wies er einst wutschnaubend einen jungen Präfekten aus dem Militärdienst, den dieser erlauchterweise anzutreten bereit war, nur weil dieser Mensch seinen wohlriechenden Duftwässern mehr Aufmerksamkeit und Respekt entgegenbrachte als der soldatischen Disziplin. Mit folgenden Worten hatte er ihn angebrüllt: »Es wäre mir lieber, du würdest nach Knoblauch stinken«, und ihm dann seine Rangabzeichen abgerissen … Iunius konnte nicht umhin, darüber zu grinsen, aber er hielt sich dabei rasch die Hand vor den Mund.

Sie wurden von fünf Senatoren aus dem Palast geleitet, von denen einer, als sie wieder auf der Straße standen, sich ohne Umschweife an den Legat wandte. »Publius Marcius«, sprach er, »ich bin Senator Menenius. Erlaube, daß ich dir meine Dankbarkeit ausdrücke für das, was du getan hast.« Dann, kaum hatte sich Marcius für diese Worte bedankt, fuhr er unmittelbar mit einem seltsam schimmernden Leuchten in seinen Augen fort: »Es ist mir zu Ohren gekommen, daß du nach Rom zurückkehren wirst, um dich hier der Politik zu widmen. Entspricht dieses Gerücht der Wahrheit?«

Marcius schien von der unvermuteten, plötzlichen Frage ein wenig aus dem Gleichgewicht gebracht. Wahrscheinlich waren ihm wieder die Worte Caesars in den Sinn gekommen, der gesagt hatte: »Der Ruhm reist schneller als der Wind und eilt oft den Ereignissen voraus.«

»Noch ist nichts entschieden«, antwortete er schließlich, »aber ich verhehle dir nicht, daß es mir Freude bereiten würde, der Allgemeinheit von neuem nützlich zu sein.«

»Wisse, edler General«, erwiderte der Senator, »daß in dem Versammlungsausschuß, in dem ich den Vorsitz habe, für Leute von deiner Tapferkeit immer ein Platz zu finden sein wird.« Dann erhob er seinen rechten Arm zum Zeichen des Grußes und entfernte sich so schnell, wie er gekommen war, und seine Kollegen, die ebenfalls in Togen gehüllt waren, begleiteten ihn. Schon begann die politische Realität ihre Fangarme nach ihnen auszustrecken, und das bereits zu einem Zeitpunkt, als sich der Held der vielen, im Namen des Römischen Reiches geschlagenen Schlachten kaum auf seinen tückischen Weg begeben hatte.

Während das Trio zurück zu den Pferden ging, brach Sextilius, der sich bislang in rätselhaftes Schweigen gehüllt hatte, ganz plötzlich mit einer recht ungewöhnlichen Frage heraus: »Es ist noch früh, mein General, warum machen wir nicht in einer Taverne halt und feiern das Ereignis?« Eine mehr als seltsame Bemerkung für einen Mann, der doch sonst immer nur mit Berechnungen über den eigenen Vorteil beschäftigt war.

Marcius schüttelte den Kopf, ohne seine Gefühle ahnen zu lassen. »Nein«, antwortete er trocken. »Wir werden Zeit und Gelegenheit zum Feiern haben, wenn der Triumphzug erst einmal vorbei ist.« Und ohne weitere Kommentare bestieg er sein Roß.

»Aber«, beharrte Sextilius, »sollten wir nicht den Tribun Iunius zu deinem Wohnsitz in der Stadt führen, so daß wir ihm auch all die übrigen Herrlichkeiten und Reichtümer Roms zeigen können?«

Iunius konnte sich über das so plötzlich veränderte Verhalten des Sextilius nur wundern, da dieser bis zu diesem Augenblick vom Ablauf der Ereignisse zutiefst gelangweilt schien. Vielleicht war er verstimmt darüber, daß es bisher verabsäumt wurde, seine Person in den Mittelpunkt des Interesses zu rücken, so daß er nun plötzlich Wert darauf legte, mit der Besichtigung Roms fortzufahren. Und das noch zum Wohle seines jungen Waffenbruders. Doch Iunius, der in die verschlungenen Wege gegenseitiger Abhängigkeiten in der Hauptstadt noch nicht eingedrungen war, schenkte dem keine sonderliche Beachtung. Er schrieb die Veränderung in Sextilius' Verhalten der Tatsache zu, daß er durch den Anblick des Imperators zufriedengestellt war, um so mehr, als auch eine Reihe von Senatoren anwesend waren.

»Gut«, entschied Marcius nach kurzem Überlegen, »wir werden einen kleinen Umweg machen und am alten Wohnsitz meiner Familie vorbeireiten, um dann auf der nördlichen Straße nach Ostia zurückzukehren.« Und sofort spornte er sein Pferd an.

Nachdem sie den Tiber auf einer seiner vielen, unglaublich großen Brücken überquert hatten, zeigte Marcius Iunius das Patrizierhaus seiner Familie, das neben vielen anderen Villen stand. Sie machten jedoch nur wenige Augenblicke halt, dann setzten sie ihren Weg ans Meer fort, wobei sie sich artig in den lebhaften Straßenverkehr einreihten, der in die Richtung des Handelshafens strömte. Obwohl sie gute Reiter waren, kamen sie nur langsam voran.

Als sie sehr viel später als vorgesehen bei der Villa des Marcius anlangten, wurden sie bereits durch die Tatsache gewarnt, daß kein einziger Wachtposten zu sehen war – irgend etwas war augenscheinlich nicht in Ordnung. Ein eiskaltes Gefühl höchster Besorgnis ergriff sie. Und je näher sie an das Haus herankamen, desto mehr verstärkte sich die Vorahnung, es mit einer Tragödie zu tun zu haben. Es wurde immer offensichtlicher, daß das Haus völlig leer war. Auch in den Nutzgärten war nicht wie üblich das belebte Treiben der Sklaven zu sehen, die mit der Pflege der Blumen- und Gemüsebeete beschäftigt waren.

Eine Bodenerhebung verwehrte ihnen den Blick auf den Strand vor der Villa. Ohne ein einziges Wort zu verlieren, gab Marcius seinem Pferd die Sporen, und auch die beiden anderen taten es ihm gleich. Rasch ritten sie die Anhöhe empor. Ihren Augen bot sich ein schreckliches Bild der Verwüstung. Überall im Lager, das für die Legionäre errichtet worden war, zeigten sich deutliche Spuren eines Dramas – offensichtlich war es überfallen worden. Und nun sah man nur noch die Wachtmänner ziellos durcheinanderlaufen, die mit ihren mittlerweile unnütz gewordenen Waffen wild umherfuchtelten. Manche von ihnen zeigten dabei auf ein Segel, das am fernen Horizont zu sehen war.

Am Strand standen drei Transportwagen. Ihre Räder waren im Sand steckengeblieben, was die Angreifer offenbar daran gehindert hatte, sie zu stehlen. Doch konnte man an den Eisenbändern, die zur Verstärkung der Kästen angebracht waren, deutlich sehen, daß es sich dabei um einige der Wagen handelte, mit denen die germanische Kriegsbeute transportiert worden war. Doch wo waren die anderen?

Ein Offizier näherte sich ihnen und schilderte völlig verwirrt und aufgeregt den Vorfall. Kurz nach dem Aufbruch des Generals und seiner Tribunen nach Rom waren plötzlich einige kleine Fischerboote aufgetaucht und hatten begonnen, in dem Meeresabschnitt vor der Villa hin- und herzukreuzen. Zunächst sah es so aus, als wären da einige Fischer mit ihrem Fang beschäftigt, so daß ihnen niemand besonders viel Beachtung schenkte – auch dann nicht, als sie immer näher ans Ufer herankamen und bereits ihre Netze einzogen. Dann war hinter den Booten ein großes Schiff aufgetaucht, dessen Heck mit einem Schwan verziert war. Und als das Schiff nicht mehr weit von der Küste entfernt war, strich es die Segel.

Währenddessen hatte er selbst sich mit dem Rest der Garnison im Innern des Lagers befunden und wie alle übrigen Männer, die zum Teil auch auf dem Hügel postiert waren, erst begriffen, daß etwas Ernstes im Gange war, als er die mittlerweile angespannten Wagen über den Sand fahren sah. Mit der Waffe in der Hand war er sofort zum Meer hinabgestürmt, aber zu spät. Ohne Zeit zu verlieren, hatten die falschen Fischer die Wagen, die im Sand steckten, einfach am Strand zurückgelassen. Die restlichen vier waren bereits auf zwei Fischerbooten vertäut worden, die so manövriert wurden, daß sie parallel nebeneinander fuhren.

So war den über zweihundert Legionären nichts weiter übriggeblieben, als dazustehen und zuzuschauen, wie sich die Boote mit dem größten Teil des für den Imperator bestimmten Schatzes von ihnen entfernten. Der wurde dann auf das Schiff geladen, das sofort in See stach.

»Die Männer in der Villa, die Wachtruppe… welches Schicksal wurde ihnen zuteil?« rief Iunius, als würde er schon die Tragweite der Tragödie vorhersehen.

Der Offizier schüttelte betrübt den Kopf, und in dem leidenden Ausdruck seines Gesichts bestätigten sich bereits die traurigen Vorahnungen.

Durch das weit geöffnete Bronzeportal betraten sie das Haus. Sie erblickten eine entsetzliche Szenerie von Tod und Verwüstung. Die drei Wachen, die auf der Mauer postiert waren, lagen, von Pfeilen durchbohrt, niedergestreckt auf dem Boden. Offensichtlich hatte der Schuß, der sie getroffen hatte, ihnen keine Möglichkeit mehr gelassen, Alarm zu schlagen.

Die Angreifer waren also in den Mauerring eingedrungen und auf brutalste Weise gegen die überraschten Verteidiger vorgegangen. Es waren einige der besten Männer, die Iunius ausgewählt hatte. Nun lagen sie gräßlich verstümmelt rücklings vor ihnen, eine Tatsache, die klar bewies, wie erbarmungslos und grausam die Angreifer gewesen waren. Vor allem machte es klar, daß sie in derlei Dingen über eine Menge Erfahrung verfügten.

Iunius sah, wie sein General neben einer der blutüberströmten Leichen niederkniete. Er bemerkte nicht sofort, daß es sich dabei um eine Frau handelte. Es war die Ehefrau des Gutsverwalters. Und nur ein Stück weit entfernt sahen sie den Verwalter selbst, von einem Wurfspieß durchbohrt, der seinen Körper von einer Seite zur anderen durchstoßen hatte und anschließend tief in die dahinterliegende Holztür eingedrungen war, so daß der Mann, noch aufrecht stehend, daran festgenagelt war. Und nun sah es so aus, als blickte sie der treue Bedienstete mit weit aufgerissenen Augen an, während rings um den mörderischen Speer sich ein dunkelroter Fleck aus geronnenem Blut gebildet hatte.

Mindestens fünfzig Sklaven waren gewaltsam in die Kornspeicher eingeschlossen worden. Und mindestens ebenso viele lagen neben den Leichen der Legionäre auf dem Boden. Auch im Garten des Hauses war keine Spur mehr von dem Barbarenschatz zu finden.

Die Angreifer hatten die Plünderei nicht nur auf das Äußere des Hauses beschränkt, sondern ebenfalls alle Räume im Innern durchwühlt. Iunius schlug das Herz bis zum Hals, als er in den Raum ging, der ihm als Schlafgemach zugewiesen worden war. Rasch eilte er zu der Truhe, in der er die goldenen Stelen der Luna hineingelegt hatte. Als er sah, daß sie nicht mehr da waren, fühlte er, wie die Angst grenzenlos in ihm aufstieg. Ihr besonderes Schicksal, zu verschwinden und dann wiedergefunden zu werden, schien auf ewig wiederholt werden zu müssen.

Nun mußte die traurige Aufgabe erfüllt werden, die Toten zu begraben. Danach konnte in dieser Nacht niemand mehr Schlaf finden. Bei Tagesanbruch schienen sich die letzten Hoffnungen zerschlagen zu haben, daß man der Kriegsbeute wieder habhaft werden könnte. Auf Anweisung des Marcius war sofort eine Abteilung zum Hafen gesandt worden, die schleunigst die Anker zweier Schiffe lichtete und den Angreifern nachjagte. Doch kam morgens ein Bote zur Villa zurück und berichtete, daß sich – trotz aller Nachforschungen – das Schiff der Plünderer anscheinend in Luft aufgelöst hatte, obwohl es doch so gut wiederzuerkennen wäre.

Die Nachforschungen wurden noch zwei weitere Tage fortgesetzt, doch war es offensichtlich, daß die Möglichkeiten zunehmend geringer wurden, die Flüchtenden auf dem Meer wiederzufinden.

Iunius wollte sich damit nicht zufriedengeben. Es schien ihm unmöglich, daß die Angreifer spurlos verschwunden waren. Nach einigem Nachdenken kam er zu dem Schluß, daß der beste Ort, um mit den Nachforschungen zu beginnen, nur der Hafen von Ostia sein konnte. Also entschied er, die Mannschaften aller einlaufenden Schiffe zu fragen, ob ihnen unterwegs ein Schiff mit einem großen Schwan am Heck begegnet sei. Jeder, der den Schwan einmal gesehen hatte, würde sich an ihn erinnern. Wenig später schon schlenderte er zwischen den Tavernen auf der Hauptmole umher und gesellte sich zwischen die Seeleute, die auf Anheuerung warteten. Aber vor allem hielt er sich an die, die sich nach den Mühen einer eben zu Ende gegangenen Reise am Wein ergötzten.

Er war völlig erschöpft. Die schlaflosen Nächte und die Anspannung, vor allem aber seine tiefe Trauer über den Verlust der Mondsteine, der *Pietre della Luna* – der wertvollen Kleinodien seiner Familie, die ihm anvertraut worden waren –, lasteten stärker auf ihm, als er sich je gedacht hätte.

Doch soviel er auch herumging, beobachtete und fragte, niemand schien den Angreifern begegnet zu sein. Bedrückt wollte er schon weitere Nachforschungen aufgeben, als plötzlich seine Aufmerksamkeit von zwei Männern in armseliger Gewandung angezogen wurde, die an einem abseits stehenden Tisch in einer heruntergekommenen Taverne saßen.

Zwei Gesichter, bei deren Anblick er spürte, wie ihm das Blut in den Kopf schoß und, ganz gegen seinen Willen, die Beine schwach wurden. Einer von ihnen war der Senator Menenius. Er hörte zu, und seine harten Züge, die denen eines Falken glichen, waren zu einer finsteren Miene verzogen, die dennoch merkwürdig zufrieden aussah. Und auch den anderen, der so aufgeregt auf Menenius einredete, erkannte er wieder: Es war Sextilius.

Iunius versteckte sich hinter einer Tür, die vom Alter schon völlig morsch war, und verweilte dort für einige Augenblicke. Er mußte erst wieder zu Atem kommen, überhaupt wieder fähig werden zu denken. Was hatten diese beiden verdächtigen Individuen an solch einem Ort zu tun, noch dazu in so ärmlicher Gewandung, die sie, wer weiß woher und von wem, erhalten hatten?

Er zwang sich dazu, Ruhe zu bewahren. Vorsichtig verschwand er, still und leise, so daß ihn die beiden nicht bemerkten. Wie sollte er sich verhalten? Nach einigen Überlegungen entschied er, daß es momentan noch zu früh war, Marcius in diese bedeutsame Entdeckung einzuweihen. Noch war nicht auszuschließen, daß diese Begegnung bloß das Ergebnis eines Zufalls war. Noch hatte er keinerlei Rechtfertigung, über seinen Verdacht zu sprechen.

Als er zurück in der Villa war, erfuhr er, daß der General erst einmal die endgültige Rückkehr der Verfolger abgewartet hatte, bevor er den Imperator von dem Vorfall in Kenntnis setzen wollte. Doch als auch die letzten Hoffnungen dahin waren, jemals die vier gestohlenen Wagen wiederzuerlangen, hatte er beschlossen, sich sofort nach Rom aufzumachen und eine Audienz bei Vespasian zu erbitten.

Der Imperator empfing ihn, ohne ihn warten zu lassen. Es schien, als sei er bereits von dem Vorfall informiert worden, doch als man ihm von den Details des Hinterhalts erzählte, wirkte er dennoch, als sei er vom Donner gerührt.

»Willst du damit sagen«, polterte er, »daß wegen der Unachtsamkeit, die du und deine Männer zeigten, mehr als die Hälfte der Kriegsbeute entwendet wurde? Immerhin ist der rechtmäßige Eigentümer dieses Schatzes das römische Volk!« Die Halle versank in bedrohlichem Schweigen. »Ich kann das nicht hinnehmen«, fuhr Vespasian fort. »Und deshalb werde ich den Befehl erlassen, daß der

Triumphzug, der deine Heldentaten hätte feiern sollen, nicht stattfindet. Doch nötigt mich mein Großmut gleichwohl dazu, auf deine tapferen Unternehmungen Rücksicht zu nehmen. Betrachte dich daher vom Vorwurf des Hochverrats befreit! Verneige dich vor deinem Kaiser und danke den Göttern, daß sie mir eingegeben haben, dir dein Leben zu lassen.«

Das war alles. Nach so vielen Jahren, die er im Dienste Roms verbracht hatte, nach endlosen Schlachten und unbeschreiblichen Entbehrungen in Sonne und Regen, in Sturm und Schnee, nach dem vielen Blut, das er gesehen, und den vielen Gelegenheiten, bei denen er auch das eigene vergossen hatte, war der Legat Marcius in den Augen jeden Römers ein gescheiterter Mann. Die Demütigung, die er empfand, ließ ihn noch nicht einmal den Versuch einer Verteidigung unternehmen. Mechanisch verneigte er sich vor dem Imperator, dann verließ er den Raum.

Zurück in der Villa traf Iunius weder Marcius an noch Sextilius, der, kaum war er von der Abreise des Generals nach Rom informiert worden, eiligst aufgebrochen war, um ihm zu folgen.

Er zwang sich, seine Skrupel zu überwinden. Dann schlich er sich heimlich in das Zimmer des Sextilius und stöberte mit großem Bedacht in dessen Sachen herum. Aber was suchte er überhaupt? Und was hätte er finden müssen, um seinen Verdacht zu untermauern? Denn es handelte sich um bloße Vorstellungen und Annahmen, um nichts weiter sonst – jedenfalls versuchte er sich das immer wieder einzureden. Wahrscheinlich lag das nur an der Tatsache, daß er für Sextilius keine besondere Sympathie empfand und auch dieser ihm offen seine Abneigung zeigte. Auch mißfiel ihm der arrogante Ton des Sextilius und das so überaus elegante Latein des römischen Patriziers, das sich von seinem eigenen – das schwerfällig war und seine provinzielle Herkunft verriet – vollkommen unterschied.

Unzufrieden mit sich selbst, schüttelte Iunius den Kopf, dann beschloß er, sofort mit diesem Wahnsinn aufzuhören. So ging es nicht weiter. Er mußte seine Zweifel und sein Mißtrauen schnellstens beiseite schieben und sich bei seinen Nachforschungen Sextilius zum Verbündeten machen. Doch gerade als er seine Hand auf die schwere Türklinke legte, bemerkte er an der gegenüberliegenden

Wand eine Truhe, in der er in seiner Aufregung noch nicht nachgesehen hatte.

Wieder mußte er seine Skrupel überwinden, bevor er fähig war, sie zu öffnen. Nun, da er bereits das ganze Zimmer durchsucht hatte, konnte er auch noch dort hineinsehen.

Doch erblickte er in der geöffneten Truhe, wie erwartet, nichts anderes als die Kleider des Sextilius. Aber unten, in einer Ecke am Boden, schien es, als zöge ein leichtes metallisches Schimmern seine Aufmerksamkeit auf sich. Mit seiner Hand fuhr er zwischen das Holz und die Kleidungsstücke. Als er sie wieder herauszog, hielt er eine kleine Bronzescheibe in der Hand. Er ging damit zum Fenster und betrachtete sie aufmerksam. Das Relief, das sich darauf befand, war die exakte Kopie des Siegels, das Marcius auf seinem Ring trug. Was hatte das zu bedeuten? Und zu welchem Gebrauch war die kleine Bronzescheibe bestimmt? Welche Augen sollten damit getäuscht werden? Und wenn überhaupt von einer Täuschung die Rede war, wie ließe sich damit das Rätsel des fehlenden Goldes erklären? Das hieße ja, daß Sextilius an den beiden blutigen Angriffen auf den Konvoi nicht unbeteiligt gewesen sein konnte. Wie war das alles nur möglich?

Unnütz, mit derlei Zweifeln zu leben. Er beschloß, Marcius über seine Entdeckungen zu informieren, sobald er mit ihm allein wäre – ob es sich nun um bloße Annahmen handelte oder nicht.

Bei Anbruch des Abends kehrte der General zurück und berichtete Iunius über den Ausgang seiner Audienz beim Imperator. Niemand hätte in ihm noch den kühnen Feldherrn wiedererkannt, den Sieger so vieler Schlachten an den äußersten Grenzen des Römischen Reiches. Seine sprichwörtlich unbezwingbare Kraft und seine Weisheit, für die ihn Tausende von Soldaten geliebt hatten, schienen sich in Luft aufgelöst zu haben.

Sextilius aber ließ sie bis zu dem Zeitpunkt, an dem sich alle in ihre Zimmer zurückzogen, nicht einen Augenblick allein, so daß Iunius keine Gelegenheit hatte, seinen Verdacht zu formulieren. Andererseits erschien es ihm wirklich unpassend, um nicht zu sagen sinnlos, ausgerechnet an diesem Abend Marcius mit noch mehr Sorgen zu belasten. »Morgen«, dachte er bei sich, »morgen werde ich noch Zeit genug haben, mit ihm allein zu sein.«

Bei Tagesanbruch wurde er von dem Geräusch galoppierender Pferde aus dem Schlaf gerissen. Er verließ sein Zimmer und trat auf die Loggia zum Garten. Zwei Prätorianer in Begleitung von zehn kaiserlichen Wachen ritten geradewegs durch das Tor der Einfriedungsmauer. Iunius stieg die Treppe herab, um sie zu empfangen, als er bemerkte, daß auch Marcius, offenbar beunruhigt von dem Besuch, in den Garten gestürzt kam.

»Wer von euch ist der Tribun Iunius?« fragte einer der Prätorianer.

Iunius trat vor, und der andere verkündete mit sehr lauter Stimme: »Wir haben Befehl vom Imperator, dich nach Rom zu bringen.«

Als Iunius nach einer Erklärung fragte, warum er zum Kaiser berufen wurde, zuckte der Prätorianer bloß verächtlich mit den Schultern: »Du bist nicht berufen, das zu erfragen, Tribun, du stehst unter Arrest.«

Kaiserliches Rom. Atrium Vestae.

Die Aufhebung der feierlichen Zeremonie, für Marcius einen Triumphzug abzuhalten, verschaffte Clelia einen Hauch von Freiheit. Auf ihr Ansuchen hin erhielt sie die Erlaubnis, ihrer Familie einen Besuch abstatten zu dürfen, die sie seit langer Zeit nicht gesehen hatte.

Durch ihre Verschleierung nicht zu erkennen, hatte sie endlich wieder einmal die seltene Gelegenheiten, sich inoffiziell und ohne die Eskorte der Liktoren zu bewegen, wie es bei den seltenen, nicht offiziellen Gelegenheiten der Brauch war, die das Leben einer Priesterin kennzeichneten. Als sie zum Eingang des Gefängnisses kam, trat sie ohne jedwedes Zögern dort ein und schob nur kurz den Schleier zur Seite, um ihr Priesterkleid sehen zu lassen.

Die Wachen waren verblüfft. Nicht nur, daß eine Frau einen Gefangenen sprechen wollte, es handelte sich dabei sogar um eine göttliche Priesterin. Und noch dazu wollte sie einen Christen besuchen!

»Quästor«, sagte die junge Frau und wandte sich sogleich an den Ranghöchsten, wobei sie, so gut sie konnte, den gebieterischen Ton herauskehrte, der das Vorrecht ihrer sakralen Stellung war: »Das Gesetz und die Götter verleihen mir das Privileg, mit all meinen Mitteln zu versuchen, den Mann auf den rechten Weg zurückzubringen. Er muß wieder von seinen törichten und verbrecherischen Überzeugungen lassen und zu unseren geliebten Göttern zurückfinden, insbesondere der heiligen Vesta.«

Der Vorsteher der Wachen war gezwungen, sich gegenüber einer der höchsten Persönlichkeiten des Römischen Reiches nachgiebig zu zeigen. Darüber hinaus aber war er auch von der Unantastbarkeit und Richtigkeit dieser Mission überzeugt, die diese junge Vestalin auf sich nahm, und so erhob er keine Einwände.

Clelia wurde in einen dunklen, stinkenden Raum geführt, und man bat sie, dort zu warten, bis der Gefangene aus seinem Verlies geholt und zu ihr gebracht wurde. Während sie wartete, blickte sie sich um. Wenn dieses düstere, ekelerregende Loch der Empfangsraum war, in welchem Zustand mochten dann erst die Verliese sein?

Die Tür öffnete sich, und eine Wache stieß den alten Mann herein und schloß sie sofort hinter ihm wieder. Valeriano war schrecklich abgemagert. Sein Bart und die Haare entbehrten jeder Pflege. Wo ihn die Ketten eingeschnitten hatten, war seine Haut an den Hand- und Fußgelenken nur noch eine einzige blutende Wunde. Aber seine Augen strahlten noch immer in vollem Licht und zeigten diesen unbeirrbaren Stolz, der sich Clelia so tief ins Gedächtnis geprägt hatte.

Die junge Frau streckte ihre Hand aus und strich, ohne nur ein Wort zu sagen, über das gemarterte Gesicht des alten Mannes. Seine Augen füllten sich mit Tränen, und er breitete seine Arme aus.

»Das ist die Barmherzigkeit, die Christus gepredigt hat«, sagte er. »Das ist die Liebe, deren wahre Natur wir oft nicht verstehen. Ich habe lange für dich gebetet, Vestalin, denn in deinen Augen habe ich die Reinheit, die Liebe und die Barmherzigkeit des Jesus von Nazareth gesehen.«

»Ich habe an dich gedacht«, antwortete sie. »Ich habe immer wieder über dich nachgedacht, Valeriano. Immer dann, wenn ich selbst allzutief in Kummer und Trostlosigkeit verfangen war. Ich dachte an den Stolz in deinen Augen und an deinen Gott, der die Liebe unter den Menschen lehrt. Und immer wieder habe ich überlegt, warum du dieses Opfer gebracht hast. Jedesmal lichteten sich dadurch – wie durch Zauberhand – die Nebel, die meine Seele verdüsterten.«

Unsicher, da er es eigentlich vermessen fand, sie mit seinen schmutzigen, von den Eisenketten verkrümmten Fingern zu berühren, streichelte ihr der alte Mann mit großer Zartheit über das Gesicht: »Gott wird dich für deine Handlungen und Taten belohnen, edle Frau. Ich bitte dich, den Weg, den du gewählt hast oder der dir auferlegt wurde, nicht mehr zu verlassen. Denn sonst müßtest du sofort den unerbittlichen Gesetzen deiner Gottheiten zum Opfer fallen. Doch, was auch immer geschieht, versprich mir, daß du stets für das Gute eintreten wirst und in Zukunft dein Tun von der Achtung für deine Mitmenschen bestimmt wird.«

»Das schwöre ich dir, Mann des Glaubens.«

Genau in diesem Augenblick klopfte die Wache an die Tür – wie im Flug war die Zeit, die ihnen gewährt worden war, vergangen. Grob zerrten die Soldaten den Alten davon, und Clelia hatte das Gefühl, als würde ihr dabei ein Stück aus ihrem eigenen Herzen gerissen werden.

3.

Kaiserliches Rom. Kaserne der Prätorianer.
Anno 830 nach der Gründung.
[77 n. Chr. (Anm. d. Ü.)]

Iunius wurde sofort in eine Zelle gezerrt, ohne daß ihm auch nur in
Andeutungen mitgeteilt worden wäre, welcher Straftaten er beschuldigt wurde. In dem engen, dunklen Schmutz der vier Gefäng-
niswände lief er wie ein Löwe im Käfig hin und her. Das Gefühl
seiner Ohnmacht und die völlige Unklarheit über die Art der Anschuldigungen ließen ihn fast verrückt werden. Dabei war er überzeugt, daß er unschuldig war.

Nach drei Tagen der Isolation und des Hungers wurde er endlich
aus seiner Zelle geholt und, noch immer in Ketten, vor den Magistrat
geführt. Das mürrische Gesicht des gesetzlichen Verteidigers paßte
hervorragend zu der Härte und Unnachgiebigkeit seines Gehabes.
Zunächst stellte er ihm einige Fragen über seine Identität. Dann hob
er ein kleines Stück Stoff hoch, das vor ihm auf dem Tisch lag.

Zum Vorschein kamen die Mondsteine mit ihren rotgoldenen Reflexen. Obwohl er zutiefst erschöpft war, konnte Iunius sich eines
Lächelns nicht erwehren, als er die vertrauten Figuren wieder zu Gesicht bekam. Er hatte gewußt, daß sie nicht allzulang fern von ihm
bleiben würden. Diese Gewißheit, sie eines Tages wieder vor sich zu
sehen, hatte ihn niemals verlassen.

»Kennst du diese Statuen, Tribun?« fragte der Magistrat mit dem
strengen Ton eines kaiserlichen Ermittlers. Iunius zuckte zusammen.
Was ging hier vor? Was wollte man von ihm?

»Gewiß erkenne ich die Mondsteine wieder«, gab er sofort zur
Antwort. »Sie gehören seit alters her zum Hab und Gut meiner Familie. Vielleicht noch länger als seit dem Zeitpunkt, an dem Äneas
am Strand von Lavinium landete.«

»Du lügst, Iunius!« donnerte der Magistrat. »Dieses Gold gehört wohl zu einem Schatz, aber nicht zu deinem. Es gehört dem römischen Volk. Noch wissen wir nicht, wie du es angestellt hast. Aber du hast dich in die Räume des Ärars (Staatsschatz des Römischen Reiches) eingeschlichen und das Gold der Römer entwendet. Das ist ein schweres Verbrechen, Tribun, das mit dem Tod bestraft werden kann!«

Iunius versuchte, langsam und tief zu atmen, um damit das Zittern zu überwinden, das er in all seinen Gliedern spürte und das durch seine Erschöpfung, seinen Hunger und Durst bewirkt wurde. Und tatsächlich, er wurde zunehmend ruhiger, bis er sich schließlich zu seiner ganzen Körpergröße aufrichtete. »Es gibt etliche Zeugen«, antwortete er, »die bestätigen können, daß ich diese Statuen erst vor wenigen Tagen von meinem Vater zum Geschenk erhalten habe – und zwar in der Stadt Luna. Sie befinden sich seit Jahrhunderten im Gewahrsam meiner Ahnen.«

»Natürlich werden diese Zeugen beim Prozeß gehört werden«, entschied der Magistrat ziemlich verächtlich. »Ich ordne hiermit an, daß er auf dem Forum Romanum abgehalten wird, und zwar in Gegenwart des Volkes von Rom.« Und ziemlich ungehalten gab er den Wachen ein Zeichen, den Gefangenen so schnell wie möglich wieder abzuführen.

Iunius blieb in der Zelle der Kaserne der Prätorianer eingesperrt – wie lange, konnte er wegen der Dunkelheit nicht genau bestimmen. Doch war es ihm, der so lange an militärische Disziplin gewöhnt war, durchaus möglich, auf Grund des Wach- und Schlafrhythmus seines Körpers und der gelegentlichen kargen Mahlzeiten, bei denen ihm irgendein übelriechendes Essen zugeschoben wurde, die Zeit auf ungefähr zehn Tage zu schätzen. Dann, eines Morgens, wurde er endlich in Ketten weggeschleppt und vor den Richtertisch geführt. Nach so viel Dunkelheit konnte er in dem blendenden Licht fast nichts mehr sehen. Seine Beine, die durch die Ketten zu langer Bewegungslosigkeit verdammt worden waren, fühlten sich starr und steif an und konnten nur mühsam kleine Schritte tun. Mechanisch schob er sich mit halbgeschlossenen Augen nach vorn, während er auf seinem Rücken die Schläge der Wärter spürte, die ihn antrieben, als wäre er bloß ein Tier.

Als es ihm endlich gelang, den Schmerz zu besiegen und die brennenden Augen ein wenig zu öffnen, sah er, daß der Platz des Forum Romanum mit einer riesigen Menschenmenge gefüllt war. Für die römischen Bürger, die nach Intrigen und grausamen Spielen lechzten und gierten, war der öffentliche Prozeß gegen einen Militärtribun, der wegen Diebstahls am Römischen Reich angeklagt war, ein Schauspiel, das sich niemand entgehen lassen wollte. Auf der *rostra* saß in einer Reihe in dem Ornat, der seinem Rang entsprach, der richterliche Rat. Vor dieses Gremium wurde der Angeklagte in seinen Ketten getrieben.

Iunius erkannte unter den Zuschauern in den ersten Reihen das bleiche, verstörte Antlitz des Marcius, und er sah, wie dieser in wütender Resignation sein Haupt schüttelte. Da begriff er, wie weit diese Machenschaften gingen und wie fintenreich und verschlagen sie ausgeheckt waren.

Derselbe Richter, der ihn verhört hatte, erklärte die Verhandlung für eröffnet. Dann befahl er mit tiefer, laut schallender Stimme, die fast so ähnlich klang wie das Organ eines Schauspielers in den Tragödien: »Der heilige Hüter des Ärars möge hervortreten.«

In der langen, erwartungsvollen Stille war im Publikum nur das Rascheln der langen, weißen und mit Purpurstreifen verzierten Toga eines Senators zu hören. Es war Menenius, der nun seinen Platz in der Mitte der Tribüne einnahm und der Versammlung der Richter so laut erklärte, daß es auf allen Plätzen verstanden wurde: »Ich habe die Inventarliste des heiligen Schatzes mitgebracht, die aus den Zeiten des göttlichen Augustus stammt.« Und mit diesen Worten deutete er mit seinen klauengleichen Fingern auf ein fahrbares Holzregal, auf dem eine Vielzahl von ordentlich aufgereihten Schriftrollen lag. »Seit damals«, fuhr er in gemessenem Ton fort und warf feurige Blicke ins Publikum, »seit diesen ruhmreichen Zeiten, die so weit zurückliegen, gehören die drei Stelen, die eine Darstellung der Mondphasen sind, zum Schatz Roms.«

Der alte Senator hatte in all den Jahren seine berühmte Beredsamkeit durch sämtliche rednerische Kunstgriffe so weit verfeinert, daß er auf die versammelten Menschen einen enormen Eindruck machte und die Aufmerksamkeit aller Zuhörer fesselte. Und obwohl Iunius seine Rechte kannte und genau wußte, daß all diese Angaben nicht der Wahrheit entsprachen, konnte er das angstvolle Beben nicht zurückhalten, das durch seinen Körper lief. Natürlich hatte er Gewißheit darüber, daß diese Statuen seit grauer Vorzeit seinen Ahnen gehörten – mit Ausnahme der wenigen Male, bei denen sie entwendet worden waren, um dann auf geheimnisvolle Weise wieder in ihren Besitz zu gelangen.

Er konnte mit Sicherheit annehmen, daß der heilige Hüter des Ärars die Dokumente über den Staatsschatz gefälscht hatte. Aber wie sollte er, Iunius, der nichts von Intrigen wußte und diesen verschlungenen und abgefeimten Machenschaften in der Metropole völlig wehrlos gegenüberstand, seine Unschuld beweisen? Er begriff, daß er verloren war. Und er hörte, wie es im Publikum zu rumoren begann. Mit seinen Kräften völlig am Ende, spürte er, wie seine Augen in den Höhlen brannten und seine Schläfen anfingen, wie wild zu hämmern. Nur mit Mühe gelang es ihm, noch länger auf seinen steifen Beinen aufrecht stehenzubleiben. Er benötigte all seine Willenskraft, um seiner Schwäche nicht nachzugeben.

»Ich ersuche«, sprach der hinterhältige Menenius gerade, »daß der Magistrat die Dokumente in Augenschein nimmt, die ich hierher gebracht habe. Sie bestätigen, was ich behaupte.«

Ein Schreibgehilfe wies auf eine der Schriftrollen im Regal, worauf der Gerichtsvorsitzende sie herauszog und daraus zu lesen begann: »Drei kleine Statuen aus rotem Gold, jede von einem Gewicht zu hundert Unzen, mit der Darstellung der Mondphasen. Dem göttlichen Augustus vom Volk Liguriens zum Geschenk gemacht.« Die gleiche, scheinbar nicht anfechtbare Erwähnung wiederholte sich Jahr um Jahr bis zur letzten Inventarliste, die erst in jüngster Zeit aufgestellt worden war.

»Diesem Mann«, hub Menenius wieder an und wies mit seinen Klauenfingern auf den Angeklagten, wobei er mit schrecklich-schrillem Ton die Gemüter noch weiter anheizte, »ist es gelungen, hinterlistig und verschlagen in die Räume des Schatzhauses einzudringen. Er hat es geschafft, alle Aufsichtswachen zu umgehen, so daß er sich eures Goldes bemächtigen konnte, ihr Bürger von Rom. Sieben Personen von bestem Leumund sind bereit, dies zu bezeugen. Sieben, sage ich euch.«

Die Gewichtigkeit der Anklage wie auch die Zahl der Zeugen, die von den *haruspicis* und dem gemeinen Volk als heilig-magische Zahl angesehen wurde, machten sofort den gewünschten Eindruck. Sogleich geriet die Volksmenge in wütende Erregung und schmähte den Angeklagten mit heftigen Beleidigungen, bis eine gebieterische Geste des Senators die Ruhe wiederherstellte.

»Fortuna wollte es, daß ein rechtschaffener Bürger, dessen Name ich besser nicht enthülle, den Dieb entlarvte und das Diebesgut sofort sicherstellte. Daher ersuche ich das hohe Gericht, die Straftat mit dem Tod am Kreuz zu bestrafen, wie es das Gesetz der Römer für Diebe und Verräter vorschreibt!«

Vom Platz erhob sich laute Zustimmung.

Inzwischen gelang es Iunius fast nicht mehr, seine Augen offenzuhalten, auch wenn er noch so große Anstrengungen unternahm. Sein Verstand konnte die offensichtliche Tatsache nicht länger hinnehmen, daß die Geschicke ausgerechnet ihn zum Hauptakteur in dieser tragischen Farce bestimmt hatten. Doch waren es gerade seine geschlossenen Augen, die ihm seine Geistesklarheit wieder zurückgaben. Langsam begannen sich für ihn die Ereignisse aufzuklären, und zunehmend erkannte er den Zusammenhang zwischen dem seltsamen Angriff der Räuber auf ihr Lager in den Abhängen der Alpen, dem Massaker an seinen Männern und dem Diebstahl des Germanenschatzes. Und dazu gehörten natürlich auch die geraubten Mondsteine. Sie bildeten offenbar eine ebenso begehrte Beute – wenn er auch trotz der allergrößten Anstrengung nicht imstande war, die Gründe dafür zu verstehen. Was wollte man von ihm? In welch unbarmherzigem Spiel war er, ohne davon zu wissen, zur Spielfigur geworden?

Nun waren die Zeugen an der Reihe. Einzeln marschierten sie auf und machten ihre Aussagen, wobei sie so exakte Angaben lieferten, daß Iunius erschauderte. Wer könnte sie je entlarven? So behauptete einer, er habe den Tribun mit größter Vorsicht den Tempel des Saturn betreten sehen, ein anderer hatte ihn dabei beobachtet, wie er verstohlen auf die Räume des Ärars zuging, und wieder ein anderer hatte ihn dabei belauert, wie er mit einem Bündel im Arm die große Freitreppe hinabgestiegen war.

Doch gerade die Tatsache, daß er sich endgültig verloren meinte, erfüllte Iunius mit übermenschlichen Kräften. Es gelang ihm erneut, seine Schultern zu straffen und stolz den Kopf zu erheben. Dann richtete er seine feurigen Blicke auf den Ankläger Menenius. Und während ihn dieser mit grausamem Spott betrachtete, unternahm Iunius einen letzten, verzweifelten Versuch zur Selbstverteidigung. Er entschied, daß die einzige Rettung, die zu diesem Zeitpunkt überhaupt noch möglich war, darin bestand, die Wahrheit zu erzählen.

»Ich habe nicht die geringste Ahnung«, sagte er und setzte dabei alles daran, seine Stimme so sicher und klangvoll ertönen zu lassen, wie er es von seinem hinterhältigen Ankläger gelernt hatte, »welche Schliche du angewandt hast, um in den Besitz dieser drei Stelen zu gelangen, Senator. Ich weiß nur, daß zwanzig heldenhafte Legionäre sterben mußten, weil sie versucht hatten, die Schätze Roms zu verteidigen. Wahrhaftig, sie waren ehrenhafte und unerschrockene Männer, allesamt dazu bereit, für den Ruhm und die Ehre Roms ihr Leben zu geben. Immer haben sie ihr Bestes gegeben, um die ungeheuren Reichtümer des Staates zu schützen und zu mehren – ohne Murren gaben sie ihren Schweiß und ihr Blut, um die Barbaren niederzuwerfen. Und ohne es zu wissen, taten sie auch alles, damit diese kleinen Statuen ihrem rechtmäßigen Eigentümer erhalten blieben. Nämlich mir, ihrem Militärkommandanten und Tribun. Iunius aus der Stadt Luna. Wenn es einen Verräter gibt, dann bin das gewiß nicht ich, sondern jene treulosen Männer, die sich mit frevelhaftem Mord besudelt haben, und zwar an all den tapferen Soldaten, die das Gut der Römer bis zum äußersten Opfer verteidigt haben. Die Stelen sind seit dem Altertum Eigentum meiner Familie, wie jeder Einwohner der Stadt Luna bezeugen kann. Und diese angeblich offiziellen Inventarlisten sind eine Fälschung – anscheinend allein zu dem Zweck, um mich das Opfer einer Verschwörung werden zu lassen. Seht euch vor, ihr, die ihr mich anhört: Hier wird ein gotteslästerlicher, nichtswürdiger Frevel begangen.«

»Und du glaubst, Tribun«, unterbrach ihn verächtlich Menenius mit seiner in vielen Rednerduellen geübten Stimme, die die des Iunius mit Leichtigkeit übertönte, »du glaubst, wiederhole ich, daß die Zeugenaussagen deiner Eltern und Verwandten in Zweifel zu ziehen vermögen, was durch die alten kaiserlichen Dokumente verbrieft ist und von sieben – gebt gut acht, Römer, ich sagte, sieben! – Zeugen bestätigt wurde, die sich freiwillig zur Verfügung gestellt und keinerlei persönliches Interesse an der Angelegenheit haben?«

Und mit einem anzüglich sarkastischen Lachen, das fast so schrill klang wie das Geschrei eines Falken, beendete der Senator seine Rede. Seine Erklärung war von schier unwiderlegbarer Logik, und seine aufgebauschten Beweise schienen perfekt. Und um dem Erfolg seines Betrugs die Krone aufzusetzen, sprach Menenius weiter: »Ich habe vorhergesehen, daß du den Plan deiner Verteidigung auf diesem kläglichen und lachhaften Hilfsmittel aufbauen wirst, und so habe ich unverzüglich die nötigen Schritte unternommen.« Und er ließ seinen Raubvogelblick nach einer geschickt einstudierten Pause über die anwesende Menschenmenge schweifen und rief mit lauter Stimme: »Ich fordere, daß ein freier Bürger der Stadt Luna im Land der Ligurer vor das hohe Gericht tritt und Aussage ablegt.«

Iunius erinnerte sich nicht daran, diesen neuen Teilnehmer an der Verhandlung je zuvor gesehen zu haben, doch der behauptete, er sei ein Landsmann von ihm und kenne ihn, seit er ein Kind war. Er sagte unter anderem, es sei wahr, daß die Mondsteine einst Eigentum der Ahnen des Angeklagten gewesen seien, einer geachteten Familie, die untadelige römische Bürger waren. Doch habe sie der Vater des Vaters seines Vaters dem göttlichen Augustus während einer Reise des Imperators ins Land der Ligurer zum Geschenk gemacht.

Iunius fühlte, wie rasende Wut in ihm aufstieg, und ohne zu überlegen, stürzte er sich auf den heimtückischen Senator, der die ganze Intrige ersonnen hatte. Aber die Wache wurde mit seinem erschöpften Körper leicht fertig und warf sich dazwischen, noch ehe er Menenius überhaupt berühren konnte.

»Du weißt, daß ich unschuldig bin«, schrie Iunius völlig außer sich, »du verfluchter Lügner und Mörder! Du blutgierige Natter! Du hast meine tapferen Männer niedermetzeln lassen, um die von den Germanen eroberte Kriegsbeute zu rauben. Was willst du denn noch von mir? Mit welch schändlichen Machenschaften wirst du mir noch zu schaden versuchen?«

Da trat eine Schar kräftiger nubischer Wachen auf, um ihn zum Schweigen zu bringen. Gezielt schlugen sie mit ihren Fäusten auf ihn ein und versetzten ihm gleichzeitig am ganzen Körper furchtbare Peitschenhiebe. Der Gerichtsvorsitzende erhob sich. Als es den Wachen nach einigen Mühen gelungen war, auch unter den Zuhörern, unter denen ebenfalls Tumult entstanden war, die Ordnung wiederherzustellen, tat er den Ausspruch, der bei jeder Gerichtsverhandlung üblich war: »Wer Kenntnis einer Tatsache hat, die uns unbekannt ist, erkläre dies jetzt, bevor das Urteil gefällt wird.«

Aus den ersten Reihen der erregten Menge wurde eine Stimme laut. »Ich bitte ums Wort.« Es war Marcius, der sich scheinbar mühelos einen Weg durch die Anwesenden bahnte, die bei dem Anblick der imposanten Figur des großen Militärkommandanten still wurden und fast eingeschüchtert wirkten. »Ich bitte, gehört zu werden.«

Iunius fühlte den Geschmack von Blut in seinem Mund, und seine Sicht wurde von einem roten Schleier getrübt. Seine Beine gaben nach. Nun wollte ihm der rechtschaffene, unbestechliche Marcius großzügig zu Hilfe kommen, obwohl er dabei das Risiko einging, sich selbst in die unbarmherzigen Klauen der Ränkeschmiede zu begeben. Da er seine eigene Situation für hoffnungslos verloren hielt, hatte der junge Tribun bewußt darauf verzichtet, ihn als Zeugen aufzurufen. Er wußte, daß er dem Tod geweiht war, und hielt es daher für sinnlos, noch weitere Personen in diese niederträchtige Kabale hineinzuziehen. Er brauchte keinen Gefährten am Kreuz!

Als er an das Richterpodest gelangt war, nannte Marcius in ruhigem, feierlichem Ton seinen Rang als General und den Namen der Patrizierfamilie, der er angehörte. Die Menge erkannte ihn, und Schweigen senkte sich über den Platz, auf dem kurz vorher noch das leidenschaftliche Geschrei zu hören war.

»Ich habe diesen Mann in der Schlacht kennengelernt«, erklärte Marcius, als ihm das Wort erteilt wurde. »Ich habe gesehen, wie er an den äußersten Grenzen des Kaiserreiches gekämpft hat – im Namen Roms und für das Wohl der Römer. Der Rang eines obersten Offiziers, den er bekleidet, hat er zum Lohn für seine Tapferkeit und seine unbestechliche Treue erhalten. Der Tribun Iunius hat für Rom unschätzbare Reichtümer erobert und dabei immer nur eines im Sinn gehabt – sie seinem Kaiser zu Füßen zu legen. Auch war ich selbst anwesend, als sein Vater ihm diese Statuen vor wenigen Tagen zum Geschenk gemacht hat. Und ich bin bereit, diese Tatsache vor dem Angesicht der Götter zu beschwören.«

Ein Murmeln ging durch die Menge. Es schien, als hätte die Feindseligkeit gegenüber dem Angeklagten abgenommen und als seien sich die Menschen nicht mehr ganz so sicher, was nun wirklich die Wahrheit sei. Doch da ergriff Menenius wieder das Wort und fegte alle Zweifel beiseite.

»Es ist eine wirkliche Freude, die Meinung eines so tapferen Feldherrn zu erfahren. Er ist so tapfer, so fähig und tüchtig, daß er sich im Garten seines eigenen Landhauses berauben ließ. Beinahe konnte er dabei zusehen, und dennoch hat er nicht einen Finger gerührt, ihr Römer – nicht einen einzigen Finger, Römer«, wiederholte er und hob seine klauenartigen Hände so hoch in die Luft, als wollte er die Götter selbst herbeirufen. »Nun, er hat sich die Hälfte des Schatzes entwenden lassen, der von den Germanen erobert wurde, und dabei war dieser Schatz doch nach seinen eigenen Worten für das Volk von Rom bestimmt.«

»Dein letzter, wenn auch überaus peinlicher und vergeblicher Versuch der Verteidigung rührt mich zutiefst, Marcius«, fuhr er mit größtem Sarkasmus fort. Doch ließ nun sein heimtückischer Blick, den er nicht länger verbergen konnte, endlich erkennen, wer das wirkliche Ziel dieser Verschwörung war. »Wie auch immer«, fuhr Menenius fort, »ich weiß im Augenblick wahrhaft nicht, welchen Ausdruck ich für die hier vorgebrachte Behauptung anwenden sollte. Rührt mich dieser Verteidigungversuch, oder macht er mich argwöhnisch? Ich wiederhole: Ich weiß es tatsächlich nicht. Könnte es sein, Legat des Römischen Reiches, daß sich der Schatz der Barbaren noch immer im Besitz deiner Männer befindet? Wer weiß.«

Eine wahrhaft schändliche Beschuldigung, und Menenius wußte das. »Und was nun die Rechtschaffenheit deines Schützlings betrifft«, hub er mit einem verächtlich-ironischen Lachen wieder an, »erlaube mir, daß ich daran ernste Zweifel hege. Entspricht es der Wahrheit oder nicht, daß während eurer Rückreise bereits Gold im Wert von dreihunderttausend Sesterzen verschwunden ist? Wieviel, muß ich befürchten, ist dann erst dort droben abhanden gekommen? In diesen – wie ihr euch auszudrücken pflegt – eisigen, wilden Territorien des Feindes?«

Iunius ließ seinen Blick über die Menge der Menschen schweifen. Er fühlte mit stetig wachsender Gewißheit, daß inzwischen niemand mehr auch nur den geringsten Zweifel an seiner Schuld hegte. Ein heftiger, angstvoller Schauder überwältigte ihn bei dem Gedanken, daß die einzigen Personen, die von den Fehlern auf der Inventarliste wußten, Marcius und er selbst waren... und der Dieb. Auch schien ihm mittlerweile klar, wie Menenius in den Besitz seiner Information gelangt war. Jetzt verstand er, warum jener diese abscheulichen Tavernen aufgesucht hatte und warum die Kopie vom Familiensiegel des Marcius, die er unter den persönlichen Dingen des Sextilius gesehen hatte, existierte... Doch was zählte es, daß er das begriffen hatte? Wie konnte er diesen schrecklichen Menschen noch Einhalt gebieten und sie daran hindern, ihre schändlichen Ziele noch weiter zu verfolgen?

Als hätte er auch ohne Iunius' Wissen ähnliches begriffen, unternahm Marcius seinen letzten Verteidigungsversuch, doch tat er es diesmal, indem er zum direkten Angriff überging. »Für diese schmählichen Unwahrheiten wirst du dich noch verantworten müssen, Menenius. Und alles, woran mir jetzt gelegen ist, ist einen Unschuldigen vor dem Tod und der Schande zu retten. Der Tribun Sextilius, den du sonderbarerweise vor wenigen Tagen auf eine Mission weit weg von Rom geschickt hast, war gleichfalls bei der Übergabe der Statuen durch Iunius' Vater anwesend.«

»Selbst wenn das wahr wäre und dich nicht alle Einzelheiten auf ganz offensichtliche und schlagende Weise Lügen straften«, erwiderte der Senator mit einem triumphierenden Lächeln auf seinen fahlen Lippen, »verschiebt sich dadurch dieses Problem nicht um soviel, wie ein Eselshaar ausmacht. Das Gesetz schreibt in jedem Fall für den die Todesstrafe vor, der sich an dem Schatz des Kaisers vergreift, aber auch für den, der sich der Hehlerei an solchem Diebesgut schuldig macht. Drum gehe hin in Frieden, du *tapferer* Feldherr, und erlaube endlich dem Gericht, seinen Urteilsspruch zu fällen. Geh.«

Und tatsächlich wurde innerhalb weniger Augenblicke das Urteil verkündet: Der Angeklagte wurde schuldig gesprochen und zum Tod verurteilt. Ferner wurden ihm sein gesamtes Hab und Gut entzogen und sämtliche Rangabzeichen als hoher Offizier des Römischen Reiches aberkannt, da er nun diese Position durch seine Handlungen entehrt hatte.

Aus der Ferne ertönte die Stimme des Magistrats wie das Echo, das

Iunius Tausende von Male in den entlegenen Bergtälern gehört hatte. Wenn er daran dachte, welch unzählige Male er dem Tod ins Auge geblickt hatte, brauchte er ihn wahrhaftig nicht zu fürchten. Aber was ihm den letzten Rest seiner Widerstandskraft raubte, war die wahrhaft schändliche Art, auf die er sterben sollte, und das Wissen, daß er einer Posse zum Opfer fiel, die eigens, um ihm zu schaden, konstruiert worden war.

Acht nubische Wachen stellten sich um ihn auf und schleppten ihn, während sie sich ihren Weg durch die Menge bahnten, zu seinem traurigen Bestimmungsort. Er sah nichts. Er spürte nichts. Er fühlte nicht, wenn einer auf ihn spuckte und ein anderer ihn mit Schmähungen überschüttete oder, was am schlimmsten war, wenn einer versuchte, den Ring der acht riesenhaften Wachen zu durchbrechen, um über ihn herfallen zu können. Und er fühlte auch nicht die Steine, die ihn trafen. Gar nichts mehr.

Nicht weit entfernt vom Ort seines Martyriums eilte gerade eine junge Vestalin, verborgen unter den Schleiern, die sie nach der Vorschrift tragen mußte, die wenigen Schritte entlang, die sie von der Wohnstatt ihrer priesterlichen Schwestern trennten. Da bemerkte sie, daß das Forum Romanum von Menschen nur so wimmelte. Wie getrieben von einem unwiderstehlichen Impuls, bahnte sie sich einen Weg durch die Menge, die rasch beiseite trat, als sie ihrer heiligen Anwesenheit gewahr wurde.

Mittlerweile war der Gefangene beinahe in vollständige Bewußtlosigkeit verfallen, während er durch das Gewirr der wütenden Menschen gezerrt wurde. Niemals hätte er sich träumen lassen, welch unwahrscheinlicher Kraftanstrengung es bedurfte, noch ein letztes Mal, wie er meinte, die Augen zu öffnen. Da sah er sie vor sich, in nicht allzugroßer Entfernung, eine himmlische Erscheinung, hochaufgerichtet in all ihrer lichthaften Gegenwart, mit dem Schleier, der ihr das Haupt und die Haare bedeckte, aber nach unten hin offen war, um den Blick auf das Priesterkleid der heiligen Vestalin freizugeben.

Iunius meinte eine Fata Morgana zu sehen, eine Vision, die seinen nahenden Tod ankündigte, oder das zeitlos-ewige Bild einer Göttin. Und für einen endlos währenden Augenblick begegneten sich ihre Blicke. Die Augen der Vestalin, die von der Farbe der Saphire waren, kündeten von großer Güte, sie zeigten aber gleichzeitig ihren heftigen Schmerz, als sie erkannte, daß dieser Mann auf dem Weg zu seiner Hinrichtung war.

Die Menschenmenge verstummte plötzlich. Keiner spuckte mehr, und keiner warf mehr einen Stein. Keiner wagte auch nur die geringste Bewegung zu machen, als in der Stille plötzlich der gellende Warnruf der Vestalin laut wurde: »Die Götter wollen nicht, daß dieser Mann hingerichtet werde.«

»Das Gesetz der Vesta werde angewendet und ihr Wille geschehe!« erwiderte unmittelbar darauf eine andere Stimme wie ein Echo.

Erst in diesem Moment wurde sich Iunius bewußt, daß diese himmlische Erscheinung der Geleitbrief für seine Begnadigung war. Verunsichert blieben die Wachen stehen. Dann wandten sie sich um zur *rostra*, der Rednertribüne, und gingen den Weg über den Platz zurück.

Die Richter hatten die Tribüne noch nicht verlassen. Lange tuschelten sie miteinander, wobei ihre Stimmen ziemlich aufgeregt klangen und ihre Gesten verärgert und wild wirkten. Schließlich erhob sich der Vorsitzende des Gerichts und verkündete das neue und endgültige Urteil.

»Das Gesetz schreibt vor, daß du begnadigt bist, Iunius. Du hast dein Leben der Göttin Vesta zu verdanken, der es in ihrer unerforschlichen Weisheit und Barmherzigkeit gefiel, dich auf deinem Weg zur gerechten Bestrafung einer ihrer heiligen Priesterinnen begegnen zu lassen. Allerdings weiß ich nicht, ob es für dich lohnenswert ist, über soviel Barmherzigkeit Freude zu empfinden. Denn du wirst verurteilt, von heute an auf Lebenszeit unentgeltlich Fronarbeit für das Volk von Rom zu leisten. Und niemals wieder sei es dir erlaubt, dich von deinen Ketten zu befreien.«

Kaiserliches Rom. Anno 831 nach der Gründung.
[78 n. Chr. (Anm. d. Ü.)]

Sextus Iulius legte die Zeichnungen beiseite, die den Verlauf einer neuen, unbedingt notwendigen Wasserleitung von der Quelle des Anio Novus bis zum Forum Romanum zeigten, und bereitete sich darauf vor, seinen Arbeitsplatz in der Basilica Iulia zu verlassen. Das einzige, was ihn überhaupt vom Wasser und den Problemen, wie es am besten durch die Kanäle der Aquädukte zu leiten war, ablenken konnte, war der Zirkus mit seinen Gladiatorenkämpfen, von denen er einer der leidenschaftlichsten Anhänger war. An diesem Nachmittag wollte er in die Arena, um bei einem Pferdeturnier zuzuschauen. Um nichts in der Welt wäre er bereit gewesen, auf dieses Schauspiel zu verzichten, wenn die *bigae*, jene zweispännigen Rennwagen, in voller Fahrt daherrasten.

Sextus Iulius Frontinus bekleidete den Rang eines Wasserverwalters. Der Durst der Hauptstadt Rom wand sich beständig durch sein Gehirn wie ein lästiger Wurm. Der einzige Zweck seines Lebens schien die Versorgung der über hundert Brunnen zu sein, der zehn riesigen Thermen und der ungefähr siebenhundert Bäder bescheidenerer Größe, der fünfzehn Nymphäen sowie der beiden künstlichen Seen, die für die äußerst beliebten Schiffsschlachten genutzt wurden. Ganz zu schweigen von dem ständigen Wasserbedarf der über eine Million Bürger. Rom war ein riesengroßes Loch, in dem täglich hundertfünfundvierzig Millionen Liter Wasser versickerten, die über fünfzehn Aquädukte in die Stadt geleitet wurden. Und es schien, als würde diese Menge noch immer nicht ausreichen.

Wenn er seinen politischen Mentor traf, den ehrenhaften Senator Menenius, sagte er gewöhnlich zu ihm: »Die großen Zivilisationen der Geschichte haben außerordentliche Werke hinterlassen, die aber völlig unproduktiv waren. Denke nur an die Pharaonengräber oder an die Baukunst der Griechen! Und dann vergleiche sie mit dem, was wir architektonisch erschaffen haben, mit den endlos langen, gewundenen Wegen der Aquädukte, die unsere Lebensadern sind.« Und er hatte mit seinen Gedanken vollkommen recht. Vielleicht war das der Grund, weshalb Menenius sich niemals geizig zeigte, sondern gern das Vermögen der Allgemeinheit anzapfte und die Bitten dieses Manns erfüllte, der für die Wasserversorgung verantwortlich war.

Die riesigen Arkaden, über die das Wasser in die Stadt geleitet wurde, machten nur eine Teilstrecke eines solchen Aquädukts aus. Oft genug führte es auch unter der Erde entlang. Dort unten arbeiteten jeweils drei Sklaven, die zur Fronarbeit verurteilt und mit schweren, kurzen Eisenketten aneinander gefesselt waren, an den Leitungen. Zu den Schwierigkeiten, die durch die räumliche Enge bedingt waren, kam die Behinderung durch die Ketten, die den Gefangenen ständige Schmerzen verursachten. Wenn es ihnen nicht gelang, sich zu koordinieren und ihre Aktionen aufeinander abzustimmen, war es nahezu unmöglich, die Arbeit überhaupt auszuführen.

Die hauptsächliche Aufgabe der Kolonne, der Iunius angehörte, war es, neue Stollen zu graben, wobei sie ständig mit dem Gestein, den untragbar harten Bedingungen und dem beißenden Staub, der sich auf ihre Lungen legte, zu kämpfen hatten. Sie hatten einen bestimmten absteigenden Neigungswinkel einzuhalten, bei dem sie versuchen mußten, pro tausend Fuß Trasse ein Gefälle von drei Fuß anzuvisieren. Der Landmesser prüfte bei jedem Abschnitt anhand seiner Instrumente und mit endlosen Berechnungen nach, ob dieser Winkel auch tatsächlich exakt eingehalten wurde. Danach erledigten weitere Mannschaften die Nacharbeit, die darin bestand, daß die Leitungen mit Bruchstein und Zement ausgekleidet wurden und eventuell noch das Gefälle auf die festgesetzten Werte ausgerichtet werden mußte.

Schon seit fast einem Jahr arbeitete Iunius bei der Fertigstellung des neuen Aquädukts mit. Zum Glück hatte er mit den beiden Gefangenen, die an seiner Kette mit angeschlossen waren, einen so großen Grad der Übereinstimmung erreicht, daß sie sich fast so bewegten, als seien sie ein einziger Körper. Sie waren buchstäblich unzertrennlich geworden. Seine beiden Leidensgefährten waren wegen geringerer Straftaten als er verurteilt. Die Haut des einen war so dunkel wie Mahagoni, und er besaß die Kraft eines Lastpferdes. Er behauptete, von dem Geschlecht eines kriegerischen Stammes aus dem Herzen Afrikas abzustammen. Wegen seiner raubtierhaften Gangart hatte er den Namen Leone erhalten. Der andere war ein jugendlicher Grieche, der so unvorsichtig und arrogant gewesen war, sich nicht den Launen seines Herrn, eines Patriziers, zu fügen, der für ihn immerhin eintausendzweihundert Sesterzen bezahlt hatte. Er war sympathisch und sehr gebildet, sicherlich schwächer als die beiden anderen, aber er verstand es, seine physischen Grenzen durch eine wache, lebendige Intelligenz auszugleichen. Sein Name war Perikles. Nun wurde er schon seit mehreren Tagen von den heftigsten Hustenanfällen gepeinigt, und auf seinem Antlitz zeigten sich bereits deutliche Spuren der Krankheit. Doch versuchte er voller Mut alles, um für seine beiden Leidensgenossen kein Hindernis zu sein.

Die letzte Hürde, die sie von der frischen Luft trennte, war dabei zu fallen, danach würde ihre Arbeit leichter vonstatten gehen. Seit Stunden schon mühten sie sich ab, als Leone auf einmal kräftiger als die anderen mit seiner Spitzhacke gegen das Gestein zu schlagen begann. Vielleicht meinte er zu hören, daß es einen anderen Widerhall gab als sonst. Jedenfalls war plötzlich ein starkes Knirschen zu hören, dann das Geräusch von rutschender Erde und herabfallendem Geröll. Es dauerte eine Weile, bis sich der Staub gelegt hatte, dann sahen die drei Sklaven den grellen Schein des Lichts aus einem winzigen Loch im Felsen dringen. Und wieder schlug der starke Afrikaner mit hochaufgereckten Armen zu, und unter dem Freudengeschrei der Arbeiter gelang es ihm, die dünne Gesteinsschicht zum Einsturz zu bringen. Von der insgesamt neunzig Meilen langen Strecke hatten sie gut siebzig unter der Erde graben müssen.

Nun waren noch die Brücken und die großen Arkadenbögen zu errichten. Die nächste Aufgabe der Sklaven wäre, sobald sie die Stadt erreicht hätten, die Errichtung der großen Zisterne. Das grelle Licht der Sonne zwang Iunius, seine Augen halb zu schließen. Und während er staubbedeckt aus dem unterirdischen Gang hinaustrat, sah er, daß Leone dem jungen Griechen half, sich auf den Beinen zu halten.

Durch das triumphierende Geschrei, das ihre Unglücksgefährten anstimmten, wurden sie für einen Augenblick von ihren Qualen abgelenkt, doch brachte sie die rauhe, strenge Stimme des Wachaufsehers sofort wieder in die harte Wirklichkeit zurück. »Unnütz zu feiern, ihr Sklaven. Eure Arbeit ist noch nicht zu Ende. Ihr habt noch die Steinblöcke für die Arkaden zu transportieren.« Und mit diesen Worten ließ der grobschlächtige Mensch die Peitsche knallen, als wollte er damit unterstreichen, daß er nicht die geringste Verzögerung duldete.

Wie jeden Abend fiel Iunius völlig erschöpft und zerschlagen auf sein Lager. Der keuchende Atem des jungen Perikles an seiner Seite machte ihm große Sorge. Er wußte, daß dieses Leben voller Entbehrungen und die ungenügende Ernährung früher oder später auch ihn töten würden, aber er versuchte alles, um dennoch mit eiserner

Entschlossenheit durchzuhalten. Tief in seinem Innern fühlte er die Gewißheit, daß er eines Tages die Freiheit wiedererlangen würde, ganz ohne jeden Zweifel, auch wenn er nicht wußte, wann oder wie.

Am nächsten Tag arbeiteten sie bereits an dem Abschnitt mit den Arkaden, der eine Viertelmeile lang und fast hundert Ellen hoch war. Nach der langen Zeit in den dunklen, übelriechenden Kanalröhren unter der Erde fühlte Iunius sich vom Licht der Sonne und der Reinheit der Luft wie neu belebt. Soweit es ihm möglich war, beobachtete er die Arbeit der Schwellenleger, und fast gefiel es ihm, dem Schlagen der Hämmer zuzuhören, mit denen sie die Festigkeit einer Arkade überprüften. Jeder Schlag auf die Steine bedeutete einen weiteren Schritt hin zur Vollendung des Bauwerkes und erhöhte damit die Hoffung, daß anschließend vielleicht eine Zeit der weniger anstrengenden Arbeit kommen möge.

Den drei Sklaven wurde die Arbeit an einer der Winden zugewiesen, um deren Seitenbewegung zu kontrollieren. An diesem Tag stand der Besuch des kaiserlichen Kurators an, so daß die Wächter noch härter und erbarmungsloser durchgriffen als sonst üblich.

Perikles schaffte es nicht länger, den großen, behauenen Steinblock zu halten, sein Arm hielt dem Druck nicht mehr stand, so daß der Stein heftig zu wanken begann. Seine beiden Unglücksgefährten versuchten das Gewicht des Blocks allein im Gleichgewicht zu halten, doch vergeblich. Das Rad der Winde begann sich wirbelnd zu drehen und riß alle drei mit sich. Mit voller Wucht prallte der Steinblock gegen die Pilaster, und es kam einem richtigen Wunder gleich, daß nicht das Gefüge des gesamten Stützsystems zertrümmert wurde.

Der Oberaufseher lief hastig auf die Unglücksstelle zu, aber da erhoben sich Leone und Iunius bereits, wenn auch voller Schmerzen. Sie waren von oben bis unten mit Staub bedeckt. Die Peitsche des Sklaventreibers zischte durch die Luft und zeichnete einen Feuerstreifen auf die Schulter des ehemaligen Tribuns. Dann zischte sie auch auf die braune Haut seines Kameraden herab, ohne daß dieser einen einzigen Klagelaut von sich gab.

Perikles war neben ihnen auf dem Boden leblos zusammengebrochen. Schaum trat aus seinem Mund. Noch einmal hob sich die Peitsche, dann knallte sie auf den Oberkörper des jungen Manns nieder,

der jedoch nicht die geringste Reaktion zeigte. Ärgerlich brüllte der Wärter: »Steh auf, du Hund«, und schlug ein zweites Mal zu. »Ich befehle dir aufzustehen!« Da wurde der Körper des jungen Griechen von einem Krampf geschüttelt, und ein dünner Faden Blut drang ihm aus dem Mund. Der Aufseher holte ein drittes Mal mit seinem peitschenbewehrten Arm aus.

Aber bevor er noch zuschlagen konnte, bemerkte Iunius, wie sich plötzlich die Ketten spannten, an die sie alle drei gefesselt waren. Er wurde nach vorn gerissen, und wie eine wütende Bestie stürzte sich der dunkle, massige Körper Leones auf seinen Peiniger. Durch das Gewicht des Afrikaners wurde der Sklavenaufseher umgerissen, und mit ihm rollten sich nun beide Gefangene im Staub. Iunius erkannte deutlich, wie die Hand Leones dem Wachmann die Peitsche entriß, aber fast im selben Augenblick sah er, daß dieser mit seiner Hand zum Schwert griff.

Eine heftige, blitzartige Bewegung, und schon drang das Kurzschwert bis zum Heft in die Rippen des Afrikaners ein. Mit einem triumphierenden Ausdruck im Gesicht stand der Aufseher wieder auf, während der verletzte Sklave sich in Zuckungen wand. Erstaunlicherweise besaß der starke Afrikaner dennoch die Kraft, sich zu erheben und wieder in Kampfstellung zu gehen. Doch nun trat der Wächter direkt hinter ihn und schnitt ihm mit der Klinge seines Schwertes die Kehle durch. Ein Strom roten, heißen Bluts quoll aus dem Hals des Afrikaners.

»Der Anblick deines frevlerischen Hauptes soll allen als warnendes Beispiel dienen«, rief er mit rauher Stimme. Und Iunius, der direkt neben ihm an die Kette gefesselt war, mußte mit ansehen, wie er erneut das Schwert in den Hals seines Kameraden stieß, aus dem noch immer das Blut in Strömen floß, und dann versuchte, den Kopf gänzlich abzuschneiden.

Plötzlich schien das Rot des Bluts sein gesamtes Gesichtsfeld auszufüllen und auch all seine Gedanken und seinen Verstand in Besitz zu nehmen. Mit übermenschlicher Kraftanstrengung und trotz der Behinderung durch die Ketten gelang es ihm, sich zu erheben, und er stürzte sich auf den Oberaufseher, der sich jetzt über den leblosen Körper seines Kameraden gebeugt hatte.

Der Oberaufseher war ein Soldat, der sich in vielen Schlachten abgehärtet hatte und dazu ausgebildet worden war, allen nur erdenklichen Gefahren zu trotzen. Natürlich war ihm bewußt, daß er jetzt befürchten mußte, vom Leidensgefährten des Manns, den er getötet hatte, angegriffen zu werden. Also hatte er dessen Bewegungen mit größter Aufmerksamkeit aus dem Augenwinkel beobachtet. Jäh warf er sich mit einem behenden Sprung zur Seite, um so der Wucht des Aufpralls zu entkommen. Und dann sah Iunius, wie der Sklavenaufseher seinen Arm erhob, um ihn mit einem heftigen Schlag, den er von oben nach unten führte, zu erwischen. Doch war auch er in den langen Kriegsjahren im Grenzland abgehärtet worden und hatte im ständigen Kampf gegen grausame und wilde Männer, die überaus geschickt im Umgang mit Waffen waren, gelernt, sehr viel gefährlichere Angriffe zu parieren. So streifte ihn das Schwert seines Gegners noch nicht einmal. Bevor dieser die Waffe wieder erheben konnte, traf Iunius ihn mit einem Fußtritt, in den er all seine noch verbliebenen Kräfte hineinlegte, in die Genitalien. Mit einem zischenden Geräusch entwich der Atem des Aufsehers seinem Mund, doch gab er noch immer nicht nach. Aus seinen Augen sprühte der blanke Haß.

Erneut stellte sich Iunius angriffsbereit auf, wobei er versuchte, sich in eine Position zu bringen, die es ihm ermöglichte, so schnell wie möglich zur Seite zu springen. Aber sowohl die Kette wie auch die toten Körper seiner beiden Kameraden reduzierten seine Bewegungsfähigkeit stark. So konnte ihn der Feind erneut von vorne attackieren und fuchtelte dabei vor seinen Augen wild mit dem Schwert herum. Wieder gelang es Iunius, den Hieben und Stößen auszuweichen. Als dann der Aufseher, von seinem Schwung mitgerissen, plötzlich direkt vor ihm stand, gelang es Iunius, sich dessen Schwertes zu bemächtigen und ihm mit der Schneide einen Schlag in den Nacken zu versetzen. Der Mann taumelte, doch nur für einen winzigen Augenblick, aber das genügte Junius – er warf sich auf ihn und schaffte es, ihn bewegungslos zu machen.

Beim folgenden Manöver wurde Iunius weniger von seinem Verstand geleitet als von seinen langjährigen Erfahrungen als Soldat und Krieger. Er nahm die Kette, die ihn an den Knöcheln fesselte und jetzt nur noch eine lockere Verbindung mit den leblosen Körpern seiner Kameraden bildete, hob sie mit einem Ruck hoch und schnürte dem Oberaufseher damit den Hals zu. Einen Augenblick lang zögerte er, als würde er mit völlig klarem Verstand alle Konsequenzen seines Handelns durchforsten, die ihm mit ziemlicher Sicherheit bevorstehen würden. Aber dann sah er den Leichnam seines Kameraden Perikles, sah seinen von den Peitschenhieben zerfleischten Körper. Und nur wenig daneben lag der Afrikaner, dessen Kopf halb vom Oberkörper abgetrennt war. Er wollte das nicht mehr sehen. Und so packte er die Kettenglieder mit einer Kraft, die durch seine Wut ins Übermenschliche gesteigert wurde, und zog so lange, bis ihm das Todesröcheln seines Feindes kundtat, daß nun alles vorüber war.

Als er spürte, daß sich der Aufseher nicht mehr rührte, öffnete er die Augen. Er erhob sich, über und über bedeckt vom Staub, vom Schweiß und dem Blut seines Gegners. Ihm war völlig bewußt, daß er sich in einer ausweglosen Lage befand. Und so blieb er mit gesenktem Haupt und hängenden Armen stehen und wartete, was auf ihn zukommen würde. Doch statt irgendwelcher wütenden Kommandos ertönte hinter ihm plötzlich eine ruhige, gelassene Stimme, die nicht die geringste Gefühlsbewegung erkennen ließ. »Wie heißt du, Sklave?«

Er drehte sich um. Vor ihm stand, klar gegen das Sonnenlicht abgezeichnet, der kaiserliche Wasserkurator.

»Iunius aus der Stadt Luna«, antwortete er mechanisch und noch immer von der Anstrengung schwer atmend.

»Ah, der Tribun Iunius.« Offenbar wußte Sextus Iulius Frontinus von der Geschichte des Gefangenen. Sein Gönner Menenius hatte ihm vielleicht sogar empfohlen, diesem Iunius eine besonders harte Behandlung angedeihen zu lassen.

»Wie es scheint, entspricht das, was ich über deine heldenhaften Kriegstaten erzählt bekommen habe, tatsächlich der Wahrheit«, fuhr die noch immer völlig emotionslose Stimme fort. »Nun, es wäre wirklich schade, einen so tapferen Kämpfer hinrichten zu lassen«, fuhr er in nachdenklichem Ton fort. »Also gut. Ich verfüge, daß du nicht auf der Stelle hingerichtet wirst, wie es eigentlich das Gesetz gebietet, sondern in eine Gladiatorenschule überführt wirst. Auf diese Weise kann wenigstens aus dem Tod eines so tollwütigen Hundes, wie du es bist, bei den Spielen im Zirkus noch Nutzen gezogen werden.« Und mit einem schnellen Wink, den er an die beiden Wachen zu seiner Seite richtete, drehte er sich um und verschwand.

Kaiserliches Rom. Atrium Vestae.

»Wie geht es deinen Eltern?« hatte Cornelia sie gefragt, kaum war Clelia eingetreten. Sie war anscheinend extra in das schattige *atrium* hinabgestiegen, um ihre Rückkehr zu erwarten.

»Gut!« hatte Clelia geantwortet und dabei mit freiem Herzen gelogen. Die Begegnung mit dem zum Tode Verurteilten hatte sie mit einem unendlichen Glücksgefühl erfüllt. Bereits zum zweiten Mal war es ihr gelungen, ein Leben vor dem Tod zu bewahren. Nun sah sie vor ihrem geistigen Auge neben dem leidvollen, gepeinigten Gesicht des alten Christen dieses andere, das so jung und so offen war und selbst unter seiner Schmutzschicht noch soviel männliche Schönheit erkennen ließ. Das Gesicht des Manns, den sie Iunius geheißen hatten.

Cornelias Miene verzog sich plötzlich zu einem wütenden Grinsen, und ihre Augen schienen sich in zwei feurige Kugeln zu verwandeln.

»Du lügst!« schrie sie heiser. »Du bist nicht einmal bei dir zu Hause vorbeigekommen, sondern hast eine unerhörte Tat vollbracht. Du bist in den Kerker gegangen, um dich dort mit diesem Gefangenen zu treffen, der ein Christ ist!«

Unnütz, das Offensichtliche zu leugnen. Clelia senkte den Kopf und verharrte in Schweigen.

»Wie dem auch sei«, fuhr die Oberste Vestalin fort und zeigte, daß sie über alle Unternehmungen der ihrer mürrischen Fürsorge anvertrauten Priesterinnen bestens informiert war. »Da es offensichtlich deine Lieblingsbeschäftigung ist, den zurecht abgeurteilten Feinden des Imperators zu Hilfe zu eilen, halte ich es nach meiner Überzeugung für angebracht, dir eine Strafe aufzuerlegen, die beispielhaft ist. Von heute an wirst du für ein ganzes Jahr in deiner priesterlichen Zelle eingesperrt bleiben und keine Möglichkeit mehr finden, nach draußen zu gehen oder irgend jemand anderen zu sehen als deine Kameradinnen.«

Clelia grub sich dieses grausame, herzlose Urteil in die Seele, Wort für Wort. Nach außen erschien es, als würde sie es ohne jede Gefühlsregung aufnehmen. Doch tief in ihrem Herzen spielten sich ganz andere Empfindungen ab. Die Strafe erschien zwar schwer, aber durchaus erträglich!

Doch jetzt, fast sieben Monate nach diesem Tag, fühlte sie sich in ihrer Klausur wie ein eingesperrtes Tier im Käfig. Sie hatte sich vollkommen in sich selbst zurückgezogen und nahm nur noch selten an den Gesprächen der übrigen Priesterinnen teil. Die Themen, um die es ging, interessierten sie nicht, vor allem, weil sie eine Welt betrafen, zu der sie keinen Zutritt mehr hatte – das Leben Roms und seiner Bevölkerung.

Sicher war es dieses erzwungene Schweigen und auch die endlosen Stunden, die sie mit Nachdenken verbrachte, das ständige Befragen ihrer selbst und die Leere ihres Lebens, was sie ständig ihre – trotz aller Privilegien – nicht enden wollende Melancholie mit dem leuchtenden Blick des alten Valeriano vergleichen ließ. Die Heiterkeit, die er auch im schlimmsten Unglück zeigte, erfüllte sie mit einer ständig wachsenden Neugier auf die spirituelle Haltung der Christen. Ihr kam es vor, als ermöglichte ihnen dieser Glaube, in einem Universum zu leben, das vor Leben und Licht nur so sprühte, während sie im Vergleich dazu wie in einem Vorraum des Todes eingesperrt war. Und das gehörte alles zu diesem … ja, diesem geheimnisvollen, einzigen und allmächtigen Gott, von dem sie so gut wie nichts wußte.

Gladiatorenschule in Stabia.

Man munkelte, daß Velius, der Thraker, ein brutaler, blutrünstiger Mörder, der selbst unter den schrecklichsten Foltern noch sein Schweigen bewahrte, seine ruchlos-gewalttätigen Dienste mehr als einem Mächtigen in Rom zur Verfügung gestellt hatte. Doch anstatt hingerichtet zu werden, was mehr als gerecht gewesen wäre, so erzählte man sich jedenfalls, wurde er aus diesem Grund schließlich mit der Leitung einer Gladiatorenschule betraut, die sich zu einer der besten im Kaiserreich entwickelt hatte: der Schule in Stabia.

Man hatte Iunius in der Nacht dorthin gebracht, doch gleich nach seiner Ankunft wollte der Meister der Gladiatoren den Neuankömmling vorgeführt bekommen. Lange betrachtete der Thraker ihn mit forschenden Blicken, dann befahl er ihm, sich mehrmals im Kreis zu drehen. Sein geübtes Auge bemerkte sofort, daß die Muskeln dieses Manns durch die Handhabung schwerer Waffen und sonstiger Gerätschaften unglaublich stark und vollkommen modelliert waren.

»Du hast den Körper eines Kämpfers, Sklave. Ich glaube nicht, daß du das, was man mir über dich berichtet hat, nur dem glücklichen Zufall verdankst. Hast du Erfahrung mit Waffen?« fragte er und ließ keinen einzigen Augenblick lang die Augen von den Gliedern des Manns, der vor ihm stand.

»Ich kenne mich im Kampf und im Gebrauch der Stech- und Wurfwaffen ziemlich gut aus«, antwortete Iunius kurz. Ein plötzliches Gefühl der Vorsicht riet ihm ab, von seinen militärischen Erfahrungen zu sprechen.

Das Gesicht des Gladiatorenmeisters sah aus wie ein eilig zusammengestoppelter, schlecht genähter Sack aus Leder. Es war vollständig von Narben zerfurcht, und sein linkes Auge war von einer schwarzen Binde verdeckt. »Also gut«, schloß Velius. »Schon morgen werden wir sehen, was du kannst.« Dann befahl er den beiden Wachen, die den neuen Schüler eskortiert hatten, ihm die Ketten abzunehmen. »Es ist noch niemals vorgekommen, daß es jemandem gelang, aus meiner Schule zu entfliehen«, lachte er mit tiefer Stimme.

Iunius wurde in einen Schlafsaal geführt, der dem der Legionäre ähnelte, und bekam dort eine Schlafstelle zugewiesen. Lange massierte er sich die Fußknöchel, fast konnte er noch nicht glauben, daß sie nach mehr als einem Jahr endlich von den Ketten befreit waren. Dafür hatten sich an den Stellen, an denen vorher die Metallbänder die Haut umschlossen hatten, an beiden Seiten dicke, breite Schwielen gebildet. Doch kümmerte ihn das jetzt nicht weiter, er genoß das Wohlgefühl, sich ausstrecken zu können, ohne länger durch die Ketten gezwungen zu sein, auf dem Rücken zu liegen – ein Gefühl, von dem er fast befürchtet hatte, daß er sich nicht mehr daran erinnern und es auch nie mehr erleben würde. Dann übermannte ihn die Müdigkeit von der Reise, und er fiel in einen traumlosen Schlaf.

Der Lärm der anderen Schlafsaalbewohner weckte ihn sehr früh. Er beobachte sie eine Weile, und eine innere Stimme machte ihm sofort klar, daß in dieser ihm noch unbekannten Umgebung ein ähnliches Zusammengehörigkeitsgefühl und Standesbewußtsein herrschten, wie in den militärischen Reihen. So kamen seine neuen Kameraden umgehend auf ihn zu, um ihn kennenzulernen und sich selbst vorzustellen. Sie waren alle Sklaven, Kriegsgefangene oder Verbrecher, die der Hinrichtung entkommen waren, aber sie verhielten sich wie gute Waffengenossen, vereint im Namen des gleichen Geschicks, das ihnen keinen Ausweg ließ. In der Schule des Thrakers lebten mehr als dreihundert Gladiatoren oder Gladiatorenanwärter.

Nach den obligatorischen Waschungen und dem Verzehr des üppigen Morgenmahls – das erste anständige Essen seit vielen Monaten – ging er hinaus, um das Licht der Sonne zu genießen und sich aufmerksam die Gebäude anzuschauen, aus denen die Schule bestand. Auf der Ostseite lagen die Unterkünfte der Gladiatoren sowie des Gladiatorenmeisters und gegenüber, auf der Westseite, die Lagerräume und die Waffenarsenale. In der Mitte des Geländes befanden sich die *arena* und die *palaestra,* wo das Training stattfand. Die Ställe waren in einem etwas abseits stehenden Bauwerk stromaufwärts untergebracht, direkt neben der Piste für die *bigae,* die Kampfwagen. Eine der vier Seiten grenzte an ein Felsenriff steil über dem Meer.

Über eine Treppe kam man zum Anlegesteg, der aus einer Holzmole und einigen Pollern bestand, an denen Boote vertäut werden konnten. Auf einem Platz nahe des Steges sah er mehrere Schiffsrümpfe, die man aufs Trockene gezogen hatte. Er bemerkte sofort, daß es sich dabei um Miniaturausgaben von Kriegsschiffen handelte, die maßgetreu mit den Originalen identisch waren. Ihre Abmessungen lagen etwa zwei Drittel unter den über siebzig Ellen langen Fünfruderern, wie man sie für Seeschlachten benützte, und – aber das sollte er erst später erfahren – auch der Tiefgang war soweit verkürzt worden, daß die Schiffe für die Kämpfe in den unter Wasser gesetzten Arenen geeignet waren.

Die Bucht war geschützt vor Wasser und Wind und nur offen für den lauen Südwind. Auf der gegenüberliegenden Seite, in Richtung auf die Berge, wurde die Szenerie von dem hochaufragenden Massiv eines Vulkans bestimmt, der ständig Rauchwolken ausstieß.

Gleich danach wurde er zu den Geschicklichkeitsprüfungen gerufen. Unter dem strengen Blick des Velius erhielt er ein stumpfes, ungeschliffenes Schwert ausgehändigt. Der Gladiatorenmeister wollte das Training stufenweise angehen und den Neuen zunächst nur mittelmäßigen Gegnern gegenüberstellen. Danach würde Iunius auf immer stärkere, ernstzunehmende Kämpfer treffen. Zwar hatten die langen Monate der Rückreise nach Rom und der späteren Gefangenschaft seine kriegerischen Fähigkeiten ein wenig geschmälert, doch schon nach kurzer Zeit bemerkte er, daß er den anderen Gladiatoren noch recht gut standhalten konnte.

Doch als er den Wurfspieß in die Hand nahm, machte er eine wirkliche Entdeckung. Eigentlich hatte er nicht geglaubt, daß er sich überhaupt noch aufs Schleudern verstand und seine Treffsicherheit noch so glänzend war wie einst. Doch bei zehn Würfen, die zunehmend über immer größere Entfernungen gingen, verfehlte er sein Ziel nicht ein einziges Mal.

Der Thraker schien sehr zufrieden. Mehrmals schlug er ihm zum Zeichen seiner Genugtuung mit der Hand auf die Schulter. »Du mußt mit dem Netz vertraut werden«, sagte er und schlug ihn erneut auf den nackten Rücken, »denn bei der Geschicklichkeit, die du mit den Waffen an den Tag legst, bin ich überzeugt, daß du ein großartiger Netzfechter wirst.«

Iunius hatte noch nie bei den Spielen im Zirkus zugesehen, aber natürlich bereits von den verschiedenen Kategorien der Gladiatoren gehört. Er wußte, daß der Netzfechter nur mit einem Dreizack und einem Netz, das an den Enden mit Blei beschwert war, bewaffnet war. Er trug weder einen Helm, noch hatte er eine Rüstung an – als Gewand diente ihm lediglich eine kurze Tunika, die von einem breiten Gürtel zusammengehalten wurde. Bei den Kämpfen wurde dem Netzkämpfer im allgemeinen ein Gegner gegenübergestellt, der mit einem Kurzschwert, einem Helm und einem Bronzeschild ausgestattet war.

Natürlich wurde er unausweichlich an sein Leben als Legionär erinnert, an all die langen Jahre, die er mit einem Wolfsfell auf dem Kopf und einem Wurfspieß in der Hand verbracht hatte. Velius hatte richtig beobachtet – der neue Schüler mit den kräftigen Schultern und den Muskeln, die aussahen, als wären sie aus Marmor gehauen, hatte das Zeug zu einem hervorragenden Netzfechter. Mehr noch, als er hoffnungsvoll vermutete.

Die Diskussion zwischen Sextus Iulius Frontinus und Menenius über die Verteilung des Wassers ging ihrem Ende zu. Der Senator beglückwünschte den Beamten dazu, daß es ihm einerseits gelungen war, die Bestechungsversuche bei der Vergabe öffentlicher Aufträge, die sich ständig weiter ausbreiteten, aufzudecken, und er auch andererseits bewerkstelligt hatte, die Versuche der ärmeren Bevölkerung, sich widerrechtlichen Zugang zur Wasserversorgung zu verschaffen, im Keim zu ersticken. Und er sah keinen Grund dazu, sich bei einem so unwichtigen Detail aufzuhalten, daß das Geld, das Sextus durch seine disziplinarischen Maßnahmen wieder herbeischaffte, zum großen Teil nicht in den kaiserlichen Kassen, sondern in den großen, gierigen Taschen des Wasserverwalters selbst landete.

Als er sich gerade von diesem hervorragenden Beamten verabschiedete, fragte Menenius mit bewußt unbeteiligtem Gesicht wie beiläufig: »Dieser Sklave, übrigens ... Iunius, meine ich ... ich hatte dir doch anempfohlen, ihm eine Sonderbehandlung angedeihen zu lassen. Wie ist es ihm denn gelungen, deine Aufmerksamkeiten zu überleben?«

»Nicht nur, daß er meine Behandlung überlebte – er ging sogar so weit, seine Leidensgenossen zur Revolte aufzustacheln«, antwortete Sextus rasch und beglückwünschte sich selbst zu seinem genialen Einfall. »Nachdem er den Oberaufseher der Wachen niedergemetzelt hatte, hielt ich es für angebracht und vernünftig, ihn in die Schule von Velius, dem Thraker, zu stecken. In dieser Umgebung werden sie ihm das Leben mit Sicherheit verkürzen!«

Menenius riß die Augen auf. »Er hat einen Aufseher der Wachen getötet?« schrie er schrill. »Und das sagst du mir auf so blödsinnige Weise? Du hattest die Gelegenheit, ihn endgültig aus dieser Welt zu schaffen! Und statt dessen hast du ihn begnadigt und sogar in den Stand eines Gladiators erhoben?«

»Ich dachte, ich handle in unser aller Interesse, Herr, und vor allem in deinem«, antwortete der Beamte konsterniert. »Hätte ich ihn hinrichten lassen – bei dem Einfluß, den er auf die anderen hatte –, hätte ich einen Aufstand riskiert. Du weißt sehr gut, in welch schwierige und unheilvolle Situation wir mit den Sklaven gekommen sind! Die Ideen dieses Christengottes verbreiten sich unter ihnen auf die schändlichste Weise, wodurch sie dazu gebracht werden, in aller Fröhlichkeit und mit einem Lächeln auf den Lippen in den Tod zu gehen. Denn sie haben die feste Überzeugung, daß sie anschließend irgendwie – auf welche Weise, weiß ich nicht so recht – in ein höheres himmlisches Leben gelangen. Träumer sind sie. Aber starrsinnig und gefährlich. Und so habe ich sein Leben in die geschickten Hände eines deiner treuesten Diener gelegt. Dank deiner Großzügigkeit leitet er heute die berühmteste Gladiatorenschule des Römischen Reiches. Ich glaube nicht, daß es dir schwerfallen wird, einen banalen Unglücksfall im Training des Ex-Tribuns Iunius herbeizuführen. Der Thraker kann ihn aus dem Weg schaffen, ohne daß es zu irgendwelchem Gemunkel kommt, das uns gefährlich werden könnte. Außerdem sollten wir vermeiden, daß die abergläubischen Ängste des gemeinen Volks angeheizt werden. Die Leute hängen noch immer dem Glauben an, daß Iunius durch den Willen der Vesta das Leben wiedergeschenkt bekam. Ah! Vesta! Die Götter! Hm! Verzeih mir, o Herr…, ich habe mich hinreißen lassen… Aber leihe mir dein Ohr und höre, was dir ein treuer Diener sagt. Bei den nächsten Spielen wirst du den besten Grund haben, dich von ganzem Herzen zu amüsieren.«

Da verzog sich das Gesicht des Senators zu einer Grimasse, die eher der Fratze eines Wolfs glich denn einem Lächeln. Dieser kleingeistige Winzling von Mensch hatte wahrscheinlich recht, es war an der Zeit, seinen Weitblick einmal zu belobigen und zu belohnen. Anderenfalls… könnte man ihn einfach in die Kanalisation schicken, die mußte schließlich ebenso wie die Aquädukte betreut werden. Und was Iunius anging, so konnte sich wirklich der Thraker darum kümmern. Aber noch besser wäre es, dabei zuzusehen, wie er im Zirkus in Stücke gerissen oder von wilden Tieren zerfleischt wurde…

Heutiges Rom.

»Eine traumhafte Vorstellung«, tippte Sara Terracini rasch. »Bei diesem Gedanken verspürte der römische Patrizier ein Beben in seinen Lenden, die weniger durch das Alter als durch die vielen Exzesse erschlafft waren.«

Nachdem sie auf die Tasten *CTRL* und *SAVE* gedrückt hatte, lehnte sich die junge Wissenschaftlerin in ihrem ergonomischen Bürostuhl zurück, wobei sich ihre vollen Lippen zu einem kleinen, maliziösen Lächeln verzogen. Was würde sich wohl dieser zwergenhafte Gnom denken, der sich Oswald Breil nannte, wenn er diese Worte las? Diabolisch, wie er war, konnte man darauf wetten, daß er sofort mitbekäme, daß es sich hierbei um eine Interpolation aus einer weit späteren italienischen Zeit handelte. Niemals hätte es der schamhafte Mönch, der nach Breils Meinung die Abschrift der Pergamente aus dem Lateinischen in ein mit spanischen Ausdrücken versehenes Italienisch gemacht hatte, gewagt, den Begriff »Lenden« zu verwenden. Und »schlaff« noch viel weniger.

Aber wenn man ihr nicht einen winzig kleinen Freiraum gestattete, wenn sie ihrer angeborenen Phantasie nicht wenigstens ein bißchen freien Lauf lassen konnte, würde es ihr niemals möglich sein, diese anstrengende Aufgabe zu bewältigen. Ein Leben, das praktisch in totaler Klausur ablief, ohne Berücksichtigung ihrer persönlichen Interessen, und alles, nur um den unergründlichen Schrullen eines Gnoms Genüge zu tun, den man niemals zu fassen bekam…

Nebenbei bemerkt, was konnten die in ihren keuschen, frühfeministischen Klöstern eingesperrten Vestalinnen schon anstellen? Man brauchte doch nur an die kleine, unglückliche Clelia zu denken… Der gute Oswald durfte gern in die nächste Gehenna gehen.

Nun gut, das Leben, das sie führte, glich zwar beinahe einer Gefängnishaft, aber dadurch wurde aus ihr noch keine Vestalin. Gott bewahre. Sara ertappte sich wieder einmal dabei, wie sie mit den Fingern der rechten Hand das Zeichen des Gehörnten formte. Sie brach in fröhliches Lachen aus. Draußen war einer dieser herrlichen römischen Sonnenuntergänge zu sehen, der durch die leicht getönten Fenster noch theatralischer wirkte. Nichts auf der Welt hätte sie von einem idyllischen Abend in einem Lokal in Trastevere oder sogar in der Frische der Castelli Romani abhalten können. In allerbester Gesellschaft. In allerallerbester, wenn man das eigentlich auch nicht sagen konnte.

Sie griff wieder zur Tastatur und drückte mehrmals *CTRL* und *QUIT*. Ordnungsgemäß schloß der Computer alle offenen Fenster des Bildschirms, und damit wurde auch plötzlich all das Knistern und Brummen eingestellt.

»Für heute ist Schluß«, rief Sara mit lauter Stimme aus, was aber bloß die Wände hörten. »Die Vestalin des Computers geht jetzt aus, lieber Doktor Breil. Gute Nacht.«

Stabia. Anno 832 nach der Gründung Roms.
[79 n. Chr. (Anm. d. Ü.)]

Die Nachricht vom Tod Vespasians traf kurz vor der geplanten Abreise der Gladiatoren nach Rom ein, wo Iunius an seinem ersten Kampf teilnehmen sollte. Aber als Zeichen der Trauer wurden alle Aufführungen in der Arena abgesagt und auf unbestimmte Zeit verschoben.

Als Nachfolger des verstorbenen Imperators wurde sein Sohn Titus eingesetzt, obwohl übelwollende Stimmen behaupteten, daß er zwar ein hervorragender Berater für seinen Vater gewesen war, selbst aber niemals die Rolle des Oberbefehlshabers über das Imperium erfüllen konnte.

Die Gladiatoren setzten trotz alldem ihr Training im Hinblick auf die Spiele fort, mit denen bald die Einweihung des Amphitheaters Flavius gefeiert werden sollte.

Iunius wurde der Umgang mit dem Dreizack und dem Netz immer vertrauter, und er gewann zunehmend an Erfahrung. Auch halfen ihm die täglichen Übungen, seine Beine zu trainieren, und so wurde er immer stärker und schneller.

Wie es unvermeidlich war, hatten die Gerüchte über seine Verfehlungen als Militärtribun die Schule bald erreicht, was ihm zu einem Spottnamen verhalf, mit dem seine ganze Vergangenheit auf einen Nenner gebracht wurde: Iunius, der Tribun aus Luna.

Während eines Trainings hörte er, wie jemand ihn aus dem Hintergrund beim Namen rief. Obwohl er die Stimme nicht gleich erkannte, jagte ihm der eisig-feindselige Ton sofort einen Schauer über den Rücken. Instinktiv wachsam geworden, drehte er sich um.

Er erkannte augenblicklich Menenius, der an der Seite des Thrakers stand, wie immer in Begleitung eines Gefolges von treuen Senatsmitgliedern.

»Also so, Sklave Iunius«, sagte der alte Senator, »sehen wir uns wieder. Vergiß niemals, welches Glück dir die Götter zukommen ließen. Sie scheinen dir günstig gewogen zu sein. Denn mindestens zweimal solltest du bereits hingerichtet werden, und immer noch finde ich dich lebend vor. Und dazu ausgerechnet hier, in dieser Schule, die von mir und meiner Großzügigkeit finanziert wird.« Seine Gesichtszüge verzerrten sich wie üblich zu diesem bösen, höhnischen Grinsen, das mehr einer Wolfsfratze als einem Lächeln glich… »Doch sehe ich auch, daß du dich bei den Übungen in diesen edlen, gefährlichen Künsten durchaus wohl fühlst. Das läßt mich von ganzem Herzen hoffen, daß dir deine Erfolge im Kampf die Möglichkeit geben, deine schrecklichen Irrwege demnächst verlassen zu können.«

Ein Wunsch, der klang wie ein Fluch. Ohne ein weiteres Wort entfernte sich der Senator in würdevoller Haltung und folgte dem Gladiatorenmeister in dessen Gemächer. Und mit bitterer Gewißheit wußte Iunius, daß von diesem Augenblick an sein Leben noch komplizierter verlaufen und die Fallstricke sich häufen würden. Auch bedrängte ihn die Angst, daß sich die Beziehungen des treulosen Senators zum Thraker Velius nicht nur auf die Ausbildung der Gladiatoren beschränkten, selbst wenn Menenius als großzügiger Geldgeber der Schule bekannt war. Da steckte ganz sicher noch mehr dahinter. Er schwor sich, daß er alles tun würde, um diesem Geheimnis auf die Spur zu kommen.

»Dieser Mensch hat ebenso viele Leben wie die Gottheiten der Unterwelt«, wetterte Menenius wütend, als er mit Velius allein war. »Du mußt absolut sicherstellen, daß er nichts von dem Versteck der Wagen erfährt und auch nichts über unsere privaten Beziehungen. Nicht einmal einen vagen Hinweis darf er bekommen, nicht die kleinste Spur, nicht das unwichtigste Indiz. Klar? Oder nein, noch besser. Wir werden die überspannten Ideen dieses Dummkopfs Iulius Frontinus vergessen. Ich habe schon viele Männer im Zirkus sterben sehen. Zögern wir also nicht, es so einzurichten, daß dieser Tribun aus Luna durch einen *Unfall* aus dem Weg geräumt wird – sobald sich dazu eine Gelegenheit ergibt. Er ist ein sehr gefährlicher Mann.«

»Wie du befiehlst, Herr«, gab der Gladiatorenmeister zur Antwort und verzog sein ledernes Gesicht zu einer schlauen Fratze. »Ich werde mich persönlich um ihn kümmern.«

Schon am nächsten Morgen, als Iunius aus dem Fenster seines Schlafsaals auf die Bucht hinaussah, sollte er unerwartet in seinem Verdacht bestätigt werden. Auf dem Wasser lag das Lastschiff vor Anker, das seine Männer mit soviel unnützem Eifer gesucht hatten. Er konnte seine Überraschung und Empörung nicht verbergen, als er es so ruhig und friedlich auf den Wellen schaukeln sah. Gerade machten sich die Matrosen daran, die Segel einzuholen.

Über der Galerie am Heck ragte die verzierte Spitze des Schwanenkopfes empor. Hastig stürzte er die Treppe hinab, die zum Meer führte, und zwang sich, seine Wut nicht zu zeigen. Ruhig fragte er einen der Sklaven, der mit einem Tau hantierte, wem das Schiff gehöre. Aber ihm war klar, daß er die Antwort bereits kannte: »Der Schule gehört es«, erwiderte der Mann, »es wird für den Transport der Vorräte oder der Gladiatoren verwendet.«

Nun wußte er, was er zu tun hatte, und entschlossen stieg Iunius wieder die Treppe zum Schulgebäude empor. Die Felsen, die die Treppe säumten, waren aus Lavagestein und öffneten sich hier und da zu riesigen Grotten und tiefen, unterirdischen Gängen. In der *palaestra* angekommen, bemerkte er, daß Velius ihn erwartete. Der zwiespältige Ausdruck in dessen Gesicht ließ ihn sogleich auf der Hut sein.

»Du hast außerordentliche Fortschritte gemacht, Iunius«, sagte der Gladiatorenmeister. »Für mich sind sie geradezu unfaßbar, und das bei meiner Erfahrung mit so vielen Männern und Kämpfen. Ich habe mit echtem Vergnügen bemerkt, daß dir im Übungsraum inzwischen niemand mehr gewachsen ist. Deshalb will ich dich heute auf die Probe stellen. Du wirst mit mir trainieren.«

Auf dem Boden lagen bereits das Netz und der stumpfe Dreizack.

Noch bevor Iunius sie aufheben konnte, hatte Velius schon den Riemen seines Helms festgezurrt und sich auf ihn geworfen.

Mit einem geschickten Sprung zur Seite löste sich Iunius aus der Umklammerung und griff blitzschnell nach seinen Waffen. Dabei verlor er allerdings wertvolle Zeit. Dem ersten Schwerthieb konnte er ausweichen, aber der zweite traf mit größter Wucht auf das hölzerne Heft seiner Waffe und schlug es mitten durch. Velius kämpfte nicht mit einem dieser harmlosen Schwerter, mit denen die Gladiatoren im Training übten, seines hatte eine perfekt geschliffene Schneide. Nun war Iunius klar, daß es die Begegnung mit Menenius war, die zu diesem unverzüglichen, aber vorhersehbaren Resultat geführt hatte. Der Gladiatorenmeister war bereit, ihn zu töten, und der gehässige Blick in seinen Augen bestätigte es.

Iunius warf sich in den Sand und rollte sich mehrmals um die eigene Achse. Den Dreizack ließ er aber nicht los, obwohl dieser inzwischen nur noch so kurz wie sein Arm war. Und auch das Netz umklammerte er, so fest er nur konnte. Weitere Waffen zu seiner Verteidigung hatte er nicht. Er versuchte mit dem Netz den zweiten Angriff abzuwehren, aber Velius streifte ihn mit der geschliffenen Klinge am oberen Teil des Brustkorbs, und ein Strahl Blut quoll hervor.

Nur eine leichte Verletzung, eine von denen, die er in den langen Kriegsjahren gar nicht zu beachten gelernt hatte, da sie innerhalb weniger Tage bereits wieder geheilt sein würden. Doch zeigte sie, daß die Angriffe des Thrakers wirklich seinen Tod herbeiführen sollten. Der einzige Weg, der ihm zu seiner Verteidigung blieb, war, sich schleunigst vom Angegriffenen in den Angreifer zu verwandeln. Aber Velius verfügte über eine jahrzehntelange Erfahrung: Mit einer kräftigen Drehung der Beine und des Oberkörpers warf er sich zur Seite und wich dadurch geschickt dem Stumpf des Dreizacks aus. Als nächstes verpaßte er seinem Gegner einen kräftigen Fußtritt in den Magen. Für ein paar Augenblicke rang Iunius nach Atem. Gleichzeitig versuchte er mit allen erdenklichen Mitteln, den Gladiatorenmeister abzuwehren. Er hatte vor, seine Haut so teuer wie möglich zu verkaufen. Kaum ließen seine Schmerzen nach, schwang er schon das Netz über seinem Kopf, schnell und immer schneller. Dann warf er es auf seinen Angreifer aus, der gerade erneut mit Schwung ausholte.

Er sah, wie Velius angestrengt versuchte, sich aus den engen Maschen zu befreien, aber jede seiner Bewegungen erzielte genau den umgekehrten Effekt. Dann stürzte er zu Boden, und blitzschnell warf sich Iunius auf ihn und quetschte mit seinen Knien Velius' Oberarme so fest auf den Boden, daß dieser sich nicht mehr zu rühren vermochte.

Er hob den Dreizack hoch über seinen Kopf. Er war zwar abgebrochen, aber zum Töten noch sehr gut zu gebrauchen – vor allem, wenn man ihn auf kurze Entfernung entschieden und kraftvoll in den Körper des Gegners rammte. Doch etwas zwang Iunius, in seinem Tun innezuhalten. Für einen kurzen Augenblick starrte er in das Auge seines Gegners, das einzige, das jener noch hatte. Er fühlte sich, als sei er hypnotisiert. Denn was er entdeckte, war Angst – nackte, unbezwingbare Angst, vielleicht die gleiche Todesangst, die der Thraker einst selbst auf dem Gesicht von Marcius' Gutsverwalter oder dem von dessen Frau gesehen hatte. Er zögerte nicht mehr. »Stirb!« schrie er und machte sich bereit, ihm den tödlichen Stoß zu versetzen.

Aber er hatte die Kraft des Gladiatorenmeisters unterschätzt, die sich jetzt, in all seiner Verzweiflung, verdoppelte. Velius bäumte sich plötzlich auf, und dann, mit einem kraftvollen Ruck, befreite er sich aus dem Zangengriff von Iunius' Beinen und rollte ihn ein Stück zur Seite. Iunius bemerkte noch, daß es Velius gelang, sich aus dem Netz zu befreien, und ehe er selbst wieder aufstehen konnte, fand er sich seinerseits unbeweglich auf den Boden niedergedrückt.

Er sah, wie sich die tödliche Klinge langsam auf seine Kehle zubewegte. »Du wirst es sein, der stirbt, du Hund!« zischte der Thraker und hauchte ihm dabei seinen stinkenden Atem ins Gesicht. Iunius erkannte, daß Velius sich wahrhaft genüßlich dazu bereit machte, seine Hinrichtung zu vollstrecken, und verzweifelt erwartete er den tödlichen Stoß. In seinen Augen hatte er alles getan, was er zu tun imstande war.

Aber offensichtlich hatten ihn die Götter doch nicht vergessen. Denn eben in diesem Moment erbebte die Erde und brach unter ihnen ent-zwei. Niemals hätte er sich so etwas vorstellen können, nicht einmal in seinen kühnsten Träumen. Blitzartig zerfielen alle Gebäude in Staub und Schutt. Während um ihn ein schreckliches

Getöse anhob, während es prasselte und knallte, öffnete sich mit unglaublicher Geschwindigkeit genau in der Mitte des Hofes die Erde, und ein Riß von etlichen Fuß breitete sich aus. Hilflos mußte er mit ansehen, wie einige Gladiatoren in diesem Abgrund versanken. Gleichzeitig bemerkte er, daß sich der Griff seines Angreifers zu lösen begann. Das Beben der Erde wurde auf einmal noch stärker, und nun schien alles gleichzeitig in Trümmer zu zerfallen, zu versinken und zu explodieren. Doch noch immer hielt Velius seinen Arm erhoben, um Iunius die Klinge in den Hals zu stoßen. Es sah so aus, als sei er in seiner Bewegung erstarrt, die Knie am Boden und seinen ungläubigen, erschreckten Blick auf den Schauplatz dieser fürchterlichen Zerstörung gerichtet.

Verzweifelt versuchte Iunius, seine letzten Kräfte zu mobilisieren. Er krümmte seinen Rücken und bäumte sich auf, bis es ihm gelang, Velius von sich herabzuschütteln. Der Körper seines Gegners fiel zu Boden und rollte direkt auf den furchtbaren Riß zu, der nun zum Stillstand gekommen war, als würde er Velius sehnlichst erwarten. Und schon sah Iunius, wie der Körper des Gladiatorenmeisters in die Tiefe stürzte und halb darin verschwand. Vorher ließ er noch das tödliche Schwert zu Boden fallen, um mit seinen Fingern nach einem Halt zu suchen, wobei sie sich mit dem Blut befleckten, das von Iunius' Wunde am Schwert klebte. Dann klammerten sich die Finger für ein paar Augenblicke an den Rändern des Abgrundes fest, bis ein neuer Erdstoß, weit weniger heftig, doch ebenso verheerend, ihn in die Gedärme der Erde hinunterriß, genau an den Platz in der Unterwelt, der für ihn bestimmt war.

Der Vulkan spie Feuer und säte überall Zerstörung. Unter dem entsetzten Blick des Iunius und der anderen Gladiatoren, die ins Freie gelaufen waren, begannen sich plötzlich die Ränder des Schlundes wieder einander anzunähern, und es schien, als nähten sie sich selbst zu, wie ein Arzt eine Wunde. Dann war das Grab des niederträchtigen Thrakers für immer verschlossen. Verstört und von Panik ergriffen, flüchteten die Gladiatoren in alle Richtungen. Iunius nicht. Die Götter hatten ihm auf unmißverständliche Art ihren Willen gezeigt: Sie hatten ihm einen Auftrag erteilt, den er zu Ende führen mußte. Er mußte dieses Risiko eingehen, auch wenn die Verdachtsmomente, die er an diesem Morgen erfahren hatte, noch weniger konkret schienen als die Befürchtungen, die ihm einst beim Anblick des heimlichen Gesprächs zwischen Menenius und Sextilius gekommen waren. Wer, wenn nicht die Götter selber, hatte ihm das Lastschiff mit dem langen Schwanenhals am Heck ins Blickfeld gerückt!

Er wußte, daß sich in den Ställen einige Lagerräume befanden, zu denen den Gladiatoren der Zutritt verboten war. Mechanisch nahm er das Schwert des Velius auf, dann rannte er auf die Pferdeställe zu. Wegen der Erdstöße, die noch immer den Boden erschütterten, hatte er Mühe, das Gleichgewicht zu halten. Doch je näher er dem Gebäude kam, aus dem das Wiehern der vor Angst fast wahnsinnigen Tiere an seine Ohren drang, desto mehr versuchte er, seine Gedanken zu ordnen. Wenn es Menenius war, der die von den Germanen eroberte Kriegsbeute entwendet hatte, mußte sich alles noch in seinem Besitz finden. In so kurzer Zeit konnte er sich dieses Schatzes gar nicht entledigen, ohne daß er Gefahr lief, dabei aufzufallen und innerhalb kürzester Zeit entlarvt zu werden. Schließlich waren die kaiserlichen Wachen im Besitz der exakt aufgestellten Bestandsliste, die er, Iunius selbst, in der Villa des Marcius in Ostia aufgenommen hatte – Gegenstand für Gegenstand, all die Goldbarren und Edelsteine, der Bernsteinschmuck und die Fibeln.

Irgendwo mußte Menenius all diese Dinge versteckt haben, um darauf zu warten, daß sich der Sturm wieder legte. Dabei konnte die Gladiatorenschule ein guter Platz sein. Der beste sogar, da er für die meisten Menschen unzugänglich war und ständig unter Bewachung stand.

Kaum hatte er den Eingang passiert, stach ihm der Geruch von Stallmist in die Nase, der sogar den Schwefelgeruch überdeckte, mit dem die Luft durchdrungen war. In den Ställen, aus denen bereits beim ersten Erdstoß die Stallknechte davongelaufen waren, herrschte unter den bedauernswerten Tieren heilloses Durcheinander. Die Pferde, festgebunden an einem dicken Seil, rissen und bissen wie wild an ihren Halftern herum, wodurch ihre Mäuler wie in Schaum und Blut getaucht schienen. Doch kümmerte sich Iunius im Augenblick nicht um sie. Dazu hatte er keine Zeit. Er wurde von einem unwiderstehlichen Drang beherrscht, einem Beben, das ähnlich dem Beben war, das gerade die Erde verwüstete. Dann sah er im Hintergrund des Stalls die Bronzetür, der Eingang zu dem Lager, das kein Gladiator betreten durfte. Eilig stürzte er darauf zu, doch schon nach wenigen Schritten blieb er stehen. Aus eigener Kraft würde er niemals mit diesem Portal fertigwerden, das zu allem Überfluß noch von einer Querstange, ebenfalls aus Bronze, gehalten wurde.

Was also konnte er tun? Er suchte zwei Pferde aus, die nicht ganz so verschreckt schienen wie die anderen, und band sie hinten am Stall, ganz in der Nähe des geheimen Lagers, an das dicke Seil, das von vorn bis hinten durch den ganzen Raum gezogen war. Dann steckte er das eine Ende eines Stricks in den ersten der beiden Eisenringe, mit denen das Seil an einem dreifachen Lederriemen an der Hinterwand des Stalls befestigt war. Fachmännisch band er mit ein paar Knoten das andere Ende des Stricks an die Bronzestange, die über den beiden Pfosten der Tür zum Lager angebracht war. Danach hieb er mit dem scharfen Schwert des Thrakers den dreifachen Riemen durch, so schnell und kräftig, wie er nur konnte, und trieb zugleich mit Schreien und Peitschenhieben die Pferde an.

Das Seil, plötzlich befreit von den Halterungen, zwischen die es gespannt war, schoß wie eine Schlange empor und schnellte mit einem Knall, so laut wie ein Peitschenhieb, durch die Luft. Dabei traf es mehrere Pferde, was den polternden Krach und das Chaos nur noch vermehrte. Wie verrückt rasten die Tiere, von ihren Fesseln befreit, auf den Ausgang zu und schleiften dabei das Seil mit dem gesamten Zaumzeug hinter sich her. Mit einem Schlag gab der Eisenring nach, die Tür am Eingang des Stalls wurde aufgerissen, und der Weg ins Lager war frei. Die in wenigen Augenblicken erzeugte Spannung, die aus der Kraft von zwanzig gesunden, kräftigen Pferden entstanden war, hatte es geschafft, die Bronzestange, mit der die Tür zu den Lagerräumen verschlossen war, aus ihrer Halterung herauszureißen.

Einer der Türflügel fiel mit einem lauten Knall zu Boden und wurde von den Pferden noch mehrere Meter weit mitgeschleift. Dabei wirbelte eine stinkende Wolke aus Staub und Stallmist empor, durch die die Herde der übernervösen, aufgeregten Tiere ins Freie stob.

Nachdem sich die dichte Wolke gelegt hatte, betrat Iunius die Lagerräume. Innerhalb eines einzigen Augenblicks bestätigten sich seine Vorahnungen. Die vier Wagen, die er aus Germanien mitgeführt hatte, standen dort, ihre Zugstangen zum Ausgang gerichtet, einer neben dem anderen, in einer Reihe.

Er verlor keine Zeit. Er kümmerte sich auch nicht weiter um die Nachbeben, die noch immer mit gewaltigen Stößen die Erde erschütterten, und auch nicht um das ständige, furchterregende Gegurgel des Vulkans. Er spannte die beiden Tiere, die er vorher von der Herde getrennt hatte, vor einen Wagen, nahm die Zügel in die Hand und brauste in Richtung des Felsvorsprungs über dem Meer.

Die armen, verschreckten Pferde, die froh waren, dem gräßlichen Toben entfliehen zu können, hatten Mühe, die Last zu ziehen, die auf der Reise der Legion nach Rom von vier Zugpferden pro Schicht bewältigt worden war.

Im Lauf seiner Ausbildung zum Gladiator hatte Iunius bemerkt, daß unweit der Treppe, die zur Landungsstelle hinabführte, eine Grotte lag. Vom Meer aus konnte man sie nicht einsehen, da sie geschützt hinter einem Felsvorsprung verborgen war. Nicht ohne Schwierigkeiten gelang es ihm, die zusammengespannten Pferde bis an die schwindelerregend hohe Klippe zu lenken, die sich vom Strand emporhob. Dann band er das zweite Tier vor das erste und lenkte den Konvoi so weit wie möglich ins Innere der Grotte – bis an die Stelle, an der die Wände so nahe beieinanderstanden, daß kein Weiterkommen mehr möglich war.

Er spannte die Pferde aus ihrem Joch, dann bestieg er das eine, das noch frischer und munterer schien. Mit dem Zügel des anderen in der Hand kehrte er zum Lager im Pferdestall zurück, um das gleiche Unternehmen noch einmal durchzuführen. Doch genau in diesem Moment schien der Berg wieder zu explodieren, mit einem so schrecklichen Getöse, daß ihm davon die Ohren schmerzten. Massen von Gestein flogen aus dem Krater des Vulkans zum Himmel empor, um dann wie ein prasselnder Regen aus Asche und glühenden Steinen wieder herabzufallen.

Ihm war es kaum noch möglich, die Herrschaft über die Pferde zu behalten. Dennoch schaffte er es, mit seiner kostbaren Fracht den Stall genau in dem Augenblick zu verlassen, als ein Brocken glühender Lavamasse auf das Dach fiel, und nun brach das Gebäude, das vom Erdbeben schon schwer beschädigt war, völlig in sich zusammen.

Auf seiner zweiten Fahrt zur Grotte wurde er von einem wahren Feuerregen begleitet. Ihm blieb nichts anderes übrig, als die beiden armen Tiere blutig zu peitschen und mit aller Kraft an ihrem Geschirr zu reißen. Doch schließlich gelang es ihm, seinen Auftrag zu vollenden, zu dem er sich als Hüter des Schatzes von Rom verpflichtet fühlte.

Er befreite die Pferde von ihrem Joch und versetzte ihnen schallende Schläge auf die schweißtriefenden Rücken, so daß sie davonstoben. Noch ein paar Augenblicke lang blickte Iunius ihnen nach, wie sie auf der Suche nach Rettung in Richtung Süden galoppierten. Wenn er es doch auch so halten könnte wie sie, einfach so frei davonlaufen könnte wie ein gesundes, junges Tier.

Aber das war nicht möglich. Die Mission, mit der ihn die Götter betraut hatten, lief mit einer Konsequenz ab, der er sich nicht entziehen konnte. Er warf einen letzten Blick zur Schule hinauf. Von den Gebäuden waren nur noch rauchende Trümmer übrig. Dann lief er auf das Meer zu und stürmte in Windeseile die Treppe hinab.

Doch inzwischen herrschte eine Windstille, in der sich die giftigen Dämpfe so stark aufstauten, daß man kaum noch atmen konnte. Sie blockierte auch das Schiff, auf dem mittlerweile auch die anderen Gladiatoren Zuflucht gesucht hatten. Von oben trommelte noch immer pausenlos ein Regen aus lodernden Lavageschossen auf sie herab, und es sah ganz so aus, als würden Tausende von Katapulten auf sie zielen.

Die Segel waren an vielen Stellen zerfetzt, bald würden sie ganz den Flammen zum Opfer fallen. An Bord herrschte wilde Panik. Alles rannte durcheinander, niemand wußte, wohin er fliehen sollte. Iunius sprang kopfüber vom Landungssteg und schwamm durch das Meer auf das Schiff zu. Er zog sich mit seinen Armen an der Bordwand empor. Angesichts des Chaos, das er um sich erblickte, beschloß er, auf seine jahrelange Berufserfahrung im militärischen Dienst zurückzugreifen. Zunächst zwang er sich selbst zur Ruhe, um wenigstens auf diese Weise den verstörten Männern einen ersten Eindruck von Ordnung zu geben.

Es waren mehr als hundertfünfzig, die auf dem engen Schiffsraum zusammengepfercht waren. Mit lauter Stimme versuchte Iunius das Tosen der Elemente zu übertönen, wobei er sich sehr anstrengte, ihrem Klang eine Sicherheit zu verleihen, die er eigentlich nicht verspürte. Er befahl einer Gruppe, sofort mit dem Löschen der Brände zu beginnen; einer anderen trug er auf, rasch zu rudern, auch wenn nur die sechs langen Riemen vorhanden waren, die sonst bei Manövern oder fehlendem Wind eingesetzt wurden. Und langsam, nervenzerrüttend langsam, bewegte sich endlich das große Schiff aus der Bucht und damit vom tödlichen Umfeld der Vulkanexplosionen weg.

Kaum waren sie in etwas sicherer Entfernung, dachte er darüber nach, mit welch sonderbaren Zufällen er es in der letzten Zeit zu tun hatte: Dasselbe Schiff, durch das so viele seiner Kameraden aus der Legion den Tod erlitten hatten und das auch sein Leben radikal verändert hatte, brachte ihn nun in Sicherheit!

Über den großen Schwanenkopf am Heck blickte er hinter sich. Die Luft war noch immer von dichtem, gelblichem Nebel verdunkelt, der durch die schwebenden Ascheteilchen bewirkt wurde. Aber von Zeit zu Zeit war der Gipfel des Vesuv zu erkennen, von dem auf der Seite zum Meer hin noch immer die Lavaströme herabflossen und alles zerstörten und unter sich begruben. Wenn das, was er erlebt hatte, bereits die Auswirkungen auf das ferner gelegene Gebiet von Stabia waren, was mochte sich wohl in den Städten Pompeji und Herculaneum abgespielt haben, die direkt in der Nähe des Vulkans lagen? Sicher gab es an der ganzen so schlimm heimgesuchten Küste nur noch wenige Überlebende.

Viel früher als sonst senkte sich die Dunkelheit herab, was von den undurchdringlichen Rauchwolken herrührte, die über dem gesamten Gebiet lasteten. Doch war das Dunkel der Nacht gleichzeitig durchzogen von einem Wirbel aus fahlen, rötlich-violetten, irisierenden Lichtern, die den sichtbaren Beweis für die Ströme von Lava und das flammende Inferno bildeten, die sich weiter ausbreiteten.

Stumm betrachteten die Männer das schreckliche, unaufhaltsame Schauspiel. Die Lava hatte mittlerweile das Meer erreicht, in dem sie unter Dämpfen und heftigen Schwaden von Asche und Rauch versank. Alles unterwarf sich dem Gewicht und der Hitze des roten Flusses. Vom Gipfel dröhnten noch immer die unheilvollen Explosionen, und hier und da wurden in dem rotgeäderten Dunkel durch die gewaltigen Eruptionen, die der Vulkan noch immer ausspie, riesige Wassersäulen emporgeschleudert.

Die Wut der Götter gegenüber den Menschen legte sich immer noch nicht. Mitten in der Nacht brach ein Unwetter los, das in der Stille des Meeres nur durch eine kleine Windbö angekündigt worden war. Plötzlich brauste in tobender Wut das Wasser empor, als wollte es hinter den entfesselten Elementen der Erde nicht länger zurückstehen.

Die Segel wurden eingeholt, und einige Männer begannen damit, die Löcher auszubessern, die von den glühenden Gesteinsbrocken her stammten. Die Segel hätten niemals dem orkanartigen Sturm standhalten können, der wenige Minuten später losbrach.

Die Flüchtlinge versuchten, die Inseln Ischia und Procida anzulaufen, um dort Schutz zu suchen, doch war es nicht länger möglich, das Schiff zu steuern. Ständig schwappten riesige Brecher über den Brückenaufbau am Bug, auf dem sich die Männer zusammengedrängt hatten, und jedes Mal wurden wieder ein paar von ihnen weggespült.

Die Wellen hatten vier der sechs Riemen zerschmettert. Während er auf die brodelnde Gischt hinabblickte, betete Iunius im Geist zu Neptun, daß er ihm endlich verzeihen möge. Allerdings müsse er ihm erst sagen, welchen Fehler er, der treue Diener des Römischen Reiches, begangen habe? Wenn andere Götter ihn mit einer so wichtigen Mission betraut hatten, warum erlaubte ihm nicht der Gott des Meeres, sie auch durchzuführen?

Auf der einen Seite lag das Schiff gefährlich schräg in den Wellen, worauf Iunius besorgt und in großer Eile zur Brücke emporlief. Dort, auf der Luvseite, befand sich das Steuerruder, mit dem es als einziges noch möglich schien, diese schwierige Situation zu meistern. Vom Steuermann allerdings war nichts zu sehen, wahrscheinlich war er von einer Welle hinweggeschwemmt worden. Iunius befürchtete, daß sie unweigerlich kenterten, wenn sie auf dieser Seite noch von weiteren Brechern überrollt würden. In dieser Dunkelheit konnte er nicht sehen, wo sich das Steuerbordruder befand, doch vermutete er es nicht allzuweit von sich entfernt. Also warf er sich in die Richtung, wo es nach seiner Meinung sein mußte, und versuchte, im Sprung den langen Griff des Steuerblatts zu erfassen. Mit seinem ganzen Körpergewicht stemmte er sich gegen das Steuerruder, und plötzlich spürte er, wie sich unter Aufbietung all seiner Kräfte der Schiffsrumpf aus seiner Schräglage aufzurichten begann. Und dann war auch wieder der Bug in einer Linie mit den Wellen und durchbrach die tödlichen Wasserwände.

Er hoffte, daß die Konstruktion des Lastschiffes sie nicht gerade jetzt im Stich lassen würde, doch schien es, als würden die Planken halten. Jetzt war nur noch eines von größter Wichtigkeit: Das Schiff durfte auf keinen Fall noch einmal Schlagseite bekommen.

Wind und Meer geißelten sie fast die ganze Nacht lang. Es war eine Nacht voller Angst und der ständigen Anrufung der Götter. Dem Tod ins Gesicht zu blicken ließ selbst die Männer erzittern, die ihr Leben doch eigentlich schon verwirkt hatten, da sie es Tag für Tag aufs Spiel setzen mußten. Doch jetzt wollten sie auf keinen Fall sterben. Und den Göttern gefiel es, ihnen gnädig zu sein. Im ersten Licht des Morgens legte sich der Sturm so plötzlich wie er gekommen war, und die Sonne tauchte die Steuerbordwand in leuchtendes Rot.

Sie landeten an den Gestaden südlich von Rom, dort überließen sie das Lastschiff mit der großen Skulptur in Form eines Schwans seinem Schicksal. Das Toben des Sturms hatte es in einer einzigen Nacht so stark beschädigt, daß es nicht mehr instand gesetzt werden konnte.

Iunius beobachtete, wie es auf das offene Meer hinaus trieb und dann in den Wellen verschwand. Ohne die Gladiatoren, die das ständig eindringende Wasser wieder über Bord gekippt hatten, versank es im Nu. Und als er sah, wie der Schwan für immer in die Fluten eintauchte, überfiel ihn ein unerklärliches Gefühl größter Erleichterung.

Keiner der Gladiatoren schien auf den Gedanken zu kommen, die Freiheit, die ihm durch die Naturgewalten zugestanden wurde, für sich auszunutzen. Es wäre in jedem Fall nur eine Freiheit von sehr kurzer Dauer geworden. Und so beschlossen die Führer der Gruppe nach kurzer Beratung, daß sie nicht direkt bis nach Rom hineinmarschieren, sondern kurz vor den Toren der Stadt haltmachen sollten. Von dort würde sich eine Delegation zu Senator Menenius begeben, dem Schutzherrn der Schule, um von ihm weitere Anweisungen zu erbitten.

Quintus, der junge Mann, der zum Leiter der Delegation erwählt wurde, kam am nächsten Tag zurück. Er war von Menenius in den Rang des Gladiatorenmeisters erhoben worden. Auch hatte der Senator angeordnet, daß man ihnen eine Kaserne in der Nähe der Stadt zuwies, die vorübergehend nicht belegt war. Dort sollte der neue Gladiatorenmeister wieder eine Schule einrichten, so daß sich die Gladiatoren für die Spiele vorbereiten konnten, die von Kaiser Titus anberaumt waren.

Quintus war von seiner neuen Aufgabe begeistert – nicht zuletzt wegen seines jugendlichen Alters. Jeder Gladiator hegte den Traum, eines Tages selbst eine Schule leiten zu können, aber ihm war auch klar, daß er diese Aufgabe nur vorübergehend erfüllen konnte. Tatsächlich dauerte es nur kurze Zeit, bis sich die übrigen Kameraden seiner Disziplin fügten und den neuen Anführer mit Respekt behandelten. Auch als nach wenigen Tagen ein neuer Gladiatorenmeister mit einer Ladung Waffen eintraf, machte dies keine weiteren Umstände. Sofort zog sich Quintus wieder auf den Stand eines Gladiators zurück, der mit den anderen trainierte.

Der neue Leiter der Schule, Celsius, war ein hervorragender Ausbilder für Soldaten, und vielleicht war das der Grund für die Sympathie, die sich sofort zwischen ihm und Iunius entwickelte. Offensichtlich hatte er nur geringe Erfahrungen bezüglich der Kämpfe im Zirkus. Das veranlaßte die Gladiatoren oft, dem Thraker trotz seiner korrupten und grausamen Art nachzutrauern, waren seine Ratschläge für sie doch von größtem Wert gewesen. Aber nun war er im Bauch der Erde verschwunden.

Zum Glück übernahm jedoch kurz vor den Spielen ein Mann mit dem Namen Saulus die Leitung der Schule, der aus Galatien in Kleinasien stammte und sich einer großen Erfahrung bei zirzensischen Spielen brüstete. Nach seinen Worten hatte die Schule von Stabia ein Großteil ihres Ansehens seinem fortwährenden Einschreiten, seiner großen Anteilnahme und Mithilfe in der Organisation zu verdanken. Er sah gewiß nicht wie ein Kämpfer aus. Er war fett und schwabbelig und hatte nur spärlich Haare auf seinem ständig verschwitzten Kopf. Die wenigen Zähne, die er noch im Mund hatte, waren nur Stummel und von braungelber Farbe. Doch war es für die Gladiatoren ansonsten recht angenehm, sich nach Beendi-

gung ihres Trainings seine Geschichten anzuhören, die er nur allzugern zum besten gab. Sie liebten diese Stunden im Anschluß an die
körperliche Plage und brauchten sie auch, um Urteile und Meinungen auszutauschen.

»Ich glaube, keiner von euch«, sagte eines Abends der Galater, »hat
auch nur die mindeste Vorstellung von der großartigen Gestaltung
des neuen Amphitheaters, das die Familie der Flavier in Auftrag
gab.« Und er begann, eine Ellipse in den Sand zu zeichnen und
anhand dieser Skizze das Bauwerk von seinen Fundamenten an zu
erklären. »Unter dem Erdgeschoß befinden sich die Lagerräume und
ein wahres Labyrinth von Kellerräumen. Darin werdet ihr warten,
bis die Reihe an euch ist. Dann gibt es Käfige, die bis zu fünfhundert
Raubtiere zugleich aufnehmen können, dazu Aufzugssysteme, mit
denen die Tiere direkt in die Arena verfrachtet werden – ohne daß
irgendeiner der Diener mit ihnen in Kontakt kommt. Zur Eröffnung
des neuen Amphitheaters hat der göttliche Titus Flavius Spiele für
einhundert Tage anberaumt – die ohne Pause und in einem fort ablaufen sollen. Und fast fünfzigtausend Menschen können täglich den
Kämpfen und Vorführungen beiwohnen.

Aber vergeßt niemals und schreibt es hinter eure Ohren: Diese
Wettkämpfe dienen eurer Eliminierung«, lachte er höhnisch und
zeigte dabei seine wenigen, schadhaften Zähne, »und es kann auch
gar nicht anders sein. Ihr kämpft nach einem im voraus aufgestellten Plan, der für jeden von euch den exakten Turnus von abwechselnd einem Kampftag und einem Ruhetag festlegt. Und die beiden
Schulen, die es bis zum Endkampf schaffen, werden sich dann in
einer der grandiosesten Seeschlachten, die je in einem Zirkus ausgerichtet wurde, miteinander messen. Die Regel lautet wie immer:
Höchster Ruhm oder Tod.«

Nach einer kurzen Pause, die dazu dienen sollte, daß alle seine
Worte gründlich in sich aufnehmen konnten, hub er wieder an: »Ich
würde mir wünschen, daß die jüngsten Mißgeschicke nicht den
Geist der Schule von Stabia, der tüchtigsten Schule, die es je gegeben
hat, beeinträchtigt haben.«

Seine Worte stachelten den Kampfgeist der Männer ungemein an,
und sie antworteten mit einem Schrei voller Glut und Leidenschaft:
»Höchster Ruhm!«

»Unnötig, euch darüber hinaus noch zu sagen«, fuhr der Galater fort, »daß der Imperator äußerst großmütig mit denen verfahren wird, die sich in diesen Spielen hervortun. Sicher können viele von euch wieder die Freiheit erlangen und so viel Geld haben, daß sie sich anschließend nicht nur eine, sondern zehn Schulen kaufen können.«

Seine Rede hatte den Nerv jedes einzelnen Gladiators getroffen – sicher waren sie starke, furchtlose Männer, doch waren sie Sklaven. Und von diesem Abend an absolvierten sie ihr Training mit noch größerem Einsatz und Eifer, denn von nun an lautete die Devise: Höchster Ruhm oder Tod!

4.

Kaiserliches Rom. Anno 833 nach der Gründung.
[80 n. Chr. (Anm.d.Ü.)]

Ein ganzes Jahr eingesperrt zwischen vier Wänden – was für ein hartes Opfer, auch wenn die Räume im Wohntrakt der Vestalinnen sehr weitläufig und prunkvoll waren und sich sicher nicht mit einem Gefängnis vergleichen ließen. Endlich rückte der Augenblick näher, an dem ihre Bestrafung ablaufen würde. Sehnlichst erwartete Clelia den Tag, an dem das neue Amphitheater eingeweiht werden sollte, denn bei dieser besonderen Feierlichkeit mußten auf Anweisung des Imperators alle Priesterinnen an den Zeremonien teilnehmen. Endlich, sogar eine Woche vor dem eigentlichen Ablauf der Strafe, würde die junge Frau ihre Freiheit wiedererlangen – wenn auch nur in der üblichen begrenzten und kontrollierten Form.

Gaia war die einzige, die zu wissen schien, in welchem Zustand sich Clelia befand: sie war zutiefst erschöpft. Wenn Gaia von den Gebeten im Tempel oder von den Zeremonien zurückkam, verbrachte sie immer einige Zeit in Gesellschaft der Freundin, um ihr in allen Einzelheiten zu erzählen, was an Bemerkenswertem geschehen war. Aber das blieb nicht das einzige Thema ihrer Gespräche. Eines Abends zum Beispiel fragte Clelia ihre Freundin, was man in der Stadt so alles über die Christen hörte. Gaia machte eine besorgte Miene.

»Eines Nachts, als ich nicht schlafen konnte und in dein Zimmer kam, um ein wenig Gesellschaft zu haben, und hoffte, du seiest noch wach, habe ich dich im Schlaf von dem Mann aus Nazareth sprechen hören«, war ihre Antwort. »Clelia, paß bitte auf! Solange ich es nur bin, die deine Geheimnisse entdeckt, brauchst du keinerlei Gefahr zu fürchten. Doch stell dir vor, was geschehen könnte, wenn Cornelia an deiner Tür lauscht und dabei hört, wie du deine Gebete sprichst.

So oft habe ich es dir bereits gesagt, und ich wiederhole es noch einmal: Nimm dich in acht. Ich befürchte, daß Cornelia seit dem Tag, an dem du der Göttin geweiht wurdest, darauf bedacht ist, dich wieder loszuwerden.

Ich brauche dich ja nicht daran zu erinnern, daß sie ein Herz aus Stein hat. Ihre Vorstellungen von den sakralen Funktionen, die sie und auch wir haben, grenzen bereits ans Fanatische. Wenn sie auch nur vermutet, was ich tatsächlich von dir weiß, würde sie, so wie ich glaube, nicht einen Augenblick zögern, dir sofort eine Öllampe in die rechte und ein Stück Brot in die linke Hand zu drücken, um dich auf Lebenszeit in eine der unterirdischen Zellen des Campus Scelleratus zu sperren.«

Seit dem Vulkanausbruch waren sieben Monate ins Land gegangen. Nun war es Frühling, und an den langen, warmen Abenden saßen die Gladiatoren bis spät nachts zusammen und waren in lebhafte Diskussionen über die einzelnen Kampfmethoden vertieft. Im Lauf der vergangenen Monate hatten sich die Reihen der ehemaligen Schule von Stabia wieder neu aufgefüllt. Von den hunderteinundvierzig Männern, denen es gelungen war, sich mit dem Schiff zu retten, waren über achtzig Gladiatoren, die übrigen waren Bedienstete, die für die Kämpfer oder in den Ställen sowie auf der Schiffswerft arbeiteten. Dazu kamen noch etwa zweihundert Menschen, die ebenfalls dem Vulkanausbruch entkommen und über den Landweg geflohen waren. Sie hatten sich den Gladiatoren angeschlossen, kaum daß sie davon gehört hatten, daß die Schule des Thrakers neu begründet worden war.

So war am Vorabend der wichtigen Spiele, mit denen die neue kaiserliche Arena eingeweiht werden sollte, die wahrscheinlich anerkannteste Gladiatorenschule des Römischen Reiches von einer Katastrophe heimgesucht worden. Doch hatte Velius in mehr als einer Hinsicht bewiesen, daß ihm von Grund auf bewußt war, wie er die Männer zu führen hatte, die seiner Ausbildung anvertraut waren. Und so war es keinem der Gladiatoren in den Sinn gekommen, sich seiner Aufgabe durch Flucht zu entziehen, sie wußten genau, daß sie Sklaven waren. Sie waren dem Tod geweiht, das war ihr Schicksal.

Iunius hatte wie in seinen Zeiten als Legionär und späterer Offizier des Römischen Reiches bereits mehrere Nächte vor Beginn der Spiele nicht mehr schlafen können. Immer wieder war er damals all die Möglichkeiten der Kriegsführung im Geiste genauestens durchgegangen. Nie hatte er jedoch diese Gefühle gekannt, von denen er jetzt, in dieser Lage, heimgesucht wurde. Er hatte Angst, vielleicht war er jetzt ebenso furchtsam wie ein ganz gewöhnlicher Soldat auf seiner ersten Mission.

Während der letzten schlaflosen Nacht dachte er für einen Augenblick, daß der Grund für seine Unruhe das große Bankett gewesen sei, das an diesem Abend zu Ehren der Gladiatoren dieser Schule abgehalten worden war. Ein Bankett, das von den Fördermitgliedern gestiftet war, um die Kämpfer aus der Nähe betrachten zu können und ihr Format einzuschätzen, womit jeder hoffte, einige Anhaltspunkte zu ihrer Beurteilung zu haben. Schließlich mußte man sich ja informieren, wie die Wettmöglichkeiten für den nächsten Tag lagen. Doch wußte Iunius im Grunde, daß seine Schlaflosigkeit nicht durch das Essen oder den Wein bedingt war, um so mehr, als er beidem nicht übermäßig zugesprochen hatte. Nach langen Stunden, in denen er mit offenen Augen im Dunkeln lag, nickte er endlich irgendwann kurz vor Tagesanbruch ein und fiel in einen unruhigen Schlaf. Er hatte einen Traum, in dem sich alte Erinnerungen an die Stadt Luna und das nahegelegene Meer mit anderen mischten, Erinnerungen aus verschiedenen Schlachten, doch auch mit Erlebnissen aus jüngerer Zeit. Als das erste Licht in den Schlafsaal drang, war er bereits wieder wach. Nachdem er sich gewaschen und das Frühstück eingenommen hatte, ging er hinunter, um sich für den Morgenappell bereitzumachen. Dort sollten die Namen der Kämpfer für die erste Mannschaft bekanntgegeben werden, allerdings erst im letzten Moment, um unnütze Spannungen und Ängste zu vermeiden. Damit sollte auch verhindert werden, daß die Gladiatoren, deren Einsatz erst für später vorgesehen war, eventuell ihren Willen zum Sieg verloren und sich hängen ließen. Jeder von ihnen sollte ständig zum Kampf bereit sein.

Iunius war fast sicher, zur Zahl der allerersten Kandidaten zu gehören. Doch als der Gladiatorenmeister seinen Namen als letzten aussprach und gleichzeitig verkündete, daß er den Rang eines Mannschaftskapitäns innehabe, fühlte er, wie ihm der Stolz Schauer der Freude über den Rücken jagte. Die Sonne ging auf, als sie die Wagen bestiegen, sie erhellte die Mauern der Stadt mit ihrem Glanz und sah aus wie eine riesige, rötliche Schlange, die sie bedrohte. Und obwohl er nur kurz geschlafen hatte, fühlte er sich so konzentriert und voller Energie wie noch nie.

Plötzlich bemerkte er, daß um ihn herum alles in Bewegung war. Eine Unzahl von Menschen steuerte langsam, doch stetigen Schritts auf ein bestimmtes Ziel zu. Kurze Zeit später erhob sich vor ihren Augen, majestätisch und beeindruckend, das Gebäude, in dem sie ihr Leben wiedergewinnen oder aufs entsetzlichste sterben sollten.

Das Amphitheater des Flavius bestand aus drei Reihen weitläufiger Arkaden, überragt von einem riesigen Überbau. Mehr als zweihundert Eisenpfähle stützten den gesamten Umfang des Gebäudes. Sie waren nötig, um das enorme Zeltdach zu halten, womit das Publikum vor Regen und Sonne geschützt werden konnte. Matrosen der kaiserlichen Flotte von Misenum waren dazu abkommandiert, diese gewaltige Vorrichtung zu bedienen. Zwei Reihen der Arkaden, die die achtzig Eingangstore überragten, waren mit Statuen von Gladiatoren geschmückt, die verschiedene Kampfposen einnahmen.

Endlich erreichten die Wagen den Platz, auf dem sich der Zirkus erhob, genau in der Senke zwischen Palatin, Caeliushügel und Esquilin. Nicht weit davon schien die goldene Statue des Sonnengottes – einst Standbild des verrückten Nero – aus über vierzig Ellen Höhe das Publikum zu beobachten, das noch immer ins Amphitheater strömte. Um den Eingang drängte sich eine Menschenmenge zusammen. Kaum hatte sie die Abzeichen der Schule von Stabia erkannt, waren Schreie und Anfeuerungsrufe zu hören, aber auch Schimpfwörter und höhnische Bemerkungen.

Iunius, der nur militärische Aktivitäten und Veranstaltungen kannte, bei denen es stets mit feierlichem Ernst zuging, hätte sich niemals träumen lassen, wieviel leidenschaftliche Erregung die Zirkuskämpfe bei den Römern auslösen konnten. Die Wagen bahnten sich mit Mühe ihren Weg, mitten in der lärmenden Menge kamen sie nur schwer voran. Zu seiner Rechten bemerkte Iunius eine Gruppe von mindestens fünfhundert Menschen, die einen bescheidenen, fast demütigen Eindruck machten und von vielen Soldaten bewacht wurden.

Erstaunt fragte er Saulus, wer sie wären. Der Galater antwortete mit boshaftem Lächeln: »Weißt du das nicht? Wo hast du denn bisher gelebt, Gladiator? Das sind die Bestiarier, die gegen die Raubtiere kämpfen und in den überfüllten Kellern keinen Platz mehr finden.« Noch erstaunter wandte Iunius ein: »Es sieht aber nicht so aus, als ob sie Rüstungen trügen. Auch haben sie keine Waffen, mit denen sie gegen die Raubtiere kämpfen können, im Gegenteil ...«

»Wer hat denn das gesagt«, erwiderte der Galater hohnlachend, und seine hohe Stimme wurde ganz schrill, als ob er den Lärm der Massen übertönen wollte. »Wer hat jemals gesagt, daß ein Christ den Vorzug des Waffenbesitzes genösse, um sich gegen die Löwen verteidigen zu können? Stehen sie nicht unter dem Schutz ihres einzigen Gottes, der so barmherzig ist, daß er sie vor allem Übel bewahrt?« Sein Lachen wurde noch höher und unheilvoller.

Dann betraten sie die Kaserne der Gladiatoren, die gleich hinter dem Mauerring des Amphitheaters lag. Dort richteten sie sich in dem großen, rechteckigen Zimmer ein, das man ihnen zugewiesen hatte. Sie versuchten, der fieberhaften Unruhe und Aufregung dadurch Herr zu werden, daß sie sich mit Übungen beschäftigten und erneut ihre Waffen überprüften. Iunius griff nach seinem Netz und untersuchte es Masche für Masche, ob auch kein Loch darin war und es genügend Widerstand bot. Danach balancierte er mit seiner Rechten den Dreizack aus, und zum ersten Mal wurde ihm bewußt, daß diese Angriffswaffe der einzige Gegenstand war, den er zu seiner Verfügung hatte, der ihm ein wenig Sicherheit gewährte. Kurze Zeit später verließ er den Raum, um sich in den labyrinthartigen Gängen umzusehen. Dort kam er zu einem Tunnel, der zu den draußen gelegenen Untergeschossen des Zirkus führte. Der starke Geruch wilder Tiere stieg ihm in die Nase, der immer stechender wurde, je näher er an die Käfige herankam. Dann sah er sie. Lange betrachtete er die eleganten Bewegungen der Raubtiere, ihre großen Körper und die wilde Angriffslust in ihren Mienen. Alle Arten waren vorhanden – von den majestätischen Löwen Afrikas bis zu den furchterregenden Tigern. Sie schienen nur darauf zu warten, daß sie endlich die Käfige verlassen konnten, um dann für ihre Gefangenschaft einen blutigen Tribut an Menschenleben zu fordern.

Er wußte nicht, wieviel Zeit vergangen war, als plötzlich einige Bediensteten auf ihn zutraten und ihn wissen ließen, daß er sich nun für die Arena bereitmachen müsse. Wie ihm schon seine wesentlich erfahreneren Kameraden angekündigt hatten, erschien es ihm, als sei mittlerweile eine Ewigkeit vergangen. Also eilte er zurück zu dem Raum, in dem alle versammelt waren, und überprüfte, ob die dreißig Gladiatoren, die unter seinem Kommando standen, auch bereit waren. Er führte seine kleine Schar auf die Treppen zu, die zum Eingang führten. Fackeln beleuchteten die engen Durchgänge. In ihrem flackernden Licht wirkten die Gesichter seiner Männer wie verzerrte Grimassen, wozu sicher auch die angespannte Atmosphäre beitrug.

Als er ins Freie trat, blendete ihn einen Moment lang das grelle Licht der Sonne. Aus mehr als fünfzigtausend Kehlen erhob sich ein ohrenbetäubender Schrei. Innerhalb des Stadions herrschte der gleiche Prunk, den er bereits draußen gesehen hatte. Jede Reihe des treppenförmigen Zuschauerraums war eng mit lärmenden Menschen besetzt, die nichts anderes wollten, als daß die Kämpfe und damit das Gemetzel endlich begannen.

Er brauchte eine Weile, bis er sich an das Licht gewöhnte, doch dann enthüllte sich nach und nach vor seinen Augen ein ungewöhnliches Bild. Das Innere der Arena war in verschiedene Szenerien unterteilt, die sorgfältig und genau in perspektivischer Verkürzung Landschaften aus dem jenseits des Meeres gelegenen Afrika zeigten: das Dickicht dschungelartiger Wälder, Hügel und herrliche Seen. Alles war künstlich angelegt, und bildete den Unterschlupf, in den sie vor ihren Verfolgern fliehen, und das Versteck, aus dem sie anderen einen Hinterhalt stellen konnten.

Wenn er auch fast so aufgeregt war, daß er kaum noch zu denken imstande war, so erinnerte sich Iunius doch an jede Einzelheit, die ihm der Galater beigebracht hatte. Nichts hatte er vergessen, auch nicht, wie Saulus den Gladiatoren erklärt hatte, an welchen Anhaltspunkten sie sich in der Arena zu orientieren hatten. So erkannte er zu seiner Rechten die Tür, durch die die leblosen Körper hinausgeschafft wurden. Bei dem Gedanken, daß viele von ihnen, vielleicht sogar er selbst, allzubald an Armen und Beinen durch dieses Vorzimmer der Unterwelt geschleppt würden, mit hängenden Gliedern, die über den Sand schleiften, ergriff ihn eine unbändige Wut. Er war gewillt, sein Leben so teuer wie möglich zu verkaufen.

Genau gegenüber von sich erkannte er die Tribüne des Imperators, über der zwei Säulen emporragten, die mit den kaiserlichen Abzeichen geschmückt waren. Mit energischen Schritten hielt er auf die Loge des Titus zu, während ihm seine Männer in exakter Marschordnung folgten. Eine unwirkliche Stille umhüllte die Szenerie. Iunius erhob voller Stolz das Haupt, und zum Kaiser gewandt, sprach er die rituellen Sätze, die er während des Trainings geübt hatte und auch seine Kameraden viele Male hatte üben hören.

»Göttlicher Titus«, sprach er mit kraftvoller Stimme, wobei er sich selbst dabei zuhörte, wie sich seine Worte in der angespannten Stille emporschwangen, »vor dir hat die Schule von Stabia Aufstellung genommen und ist bereit, sich ehrenhaft zu schlagen bis zum Tod. *Ave, Caesar, morituri te salutant!*« Und ein Tosen erfüllte seine Ohren, als Tausende von Stimmen den Namen der Schule skandierten.

Genau in diesem Moment bemerkte er, daß die gegnerische Mannschaft das Feld betrat und ebenso wie sie von den anfeuernden Rufen des Publikums empfangen wurde. Sein erfahrenes Auge schätzte sofort den Körperbau jedes einzelnen Kämpfers ein. Die finsteren Mienen seiner Feinde konnten ihn nicht mehr beeindrucken, er hatte sich mittlerweile längst an diese Gesichter gewöhnt, die alle von scharfen Klingen gezeichnet waren. Das Begrüßungszeremoniell wiederholte sich, als endlich ein Zeichen von Titus' Hand den Kampf eröffnete.

Sofort verteilten sie sich auf dem großen Areal. Einige suchten hinter den riesigen Steinblöcken Schutz, die überall im Sand lagen, oder auch hinter den Bäumen, die in eigens dafür angelegten Beeten aus riesigen Mengen Erde angepflanzt waren – in jedem Fall taten sie alles, um ihre Gegner im Auge zu behalten.

Als dann zum ersten Mal die Waffen aufeinandertrafen, fühlte Iunius sein Blut schneller fließen. Er machte einen der feindlichen Verfolger ausfindig, trat ihm mit schwingendem Netz entgegen und setzte ihm rasch den Dreizack auf die Brust. Während die Sonne hoch am Himmel stand und ihr strahlendes Licht herabsandte, begann er zu kämpfen. Als die Sonne unterging, hatte er seinen letzten Gegner bezwungen. Seine Mannschaft hatte nur zwei Männer verloren, während der Feind ein sehr viel bittereres Los erlitten hatte.

Unter den begeisterten Rufen der Menge, die sich zu wahrhaft frenetischem Jubel steigerten, verließen sie die Arena.

Die blutigen Darbietungen waren ganz und gar nicht dazu angetan, Clelias Herz zu erfreuen, und so hielt sie sich ziemlich im Hintergrund – ganz im Gegensatz zu den anderen heiligen Priesterinnen, die auf der eigens für sie reservierten Tribüne, gleich neben der Loge des Imperators, Platz genommen hatten. Sie konnte sich nicht erklären, wieso die Herzen der Zuschauer in einem solchen Maße von diesen breiten Blutspuren entflammt werden konnten, die die verletzten oder sterbenden Männer in den Sand zeichneten. Selbst die Oberste Vestalin schien alle Hemmungen verloren zu haben, mit weit über die Brüstung vorgelehntem Körper schrie sie den Gladiatoren die unverschämtesten Ausdrücke entgegen.

Dann sah Clelia die verängstigte, übel zugerichtete Gruppe, die in der Mitte des Kampfplatzes wehrlos auf den Tod wartete, und sie konnte ihre Tränen nicht zurückhalten. Es waren Christen, ungefähr fünfzig an der Zahl. Sie sah, wie sie sich eng aneinander drängten, ganz so, als wollten sie sich gegenseitig Mut machen. Sie sah die Alten, die Frauen und die Kinder, die geschützt in der Mitte eines Kreises Aufstellung genommen hatten, während um sie herum ihre unbewaffneten Männer standen.

Plötzlich wurde die spannungsgeladene Stille im Stadion von einem unheilvoll knirschenden Geräusch erfüllt. Es waren die Käfige, die geöffnet worden waren, und nun liefen von allen Seiten in Scharen die Löwen und Panther in die Arena. Sie sah, wie die Tiere verblüfft einen Augenblick innehielten, wahrscheinlich weil sie vom Licht geblendet waren, und dann, nach einer Weile des Schnupperns, in ihrem eleganten, tödlichen Gang auf die Beute zusteuerten. Noch hatte sie die Kraft mit anzusehen, wie sie langsam um diese armen Menschen herumstrichen. Es sah ganz so aus, als wollten sie ihre Gefährlichkeit abschätzen, doch dann sah sie, wie sie losschossen und sich mit ausgestreckten Krallen auf sie stürzten.

In diesem Augenblick schloß sie ihre Augen. Doch konnte sie nicht verhindern, die verzweifelten Schreie mit anzuhören, das Gebrüll der Tiere und das Geschrei der Menge. Ein unerträglicher Schmerz überwältigte sie. Dann schien eine barmherzige, himmlische Kraft mit ihr Mitleid zu fühlen, denn endlich schwanden ihr die Sinne.

Als sie wieder zu Bewußtsein kam, befand sie sich in der Krankenstube des Zirkus. Gaia saß bei ihr und hielt ihr die Hand.

»Warum?« fragte sie mit zitternder Stimme. »Warum?«

»Dein Unwohlsein hat mich davor bewahrt, mir den Rest der Vorführung ansehen zu müssen«, antwortete ihr Gaia. Die Freundin schien sich völlig gewandelt zu haben. Sie, die einst bei der Aussicht auf die Vorführungen im Zirkus in hellste Aufregung geriet, zitterte jetzt vor Empörung. »Du kannst dir nicht vorstellen, wie erleichtert ich war, als ich endlich die Stufen zum Ausgang herabschreiten konnte. Aber ich fürchte, daß wir uns bedauerlicherweise an solche Ereignisse gewöhnen müssen. Die Regel will, daß wir an allen hundert Kampftagen anwesend sein müssen.«

Clelias Ohnmacht stellte sich als annehmbares Alibi heraus. Vom folgenden Tag an billigten alle die Krankheit der jungen Priesterin, wodurch sie vermeiden konnte, abermals an diesen so grausamen Vorführungen teilnehmen zu müssen.

Kaiserliches Rom. Amphitheater Flavius.

Während Iunius und seine Männer von Sieg zu Sieg schritten, wurden sie zunehmend wertvoller für ihre Gegner. Und gleichzeitig erweckten sie im Publikum eine fast rauschhafte Begeisterung. Inzwischen kannten die Leute die Namen all der Favoriten, die sie fanatisch verehrten und während der Kämpfe mit heftigem Toben und lautem Geschrei anfeuerten.

Da er vorher noch niemals an den Vorführungen im Zirkus teilgenommen hatte, war sich Iunius über das Ausmaß, mit der ihn die Menge vergötterte, überhaupt nicht bewußt. Doch jedesmal, wenn er sich auf dem Weg in die Arena befand, fiel ihm auf, daß die Menschen schreiend und johlend seinen Namen riefen. Sie erwarteten die Gladiatoren bereits vor der Arena, wo sie sich um sie drängten, um sie aus der Nähe zu betrachten, sie vielleicht sogar zu berühren, ihnen Mut zuzusprechen und ihnen ihre Wertschätzung zu zeigen.

Tatsächlich eine Art kollektiver Wahnsinn, doch hatte er sich zunehmend davon anstecken lassen. Nach wie vor fand er es sinnlos, den Tod eines schon besiegten Gegners herbeizuführen, doch stieß er mit immer weniger Zögern das Messer in die Kehle seines Feindes, wenn die aufgebrachte Menge ihm zuschrie: »Hab kein Mitleid, Iunius von Luna, schneide ihm die Kehle durch!« In den seltenen Fällen aber, in denen das Publikum und auch der Imperator einen Gladiator, der sich mit besonderem Mut und Tapferkeit geschlagen hatte, zu begnadigen wünschten, kam es ihm dabei auf der anderen Seite vor, als habe er sein Werk nicht ganz zu Ende gebracht. Nun näherten sich die Spiele ihrem Ende, und der Tag des Endkampfes rückte immer näher.

Er hatte Saulus mehrmals gefragt, wie es Marcius gehe, aber es war ihm nie gelungen, aus dem gerissenen Organisator der Schule mehr als nur ein paar unverbindliche Sätze herauszubekommen. Doch eines Abends nahm Saulus ihn plötzlich beiseite und sagte zu ihm: »Ich habe endlich erfahren, wo sich General Marcius aufhält.« Nachdem er eine kleine Pause eingelegt hatte – wie um sich seiner vollen Aufmerksamkeit zu versichern –, hub der Galater wieder an: »Wenige Tage nach deinem Prozeß ist er seinerseits wegen Hochverrats verurteilt worden. Doch wegen seiner militärischen Verdienste hat man ihn von der Höchststrafe begnadigt. Dann wurde wegen des verschwundenen Germanenschatzes gegen ihn die Anklage erhoben, daß er sich an den Gütern der Allgemeinheit vergriffen habe. Seit der Zeit sitzt er im Gefängnis von Ostia, wo er eine zwanzigjährige Haftstrafe verbüßt.«

»Marcius im Gefängnis?« fragte Iunius ungläubig.

»Ja, und ich versichere dir, hätte man ihn nicht in das sehr viel humanere Gefängnis am Hafen in Mamertino gesteckt, wäre er zu dieser Stunde sicherlich nicht mehr am Leben.«

Iunius' Blick verlor sich im Leeren. Jetzt hatte er noch etwas, an das er glauben konnte. Und er schwor sich, daß er nun dafür kämpfen wolle.

Hundert Tage sind eigentlich keine lange Zeit, aber in der abgeschiedenen Wohnstätte der Vestalinnen schien es, als wolle – wie immer – die Zeit nicht vergehen. Bis ihre Kameradinnen am Abend von den Spielen im Zirkus zurückkehrten, verbrachte Clelia den Tag in völliger Untätigkeit. Aber selbst in diesen Stunden verhielt sie sich so, als wäre sie tatsächlich krank: Sie puderte sich das Gesicht mit hellem Puder und unterstrich mit ein wenig Farbe aus Ägypten die Ringe unter ihren Augen. Mehrmals spürte sie die argwöhnischen Blicke der Obersten Vestalin auf sich, doch gelang es ihr immer, deren bedrängenden Fragen geschickt auszuweichen, indem sie rasch einen dieser heftigen, krampfartigen Hustenanfälle vortäuschte. Sie wußte jedoch, daß sie ihre Täuschungsmanöver nicht ewig aufrechterhalten konnte.

Wenn Gaia von den Spielen erzählte, hielt sie sich immer besonders lang bei den Heldentaten des Iunius auf. Welch ein unbesiegbarer Gladiator er war, der mit seinem Mut und seiner Tapferkeit die Herzen entzündete.

Nach und nach ließ sich Clelia überzeugen, daß sie alles tun müsse, um nicht entlarvt zu werden. Um ihre List nicht allzu teuer bezahlen zu müssen, beschloß sie, die falschen Symptome ihres Unwohlseins schrittweise zu reduzieren und beim letzten Tag der Spiele anwesend zu sein. Dann würde die Arena für eine künstliche Seeschlacht überflutet werden, was Clelia fälschlicherweise hoffen ließ, daß die Kämpfe dadurch weniger blutig seien.

Im Verlauf der letzten Woche nahmen auch die Trainingsübungen noch an Härte zu. Neben den gewohnten Drills verbrachten die Gladiatoren viel Zeit auf den Kampfschiffen, um sich auf die verschiedenen Manöver wie Rammen, vorgetäuschtes Flüchten, Verfolgungsjagden und Entern vorzubereiten. Völlig überrascht stellten sie fest, daß sie beim Beidrehen und Wenden eine unglaublich perfekte Übereinstimmung und Schnelligkeit erzielten. Wenn es ihnen dann gelang, das gegnerische Schiff mit ihren Haken heranzuzerren und neben das ihre zu bringen, befestigten sie an den Planken die großen Enterbrücken und gingen daran, das Seegefecht in eine Mann-gegen-Mann-Schlacht zu verwandeln. Anstatt dort vorzurücken, wo sie die Feinde erwarteten, kletterten sie über die beiden aneinanderstoßenden Bordwände der Schiffe und stiegen zur Kommandobrücke auf.

Als Iunius diese gewagte Technik seinen Leuten zum ersten Mal vorschlug, konnten sie damit die gegnerische Mannschaft voll und ganz überraschen. Die hatte, wie üblich, am Bug Aufstellung bezogen und dort, neben der Enterbrücke, den Angriff erwartet.

Bei den letzten beiden Kämpfen, die im Zirkus stattfanden, hatte Iunius eine beträchtliche Anzahl seiner Männer verloren, fast doppelt so viel wie an den anderen Tagen. Schließlich blieb außer ihrer noch eine Mannschaft übrig, gegen die seine in der mit Spannung erwarteten letzten Schlacht antreten mußte.

Die Gegner kamen aus einem weit entfernten Gebiet, das sehr weit östlich lag. Über ihre Stärke wurden Legenden berichtet, und von ihrer Fertigkeit im Kampf munkelte man, sie sei so umfassend, daß sie Bewunderung und Verwirrung zugleich hervorriefe. Sie trugen wahrhaft ungewöhnliche Waffen und glichen die Grenzen ihrer Körperkräfte oft durch eine vorher nie gesehene Schnelligkeit und tödliche Techniken aus. Überall waren die Gladiatoren der Orientalischen Schule gefürchtet und respektiert, und gegen sie zu kämpfen hieß immer, ihnen zu unterliegen.

In diesem Teil Roms lief ein kleiner Fluß entlang, der einst mit seinem Wasser einen See speiste, der direkt in der Mitte der monumentalen Residenz des Nero angelegt war. Während der Bauarbeiten an dem Amphitheater war der Lauf des Flüßchens umgeleitet und sein Bett mit den gleichen Bauverfahren kanalisiert worden, wie es bei einem Aquädukt angewendet wurde. Daher genügte es, nur eine Schleuse zu öffnen, um den Boden der Arena zu überfluten. Innerhalb einer einzigen Nacht gelangte das Wasser bis an die Sockelhöhe der kaiserlichen Tribüne und machte es damit den Schiffen möglich, darauf umherzufahren. Die Lagerräume und Eingänge, die sich unterhalb der Wasseroberfläche befanden, wurden mit schweren Holztoren geschützt, deren Ritzen mit flüssigem Pech ausgegossen und versiegelt waren.

Trotz all der Tage, die er in der Arena gekämpft hatte, fühlte sich Iunius beim Anblick des veränderten Amphitheaters merkwürdig beunruhigt. Als er dann in die schmalen, kalten Augen seiner Gegner blickte, empfand er ein Gefühl der Unbehaglichkeit, ja sogar Furcht.

Die Fachleute für szenische Dekorationen hatten an beiden Enden der elliptischen Arenenform je eine künstliche Insel geschaffen, an denen die Schiffe vertäut lagen. Jede der beiden Flotten hatte drei

Schiffe zur Verfügung, die sich – in Erwartung des Signals für den Kampfbeginn – bedrohlich gegenüberstanden. Dann war da noch eine dritte Insel, die direkt vor der kaiserlichen Tribüne errichtet worden war. Dort, auf diesem erhöhten Schauplatz, würden am Ende die Sieger ihre verdienten Auszeichnungen erhalten.

Das Publikum schien ebenfalls in zwei fast gleich große Lager ge spalten, die abwechselnd die Namen der beiden Flotten skandierten. Allerdings mischten sich die Rufe manchmal miteinander, was einen kuriosen Effekt hervorrief, da nun Favorit und Gegner ein und dieselbe Person zu sein schienen. Aus der Ferne gesehen, waren die Schiffe eine exakte Kopie der *deceres* (Schiffe mit zehn Ruder- bänken), allerdings in den Proportionen so verkleinert, daß sie im künstlichen Meer der Arena eingesetzt werden konnten. Jedes Schiff hatte für etwa achtzig Seeleute Platz, ganz im Gegensatz zu den mehr als sechshundert Männern – Bootsleute und Matrosen – auf den eigentlichen Schiffen. Natürlich verfügten die verkleinerten Schiffe auch dementsprechend über eine geringere Zahl an Ruderern und Schiffsführern. Von den Konturen her waren sie ebenso schlank und fließend wie die großen Schiffe, und ihre Fahnen flatterten ebenso eindrucksvoll in der warmen Sommerbrise.

Als er plötzlich an einer bestimmten Stelle des Schlachtfelds das Wasser aufwallen sah, hatte Iunius nicht die geringste Vorstellung, warum das geschah. Zwar hatte er häufig von diesen widerwärtigen Tieren reden gehört, die aussahen wie riesige Eidechsen und eine Haut hatten, die härter war als Stein, aber er hatte sie noch nie er- blickt. Jetzt sah er sie, nur ein paar Schritte von ihm entfernt, und er sah, wie sich einige von ihnen wütend um ein großes Stück bluttrie- fenden Fleisches stritten. Deutlich konnte er ihren Rachen mit den scharfen Zähnen erkennen. Und er begriff, daß niemand, der einmal ins Wasser gefallen war, sich vor ihnen retten konnte.

Mit schnellen Ruderschlägen glitten seine Schiffe in die Mitte des Wassers. Unmittelbar neben ihnen lagen die Schiffe der Gegner. Ihren Bug der kaiserlichen Loge zugewandt, entboten beide Mann- schaften dem Imperator ihren Gruß. Dann warteten sie auf das Signal.

Noch lagen sie Seite an Seite. Die Blicke aller waren auf das große Banner gerichtet, das gleich hochgezogen würde, um den Beginn der

Seeschlacht anzuzeigen. Da bemerkte Iunius plötzlich eine seltsame Bewegung auf den feindlichen Schiffen. Gewöhnlich nutzten die Kontrahenten die Zeit vor dem eigentlichen Angriff, um den Gegner zu beobachten und so wenigstens ein paar Anhaltspunkte zu gewinnen, um ihre Taktiken zum Angriff festzulegen. Aber dieses Mal war es nicht so.

Das Banner hatte noch nicht den höchsten Punkt der Fahnenstange erreicht, als sich plötzlich aus den Holztürmen, die auf dem Heck der feindlichen Schiffe angebracht waren, ein Pfeilregen ergoß, dem eine Wolke von schwarzem Rauch folgte. Die Pfeile fielen auf die Kommandobrücke des Schiffes herab, das seinem am nächsten lag, wodurch die Besatzung vollkommen in Panik geriet. Deutlich hörte er die Flüche der Männer, die versuchten, einige der Brände zu löschen, die an verschiedenen Stellen des Schiffes gleichzeitig ausgebrochen waren. Doch ging das Schiff wie trockenes Reisig in Flammen auf und verwandelte sich blitzschnell in eine Art Scheiterhaufen, der nicht mehr zu löschen war. Er sah, wie seine Männer sich dadurch zu retten suchten, daß sie sich ins Wasser stürzten. Und von der kleinen Insel, die vor der Tribüne des Titus angelegt war, setzten sich langsam die Tiere in Bewegung, die auf dem Festland so aussahen, als könnten sie nur plump daherkriechen. Aber in Wirklichkeit rannten sie blitzschnell auf den Uferrand zu, stürzten sich ins Wasser und schwammen auf ihre schutzlose Beute zu.

Hilflos mußte er dem Gemetzel zusehen. Bei jedem Hilfeschrei der Männer erbebte er, bald würden sie in den Qualen eines furchtbaren Todes verstummen. All die Männer, denen es gelungen war, dem dichten Regen aus Brandpfeilen zu entkommen, wurden nun von den gefräßigen Mäulern der Krokodile zerstückelt. Die Mannschaft seiner Gladiatoren befand sich im Augenblick deutlich im Nachteil, da sie alle durch den plötzlichen Angriff völlig verwirrt und desorientiert waren.

Doch dauerte es nicht lange, bis sie sich wieder auf sich besannen und in die Verteidigung gingen. Da beobachtete Iunius, wie die drei feindlichen Schiffe plötzlich in exakter Übereinstimmung abdrehten. Er sah ihre hochaufragenden Buge, die von der Kraft der Ruderer emporgedrückt wurden und bedrohlich auf sein nächstes Schiff zusteuerten. Und schon mußte er erkennen, wie seine Männer erneut in Panik gerieten und sich bereits anschickten, eine Möglichkeit zur Flucht auszumachen. Dann geschah etwas Merkwürdiges. Das dritte seiner Schiffe begann plötzlich, die drei gegnerischen zu verfolgen. Voller Überraschung erkannte er, daß sich seine Bogenschützen daranmachten, die Matrosen niederzumähen, die auf der Brücke des ersten Verfolgerschiffes standen. Nun war der Moment gekommen, um in die Schlacht einzugreifen.

Er gab Befehl, sein Schiff so zu steuern, daß es genau hinter den feindlichen Booten zum Stehen kam, so daß er mit seinem Bug das Heck seines Gegners berührte. Einen Augenblick lang schienen die Orientalen langsamer zu werden, und diese unmerkliche Verzögerung half seinen Leuten, sie mit aller Kraft zu rammen. Deutlich war das Dröhnen zu vernehmen, als die Planken des orientalischen Schiffes von der Gewalt des Rammsporns zerschmettert wurden. Sofort rief er seinen Leuten zu, daß sie die Ruder herumrissen, um so wieder den bronzenen Sporn mit seiner dreifachen Spitze aus dem gegnerischen Schiff herauszulösen.

Dann hörte er ein erneutes Krachen, sie waren also wieder flott geworden. Und er sah, wie sich ein Wasserschwall durch einen breiten Riß im Heck in das orientalische Schiff ergoß. Unmittelbar darauf neigte es sich und begann zu sinken, bis es mit einer Seite auf dem Grund des Wasserbeckens angekommen war. Er gab einem Teil seiner Leute, die schon bereitstanden, den Befehl zum Entern, die Mehrzahl behielt er jedoch an Bord, um einer möglichen neuen Bedrohung Widerstand leisten zu können.

Er beobachtete, wie seine Männer über die Reling sprangen und sich auf das so seltsam geneigte Schiff stürzten, während die, die an Bord geblieben waren, gleichzeitig vom Kommandoturm die feindlichen Soldaten, die durch den Zusammenstoß nicht ins Wasser gefallen waren, mit Pfeilen beschossen. Er sah, mit wie großer Zähigkeit sie sich schlugen, doch bevor er noch in irgendeiner Weise über den Ausgang dieses Angriffs mutmaßen konnte, sichtete er, wie das zweite feindliche Schiff auf sie zusteuerte. Er versuchte, es mit seinem *harpago* abzustoßen, doch verwickelte er sich dabei mit der Kette in der riesigen, mit einem Haken bewehrten Harpune, die die Orientalen kurz vorher in die Wand seines Schiffes geschossen hatten. Jetzt sah es ganz so aus, als sei sein Schiff vom Entern bedroht.

Er verließ seinen Posten am Heck und rannte zu der Stelle, wo sich die Eisenspitze in das Schiff gebohrt hatte. Schon versuchten einige seiner Männer, den schweren Pfeil wieder herauszuziehen, doch war ihre Mühe vergeblich. Die Orientalen kamen immer näher, sie mußten sich auf einen Zusammenstoß einstellen. Iunius hatte seinen Leuten immer beizubringen versucht, niemals dem Gegner die Initiative zu überlassen. Also befahl er, sofort die Ruder einzuziehen. Kaum waren die Bordwände aufeinandergeprallt, erkletterte er mit seinen Männern – noch ehe die Orientalen die Zeit fanden, auf sein Schiff überzusetzen – bereits die feindliche Brücke und säte dort überall Chaos und Verwirrung. Bis er den Poller erreicht hatte, an dem die Eisenkette des Enterhakens befestigt war, gelang es Iunius, drei Orientalen unschädlich machen. Dann löste er rasch das Seil, so daß die Kettenglieder ins Wasser glitten. Auf dieses Signal hin gelang es dem größten Teil seiner Leute, noch rechtzeitig ihr eigenes Schiff zu erreichen, das nun endlich wieder steuerbar war.

In aller Eile entfernten sie sich und nahmen etwas Fahrt auf, um die nötige Kraft zu sammeln, das feindliche Schiff zu rammen. Das Loch, das durch den Aufprall entstand, war groß genug, um das Schiff innerhalb weniger Augenblicke in den Fluten des Sees versinken zu lassen. Nur die Brücke ragte noch aus dem Wasser, und dort bemerkte er etliche Soldaten des Feindes in Schlachtordnung. Da jedoch das Schiff mit dem Kiel auf Grund lag, somit unbeweglich war und keinen Schaden anrichten konnte, beschloß er, sich erst später mit ihnen zu befassen.

Der Kiel des dritten Schiffes, das unter seinem Befehl stand, ragte über seine ganze Länge aus dem Wasser heraus, und noch immer hämmerte der gegnerische Rammsporn in heftigen Schlägen mit unglaublicher Gewalt darauf ein. Auch für diese Gladiatoren würde es, nach dem aufgewühlten Wasser zu schließen, das rings um den umgestürzten Schiffsrumpf stürmische Wellen schlug, keinen Ausweg mehr geben. Jetzt waren nur noch zwei Schiffe übrig – das seine und das Flaggschiff des Gegners.

Die Orientalen hielten blitzschnell auf ihn zu, und für einige endlose Augenblicke verfolgten sich die beiden Schiffe gegenseitig. Jedesmal, wenn sie sich näher kamen, beschossen sich beide Mannschaften mit einer ungeheuren Menge an Pfeilen.

Während sie von vorn das gegnerische Schiff ansteuerten, ergriff eine Gruppe von Iunius' Männern die Enterhaken, um sich auf den Überfall vorzubereiten. Sie lockerten die Taue, so daß sich die Enterbrücke mit der Bordwand des anderen Schiffes herabsenkte, und dann drang ihr stählerner Rammsporn tief in die Bodenplanken ein. Nun drängten die Feinde auf die Kommandobrücke, doch strömten dort bereits Iunius' Männer heran. Die Orientalen hatten alle Hände voll zu tun, um ihrem Angriff entgegenzutreten. Sie bemerkten daher nicht, daß die Ruderer auf der einen Bordseite die Ruder einzogen, um mit all ihrer Kraft auf der anderen zu rudern und mit ihren Ruderblättern die dunklen Wasser in Bewegung zu setzen.

Nun stießen die Bordwände beider Schiffe aneinander, und Iunius' Mannschaft setzte zu einem neuen Enterversuch an. Der plötzliche Angriff von der Seite traf die Orientalen völlig unvorbereitet. Mit diesem Kampf hätten Iunius' Männer sicher die Schlacht beenden können, wenn sich nicht plötzlich am Bug die Enterbrücke gelöst hätte, so daß die beiden Schiffe wieder auseinandertrieben.

Iunius pfiff erneut zum Rückzug. Seine Leute folgten ihm in Reih und Glied und sprangen schleunigst über die Reling des feindlichen Schiffes, das sich langsam mehr und mehr entfernte. Er selbst sprang als letzter, als bereits niemand mehr glaubte, daß der Raum zwischen den beiden Schiffen überhaupt noch zu überwinden sei. Nur die Gewißheit, daß seine Wahl darin bestand, entweder durch die Hand des Feindes zu sterben oder in den gefräßigen Hälsen der Krokodile zu landen, gab seinen Beinen die nötige Kraft für den Sprung. Dumpf landete er gerade noch auf dem Rand der Reling, und seine Männer empfingen ihn mit Triumphgeschrei.

Ihm war bewußt, daß er die Schlagkraft des Feindes inzwischen weitgehend dezimiert hatte. Jetzt war er es, der sich im Vorteil befand, und schon sah er den Sieg in greifbarer Nähe. Auch der feindliche Kommandant war sich sicherlich seiner eigenen Unterlegenheit bewußt. Doch gab er nicht auf. Vielmehr erließ er den Befehl, das Schiff auf die gegenüberliegende Seite der Arena zu steuern, um dort den Bug wieder in Position zu bringen und neuen Anlauf zu nehmen.

Sofort befahl Iunius seinen Leuten das gleiche Manöver, so daß beide Schiffe in rascher Fahrt aufeinander zusteuerten. Ein Frontalzusammenstoß hätte sicher zum beiderseitigen Schaden geführt, andererseits konnte jeder sonstige Manövrierversuch sie in die Gefahr bringen, vom bronzenen Rammsporn des Feindes erwischt zu werden.

Iunius sah, wie sich vor jedem der beiden Schiffsbuge riesige Gischtpolster aufbauten, die bedrohlich aufeinander zu rückten. Der Zusammenprall schien unausweichlich, er würde bereits im nächsten Augenblick erfolgen. Über der Arena lag schwer das Schweigen, das nur von dem Rhythmus der Trommeln unterbrochen war, die den Ruderern den Takt angaben.

Der Aufprall war schrecklich. Er wurde gegen die Kommandobrücke geschleudert und prallte mit seinem Nacken auf den Sockel des Turms. Für ein paar Sekunden schwanden ihm die Sinne. Doch dann schwappte Wasser über ihn, wodurch er auf der Stelle wieder aus seiner Bewußtlosigkeit erwachte. Er fand sich, auf einer der hölzernen Schiffsrippen schwimmend, wieder. Wie durch ein Wunder war er unverletzt geblieben. Ein weit schlimmeres Los ereilte die Männer, die ins Wasser gefallen waren und dort noch mit letzter Kraft versuchten, einen ungleichen Kampf gegen die riesenhaften Echsen zu führen.

Nicht weit von ihm sah er Quintus im Duell mit einer dieser unsichtbaren Kreaturen, fast war er bereits unter Wasser gezogen. Iunius streckte die Hände aus, um ihn wieder herauszuziehen. Doch als es ihm endlich gelungen war, ihn an die Wasseroberfläche zu heben, mußte er entsetzt sehen, daß die Beine seines Kameraden verschwunden waren. Er konnte nichts anderes tun, als ihn wieder zurück ins Wasser zu werfen und dabei versuchen, seine aufsteigende Übelkeit niederzukämpfen.

Die Wasserströmung in Verbindung mit einigen vorsichtigen Ruderschlägen, die er mit seinen Händen vollführte, brachten ihn zu der kleinen Insel vor der Tribüne des Titus. Schwer atmend, in seinem Mund den galligen Geschmack der Übelkeit, seine Brust bebend von tränenlosen Schluchzern, stieg er den Weg zur Tribüne empor. Da bemerkte er, daß die Menge verstummt war, und es war gerade diese unnatürliche Stille, die ihn plötzlich auf der Hut sein ließ. Er drehte sich mit einem Ruck um und sah den gegnerischen

Kommandanten aus dem Wasser steigen, die Augen noch schmaler zusammengekniffen, voll des unbändigen Hasses.

Instinktiv und ohne zu zögern, wanderte seine rechte Hand zu dem Dolch an seiner Seite, während die linke das Netz ergriff, das er bis jetzt nicht abgelegt hatte, sondern noch immer umgehängt trug. Mit flinken, leichtfüßigen Schritten war ihm der Orientale bereits auf den Fersen. Er tat einen Satz, dann sprang er mit beiden Füßen in die Luft und trat Iunius direkt in das Brustbein, so daß ihm der Atem stockte und er wie ein Stein zu Boden fiel. Sofort stürzte sich der Feind mit den schmalen Augen auf ihn und drückte ihm fest die Arme zu Boden, so daß er sich nicht mehr bewegen konnte. Nie hätte Iunius gedacht, daß er eines Tages gezwungen wäre, Velius, dem Thraker, für seine Lektionen dankbar zu sein, aber ausgerechnet die Kniffe, die er von dem Thraker erlernt hatte, ermöglichten es ihm jetzt, sich aus dem tödlichen Griff zu befreien.

Dennoch konnte er es nicht verhindern, daß ihn die Fäuste des Orientalen brutal trafen. Dieser lief zurück, um ihn mit einem neuen Anlauf niederzustrecken. Doch erwischte ihn Iunius mit einem geschickten Wurf seines Netzes direkt im Sprung und warf ihn zu Boden. Als er sah, daß der Orientale bewegungsunfähig war, stürzte er sich auf ihn. Mit aller Wut, die er im Bauch fühlte, hob er seine Hände empor, ballte sie zusammen und stieß sie mit tödlicher Kraft, zehnmal stärker als sonst, auf den ungeschützten Nacken des Gegners. Er wußte, daß ein solcher Schlag einen Mann töten konnte, aber der Kommandant der Orientalen starb nicht, er wurde nur ohnmächtig.

Da griff Iunius nach dem Dolch, der ihm während des Kampfes aus der Hand geglitten war. Er war bereit, seinen Gegner zu töten und ihn damit für das Sterben all seiner Männer bezahlen zu lassen. Das Geschrei der Menge steigerte sich zu einem gewaltigen Crescendo. »Schneid ihm die Kehle durch!« schrien die fünfzigtausend Zuschauer wie aus einem Mund.

Wie es die strenge Regel vorschrieb, wandte er seinen Blick zur Tribüne des Titus hin, um den kaiserlichen Befehl zu erwarten. Doch erstarrte er plötzlich und fühlte sich wie gelähmt, als er der zwei kobaltblauen Augen ansichtig wurde, die ihn verblüfft anstaunten. Durch einen Nebel aus Erde und Schweiß sah er auf der Tribüne der

Vestalinnen die wunderschöne junge Frau. Etwas abseits von den anderen Priesterinnen, betrachtete sie mit entsetztem Gesicht die Szene. Er erkannte sie sofort wieder, obwohl ihr Antlitz, das durch den Schreck bleich und verzerrt war, zu einem großen Teil von einem Schleier verdeckt wurde. Das war das Gesicht, dem er sein Leben verdankte.

Das Geschrei des Publikums wurde von einem Augenblick zum anderen lauter, da Iunius' Gegenspieler erneut zu Bewußtsein kam. Als Iunius ihm in die Augen sah, wußte er bereits, was er darin erblicken würde. Nicht den Ausdruck von Angst. Niemals. Es war Stolz, was er darin erblickte, wodurch ihm die Hände gebunden waren. So konnte er den tödlichen Stoß niemals ausführen. Dann fühlte er einen unwiderstehlichen Impuls, sich noch einmal nach der Tribüne der Vestalinnen umzudrehen. Die Priesterinnen schienen all ihre Zurückhaltung verloren zu haben. Sie lehnten über der Brüstung und stimmten hemmungslos in das Geschrei der Menge ein: »*Iugula, Iunius!*«, »Schneide ihm die Kehle durch, Iunius!« Und dabei wiesen sie erbarmungslos mit ihrem Daumen zu Boden.

Nur sie schwieg und regte sich nicht. Aber endlich, nach ein paar endlosen Augenblicken und als wollte sie die Frage beantworten, die Iunius' Augen stellten, öffneten sich ihre Lippen zu einem wehmütigen Lächeln, dann zeigte sie mit dem Daumen gen Himmel.

Der Gladiator neigte das Haupt und steckte den Dolch in die Scheide.

Unter den Zuschauern und selbst auf der kaiserlichen Tribüne herrschte verwirrtes Schweigen. Nur für einen kurzen Augenblick, dann begannen alle, in einem wilden Crescendo von Stimmen durcheinanderzusprechen. Doch hatte die Menge offenbar bereits genug Blut fließen sehen, denn nun begann sie, Iunius' Namen zu skandieren, zunächst noch leise und gedämpft, doch dann immer lauter, bis Titus geruhte, seinen kaiserlichen Daumen emporzustrecken.

Auf der künstlichen Insel vor der kaiserlichen Tribüne richtete sich Iunius in seiner gesamten Körpergröße auf. Er sah, wie ein Sklave an Titus herantrat und diesem mit ausgestreckten Armen ein besticktes Kissen entgegenreichte. Der Imperator griff nach dem hölzernen Schwert, das darauf lag, das Symbol für die wiedergewonnene Freiheit eines Sklaven. Er reckte es weit über seinem Haupt zum Himmel empor, warf es dann weit von sich, in Richtung der Insel. Mit ungläubigem Blick beobachtete Iunius dessen Flugbahn, bis es direkt vor seinen Füßen auf dem Boden landete. Ein wenig ängstlich hob er es auf und richtete es nun seinerseits in den Himmel: Die Götter hatten ihm beigestanden, er war wieder ein freier Mann.

Kaiserliches Rom.

Clelia ging das Antlitz des Freigelassenen nicht aus dem Sinn. Es war ihr seltsam vertraut, auch wenn sie sich nicht daran erinnern konnte, wo sie diesem Mann bereits begegnet war, dessen Name ihr das Geschrei der Menge und ihrer eigenen Kameradinnen enthüllt hatten: Iunius aus der Stadt Luna.

Der Zwang, sich erinnern zu müssen, wich nicht mehr von ihr, bis sich plötzlich ein wirrer Gedanke einen Weg durch das Dunkel ihres Verstands zu bahnen begann. Sie sah einen Platz vor sich, voller wutschnaubender Menschen, die dicht aneinander gedrängt waren, und sie sah einen Mann, den man unter Beschimpfungen und wildem Spucken dem Tod entgegenführte. Dann sah sie noch zwei fassungslose, ungläubig erstaunte Augen vor sich. Natürlich, das war der Grund für diesen kummervoll-fragenden Blick, den er ihr aus der Arena zugeworfen hatte. Sie war der Grund, und es war ihr Privileg, über das Leben eines anderen Menschen entscheiden zu können.

Dieser athletische Körper, so von Wunden gezeichnet! Dieses Gesicht, das so verstört wirkte von den vielen Anstrengungen und dem Schmerz. Dieser stolze und doch so redliche Blick. Der Name kam ihr ganz natürlich über die Lippen, so daß sie nicht widerstehen konnte, ihn auszusprechen. »Iunius«, murmelte sie. Sie ließ sich auf ihr Bett fallen. Sie würde den Gedanken an diesen Mann für immer in ihrem Herzen tragen.

Sie wußte, daß dies ein verbotener, ein wahrhaft gotteslästerlicher Gedanke war. Aber sie konnte sich selbst nicht belügen. Sie wollte diesen Mann immer neben sich haben.

Das Pferd lief mit hängenden Zügeln dahin. In der Ferne war das Meer zu sehen, und an seinem Gestade ragte die herrliche Villa des Marcius empor. Aus dieser Entfernung schien alles, als wäre es noch immer genauso wie damals, doch je näher er herankam, desto deutlicher enthüllte sich seinen bangen Augen der heruntergekommene Zustand des Landguts. Als Iunius sein Reittier in den Innenhof geführt hatte, wurde er sofort von einer Schar Sklaven und Bediensteter umringt, die ebenso beunruhigt schienen wie er.

Der neue Gutsverwalter trat hervor und unterrichtete ihn von der schwierigen Lage, in der sie sich befanden. Sie bestand im wesentlichen darin, daß den Waren, die vom Landgut eines als Vaterlandsverräter verurteilten Patriziers stammten, jegliche Absatzmöglichkeit verschlossen war. Iunius machte sich sofort an die Arbeit, mit dem Verwalter zusammen all die Aktionen zu organisieren, die in den ersten Stunden des kommenden Morgens durchgeführt werden mußten.

Bei Sonnenuntergang erreichten sie die Schule von Stabia. Iunius führte dreißig Sklaven zu Pferde mit sich, außerdem zwei Wagen voll mit verschiedenen Gerätschaften und zwölf Ochsen. Inzwischen war mehr als ein Jahr vergangen, seit der Vesuv Tod und Verwüstung gesät hatte. Die Landschaft hatte sich völlig verändert. Wo einst fruchtbare Ebenen und weite Täler mit blühenden Siedlungen waren, sah man jetzt nur noch eine einzige Fläche aus Asche und erkaltetem Lavagestein, das zu sonderbaren Skulpturen aufgetürmt oder dramatisch von Furchen und Spalten durchzogen war. Ein wahrhaft trostloses Schauspiel!

Während sie sich auf das Meer zubewegten, hoffte Iunius inbrünstig, daß der Lavastrom nicht den Eingang zu der großen Grotte versperrt haben möge, in der er die Wagen versteckt hatte. Natürlich wollte er auch nicht, daß sein Schlupfwinkel von den Männern des Menenius entdeckt worden war. Doch stellte er fest, daß die gesamten Küstenformationen durch den Lavastrom vollständig verändert worden und die breiten Straßen, die vormals zum Meer geführt hatten, mittlerweile verschwunden waren. Ein ähnliches Schicksal war auch den Gebäuden der Schule zuteil geworden. Ein braungrauer Aschemantel deckte jetzt alles zu.

Aus dem Gedächtnis fand er die Grotte wieder. Der früher

weiträumige Eingang war nun zu einem großen Teil mit Lava zuge-
schüttet, aber ein enger Spalt war noch vorhanden, ganz so, als sei er
von einer höheren Kraft dort eingerissen worden, um seinen Augen
die genaue Lage des Verstecks kundzutun. Mit einer Fackel zwängte
sich Iunius den unterirdischen Gang hinab, um sich mit eigenen
Augen davon zu überzeugen, daß die Wagen noch immer unversehrt
waren.

Sie schlugen die ganze Nacht auf den Felsen ein, der so hart war
wie Eisen, und endlich, im Morgengrauen, war das Eingangsloch so
breit, daß ein Wagen hindurchpaßte. Sie arbeiteten ohne Unterbrechung, bis schließlich, kurz vor Sonnenuntergang, die Wagen mit
der Kriegsbeute in Reih und Glied auf einem Feldweg standen, der
von der Lava verschont geblieben war.

Er beschloß, sich nicht um die Proteste der Männer zu kümmern,
die natürlich erschöpft waren und ein paar Stunden der Ruhe forderten, sondern gab Befehl, sofort nach Rom aufzubrechen. Jetzt, da
er den Schatz aus diesem, den Göttern sei Dank, unberührten Versteck herausgeholt hatte und ihn den Augen der Welt aussetzte,
konnte er sich nur allzuleicht in eine tödliche Waffe verwandeln. Aus
langer Erfahrung wußte er, daß Menenius ein Mann war, der seine
Augen und Fangarme überall hatte. Selbst nur ein paar Minuten zu
verlieren konnte fatal sein. Auch erwies sich der Marsch zurück weitaus anstrengender als der Hinweg. Das Schnauben der Ochsen klang
laut und schwer, während sie das enorme Gewicht des germanischen
Goldes zogen. Aber glücklicherweise gingen die zwei Nächte und der
eine Tag, die sie für diese Reise benötigten, ohne jeden Unfall vonstatten.

Am Morgen des zweiten Tages betraten sie die Stadt. Iunius
wußte, daß der Kaiser – wie an jedem ersten Tag des Monats – an der
Versammlung der Kurie teilnehmen würde. Er hatte das Datum sehr
sorgfältig gewählt, auch ein entscheidender Grund, warum er versucht hatte, jedwede Verzögerung zu vermeiden. So führte er seine
Karawane direkt zum Forum Romanum.

Gewiß würde er schwerlich Menenius seiner Verbrechen bezichtigen können. Nicht ein Gericht wäre bereit, solche entehrenden Anschuldigungen eines Ex-Gladiators gegen einen Senator überhaupt
ernst zu nehmen. Denn das war er, und nichts anderes. Er war kein

treuer Diener des Römischen Reiches und auch kein Soldat mehr, der für Rom ehrenvoll sein Blut vergossen hatte. Er war nichts anderes als ein ehemaliger Sklave, der nur dadurch den Ketten entronnen war, daß es ihm gelungen war, im Rahmen der Zirkusspiele andere Männer zu töten. Aber das machte ihm nichts. Was ihm in diesem Moment wirklich am Herzen lag, war Marcius, dem er die Freiheit zurückgewinnen wollte.

Als die Liktoren ihren Wachdienst im Senat antraten, wunderten sie sich nicht schlecht, als sie die vier Wagen über den gepflasterten Platz fahren sahen. Überrascht und ohne Anweisungen darüber, zogen sie es vor, nicht einzuschreiten. Je weiter der Vormittag rückte, desto mehr Menschen drängten sich vor der Schwelle der Kurie, bis schließlich Kaiser Titus selbst erschien, von seinen Wachen und einem Gefolge von Senatoren begleitet. Jeder der Anwesenden konnte nicht umhin, die vier Wagen zu sehen, wie sie da ordentlich aufgereiht standen. Iunius bereitete es stilles Vergnügen, als er Menenius erbleichen sah.

»Wer wagt es, die Versammlungen des Senats von Rom zu stören?« erhob sich die Stimme des Imperators, die das Stimmengewirr der Umstehenden vollständig übertönte.

»Mein Name ist Iunius, göttlicher Cäsar, und dank deines großmütigen Willens bin ich ein freier Mann«, antwortete er.

Bei diesen Worten schoß der Imperator einen wütenden Blick auf den Mann, der es gewagt hatte, das Wort an ihn zu richten, und damit die elementarste Regel des Zeremoniells verletzt hatte. Doch war etwas an ihm, das seine kaiserliche Neugierde weckte, und forschend betrachtete er den Frechling. Der Mann machte ihn so betroffen, daß er zögerte, den Befehl zu erteilen, ihn aus seinem Blickfeld zu entfernen. Dann erkannte er in ihm plötzlich den Gladiator, dem er nur wenige Tage zuvor die Freiheit geschenkt hatte.

»Zum Zeichen der Dankbarkeit für das Geschenk, das du meiner Person gemacht hast«, beeilte sich Iunius weiterzusprechen, bevor die Wirkung der Überraschung dahin war, »habe ich den Schatz des römischen Volkes sichergestellt, der auf so geheimnisvolle Weise verschwunden war. Für diese Wagen, vollbeladen mit Gold, haben wir Legionäre in Tapferkeit und Entsagung auf der anderen Seite des Rheins gekämpft. Aber, ach, der, der uns mit Leidenschaft und Patriotismus zum Sieg geführt hat, schmachtet heute im Gefängnis und ist völlig zu Unrecht mit Schande bedeckt – durch ebenso schwere wie falsche Anschuldigungen.«

»Was willst du damit sagen, Gladiator?« fragte Titus mit heiserer Stimme, der inzwischen selbst alle Regeln vergessen zu haben schien.

»Daß das, was ich dir zum Geschenk bringe, allein Rom gehört, Herr. Ich selbst habe es aus den Verräterhänden geborgen, die es zu entwenden versuchten.« Und auf einen Wink von seiner Hand – bei den Kämpfen in der Arena hatte er inzwischen gelernt, wie mit einer deutlichen Geste im rechten Moment das Publikum anzufeuern war – lüftete einer der Sklaven die Plane des Wagens, der der Treppe am nächsten stand.

Im strahlenden Licht der Sonne erglühten Gold und Edelsteine und warfen funkelnde Blitze umher. Auf dem Platz wurde erstauntes Gemurmel laut. Dadurch ermutigt und sicher, das Wagnis bestehen zu können, erhob Iunius nun seine Stimme, um sich Gehör zu verschaffen: »Höre, Imperator von Rom! Der Tribun Iunius, denn der bin ich, gibt dem Volk von Rom den Schatz der Germanen zurück.«

Nun bahnte sich Menenius, noch immer bleich wie der Tod, einen Weg durch die Menge, bis es ihm gelang, neben Titus stehen zu kommen. In aufgeregtem Ton sprach er: »Und wieso, Iunius von Luna, kehrt dieser Schatz erst jetzt zu seinem rechtmäßigen Eigentümer zurück? Wenn ich mich nicht irre, warst du wegen seines Diebstahls zum Tode verurteilt worden. Leugne es, wenn du kannst! Mein begründeter Verdacht ist es, daß du alles tun würdest, um deinem Komplizen, dem schlauen Kommandanten, das Leben zu retten. Auch um den Preis, auf diesen beispiellosen Reichtum verzichten zu müssen, den er und du gemeinsam den Römern entwendet haben.«

Ohne eine Spur der Besorgnis blickte Iunius ihm fest in die Augen. Bei allen Göttern, er hatte schon sehr viel gefährlicheren, wenn auch weniger treulosen Männern gegenübergestanden. Also beschloß er, alles auf eine Karte zu setzen, in der Hoffnung, daß Menenius die versteckte Drohung in seinen Worten erkennen würde.

»Ich bin nicht hierhergekommen«, hob er erneut an, wobei er seinen flammenden Blick weiter auf den niederträchtigen Senator heftete, der ihm krampfhaft auszuweichen versuchte, »um rasche

Bewunderung zu finden, indem ich hier von den tausend Gefahren auf meiner Reise berichte. Wieviel Klippen galt es nicht zu überwinden, um diese Wagen von der Front an den Ufern des Rheins bis hierher nach Rom zu führen! Und ich will auch nicht von all den Verrätern sprechen, denen ich Einhalt gebieten mußte, damit unser Volk zurückerhält, was nicht Marcius und ich, sondern diese Schurken ihm gestohlen hatten. Abgesehen davon, Senator Menenius: Wäre ich wirklich der Dieb gewesen, hätte ich meine Freiheit dazu benutzt, mich selbst der Kriegsbeute zu bemächtigen. Warum, in aller Welt, hätte ich sie dem göttlichen Cäsar und dem römischen Volk zurückgeben sollen? Alles, was ich erbitte, ist, daß einem Unschuldigen wieder Gerechtigkeit zuteil wird.«

Der finstere Blick des Imperators hielt Menenius davon ab, erneut das Wort zu ergreifen. Titus machte sich die Mühe, selbst zu antworten, wobei er seine rechte Hand zum Zeichen seiner kaiserlichen Würde erhob: »Wir sind erstaunt über deine Heldentaten, Tribun Iunius. Die ganze Stadt möge dir für das, was du ihr an Hilfe erwiesen hast, dankbar sein. Ich befehle daher, daß General Marcius auf der Stelle freigelassen wird und er all seine Ehren zurückerhält, die ihm wegen offenkundig ungerechtfertigter Beschuldigungen entzogen wurden. So hat es der Imperator von Rom beschlossen.«

Als er den Trupp gesichtet hatte, der sich von Ostia her näherte, sprang Iunius rasch von der Einfriedungsmauer herab, auf der er gestanden hatte, um den Horizont zu beobachten. Auch aus so weiter Ferne erkannte er sofort die Gestalt des Marcius und auch seine Art, auf dem Pferd zu reiten. Und so stand er bereits im Park bereit, als die Männer durch das Portal der Villa ritten, und hieß seinen General willkommen.

Ein Lächeln erhellte sein bleiches und abgezehrtes Gesicht, doch war Marcius immer noch fähig, so rasch und gewandt wie früher von seinem Reittier abzusteigen. Seine Begeisterung zügelnd, blieb Iunius in respektvoller Entfernung vor ihm stehen und nahm soldatische Haltung ein. Dann erhob er seine Rechte zum Zeichen des Grußes. Rasch trat Marcius auf ihn zu und drückte ihn voll des warmherzigsten Gefühls an seine Brust. Er konnte und wollte seine Rührung nicht verbergen. Dann löste er sich wieder von ihm, doch ließ er noch immer die Hände auf seinen Schultern ruhen. Lange sah er den treuen Freund an.

»Du bist älter und dein Antlitz ist gezeichnet, Legionär«, sagte er mit seinem wohlvertrauten Lächeln, wobei er auf die Narben in Iunius' Gesicht deutete.

Das entsprach der Wahrheit. Die hundert Tage als Gladiator hatten sein Aussehen stärker gebrandmarkt als die Jahre, die er im Dienst der Legionen verbracht, ja sogar noch mehr als die endlosen Monate, die er unter härtesten Entbehrungen als Zwangsarbeiter geschuftet hatte.

»Ich hatte ein paar Mißgeschicke, Herr«, antwortete er in scherzhaftem Ton, während sich der General bei ihm unterhakte.

»Du wirst Zeit und Gelegenheit haben, mir alles zu erzählen, Iunius«, erwiderte Marcius und betrat mit ihm das Innere der Villa.

Menenius saß im *triclinium* zur Rechten des Imperators, ohne den erlesenen, köstlichen Speisen des kaiserlichen Gastmahls die aufmerksame Beachtung zu schenken, die er sonst dafür übrig hatte. Doch zeigten seine Finger, die vor Fett triefen, deutlich, wie sehr ihn trotz allem die Gaumenfreuden in Anspruch nahmen, auch wenn er der kunstvollen Präsentation des servierten Menüs nur wenig Interesse entgegenzubringen vermochte. Gierig und ohne jegliche Zurückhaltung verschlang er die einzelnen Stücke. Als sich die Aufregung wieder gelegt hatte, die bei einem besonders bombastischen, üppigen Gang unter den Gästen entstanden war, hielt er den geeigneten Moment für gekommen, seine soundsovieltausendste Intrige anzuzetteln.

»Denkst du wirklich, edler Augustus«, fragte er in künstlich gedankenverlorenem Ton, während er gleichzeitig Anstalten machte, sich dem sehr jungen Mundschenk zu nähern, einem jener Knaben aus Bithynien, die berühmt waren für ihre samtene Haut, »denkst du wirklich, daß Marcius den Triumphzug verdient, den du ihm zugesprochen hast?«

Titus wußte nur allzugut um die Doppelzüngigkeit der Männer, die sich in der Öffentlichkeit als Diener Roms bezeichneten, als daß er sich davon einlullen ließe. Und so warf er Menenius nur einen verärgerten Blick zu und fragte sich, worauf dieser wohl hinauswolle.

»Ich bin der Ansicht«, antwortete Titus nach einer Weile, »daß die Einkerkerung eines Volkshelden wie Marcius zu viele negative Auswirkungen hat, die unsere Beziehungen zu den Spitzen des Militärs nur noch angespannter machen. Daher denke ich, daß ich gut daran tat, ihn zu rehabilitieren, noch dazu, da ihn dieser Gladiator vor allen Augen entlastet hat.«

Aber er wußte, daß die Sache damit noch nicht beendet war. Zu gut kannte er die verschlagene Zähigkeit des alten Senators.

»Du hast sicher recht damit, Herr«, erwiderte Menenius und hielt in einer seiner fettigen Hände ein Schwanenschenkelchen, während er mit der anderen den zarten Hals des Mundschenks, den er herbeibefohlen hatte, sanft streichelte. »Aber zu prüfen bleibt noch der Wahrheitsgehalt in der Erzählung dieses Sklaven. Ein Mann mit zumindest dunkler Vergangenheit, der sicherlich keine gute Reputation genießt.«

»Sei sie nun gut oder nicht gut«, beendete Titus den Disput, »dieser Mann ist als Sieger aus dem Turnier hervorgegangen, und seine Wirkung auf das Volk gleicht der eines Gottes.« Er war dabei, sich zu langweilen. Die Konversation ruinierte ihm das herrliche Abendessen. Mit einer kaum wahrnehmbaren Bewegung seiner rechten Braue rief er eine der blutjungen Tänzerinnen zu sich, die man extra aus dem weit entfernten Korinth hatte herkommen lassen, um dem Abend ein möglichst angenehmes Gepräge zu verleihen.

»Du hast das unschätzbare Glück, jung zu sein, göttlicher Titus, und so erinnerst du dich nicht an das Böse, das Aulus Vitellius und seine Anhängerschaft an deiner Familie verübt haben«, hub der Senator in betrübtem Ton wieder an und machte dann eine kluge Pause, die seinen Worten half, direkt ins Ziel zu treffen. Dann sprach er weiter. »Aber es bleibt wahr, daß einer dieser Männer ein äußerst überzeugter Anhänger des Aulus war. Er war ein Onkel von Marcius und einer der Verschwörer, die den Bruder deines Vaters umgebracht haben, Herr … Doch trotz dieser abscheulichen Erinnerung hast du befohlen, Marcius einen Triumphzug zu gewähren. Was werden die Feinde deines kaiserlichen Amtes, mögen sie die Götter in die tiefsten Tiefen der Unterwelt verdammen, daraus ableiten?«

»Ich erinnere mich sehr wohl, Menenius, doch sind das alte, längst vergangene Begebenheiten«, antwortete der Imperator, dem die

Genüsse dieses Abends eine so große Zufriedenheit bereitet hatten, daß er keine Lust verspürte, sich in unfruchtbaren Diskussionen zu verlieren. »In dem Chaos, das auf Neros Tod folgte, mußte ja irgend jemand die Macht ergreifen. Aulus Vitellius war einer der vier Herrscher, die in der kurzen Zeit dieses finsteren Jahres regierten. Wichtig ist allein, daß heute Friede unter den Bürgern herrscht und die Macht fest in der Hand der einzigen *gens* von kaiserlichem Geblüt ist – nämlich der Flavier, meiner Familie.«

»Und es ist gut, daß es so ist«, pflichtete der Senator bei, mit einer Stimme, die sich zu einem Flüstern gesenkt hatte, »aber ich bitte dich, niemals den Beitrag zu vergessen, den ich ganz persönlich geleistet habe, um diesen Zustand zu erreichen. Ich war es, der Aulus in den Abgrund gestürzt hat...«

»Ich sehe«, fiel ihm Titus ins Wort, »daß die Aussicht auf eine eventuelle politische Karriere des Marcius dir Sorgen bereitet. Das ist gut so, deshalb achte recht gut auf ihn, wenn dir soviel an der Angelegenheit liegt. Aber übertreibe es nicht. Auf jeden Fall befehle ich dir, mir peinlichst genau zu berichten, wenn du eventuell etwas entdeckt hast.«

Mit diesen Worten ließ Titus deutlich erkennen, daß für ihn diese Angelegenheit abgeschlossen war. Auch hatte er bereits die junge Tänzerin vergessen, die sich inzwischen wieder hinter ihren Kameradinnen versteckt hatte, und sich bereits in eine andere junge Frau von sehr viel größerer Schönheit und Anziehungskraft verloren. Sie wurde genau in diesem Augenblick von dem Major Domus, der für die kaiserlichen Gemächer verantwortlich war, in den Saal geführt. Und es war nicht nötig, daß Titus ihm Zeichen gab.

»Die Frauen werden dich noch ins Grab bringen«, dachte Menenius boshaft, eingedenk der Leidenschaft des Imperators für die schöne Prinzessin Berenice aus Judäa und des böswilligen Geredes, das dadurch erregt worden war. Dann steckte er seine schmutzige Hand in die weite Tunika des jugendlichen Mundschenks und zog ihn an sich heran, während das wunderschöne Mädchen sich an Titus' Seite gleiten ließ.

Durch sorgfältige Nachforschungen war es Iunius gelungen, fast zweihundert Soldaten ausfindig zu machen, die einst zu seiner alten

Legion gehört hatten. Er beobachtete sie, wie sie stolz an seiner Seite marschierten, allen voran ihr geliebter General. Er hatte schon früher die Gelegenheit gehabt, die Stadt im Festtagsschmuck zu sehen, doch kam ihm in diesem Moment alles anders vor. Sein Gemüt war sicher in einem weitaus heitereren Zustand als nach seinem Sieg im zirzensischen Turnier. Damals wurde er von seinen Gewissensbissen, als einziger überlebt zu haben, beinahe zu Boden geschmettert.

Die Leute drängten sich zu beiden Seiten der Straße, die zum Forum Romanum führte, und ließen Marcius hochleben. Überall wogten Banner mit den Symbolen des größten Imperiums, das je unter dem Licht der Sonne existierte. Iunius war stolz auf Rom, auf die ungeheuren Ausdehnungen seines Territoriums, auf diese Stadt der Geschichte und Erinnerungen. Er bewunderte die herrlichen Monumente in Rom, die durch den Zustand seines Gemüts noch schöner und eindrucksvoller erschienen als damals, als er sie zum ersten Mal in der Gesellschaft des Marcius gesehen hatte. Nun sah er den Rücken des Generals, und er sah, wie dieser sich vorbeugte und auf die Grüße der Menge antwortete. Fast konnte er sich auch sein Lächeln vorstellen, mit dem er die Huldigungen entgegennahm. Er liebte diesen Mann, vielleicht ebensosehr wie seinen Vater. Und für nichts auf der Welt würde er ihn verlassen. Er freute sich, das höchste Streben eines Soldaten verwirklicht zu sehen. Er dachte an das Leid, das jener, ein Mensch von so großer Rechtschaffenheit, erfahren mußte, als man ihn mit den falschen Anschuldigungen in den Schmutz gezogen hatte.

Iunius trug nun wieder die Gewänder eines Militärtribuns, denn der Imperator selbst hatte befohlen, ihn in diesen Rang wiedereinzusetzen. Es kam ihm so vor, als sei die Zeit stehengeblieben, als seien die schändlichen Jahre verflogen. Und vielleicht war es dieses Zurückgehen in der Zeit, das ihn an Sextilius denken ließ. Er hatte erfahren, daß sein Kamerad von gleichem Rang mittlerweile dabei war, in Judäa zu Ehren zu gelangen. Nach der Zerstörung von Hierosolyma (Jerusalem) durch Vespasians Legionen, die unter dem Oberbefehl von Titus selbst standen, war es nicht gelungen, die besorgniserregenden Rebellennester auszumerzen, die von der örtlichen Bevölkerung beschützt wurden. Es bestand durchaus die Wahrscheinlichkeit, daß dieser bedeutsame Auftrag ein Teil des Preises war, den Menenius an Sextilius für die Dienste, die er ihm geleistet hatte, bezahlen mußte.

In solche Gedanken versunken, erreichte er den festlich geschmückten Platz des Forum Romanum. Wieder in die Gegenwart zurückgerufen, bewunderte er die Fahnen und Abzeichen der Legion, die die Parade eröffnete. Wie bei jedem Truppenverband war auch hier direkt unter dem Adler aus Bronze, dem Symbol der kaiserlichen Heere, das Wappen ihrer Armee angebracht, das ein Tierkreiszeichen darstellte. Der Imperator hatte angeordnet, daß im Gefolge der Veteranen eine Kohorte von fast tausend Soldaten vorbeimarschieren sollte, schließlich konnte er nicht einen Triumphzug anordnen, bei dem nur etwa zweihundert Männer zu sehen waren. Das würde eine langweilige Vorstellung abgeben und vor allem Gefahr laufen, die Freigiebigkeit des Titus in Zweifel zu ziehen. Dabei war er immer darauf bedacht, die *plebs* mit öffentlichen Zerstreuungen von glanzvollstem Ausmaß von ihren täglichen Pflichten und ihrem Broterwerb abzulenken.

Der Imperator hatte auf derselben Rednertribüne Platz genommen, auf der vor nur kurzer Zeit Iunius zum Tod verurteilt worden war. Jetzt, da er sich diesem Ort in einer ganz anderen Gemütsverfassung näherte, hatte er die Muße, die funkelnden Rammsporne aus Bronze zu begutachten, die noch von den alten Schiffen der Volsker herrührten und auf immer und ewig ihre Tapferkeit bekundeten. Titus erhob sich und gab sich alle Mühe, einen imposanten Eindruck zu machen. Dabei war er nicht besonders groß, und sein rundes Gesicht unterstrich noch seine Neigung zur Fettleibigkeit. Doch war er der göttliche Augustus.

Mit einer weit ausholenden Geste seines Arms gebot er Schweigen: »Ich glaube«, hob er an, »daß jeder römische Bürger inzwischen um die unrechtmäßigen Gründe weiß, die dazu führten, daß dieser Triumphzug verschoben wurde. Aber du kannst weder wissen noch ahnen, tapferer Marcius, wieviel Freude wir nun in unserem Herzen hegen. Nun, da wir sehen, daß dir und deinen einzigartigen, nicht mehr anzweifelbaren Verdiensten Gerechtigkeit widerfährt.«

Dann wandte er sich an die Menge, wobei seine Stimme noch ein wenig lauter wurde: »In jedem Fall tut man gut daran, im Gedächtnis zu bewahren, was dieser unerschrockene Kommandant und seine tapferen Legionäre für Rom getan haben. Sie haben die Fahnen und Abzeichen des Römischen Reiches weit über die Ufer des Rheins getragen, jenem Fluß, der seit den Zeiten des Augustus die konstante Grenze des Römischen Reiches bildete. Und so habe ich beschlossen, von diesen unbegründeten Anschuldigungen nicht einmal Erwähnung zu tun, die diesen edlen Mann beinahe in den Schmutz zogen. Ich ziehe es vor, all das zu vergessen, ja, es richtiggehend aus meinem Gedächtnis zu streichen. Doch gleichzeitig bin ich der Ansicht, daß der römischen Justiz ein Verdienst zugute gehalten werden muß – sie weiß sich einen begangenen Fehler einzugestehen und ist auch dazu bereit, die Sache wieder aus der Welt zu schaffen. So etwas kann niemals ausgeschlossen werden, denn der Irrtum liegt in der Natur des Menschen. Und so ist alles, worauf es tatsächlich ankommt, die Fähigkeit, einen Fehler dann, wenn er erkannt worden ist, auch mutig einzugestehen und die Würde dessen, der ungerechtfertigt beleidigt wurde, wiederherzustellen. Danach habe ich gehandelt, denn die Rechtmäßigkeit ihrer Gesetze ist der Dreh- und Angelpunkt einer jeden Zivilisation.«

Iunius konnte der dreisten Sicherheit des Imperators nur ein bitteres Lächeln schenken. Glaubte er wahrhaftig, daß er mit dieser wortgewandten Ansprache alle Ungerechtigkeiten ausgelöscht und damit für die fast zwei Jahre Gefängnis, die ein Unschuldiger verbüßt hatte, Wiedergutmachung geleistet hätte? Gar nicht zu reden von all dem, was er selbst hatte erleiden müssen! So sind die Mächtigen, dachte er bei sich.

»Ich habe persönlich die Schätze in Augenschein genommen«, sprach Titus nun weiter. »Deine tapferen Männer haben sie nicht nur einmal, sondern zweimal in Sicherheit gebracht und sie unter größter Gefahr den verbrecherischen Händen entrissen, die sie entwendet hatten. Der römische Ärar kann sich glücklich schätzen, daß du ihm noch einen weiteren Dienst erwiesen hast, Marcius. Und so habe ich festgesetzt, daß du die Summe von einer Million Sesterzen als Geschenk erhältst, damit das Gespenst der Not niemals auf deiner edlen Person lasten möge. Ferner beschließe ich, daß kostenlos fünfhunderttausend Pfund Weizen an das Volk verteilt werden und diese Sonderzuwendung in deinem Namen erfolgt. Abschließend«, und hier legte Titus sein kaiserliches Gebaren ab und wandte sich an Marcius wie an einen Gleichgestellten, »sei es mir erlaubt, den Wunsch zu äußern, dich an meine Brust zu drücken, Held von Rom.«

Während Marcius auf die Treppe der Tribüne zuschritt, dachte Iunius über die Höhe der Summe nach, mit der versucht wurde, jeden gefährlichen Groll auszulöschen, den der große Feldherr vielleicht verspüren könnte. Sie war gewiß enorm, aber alles in allem stellte sie im Vergleich zu der Kriegsbeute, die seine Legion erobert und im Verlauf der langen Frontjahre nach Rom geschickt hatte, nur wenig mehr als ein geringfügiges Almosen dar.

Inzwischen hatte der General Titus erreicht. Iunius beobachtete, wie der Imperator mit ihm ein wenig gespreizt Gebärden der Zuneigung austauschte, während das Volk den Feldherrn hochleben ließ. Nun war es an Marcius, das Wort zu ergreifen.

»Göttlicher Augustus, Volk von Rom. Ich will mich an dieser Stelle nicht an den Schmerz erinnern, der auf meiner Seele lastete, während ich, ein treuer Diener des Kaisers, schmachvoll und mit Schande bedeckt, im Gefängnis litt. Auch ich wünsche mir von ganzem Herzen, dies zu vergessen. Ich will jedoch, daß alle das Folgende wissen. Während ich einst zu Recht davon überzeugt war, einen Teil meiner Erfolge dem treuesten und tapfersten meiner Männer zuzuschreiben, ist die Schuld, die ich ihm gegenüber habe, heute ins Riesenhafte angewachsen. Denn er war es, der den entscheidenden Beitrag dazu geleistet hat, meinen Traum zu verwirklichen, den Traum, mit einem militärischen Triumphzug vor dem Angesicht des Imperators und des Volkes von Rom belohnt zu werden. Ihr kennt sicher alle die Heldentaten des Iunius aus der Stadt Luna! Der Ruf seines Mutes reicht mittlerweile weit über die Grenzen der Stadt hinaus. An diesem Tag des Glücks habe ich daher die Bitte, daß dieser Mann, den ich wie einen Sohn liebe, mit mir diese Ehre teilt, die von Rechts wegen auch ihm gehört.«

Iunius war völlig überwältigt. Schon begannen die Anwesenden, in seine Richtung zu zeigen und seinen Namen zu rufen. Als Titus ihm ein Zeichen gab, sich zu ihnen auf die Tribüne zu begeben, verhielt er sich auf eine Weise, die eines Soldaten, der sich in vielen Schlachten erprobt hatte, nur wenig würdig war. Doch war allzuviel zusammengekommen, als daß er vermocht hätte, seine Gefühle noch länger im Zaum zu halten. Und so wäre er beinahe auf den Stufen der Treppe gestolpert, die zur Tribüne emporführten.

Der Imperator winkte ihn zu sich und umarmte ihn. Er reichte dem baumstarken Krieger und Gladiator kaum bis zur Schulter und hatte einige Mühe, mit seinen kurzen Armen Iunius' Brust zu umfassen. Als er sich endlich wieder aus der hastigen und unbeholfenen Umarmung gelöst hatte, konnte sich Iunius Marcius zuwenden. Doch war er noch zu ergriffen, als daß ihm die rechten Worte eingefallen wären. Er hätte nur allzugerne seine Ergebenheit in eleganten Formulierungen zum Ausdruck gebracht, doch alles, was ihm zu sagen einfiel, war bloß: »Ruhm sei dir, der du wieder unter den freien Männern weilst, General.«

Nach diesem Augenblick der tiefsten Rührung ließ Iunius seinen Blick über die Anwesenden gleiten, wobei er jeden einzelnen aufmerksam betrachtete. Da waren sie, die Spitzen des römischen Staates, all diese bedeutenden Männer, die dem Imperator am nächsten waren.

Er war ein Soldat, ein Gladiator, und gewohnt, mit einem einzigen Blick die Gefährlichkeit eines Gegners einzuschätzen. Das hatte er in diesen Momenten gelernt, die dem Kampf vorausgehen. Nun sah er Gesichter vor sich, die mit der Macht vertraut waren, Mienen, aus denen er die Gemütsverfassung und die Gefühle besser als aus jeder geschriebenen Lebenschronik *(curriculum vitae)* ablesen konnte. Unter den Männern, die da hinter Augustus und seinem General Aufstellung genommen hatten, waren Personen, die befugt waren, ganze Legionen von Männern in blutige Schlachten zu schicken, ganze Familien durch üble Nachrede zum Tod zu verurteilen und mit einem kleinen Wink ein bislang ehrenhaftes, wahrhaftiges Leben zu zerstören.

Gegen diese Clique war er in die Schlacht gezogen, und jetzt schien es zumindest in diesem Moment, als sei diese Schlacht gewonnen. Der Gedanke ließ ihn plötzlich unsicher werden. Konnte das wirklich wahr sein?

Er sah die pausbäckigen Gesichter und die rosigen Wangen, und er sah die Körper, die früher einmal die von Kämpfern gewesen und nun durch die Jahre verweichlicht und abgenutzt waren. Er sah Togen, gesäumt von Purpur, und Gewänder, gefertigt aus den wertvollsten Stoffen des Orients. Die einzige Gemeinsamkeit, die er in diesen heuchlerischen Gesichtern entdeckte, war ein blinder Hunger nach Macht und eine Gier, die sich dieser Männer bemächtigt hatte und sie nie mehr loslassen würde. Ihr unstillbares Verlangen hatte nur eines zum Ziel, nämlich auf der langen Ehrentreppe die höchste Stufe zu erreichen, die überhaupt möglich war, und die bis zum göttlichen Augustus, dem Imperator Roms, emporführte.

Diese Gesichter verstanden es nur allzugut, wie eine reglose Wasseroberfläche die Launen des Titus widerzuspiegeln, ihm in seinem Wohlgefallen oder seiner Gereiztheit nachzueifern, um so ein Spiegel zu sein für die Zufriedenheit oder den Ärger, den die einzelnen Vertreter der Oberschicht bei dem Imperator hervorriefen.

Iunius fuhr noch für eine Weile mit seinen heimlichen Beobachtungen fort. Doch wurde seine Aufmerksamkeit auf etwas gezogen, das er nicht definieren konnte, etwas, das nicht zu der homogenen Masse dieser verderbten Gesichter gehörte, eine fremde Note, die zu all dieser kollektiven, blinden Gier nicht paßte. Er wurde eingefangen von einem kobaltblauen Blick. Lang sah er in diese Augen, die ihn ebenfalls anschauten.

Er war ein Mann des Krieges und gewohnt, sich mit heimlich-leisen Bewegungen anzuschleichen, ohne bemerkt zu werden. Es war für ihn ein leichtes, wie durch Zufall in die Nähe der Vestalin zu gelangen. Und da er nicht gewillt war, sich der Verlegenheit oder den strengen Regeln der Etikette zu unterwerfen, richtete er augenblicklich das Wort an sie: »Unsere Wege scheinen sich häufig zu kreuzen, Priesterin. Ich hoffe, eines Tages die Gelegenheit zu haben, dir das zurückzugeben, was du für mich getan hast.«

Die Lippen der jungen Frau öffneten sich zu einem Lächeln, und er hörte, wie sie mit leiser Stimme antwortete: »Ich glaube nicht, daß du in meiner Schuld stehst, Tribun. Die Tatsache, daß du am Leben bist, genügt mir und macht mich glücklich.«

Iunius fühlte, wie ihn ein Schauer durchlief. Er glaubte, in diesen Worten eine liebevolle Anteilnahme mitschwingen zu hören. Dennoch bemerkte er gleichfalls mit Besorgnis, wie die Oberste Vestalin sie beide mit strenger Miene beobachtete.

Das Fest, das dem Triumphzug folgte, dauerte mit seinen Banketten und Tänzen, den Vorführungen und Trinkgelagen bis in die tiefe

Nacht. Vergebens suchte Iunius nach der jungen Frau, die sein Herz berührt hatte, doch mußte er sich mit der Tatsache abfinden, daß die Etikette es den Vestalinnen verbot, an solchen Festlichkeiten teilzunehmen.

Cornelia hatte den Priesterinnen in sehr barschem Ton befohlen, augenblicklich in die Wohnstätte der Vestalinnen zurückzukehren. Sie erlaubte ihnen nicht einmal, bei den Präliminarien des Banketts anwesend zu sein, zu denen sie normalerweise zugelassen waren. Sie bebte förmlich vor ununterdrückbarem Zorn. Kaum waren sie in den Mauern der priesterlichen Wohnstatt angelangt, rief sie in gebieterischem Ton Clelia zu sich.

»Wieder einmal mußte ich ein völlig ungebührliches Verhalten bei dir feststellen«, fiel sie ohne alle Umschweife über sie her, sobald sie allein waren.

»Du irrst, heilige Oberste Vestalin! Ich glaube nicht, daß ich irgend etwas getan habe, was ich nicht sollte«, versuchte sich die junge Frau schüchtern zu verteidigen.

»Ach nein, wirklich? Glaubst du, ich hätte deinen Blick nicht bemerkt, während du das Wort an diesen Mann gerichtet hast … an diesen … an diesen Gladiator. Ein Gladiator! Ein Ex-Sklave! Wage nicht, mich anzulügen! Ich weiß nur allzugut, was gewisse Blicke zu bedeuten haben.« Und ihre Stimme bekam einen drohenden Unterton. »Ich glaube nicht, daß es nötig ist, dich an den feierlichen Eid und die Heiligkeit des Gewands, das du trägst, zu erinnern. Oder muß ich das?«

Clelia, die nun verstanden hatte, daß sie mit einer schrecklichen Bestrafung zu rechnen hatte, beschränkte sich darauf, nur vage ihre Zustimmung anzudeuten. Ein wenig versöhnt bemerkte Cornelia abschließend: »Wenn etwas in dieser Art noch einmal vorkommt, werde ich nicht zögern, dich auf eine Weise zu bestrafen, die ein Exempel an dir statuieren wird. Und nun wirst du dich in dein Zimmer zurückziehen.«

Clelia gehorchte ohne Widerspruch. Als sie in ihre Zelle zurückgekehrt war, legte sie sich hin und löschte sofort die Lampe. Sie war sich nicht sicher, ob es sich die strenge Hüterin über ihr Leben nicht am Ende noch anders überlegen würde. Aber sie konnte nicht einschlafen. Die männliche Stimme, die es gewagt hatte, das Wort an sie zu richten, die stolzen grünen Augen des Iunius aus der Stadt Luna überfielen ihre Seele ständig von neuem und entfachten in ihr ein Gefühl, von dem sie sehr wohl wußte, daß es ihr als Priesterin verboten war.

Erst nach langen, unruhigen Stunden versank sie erschöpft in herrliche Träume, die sich alle um dieselbe Person rankten.

Vieles war im Zustand der Verwahrlosung, wenn dieser Verfall auch nicht allein der nachlässigen Dienerschaft des Marcius zuzuschreiben war. Iunius war sich darüber bewußt, daß es trotz des Geldes, das Marcius erhalten hatte, viel Zeit und großer Opfer bedürfte, um dem Landgut wieder zu seiner ursprünglichen Blüte zu verhelfen. Mit Feuereifer stürzte er sich in die ihm gestellte Aufgabe, und schon bald konnte er sich an den immer offensichtlicher werdenden Erfolgen erfreuen.

Ständig pendelte er zwischen Rom und dem Gut in Ostia hin und her. Dort machte er sich daran, eingedenk der langen Zeit, die er in frühester Jugend auf den Feldern seines Vaters verbracht hatte, den Ackerbau neu zu organisieren. In den langen Monaten der Verwahrlosung waren die Tiere die einzige verfügbare Nahrungsquelle für die Einwohner des Gutshofs gewesen, da ja während Marcius' Inhaftierung jeder Handel verboten war. So war der Viehbestand stark zurückgegangen. Iunius bemühte sich daher, selbst auf Versteigerungen und Märkte zu gehen, so daß es ihm bald gelang, zu einem beträchtlichen, aber nicht überteuerten Preis die ursprüngliche Anzahl an Rindern und Pferden wieder zu erreichen.

Seine Sparsamkeit und die Sorgfalt im Umgang mit Geld, das nicht ihm gehörte, konnten in kurzer Zeit sprichwörtlich genannt werden, und die Händler, mit denen er zu tun hatte, behandelten ihn mit wachsendem Respekt, in dem allerdings auch ein gewisser Neid mitschwang. Für ihn dagegen war es völlig natürlich. Pünktlich am Ende jeder Woche verfaßte er für Marcius einen peinlich genauen Rechenschaftsbericht, in dem er auch seine eigenen Ansichten darlegte sowie die Kosten veranschlagte, mit denen in der Woche darauf zu rechnen war.

Doch die Erinnerung an die Mondsteine ging ihm niemals aus

dem Sinn. Ständig dachte er an sie, und ständig arbeitete er die abenteuerlichsten Pläne aus, wie er wieder in ihren Besitz gelangen konnte. Jetzt, da er seine Freiheit zurückerobert hatte, hoffte er, mit der Unterstützung von Marcius einen legalen Weg zu finden, um sein Besitztum, das ihm nach dem Familienrecht zustand, wiederzuerhalten.

Als er den General über seine Ideen in Kenntnis setzte, bekam er in der Tat das Versprechen, daß dieser jeden nur erdenklichen Weg einschlagen werde, damit sein Waffengefährte die heiligen Statuen zurückerhielte.

Marcius war ein Mann, der sein einmal gegebenes Wort auch hielt. Schon am folgenden Tag begaben sich er und Iunius nach Rom zu Cocceius Nerva, einem Verwandten von Marcius, der ein hohes Amt im Magistrat innehatte. Cocceius zeigte sich sehr freundlich und zugänglich, und in seiner Gesellschaft begaben sie sich dann in das *tabularium*, jenes große Gebäude, in dem sich die Staatsarchive befanden.

Cocceius ließ sich die Akten des Prozesses, der gegen Iunius geführt worden war, aushändigen. Aufmerksam schaute er sie durch, als wüßte er um die fieberhafte Aufregung der beiden Gäste, die die endlosen Minuten, bis sie Bescheid erhielten, in äußerster Spannung abwarteten.

»Ihr wißt«, sagte schließlich Cocceius Nerva und blickte von der Schriftrolle hoch, »daß die Heiligkeit des Schatzes des Volkes von Rom nur von der des göttlichen Jupiter übertroffen wird. Um nichts auf der Welt können Güter aus dem Besitz des Ärar veräußert werden, es sei denn, es handelt sich um den schwerwiegenden Grund einer öffentlichen Notwendigkeit. Den Prozeßakten habe ich entnommen, daß die Beweise und Zeugenaussagen, die vorgebracht wurden, um das Eigentum an den Statuen zu untermauern, seitens des Staates unanfechtbar sind. In jeder der jährlichen Bestandslisten erscheint ihre genaue Beschreibung, und die ist von unterschiedlichen Zeugen übereinstimmend bestätigt worden. Ich fürchte, daß sich der Tribun Iunius mit diesen Tatsachen zufrieden geben und das für immer als verloren betrachten muß, was er als sein Eigentum bezeichnet. Ich sehe keinen einzigen Anhaltspunkt dafür, eine Wiederaufnahme des Prozesses zu verlangen. Ja, ich glaube, nicht einmal der Imperator selbst wäre bereit, die Verantwortung für einen solch schweren Gesetzesverstoß auf sich zu nehmen, indem er die Mondsteine an dich zurückgibt.«

Obwohl der Bescheid ihm nur wenig Hoffnung machte, ließ Iunius den Mut nicht sinken. Was ihm die Kraft zum Durchhalten gab, war die Legende, nach der diese Statuen in jedem Falle in den Besitz ihrer rechtmäßigen Eigentümer zurückkehren würden. Und er wußte, daß es in der gegenwärtigen Lage keine besseren Hüter gab als die armdicken Mauern des Saturntempels, der Tag und Nacht von bewaffneten Gardisten bewacht wurde.

Doch brauchte er nur zu warten. Er war vollkommen und unerschütterlich davon überzeugt, daß die Zeit den Glauben an diese Überlieferung schließlich bewahrheiten würde.

5.

Kaiserliches Rom. Anno 834 nach der Gründung.
[81 n. Chr. (Anm. d. Ü.)]

In der Vergangenheit war Titus mit Vorliebe Gegenstand übelwollender Kommentare gewesen. Zum Beispiel war sein Verhältnis zur schönen Prinzessin Berenice derart umstritten, daß er sich schließlich gezwungen sah, zu seinem allergrößten Schmerz auf sie zu verzichten. Doch schien er sich zum Erstaunen aller durch die Verantwortung, die mit seinem hohen Amt verbunden war, plötzlich verwandelt zu haben. Vom bloßen Imperator wuchs er zum echten Vater des römischen Volkes heran. Niemand konnte jemals die Fürsorglichkeit, den Eifer und die Energie vergessen, die er nach der großen Naturkatastrophe des Vesuvausbruchs bewiesen hatte sowie nach der furchtbaren Epidemie, die Rom getroffen, und nach dem Brand, der über drei Tage und Nächte lang die Stadt zerstört hatte. Um die Tempel und Monumente, die am meisten unter der Feuersbrunst gelitten hatten, wieder herzurichten, bot er sogar seinen Schmuck und das Zierwerk aus seinen eigenen Villen auf. Berühmt wurde er durch den Satz: »Lieber sterbe ich, als daß ich die Ursache für jemandes Tod bin.«

Daher nahm die römische Welt die Nachricht von seinem Tod mit großer Trauer auf. Er war in der Villa seiner Vorfahren in Sabina am Fieber gestorben. Erst zwei Jahre, zwei Monate und zwanzig Tage war es her, daß er seinen Vater im Amt abgelöst hatte. Im Volk und Senat von Rom verstummten alle böswilligen Zungen, und alle beweinten ihn als hervorragenden Heerführer und ausgezeichneten Regenten.

Als er die Nachricht von Titus' Tod erhielt, empfand Iunius aufrichtiges Bedauern. Zwischen Marcius und diesem Imperator hatte immer eine Atmosphäre gegenseitigen Respekts und Wertschätzung bestanden, die frei von jeder Feindseligkeit war. Titus hatte sicherlich keine besondere Zuneigung für die Nachkommen der Freunde des Vitellischen Hauses empfunden, aber er hatte sich nie von dem Gefühl blinden Grolls leiten zu lassen. »Die Herrschaft«, so rügte er jeden, der ihn von manch verdächtiger Verschwörung zu überzeugen versuchte, »ist ein Geschenk des Schicksals.« Und so schützte er sie, wie man hörte, wo immer es ging.

Die Übernahme des römischen Throns durch Domitian, den Bruder des Titus, beschwor allerdings ziemliche Gefahren herauf, vor allem, da die langjährige Freundschaft zwischen ihm und Menenius allseits bekannt war. Wer weiß, vielleicht würde alles in Frage gestellt werden.

Jedoch lenkte die intensive Beschäftigung mit seinen neuen Aufgaben Iunius von solch beunruhigenden Gedanken ab. Im Verlauf der dreizehn Monate, die inzwischen ins Land gegangen waren, hatte er nicht nur Marcius' finanzielle Situation wieder in Ordnung gebracht, sondern auch die Produktion um ein Vielfaches gesteigert und damit natürlich die Einkünfte des Gutes. Und das alles, ohne auf die von Titus geschenkten Sesterzen in Höhe von einer Million zurückzugreifen – mit Ausnahme der Ausgaben ganz zu Beginn. Er war sich sicher, daß die korrekte Reinvestierung der Gewinne der richtige Weg war, um die Gutsproduktion stetig ansteigen zu lassen. Deshalb hatte er Marcius auch davon überzeugt, neben der vorwiegend landwirtschaftlichen Produktion, die ursprünglich auf dem Gut getätigt worden war, eine Reihe weiterer Aktivitäten aufzunehmen – immer darauf bedacht, daß sich jeder Produktionszweig mit den bereits vorhandenen gut ergänzte.

Zum Beispiel wurde der auf dem Landgut angebaute Wein in Amphoren abgefüllt, die in eigenen Tonbrennereien hergestellt wurden. Und der Transport nach Rom erfolgte auf Flußschiffen, die ebenfalls im Besitz des Gutes waren, und sie wurden beim Treideln auch von ihren eigenen Tieren gezogen. Nach einiger Zeit gelang es ihm dann, das erste Lastschiff zu kaufen, das für den Transport der Produkte in andere Länder eingesetzt werden sollte. Später kamen zwei weitere Schiffe dazu, was schließlich sogar zum Kauf einer Schiffswerft in der Nähe der Tibermündung führte.

Durch diesen betriebsamen Unternehmergeist steigerte sich der

Handelsverkehr des Gutes außerordentlich, vor allem, da Iunius die Notwendigkeit erkannte, daß ein Schiff nie leer fahren durfte. Aus diesem Grund importierte er aus Gallien Keramiken, während die Schiffe, die nach einer Reise von neun oder zehn Tagen aus Cadiz zurückkehrten, ihre Laderäume mit wertvollen Metallen, Pferden und Stoffen gefüllt hatten. Zweimal pro Monat fuhr auch ein Schiff in Iunius' Heimatstadt, so daß ihm der Kapitän zusammen mit großen Marmorblöcken aus Luna auch regelmäßig Nachricht von seinen Eltern brachte. Außerdem gehörten der Familie des Marcius einige große Lagerhallen an der Hafenfront, die sie zu ihrer eigenen Nutzung verwenden konnten. Es dauerte nicht lange, bis sie in Speicher für Weizen umgewandelt wurden, von dem in Ostia jährlich zehn Millionen Säcke gelöscht wurden.

Iunius liebte es, wenn er am frühen Morgen auf dem Platz der *scholae* oder der Zünfte ankam, wo Handelsagenturen und Reedereien aus allen Teilen des Imperiums ihren Sitz hatten: aus Narbonne, Cagliari, Alexandria, Sabratha und Karthago. Dies war der Dreh- und Angelpunkt für den Wirtschaftsverkehr, der Ort, an dem Verhandlungen geführt und Geschäfte abgeschlossen wurden, wo Frachtverträge und Zahlungsmodalitäten debattiert wurden. Marcius gab Iunius gelegentlich Ratschläge, ließ ihm aber im übrigen völlig freie Hand, da er aufgrund der Ergebnisse wußte, daß alles zu seiner größten Zufriedenheit ablief.

Das ruhige Leben mit seinem regelmäßigen Rhythmus nahm Iunius vollständig in Anspruch. Sein Arbeitstag endete am frühen Nachmittag. In den Stunden der Freizeit traf sich jedermann in den Thermen. Dort, in der angenehmen Umgebung der beheizten Schwimmbäder oder bei den Massagen, wurden die geschäftlichen und politischen Verhandlungen weitergeführt. Als Soldat und Gladiator liebte es Iunius, seinen Körper in Form zu halten, und so verweilte er nach seinen gymnastischen Übungen gern lange im *sudatorium*, um sich dort von den geschickten Händen der Sklaven die Haut reinigen und massieren zu lassen.

»Es freut mich festzustellen, Iunius«, sagte eines Tages Marcius, nachdem er einen der wöchentlichen Berichte gelesen hatte, »daß ich mich ganz und gar nicht irrte, als ich sagte, deine Fähigkeiten seien nicht nur auf den kriegerischen Bereich und auf Schlachten beschränkt. Ich sehe mit Freude, daß dir das Auftreten als Geschäftsmann wunderbar zu Gesicht steht. Und das ermutigt mich, eine meiner alten Bestrebungen wieder in Angriff zu nehmen.«

Iunius hatte verstanden, worauf Marcius abzielte, doch wollte er seine Ahnung bestätigt haben. »Was willst du damit sagen, Marcius?«

»Der Rat der Dekurionen würde meine Einsetzung als *duovir* der Stadt Ostia sehr begrüßen. Sollte ich dieses Amt annehmen, wäre dies eine hervorragende Erfahrung für mich und zugleich der Prüfstein für meine Eignung und reellen Möglichkeiten in der Politik. Vielleicht könnte ich wirklich eines Tages in den Senat von Rom einziehen. Wie du weißt, ist eine der Bedingungen, um ein Mitglied der Kurie zu werden, daß man selbst keine kaufmännische Tätigkeiten ausübt. Da du dich auf so vorzügliche Weise um diesen Bereich kümmerst, sehe ich keinerlei Hinderungsgründe, die politische Laufbahn einzuschlagen. Und so werde ich die Verwaltung meines Besitzes ganz in deine Hände legen.«

Die Aussicht, mit der Verwaltung dieser mannigfachen Tätigkeitsbereiche ganz auf sich allein gestellt zu sein, verursachte Iunius ziemliches Unbehagen. Freilich schaltete und waltete er inzwischen fast nur auf eigene Initiative, aber diese Entscheidungen wurden vom Eigentümer gutgeheißen. Auch war er offiziell dazu autorisiert, über die Geldmittel, die nicht ihm gehörten, verfügen zu können. Doch waren auch hier die Anleitung und die Mitwirkung von Marcius für ihn unentbehrlich. Was ihn am meisten beunruhigte, war allerdings ein schwerer Verdacht. Also beschloß er, offen zu sprechen.

»Bis heute, Marcius, hat niemand versucht, uns irgendwelche Steine in den Weg zu legen, wir konnten uns in aller Ruhe unserer Arbeit widmen. Befürchtest du denn nicht, daß dein neuerliches Interesse an der Politik den schrecklichen Menenius dazu veranlassen wird, dir wieder den Kampf anzusagen, und er von neuem danach trachten wird, dich und mich in eine verhängnisvolle Falle zu locken?«

»Weißt du, Iunius«, entgegnete prompt der Patrizier, »ich habe mein ganzes Leben mit dem Kampf zugebracht. Ich kämpfte dafür, daß die Grenzen des Imperiums um ein paar Meilen vorrückten oder auch dafür, das bereits erworbene Staatsgebiet zu schützen, damit unsere Feinde nicht die Sicherheit der römischen Bürger bedrohten. Zu wissen, daß sich durch dein Geschick meine persönlichen Reichtümer mehren, erfüllt mich mit großer Freude. Doch das kann mir nicht genügen. Ich bin dazu geboren, eine öffentliche Person zu sein. Der Preis, den ich dafür zu zahlen habe, ist die Gefahr, erneut in Menenius' Intrigen zu geraten. Aber ich werde alles tun, um auf der Hut zu sein.«

Iunius konnte darauf nichts erwidern. Die Entscheidung war gefallen und damit unwiderruflich. Im folgenden Monat wurde Marcius zum *duovir* von Ostia berufen, während sich die winterliche Kälte, die der *aquilo,* ein aus Norden kommender stürmischer Wind, gebracht hatte, schwer auf das Land legte.

Schon bei den ersten Anzeichen der schlechten Jahreszeit erlahmten alle Tätigkeiten. Einerseits ließen im Winter die landwirtschaftlichen Arbeiten nach, zum anderen wagte sich auch ihre Flotte nicht mehr auf das gefährlich gewordene Meer hinaus. In diesen Monaten beschränkte man sich im Handel darauf, die wertvollen Materialien auf dem Landweg zu transportieren und, wenn es irgendwie möglich erschien, den kleinen Küstenverkehr aufrechtzuerhalten – auch wenn dies die Kosten im Vergleich zum Transport auf See um das Dreißig- bis Vierzigfache erhöhte. Jedenfalls nutzte Iunius diese Momente der relativen Ruhe, um neue Geschäftsbeziehungen und Handelsaktivitäten aufzunehmen. Natürlich versuchte er auch im Rahmen des Möglichen, Marcius bei den Obliegenheiten seines neuen Amtes zu unterstützen.

Die Bedeutung der Stadt Ostia war jedem Bürger der Hauptstadt Rom völlig klar – Ostia zu belagern bedeutete, Rom unter Belagerung zu nehmen. Wenn an diesem logistischen Stützpunkt, der von größter Wichtigkeit war, nicht alle Dinge fehlerlos funktionierten, konnte das auch Rom gefährden. Ostia mußte ständig in der Lage sein, den täglichen Bedarf von mehr als einer Million Einwohner zu befriedigen. Wahrscheinlich war dies auch der Grund, warum der Imperator häufig selbst die Regentschaft über den Rat der Hafenstadt übernahm – vor allem alle fünf Jahre, wenn die *duoviri* in das Amt des Zensors eingesetzt wurden und damit außergewöhnliche Machtbefugnisse erhielten.

Die Ernennung des Marcius erfolgte genau in einem dieser Zensorenjahre, aber Domitian, der soeben an die Macht gekommen war, hatte andere Sorgen und Verpflichtungen, als sich noch zusätzlich diese Regentschaft aufzubürden. Sicherlich war dies der Grund, warum er, ohne mit der Wimper zu zucken, die Entscheidung der Dekurionen bestätigte.

Die eigentliche Stadt Ostia erstreckte sich südlich der Tibermündung, nicht weit entfernt von einer sehr breiten Flußschleife, und zwar direkt auf den Fundamenten eines ehemaligen Militärlagers. Auch war noch die Grundstruktur der einstigen Straßenanlagen vorhanden, die im rechten Winkel zueinander standen. Die Hafenaktivitäten dagegen spielten sich fast zwei Meilen weiter nördlich ab. Der Imperator Claudius hatte Becken und Kanäle bauen lassen, die mehr als zweihundert Schiffe aufnehmen konnten. Der Hafen selbst stellte allerdings ernsthafte Probleme wegen der permanenten Versandung, aber auch weil die Molen allzustark von den Launen des Klimas beinträchtigt wurden. Wenige Jahre zuvor waren zum Beispiel bei einem Seesturm über hundertfünfzig Lastschiffe versunken.

Ein künstlicher Kanal verband den Hafen mit dem Tiber. Von dort nahmen die Waren den Wasserweg bis nach Rom und darüber hinaus. Was allgemein die Hafenstadt genannt wurde, war in sehr kurzer Zeit entstanden, aus Lagerhallen, Tavernen und Wohnungen. Das umliegende Land wurde Stück für Stück – soweit es das sumpfige Gelände zuließ – mit Feldern und Äckern bebaut.

Der Boden, auf dem die ursprüngliche Stadt angelegt worden war, war nicht besonders stabil. Er bestand hauptsächlich aus Sand und Tonerde, und in Anbetracht der ständigen Erdrutsche, die sich im Stadtkern Ostias ereigneten, wäre es seit geraumer Zeit dringend nötig gewesen, endlich eine Neubefestigung vorzunehmen. Also präsentierte sich Marcius dem Volk mit dem Vorschlag, mit dieser Auffüllaktion in gewaltigem Ausmaß zu beginnen. Sofort wurde die Arbeit an diesem Projekt eingeleitet, und nach seinem Abschluß war das ursprüngliche Bodenniveau um mehrere Fuß angehoben. Das zweite, nicht weniger umfangreiche Projekt von öffentlichem Interesse, das Marcius als *duovir* veranlaßte, war die vollständige Renovierung der Thermen.

Der Anklang, den Marcius bei der Bevölkerung fand, wuchs von

Tag zu Tag. Niemals zuvor war es jemandem gelungen, und wäre er auch über mehrere Mandatsperioden im Amt geblieben, das zu tun, was Marcius in diesen wenigen Monaten verwirklicht hatte. Für einen Mann wie ihn, der an Taten gewöhnt war, war es sicher kein leichtes, zwischen dem politischen Gleichgewicht und den Erwartungen des Volkes hin und her zu lavieren. Doch gelang es ihm, seine Aufgaben mit Anstand und Würde zu erfüllen, ohne dabei seine allseits bekannte makellose Ehrlichkeit jemals verleugnen zu müssen.

Kaiserliches Rom. Anno 836 nach der Gründung.
[83 n. Chr. (Anm.d.Ü.)]

In der kaiserlichen Residenz war seit einigen Stunden die abschließende Zeremonie voll im Gange, die den dreifachen Sieg über die Chatten und die Daker sowie die Erweiterung der Grenzen Roms auf die *agri decumates* feierte. Bei diesem Ereignis waren auch die Priesterinnen anwesend, die mit strengem Eifer das heilige Feuer zu hüten hatten. Sie standen inmitten einer Ansammlung der höchsten Würdenträger aus den religiösen, militärischen und zivilen Bereichen, die das römische Imperium aufzubieten hatte.

Obwohl er unermüdlich von einer Gruppe zur anderen wanderte und ständig die honigsüßesten Höflichkeiten von sich gab, verlor der durchtriebene Menenius bei all seinen Gesprächen mit höchst wichtigen Personen niemals den Imperator aus dem Auge. Er wußte, er brauchte nur auf einen günstigen Augenblick zu warten. Dann konnte er endlich zu ihm sprechen. »Göttlicher Domitian«, sagte er zu ihm, »in den letzten Monaten habe ich in der Stadt und dem Hafen von Ostia eine bemerkenswerte Steigerung der Aktivitäten festgestellt.«

»Ja, gewiß«, antwortete der Imperator, »es scheint, als ob die örtlichen Behörden sich zum Wohle Roms sehr viel Mühe geben.«

»Zum Wohle Roms?« erwiderte Menenius, während ein tückisches Blitzen aus seinen Augen funkelte. »Nun! Da wäre ich anderer Meinung.« Als er ausdrücklich dazu aufgefordert wurde, das näher zu erklären, fuhr er fort: »Ich habe den Eindruck, daß diese Emsigkeit der Behörden vor allem durch den tüchtigen Militär Marcius angetrieben wird. Und zwar in der Absicht, gewisse Autonomiebestrebungen in Gang zu setzen, um sich bis zu einem gewissen Maße von der Macht des Kaiserreichs loszulösen. Ich wiederhole: Das ist nur ein schlichter Eindruck, mögen die Götter es verhüten, daß es jemals so weit kommt. Aber du weißt sehr wohl, Herr, was es bedeuteten würde, wenn uns die Getreidespeicher, die uns beliefern, nicht mehr zur Verfügung stünden. Oder, wenn sich die Hände eines Verräters des heiligen Tibers bemächtigten. Für Rom und seine Einwohner würde dies innerhalb weniger Tage das Ende bedeuten.«

Domitians Gesicht wurde nachdenklich, und auf seiner Stirn zeichnete sich ein Netz von Falten ab.

»Du hast gut daran getan, mir deinen Verdacht kundzutun. Es wäre nicht unangebracht, den *duovir* Marcius bei der ersten sich bietenden Gelegenheit abzusetzen. Aber Vorsicht, wir wollen keinen Märtyrer aus ihm machen, denn das könnte gefährliche Folgen heraufbeschwören. Ich würde vielmehr empfehlen, sein Werk mit einer Anerkennung auszuzeichnen. Einer sehr hohen Anerkennung.« Und auf seinem Gesicht zeichnete sich ein nicht weniger tückisches Lächeln ab wie in dem des Senators.

Menenius verabschiedete sich zufrieden: Die Botschaft hatte ins Schwarze getroffen.

In einer Ecke des riesigen Saals beobachtete Clelia bestürzt und angewidert diese vielen Menschen, die alle nur eines im Sinn zu haben schienen – sich auf jede nur erdenkliche Art und Weise in Szene zu setzen, nur um ein winziges Zeichen der Zustimmung oder Anerkennung vom Imperator zu erhaschen. Sie verspürte das dringende Bedürfnis nach frischer Luft und trat hinaus in den weitläufigen Park, der die kaiserliche Residenz umgab. Lange wanderte sie zwischen den sorgfältig gepflanzten Lorbeerhecken und den von Immergrün umsäumten Wegen dahin.

Gerade als sie stehenblieb, um an einer exotischen Beere von besonderem Wohlgeruch zu riechen, die in dieser Jahreszeit zu finden recht ungewöhnlich war, entdeckte sie die beiden. Der Körper von Menenius bewegte sich rhythmisch im Stehen. Sein Gesicht war verzogen zu einer dunklen Grimasse der Lust. Cornelia, die vor ihm stand und ihm ihre Rückseite entgegenhielt, hatte ihre priesterlichen Gewänder bis zu den Hüften hochgerafft. Ihr breites, weißliches Hinterteil rieb sich, vollständig nackt, im gleichen Rhythmus am nackten Becken des Manns. Ihre Hüften schwangen wild in den Wellen sinnlicher Leidenschaft, und aus ihrem Mund kamen röchelnde, winselnde Laute, die von einer Reihe widerwärtiger, die Götter beleidigender Ausdrücke unterbrochen wurden.

Clelia war wie versteinert. Sie konnte nicht glauben, daß sie wirklich diesen gotteslästerlichen Akt fleischlicher Lust vor sich sah. Doch war dieses Zögern verhängnisvoll, da es sie daran hinderte, sofort nach einem Unterschlupf Ausschau zu halten, der sie vor den Augen der beiden verbarg. Da öffnete die Oberste Vestalin bereits ihre von elender Lüsternheit lodernden Augen. In aller Eile stürzte Clelia davon, um sich hinter einer Hecke zu verstecken. Dann rannte sie zurück zur kaiserlichen Residenz.

Doch mußten die beiden sie gesehen haben, sie konnte sich lediglich an die Hoffnung klammern, von ihnen nicht erkannt worden zu sein. Ängstlich und außer Atem, mischte sie sich wieder unter die geladenen Gäste. Sie versuchte, ihre Aufgeregtheit und Beklemmung hinter einer gelangweilten Haltung zu verbergen. Wenige Minuten nach ihr kam Cornelia ebenfalls in den Saal zurück. Sie hatte sich frisch gemacht, da ihr Gesicht keinerlei Spuren der gotteslästerlichen Schande mehr zeigte, sondern so böse und voller Tücke wie üblich war. Sie ließ ihre haßerfüllten Blicke im Saal umherschweifen, doch kaum hatten ihre Augen sie ausfindig gemacht, begriff Clelia, daß ihr Dasein von diesem Augenblick an noch schwieriger werden würde als bisher.

»Aber nein«, hatte Menenius gesagt und ein beiläufiges Lächeln zur Schau getragen, »du mußt dich geirrt haben.« Doch ärgerte er sich bis ins Mark. Wer auch immer sie entdeckt haben mochte, würde bestimmt nicht in der Gegend herumlaufen und erzählen, daß die Oberste Vestalin und der Senator sich damit vergnügten, den Namen der Götter zu schmähen, indem sie sich im Park des Imperators wie zwei brünstige Hunde im Stehen am hitzigen Akt fleischlicher Lust vergnügten. Von diesem Moment an würden sie beide mit sehr viel mehr Umsicht vorgehen müssen, und das erfüllte ihn mit Gift und Galle. Sein ganzes Leben lang hatte er ständig nach Sinnesreizen gesucht, wie sie dem natürlich-gesunden Menschenverstand eigentlich abträglich waren.

Tatsächlich ging er voller Wonne jeden unwegsamen Pfad. Schänden, bestechen oder jede nur denkbare Regel zu brechen, war seine ganze Freude, ob es sich nun um Geschlechtlichkeit oder die Rolle der Gegenpartei handelte. Und er hatte gewiß nicht die Absicht, sich das Vergnügen, eine der heiligen Vesta geweihte und durch einen Eid an die Keuschheit gebundene Priesterin, aus seinen Klauen reißen zu lassen. Vor allem, da sie es aufs beste verstand, sich in obszönen Fehltritten zu verlieren, die seine Lust zu verfünffachen imstande waren.

»Machen wir uns keine allzu großen Sorgen«, meinte er schließlich. »Wir werden eben versuchen, in Zukunft besser aufzupassen. Und wenn nötig, wird es uns nicht schwerfallen, die notwendigen Handlungen zu vollziehen.«

Ebenfalls darum bemüht, eine möglichst gleichgültige Haltung zu demonstrieren, hatte Cornelia geantwortet: »Ja, wahrscheinlich hast du recht. Doch werde ich in jedem Fall die junge Frau im Auge behalten und sie für jede noch so kleine Verfehlung mit allergrößter Strenge bestrafen. Falls sie tatsächlich etwas bemerkt haben sollte, wird sie in Bälde die Götter anflehen, daß sie so rasch wie möglich einen Schleier des Vergessens über ihren Geist legen. Albernes Weib, so gefühllos als wäre sie aus Eis… Eine wunderschöne Jungfrau… oh gewiß, sie ist schön! Aber zu ihrem Unglück wollte das Schicksal, daß sie nichts zu empfinden imstande ist.«

»Na… was mich betrifft, wäre dies ein Aspekt, der mich außerordentlich interessiert«, feixte Menenius, der dabei war, wieder zu den geladenen Gästen zurückzukehren. »Ich wüßte schon, was ich ihr beibringen könnte.«

Cornelias Miene wurde undurchdringlich. Sie folgte ihm schweigend, versunken in ihre Gedanken.

Sobald sich die ersten Anzeichen der schönen Jahreszeit bemerkbar machten, also während des Monats, der dem feierlichen Gedenken Julius Cäsars geweiht war, beschloß Iunius, für ein paar Tage seine Heimat aufzusuchen. Schon seit einigen Jahren hatte er sich keine Erholung mehr gegönnt, doch war er nun davon überzeugt, daß eine kurze Spanne der Zerstreuung ihm guttun könnte. Die Reederei hatte soeben ein Lastschiff von außergewöhnlicher Größe vom Stapel gelassen, das er speziell für den Transport der riesigen Marmorblöcke hatte bauen lassen. Also nahm er die Gelegenheit wahr, an der Jungfernfahrt teilzunehmen, und stach an einem kühlen Märzmorgen in See.

Die steife und beständige Brise des Nordwinds kam genau aus ihrer Fahrtrichtung, so daß es ihnen schwerfiel, gegen den Wind zu kreuzen. Die Reise dauerte sechs Tage im Vergleich zu den drei oder vier, die es gewöhnlich bei günstigem Wind brauchte. Iunius genoß es jedoch, die Tage ausgestreckt auf dem Vorschiff in der lauwarmen Sonne zu verbringen. Nachts blieb er lange wach und lauschte den Wellen, die gegen die Bordwand klatschten, während er auf seinem Feldbett in seiner Kabine auf dem Deckaufbau lag. Bei diesem Schiff waren die klassischen Abmessungen der Lastschiffe förmlich auf den Kopf gestellt. Im Laderaum konnten etwa zehntausend Amphoren verstaut werden, während sonst üblicherweise die Lastschiffe nur eine Kapazität von drei- bis viertausend hatten. Auch die Außenmaße beliefen sich ungefähr auf das Doppelte gewöhnlicher Schiffe. Anstatt dreißig oder fünfunddreißig Schritt zu messen, war es von Bug bis zum Heck gut zweiundsechzig lang. Iunius zählte darauf, daß dieses Schiff in den kommenden Monaten auch längere und weitere Reisen durchführen konnte, da er davon überzeugt war, daß die Maße des Schiffs es ihm erlaubten, jedes Meer zu bezwingen.

In der Ferne konnte er bereits das Land ausmachen, das ihm so vertraut war, und die Sehnsucht, endlich am Ziel anzulangen, überwältigte ihn mit großer Macht. Wäre er doch endlich zu Hause, die Entfernung sowie die Zeit, bis sie dort wären, erschienen ihm endlos. Doch schon bald zeichneten sich die Hügel in der Nähe des Flußlaufs ab, dann erblickte er in der Ferne den Umriß der beiden Inseln. Und schließlich erkannte er deutlich die Mauern der Stadt Luna. Wieder einmal würde er ohne jede Vorankündigung im Hause seiner Eltern eintreffen, und die Freude, die sie bei seinem Anblick empfinden würden, entzückte ihn bereits im voraus.

Jedoch kam ihm seine Mutter dann sehr schwach und durchsichtig vor, und mit Sorge erblickte er auf ihrem Gesicht die Zeichen der ständigen Mühsal und der Zeit. Sein Vater dagegen trug in seiner gewohnten Manier die barsche Art des Soldaten zur Schau, allerdings verbarg sich dahinter eine Zartheit, die vielleicht nur sein Sohn bis auf den Grund zu erfassen imstande war.

»Ich spüre, daß dich etwas bewegt, mein Sohn«, sagte ihm sein Vater auf den Kopf zu, kaum hatte sich die Rührung der ersten Begegnung gelegt. Der alte Mann hatte sofort das Geheimnis erfaßt, unter dem er litt, was sicher auf sein im Dunkel der Blindheit geschärftes Feingefühl zurückzuführen war.

»Man hat mir die Mondsteine entwendet, Vater«, platzte Iunius heraus, wobei er große Erleichterung verspürte. Endlich hatte er die Gelegenheit, das, was in den letzten Jahren geschehen war, zu enthüllen.

Die Reaktion seines Vaters verwunderte ihn sehr – er zeigte nicht den geringsten Anflug von Mißstimmung oder Verdruß. Auch wurde er überhaupt nicht ärgerlich. »Wie konnte das geschehen, Iunius?« fragte ihn der alte Mann nur.

Iunius erzählte kurz, was sich zugetragen hatte. Er sprach von der Verschwörung und dem verschwundenen Germanenschatz, er erzählte von seiner Zeit als Sklave und der Gefängnishaft des Marcius. Und schließlich erwähnte er auch die Kämpfe im Zirkus, die er als Gladiator zu bestehen hatte, und die Wiedererlangung seiner Freiheit. »Leider«, sagte er abschließend, »scheint es so auszusehen, als ob es keine legalen Möglichkeiten gäbe, um die heiligen Statuen wiederzuerlangen.«

»Darüber brauchst du dir keine Sorgen zu machen, mein Sohn«, erwiderte sein Vater mit einer so fröhlichen Stimme, daß es sich für Iunius' Seele wie Balsam anfühlte. Die Worte seines Vaters schienen eine Kraft auszustrahlen, die ihn von jeder Schuld freisprach. »Die Steine sind unser, und niemand anderes kann sie sich über längere Zeit aneignen«, fuhr der alte Mann fort. »Es heißt, sie seien bereits dreimal unseren Ahnen entwendet worden, und doch sind sie immer auf den Altar in unserem Haus zurückgekehrt. Vergiß deinen Jammer und fürchte nichts. Du wirst sehen, eines Tages wird sich dir die Gelegenheit bieten, wieder in den Besitz der Steine zu gelangen.«

Jetzt ergriff seine Mutter das Wort, ohne jedoch ihren Blick von der Arbeit am Webstuhl zu heben. »Ich dachte, du seiest gekommen, um uns eine Neuigkeit mitzuteilen, Iunius… Von deiner Heirat vielleicht… Der Ankunft eines Enkels…« Und endlich blickte sie fragend zu ihrem Sohn empor. Iunius wurde sich erst jetzt, in diesem Augenblick, bewußt, daß erst der ständige Wechsel von Glück und Unglück in seinem Leben und dann seine Arbeitsverpflichtungen ihn völlig von dieser Art Bindungen abgehalten hatten.

In der Villa des Marcius waren Sklavinnen in großer Anzahl vorhanden, die den Appetit eines jeden Manns zu stillen vermochten. Niemals hatte er aber an eine Verbindung gedacht, die über eine fleischliche Vereinigung hinausgehen könnte. Von diesen Gedanken wachgerüttelt, tauchte in ihm plötzlich wieder die Erinnerung an die junge Vestalin auf. Sie schien ihn förmlich zu überwältigen, so daß er Mühe hatte, die richtigen Worte zu finden.

»Weißt du, Mutter«, stammelte er schließlich. »Erst war da der Militärdienst, dann das, worüber ich euch eben erzählt habe. Und heute läßt mir die Arbeit kaum Zeit, um…« Er beendete den Satz nicht. Ein willkommener Einwurf seines Vaters half ihm aus seiner Verlegenheit. »Lassen wir dieses alberne Weibergeschwätz, Sohn. Du mußt den Wein der letzten Lese probieren. Er ist so süß und blumig, wie noch nie vorher.«

Sie tranken fröhlich und dankten den Göttern, die es ihnen vergönnt hatten, noch einmal zusammenzukommen. Am nächsten Abend würde Iunius, kaum daß die Verladearbeiten beendet wären, wieder zurück nach Ostia reisen. Wer weiß, wann sie je wieder die Gelegenheit hätten, einander wiederzusehen.

Als Iunius das Nordtor der Stadtmauer passierte – er ritt einen herrlichen Fuchs, den ihm sein Vater geschenkt hatte –, war es früh am Morgen. Er wollte ein wenig allein sein, um noch einmal die Wege seiner Kindheit zu gehen, die im Grün des Ligurerlandes eingetaucht lagen. So ritt er ein paar Stunden in völliger Freiheit dahin. Oft hielt er an, um den Anblick seines so engen Freundes, des Meeres, zu genießen. Und wieder sah er den Golf und die Buchten, deren Erinnerung sich in der Zeit verlor, und er kam durch Dörfer, die nur aus einigen kleinen Fischerhäuschen bestanden. Als er schließlich in die Stadt Luna zurückkehrte, blieb er stehen, um von den Hügeln aus den gewundenen Lauf des Flusses zu betrachten. Danach kehrte er nach Hause zurück, um noch ein paar Stunden mit seinen Eltern zu verbringen, die ihn später zum Hafen begleiten wollten.

Das Schiff lag vor Anker; seine ungewöhnlichen Dimensionen waren in nichts mit denen der anderen Handelsschiffe zu vergleichen, die dabei waren, Waren einzuladen oder zu löschen. Der Kommandant kam ihm freudestrahlend entgegen: »Es ist uns gelungen, fast die dreifache Menge der üblichen Fracht unterzubringen, Tribun Iunius«, erklärte er.

Iunius nahm Abschied von seinen Eltern, die er mit tiefer Rührung umarmte. Während die Sonne hinter den Bergen unterging, nahmen er und die Mannschaft die Heimfahrt zum Hafen von Ostia auf. Jetzt schob sie der Nordwind kräftig vom Heck her an, und die Bordlaternen beleuchteten die Brücke mit ihrem matten Licht.

Am folgenden Tag wollte Iunius einen kurzen Halt auf der Insel Ilva machen, die nicht weit von der Küste Etruriens lag. Er hatte diese Reise bereits seit einiger Zeit geplant, denn er wollte versuchen, dort neue Geschäftskontakte zu knüpfen. Er war davon überzeugt, daß das in so reichem Maße vorhandene Eisenerz dieses Landstrichs eine hervorragende Grundlage für einen lebhaften Handel bilden könnte. So hatte er bereits im Winter davor an die Eigentümer der Bergwerke geschrieben und ihnen seinen Besuch angekündigt.

Der Kommandant des Schiffes kannte sich mit Buchten und Häfen bestens aus. An einer geschützten Reede machten sie fest. An Land war eine Vielzahl von Sklaven zu sehen, die, mit Binsenkörben bepackt, in langen Reihen einhertrotteten und dabei waren, ein Schiff zu beladen, das an der Mole lag. Als er mit dem Beiboot das Ufer erreicht hatte, verharrte Iunius eine Weile und betrachtete die angestrengten Gesichter dieser Männer. Die Erinnerung an seine Zwangsarbeit, als er dazu verurteilt gewesen war, als Grubenarbeiter im tödlichen Staub endlos unterirdische Gänge für die Aquädukte zu graben, war noch immer in seinem Bewußtsein eingebrannt.

Während er die Szene betrachtete, brach einer der Sklaven aus der gleichmäßigen Ordnung der Reihe aus und blieb vor ihm stehen. Die Verzweiflung stand ihm ins Gesicht geschrieben, seine Stimme war heiser und wurde von heftigen Hustenanfällen unterbrochen. »Tribun Iunius«, sagte er voller Verzweiflung, »ich hatte einst die Ehre, als Soldat den Legionen anzugehören. Ich habe sogar unter deinem Kommando im Rheintal gekämpft. Jetzt bin ich dazu verurteilt, in den Eingeweiden dieser verfluchten Erde zu sterben.«

Iunius erinnerte sich nicht an ihn, aber vielleicht war es unmöglich, diesen Mann wiederzuerkennen. »Warum bist du hier, Legionär?« fragte er ihn.

»Ich habe gestohlen, Herr«, antwortete der Sklave mit größter Offenheit. »Seit ich meinen Abschied genommen habe, litt ich unter Armut und Hunger. Ich habe nur aus einem einzigen Grund gestohlen – ich konnte nicht mehr mit ansehen, wie meine Kinder vor lauter Not starben. Deshalb glaube ich, daß die Bestrafung, die ich erhalten habe, übertrieben ist.«

In diesem Moment hörte man das Zischen der Peitsche in der Luft. Instinktiv schnellte Iunius' Hand in die Höhe und fing den Lederstreifen ab, der gerade dabei war, auf sein unglückliches Gegenüber niederzusausen. Ohne auch nur einen Augenblick zu überlegen, zog Iunius so heftig an der Peitsche, daß er damit den Wächter aus dem Gleichgewicht brachte. Da näherte sich ihm ein anderer Mann und fragte ihn in herrischem Ton: »Wer bist du, Fremder, daß du meine Wachen mißhandelst?«

»Mein Name ist Iunius. Ich bin Militärtribun und Mitglied der Handelsunion von Ostia und hier auf dieser Insel an Land gegangen, um die Möglichkeiten zum Einstieg in den Handel mit eurem Eisenerz zu prüfen.«

Der Mann gab seine drohende Haltung auf und antwortete mit ruhigerer Stimme: »Ich freue mich über deinen Besuch, Iunius. Sei versichert, ich stehe dir für jede Frage gern zur Verfügung. Ich habe dich schon seit langem erwartet. Ich bin Venantius, der Eigentümer dieser Minen«, fuhr er fort und zeigte mit der Hand auf die rötlichen Berge von Erzabfällen. »Was mich betrifft, werde ich gern jeden Vorschlag von dir in Betracht ziehen.« Schließlich befahl er der Wache in gereiztem Ton: »Was stehst du da und glotzt wie ein Ochse? Bring diesen Sklaven weg, damit er unseren Gast nicht belästigt.«

»Dieser Mann hat mich nicht belästigt, Venantius. Er ist einer meiner alten Soldaten, und ich bitte dich, ihn noch ein wenig in meiner Gesellschaft zu lassen«, fiel Iunius ihm rasch ins Wort.

»Jeder Wunsch von dir ist mir Befehl, edler Tribun«, erwiderte der Eigentümer der Minen, dem daran gelegen war, mit einer der mächtigsten Handelsunionen des Römischen Reiches geschäftliche Beziehungen anzuknüpfen.

Als er einige Stunden später wieder in See stach, hatte Iunius nicht nur den Zeitpunkt für die erste Lieferung vereinbart, sondern auch den Preis ausgemacht, den er für jedes Pfund der Probefracht zahlen würde. Und nach einigem Widerstand, der auf den besonderen Status dieses Sklaven zurückzuführen war, war Venantius schließlich auch einverstanden, ihm den ehemaligen Legionär für die Summe von nur fünfzig Sesterzen abzutreten. Allerdings tat er dies nur unter der Bedingung, daß Iunius jenem sofort einen anderen Namen verpaßte und absolutes Schweigen über die ganze Angelegenheit bewahrte. Ein paar Tage später würde er dann den Tod dieses Sklaven anzeigen, womit die Sache aus der Welt geschafft sei.

Als sie zurück an Bord waren und der Legionär sich gewaschen hatte und saubere, anständige Kleider trug, erkannte ihn Iunius kaum wieder. Er hatte einen untersetzten, gedrungenen Körper, starke Arme und einen sehr intelligenten Gesichtsausdruck, wenn es ihm allerdings auch schwerzufallen schien, seinem Gegenüber in die Augen zu blicken. Als Iunius das bemerkte, konnte er sich eines Gefühls der Beunruhigung nicht erwehren. Der Aussage des Venantius nach hatte der Sklave früher der kaiserlichen Kavallerie angehört, die seit langem unter den Bewohnern der Provinzen rekrutiert wurde, da die Römer selbst keine guten Reiter waren. Er stammte aus Karthago und war in früher Jugend nach Rom gekommen. Nach seinem Abschied hatte er sich in verschiedenen Beschäftigungen versucht, allerdings ohne den geringsten Erfolg. Schließlich hatte ihn der Hunger zum Diebstahl gezwungen.

Rasch durchpflügte das Schiff das blaue Meer. Eine kräftige, anhaltende Brise fegte die strenge Kälte des Winters hinweg. Trotz seines anfänglichen Zwiespalts, wie er den ehemaligen Legionär einschätzen sollte, fühlte Iunius bald Mitleid für ihn, da er von den heftigsten Hustenanfällen geschüttelt wurde, die seinen Körper schwer mitnahmen. Er redete sich ein, daß seine niedergeschlagenen Augen nur seine Schüchternheit und tiefe Dankbarkeit zum Ausdruck brachten, und fällte daher die Entscheidung, ihm sein Vertrauen zu schenken. Und als der einstige Sklave ihn bat, ihm den Namen Darius zu geben, nannte ihn Iunius von diesem Tage an so.

Nach ihrer Rückkehr kündigte sich sogleich der Frühling an, der, begleitet von warmen Regenfällen, das Erwachen der schönen Jahreszeit einläutete.

Wie die Natur endlich die lange winterliche Trägheit überwand, so schien es auch mit der Tatkraft der Menschen zu sein – überall wurde unermüdlich gearbeitet, und überall waren die Vorbereitungen für die Frühjahrssaat eifrig im Gang. Ostia, die Hafenstadt, erwachte erneut zum Leben, ihre Straßen und Plätze färbten sich mit den leuchtenden Gewändern der Händler und Kaufleute. Auf den Molen waren wieder die langen Reihen der Sklaven zu sehen, die unter der Last der Waren fast zusammenbrachen. Diese Atmosphäre hatte auf den immer noch jungen, kräftigen Körper des Iunius die gleiche Wirkung wie die Sporen an den Flanken eines Pferdes. Er fühlte sich stark und ermüdete einfach nicht mehr.

Darius überraschte ihn mit Fähigkeiten, die er bei seinen sonstigen Mitarbeitern nur selten fand. Der einstige Sklave war des Schreibens und Rechnens mächtig, er hatte einen angeborenen Sinn für Geschäfte und wurde nie müde, Neues hinzuzulernen.

Kaiserliches Rom.

Seit sie das gotteslästerliche Geheimnis entdeckt hatte, lebte Clelia in ständiger angstvoller Erwartung von Cornelias Rache. Als sie daher nach einigen Tagen unergründlichen Schweigens von einer Magd geholt wurde, die sie vor das Angesicht der Obersten Vestalin führte, begriff sie, daß nun der Moment gekommen war. Sie war bereit, dieser schrecklichen Frau mit all ihrem Mut zu begegnen.

Aber wie war sie erstaunt und verwundert, als sie in der Mitte des Atriums an der Statue der Numa, die den Kult der Göttin begründet hatte, vorbeischritt und nicht in Cornelias Arbeitszimmer geführt wurde. Schließlich wurde sie aufgefordert, das *balineum* zu betreten, das Bad, das ausschließlich der Obersten Vestalin vorbehalten war, und das, soweit Clelia wußte, keiner anderen Priesterin zugänglich war. Nun war sie wirklich verblüfft und auch ein wenig beunruhigt, doch nahm sie an, daß Cornelia krank war.

Kaum war sie ins *balineum* eingetreten, fühlte sie sich von der Hitze und der hohen Luftfeuchtigkeit darin förmlich umhüllt. Die

Magd schloß die Tür hinter ihr. Durch den Dampf hindurch gelang es Clelia schließlich, die riesige Wanne aus weißem Marmor zu erkennen, die weitaus größer war als die, die sie in ihrem gemeinsamen *balineum* benutzten. Aus einem Wasserhahn, der mit dem Kopf eines Löwen verziert war, floß dicht oberhalb des Randes noch immer heißes Wasser heraus, wodurch der Wasserdampf noch dichter wurde. Plötzlich erkannte sie Cornelias Leib, der weich und weiß daraus hervorschien. Ihre Lippen erzitterten in einem Lächeln, das Clelia zunächst unergründlich vorkam.

»Da kommt die beste aller Priesterinnen!« hieß sie eine seltsam heisere Stimme willkommen, in deren Ton etwas mitschwang, von dem sie nicht wußte, ob es herzlich oder sarkastisch gemeint war. Ihre Unruhe darüber hielt auch weiterhin an und veranlaßte sie, auf der Hut zu bleiben. Für eine Bestrafung war dieser Ort immerhin seltsam genug.

Mit tiefer Verlegenheit bemerkte sie, daß plötzlich Cornelias Schamhaare, schwarz und borstig wie ein Packen Sumpfgras, aus dem Wasser auftauchten. Die Oberste Vestalin tat nicht das geringste, um diese Geheimnisse wieder zu verbergen, ganz im Gegenteil, sie schien ihre Beine noch weiter zu öffnen. »Diese heilsamen Dämpfe entspannen den Geist und den Verstand, und das ist die beste Art, mich nachsichtig zu stimmen. Ich habe nicht mehr im Sinn, dich für dein unbedachtes Verhalten zu bestrafen, für diese Neugier, die sich für eine heilige Priesterin sicher nicht ziemt …«

Neugier? dachte Clelia. Dann wurde sie, wie befürchtet, also doch erkannt. Aber sicher war es keine Neugier gewesen, die sie zu der erschütternden Entdeckung von Cornelias gotteslästerlichen Handlungen geführt hatte.

»Ich hege keine besondere Neugier, Oberste Vestalin, jedenfalls keine, die über die Notwendigkeit hinausginge, meine täglichen Aufgaben gewissenhaft zu erfüllen«, erwiderte sie mit unterwürfiger, aber dennoch fester Stimme.

»Ja, gewiß, Clelia«, unterbrach Cornelia sie, »ich weiß, mit welcher Hingabe du deinem Amt nachkommst. Wenn ich mich bisher dir gegenüber besonders hart gezeigt habe, war das nötig, denn ich hatte die Absicht, aus dir eine wahre Priesterin Vestas zu machen. Doch wenn ich es genau betrachte, glaube ich inzwischen, daß mir das hervorragend gelungen ist. Die eine oder andere Kleinigkeit muß noch getan werden, doch werden sich diese Hindernisse ohne Schwierigkeiten überwinden lassen. Und die Erfahrungen und die Kenntnisse, die wir auf diese Weise gewinnen, werden schließlich zu einer wirklichen Freundschaft zwischen uns führen.

Darum komm her, meine liebe junge Freundin, und tauche auch du in dieses balsamische Wasser ein. Es wird dir sicher guttun, dein Leib und deine Glieder werden sich wohlig entspannen. Und derweil können wir ganz unbefangen wie zwei gute Freundinnen miteinander plaudern, in aller Ruhe und völlig ungestört.«

Also sprach sie, dann schlug sie zweimal kurz in die Hände, und wie aus dem Nichts erschienen zwei Sklavinnen. Nach wenigen Augenblicken stand Clelia nackt da. Ihre elfenbeinfarbene Haut spiegelte das Licht der Laternen wider. Einen Moment lang blieb sie so stehen, unsicher und doch erleichtert. Cornelias Freundschaftsangebot verblüffte sie, aber endlich hatte sie den Grund für die Abneigung verstanden, die sie ihr gegenüber bislang an den Tag gelegt hatte. Endlich klärte sich alles. Es handelte sich nur um Täuschungsmanöver, die durch die hohe Stellung Cornelias bedingt waren.

Sie war in dieses Bad gekommen und hatte mit Vorwürfen und Bestrafung gerechnet. Statt dessen wurde sie in aller Freundschaft in diesem warmen, duftenden Wasser erwartet. Rasch stieg sie die vier Stufen zur Wanne hinab. Cornelias begehrliche Blicke folgten jeder ihrer Bewegungen, sie konnte ihre Augen nicht von Clelias vollkommenem Körper lassen. Clelia spürte, wie sie zusehends verlegener wurde. So gut es nur eben ging, versuchte sie, mit ihren Händen ihre Nacktheit zu schützen, und hielt sie fest gegen ihren Unterleib gepreßt. Noch nie hatte eine andere Frau sie nackt gesehen, nicht einmal ihre Zimmerkameradin, Gaia, die sich allerdings auch nicht schämte, sich in alle Unbekümmertheit vor ihr aus- und anzuziehen.

Da kam ihr, so hauchzart, wie sie es noch nie vernommen hatte, die Stimme der Obersten Vestalin zu Hilfe: »Komm, Clelia, fürchte dich nicht und erröte auch nicht. Ich bin eine Frau, wie du und deine Kameradinnen. Mein Körper ist der gleiche wie der eure. Und ich war einst ebenso jung, wie du und Gaia es sind. Ich weiß, wie schwer es für eine Frau ist, die Entsagungen des Lebens als Priesterin auf sich zu nehmen, noch dazu, wenn sie so schön ist… Wie sollte ich das nicht wissen? Glaubst du, ich hätte niemals die Impulse des Körpers verspürt oder verspüre sie nicht mehr?«

Cornelia war nun näher an sie hergetreten. »Glaubst du, ich kenne nicht dieses ununterdrückbare Beben, das uns in ganz bestimmten Momenten packt?« fuhr sie fort, während ihre Hände unter der Wasseroberfläche begannen, Clelias feste, wohlgeformte Schenkel zu streicheln.

»Glaubst du, ich erkenne nicht den Duft der geheimen Körpersäfte?« Und die Finger der Frau tasteten sich vor zu Clelias Bauch und streichelten ihn zärtlich. Dann bewegten sie sich sanft weiter nach unten und übten einen leichten Druck aus.

»Nein… nein…«, protestierte Clelia leise und wich zurück. Da richtete sich plötzlich Cornelia auf und stieg aus dem Wasser. Die Dämpfe, die sich um ihren Körper ausbreiteten, ließen sie wie eine Erscheinung aussehen, die sich aus der Unterwelt emporgeschwungen hatte. Mit fester, sicherer Hand packte sie die junge Frau, die vor ihr saß, an ihrem Nacken und zog sie zu sich her.

Da stieg ihr der Geruch von Cornelias Geschlecht in die Nase. Clelia spürte, wie er sie ganz und gar umhüllte und dabei entweihte. Angewidert entwand sie sich dieser Begehrlichkeit. »Nein!« schrie sie verzweifelt. »Niemals! Dann lieber Bestrafung. Dann lieber den Tod!« Ein Schrei voller Entsetzen und Angst. Und schon hatte sie den Rand der Wanne erreicht – ohne auf die unzusammenhängenden Worte zu achten, die Cornelia mit heiserer Stimme an sie richtete, die noch immer wie eine Kreatur des Schreckens aus den Abgründen des Orkus aufrecht im Wasser stand. Rasch warf Clelia ein Leintuch um ihren Körper und stürzte dann dem Ausgang zu, während sie hörte, wie ihr Cornelia in geheimnisvoller Verheißung die Worte nachrief: »Den Tod? Die Bestrafung? Du wirst etwas erleben, das auf sehr subtile Weise viel härter sein wird, Clelia! Wir werden dich hinausschicken, du wirst die Welt kennenlernen!«

Stadt Ostia.

Auf der Straße, die zum Hafen Roms führte, flutete der Handelsverkehr wie ein Strom dahin. Ständig behinderten die langsamen, völlig überladenen Wagen den Zug der Reisenden. Die Liktoren schritten der Sänfte voran, in der, hinter zarten Vorhängen aus Seide, die heilige Priesterin verborgen war. Und dahinter folgte eine Eskorte von zwölf Bewaffneten, die sie während des gesamten Verlaufs der Reise niemals allein lassen würden.

»Wir werden dich hinausschicken, du wirst die Welt kennenlernen…« Was bedeutete das bloß? Wie konnte der Rausch der Freiheit, der ihr plötzlich zugestanden worden war, härter sein als der Tod?

Ohne jede Vorankündigung, während sie, eingesperrt in ihr Gemach, aus dem sie sich nicht mehr herauswagte, angstvoll der kommenden Ereignisse harrte, hatte sie der Befehl ereilt, der keinen Widerspruch duldete. Sie sollte abreisen. Und zwar in das Land Judäa, das noch immer von der Wut und dem Schäumen des Aufruhrs heimgesucht wurde. Ständig entzündeten sich in diesem Gebiet die schrecklichsten Irrlehren, die immer neu entstanden. Es war unaufschiebbar, daß die Ordnung der wahren römischen Religion wiederhergestellt würde und der Kult der Vesta, neben anderen, erneut in seiner ganzen heiligen Bedeutung den ihm gebührenden Respekt erhielt.

Dies hatte der Imperator angeordnet. Und im Einverständnis mit der Obersten Vestalin, hatte sie der *protomagister* für diesen hohen Auftrag vorgeschlagen. Sie, so meinte er, sei die stärkste von allen Vestalinnen und damit am besten geeignet, die Schwierigkeiten und Gefahren einer so langen Reise auf sich zu nehmen – ein unerhörtes Ereignis in der Tradition der Vestalinnen. Sobald sie in Judäa angelangt war, sollte sie eng mit dem Provinzgouverneur zusammenarbeiten, und zwar auf eine Art und Weise, wie dieser sie aufgrund seiner eingehenden Kenntnis des Landes und seiner Bevölkerung für am vorteilhaftesten hielt.

So war auf unerklärliche Weise ausgerechnet sie für eine Mission ausgewählt worden, die äußerst heikel war und unerhörte Kühnheit erforderte – und das nur wenige Tage nach der geheimnisvollen Drohung, die ihr die Oberste Vestalin nachgeschleudert hatte: »Wir werden dich hinausschicken, du wirst die Welt kennenlernen…« Was konnte das nur bedeuten? Doch war sie nicht bereit, fast jeden nur erdenklichen Preis für ihre unverhoffte Freiheit zu bezahlen?

Benommen von den sich überstürzenden Ereignissen, sah Clelia durch einen Spalt zwischen den Vorhängen auf das lebhafte Schauspiel in den überfüllten Straßen, atmete die frische, gesunde Luft ein und entzückte sich am Blühen der Natur, die in der warmen Frühlingssonne wiedererwacht war.

Nachdem sie Ostia passiert und es zur Linken hinter sich gelassen hatten, hielten sie auf die Hafenstadt zu, wo sie ein Kriegsschiff erwartete. Und dort, in der Nähe der Lagerhallen, geschah es, daß Clelia Iunius wieder erblickte. Ihr Herz machte einen Sprung, und sie wurde fast ohnmächtig.

Die *liburnae* lag rechts von der Hauptmole. Iunius blieb lange stehen und betrachtete voller Bewunderung die majestätische Ausstrahlung dieses Kriegsschiffes von fast siebzig Schritt Länge, seine kräftigen Farben und die bedrohlichen Zeichen an seinem Bug mit dem alles überragenden Raben. Aus der Bordwand stachen in einer doppelten Reihe die Ruderblätter hervor, die beim Anlegemanöver natürlich eingezogen wurden. Im allgemeinen bestand die Besatzung solch einer »Königin der Meere« aus zweihundert Männern. Etwa siebzig von ihnen saßen an den Rudern, während sich die übrigen auf einfache Marinesoldaten, Offiziere und Unteroffiziere verteilten.

Nicht weit entfernt von dem kaiserlichen Schiff lag ein Lastschiff vor Anker, das von den Küsten Afrikas zurückgekehrt war und eine Ladung Raubtiere transportierte, bestimmt für die blutigen Vorführungen im Zirkus. Die Käfige, in denen die Tiere eingesperrt waren, wurden mit Hilfe eines Krans äußerst vorsichtig von dem Lastschiff emporgehoben und dann auf einem der Wagen abgesetzt, die an der Mole zum Beladen bereitstanden. Die Raubtiere wirkten aufgeregt und ungebärdig. Eingezwängt in ihre engen Käfige, quetschten sie sich an den starken Eisengittern entlang, geschmeidig und bedrohlich zugleich, brüllten sie und fletschten die Zähne.

Ein Panther warf sich gegen die Stäbe, auf der vergeblichen Suche nach einem Ausgang, der in die Freiheit führte. Iunius betrachtete einige Zeit lang den vibrierenden Leib dieses Tieres, seine kraftvollen Muskeln und sein unbezähmbares Ungestüm – und mit Schaudern erinnerte er sich an alles, was er in der Zirkusarena gesehen hatte. Doch dann wurde seine Aufmerksamkeit auf eine kleine Gruppe von Reisenden gelenkt. Die Anwesenheit der Liktoren deutete an, daß es sich um eine Person von hohem Rang handeln mußte, die in der Sänfte mit den hellblauen Vorhängen saß.

Als er das erhabene Gesicht der Vestalin sah, schrak er zusammen. Tief blickte er in ihre Augen, fast so, als wollte er aus ihnen trinken. Als er bemerkte, daß sie ebenfalls bei seinem Anblick zusammenzuckte, lächelte er. Sie sahen einander an, endlos lange, und dann verspürte Iunius, daß sich seine Anspannung in ein unerklärliches Zittern seiner Beine verwandelte.

Der magische Augenblick wurde brüsk von einem Schrei unterbrochen. Er drehte sich instinktiv um, und er sah, daß der metallene Käfig schwer auf der Erde aufschlug. Wie eine große Katze kauerte sich der Panther zusammen, bereit zum Sprung, als er bemerkte, daß die Stäbe seinen Gefängnisses nachgaben. Einen Augenblick später war er in die Freiheit entwichen.

Iunius sah, wie die Menschen entsetzt zu fliehen versuchten. Auch die Schar der Soldaten wich zurück und lief davon, als sei ihnen ein ganzes Heer auf den Fersen. Die acht Sklaven, die die Sänfte trugen, hatten keine Zeit mehr davonzueilen. Die Bestie stürzte sich auf den Mann, der ihr am nächsten war, und riß ihm mit einem einzigen Hieb ihrer Pranken die Kehle auf. In höchster Angst ließen die übrigen Sklaven die Haltegriffe los, so daß die Sänfte zu Boden fiel und sich überschlug.

Iunius sah, wie die Priesterin aus ihrem Tragegestell fiel. Für ein paar Augenblicke schien der Panther von ihren Gewändern verwirrt, die in der Luft umherwirbelten, doch ging er sofort wieder zum Angriff über.

Solange sie in ihrer Sänfte saß, hatte Clelia zwar die Schreie der Männer gehört, aber keine Angst empfunden. Sonderbarerweise ertappte sie sich vielmehr dabei, daß sie die Schnelligkeit und Leichtigkeit bewunderte, mit der der Panther die Entfernung zwischen sich und ihr zu überwinden imstande war. Was sie unsanft in die

Wirklichkeit zurückbrachte, war der heftige Stoß, mit dem die Sänfte aufschlug, und das Blut des Trägers, das bis auf die Kissen spritzte.

Dann fand sie sich wieder, wie sie auf dem Straßenpflaster lag, und ihre Augen begegneten denen der tobenden Bestie. Aber noch immer drückte ihr Blick keine Angst aus, sondern nur tiefste Resignation. Sie sah den Tod vor Augen, um den sie in den vielen düsteren Momenten der Verzweiflung inständig gebetet hatte. Denn es konnte sie nichts anderes erwarten als der Tod, der sie aus diesen gelben, undurchdringlichen Augen anstarrte. Im nächsten Moment würde der Panther zum Sprung ansetzen und seine tödlichen Krallen in ihr Fleisch schlagen. Und ihr Leid würde für immer ein Ende haben.

Da hob Iunius die Lanze vom Boden auf, die ein Mann von der Eskorte zurückgelassen hatte. Fast automatisch holte er aus und schleuderte sie von sich. Aufmerksam verfolgte sein Auge ihren Lauf, der endlose Augenblicke zu dauern schien, wobei er immer wieder versuchte, ihre Flugbahn vorauszusehen. In tiefer Beklemmung meinte er zu erkennen, daß die Lanze ihr Ziel verfehlen würde. Und tatsächlich bohrte sich die Eisenspitze nur mit voller Wucht in die Erde, wobei sie zwar beinahe die Lefzen der Bestie streifte, sie aber sonst nicht verletzte. Doch sah er, daß die Aufmerksamkeit des Panthers sich von der leichten Beute, die bebend vor ihm lag, abwandte und er seinen Kopf auf der Suche nach der neuen Bedrohung in seine eigene Richtung drehte.

Langsam steuerte das Tier nun auf den neuen Feind zu, als wollte es seine Rache voller Lust genießen. Iunius beobachtete, wie sich die Schultern des Tieres rhythmisch anhoben, während er vorsichtig zurückwich, bis er mit dem Rücken gegen eine der Lagerhallen im Hafen stieß. Der Panther stand ihm gegenüber, leichtfüßig auf seinen Pfoten. Vergeblich suchte Iunius nach irgendeiner Waffe, mit der er sich verteidigen konnte. Alles, was er entdeckte, waren nur ein paar Körbe und Netze der Fischer. Und schon zog sich der geschmeidige Körper der starken Wildkatze angestrengt zusammen, und dann sah Iunius sie hoch durch die Luft springen.

Krampfhaft versuchte er, sich die lange Zeit seines Trainings in den Gladiatorenkünsten in Erinnerung zu rufen. Er sprang blitzartig zur Seite, warf sich rasch auf den Boden, wodurch es ihm gelang, ein Ende des Netzes zu sich herabzuziehen. Tatsächlich stürzte die

Bestie direkt in die Maschen des Netzes hinein und versuchte unter schrecklichem Gebrüll, sich daraus wieder zu befreien. Doch vergeblich, sie verfing sich immer unentrinnbarer in dieser Falle. Iunius stand auf und rührte sich nicht. Er blickte in die Augen des nun bewegungsunfähigen Tiers, das immer noch versuchte, sich aus dem Netz zu befreien. Im Nu waren Sklaven über ihm und banden rasch seine Pfoten zusammen.

Iunius wandte seinen Blick der umgestürzten Sänfte zu. Clelia beugte sich über den tödlich getroffenen Sklaven. Sie versuchte dem Armen, der sich in den letzten Zuckungen des Todeskampfes wand, einen letzten Trost zu geben, bevor sich die ewige Finsternis über ihn legte. Iunius ging zu ihr.

Als das junge Mädchen ihren Blick zu ihm emporhob, waren ihre Augen voller Tränen.

»Er ist ... tot«, sagte sie erschüttert.

»Wie geht es dir, edle Priesterin?« erwiderte er beunruhigt.

»Mir geht es gut. Du hast mir das Leben gerettet, Iunius, und nicht nur mir. Ohne dein mutiges Eingreifen wären wahrscheinlich eine Menge Menschen von der wütenden Bestie zerfleischt worden.«

»Sag nichts, heilige Vestalin. Erinnere dich nur daran, daß ich dir gegenüber eine große Schuld habe. Und die betrachte ich noch lange nicht als abgetragen.«

Sie wurden abgelenkt von erneuten Schreien, die hinter ihnen laut wurden, doch war es diesmal weniger ein Ausdruck von Entsetzen, sondern von Wut.

Während des Ausladens wilder Tiere kam es nicht selten zu Unfällen dieser Art. Doch mittlerweile waren die Leute wirklich aufgebracht und gingen den Reeder des Lastschiffes direkt an, er sollte für seine Schuld bezahlen. Der Mann war sichtlich eingeschüchtert und versuchte, die passenden Worte zu finden, um der versammelten Menschenmenge, die noch aufgebrachter war als der entflohene Panther, Rede und Antwort zu stehen. »Vor zwei Monaten hat ein Löwe, der deinen Männern entflohen ist, fast meinen Sohn getötet«, schrie eine Frau und schwang bedrohlich einen Stock.

Unter normalen Umständen hatte Abis, der Ägypter, einen olivfarbenen Hautton. Aber in diesem Moment ließ die Angst, von der Menge massakriert zu werden, ihn seltsam blaß aussehen, und seine

Gesichtsfarbe tendierte wirklich ins Grünliche. Auf der Suche nach jemandem, der ihm zu Hilfe eilen könnte, zuckten seine Augen ständig von hier nach da, doch trafen sie nur auf Wut und Zorn. »Was für eine Schuld sollte ich daran tragen?« murmelte er mit seinem seltsamen afrikanischen Akzent. »Warum nehmt ihr mich ins Visier? Ich bitte euch, seid doch vernünftig!«

»Du bist derjenige, der für das alles verantwortlich ist! Ohne das Eingreifen von Iunius hätte dein Panther uns allen den Tod gebracht!« rief ein dicker Mann und versetzte ihm einen heftigen Schlag auf den Kopf. Abis knickte in sich zusammen, und fast sah es so aus, als käme der Volkszorn explosionsartig zum Ausbruch.

Iunius beobachtete, wie Hände und Stöcke wütend über den armen Mann herfielen, es hätte nicht viel gefehlt, und der Ägypter wäre umgebracht worden. Er kannte diese tobenden Menschen, jeder einzelne von ihnen war sein Mitbürger. Und dennoch war es nicht leicht, sie wieder zur Vernunft zu bringen. Er mußte wirklich mit größter Entschiedenheit eingreifen, um den Unglückseligen vor einem so entsetzlichen wie unbegründeten Ende zu bewahren. Und so packte er den Ägypter bei seinem Arm und schob ihn zur Seite, während der, von Kratzern und Striemen bedeckt, noch immer leidenschaftlich seine Unschuld beteuerte.

»Das war ein Unfall«, sprach Iunius und stellte sich schützend vor den Körper des Reeders. »Dieser Mann trägt keinerlei Schuld daran.« Iunius, der große Soldat und Gladiator, dessen Ruhm weit über die Mauern Roms hinausgedrungen war, sprach hier. Der Mann, dem Marcius vertraute, und auch der, der vielen von ihnen Brot und Arbeit gab. Also besänftigte sich die rasende Menge nach und nach und löste sich schließlich wieder auf, allerdings nicht, ohne neuerliche Drohungen gegen den Tierhändler auszustoßen.

Abis fiel auf die Knie, nahm Iunius' Hände und führte sie an sein Gesicht. »Danke, edler Tribun, danke.« Seine Haut war kalt wie Eis, die Stirn von Schweißperlen übersät.

Als Iunius wieder Ausschau nach Clelia hielt, mußte er zu seiner Enttäuschung feststellen, daß die Reisenden inzwischen die Mole verlassen hatten. Nachdem er sich einige Male umgesehen hatte, sah er schließlich, daß sie sich an Bord des Schiffes der kaiserlichen Marine befanden. Er wußte, daß das Militärschiff noch an diesem Morgen nach Judäa auslaufen würde. Wieder bemerkte er, wie seine Beine schwankten, aber diesmal aus einem anderen Grund. Immerhin mußte er befürchten, daß er das Geschöpf seiner Träume nie mehr wiedersehen würde – ein Gedanke, der ihm unerträglich schien.

Der Kommandant des Schiffes war, begleitet von einigen Offizieren, an Land gegangen. In der Nähe des Kanals, der sich mit dem Tiber vereinigte, war ein kleiner Marmortempel errichtet, der dem Neptun geweiht war. Die Soldaten stellten sich rings um ihn auf. Einer von ihnen hielt ein Ruder in der Hand, und der Kommandant brachte eine Schale voll mit Wein. Iunius sah, wie sie die Häupter beugten und den Gott des Meeres baten, ihnen eine ruhige Reise ohne Gefahren zu schenken. Und unversehens merkte er, wie er voller Inbrunst mit ihnen betete, daß der wunderschönen Jungfrau das Toben des Sturms erspart bliebe und sie eines Tages hierher zurückkehren möge. Zu ihm.

Clelia stand an Bord des Schiffes und beobachtete, wie die Winden die Taue in Bewegung setzten und sie sich langsam von der Mole entfernten. Kaum war ein genügend großer Abstand erreicht, tauchten fast gleichzeitig die über achtzig Ruder ins Wasser. Die Befehle der Offiziere, die für das Manövrieren zuständig waren, drangen knapp und klar bis an ihr Ohr, während der Rhythmus der großen Trommeln den Rudertakt schlug. Sie hoffte von Herzen, daß sie sich im Verlauf der dreißig Reisetage an diesen schrecklich monotonen, dumpfen Klang gewöhnen würde. Sie blieb an der Reling stehen, bis die einsame Gestalt, die auf der Außenmole stand, endlich aus ihrem Blickfeld verschwunden war. Sie wußte, daß sie ihn liebte, aber sie wußte auch, daß der heilige Eid sie dazu zwang, jeden Gedanken, der sich mit ihm befaßte, auszulöschen.

Iunius blieb so lange am äußersten Ende der Mole stehen, bis die drei Schiffe des Konvois nur noch undeutlich wahrnehmbare Punkte am Horizont waren. Auf seiner Haut spürte er noch immer die intensiven Blicke der jungen Frau, die es verstanden hatte, in ihm zum ersten Mal die glühendste Liebe zu erwecken, eine Liebe, von der er jetzt wußte, daß sie ihn sein ganzes Leben begleiten würde. Er sah noch, wie sich ihre Gewänder im Wind bewegten. Es hatte kein Zeichen des Abschieds gegeben, doch war das nicht nötig.

Darius' Stimme holte ihn aus seinem Traum, den er mit offenen Augen träumte. »Es wird spät, Iunius, und wir haben noch den Rest der Fracht zu überprüfen.« Und schweren Herzens folgte er ihm. Er fühlte, wie sich ein Teil von ihm mit diesem Kriegsschiff entfernte. Es packte ihn ein Gefühl der Leere, das er nicht verstand.

Zurück bei den Lagerhallen, bahnte er sich seinen Weg durch die Getreidesäcke und die anderen Waren. Er hatte nicht die geringste Lust zu arbeiten. Darius schien zu verstehen, denn er bot ihm an, ihn zu vertreten.

Er verließ die Hafenstadt auf seinem Fuchs und ritt bis zur Villa des Marcius. Er mußte mit jemandem reden, jemandem seine Empfindungen mitteilen und herausfinden, um was es sich überhaupt handelte. Doch suchte er vergeblich nach seinem Hausherrn. Ein Diener erklärte ihm, daß Marcius nach Rom gereist sei. Unschlüssig, was er nun tun sollte, rief er zwei Sklavinnen in sein Zimmer. Er hoffte, daß ihn ihre fröhlichen Stimmen von dieser sonderbaren Form der Beklemmung ablenkten und ihre Hände die Spannung in seinem Körper lösten. Doch als es zu Ende war, wurden die Sehnsucht und auch die Leere in ihm nur noch stärker und bedrängten ihn nur noch mehr.

Die Ruder tauchten in gleichbleibendem Rhythmus in das tiefblaue Wasser; die Männer waren gut ausgebildet und schienen die Mühe nicht zu spüren. Von der Höhe des Aufbaus, auf dem die Brücke errichtet war, nicht weit von den großen Trommeln entfernt, betrachtete Clelia die gekrümmten, muskulösen Rücken der Ruderer. Sie beugten sich tief bei jedem Schlag, um die Anstrengung auszugleichen, die auf ihren Armen lastete. Der stetig gleiche Rhythmus der Trommel erfüllte die Luft und bewirkte in ihr ein schmerzliches Gefühl des Überdrusses. Die junge Frau überquerte das Deck, bis sie den Bug erreichte. Sie lehnte sich weit über die Reling hinaus und betrachtete fasziniert den Schaum, der um den bronzenen Rammsporn herumwirbelte. Bei jedem Ruderschlag schien sich das Schiff leicht emporzuheben, um dann auf den Wellen dahinzufliegen.

Sie war die einzige Frau an Bord, aber niemand hätte es ihr jemals an Respekt mangeln lassen oder sich ihr in anderer Weise genähert, als es sich gegenüber einer heiligen Priesterin der Vesta schickte.

Jedesmal, wenn sie einen Hafen anliefen, um sich mit Proviant einzudecken oder Schutz vor den drohenden Gefahren der Witterung zu suchen, begleiteten sie bei ihrer Abreise andere Schiffe, die sie über lange Strecken von der Seite deckten. Diese Meere waren voll von Widrigkeiten und Piraten, doch bildete die kaiserliche Marine ein hervorragendes Abschreckungsmittel.

Als sie in tiefer Nacht die Meeresenge der Skylla hinter sich gelassen hatten, wurde die junge Frau von einem seltsamen Gefühl der Beklemmung durchdrungen. Sie wurde von der Angst vor dem Unbekannten, das sich hinter der dunklen und grenzenlosen Weite verbarg, förmlich überwältigt. Die unendliche Wüste lag vor ihr, in der ihr allein die Sterne den Weg wiesen.

Einige Tage später sichteten sie die niedrigen, vegetationslosen Küsten Cyrenaikas. Sie drangen noch weiter nach Osten vor, ohne jedoch die grenzenlosen Weiten des roten Sandes aus den Augen zu verlieren. Dann machten sie kurz Station in Alexandria, um sich mit Wasser und Lebensmitteln zu versorgen. Clelia hatte niemals den Wunsch, an Land zu gehen. Schließlich nahmen sie die Reise nach Judäa wieder auf und hielten es so, daß die Küste immer nah zu ihrer Rechten blieb.

Einen Großteil des Tages verbrachte die junge Frau unter dem großen Zeltdach am Heck des Schiffes und beobachtete die Landschaft. Alles erschien ihr neu und völlig anders als das, was sie bisher gesehen hatte – die Farben und die Menschen, die Karawanen mit ihren Kamelen, die sich langsamen Schritts sogar auf die Strände wagten, das feuchte und warme Klima.

Die Wellen, die Wüste und die Stille brachten sie dazu, plötzlich tief in ihrem Innern nach den wahren Gründen des Seins und dem wirklichen Ziel des menschlichen Lebens zu forschen.

Die Tatsache, daß Darius sich in der Lage zeigte, jede Aufgabe zu erfüllen, die man ihm anvertraute, rief bei Iunius ziemlich widersprüchliche Empfindungen hervor. Auf der einen Seite fühlte er sich befreit, da ein Teil der Arbeitslast von ihm genommen wurde und er auf einen so tüchtigen Mitarbeiter zählen konnte. Auf der anderen Seite verglich er sich ständig mit dem ehemaligen Legionär, was ihn dazu anspornte, alles noch besser zu machen. Es schien so, als wolle er nicht zulassen, daß der Schüler den Meister überholte. Das Verhalten des Phöniziers hatte sich in einer Weise verändert, die zunehmend unerträglicher wurde. Er legte eine Anmaßung, um nicht zu sagen eine Überheblichkeit an den Tag, die ernsthaften Grund zur Besorgnis gab. Marcius hatte den Neuankömmling mit großer Freundlichkeit aufgenommen, doch gab er seine distanzierte Haltung ihm gegenüber niemals auf.

Immer häufiger reiste der Patrizier nach Rom, und fast mit der gleichen Häufigkeit forderte er, daß Iunius ihm bei all seinen Unternehmungen zur Seite stand. Wenn er jedoch in Ostia blieb, stand er lange am selben Ende der Mole, von dem aus er zugesehen hatte, wie sich das Kriegsschiff entfernte, und spähte aufs Meer hinaus. Dann träumte er mit offenen Augen davon, wie es erneut am Horizont auftauchte und Kurs auf den Hafen nahm. Aber dieser Wunsch wurde häufig von Ängsten und Befürchtungen begleitet. Fast ein Jahrhundert zuvor hatte der große und unglückliche Dichter Ovid geschrieben: *res est sollicti plena timoris amor*: »Die Liebe ist ein Gefühl, das von ängstlichen Befürchtungen durchdrungen ist.«

Der Kaiser befahl den Anwesenden, den Saal zu verlassen. Der Thron, auf dem er saß, befand sich zwischen zwei großen Kohlebecken genau in der Mitte des Raums. Menenius stand am Fuß der Marmortreppe, die zum kaiserlichen Thron führte, und hielt das Haupt zum Zeichen seiner Unterwürfigkeit gesenkt.

»Nun«, sagte Domitian, kaum daß sie allein waren, »mein tüchtiger Menenius, welche Neuigkeiten bringst du mir von der Kurie?«

Der Senator war schlau genug, um zu wissen, daß dies nicht der einzige Grund war, warum ihn der Kaiser zu sich gerufen hatte. Doch er machte das Spiel mit und berichtete dem Augustus: »Die Versammlung billigte heute einstimmig die Maßnahme, die dir so sehr am Herzen liegt, göttlicher Augustus. Die römischen Bürger werden nach und nach aus der Armee entlassen und zunehmend durch die Bewohner der Provinzen ersetzt.«

Menenius kannte die Gründe für diese Entscheidung sehr gut. Der erste – der gern in offiziellen Kreisen verlautbart wurde – hieß, daß endlich etwas gegen die besorgniserregende Entvölkerung der Landgegenden getan werden müsse, die die Landbewohner dazu trieb, die militärische Laufbahn einzuschlagen. Diese beinhaltete zwar wesentlich höhere Risiken, war aber auch sehr viel einträglicher als die Landarbeit. Doch war der tatsächliche Grund, der Domitian veranlaßt hatte, dieses Gesetz durchzusetzen, ein anderer. Auf diese Weise würden endlich die alten Militärrührer, die dem Imperator bekanntermaßen feindlich gegenüberstanden, nach und nach die Gunst und Unterstützung verlieren, die sie bei der Bevölkerung genossen. Und da Domitian die Entscheidung bloß vor diesem Hintergrund beeinflußte, ansonsten aber die Verantwortung der Kurie überließ, kompromittierte er sich nicht und setzte sich auch nicht der unvermeidbaren Kritik all derer aus, die sich durch ein Heer, das praktisch in fremder Hand läge, nicht mehr genügend beschützt fühlten.

Auch Menenius war davon überzeugt, daß diese Entscheidung den Anfang des Niederganges bedeutete und Tradition und Sitte in der Armee auf besorgniserregende Weise in den Schmutz zöge – immerhin die Tugenden, die dazu geführt hatten, daß Rom die Hauptstadt der bekannten Welt wurde. Aber er war zu schlau und allzusehr an diese verwickelten Navigationen politischen Denkens gewöhnt, als daß er derlei Gedanken zum Ausdruck gebracht hätte. Nie hätte er dem Imperator einen Anlaß gegeben, über seine Ansichten in Zweifel zu geraten. Denn Menenius hegte die tatsächlich richtige Überzeugung, daß sein eigenes Gewicht in den Hierarchien der Macht nur dadurch vermehrt werden könnte, daß er seiner absoluten Treue ständig Ausdruck verlieh.

»Aber kehren wir auf ein altes Thema zurück, Menenius«, hub der Augustus nach einer Pause wieder an. »Nach meinen Informationen gewinnt der *duovir* von Ostia immer größere Zustimmung und Anerkennung bei der Bevölkerung. Doch muß ich in aller Offenheit bekennen, daß, abgesehen von den öffentlichen Arbeiten, die in der kleinen Stadt ständig im Gang sind, wir hier in Rom eine deutliche Verbesserung im Handelsverkehr bemerkt haben. Der Transport der Waren läuft mit wesentlich größerer Geschwindigkeit ab. Doch hat dies bei mir tiefgehende Überlegungen ausgelöst.« Und während er dies sagte, begann es in seinen Augen boshaft aufzuglimmen. »Ich bin immer mehr davon überzeugt, daß deine Ansicht die richtige ist, Menenius. Ich befürchte, daß Marcius tatsächlich ein gefährlicher Mann ist, der seinen politischen Aufstieg nicht nur auf die Kontrolle eines, wenn auch sehr wichtigen, Hafens beschränken wird. Ich hege daher immer noch die Auffassung, daß seine Verdienste um das Kaiserreich ... hm, eine anerkennende Förderung verdienen. Glaubst du nicht auch?«

Gewiß, dachte Menenius, auf diese Weise würden der Person des Generals zwar höchste Ehren erwiesen, aber zur gleichen Zeit seine Befugnisse als *duovir* deutlich verringert werden. Denn von nun an müßte er sich für seine Entscheidungen nicht mehr nur vor dem anderen *duovir* von Ostia, sondern vor der gesamten Senatskurie verantworten, und die wußte nur allzugut, wie die lästige Stimme eines einzelnen im Keim zu ersticken sei.

Wie Domitian schon einmal erwähnt hatte, mußte die Idee, seinen von jeher erbittertsten Rivalen zu töten, aufgegeben werden – zumindest im jetzigen Augenblick. Marcius war eine zu bekannte Gestalt, die das Volk achtete und liebte, und zwar noch mehr als zu der Zeit, als er als Kommandant der kaiserlichen Truppen mit Ehren überhäuft war. Wenn man ihn tötete, würde ein Märtyrer erschaffen werden, dessen Gedenken mit der Zeit zur Gefahr werden konnte. Es war sehr viel leichter, ihn unter Kontrolle zu halten und ihn dabei langsam, aber sicher in die Wolfshöhle zu befördern.

»Du hast recht, mein Imperator«, sagte Menenius mit einem ähnlichen boshaften Blitzen in den Augen. »Auch ich bin davon überzeugt, daß die Verdienste, die sich der edle Marcius als Feldherr und später als Gouverneur des Hafens von Rom erworben hat, eine würdige Anerkennung förmlich unaufschiebbar machen!«

Es fehlten nur noch wenige Tage, bis das Mandat des Marcius als *duovir* der kleinen blühenden Hafenstadt abgelaufen war. Sicher auch bestärkt durch die anerkennende Zustimmung der Bürger, hatte der große Patrizier beschlossen, seine Kandidatur zu erneuern. In diesem Jahr hatten sich viele Dinge geändert. Das war nicht allein das Verdienst der Regenten, doch ließ sich nicht ableugnen, daß seine Aktivitäten den entscheidenden Impuls gegeben hatten.

So erreichte Marcius die Nominierung zum Mitglied des Senats von Rom völlig unerwartet und abrupt. Iunius konnte nicht umhin, sich über das zufriedene Leuchten zu freuen und den Stolz, den er in den Augen seines Herrn funkeln sah. Aber nach seiner Ansicht war die Zuteilung des neuen Amtes von einer Reihe beunruhigender Anzeichen begleitet, die diese Nominierung in zweifelhaftem Licht erscheinen ließ. Nur die Zeit würde das klären können. Doch war es wirklich für niemanden ein Geheimnis, daß der Imperator eine natürliche Abneigung gegenüber der römischen Aristokratie hegte, diesen engen Zirkel, in dem Marcius eine herausragende Gestalt war. Als er jedoch versuchte, dem frischgebackenen Senator seine Befürchtungen darzulegen, merkte er, daß sich Marcius darüber völlig im klaren war. Er wußte, was ihn erwartete.

»Glaubst du, Iunius«, antwortete er, »daß ich mir nicht denken kann, wer es gewesen ist, der diese unerwartete Anerkennung vorschlug? Glaubst du, ich weiß nicht, warum man versucht, mich auf diese Weise kaltzustellen, indem man irreführend den Eindruck erweckt, man wolle mir eine hohe Auszeichnung zuteil werden lassen? Denkst du, ich hätte nicht begriffen, daß der Gouverneur einer kleinen Stadt de facto eine größere Macht hat als ein einziger der über neunhundert Senatoren? Lassen wir die Zeit entscheiden, mein Freund. Es wird sicher nicht leicht sein, aber ich weigere mich zu denken, daß die Regierung Roms einzig in der Hand von Personen des Typs eines Menenius ist. In kleinen Schritten werde ich versuchen, mir Glaubwürdigkeit und Vertrauen im Innern der Kurie zu verschaffen. Ich bin überzeugt, es wird der Tag kommen, an dem die Schlange für ihre Schuld bezahlen wird.«

Nachdem er angehört hatte, mit welcher Leidenschaft sein Herr seine Beweggründe darlegte, fühlte sich Iunius ein wenig beruhigt. Doch ein Punkt blieb weiterhin unklar: Welche Rolle sollte er in diesem neuen Szenario einnehmen?

»Bei diesem neuen und schwierigen Abenteuer«, fuhr Marcius fort, als hätte er in seinen Gedanken gelesen, »brauche ich dich an meiner Seite. Wie in den alten Zeiten.« Und väterlich klopfte er ihm mit der Hand auf die Schulter.

Im Geiste sah Iunius noch einmal die Horden der Barbaren, er sah das Wolfsfell, das er sich über den Kopf gezogen hatte, er sah die Schlachten und all das Blut. Und noch einmal spürte er, wie ihm das Fieber der Herausforderung die Wirbelsäule emporkroch. Natürlich war er dazu bereit, sich auch diesen neuen Schlachten zu stellen. Mittlerweile hatte er sehr wohl begriffen, daß es sich hier um eine weitaus anspruchsvollere Konfrontation handelte, die sich in vielen Fällen als viel heimtückischer und schwieriger erwiesen hatte als angenommen. Und oft war es dabei nicht möglich herauszufinden, von welcher Seite der Feind angreifen würde. Das einzige Element, das beiden gemeinsam war und den Preis für die Niederlage bildete, war der Tod. Aber wie immer fühlte er sich bereit, ihm ins Gesicht zu blicken.

Heutiges Rom. Ende Mai 1996.

Sara Terracini nahm die Hände von den Keyboardtasten und hob sie zu ihrem Nacken, der von den langen, in unnatürlicher Stellung verbrachten Stunden schmerzte. Kraftvoll dehnte sie ihre Finger und massierte sich den Hals. Dann schnaubte sie: »Uff!«

Würde sie noch bucklig werden? Wer weiß. Vorläufig war sie mit ihrer Arbeit äußerst zufrieden. Sogar sehr amüsiert davon. An diesem Tag hatte sie mehr als fünfzehn Stunden an der Tastatur gesessen, allerdings mit kurzen Pausen, in denen sie mit den Blättern, die von Toni Marradesi restauriert worden waren, den höllischen Apparat fütterte, der an den Scanner angeschlossen war. Aber inzwischen waren die ersten beiden Memoirenbände des römischen Tribuns, die von dem italo-spanischen Mönch kopiert worden waren, erklärt, gedeutet und zusammengefaßt.

Doch schien das der diabolische Zwerg namens Oswald Breil, der so plötzlich aus dem Nichts aufgetaucht war, in das er verschwunden war, herausgefunden zu haben. Am frühen Nachmittag begann plötzlich ohne jede Vorankündigung das bunte Lämpchen in der rechten oberen Ecke des Bildschirms, geräuschvoll zu blinken, während in dem dunklen Streifen, der über den unteren Bildschirmteil führte, rasch die Schriftzeichen liefen: ALSO, KOENNEN WIR JETZT MAL ETWAS SEHEN?

OH, YES! hatte sie impulsiv geantwortet, ganz erfüllt von der heiteren Fröhlichkeit, die sich bei jedem Kontakt mit dem nicht greifbaren kleinen Gnom einstellte – in welcher Form auch immer dies geschah –, dem sie einen guten Teil ihrer brillanten Karriere zu verdanken hatte.

WANN? war die lakonische neue Frage gewesen, die über den Bildschirm lief.

HEUTE ABEND, hatte sie sofort geantwortet, aber dann war sie für einen Augenblick doch verblüfft. Wo konnte Oswald in diesem Moment sein? Auf welchem Breitengrad saß er, und welchen Meridian ritt er zuschanden? Welchen Sinn konnte ein »heute abend« haben?

ALSO, tippte sie rasch hintereinander in die Tasten, IN KUERZE.

WUNDERBAR! TUECHTIG! war die sofortige Erwiderung.

COMPRESS AND ENCRYPT, PLEASE. ICH WARTE. CIAO. Und dann war in dem dunklen Streifen des Bildschirms nichts mehr zu sehen.

»Compress and encrypt?« Ach, du liebe Zeit. Es war doch klar, daß sie das Dokument im Computer, in dem die Zusammenfassung der beiden Memoirenbände gespeichert war, »komprimiert« hatte. Denn es mußte weniger sperrig gemacht werden, damit es im elektronischen Netz schneller gesendet werden konnte.

Aber: »encrypt«? Warum sollte sie es »verschlüsselt« versenden? Es war doch allgemein bekannt, daß die Netze ständig durchlöchert und von ganzen Rudeln von Hackern angezapft wurden. Diese Teufel von Computergenies drangen mit ihren elektronischen Tricks überall ein, angefangen von den Anlagen internationaler Großbanken bis ins Herz des Pentagon, und dabei richteten sie Schäden an, die wahre Salven von Gelächter im Universum der User und der »Philosophen« der Datenautobahnen auslösten. Aber welcher extravagante Hacker mochte wie ein Fuchs darauf lauern, Augen und Hände auf die phantastischen Wechselfälle eines römischen Ex-Gladiators zu legen und sich auf das strahlende Geschick zu stürzen, das ihm die Götter bestimmten? Was konnte das…? Ja, sagen wir es ruhig: Das scherte doch niemanden einen Dreck!

Daß sie sich einen Spaß daraus machten, ein paar Milliönchen Dollar aus diesem oder jenem Online-Banktresor zu klauen oder auch einen geheimen Plan, der eine Neuaufteilung der Welt zwischen den Supermächten anstrebte, kann jedermann verstehen. Aber die Memoiren eines lauteren Ex-Gladiators, die seine Liebe zu einer unschuldsvollen Vestalin und seine Suche nach den rätselhaften Mondsteinen beschrieben – wen, zum Teufel, konnte das schon interessieren?

Oder steckte da etwas anderes dahinter?

Wer weiß.

Das war nicht ihr Problem. Oswald hatte ihr mitgeteilt: COM-PRESS AND ENCRYPT, PLEASE. Also verhielt sie sich dementsprechend.

Sie legte die Hände wieder auf das Tastatur und öffnete ein kleines Programm, das in den weniger zugänglichen Eingeweiden ihres Computers gut versteckt war. Dem befahl sie, die Textdatei mit dem Titel STEINE aufzurufen.

COMPRESSION LEVEL? fragte es sie sofort, als das äußerst zuverlässige Programm ein Fenster in der Bildschirmmitte öffnete.

MAX, antwortete sie mechanisch.

ENCRYPT? fragte wiederum das Programm nach wenigen Sekunden Arbeitszeit, die in völliger Stille abliefen. YES, antwortete Sara lächelnd. Was für eine Frage. Wenn Oswald es so wollte...

Wieder eine Wartezeit von wenigen Sekunden.

SEND ENCRYPTED FILE? fragte schließlich das Programm. »Das verschlüsselte Dokument versenden?«

»Aber ja doch«, grummelte Sara, »schick es, schick es!« Und sie schnippte mit dem Zeigefinger kräftig auf die Returntaste.

Eine der Bewegungen, die von den Philosophen der neuen Berufskrankheiten am meisten angeprangert wird.

Wer weiß, wie der nie anwesende, aber telepathisch begabte Zwerg ihre Ausschmückungen aufnehmen würde. Oh, na ja, er mochte sie aufnehmen, wie er wollte, vor allem, da er ja alles verschlüsselt haben wollte. Noch einmal fragte sie sich: Was mochte da bloß dahinterstecken?

ZWEITER TEIL

WASSER

Die Entdeckungen

6.

Alesund. Norwegische Nordatlantikküste. 1995.

Was steckt da bloß dahinter? Seit einigen Tagen fragte sie sich das immer wieder. Während sie sich die Frage zum soundsovielten Male stellte, versuchte Laura Joanson gleichzeitig mit aller Kraft, dieses unbehagliche Gefühl in den Griff zu bekommen, das sie immer beim Fliegen überkam. Gewiß, die Bergung eines Unterseeboots aus dem Zweiten Weltkrieg hätte in jedem Falle eine Menge Aufsehen erregt. Aber warum ausgerechnet das *U 115*? Warum hatte man unter den Tausenden von Wracks, die mit weitaus weniger Aufwand den Tiefen hätten entrissen werden können, nach einem heruntergekommenen U-Boot gesucht, das sich noch nicht einmal mit Ruhm bekleckert hatte?

Ihre Abneigung gegen das Fliegen war fast paradox, wenn man sie mit der Empfindung der unendlichen Weite verglich, die ihr ein Tauchgang in einem Boot in Hunderten von Metern Tiefe bereitete.

Die Reifen der McDonnell-Douglas-Maschine der internationalen norwegischen Fluggesellschaft setzten mit einem leichten Stoß auf dem Boden auf. Obwohl sie in den Vereinigten Staaten geboren und aufgewachsen war, hatte Laura Joanson die Gesichtszüge einer Skandinavierin bewahrt. Ganz sicher konnte man sie als eine schöne Frau bezeichnen. Obwohl der lange Transkontinentalflug ihr wirklich nicht angenehm war, schien er sie nicht besonders ermüdet zu haben. Kaum war sie aus der Flugzeugtür getreten, spürte sie, wie der kalte Wind des Nordens sie umfing. Sie atmete das Gemisch aus dem beißenden Geruch des Kerosins, dem Duft der Koniferen und der intensiven Würze des Mooses ein. Für sie hatte das eine gewisse Ähnlichkeit mit dem Wohlbefinden, das sie immer empfand, wenn sie nach einem anstrengenden Tag wieder in den heimeligen Schutz ihrer vier Wände zurückkehrte, ein Gefühl, das ihr nur das eigene Zuhause zu bieten vermochte.

Kaum hatte sie den Fuß auf den Boden gesetzt, strebte sie mit schnellen Schritten auf den Bus zu, der sie zur Ankunftshalle bringen würde. Die neugierigen Blicke der meisten ihrer Mitreisenden folgten ihr bewundernd. Schließlich war es nicht schwer, sie wiederzuerkennen, denn ihr Foto erschien regelmäßig auf den Covers der beliebtesten Publikumszeitschriften in der ganzen Welt. Jeder Roman von Laura Joanson stellte ein literarisches Phänomen dar, etwas, das vorher noch nie dagewesen war. Mit dem gleichen Enthusiasmus aber betrieb sie gleichzeitig ihren ursprünglichen Beruf als Expertin für Unterwasserforschung. Außerdem hatte sie sich als Gründerin und Leiterin des Museums für Unterwasserfunde in Key Biscayne etabliert.

Die Geschichte, das sollte sie wenig später begreifen, hatte ihren Anfang an einem entfernten Ort genommen – weit, weit zurück in der Zeit.

Berlin. 13. April 1945.

Dr. Leonhard Speitz, Direktor des astronomischen Observatoriums der Reichshauptstadt, beugte sich über seine Berechnungen. Er war umgeben von Instrumenten, mit denen er die entlegensten Ecken des Himmels erforschen konnte. Das immer näher rückende Dröhnen der russischen Artillerie schien ihn nicht im geringsten zu bekümmern. Mit seinen Gedanken beschäftigt, marschierte er langsamen Schritts im Zimmer umher, in dem er sich trotz der Unordnung bestens zurechtfand. Oft blieb er stehen und schüttelte den Kopf, was allerdings nur die Wirkung hatte, daß seine Brille verrutschte. Es schien, als fehlte ihm irgend etwas, ein kleines Steinchen vielleicht aus einem besonders wichtigen Mosaik. Von neuem nahm er auf dem Drehhocker Platz, der so eingestellt war, daß er sich exakt auf der optischen Achse des Okulars seines Teleskops befand.

Er betrachtete den Mond. Er empfand noch immer diese ungeheure Faszination, wenn er seine stillen Krater erforschte, diese geheimnisvollen Netzwerke aus Zeichen und Formen, die eine unendliche Ruhe ausstrahlten. Für ihn war das eines der vielen Dinge, die er brauchte, um ein wenig Entspannung zu finden. Oder um nachzudenken und seinen Verstand neu zu ordnen, damit er dadurch eventuellen Fehlern in seinen Berechnungen auf die Spur kam. Dann wandte er sich wieder von seinem Teleskop ab und kehrte zu seinen Aufzeichnungen zurück, wobei der Ausdruck auf seinem Gesicht immer zufriedener wurde.

Als der Oberleutnant und die Männer von der SS das Zimmer betraten, war er gerade damit beschäftigt, eine seiner Entdeckungen mathematisch neu zu formulieren, von der er annahm – ja sogar befürchtete –, daß sie von kosmischer Bedeutung war.

»Doktor Speitz«, vernahm er. Er drehte sich um. Vor ihm stand ein junger Offizier, dessen Haltung nur noch entfernt an martialische Schroffheiten erinnerte, da er sich offensichtlich in größter Eile befand. »Der Führer hat angeordnet, daß jedes Dokument zu konfiszieren sei, das uns bei unserer Offensive nützlich sein könnte. Vor allem darf nichts in die Hände des Feindes gelangen, auf keinen Fall«, bemerkte der Militär, während er rasch ein Blatt aus einer Mappe zog und es dem Wissenschaftler unter die Nase hielt.

Speitz reagierte verärgert und ironisch zugleich: »Was glauben Sie denn? Daß sich die bolschewistischen Truppen etwa für meine Arbeit interessieren, wenn sie in dieses Zimmer hereinpoltern?«

»Die Russen werden Berlin nie einnehmen«, erwiderte der Offizier fast hysterisch. »Wir treffen nur einige Vorsichtsmaßnahmen für den Fall, daß man aus strategischen Gründen den Rückzug antreten wird.« Mit jedem Wort wurde seine Stimme lauter.

Er hätte sein Sohn sein können, vielleicht sogar sein Enkel, dachte der Astronom, und wie viele Flausen hatte man ihm bereits in den Kopf gesetzt. Mittlerweile war die Zeit zwischen dem Abfeuern der Geschosse und dem Dröhnen der Detonation sehr kurz geworden.

Speitz wartete ein paar Sekunden, dann erwiderte er leicht sarkastisch: »Oberleutnant, die Russen befinden sich weniger als zehn Kilometer vom Stadtrand entfernt. Wenn sie weiter mit dieser Geschwindigkeit vorrücken, werden sie innerhalb weniger Stunden als die neuen Herren in unseren Reichstag einziehen. Und da kommen Sie bei mir hereingeschneit und sagen mir, daß sie Berlin nicht einnehmen werden?« Er bemerkte, daß er zu grob geworden war, und versuchte daher, seinen Ton wieder zu mildern. »Aber machen Sie sich keine Sorgen, in ein paar Minuten stehe ich Ihnen voll zur Verfügung.«

Der eisige Blick des Oberleutnants tauchte alles im Raum in eine Atmosphäre von Angst. »Versuchen Sie vielleicht, die Befehle des Führers zu umgehen, indem Sie sie verzögern? Muß ich vermuten, daß Sie gegenüber dem Reich eine defätistische Haltung einnehmen?«

»Einen Moment, ich bitte Sie, nur einen Moment…«, antwortete Speitz, um Zeit zu gewinnen, diesmal mit fester, sicherer Stimme, den Kopf wieder über seine Berechnungen gebeugt. »Noch eine kleine, winzige Änderung und dann…«

»Ich befehle Ihnen…« Aber ein Blick von Speitz ließ die Worte des Offiziers förmlich zu Eis gefrieren. Er konnte den zwei dunklen, durchdringenden Augen, aus denen die Kraft seiner lebendigen, hohen Intelligenz leuchtete, nicht standhalten. Angesichts dieses Charismas wurde sich der junge Nazi seiner eigenen Unterlegenheit bewußt, was er nur dadurch zu unterdrücken wußte, indem er mit seiner Hand nach seiner Dienstpistole griff. Die erschrockenen Augen des Wissenschaftlers erregten in ihm nicht das geringste Mitleid, ganz im Gegenteil. Der Gedanke, Herr über ein Menschenleben zu sein, erregte ihn. Rasch feuerte er kurz hintereinander drei Schüsse ab. Seine Männer brauchten kaum mehr als zwanzig Minuten, um alle Unterlagen, die sie in dem Arbeitszimmer fanden, in zwei nicht allzu große Kisten aus Tannenholz zu verstauen, wobei sie sorgfältig darauf achteten, nicht gegen den toten Körper des Wissenschaftlers zu stoßen.

Hamburg. 29. April 1945.

Zwischen der Brücke des *U 115* und dem Kai bestand ein Höhenunterschied von etwa einem Meter. Das Unterseeboot mit seinem seltsamen Umriß, der einem riesigen, halb ins Wasser eingetauchten Fisch ähnlich war, lag im Hafen von Finkenwerder. Durch seine ungewöhnlichen Seitenabmessungen, die auf die zusätzlich angebrachten Tanks zurückzuführen waren, entsprach es kaum der sonst angestrebten Stromlinienform, doch erreichte dadurch das *U 115* eine Geschwindigkeit von dreiundzwanzig Knoten im aufgetauchten und sieben Knoten im untergetauchten Zustand. Außerdem – und das zählte am meisten – hatte es an der Wasseroberfläche bei zwölf Knoten eine Reichweite von fünfzehntausendachthundert Meilen. U-Boot-Kommandant Reisberg unterschrieb den Frachtschein, als gerade die letzte wasserdichte Kiste von dem Militärlastwagen abgeladen wurde. Er bedachte die beiden Männer in Zivil mit militärischem Gruß, dann ging er auf die Gangway zu. Er hegte keine besondere Sympathie für diese Geheimdienstfanatiker, aber er war nun einmal de facto von ihnen abhängig. Die drei roten Umschläge mit den verschiedenen Marschbefehlen, die er soeben erhalten hatte, lieferten eindeutig den Beweis dafür.

Er wußte, daß Berlin dabei war zu fallen und daß, nach mehreren, nicht nachprüfbaren Gerüchten zu schließen, der Führer bereits geflohen war. Er mußte sich schleunigst auf die Socken machen, denn in Kürze könnte die alliierte Luftwaffe bereits damit anfangen, den Hafen zu bombardieren.

Das *U 115* war erst vor wenigen Jahren konstruiert worden, und der Zweck, wofür es das Oberkommando der Marine entwerfen ließ, war ursprünglich ein völlig anderer. Es war als Transportmittel für militärische Angriffskommandos geplant worden und gehörte zu den Unterwasserverbänden der neuen Generation. Es war viel länger als ein normales Unterseeboot dieser Klasse und mit zwei Paar halbautomatischen Kanonen vom Kaliber 12,7 bestückt. Außerdem war es auf Deck mit zwei Flugabwehr-Maschinengewehren bewaffnet und besaß am Bug insgesamt vier und am Heck zwei Rohre, aus denen Torpedos abgefeuert werden konnten.

Reisberg hatte jedes Detail dieser Konstruktion verfolgt und sich dabei genau vorgestellt, wie die Sturmpioniere damit in irgendeinem Winkel des feindlichen Gebiets landeten. Doch im Endeffekt mußte er sich leider mit dieser für seinen Kampfgeist wenig angenehmen Aufgabe begnügen. Das *U 115* war eine der wenigen Einheiten, die imstande waren, ohne Nachschub die amerikanische Ostküste zu erreichen. Und das war nun seine Hauptaufgabe geworden. Es pendelte zwischen Deutschland und Neufundland hin und her, um dort auf der anderen Atlantikseite die persönlichen Reichtümer der Nazibonzen in sichere Hände zu übergeben, denn sie waren die einzigen, die bereits seit geraumer Zeit wußten, aus welcher Ecke der Wind des Sieges wehte.

Reisberg war davon überzeugt, daß dies, aller Wahrscheinlichkeit nach, die letzte Reise sein würde, die er im Auftrag des Dritten Reiches unternahm. Er konnte nicht umhin, darüber eine gewisse Genugtuung zu empfinden, doch drückte sein Charakter, der sich stets autoritären Meinungen unterwarf, diese Gedanken, die es wagten, sich in seinem Kopf breitzumachen, sofort beiseite. Also streckte er seinen Rücken auf dem Kontrollturm des U-Boots durch und salutierte vor der roten Fahne mit dem Hakenkreuz auf weißem Grund, die über den Kasematten am rechten Elbufer im Wind flatterte. Das *U 115* hatte Befehl, in fünfundvierzig Minuten unterzutauchen, und zwar exakt in dem Moment, in dem der Kommandant den ersten der drei Umschläge mit den Marschbefehlen geöffnet hatte.

Norwegisches Meer. März 1995.

Laura Joanson drehte den Kopf leicht zum Fenster des Hubschraubers, der der North Pole Oil gehörte. Sie fragte sich, wie es der Pilot schaffen wollte, diese winzige Stelle aus konzentrischen Kreisen zu treffen, in deren Mitte der Buchstabe H zu lesen war. Sie befürchtete, daß sie viel zu weit von diesem Punkt entfernt waren, der ohnehin zu knapp bemessen war, als daß er dieses voluminöse Transportvehikel überhaupt aufnehmen konnte. Eine Fehleinschätzung von noch nicht einmal einem Meter hätte den Hubschrauber direkt auf der Plattform der darunterliegenden Bohrinsel landen lassen. Aber natürlich landeten sie mit tadelloser Präzision exakt auf dem dafür vorgesehenen Zielpunkt. Inzwischen war Laura bereits seit zwölf Stunden unterwegs, doch verspürte sie noch immer nicht die geringste Müdigkeit.

»Willkommen an Bord der Bohrinsel Crude Brent, Frau Dr. Joanson«, brüllte eine Stimme hinter ihr, die so durchdringend klang, daß sie sogar den Lärm der Propeller übertönte, die knapp über Lauras Kopf rotierten. Sie drehte sich um, doch mußte sie den Blick nach unten senken, um in die Augen des liebenswürdigen, kleinen Mannes sehen zu können, der vor ihr stand.

Der Mann streckte ihr die Miniaturausgabe einer Hand entgegen, wobei er sich auf die Zehenspitzen stellen mußte: »Ich bin Oswald

Breil, Dr. Oswald Breil, Experte in Unterwasserbohrungen und oberster Kommandant dieses entzückenden Inselchens«, sagte er und deutete auf die Bohrinsel. Dann gab er ihr ein Zeichen, ihm über die steile, schmale Metalltreppe in die Tiefe zu folgen.

»Laura Joanson«, konnte die schöne Frau gerade noch antworten, während sie ihm die Hand gab. Sie spürte jedoch Sympathie für diesen Mann. Vielleicht, so lächelte sie in sich hinein, habe ich immer davon geträumt, einem Elfen zu begegnen ... schon als Kind.

Kaum hatten sie die Kommandozentrale erreicht, die sich direkt unterhalb der Plattform befand, auf der sie gelandet waren, zog Breil seinen leuchtenden orangefarbenen Anorak aus. Während er auf sie einredete, sah er Laura mit seinen lebhaften und intelligenten kleinen Augen unentwegt an: »Was ich nicht so recht verstanden habe, Frau Doktor – muß ich mich nun ihrem Befehl unterstellen, oder behalte ich auch während des ganzen Ablaufs dieser Operation das Kommando über mein schwimmendes Reich? Wie Sie sicher wissen, hat die North Pole Oil dieser Mission ihre neuesten Anlagen und Einrichtungen der Meeresforschung sowie ihre besten Leute zur Verfügung gestellt. Und Sie werden sehen, daß wir aufs beste zusammenarbeiten werden. Möchten Sie eine Tasse Kaffee, bevor ich Sie in Ihre Unterkunft bringen lasse?«

Laura hörte ihm aufmerksam zu, während sie die Korridore des schwimmenden Laboratoriums entlangmarschierten. Als erstes fiel ihr die respektvolle Haltung auf, mit der sich jedes Mitglied der Besatzung an diesen kleinen Mann wandte, der einer Person von mittelgroßer Statur gerade einmal bis zur Taille reichte.

»Die Bauweise der Crude Brent«, fuhr er fort, »ist so konzipiert, daß sie höchste Mobilität ermöglicht. Im Gegensatz zu anderen Bohrinseln ist diese mit einem dynamisch positionierten Stützsystem am Meeresboden verankert, so daß man sie innerhalb weniger Stunden in Bewegung setzen kann. Dank ihrer Beine, die Ähnlichkeit mit einem Schiffsrumpf haben, kann sie eine Fahrtgeschwindigkeit von acht Knoten erreichen. Ein computergesteuertes Satellitensystem macht es möglich, daß sie allein durch die Spannung der vier Ankerketten am Bohrpunkt in fünfhundert Metern Tiefe eine Stabilität hält, deren Schwankungsbereich bei lediglich zwei Metern liegt. Und ihr Bohrsystem kann die Erdkruste bis in eine Tiefe von fünftausend Metern durchstoßen. Jeder Ausrüstungsgegenstand an Bord entspricht der am höchsten entwickelten Stufe der Technik, die sich im Augenblick auf dem Gebiet der Unterwasserforschung finden läßt.« Bei all seinen Erklärungen trippelte er mit äußerster Eile umher, wobei er mit schnellen, vogelähnlichen Gebärden seines Kopfes oder der Hände auf die einzelnen Details des Feuerlöschsystems oder auch anderer, in der Entwicklung weit fortgeschrittener Apparaturen hinwies.

Das für Laura Joanson bestimmte Zimmer war dem eines spartanischen Kriegers würdig – und zwar einem von der abgehärtetsten Art. Es hatte die Standardmaße, die für Offiziere vorgesehen waren, mit den entsprechenden Standardmöbeln in den Standardfarben. Als die schöne Frau unter die Dusche eilte, befand sich die in einem Bad, das für Liliputaner gemacht schien und ihr wie eine Puppenstube vorkam.

Nordsee. 29. April 1945.

Trotz seines Gewichtes von fast viertausend Tonnen Wasserverdrängung, bewegte sich das *U 115* wendig und schnell. Die acht MWM-Dieselmotoren der Firma Deutz mit ihren zweitausendzweihundert Pferdestärken stießen kraftvoll die einhundertfünfzehn Meter, die das U-Boot lang war, unter die Wasseroberfläche. Es machte den Eindruck, als sei es ein räuberisches Wesen der Tiefe, in ständiger Bereitschaft zum tödlichen Sprung. Reisberg wandte sich um zum Heck, um den Abgasausstoß zu überprüfen. Denn der größte Feind, den jedes Unterseeboot beim Auftauchen hatte, waren diese dichten, schwarzen Rauchschwaden, die jede Tarnung zunichte machten. Dann schaute er wieder in Richtung des Bugs, hinein in die einbrechende Nacht. Nicht einmal diese Gewässer ließen sich noch als sicher betrachten.

Er verließ die Kommandobrücke und eilte die steile Metalltreppe hinab, die direkt neben dem Periskop verlief. Nachdem er sich mit einem schnellen Blick versichert hatte, daß jeder der Männer auf seinem Posten war, betrat er die Offiziersmesse, die unmittelbar an die Kommandobrücke anschloß und an Bord praktisch sein Büro darstellte. Das Gewicht der Kisten hatte ihn schließen lassen, daß in den meisten von ihnen Akten verstaut sein mußten. Nach seinem Dafürhalten hatten lediglich drei einen effektiven Wert. Sie entsprachen sogar regelrechten Tresoren, von denen er wußte, daß sie mit Goldbarren angefüllt waren. Sie waren ihm, da er auf den vorangegangen Reisen bereits eine Menge Erfahrung gewonnen hatte, persönlich anvertraut worden. Unter dem Siegel der Verschwiegenheit hatte ihm einer der Geheimdienstoffiziere, die für die Übergabe der kostbaren Fracht zuständig waren, zugeflüstert, daß es sich hierbei um die persönlichen Effekten des Führers handele. »Quasi die Nippsachen und der Kleinkram seines Berliner Hauses«, hatte er ihm zugeflüstert.

Ohne jede Gemütsregung öffnete er den ersten der Umschläge. Er war sicher, daß die angegebene Route die übliche sein würde – nördliche Richtung, an den Küsten der skandinavischen Halbinsel entlang, bis er den ersten der beiden fliegenden Nachschubpunkte erreicht hatte. Danach müßte er den zweiten Umschlag öffnen. Doch war er davon überzeugt, daß das endgültige Ziel seiner Reise auf jeden Fall die nordamerikanische Küste sein würde.

Norwegisches Meer. März 1995.

»Eines unserer Forschungsschiffe«, sagte gerade Breil, »hat vor etwa einem Jahr etwas identifiziert, das ein Wrack zu sein scheint.« Laura trug ein Paar Jeans und einen blauen Matrosenpullover mit hohem Kragen, der das intensive Blau ihrer Augen hervorragend zur Geltung brachte.

»Das hier sind die Fotos, die unser Unterwasserroboter geschossen hat«, schloß Oswald.

Während sie die vergilbten Papiere durchblätterte, kam es Laura fast so vor, als verletze sie ein Geheimnis und risse die Türen eines Tempels ein. Diese Überlegungen wurden unterbrochen von Breils Stimme, der sie fragte: »Warum um alles in der Welt haben Sie Patricia sterben lassen? Sie hat mir so gut gefallen.«

Sie brauchte einen Augenblick, um wieder aus ihrer Konzentration emporzutauchen, mit der sie die Fotografien prüfte. Sie benötigte ein wenig Zeit, um zu verstehen, worauf ihr neuer Freund hinauswollte. Natürlich, Oswald sprach von der weiblichen Protagonistin ihres letzten Romans. Obwohl eben erst erschienen, war *Die Farbe der Sonne* bereits in sechsunddreißig Sprachen übersetzt worden und lag in fast allen Ländern an der Spitze der Bestsellerlisten. Strahlend lächelte sie ihn an und verspürte noch eine Spur mehr Sympathie für die spontane Offenheit ihres Gastgebers.

Entstanden war ihre schriftstellerische Tätigkeit als Hobby, das ihr, der jungen Expertin für Unterwasserforschung, einst zur Freude und Entspannung diente. Inzwischen aber hatte sich der kleine Nebenerwerb zu einer anscheinend unerschöpflichen Einkommensquelle ausgeweitet. Doch hatte sich Laura durch den Erfolg nicht verbiegen lassen, sondern ihren ursprünglichen Beruf mit dem gleichen Einsatz wie ehedem weiterbetrieben. Tatsächlich widmete sie ihm mindestens die gleiche Leidenschaft und Phantasie, wie es die Niederschrift eines ihrer erfolgreichen Abenteuerromane erforderte. Dank des beständigen Geldregens, der aus den weltweit verkauften Urheberrechten auf sie herabfiel, hatte sich für sie lediglich eine einzige Sache entscheidend geändert – die technischen Mittel, mit der ihre Gesellschaft seitdem jede Arbeit abzuwickeln vermochte. Das Forschungslabor, das sie ins Leben gerufen hatte und das ihr auch gehörte, hatte sich auf dem Gebiet der Unterwasserforschung weltweit den besten Ruf gemacht – natürlich auch dank der großzügigen technischen Ausstattung, die sie durch ihre Bücher finanzieren konnte. Der einzige Luxus – so bezeichnete sie es gern –, den sich Laura leistete, war das Museum von Key Biscayne, das sie dem Andenken ihrer Eltern gewidmet hatte.

Nordsee. 30. April 1945.

Das scharfe akustische Signal des Sonars erfüllte den engen Raum der Kommandozentrale. Sie fuhren nur wenige Meter unter dem Wasserspiegel, so daß der Turm und die Luftklappen herausschauten. Reisberg stand neben dem Steuermann, als der monotone Ton des Schallortungsgeräts, das Tiefe und Entfernung anzeige, von einer aufgeregten Stimme unterbrochen wurde: »Schiff in Annäherung sechs Uhr, Kommandant.«

»Sofort abtauchen, Periskop bereit, Tiefe zwölf Meter, Dieselmotoren stop, völlige Stille.« Die Kommandos kamen mechanisch aus Reisbergs Mund, er brauchte nicht darüber nachzudenken.

Folgsam sank das *U 115* bis zu zwölf Metern hinab, dann verharrte es unbeweglich mitten im Wasser. Die letzten Worte, die in dem metallischen Schiffsrumpf erklangen, waren die neuen Befehle des Kommandanten: »Schotten dicht machen, Kompensationskammern auf, Sonar unter die Haube, Periskop ausfahren.« Von diesem Moment an waren die einzigen Geräusche, die man noch an Bord hörte, das Knirschen der Haltegriffe am Periskop und das Brummen des Elektromotors, mit dem das Rohr ausgefahren wurde.

»Schiff in Annäherung von sechs Uhr, Entfernung zweitausend Meter«, informierte Reisberg die Männer, die in der Kommandozentrale mit den Instrumenten beschäftigt waren. »Jetzt sind Sie dran, Herr Tonmeister.«

Das war das erste Mal, daß ihn der Kommandant mit seinem Spitznamen bezeichnete, der ihn bereits vom ersten Augenblick, als er an Bord des U-Boots kam, begleitet hatte. Der Stabsunteroffizier legte seine Brille mit den dicken Gläsern auf den Tisch und preßte die Metallteile des Kopfhörers mit beiden Händen fest an die Ohren.

»Dieselmotoren! So wie die singen, müßten es zwei Vierundzwanzigzylinder von Rolls Royce sein. Er kommt direkt auf uns zu. Ich glaube, wir haben es hier mit einem englischen Jagdboot zu tun. Und ich glaube, daß es uns gehört hat«, meinte er nach ein paar Augenblicken angestrengten Hörens. Und alle wußten, daß er sich nur selten irrte.

»Auf siebzig Meter runter, sofort. Das Periskop einfahren. Die Jagd beginnt«, ordnete Reisberg an, während er die beiden Griffe an den Seiten des Zielfernrohrs schloß. Die einhundertzehn Männer der Besatzung griffen instinktiv nach dem nächsten, einigermaßen stabilen Etwas, dessen sie habhaft werden konnten, um sich daran festzuhalten.

»Sie liegen direkt über uns, Kommandant… Tauchvorgang!« Ein Ausdruck, der die größte Angst hervorzurufen imstande war, denn er bedeutete, daß das Jagdboot sich eben bereit machte, eine tödliche Ladung zu säen. Noch erklang das Echo der ersten Detonation aus weiter Ferne, doch würde sich die Druckwelle, die durch das Zünden der Tiefseebombe erzeugt wurde und eine mächtige Wassermenge verdrängte, so ausweiten, daß an Bord des U-Boots sämtliche Gegenstände erzitterten. Der Feind dort droben kannte mit Sicherheit weder ihre exakte Position, noch wußte er, wie tief sie tatsächlich getaucht waren. Wahrscheinlich war der Befehl zum Abschuß rein zufällig erfolgt, weil alles auf einen Glückstreffer hoffte. Es konnte auch möglich sein, daß sie bloß auf Verstärkung warteten.

»Sonar, sagen Sie mir, wie die Tiefe des Jagdboots lautet. Ich kann mir nicht vorstellen, daß noch weitere Schiffe in seinem Umfeld sind«, befahl Reisberg einem der Unteroffiziere.

Fast gleichzeitig erklang auch wieder die Stimme des Tonmeisters, der weiterhin die Geräusche über ihnen in Informationen umsetzte: »Es sind noch weitere drei Ziele vorhanden, vielleicht sogar vier, Kommandant.«

»Die Wassertiefe, Sonar, ich will die Wassertiefe!« rief Reisberg ungeduldig, wobei seine Stimme keine Verzögerung duldete.

»Der Meeresboden liegt zirka zweitausendvierhundert Meter unter uns, da haben wir nichts zu befürchten. Aber zwanzig Grad Steuerbord, etwa eine halbe Meile von uns entfernt, sieht es so aus, als ob da eine Felsspitze emporragt. Sie liegt in etwa hundertachtzig Meter Tiefe.«

Also, vielleicht gab es doch noch einen Ausweg, auch wenn das U-Boot in eine Tiefe tauchen mußte, die weit jenseits jeder Sicherheitsgrenze lag.

Die Detonationen der Tiefseebomben kamen immer näher, und auch die Druckwelle, die die Wassermassen verdrängte, verstärkte sich immer mehr. Der Kommandant wandte sich an seine Männer: »Diese Geier drehen ihre Kreise über uns, und zwar immer enger. Die Elektromotoren anwerfen, auf halbe Kraft, Tiefe neunzig Meter. In Rohr Nummer vier ein Paket für die armen Kinder fertigmachen.« Dieser Ausdruck bezeichnete eine Kriegslist, mit der sich schon etliche U-Boot-Besatzungen aus verzweifelten Situationen retten konnten. Und auch die Situation, in die das *U 115* geraten war, war zweifellos mehr als abenteuerlich, und keiner wußte, wie sie sich da wieder herauslavieren sollten.

»Sie tauchen, die da oben!« informierte der Tonmeister. Neben der des Kommandanten war seine Stimme die einzige, der es erlaubt war, das tödliche Schweigen zu durchbrechen. Im Geiste zählten die Männer stumm die Sekunden mit. Dann erfuhr das *U 115* eine heftige Erschütterung. Nur wenigen gelang es, dabei auf den Füßen zu bleiben. Sofort nahm Reisberg den Hörer der Sprechanlage auf, um Genaueres über die Besatzung und den Zustand der einzelnen Schotten zu erfahren.

»Es scheint, als hat das Boot selbst keine Schäden abbekommen, und wir haben auch nur einen Leichtverletzten«, erklärte er seinen Männern nach einer Weile.

Die einzige Möglichkeit, die uns noch zur Rettung bleibt, ist die Felsspitze. Hinter der könnten wir uns vielleicht verstecken, dachte der Kommandant. »Kurs zwei-sieben-fünf«, befahl er mit klarer, deutlicher Stimme. Doch wurde der Augenblick der Stille unmittelbar darauf durch eine zweite donnernde Detonation unterbrochen, die vielleicht weiter weg war. Wieder erzitterte das U-Boot in sich, während in seinem Innern plötzlich sämtliche Lichter aufzublinken begannen, um dann ebenso plötzlich wie alle übrigen elektrischen Aktivitäten vollständig auszufallen. »Notfall«, ordnete Reisberg an. »Sofort das Notstromaggregat einschalten. Und raus mit dem Paket für die armen Kleinen.«

Wenige Augenblicke später unterrichtete eine heftige Erschütterung die Besatzung in der Kommandozentrale von der Tatsache, daß aus den Torpedorohren literweise Öl und sonstiger Treibstoff, Rettungsringe und jedweder Abfall herausgeschossen kam. Jetzt konnten sie nur noch auf die Leichtgläubigkeit des Feindes hoffen, den vielleicht die auftauchenden Wrackteile davon überzeugten, daß das U-Boot untergegangen war.

»Mindestfahrt voraus, auf Kurs zwei-sieben-fünf«, befahl von neuem der Kommandant.

Das Brummen der beiden Elektromotoren zu je eintausendeinhundert Pferdestärken war kaum wahrzunehmen. Aber ein ebenso ungewöhnlicher wie auch unerwarteter Schub von achtern ließ sie erkennen, daß die Engländer nicht auf ihre Inszenierung hereingefallen waren. Von den gewaltigen Kräften der Tiefsee zusammengedrückt, begann das metallische Gefüge des *U 115* zu singen und Töne von sich zu geben, die klangen wie winselnde Wehklagen.

Die unterseeische Bergspitze glich in ihren Umrissen den Hörnern eines Stiers, in deren Mitte eine große Höhle lag. Sie war umfangreich genug, um den Rumpf des U-Boots aufnehmen zu können. Die Strömung war nicht sehr stark. Aber trotzdem erwies sich das Manöver als ziemlich schwierig, da über ihnen noch immer die fünf englischen Zerstörer kreisten, die nach ihnen suchten. Nachdem er das U-Boot langsam und mit äußerster Vorsicht in das unterseeische Versteck gelenkt hatte, gab Reisberg den Befehl zu absoluter Stille. Dann wartete er darauf, daß sich ihr Schicksal erfüllte.

Plötzlich und ohne jeden logischen Zusammenhang kehrten seine Gedanken zu der Fracht zurück, die er zu transportieren hatte. Nun wußte er mit Sicherheit, daß es sich nur um die privaten Dokumente und persönlichen Gegenstände des Führers handeln konnte. Seltsamerweise verließ ihn dieser Gedanke auch nicht, als plötzlich der Rumpf des *U 115* von der Steuerbordseite her aufgerissen wurde. Mit all seinen Männern würde er niemals wieder das Licht der Sonne erblicken.

Heutiges Rom. Labor von Sara Terracini.

Sara konnte nicht wissen, daß Oswald Breil vor wenig mehr als einem Jahr ebenfalls mit historischen Rekonstruktionen beschäftigt gewesen war, die den ihren sehr ähnlich waren. Wie die Aufgaben, die sie zu bewältigen hatte, basierten auch seine auf schwer zu entschlüsselnden und fast nicht interpretierbaren Dokumenten, wenngleich sie jüngeren Datums waren als die des Mönchs. Es hatte sich dabei um eine Untersuchung gehandelt, die sich weit mehr als ihre Arbeit auf Mutmaßungen und hypothetische Erklärungen gründete.

Auch konnte sie nicht wissen, welch dünnes, aber strapazierfähiges Band die Rekonstruktionen ihres kleinen Freundes mit dem verquickte, was sie in ihrem römischen Labor ausarbeitete. Dort tauchte gerade Toni Marradesi auf, um ihr die neuesten restaurierten Blätter des dritten Bandes zu überreichen.

Die ersten Zeilen des neuen brüchigen Blattes, das der Scanner gelesen hatte, veränderten das Szenario völlig und beförderten es mehr als fünfzehnhundert Jahre vorwärts hin zur Gegenwart. Im Lauf der

Jahrhunderte waren die vier originalen Bände nicht nur von einem Erben an den nächsten weitergereicht worden, sondern hatten auch sonst, Gott weiß welche, Wechselfälle zu überstehen gehabt – auf jeden Fall waren sie dadurch nicht nur hochgradig beschädigt worden, sondern auch ziemlich durcheinandergeraten. Es sei denn, der tüchtige Verfasser der Chronik hatte sie von einer bestimmten Stelle an nicht nur mit äußerst farbigen kastilischen Ausdrücken geschmückt, sondern darüber hinaus auch Abschnitte aus seiner persönlichen Lebensgeschichte eingewoben. Wer weiß!

Jedenfalls stand da klar und deutlich in der zweiten Zeile des Blattes die Zahl 1622 geschrieben. Mehr oder minder die Epoche, aus der nach den Analysen das gesamte Material stammte.

Sie mußte so schnell wie möglich Oswald benachrichtigen, wo immer er auch sein mochte. Inzwischen jedoch weiter im Text. Wie er ihr in seinen hastigen elektronischen Botschaften vermittelt hatte, sollte sie vor allen Dingen *verstehen*. Dann *zusammenfassen*. Und wenn möglich *mit Bedacht ergänzen*.

Sie griff wieder zur Tastatur und begann von neuem zu tippen, zusammenzufassen oder *mit Bedacht* zu ergänzen.

Cartagena. Kolumbien. Spanische Kolonien in Südamerika. 28. Juli 1622.

Die *Santa Esmeralda* lag genau in der Mitte der Reede vor Anker. Trotz der über sechshundert Registertonnen und der sehr hohen, für Galeonen typischen Windviering, hatte sie eine überaus schlanke Linie. Sie war ein modernes Schiff, erst ein Jahr zuvor von den besten kubanischen Zimmerleuten gebaut. Wenige hundert Meter davon entfernt, beleuchteten Fackeln und Laternen zwei weitere Schiffe, an denen einige Lademaschinen angebracht waren, die von vielen Männern bedient wurden.

Juan Perez de la Molina war zweiundvierzig Jahre alt. Mindestens dreißig davon hatte er damit verbracht, die Meere und Ozeane der Welt zu durchpflügen. Er war einer der tüchtigsten und auch jüngsten Kommandanten der Schiffskompagnie *Flota de Tierra Firme*. Er kleidete sich sehr elegant, und seine Art, den Degen zu tragen, hatte etwas Keckes an sich, ganz so, als sei er ständig zum Kampf bereit.

Er ging die Mole entlang, neben sich den Ersten Offizier. Häufig mußten sie stehenbleiben, um Männer mit Lastmulis vorbeizulassen. Während er die lange Prozession der Sklaven und Matrosen betrachtete, die in dem unersättlichen Bauch der *Nuestra Señora de Atocha* verschwand, verglich er die Galeone mit ihrem Zwillingsschiff, *Santa Esmeralda*. Seit deren Stapellauf, ja sogar noch vorher, als er im Hafen von Havanna den Bau mitverfolgt hatte, fungierte er als Kapitän dieses Schiffes. Jeden einzelnen Schritt seiner Entstehung hatte er miterlebt, und er war es, der die kühnsten Lösungen entworfen hatte – so wurden die Masten und der Ballast auf sein Anraten mehr in Richtung zum Bug hin versetzt und die Segel straffer gespannt. Er lehnte sich weit über das Vorschiff der *Atocha* hinaus und betrachtete den Umriß seines Schiffes, das inmitten der Bucht lag – die Laternen, die den Ankerplatz beleuchteten, sowie das Licht, das aus den Fensterfronten des über das Oberdeck hinausgehenden Kastellaufbaus drang.

Er drehte sich zufrieden um. Selbst im mattsilbernen Licht des Mondes erschien seinen Augen die *Santa Esmeralda* ohne Zweifel schöner und schlanker als ihr Zwillingsschiff, wenn auch ein Laie niemals den geringsten Unterschied zwischen den beiden Kolossen des Meeres bemerkt hätte. Sie waren höher als zwei Häuser und mit vierzig Kanonen bestückt. Für sein Schiff hatte er auf zwei Kanonen verzichtet, dafür aber die Feldschlangen um sechs Einheiten erhöht, denn sie waren mit ihrem kleinen Kaliber und dem langen Rohr für nahe Ziele weitaus nützlicher. Er hatte veranlaßt, daß sie direkt bei den beiden Achterkastellen am Heck der Galeone plaziert worden waren.

»Señor Vasted«, sagte er in herrischem Ton, »sobald die Verladung begonnen hat, laßt das Schiff auf fünfhundertsiebzig Tonnen Ballast befrachten.«

Vasted, seit fast einem Jahr der Erste Offizier der *Santa Esmeralda* und verantwortlich für die Fracht, schien erstaunt. Das würde bedeuten, daß etwa dreißig Tonnen Flußsteine aus dem untersten Kiel geladen werden mußten, die zum großen Teil die Stabilität des Segelschiffes ausmachten. Rasch stellte er seine Berechnungen an: »Das sind mehr als tausend Steine«, wand er ein, »dafür benötigen wir einen ganzen Arbeitstag. Und das wird ganz und gar auf Kosten der übrigen Verladearbeiten gehen, Herr.«

»Señor Vasted, Ihr habt genau drei Stunden zur Verfügung«, fiel ihm der Kommandant in einem Ton ins Wort, der keinerlei Widerspruch zuließ, »ich hege nicht die geringste Absicht, in irgendeiner Weise zuzulassen, daß die Beladung verlangsamt wird. Wir sind schon eine Woche im Verzug. Habt Ihr eine Vorstellung davon, was das heißt? Wäre der Konvoi pünktlich eingetroffen, wären wir schon längst auf See. So werden wir auf unserer Reise mitten in die Zeit der Wirbelstürme kommen, eine Aussicht, die mich sehr beunruhigt.«

Verstohlen beobachtete ihn Vasted. Er wußte genau, daß es keinen Sturm auf der ganzen Welt gab, der Perez de la Molina Sorgen machen konnte. Das Problem, das ihn so verärgert wie auf Kohlen sitzen ließ, mußte ein völlig anderes sein. Aber welches? Er hatte nicht die mindeste Vorstellung davon. Doch hielten diese Gedanken seine Aufmerksamkeit nur wenige Augenblicke gefangen, dann wurden die beiden Offiziere von der Menge der Menschen förmlich eingesogen, die, wie jedes Mal, zusammengekommen war, um die Abfahrt der *Flota* zu feiern.

Aus Kolumbien, aus Peru und aus jedem anderen Winkel der Kolonien wurden Gold, Smaragde, Silber, edle Hölzer und andere Waren an den Westküsten Südamerikas entlanggeschifft. In Panama angelangt, wurden sie ausgeladen und von endlosen Karawanen nach Portobello direkt hinter der Landenge weitertransportiert oder auch nach Cartagena an der Nordküste Kolumbiens. Von dort aus pendelten die Galeonen der *Flota de Tierra Firme* zwischen dem alten und dem neuen Kontinent fast ununterbrochen hin und her. Der einzige Zeitraum, in dem der Flottenverkehr aussetzte, war die Jahreszeit, in der die Stürme tobten.

Perez de la Molina wußte genau, daß sich bereits die ersten gefährlichen Wetterstörungen gebildet und begonnen hatten, den karibischen Archipel heimzusuchen. Doch was ihn tatsächlich am meisten belastete, war das Geheimnis um die Mission und die Fracht, die sein Schiff zu transportieren hatte.

Die Achsen der mehr als fünfzig Wagen versanken im Schlamm,

in den sich der Fahrweg aufgelöst hatte. Die Schwierigkeiten wurden ständig größer, denn die Ochsen sanken mit ihren Hufen immer tiefer in den weichen Boden ein. Schließlich blieben die Gefährte ganz in den tiefen Furchen stecken, die der tropische Regen bewirkt hatte. Der Soldatentrupp mit den klassisch gebogenen Helmen folgte unter tausend Schwierigkeiten dem Konvoi, wodurch seine Reihen nur eine annähernde Ordnung aufwiesen. Der Weg, auf dem sie sich befanden, war die einzige Verkehrsverbindung, doch sah er mehr aus wie ein schlammiger Bach, der sich seinen Lauf durch zwei Dämme aus undurchdringlichem Wald bahnte.

Die drei Pferdegespanne, die die Kutsche zogen, kamen sicher nicht so schnell vorwärts, wie sie eigentlich gekonnt hätten. Doch konnten sie die beiden Transportwagen ebensowenig zurücklassen wie die Eskorte, die sich aus zwanzig päpstlichen Wachsoldaten zu Pferde rekrutierte. Aber auch dieser nicht allzu langsame Schritt, der von den ständigen Stößen und dem Schleudern der Räder im wäßrigen Schlamm periodisch unterbrochen wurde, brach plötzlich ab. Der Sekretär des Kardinals de Blasi schaute zum Fenster heraus und beschmutzte dabei seinen Talar mit Spritzern von Schlamm und Kot, die das Glas bedeckten. »Vetturino«, fragte er, »was geht hier vor sich?«

»Vor uns sind einige Soldaten, und ihr Wagenkonvoi ist in Schwierigkeiten geraten. Nun versperren sie uns den Weg«, antwortete einer der Männer auf dem Kutschbock.

»Geht und sagt ihnen, sie sollen aus dem Weg gehen, wir haben schon eine Tagesreise Verspätung, und Seine Eminenz darf die Abreise der *Nuestra Señora de Atocha* gewiß nicht verpassen.«

Der Kutscher sprang vom Wagen und ging auf den Offizier zu, der die Eskorte kommandierte. Er tauschte mit ihm ein paar kurze Bemerkungen aus, dann gingen sie miteinander auf die Kutsche zu, die mit dem päpstlichen Wappen geschmückt war.

»Capitano Silva im Dienst des Vizekönigs von Spanien, zu Befehl, Eure Eminenz. Möge der Herr mit Euch sein.« Und ziemlich linkisch verbeugte sich der Militär, um den großen Rubin zu küssen, den de Blasi am Finger trug.

Der Kardinal lehnte sich weit aus der Kutsche: »Wir haben erhebliche Verspätung, Capitano, und um nichts auf der Welt kann ich ein weiteres Hindernis erdulden. Laßt die Straße räumen, auf daß wir sie passieren können.«

»Ich bedaure, Eure Eminenz, aber die nächste Lichtung, an der wir Euch vorbeilassen können, befindet sich etwa sieben Meilen von hier. Zudem haben wir gleich drei Wagen, die bis zu den Achsen im Schlamm steckengeblieben sind, und es kann mehrere Stunden dauern, um sie wieder freizubekommen.«

Die Nase des päpstlichen Gesandten schien noch krummer zu werden und seine Augen noch eisiger: »Capitano, ich repräsentiere in diesem Land der Wilden den Papst und das Wort Gottes, und ich transportiere Güter aus dem Besitz des Heiligen Vaters. Das Schiff, an dessen Bord ich gehen muß, wird von Cartagena aus in den ersten Morgenstunden in See stechen. Ich glaube, Ihr seid Euch wohl bewußt, was das zu bedeuten hat.«

»Ich verstehe, Eure Eminenz«, antwortete der Offizier, »und wir werden versuchen, unser Bestes zu tun, obwohl wirklich ein Wunder vonnöten wäre, um Euch rechtzeitig zur Abfahrt der *Atocha* gelangen zu lassen.«

Die Hand des Kardinals zeichnete mechanisch ein Kreuz in die Luft, während seine Gestalt wieder verschwand und in die Sitze des Fahrzeugs zurücksank.

Pater Pietro di Marzio stellte eine seltsame, kaum zu beschreibende Mischung aus einem Landpater und einem Seewolf dar. Sein Verhalten entsprach zwar dem eines heiligen Manns, doch merkte man ihm deutlich an, daß er gelebt hatte, und zwar ein sicher nicht einfaches Leben. Er hatte als Bordkaplan auf der *Santa Esmeralda* angemustert. Die hohe Wertschätzung, die de la Molina für ihn hegte, war vor etlichen Jahren entstanden, als er mit ansah, wie der Pater plötzlich den Degen in die Hand nahm und ohne jedes Zögern dazu beitrug, holländischen Korsaren den Garaus zu machen, die versucht hatten, ihr Schiff zu entern.

Gewiß hätte zu der kräftigen Gestalt des Ordensbruders wesentlich besser die Uniform des Kriegers gepaßt als die Kutte eines Franziskaners. Seine Anwesenheit an Bord war faktisch unentbehrlich, vor allem in den Stunden, wenn auf dem unermeßlichen Ozean

Windstille herrschte und auch das abgebrühtetste aller Besatzungs-mitglieder plötzlich das Bedürfnis verspürte, sich geistigen Fragen zu stellen. Auch für sie hatte Bruder Pietro immer ein offenes Ohr, stän-dig bereit, ihnen mit seinen schlichten, eindringlichen Worten und seinen Geschichten Hilfe zu spenden und sie mit dem Glanz des Ge-heimnisvollen, der sein Leben umgab, und seiner Fähigkeit, immer offen und voller Verständnis zu sein, zu trösten.

Er las jeden Morgen die Messe, auch wenn das Schiff vor Anker lag, und es störte ihn nicht, daß im Hafen viel weniger Leute daran teilnahmen als während einer Ozeanüberquerung. Denn erst dort zeigte sich, daß jedes Besatzungsmitglied, das gerade nicht mit see-männischen Aufgaben befaßt war, ebenso wie jeder Passagier aus dem täglichen Gottesdienst ein Gefühl der Sicherheit zog.

Bruder Pietro stellte Monstranz und Kelch beiseite und wandte sich zu Eduardo Ramos, dem Zweiten Kommandanten. Er war das genaue Gegenteil von de la Molina. Gerade sechzig geworden, stand ihm der Sinn immer nach langen Überlegungen, während sein Vor-gesetzter es bevorzugte, voller Impulsivität an die Dinge heranzuge-hen. Tatsächlich war er mit so viel methodischem Scharfsinn begabt, daß er mit seiner Rolle als Untergebener vollkommen zufrieden war.

»Mich bewegt es, wenn ich daran denke, daß unsere *Santa Es-meralda* die gleiche Erhabenheit zum Ausdruck bringt wie diese Schiffe«, sagte der Bruder und deutete auf die *Nuestra Señora de Atocha* und die *Santa Margarita*, die bei der Ausfahrt aus dem Hafen um die gesamte Mole herumfuhren.

Kaum in freien Gewässern, entfalteten die Galeonen ihre quadra-tischen Segel, und nun ließen die Windböen jeden der drei Masten erzittern. Der von achtern wehende Wind blähte die Segel auf, so daß sich die Schiffe leicht zur Seite neigten und prachtvoll an Fahrt ge-wannen.

Ramos lächelte dem Pater zu, dann wandte er sich dem Zwischen-deck auf der ersten Brücke zu und senkte den Degen. Sofort wurde die Stille vom Krachen der neunzehn Kanonen unterbrochen, die auf der Steuerbordseite an der Schiffswand angebracht waren. Als Antwort auf dieses Signal erfolgten auch Salutschüsse von den an-deren Schiffen, so daß es aus allen Richtungen knallte. Jedesmal, wenn die *Flota* abfuhr, war das ein Ereignis und ein Fest für alle.

Ramos wandte sich von neuem Bruder Pietro zu und fragte ihn: »Könnt Ihr die sehen?« und zeigte dabei auf eine Gruppe von Personen, die auf der Mole standen. Sie schrien den Abfahrenden Grüße zu und gebärdeten sich mit der unbändigsten Fröhlichkeit. »Niemand kann mir einreden, daß sie wirklich jedes Mal so froh sind, wenn die Flotte abfährt. Doch wissen sie natürlich, daß sie nun mehr als ein Jahr lang keine Steuern zu zahlen brauchen.«

»Ganz zu schweigen«, fügte der Pater hinzu, »von all dem geschmuggelten Gold, das sie gerade in die Heimat schicken.« Und sein Blick wurde ziemlich streng. Pietro wußte genau, daß mit Billigung der Offiziere jedes Schiff wahre Unmengen an Kostbarkeiten transportierte, die weder dem *Quinto* noch der königlichen Steuer von zwanzig Prozent unterworfen waren, auch nicht der *Avería*, einer Abgabe, die für den Schutz des Konvois gedacht war und die bis zu vierzig Prozent betragen konnte.

»Ich verstehe, daß es ziemlich unangenehm ist«, fuhr er fort, »wenn man mit ansehen muß, wie jeder persönliche Besitz in die gierigen Kassen der Krone geworfen wird. Doch ist auch wahr, daß sich viele beim Schmuggel von Gold und Edelsteinen eine goldene Nase verdienen, die sie lediglich dadurch erworben haben, daß sie die eingeborene Bevölkerung ausbeuten und mit Gewalt unterdrücken.«

Ramos drehte sich zu vier Sklaven um, die dabei waren, die Ballaststeine auf der Brücke aufzuschichten, die am Kai entladen werden sollten. Der Blick, mit dem er den Ordensbruder bedachte, brachte mehr als deutlich zum Ausdruck, was er über das Thema Rassen dachte.

»Ich habe zwanzig Jahre mit Menschen wie diesen verbracht«, sagte der Pater und erinnerte damit an seine Mission bei den Indios, »und ich versichere Euch – der einzige Unterschied zwischen ihnen und den sogenannten Zivilisatoren liegt ausschließlich in der geringeren Neigung, die sie gegenüber Gold und anderen irdischen Gütern hegen.«

Als er das Wort »Zivilisatoren« aussprach, lag in Pietro di Marzios Stimme ein Hauch von einem italienischen Akzent, von dem er selbst meinte, daß er ihn schon seit geraumer Zeit verloren hätte.

»Bruder«, erwiderte Ramos kurz angebunden, »vergebt mir, aber ich muß die Anweisungen für die Vertäuung morgen früh geben.«

Der Franziskaner ging zu seiner Schlafkammer, die nur eine enge, kleine Nische war, abgezweigt von einer Ecke der Offiziersunterkünfte. Sie war mit Bett und Schreibtisch ausgestattet sowie einem Bücherregal, das an der Wand angebracht und randvoll mit Folianten bestückt war. Er kramte ein wenig in seiner Kommode herum, bis er eine Kutte zum Wechseln fand und auch eine hölzerne Schatulle ohne Schloß. Er benötigte keine Verriegelung, da es niemand an Bord je gewagt hätte, an die Dinge Hand anzulegen, die einem Mann Gottes gehörten.

Als er den Deckel des schlichten, kleinen Schreins geöffnet hatte, betrachtete er zum wiederholten Mal mit Rührung und großer Zuneigung die drei goldenen Statuen. Sie waren das einzige, was er nicht an seinen Mönchsorden übergeben hatte, als er sich damals, vor langer Zeit, all seiner irdischen Güter entledigt hatte. Sie befanden sich schon seit den dunkelsten Vorzeiten im Besitz seiner Vorfahren. Er hatte Gott dafür um Vergebung gebeten, denn er würde sich erst in dem Moment von den Statuen trennen, wenn er den Tod nahen fühlte. Dann würde er sie an seinen Neffen weiterreichen.

Aber dieses Mal vermittelten ihm die Mondsteine ein beunruhigendes Gefühl. Vielleicht war es schlicht die Furcht vor dem Unbekannten, die jeden befiel, der sich anschickte, den Ozean zu überqueren. Doch verspürte er diese Regung in einer Weise, wie er es noch niemals vorher erlebt hatte.

»Wir werden spät ablegen«, dachte er laut. »Die ganze *Flota* hat zu spät abgelegt. Dabei sind die Meere gefährlich, ständig voller Stürme. Steh diesen Männern bei, mein Gott.« Und während er dies sprach, faltete er seine Hände. Der einzige Gedanke, der ihn bei all dem tröstete, war das Wissen, daß auf diese Reise eine Zeit der Erholung folgen würde.

Er setzte sich an den Schreibtisch. Er hatte starke, langgliedrige Hände, die er mit Grazie und äußerster Vorsicht bewegte. Dann legte er die letzte der zwanzig Handschriften aus Pergament, deren Übersetzung in ein, wie er meinte, hervorragendes Italienisch er gerade abgeschlossen hatte, ordentlich zu den übrigen Blättern. Auf diesen alten, vergilbten und über die Jahrhunderte hart gewordenen Schriften waren die Ursprünge seiner Familie und auch sein eigenes Leben erzählt. Als er die kleine Truhe, in der er alles aufbewahrte, wieder schloß, durchdrang ihn ein Gefühl der Leere.

Dann richteten sich seine Augen auf die vier Bände, die auf dem Tisch lagen. Er hatte mehrere Jahre gebraucht, um zu übersetzen, was der Römer Iunius einst niedergeschrieben hatte, damit es auf immer im Gedächtnis seiner Nachkommen erhalten bliebe. Er konnte nicht behaupten, daß er alles vollständig verstanden hätte. Das Pergament war an einigen Stellen völlig unleserlich, auch ließen sich seine Kenntnisse des Lateinischen sicherlich nicht an denen eines gelehrten Prälaten messen. Aber er hatte ehrlich sein Bestes gegeben und mit wahrer Engelsgeduld versucht, die Worte korrekt zu übertragen. Sollte seine begrenzte Gelehrsamkeit es ihm nicht erlaubt haben, die eine oder andere Nuance zu erfassen, war er sicher, daß der gute Gott ihm das vergeben würde, so wie er ihm sicher auch vergab, daß er die drei Mondsteine nicht ausgehändigt hatte.

Für ein paar Augenblicke starrten seine Augen durch die vier handgeschriebenen Bände durch, so als sähe er sie gar nicht, sondern nähme vielmehr die wirre Prophezeiung wahr, von der er sich so sehr beunruhigt fühlte. Sie schien sich in immer deutlicheren Umrissen abzuzeichnen. Doch dann strich er mit seinen Händen sanft über das Pergament und seufzte. Er wußte mit absoluter Genauigkeit, was er am nächsten Morgen zu tun hatte, kaum daß die *Santa Esmeralda* an der Verlademole angelegt hätte.

Spanischer Hof. 1622.

Bei Hofe wurde Philipp IV. von dem engen Kreis der Adeligen, die niemals an Verbeugungen und Schmeicheleien sparten, nach zwei Gesichtspunkten beurteilt. Öffentlich wurde von allen behauptet, daß die Erziehung, die er erhalten hatte, dergestalt war, daß er trotz seines jugendlichen Alters über all die hervorragenden Fähigkeiten verfügte, um das Reich zu regieren. Mit nur sechzehn Jahren war er zum König von Spanien gekrönt worden. Einige jedoch – wenngleich es auch eine Minderheit war – konnten nicht über den Verdruß hinwegkommen, sich einem Halbwüchsigen unterwerfen zu müssen.

Gewiß war die Situation, die Philipp als Erbe vorfand, nicht die leichteste. Da waren die grenzenlosen Territorien, über die es galt die Herrschaft zu erhalten und vielleicht auszudehnen. Dann die Kriege gegen England und die Niederlande, die seit Jahrzehnten andauerten, wobei die königlichen Tresore die allergrößten Schwierigkeiten hatten, sie zu finanzieren. Doch hatte der junge Mann den Beweis erbracht, daß er mit größtem Geschick zu lavieren wußte. Einerseits, indem er den wertvollen Empfehlungen seiner Ratgeber folgte, andererseits und hauptsächlich durch die enormen Reichtümer der Kolonien, aus denen das spanische Königreich seinen Überfluß schöpfte. Unter den Persönlichkeiten, die ihn bei jeder seiner Entscheidungen mit den besten Ratschlägen unterstützt hatten, ragte der Herzog von Figueres am deutlichsten heraus. Er hatte die Position des Admirals aller Flotten inne, aber vor allen Dingen war er Philipp durch eine tiefe, echte Zuneigung verbunden. Auch an diesem besonderen Tag stand er dem König als Berater zur Seite.

»Sire«, sagte der Admiral, »die *Flota de Tierra Firme* müßte in den nächsten Tagen in See stechen. Dann wären wir spätestens in zwei Monaten in der Lage, die Sorgen der großen Privatbankiers zu beschwichtigen. Nicht zu reden von dem Segen, der sich dann über den Schatz der königlichen Familie ausbreiten wird.«

»Fürchtet Ihr nicht, Admiral, daß es in dieser Jahreszeit ein großes Risiko darstellt, achtundzwanzig Schiffe, beladen mit der kostbarsten Fracht, übers Meer zu schicken?« fragte der König von Spanien mit seiner noch jugendlichen Stimme, der er künstlich einen gemessenen, feierlichen Ton zu verleihen wußte.

»Gewiß, Majestät. Es wäre sicher angebracht, sie in der Zeit der Stürme im Schutz eines Hafens zu lassen, doch haben wir leider durch den Druck der Ereignisse keine andere Wahl. Die Engländer sind dabei, neue Schiffe zu bauen, und ergreifen jedes Mittel, um uns die Vorherrschaft auf den Meeren streitig zu machen. Täglich rauben uns ihre Korsaren Millionen von Pesos. Gegenüber diesem Feind, der uns unablässig in Bedrängnis bringt, müssen wir ein Exempel statuieren. Außerdem ist gewiß kein Anlaß zur Sorge gegeben. Galeonen wie die *Atocha* oder die *Santa Margarita* haben bereits mehrere Male bewiesen, daß sie jedem Wind und jeder Strömung standzuhalten imstande sind.«

»Ich kann Euch nur beipflichten, Admiral. Aber was soll man zur *Santa Esmeralda* sagen? Sie wird ein langes Stück des Weges allein und ohne Eskorte reisen müssen.«

»Dieses Schiff, Sire, hat eine ebenso große Menge an Gold und Edelsteinen an Bord wie die gesamte *Flota de Tierra Firme* zusammen. Und es ist seine Fracht, mit der Euer ganz persönlicher Schatz angereichert werden soll. Ich habe mir daher gedacht, es wäre durchaus von Nutzen, ihre Route tunlichst geheimzuhalten – nicht zuletzt auch aus dem Grund, um die Kostbarkeiten, die persönlich für Euch bestimmt sind, nicht im Schuldenschlund des Königreichs verschwinden zu lassen. Nur der Kommandant der *Santa Esmeralda*, ein Passagier und ein paar der Führungsoffiziere wissen um die Natur der Fracht. Ihr werdet sehen, in wenigen Tagen wird das Schiff zu den übrigen des Konvois stoßen, und alle miteinander werden dann gesund und wohlbehalten die spanischen Küsten erreichen.«

Cartagena. Kolumbien. 28. Juli 1622.

Der Mann trug erlesene, teure Kleider, und um seinen Hals hing eine schwere Goldkette mit riesigen Kettengliedern. Jedes einzelne davon war von Hand getrieben und wog ebensoviel wie ein Peso. Tatsächlich handelte es sich dabei um ein Accessoire, das auch als Geldbörse zu verwenden war. Er konnte sich jederzeit dieser Glieder bedienen und mit ihrer Hilfe sämtliche Zahlungen bei allen üblichen Handelsaktionen tätigen.

Die Kutsche, in der er reiste, stand in der langen Fahrzeugkarawane an dritter Stelle. Endlich war es ihnen gelungen, das Sumpfstück zu überwinden, und nun machten sie auf einer weiten Lichtung halt. Auf dem Sitz ihm gegenüber tauchte wie ein Schatten aus der Dunkelheit das Antlitz einer jungen Frau auf. Sie sah aus dem Fenster, wobei sie einen flüchtigen Blick auf die päpstlichen Wappen warf, die auf dem ersten von drei Wagen zu sehen waren. Sie überholten gerade ihren Konvoi. Die junge Frau sagte: »Vater, glaubt Ihr, daß es sich um denselben Gesandten des Papstes handelt, dem wir in Lima einen so herzlichen Empfang bereitet haben?«

Francisco Llobet, zweifellos einer der reichsten Männer der Neuen

Welt, vielleicht sogar der reichste überhaupt, schien mit völlig anderen Gedanken beschäftigt zu sein. »Und wenn dem so wäre, Antonia, was dann?« antwortete er zerstreut.

»Wenn Ihr mir die Bemerkung gestattet, mein Vater«, fuhr sie fort, »ich finde so gar nichts Heiliges an Kardinal di Blasi oder de Blasi, oder wie er auch sonst immer heißen mag. Ganz im Gegenteil, sein Blick macht mir Angst.« Nach diesen Worten machte sie eine kleine Pause, doch kaum hatte sich die Aufmerksamkeit ihres Vaters ihr zugewendet, fing sie erneut an: »Man sagt, nach seiner Abreise sei keiner unserer Kirchenschätze unversehrt geblieben.«

»Diese Dinge gehen dich nichts an«, wies sie ihr Vater zurecht, denn schon das Wort »Schatz« ließ ihn augenblicklich in die düstersten Gedanken verfallen.

»Alles, was ich will, ist folgendes: Ich möchte ihn keinesfalls als meinen Reisegefährten vorfinden… Schrecklich, eine ganze Atlantiküberquerung lang… Hat Euch der Herzog von Figueres nicht zugesichert, daß meine Mägde und ich die einzigen Passagiere an Bord sind?« Doch bewirkte ein strenger Blick ihres Vaters, daß ihr der Satz fast im Hals steckenblieb.

»Tatsächlich wurde mir zugesichert, daß niemand sonst an Bord dieses Schiffes sein werde«, erwiderte Llobet in leicht gereiztem Ton. »Ich möchte dich auch bitten, so wenig wie möglich über die hochgestellten Persönlichkeiten bei Hofe verlauten zu lassen, mit denen ich Abmachungen der allergrößten Wichtigkeit getroffen habe. Sollte man dir in dieser Hinsicht Fragen stellen, wirst du einfach sagen, daß du auf dem Weg nach Spanien bist, um deine Tante Margarita in Sevilla zu treffen. Sonst nichts. Zufällig wird auf demselben Schiff eine Ladung edler Hölzer transportiert, die von meinen Ländereien stammt. Erinnere dich gut daran! Merke dir das ein für allemal!« schloß Francisco Llobet sichtlich ungehalten.

Doch wußte Antonia ganz genau, wie sie es zu bewerkstelligen hatte, daß ihr Vater ihr wieder verzieh. Sie ließ einige Augenblicke in Schweigen vergehen, dann begann sie von neuem: »Ist es wirklich nötig, daß ich die Reise unternehme, Vater?«

Mittlerweile war alle Gereiztheit aus dem Gesicht Francisco Llobets gewichen und hatte statt dessen einer Andeutung von Wehmut Platz gemacht. »Was mir in diesem Augenblick am Herzen liegt, auch wenn es mir schwerfällt, dich so weit von hier entfernt zu wissen, sind deine Erziehung und Ausbildung. Seit deine unglückliche Mutter verstorben ist, habe ich feststellen müssen, daß es ungewöhnlich schwierig ist, die Erziehung einer Tochter zu überwachen, die zur Frau wird. Was du bei deiner Tante in Spanien lernst, wird gewiß von viel höherer Qualität sein als das, was dir in diesen wilden Ländern geboten wird.« Und Llobet warf einen fast träumerischen Blick auf die Wagen, die seine Kutsche umgaben. In jedem einzelnen Fuder wurde, zusammen mit den Stapeln aus dunklen, schweren Balken fest verschnürten Edelholzes, ein Wert transportiert, der einer Jahresproduktion seines ergiebigsten Bergwerkes glich.

Alles hatte ein Jahr zuvor begonnen, als Herzog Figueres, Admiral der spanischen Marine, als Abgesandter des Königs zu Besuch in die überseeischen Kolonien gereist war. Llobet hatte als höflicher Gastgeber den Gesandten bei seiner Reise durch Peru mit allen Ehren empfangen. Dabei hatte sich das gute Einvernehmen zwischen ihnen, das mehr oder minder zufällig entstanden war, im Lauf der Zeit zunehmend weiterentwickelt. Vielleicht hatte sich der Admiral dadurch hinreißen lassen, unter dem Siegel größter Verschwiegenheit auch über Themen zu sprechen, die eigentlich geheimzuhalten waren, und es schien sonderbar, den Mann, der Philipp IV. am nächsten stand, mit soviel Zwanglosigkeit sprechen zu hören. Aber Llobet war viel zu weltmännisch, um nicht zu begreifen, daß einige der Bemerkungen nicht zufällig fallengelassen wurden. Tatsächlich wollte der Admiral – und vielleicht auch der König – seine Meinungen und Ratschläge hören. Denn auf der einen Seite brachte es die Politik der Militärhegemonie mit sich, daß die Kassen des Königreichs ständig leer waren. Auf der anderen sah es mit dem persönlichen Schatz des spanischen Königs nicht besser aus. Somit könnte der Mann, der der Eigentümer von zwei Dritteln aller Bergwerke in den südamerikanischen Kolonien war, eines Tages sehr wertvoll werden.

Doch wie sollte der König von Spanien das Gold und die Edelsteine bezahlen, die Llobet ihm liefern würde? In aller Eile arbeitete der königliche Berater im Zusammenhang mit dem Handelsherrn einen mit allen Wassern gewaschenen Plan aus, bei dem auf dem

Papier ein fingierter Warenverkehr nach den Philippinen organisiert wurde, der bis in alle Details ausgearbeitet war. Diese Dokumente gaben den Eindruck, als würde jeweils ein Transport pro Monat erfolgen – und das über ein ganzes Jahr lang. Natürlich käme die Ware niemals von Bord, aber mit den falschen Ladepapieren verschaffte sich Francisco Llobet gegenüber dem spanischen König einen Kredit, der ständig wuchs. Und unmittelbar nach Ankunft der fingierten »letzten Fracht« würde aufgrund des königlichen Kreditbriefs, für den sechs europäische Bankhäuser die Garantie übernommen hatten, die Zahlung der gesamten Aktion erfolgen. Daß die Ladung nicht im asiatischen Archipel, sonden im Hafen von Cadiz gelöscht wurde, verwunderte offenbar niemanden. Diese »letzte Fracht« würde auf der *Santa Esmeralda* transportiert werden, die überhaupt das einzige Schiff war, das für die vorgetäuschten Lieferungen ausgewählt worden war. Auch in diesem Fall waren sämtliche Dokumente gefälscht – die Stapel von halbbehauenem Holz waren nur von außen das, was ihr Aussehen vorgab. In ihrem Innern verbargen sich die kostbarsten Geheimnisse.

Antonias Stimme schreckte ihn aus seinen Gedanken auf. »Was habt Ihr, Vater? Ihr kommt mir so besorgt vor.«

Das war er tatsächlich. Es ging das Gerücht, daß die eben ausgelaufene Flotte, bestehend aus achtundzwanzig Schiffen, die unter dem Geleitschutz von drei Galeonen standen, insgesamt Gold und Edelsteine im Wert von drei Millionen Pesos transportierte. Das beinhaltete allerdings noch nicht die geheime Fracht, die, wie so oft, wesentlich mehr wert war als die, die den offiziellen Angaben entsprach. Und unter dem dunkelfarbenen Ebenholz, das auf seinen Wagen befördert wurde, befand sich, verborgen im tiefsten Innern, ein sagenhafter Schatz, der aus Goldbarren, Smaragden und Preziosen im Wert von über vier Millionen Pesos bestand. Außerdem war eine Mannschaft von hundertdreißig Sklaven – die kurz zuvor nach Cartagena geschickt worden war – dabei, fünfzig Tonnen Silberbarren zu je fünfundzwanzig Kilo aufzuladen. Und auch dies geschah unter völliger Mißachtung der üblichen Zollvorschriften und war nur kraft einer privaten Vereinbarung zwischen Llobet und dem Kommandanten de la Molina möglich geworden.

Das Risiko war groß. Eine Galeone, dazu bestimmt, allein und ohne den Schutz des Konvois bis Havanna zu reisen, stellte eine höchst aufreizende Beute für niederländische und englische Freibeuter dar, die so erfolgreich die karibischen Gewässer heimsuchten. Doch sobald die *Santa Esmeralda* in Kuba auf die übrige Flotte traf, würde sie sich mit der gesamten Formation daran machen, die Überquerung des Atlantiks anzugehen. So jedenfalls lauteten die Vereinbarungen, die der Kommandant de la Molina persönlich mit dem Capitán General des Galeones, dem Kommandanten der Flotte, getroffen hatte. Und so hatten es auch die als Vorposten geschickten und nach Cartagena zurückgekehrten Meldegänger Francisco Llobet berichtet. Gewiß, so dachte sich der Kaufmann, sollte die *Flota de Tierra Firme* wegen unserer Verspätung nicht noch zusätzlich wertvolle Tage verlieren.

Der Kaufmann lächelte seiner Tochter zu. Natürlich betraf auch ein Teil seiner Sorgen sie, der in Kürze all die Risiken einer Atlantiküberquerung bevorstanden. Aber eine Galeone – so sagte er sich – war gewiß das Sicherste, was es gab, um über diesen Ozean zu gelangen. Und gewiß benötigte Antonia dringend eine bessere Erziehung als die, die er ihr in den Kolonien zuteil werden lassen konnte.

Der Weg war inzwischen sehr viel bequemer geworden und erlaubte es den Pferden, auch längere Strecken im Trab zurückzulegen. Bald lag Cartagena in Sichtweite, es fehlten nur noch wenige Meilen bis an die kolumbianische Küste, die auf fast ebener Strecke verliefen, allerdings von vielen, relativ breiten Kurven übersät waren. Wenn man genau hinsah, konnte man bereits zwei oder drei Masten der Galeone sehen, die einige Meter über die Dächer der Häuser hinausragten, die im Umkreis des Hafens standen.

»Ich war mir dessen sicher. Mein Gott, ich danke dir!« Und Kardinal de Blasi faltete die schlanken Hände, während seine Seidenhandschuhe raschelten. »Die *Nuestra Señora de Atocha* ist noch nicht in See gestochen.« Aber der Kardinal irrte: Diese Masten gehörten zur *Santa Esmeralda*.

Die *Nuestra Señora de Atocha* dagegen lag keineswegs im Hafen, sondern etwa sechzig Meilen nördlich von Cartagena, vollständig manövrierunfähig, da sie von einer Flaute lahmgelegt wurde. Noch am Ausgang des Hafens war ihr ein frischer Wind entgegengekommen, der sie die ganze Nacht über begleitete, doch plötzlich hatte er nachgelassen. Es war die Aufgabe der Galeone, den Rücken des Konvois zu decken, weshalb sie ungefähr eine halbe Meile hinter dem letzten Schiff segelte. Doch als der Wind abflaute, wurden natürlich die gesamte Formation und auch die Abstände zwischen den einzelnen Schiffen durcheinandergebracht, so daß die *Atocha* jetzt träge, mit schlaffen Segeln, inmitten der anderen im Wasser dümpelte.

Am Morgen, als die ersten Strahlen der Sonne erglühten, stieg aus dem Wasser langsam ein leichter Nebel empor, der dem Konvoi ein geisterhaftes Aussehen verlieh. Der Kommandant dieser Gespensterflotte, der Marchese de Cadereita, schaute von Bord der *Nuestra Señora de Candeleira* lange auf den eingegrenzten Meeresabschnitt, den ihn der Nebel sehen ließ. Auch an diesem Tag deutete nichts darauf hin, daß sich der Wind demnächst wieder erheben würde.

Er blieb deshalb dort stehen, wo er war, und bewunderte die Bauart der *Nuestra Señora de Atocha*, die, wenige hundert Meter von seinem Schiff entfernt, unbeweglich dalag. Er betrachtete das Achterkastell, das mehr als zehn Meter in die Höhe stieg, sowie die quadratischen Segel, die nun kraftlos herabhingen, auch die Mündungen der zwanzig Kanonen an Steuerbord und die königliche Flagge von Spanien am Schiffsheck, die weit über den breiten Fensterfronten der Offizierskajüten emporragte.

Seit fünf Tagen saßen sie nun schon fest, so daß sie selbst im günstigsten Fall nie vor dem 20. August Havanna erreichen würden. Sie waren bereits mit einer horrenden Verspätung abgefahren. Überhaupt hatte alles mit einer Verzögerung begonnen, schon damals, noch in der Heimat, im März vorigen Jahres, als ihnen Knall auf Fall mitgeteilt worden war, daß sie sich in aller Eile vorzubereiten hatten, um in die Neue Welt zu fahren. Dabei war er mit seinem Schiff und den Männern gerade erst nach Spanien zurückgekommen. Sie waren müde vom Wind und vom Meer und zu Tode erschöpft von Sonne und Wellen. Sie hatten so sehr darauf gewartet, eine verdiente Zeit der Ruhe genießen zu können.

Der Befehl überfiel die *Flota de Tierra Firme* wie ein Blitz aus heiterem Himmel, wenn auch behauptet wurde, daß es dafür äußerst stichhaltige Gründe gäbe und die Angelegenheit von nationalem Interesse sei. Denn das Gold und die Juwelen, die bei der letzten Reise transportiert wurden, hatten nicht im geringsten ausgereicht, um die Gläubiger der Krone, die eine schier endlose Kette bildeten, zu befriedigen. Weitere Reichtümer lagen in den Gebieten des südlichen Amerika bereit, die nur darauf warteten, nach Europa transportiert zu werden und zur Finanzierung der vielen, niemals enden wollenden Kriege gegen die englischen und niederländischen Feinde beizutragen.

Der Marchese de Cadereita lehnte sich steuerbords über die Reling und betrachtete das Meer, das diese merkwürdige dunkle Farbe hatte und keinerlei Bewegung zeigte. Dann legte er den Kopf ein wenig zurück, als wollte er die Luft erschnuppern. Selbst in dieser spiegelglatten Stille wußte der alte Seemann, daß dem Meer niemals zu trauen war. Auch jetzt konnten sich die unkontrollierbaren Kräfte der Natur entfesseln, die er aus tiefstem Herzen achtete und fürchtete.

Die im Schritt herannahenden drei Gespanne sowie die päpstliche Kutsche stifteten in der Reihe der Sklaven ein heilloses Durcheinander. Sie waren gerade dabei, über eine lange Menschenkette die Ballaststeine auszuladen. Ungeduldig zwängte sich der Sekretär des Kardinals aus der Kutsche, wobei er riskierte, an der kleinen Stufe hängenzubleiben. Zielbewußt steuerte er auf Vasted, den Ersten Offizier der *Santa Esmeralda* zu, der die Arbeiten zum Abladen des Ballasts überwachte.

»Offizier, Offizier!« schrie er, sonderbar plump wirkend in den Gewändern der Gesellschaft Jesu. »Gott sei Dank, habt Ihr die Anker noch nicht gelichtet. Ich bitte Euch, Eurem Kommandanten unseren Dank auszurichten, daß er bis zur Ankunft Seiner Exzellenz und seiner Fracht gewartet hat.«

Der fragende Blick von Vasted machte jede Antwort überflüssig.

»Ja«, fuhr der Jesuit fort, »ich nehme an, der einzige Grund, warum die *Nuestra Señora de Atocha* noch im Hafen liegt, während die übrige Flotte offenbar bereits abgefahren ist, ist der, daß man die Ankunft des päpstlichen Gesandten, Kardinal de Blasi, abwartete.« Doch plötzlich begann die Stimme des Sekretärs zu versagen; irgend etwas schien ihm zu verraten, daß Zweifel an seiner Annahme bestand.

»Die *Atocha*, Pater«, antwortete der junge Offizier und deutete mit dem Kopf auf einen fernen Punkt am Horizont, »wird mittlerweile schon in Sichtweite der kubanischen Insel sein, sofern dieser Wind angehalten hat.«

De Blasis Sekretär spürte, wie ihm das Blut in den Adern gefror. Dennoch schien er nicht seine Selbstbeherrschung zu verlieren, denn er bedrängte sofort den jungen Offizier: »Und wohin seid Ihr unterwegs, mein Herr, und wie heißt Euer… Euer Schiff… Es handelt sich doch auch hier um eine Galeone, richtig?«

»Die *Santa Esmeralda* ist das Schwesterschiff der *Nuestra Señora de Atocha*, gebaut in derselben Werft, allerdings ein Jahr später. Auch unsere Route führt uns nach Kuba und dann weiter über den Atlantik nach Spanien, Pater. Doch haben wir strikte Weisung, keinen Passagier an Bord zu nehmen – falls Ihr in diese Richtung denkt.«

»Ich verstehe«, nickte der Priester. Aber er kannte all die Geheimnisse, die die mächtigsten, im Dienst des Papstes stehenden Persönlichkeiten beherrschen mußten, und natürlich auch viele der Methoden, mit denen ein Mann die Meinung der Menschen zu beeinflussen wußte. »Wenn es Kardinal de Blasi vergönnt wäre, eine Unterredung mit Eurem Kommandanten zu haben, könnte ich mir vorstellen, daß sich diese Angelegenheit in mancherlei Hinsicht klären ließe.«

Als Vasted wenig später sah, wie sich die Wagen des Kardinals plötzlich den anderen anschlossen, die bereit zur Verladung waren, wandte er sich an den Unteroffizier an seiner Seite. »Seht Ihr, Sergeant, wir geben uns die größte Mühe, um die Hälfte oder ein Fünftel oder vielleicht auch nur zwei Zwölftel aller Länder, die aus dem Nichts auftauchen, zu erobern«, sagte er und wies mit dem Kinn auf die Gestalt von de Blasi, die sich über die Bordwand lehnte. »Wir kämpfen und sterben für ein paar Handbreit neuer Erde, und dann gibt es diese Menschen, die wirklich die Macht besitzen und keine sonderlich großen Anstrengungen unternehmen müssen, um sie auch zu behalten.«

Soeben waren die Sklaven mit dem Ausladen fertig geworden. Nach wenigen Minuten Pause mußten sie wieder weitermachen. Diesmal hatten sie den Kiel mit dem neuen Ballast zu füllen, der viel kompakter und schwerer war und aus trapezförmigen Bleibarren bestand.

Vasted ging an Bord, und als er am Kardinal vorüberschritt, machte er eine tiefe Verbeugung, deren spöttischen Hintersinn nur er allein kannte.

Der Kommandant de la Molina wartete in der Messe, an seinem Schreibtisch aus eingelegtem Holz sitzend, auf ihn. Es war häufig vorgekommen, daß sie Ballast laden oder entladen mußten, aber bei keiner Gelegenheit – so dachte Vasted – hatte der Kommandant verlangt, regelmäßig über den Stand der Arbeiten informiert zu werden. Natürlich konnte einer der wesentlichen Gründe für die ungewohnte Aufmerksamkeit in der mannigfachen Verspätung liegen, die sich im Verlauf der Reise angehäuft hatte.

»Wir wurden eben damit fertig, die Steine auszuladen, Herr«, meldete er. »In wenigen Augenblicken werden wir damit beginnen, die Bleibarren einzuladen.«

Das Gesicht von de la Molina öffnete sich zu einem Lächeln, was für ihn eine Seltenheit war. »Mir scheint, daß wir nun endlich in der Lage sind, die geplanten Zeitspannen einzuhalten, Señor Vasted.« Doch sofort wurde er wieder ernst. »Aber nennt sie nicht bei diesem Namen, denn es handelt sich nicht um Barren, sondern um schlichte Bleigewichte für den Ballast. Ich möchte nicht, daß das Wort Barren die Phantasie des einen oder anderen Spions beflügelt, den die Korsaren oder auch der Zollinspektor einsetzten, um uns auszuhorchen.« Und wieder lächelte der Kommandant.

Vielleicht von der offenen Haltung des Kommandanten ermutigt, versuchte der junge Vasted, einige Informationen über die Anwesenheit von de Blasi an Bord der *Santa Esmeralda* herauszubekommen. »Herr, mit Verlaub … Hattet Ihr nicht gesagt, daß es keinen Passagier an Bord geben würde außer der Tochter dieses Kaufmanns und ihrer Zofen und Mägde?«

»Der Kardinal ist der Gesandte des Papstes, und wie Ihr wißt, ist der Papst auf unserer Erde der Stellvertreter Gottes. Einer so hevorragenden und heiligen Person hätte ich doch niemals die Erlaubnis verweigern können, sein Schiff in Kuba zu erreichen. Ach ja, Señor Vasted, vergeßt bitte nicht, das Gepäck des Kardinals so verstauen zu lassen, daß es bei der Ankunft in Havanna leicht und schnell entladen werden kann.« Während er das sagte, strich er über eine kleine Geheimtasche, die in den Brusteinsatz seiner Uniform eingenäht war. Der Umriß des ungeschliffenen Smaragds von mindestens zwanzig Karat unter seinen Fingern ließ ihn vor Aufregung erbeben – ganz abgesehen von der Aussicht auf die Goldbarren, die der Kardinal ihm, sobald sie in Kuba eintreffen würden, zu übergeben versprochen hatte.

Zwei bis zum Rand bepackte Wagen, und so was nennt er Gepäck..., dachte Vasted. Doch zur gleichen Zeit nickte er fast automatisch mit dem Kopf, wobei er sich besorgt fragte, wo um alles in der Welt er die Packen samt Wagen in den Laderäumen unterbringen sollte, die doch schon mit Kubikmetern von Holz vollgestopft waren.

Sämtliche Erinnerungen an sein Land lebten in bildhaften Sinneseindrücken in ihm fort – die Pflanzen der hohen Berge, die verschiedenen Wasserläufe, jedes Stück Himmel und selbst die Rücken der Guanakos und Lamas, die unter der Last der Säcke fast zusammenbrachen. In seinen Augen war der Stolz und die Tragödie seines Volkes zu lesen. Niemals hätte darin irgend jemand Angst oder Resignation entdecken können. Wie alle anderen gehörte er zu dieser armseligen Menschenkette, die dabei war, die schweren Bleiblöcke zu verladen. Doch würde er für sein Volk für immer der Sohn des Geiergottes bleiben und der Herrscher der einst regierenden Dynastie. Für alle anderen dagegen war er einfach Juan, und das allein aus dem Grund, weil keiner der Spanier seinen wirklichen Namen aussprechen konnte.

Tazpletacuz, der abgesetzte König des ehemaligen Aztekenreiches, bewegte sich auch im Dunkel des Kielraums mit großer Geschicklichkeit. Ihm war die beschwerlichste Aufgabe anvertraut worden, er mußte mit größter Genauigkeit die Bleigewichte ausrichten, eines neben dem anderen, wobei er nur die Kraft seiner Arme und die Stärke seiner Lendenmuskeln zur Verfügung hatte. Nach fast zehn Jahren Gefangenschaft verstand er das Spanische mittlerweile perfekt, obwohl er noch immer vorgab, keine Kenntnis von dieser Sprache zu besitzen, und deshalb seinen Kerkermeistern nur stolze, unergründliche Blicke zuwarf.

Vielleicht war es die Auflehnung in seinem Innern, die seine rechte Hand den richtigen Griff verfehlen ließ und bewirkte, daß einer der Ballaststeine schwer auf die anderen Blöcke aus dunklem Metall fiel. Noch bevor der Schmerz des Peitschenhiebs die Zellen seines Gehirns erreichte, sah er, daß durch diesen Stoß der Bleimantel aufgebrochen war. Darunter erkannte er den Silberbarren. Der aztekische König hätte sofort jedes Edelmetall erkannt, auch wenn er nicht gezwungen gewesen wäre, mehr als drei Jahre lang als Sklave in den peruanischen Bergwerken zu schuften. Doch da war bereits der Sklavenaufseher bei ihm und stieß ihn mit roher Gewalt zur Seite, um festzustellen, ob etwas beschädigt wurde. Als er den Steinhaufen erreicht hatte, hob er die Öllampe, um genügend Licht zu haben.

»Sergeant Funches, kommt her, schnell!« rief er aufgeregt.

Funches, dem die Wachabteilung unterstellt war, zeichnete sich durch zwei wesentliche Charakterzüge aus – willkürliche Grausamkeit und völliger Mangel an Skrupeln. Sein portugiesischer Akzent war ausgeprägt, ebenso sein gewalttätiges Verhalten und seine Sturheit. Alle auf der *Santa Esmeralda*, vielleicht sogar die Offiziere und der Kommandant, fürchteten ihn.

»Du Dummkopf, rücke sofort wieder dieses Gewicht an seinen Platz«, schrie er seinen Untergebenen an, und kaum daß die beiden Teile des Bleimantels wieder fast makellos zusammengefügt waren, fuhr er mit leiser Stimme fort: »Kein Wort zu niemandem. Verstanden?«

Der Mann nickte eingeschüchtert, während sein Vorgesetzter die Peitsche schwang und mit ihrem Zischen die Stille durchschnitt. Der Rücken des Sklaven Juan färbte sich mit dem Rot bloßgelegten Fleisches, doch ertönte kein Laut der Klage aus dem Mund des Aztekenkönigs.

»Auch du hast nichts gesehen, Juan«, befahl die krächzende Stimme des Portugiesen, der schon wieder die Peitsche schwang. Doch die einzige Antwort, die er erhielt, war der übliche stolze und unbeugsame Blick.

Kaum hatte Pater Pietro die Brücke erklommen, genügte ihm ein Blick, um zu wissen, daß der Sklave Juan schleunigst verarztet werden mußte. Auf seinem dunkelgetönten Körper hoben sich deutlich die durch den Peitschenhieb vom Fleisch abgetrennten Hautfetzen ab. Er stieg die Treppe hinab, über die man zum Achterkastell gelangte. »Sergeant Funches«, sprach er mit fester Stimme, »ich brauche einen Sklaven, der mir hilft, diese vier Bände zum Kloster der Franziskaner zu transportieren.«

»Wir sind dabei, Ballast zu laden, Pater«, erwiderte Funches. Dann spuckte er über Bord und grinste dabei respektlos. »Bei dieser Arbeit können wir keinen der Sklaven entbehren.«

Entschlossenen Schritts ging Pietro näher auf ihn zu. »Sergeant, entweder Ihr entscheidet aus eigenem Willen, daß ich für wenige Minuten einen Helfer bekomme, oder ich muß zum Kapitän, damit er Euch den Befehl dazu gibt.«

Funches murmelte etwas, dann schlug er die Augen nieder und deutete theatralisch auf die Reihe der Sklaven: »Habt Ihr eine besondere Vorliebe, Mann Gottes?«

»Ich möchte Juan. Und erinnert Euch daran, daß alle Menschen Kinder Gottes sind.«

Kaum hatten sie sich ein wenig vom Hafen entfernt, beugte sich der Pater hinunter und öffnete die Eisen an den Knöcheln des Sklaven. Und während er ihm in die Augen blickte, sprach er, obwohl er davon überzeugt war, daß Juan ihn nicht verstand, langsam und deutlich zu ihm: »Ich weiß, daß du niemals entfliehen würdest, schon allein wegen des Respekts, den du vor mir hast.«

Dann reinigte er ihm die Wunden, die durch die Eisen entstanden waren, und rieb die Verletzungen auf seinem Rücken mit einer Salbe ein. Nachdem diese mitleidsvollen Pflichten erfüllt waren, hob er zwei der vier schweren Folianten auf, um sie selbst zu tragen: »Wir werden uns das Gewicht bis zum Kloster teilen. Pater Tomaso wird sich bis zu meiner Rückkehr um meine Angelegenheiten kümmern.«

Llobets Kutsche fuhr an der Spitze der Karawane, die aus zweiundfünfzig Wagen der kostbarsten Art bestand. Die Anwesenheit der päpstlichen Wachen auf ihren Posten zog seine Aufmerksamkeit trotz der Dunkelheit an, die nur von den Feuern und einigen Fackeln durchbrochen wurde. Die *Santa Esmeralda* wurde noch mit Lebensmitteln und sonstigen Kleinigkeiten beladen. Er schätzte, daß mit seinen Unternehmungen nicht vor dem Morgengrauen begonnen werden konnte. »Ich glaube, du wirst nicht der einzige Passagier auf diesem Schiff sein«, murmelte er seiner Tochter zu und zeigte ein wenig verblüfft auf die Kutsche des Kardinals nicht weit von ihnen.

»Dieser Mann gefällt mir nicht, Vater«, begann Antonia, doch wurde sie auf der Stelle von einer gebieterischen Geste ihres Vaters zum Schweigen gebracht. Nun endlich hatte Llobet auch vor sich selbst die Maske fallen lassen und sich eingestanden, was seine wirklichen Ängste waren. Dabei fielen ihm wieder die Worte des königlichen Ratgebers ein, die dieser zu ihm gesagt hatte, als sie die Vereinbarung unterzeichneten.

»Eure Vorsicht verwundert mich nicht, Señor Llobet«, hatte der Herzog von Figueres gesagt. »Und ich bin mir auch darüber im klaren, daß Ihr das Recht habt, eine Bankbürgschaft zu verlangen. Doch welche Garantie könntet Ihr anbieten? Ich will deutlicher werden. Natürlich werden die Banken zahlen, sobald die *Santa Esmeralda* mit Eurer Holzfracht im Hafen von Cadiz angelegt hat. Aber wer kann dem König garantieren, daß es sich nicht tatsächlich nur um edle Hölzer handelt, die keine sonstigen Vorzüge in ihrem Innern haben?«

»Ihr hattet ja selbst schon nicht wenige Schwierigkeiten, um eine so ansehnliche Garantie zu erhalten, Herr Admiral«, hatte Llobet geantwortet. »Um sie vorzulegen… mußten sich da nicht mit dem König von Spanien, der doch, so gebt gut acht, weitaus vertrauenerweckender ist als ein so einfacher Kaufmann wie ich, nun, mußten sich da nicht sechs Banken zu einer Genossenschaft vereinigen?«

»Gewiß können nicht die Banken die Einhaltung der Abmachungen von Eurer Seite garantieren, Herr. Das vermag nur ein Pfand, das Euch sehr viel kostbarer und teurer ist als sonst alles. Und so wird auf diesem Schiff Eure einzige Tochter mitreisen, Maria Antonia. Auf diese Weise werden wir sicher sein, daß sämtliche Vereinbarungen bis zur letzten Unze… Materials, das Ihr nach Spanien sendet, tatsächlich eingehalten werden.«

Llobet wußte nun, daß er alles riskierte, was er besaß, und zwar nicht nur auf finanziellem Gebiet, sondern auch im Bereich seiner innigsten Gefühle. Bei dem Gedanken an einen möglichen Schiffbruch erschauerte er, denn dadurch würde jeder Tag, den er noch zu leben hätte, für immer vergiftet sein.

Er versuchte, sich wenigstens damit zu trösten, daß er an alle die

Schätze dachte, die ordentlich hinter ihm aufgereiht lagen. Jeder der Wagen hatte beinahe den gleichen Inhalt – einen Quader von dunkelbraunen, behauenen Stämmen, die so fest miteinander verbunden waren, daß sie wie ein einziger Block wirkten. Jeder dieser Blöcke hatte ein Ausmaß von etwa fünfzehn Fuß in der Länge und jeweils sieben Fuß in Breite und Höhe, wobei diese Maße sorgfältig berechnet waren, um die Transportgegebenheiten exakt auf die Baukonstruktion des Schiffes abzustimmen. Doch im Innern des Holzes war alles anders. In jeden dieser Blöcke war ein doppelter Boden hineingearbeitet worden, der die Funktion eines Tresors hatte und je acht Goldbarren sowie eine große Anzahl von Edelsteinen von unschätzbarem Wert enthielt.

Niemand hätte das jemals bemerkt, es sei denn, einer der Blöcke wäre durch Beeinträchtigung von außen, wie eine starke Erschütterung oder einen Stoß, beschädigt worden oder auseinandergesprungen. Auch war der Schatz sorgfältig aufgeteilt, so daß jeder Block der Holzstämme nicht wesentlich mehr wog als ein gewöhnlicher Holzstoß.

7.

Norwegisches Meer. März 1995.

Laura Joanson betrachtete mit größter Konzentration die Fotografien des Wracks und das Diagramm des Sonars. »Es wird nicht leicht sein«, sagte sie, zu Oswald Breil gewandt. »Das U-Boot scheint irgendwie in der Felshöhle eingeklemmt zu sein. Wenn wir außerdem berücksichtigen, in welcher Tiefe es liegt, scheint es, als ließe sich dieses Bergungsunternehmen niemals durchführen. Denken Sie, daß sich im Innern des U-Boots noch Luft befinden könnte?«

»Das weiß ich nicht«, antwortete Oswald, ohne zu zögern. »Allerdings glaube ich, daß im Lauf der fünfzig Jahre die luftdichten Türen auf jeden Fall nachgegeben haben, selbst wenn sie nicht direkt durch die Druckwelle beschädigt oder von der Explosion getroffen wurden.«

»Das müssen wir erst prüfen«, meinte Laura, »bevor wir überhaupt sagen können, ob es sich heben läßt. Wenn das Innere des U-Boots nicht völlig unter Wasser gesetzt ist, hieße das, daß das Boot in den Bereichen noch intakt ist, die nicht von der Explosion zerstört wurden. Und natürlich wollen wir es unversehrt bergen, selbst wenn wir mit größter Vorsicht vorgehen müssen. Ich möchte nicht, daß ein zu rascher oder schlecht organisierter Aufstieg das Gerüst verzieht, was dem alten *U 115*, das so übel zugerichtet wurde, sicher nicht gut bekäme.«

An diesem Morgen hatten sie sich sehr früh getroffen. Das erste, was sie sich angesehen hatten, war der *Gorgonia* gewesen, ein Bathyskaph oder Tiefseetauchgerät in »Taschenformat«, das dreihundert Meter Tiefe erreichen konnte. Für den nächsten Tag hatte sich Laura vorgenommen, zusammen mit dem Piloten und einem Techniker damit einen Tauchgang zu unternehmen.

Die Sonne schickte sich an, mit einem dieser strahlenden Sonnenuntergänge zu versinken, die im hohen Norden so selten sind. Es war etwa zwei Uhr nachmittags. Wehmütig dachte Laura an das gleißende Licht Floridas und die segensreiche Entscheidung ihrer Eltern, wenige Jahre, bevor sie geboren wurde, ihren Wohnsitz nach Miami zu verlegen.

In der feuerroten Sonnenglut sah sie, wie ein Hubschrauber auf der Plattform der Bohrinsel aufsetzte. Es war nicht derselbe, der sie hierher gebracht hatte. Und ein wenig später wurde sie in den Sitzungssaal gerufen.

An dem riesigen Tisch in der Mitte hatte der Präsident der North Pole Oil Platz genommen. Neben ihm stand Oswald, der aussah, als sei er die Reproduktion eines menschlichen Wesens in verkleinertem Maßstab. Gegenüber seiner eleganten Kleidung und seinem betont distanzierten Verhalten wirkte die Erscheinung Robert Rustoms eher plump und gewöhnlich.

Rustoms Statur war kräftig, aber ein wenig zu dick und ungeschlacht, um stattlich genannt zu werden. Das rötliche Haar wurde von grauen Strähnen durchzogen. Sein heller Teint gab wie Lackmuspapier all seine Gemütsverfassungen preis. Geriet er zum Beispiel in Zorn oder Aufregung, nahm er eine ins Karmesinrote tendierende Farbe an. »Guten Abend, Frau Dr. Joanson«, sagte er. »Ich habe beschlossen, bei Ihrem Bergungsversuch dabei zu sein.«

»Ich freue mich, Ihre Bekanntschaft zu machen, Herr Rustom«, antwortete sie, während sich die große Hand des Engländers um die ihre schloß. »Es wird sicherlich keine leichte Bergung werden. So wie es aussieht, werden wir an die Grenzen des Machbaren stoßen. Morgen früh tauche ich mit dem *Gorgonia* hinunter, und dann hoffe ich, mir ein genaueres Bild von der Situation machen zu können.«

Diese Worte hatten eine seltsame Wirkung auf den Geschäftsmann. Anstatt sie zur Durchführung des Unternehmens anzuspornen, schienen ihn die Schwierigkeiten, die sie ihm darlegte, fast zu beglücken. Vielleicht, dachte Laura, wegen der Kosten von mehreren Millionen Dollar, die seine Gesellschaft für die Bergung zu bezahlen hätte, ob das Ergebnis nun positiv verliefe oder nicht. Auch wenn …

»Gut«, schnitt Rustom ihre Überlegungen ab. »Falls Sie auf zu viele Schwierigkeiten stoßen, bitte ich Sie nur um das eine: Setzen Sie nicht meine Männer oder die Ausrüstung aufs Spiel, um so ein altes Kriegswrack zu bergen, das sicher alles in allem von geringem Interesse ist.«

»Verehrter Herr«, erwiderte Laura in leicht gereiztem Ton, »ich bin keine Abenteurerin, sondern ich erforsche das Meer und alles, was darin verborgen ist. Ich verstehe nicht, warum Sie meinen, mir ins Gewissen reden zu müssen. Schließlich war es Ihre Gesellschaft, die den Entschluß faßte, einen Bergungsversuch zu unternehmen und mich dafür auszusuchen. Und es waren Sie, die das Ganze für ein interessantes Unternehmen hielten und offensichtlich auch nicht davon ausgingen, daß Sie sich bei mir in die Hände einer skrupellosen Person ohne jedes Verantwortungsgefühl begäben.«

Auf Rustoms Gesicht zeigte sich eine Mischung aus Mißtrauen und Gereiztheit: »Die Entscheidung, die Angelegenheit in Ihre Hände zu übergeben, wurde leider gefällt, ohne mich vorher zu fragen. Ich war zu diesem Zeitpunkt mit Problemen von wesentlich größerem Ausmaß als diese stumpfsinnige Bergung befaßt. Und wenn es nach mir gegangen wäre«, fügte er ziemlich brutal hinzu, »bin ich sicher, daß ich für diese Aktion nie und nimmer eine Frau ausgesucht hätte.«

»Dann verstehe ich nicht, welches Interesse die North Pole Oil dazu bewegt hat, etwas durchzuführen, das nach Ihrer Meinung nur eine ›stumpfsinnige Bergung‹ ist. Wieso wollen Sie dieses U-Boot überhaupt heben? Oder ist es bloß so, daß es jemand anderer als ich heben sollte? Und was ist mit den Gerüchten, nach denen die britische Regierung beschlossen hat, alle Verbindlichkeiten und finanziellen Lasten dieser Unternehmung durch den Fiskus bezahlen zu lassen? Keine üblen Ersparnisse, die einem da von den Steuerzahlern des Vereinigten Königreichs nachgeworfen werden, nicht wahr? Und ein enormes Prestige zu absolut null Kosten. Um so mehr, als es heißt, daß die North Pole Oil als erste ›Hier!‹ geschrien hat, als sie von dieser Regierungsofferte hörte.

Und dennoch«, fuhr die junge Frau in eisigem Ton fort, »muß klar sein, daß es sich bei dieser Bergung um ein äußerst komplexes Unterfangen handelt. Niemand sollte sich erdreisten zu behaupten, daß dem nicht so sei – nicht einmal gegenüber einer so verständnislosen, jungen und unerfahrenen Frau wie mir.«

Sie hatte seine empfindliche Stelle getroffen. Rustom räusperte sich und verharrte einige Augenblicke, ohne etwas zu sagen, vielleicht weil er es an der Zeit fand, nun wieder einen versöhnlicheren

Ton anzuschlagen. Wie viele mächtige Männer fühlte sich der Präsident einer der reichsten britischen Ölgesellschaften unsicher gegenüber jemandem, der es wagte, ihm die Zähne zu zeigen.

»Das Interesse ist und bleibt das *U 115*, Frau Dr. Joanson. Ich wünsche Ihnen viel Glück«, gelang es ihm zu erwidern, bevor er schwungvoll aus dem Sitzungssaal schritt.

»Ach wie nett!« war der ironische Kommentar der jungen Frau, kaum war die Tür geräuschvoll hinter ihm zugefallen.

»Die sinkenden Rohölpreise«, versuchte ihn Oswald zu rechtfertigen, der es während der kurzen Unterhaltung vorgezogen hatte, im Hintergrund zu bleiben, »und die gleichzeitigen Kostenerhöhungen auf dem Chartermarkt bereiten unserem Präsidenten offenbar große Sorgen. Rustom ist ein barscher Mann, aber ich kann mich nicht erinnern, jemals bei ihm ein so schlechtes Benehmen gesehen zu haben.«

»Okay, Dr. Breil«, erwiderte Laura, »sehen wir zu, daß wir wegen der unglaublich sympathischen Art Ihres Chefs nicht anfangen, Trübsal zu blasen. Wir haben noch mehr als siebzig Fotos und Sonardiagramme vor uns. Morgen früh, gleich nach dem Tauchgang, werde ich – so hoffe ich wenigstens – genaueres darüber sagen können, ob es möglich ist oder nicht, das *U 115* zu bergen. Machen wir uns also an die Arbeit.«

Genau um sechs Uhr fünfundvierzig am folgenden Morgen, der dunkel und eisig kalt war, startete der *Gorgonia* seinen Tauchgang. Die Scheinwerfer am Bug beleuchteten den Mikrokosmos des Meeres und brachten das Plankton und die Augen eigentümlicher Fische zum Leuchten. Je weiter sie in die Abgründe hinabstiegen, desto mehr nahm die Fauna ab. Dennoch war die Sicht so hervorragend, daß es ihnen gelang, die Spitze mit den beiden Felshörnern auszumachen, obwohl sie noch Dutzende von Metern entfernt waren.

Das *U 115* sah aus wie ein sonderbares, verschrecktes Tier, das sich in eine Höhle geflüchtet hatte und versuchte, den Umriß seines Körpers an die Unebenheiten des Felsens anzupassen. Selbst mit dem Tiefseetauchgerät hatten sie einige Mühe, die Felsschlucht zu erreichen, in der sich das Wrack befand.

»Und dabei fahren wir auf Sicht und sind erheblich kleiner und wendiger als das U-Boot«, kommentierte der Pilot.

Der Schiffsrumpf des *U 115* hatte auf der rechten, zum Meer hin offenen Seite ein Leck, das so groß war, daß es fast einem Mittelklassewagen die Durchfahrt ermöglicht hätte. Die Einkerbungen, die der Felsen im Stahl hinterlassen hatte, waren deutlich entlang aller Schweißnähte an den drei Hauptabschnitten des Kiels zu sehen. Die einst schnittige und harmonische Linie wirkte jetzt wie eine gequetschte Banane, die in eine zu enge Schale gestopft wurde.

Ziemlich besorgt schüttelte Laura den Kopf, doch wollte sie jede einzelne Nahtstelle in den Abschnitten des Schiffsrumpfs untersuchen.

Wenige Stunden später befand sie sich in Oswalds Büro und zeigte ihm stolz fast neunzig vom Druck noch feuchte Fotografien.

»Also«, sagte sie entschieden nach einer ersten kurzen Prüfung, »dieses Wrack ist wie Glas, das bei der leichtesten Berührung springen und, wenn wir Glück haben, bloß in tausend Stücke zerbrechen wird. Dazu kommt, daß etliche Monate Arbeit nötig wären, um das *U 115* aus dieser Felsfalle zu befreien. Außerdem beunruhigt mich die Tatsache, daß die kreisförmigen Schweißnähte an den einzelnen Abschnitten des Rumpfs offenbar in keiner Weise unter der Kompression gelitten haben. Der Rumpf ist in diese Bananenform mutiert, ohne zu zerbrechen oder sonstwie zerstört zu werden. Einzige Ausnahme ist das Leck an Steuerbord. Sehr merkwürdig. Ich denke, ich kann behaupten, daß das *U 115* nicht zu bergen ist, ohne daß es in seiner Konstruktion zerstört wird, auch wenn ich nicht ausschließe, daß ich bei längerer Beschäftigung mit diesem Problem vielleicht noch zu weiterführenden Ergebnissen komme.«

Oswalds Worte halfen ihr, ihr vermeintliches Versagen ein wenig leichter zu nehmen: »Wir haben die beste Ausrüstung, Geräte der Spitzentechnologie. Wir haben Roboter, die in der Lage sind, in vierhundert Metern Tiefe Stahl zu schneiden und auch wieder zu schweißen. Und wir haben Tauchkugeln, die den Abstieg in die tiefsten Abgründe ermöglichen … und das alles auf Vergütung der NPO. Ich glaube, Sie tun gut daran, noch einmal über alles nachzudenken, bevor Sie das Unternehmen aufgeben.«

»Wäre ich so gebaut, wie Ihr Präsident denkt, würde ich mich wirklich nicht hier auf der Crude Brent einen Monat oder noch länger aufhalten, bloß um ein paar Tonnen verformtes Blech an die Oberfläche zu befördern. Aber es geht um die Ehre meines Berufes, die ich wirklich nicht aufs Spiel setzen will. Morgen früh werde ich noch einmal mit dem *Gorgonia* hinuntergehen. Und dann fange ich an, eine Reihe seismologischer Untersuchungen am Schiffsrumpf durchzuführen und auch an dem Felssporn, an dem das Boot festgeklebt ist. Wenn sie das, was ich denke, bestätigen, wird Seine Exzellenz, Sir Robert Rustom, bereits morgen abend einen Negativbericht zusammen mit meiner Kündigung auf seinem Schreibtisch vorfinden.«

»Das würde mir sehr leid tun, Laura. Wirklich.« Die Augen des sympathischen kleinen Manns blickten in die tiefblauen der jungen Wissenschaftlerin mit einem traurigen Ausdruck. Doch mit dem Lächeln, das sie ihrer gegenseitigen Sympathie versicherte, wurde der Anflug von Trauer im Handumdrehen wieder beiseite gewischt.

Tags darauf kam es Laura so vor, als würde das Abtauchen mit dem *Gorgonia* in die Tiefen des Ozeans wesentlich schneller verlaufen, sicher weil ihr das kleine unterseeische Fahrzeug und seine fachkundige Besatzung bereits so vertraut geworden waren.

Die beiden mechanischen Arme, die am Bug des Bathyskaphen gleich unterhalb der großen Halbkugel aus Kunststoff angebracht waren, bewegten sich in leichten Rucken, um die seismologischen Sensoren mit größter Präzision anzubringen. Innerhalb weniger Minuten waren achtzehn davon plaziert, ein paar direkt an dem Felsen und die anderen an dem Schiffsrumpf des *U 115*. Dann folgten die fünf kleinen Ladungen des Sprengstoffs *C4*, die ebenfalls an bestimmten, vorher sorgfältig berechneten Punkten angebracht wurden.

Der Bathyskaph entfernte sich wenige Meter, worauf plötzlich ein dumpfer Schlag ertönte, der Laura signalisierte, daß ihre unterseeische Mission von Erfolg gekrönt war. Jetzt mußten sie nur wieder an die Oberfläche steigen, um in ihrem Labor aufmerksam die Diagramme zu studieren, um die nötigen Informationen über den Zustand des Wracks und der Felsen in seiner Umgebung zu erhalten. Die Schallwellen konnten eine Menge Informationen über die Gesamtsituation vermitteln, so zum Beispiel, ob irgendwelche luftdicht abgeschlossenen Räume vorhanden waren, oder auch Angaben über den Erhaltungszustand und die Stabilität der Stahlkonstruktion sowie die Beschaffenheit des riesigen Felsstollens.

Als Laura damit begann, das Protokoll aufzusetzen, war es bereits früher Morgen. In ihr machte sich ein Gefühl der Leere breit, das sicherlich zum Teil von der schlaflosen Nacht herrührte. Vor allem aber war es der Enttäuschung über die Tatsache zuzuschreiben, das *U 115* nicht den Tiefen des Meeres entlocken zu können. Sie hatte noch nie gern aufgegeben. Das widersprach ihren elementarsten Prinzipien.

Um neun bat sie Dr. Breil, sie bei Präsident Rustom anzumelden. Sie brauchte freilich nicht besonders nachzuhelfen, um Oswald dazu zu motivieren, ebenfalls an dem Treffen teilzunehmen.

Geduldig und in allen technischen Einzelheiten erklärte sie ihre Einstellung und illustrierte sie mit exakten und objektiven Beispielen, bis sie abschließend sagte: »Herr Präsident, ich glaube nicht, daß es möglich ist, innerhalb eines kurzen Zeitraums die Bergung des *U 115* durchzuführen, ohne dabei zu riskieren, nur ein paar seiner spärlichen Überreste an die Wasseroberfläche zu befördern. Ich muß unbedingt die ganze Angelegenheit einer weiteren Prüfung unterziehen, für deren Kosten ich selbst aufkommen werde. Doch kann ich die nur in meinem Institut durchführen. Solange ich noch keine Klarheit besitze, kann ich den Auftrag nicht annehmen.«

Es war das erste Mal, daß ihr so etwas geschah, und sie fühlte sich wahrlich nicht gut dabei.

Aber seltsamerweise bewirkte ausgerechnet Rustoms Antwort, daß ihr die Sache ein wenig leichter fiel. »Ich muß ehrlicherweise meine Meinung über Ihr Vorgehen ändern, Frau Dr. Joanson, und mich bei Ihnen für mein rüdes Verhalten von gestern abend entschuldigen. Ich werde dafür sorgen, daß Ihnen auf Ihrem Bankkonto eine Vergütung für Ihre hervorragende Beratertätigkeit gutgeschrieben wird. Auch mein Hubschrauber steht Ihnen zur Verfügung, er wird Sie, wann immer Sie es möchten, zum Flughafen bringen.« Rustom streckte ihr über den Tisch des Sitzungssaals die Hand entgegen und sagte abschließend: »Ich danke Ihnen für Ihre wirklich professionelle Arbeitsweise. Und… sollten Sie es sich anders überlegen – die Crude Brent wird sich in den nächsten Tagen gewiß nicht vom Fleck rühren.«

Aber sie wußten beide sehr gut, daß sich die Chancen für eine Meinungsänderung ganz entscheidend verringert hatten.

Während sie die Treppenstufen emporstiegen, die zum Landeplatz führten, beschäftigten sich Lauras und Oswalds Gedanken sicherlich mit verschiedenen Aspekten, doch drehten sie sich bei beiden um das *U 115*.

Oswald war es, der das bedrückende Schweigen brach. »Ich habe ihn noch nie so nachgiebig gesehen«, murmelte er, während der Rotorenlärm einsetzte. »Alle Weltmeere habe ich durchquert, und immer saß mir der Schreck im Nacken, Sir Rustom könnte an Bord hereingeschneit kommen und uns, dickköpfig wie ein Maultier, dazu zwingen, Kilometer von irgendwelchen Felsen zu durchbohren, die sich als absolut unangreifbar erwiesen. Jetzt dagegen gibt er sich mit den ersten Einwänden, daß eine Bergung vielleicht nicht möglich sei, so mir nichts, dir nichts zufrieden und bricht noch nicht einmal darüber zusammen, daß es mit Kosten verbunden ist. Wenn das nicht merkwürdig ist!«

Laura beugte sich ein wenig hinunter, um besser hören zu können, was er sagte. »Sie haben recht, Oswald«, sagte sie. »Ich verstehe wirklich nicht, warum Ihr Chef sich so dreht und windet.«

Sie waren mittlerweile auf dem kreisrunden Landeplatz angekommen, und es umfing sie ein eiskalter Wind, der durch die strudelnden Wirbel noch verstärkt wurde, die die Rotorblätter des Hubschraubers verursachten.

»Sehen Sie, ganz habe ich mich nicht geschlagen gegeben, Oswald«, platzte Laura plötzlich heraus und versuchte dabei, darüber hinwegzugehen, daß sie beinahe in die Knie gehen mußte, um sich von ihm zu verabschieden.

»Denken Sie aber daran, daß wir in ungefähr zehn Tagen die Bohrinsel von hier verschieben müssen«, antwortete Breil mit einem Augenzwinkern. »Ich hoffe wirklich, Sie vorher wiederzusehen, Laura.«

Ein paar Augenblicke später stieg der Hubschrauber hoch, während der elfenhafte Gnom auf der Piste stehenblieb und sich die Kapuze seines wattierten Anoraks fest an den Kopf preßte. Oswald Breil wußte bereits, daß er Laura Joanson sehr bald wiedersehen würde.

Das erste Schiff, das in den Hafen einfuhr, war die *Candeleira*, das Flaggschiff des Capitán General des Galeones, des Oberbefehlshabers der *Flota*, Marchese de Cadereita. Danach folgten, eines nach dem anderen, die übrigen Schiffe, deren Ladung im Hafen von Havanna gelöscht werden sollte. Sie hatten neunzehn Tage für eine Reise gebraucht, für die man bei günstigem Wind nur wenig mehr als eine Woche benötigte. Die Tage der Verspätung häuften sich, und die Flaute, in die sie hineingeraten waren, stellte sicherlich kein gutes Omen dar.

Genau vier Tage nach der *Atocha* und der *Santa Margarita* hatte die *Santa Esmeralda* Cartagena verlassen, so daß sie nunmehr seit fünfzehn Tagen auf See war. Unter den Matrosen herrschte eine mehr als schlechte Stimmung, die sich in halblauten Sätzen, die wie Verwünschungen klangen, und immer unverschämteren Blicken äußerte. Der enorme Reichtum, der unten im Laderaum verborgen war, war das Thema ständiger heimlicher Zusammenkünfte zwischen Funches und seinen Helfershelfern. Die Spannung an Bord ließ sich beinahe mit Händen greifen.

Selbst Antonia, die ihre Unterkunft nur verließ, um zur Frühmesse zu gehen, hatte bemerkt, daß irgend etwas auf diesem Schiff nicht mit rechten Dingen zuging.

Der Sekretär des Kardinals de Blasi hatte sich Pater Pietro vorgestellt, ohne sich darum zu kümmern, das unvermeidliche Mißtrauen aus dem Weg zu räumen, das nun mal ein Franziskaner gegenüber einem Jesuiten nährte.

»Ich bin erfreut, daß sich an Bord dieser Galeone ein Mann Gottes befindet, noch dazu italienischer Abstammung wie Seine Exzellenz und der Unterzeichner«, hatte er seine Rede eingeleitet, noch ehe sie Kolumbien überhaupt verlassen hatten. »Ich halte es für angebracht, Pater Pietro, daß wir die Messen abwechselnd halten. Manches Mal könnten wir sogar die Ehre haben, eine Predigt Seiner Eminenz zu hören.«

Pietro di Marzio hatte endlos lange Jahre damit verbracht, die Fliegen von den kranken Körpern der Indios zu verscheuchen, er hatte sich mit Mist beschmiert, um jagen zu können, ohne daß die

Tiere seinen Menschengeruch witterten, und er hatte den Angriffen von feindlichen Stämmen getrotzt. Und all dies hatte er im Geist seines Missionsauftrages getan, aber auch, weil er ein Mann war, der sich nur schlecht in Hierarchien einfügen konnte. Denn er hegte die unerschütterliche Überzeugung, daß alle Menschen von Grund auf gleich sind, insbesondere die, die in der einzig wahren Kirche versammelt waren.

Und nun kam dieses ausgezehrte Priesterlein daher, das sich ständig voller Ekel den Schlamm vom Gewand putzte, und sagte zu ihm, sie würden »die Ehre« haben, eine Predigt des Kardinals zu hören. Als hätte er damit eine Einladung an den Hof ausgesprochen. Was wußten sie denn über ihn, Pietro, und sein Schiff, diese beiden hochmütigen Emissäre von Rom. Und vor allem, was wußten sie schon über die Seeleute, die mit ihm darauf fuhren? Als echter Mann unter den Männern wußte er mehr als Bescheid über die drängenden Triebe des Fleisches und welch qualvolle Mühe es kostete, sie zu unterdrücken. Pietro kannte den Preis allzugut, den sie dafür zu zahlen hatten. Die meisten von ihnen hatten seit Monaten keine Frau mehr berührt. Und obwohl ihnen bekannt war, welch immens große Reichtümer sie über die Ozeane beförderten, lebten sie von einem Lohn, den als elend zu bezeichnen ein gnädiger Euphemismus war. Dieser Jesuit führte sich auf wie ein frisch ernannter Offizier, der, kaum daß er an die Front kommt, den besten seiner Veteranen in die Ecke stellt und den Anspruch erhebt, selbst alles besser zu wissen.

Als die *Santa Esmeralda* ablegte, war sie – nach offiziellen Angaben – beladen mit Edelhölzern, und das Ziel ihrer Reise war die spanische Stadt Cadiz. Und sie hatte vierzig bewaffnete Soldaten an Bord. Jede Galeone der *Flota* hatte einen Teil der Soldaten des Infanterieregiments an Bord, die alle zusammen die bewaffnete Eskorte des Konvois bildeten. Eine kleine Schar von Männern, die das letzte Bollwerk gegen einen Angriff der Korsaren oder eines anderen Feindes darstellten. Jede Galeone war eine schwimmende Festung, und sie unter Belagerung zu nehmen war eine mehr als schwierige und riskante Operation.

Die Flota entsprach tatsächlich einer Art Stadt, die auf dem Ozean reiste. Auch besaß sie eine strenge hierarchische Struktur, deren befehlshabende Spitzen sich üblicherweise ebenfalls an Bord der

Flaggschiffe befanden. Aber ein merkwürdiger Befehl, der schon bei der Abreise von Spanien ergangen war, hatte verlangt, daß diesmal sowohl der *veedor general* als auch der *maestre de plata*, die beiden faktisch für den Schatz verantwortlichen königlichen Emissäre, an Bord der *Santa Esmeralda* in die Heimat zurückkehren sollten.

Ein mehr als ungewöhnlicher Umstand angesichts des ziemlich begrenzten Wertes einer Fracht Holz im Gegensatz zu dem enormen Schatz, der an Bord der *Flota* transportiert wurde. Nur sehr wenige Personen wußten um den wahren Inhalt der Laderäume im Kielbereich, und nur sie verstanden, daß die königlichen Boten natürlich in der vollen Absicht auf dieses Schiff geschickt worden waren, die Interessen der Krone zu wahren. Nicht einmal die Soldaten oder ihr Kommandant, der *gobernador de tercio*, hatten eine Ahnung davon, daß ihre eigentliche Aufgabe die Verteidigung eines gewaltigen Schatzes war. Und auch die acht päpstlichen Wachen, die sich im Gefolge des Kardinals eingeschifft hatten, wußten nichts davon.

Ferner befanden sich an Bord der *Esmeralda* hundertzwanzig Mann Besatzung, einundzwanzig Sklaven, sieben Offiziere und fünf Passagiere – Antonia mit ihren beiden Zofen, Kardinal de Blasi und sein Sekretär.

Bevor er andere von seiner Entdeckung in Kenntnis setzte, hatte Sergeant Funches lange nachgedacht. Wenn er nur etwa zehn dieser bleiumhüllten Silberbarren zur Seite schaffte, konnte er, alles in allem, seine Schäfchen für viele Jahre ins Trockene bringen und diesen kolossalen Streich noch mit vielen Litern Porto begießen. Und wenn alles gut lief, würde das nie jemand herausfinden und ihn deswegen beschuldigen.

Aber bald gewann seine Gier die Oberhand, und als dann die beiden Wagen mit den gepanzerten Tresoren des Kardinals an Bord eintrafen, fühlte er, daß er nicht mehr länger zaudern dürfte. Mit dem Gold des Papstes und den geschmuggelten Silberbarren hätte jedes Mitglied einer Schar entschlossener Männer für den Rest seines Lebens in jedem Land der Neuen Welt in Muße leben können – inmitten von Genüssen, die nicht auszudenken waren. Und dabei wußte Funches noch nicht einmal, was sich in den Holzstößen verbarg, sonst hätte er diese Entscheidung noch sehr viel schneller getroffen.

Der Zweite Kommandant der *Santa Esmeralda* hielt das Astrolabium (ein von den Arabern erfundenes Gerät zur Sternmessung) empor, wobei er den rechten Daumen in den Messingring steckte. Sorgsam verschob er auf der abgestuften Skala den kleinen Zeiger, bis sich die Sonne genau in der Mitte des damit verbundenen Suchers befand. Nun las er die Grade ab. Die Höhe des Himmelsobjekts gab den Breitengrad an, auf dem sie sich befanden. Flugs hatte Eduardo Ramos die Entfernung berechnet, die sie bereits zurückgelegt hatten, etwa achthundert Meilen, und damit war er in der Lage, dem Kapitän mitzuteilen, an welchem Ort dieser Erde sich das Schiff befand.

Die Männer an Deck schwiegen und warteten auf die Wiederholung des täglichen Ritus. Ramos blieb einige Augenblicke über die Karten gebeugt, dann richtete er sich auf und verkündete: »Wir befinden uns querschiffs zu den Kaiman Inseln, die ungefähr hundertfünfzig Meilen von uns entfernt zu unserer Rechten liegen. Cabo San Antonio auf der Insel Kuba befindet sich etwa zweihundert Meilen vor uns auf diesem Kurs. Die *Santa Esmeralda* kreuzt jetzt den achtzehnten Grad nördlicher Breite – ganz genau sind es achtzehn Grad und elf Minuten, Kapitän.« Dann gab Kapitän de la Molina die Anweisung, nahe an der Küste zu segeln, damit die Landböen genutzt werden konnten und man nicht erneut in eine Flaute geriet.

In der Nacht, die auf die Sichtung der Inseln folgte, brach in den beiden Schlafräumen der Soldaten ein Feuer aus. Bevor erkannt wurde, daß es sich um eine Falle handelte, waren bereits einige Soldaten und Gardisten des Papstes unter den Klingen von Funches' Männern gefallen. Diese hatten sich am Ausgang der Schlafräume postiert und in dem dichten Rauch verborgen gehalten, den ein von ihnen in Brand gesteckter Haufen frischen Strohs und dürrer Zweige entwickelte. Mehr als die Hälfte der Soldaten wurde niedergemetzelt beim Versuch, sich aus den Flammen zu retten.

Danach bahnten sich Funches' Männer einen Weg durch den Rauch und mähten in blinder, grausamer Wut einfach alles nieder, was sich ihnen in den Weg stellte. Bevor der Kapitän, dessen Kajüte drei Decks höher lag, überhaupt der Situation gewahr wurde, war bereits fast die gesamte Eskorte von den Matrosen unter Funches' Befehl vernichtet worden. Mit den noch übriggebliebenen, ihm treu ergebenen Männern bildete de la Molina unverzüglich eine Verteidigungslinie, um die Offiziersmesse zu sichern. Er erteilte seinen Leuten den Befehl, sich am Fuß des Achterkastells mit ihren Kurzlaufgewehren in Reih und Glied zu postieren, und wartete dann, bis die rebellische Horde das Massaker in den unteren Schlafräumen vollendet hatte.

Wenige der Matrosen waren aber mit diesen Waffen vertraut, und ihre Unerfahrenheit wurde deutlich, als sich die blutrünstige, von Funches befehligte Welle auf das Deck ergoß. Ihr Ansturm überrollte in wenigen Augenblicken die Reihe der Musketenschützen, und es gelang ihnen, sich auf die Feldschlangen auf dem Achterdeck zu stürzen und sich ihrer zu bemächtigen, ohne daß aus einem der Geschütze auch nur ein einziger Schuß abgegeben werden konnte. Sofort hoben die Rebellen die Tür zu den Offiziersquartieren aus ihren Angeln.

Kapitän de la Molina und sein Zweiter Kommandant wurden kaltblütig hingeschlachtet und ihre Leichen ins Meer geworfen. Nur die Passagiere und der Erste Offizier wurden in das Bordgefängnis gebracht und hinter einer starken Tür aus massivem Holz eingesperrt.

Vasted wußte, warum es im Interesse der Meuterer war, ihn am Leben zu lassen. Schließlich mußten sie für den möglichen Besuch eines Inspektors der Krone gerüstet sein oder bei einer Landung mit der Anwesenheit eines Offiziers bekunden, daß alles in Ordnung war – auch wenn er dabei heimlich mit der Waffe bedroht wurde. Sobald sie sich aber in Sicherheit befänden, würden Funches und seine Leute ihm gewiß kein besseres Los als den übrigen Offizieren zuteil werden lassen.

Doch hätte sich der junge Mann nie und nimmer an die Aufständischen verkauft, nicht einmal, wenn sie ihm dafür das Leben geschenkt hätten. Das blutige Gemetzel, das sie veranstaltet hatten, lastete wie ein Felsblock auf ihm, und die Tatsache, daß er als einziger noch am Leben war, legte sich auf seine Seele wie eine entsetzliche Schuld. Sie waren zu siebt, Männer und Frauen, eingesperrt in ein dunkles, stickiges Loch, das nur wenige Schritt breit war. Die Hitze der Karibik, die schlingernde See sowie ihre Angst machten die Situation noch schlimmer.

Auf dem Hauptdeck der *Santa Esmeralda* dagegen feierten die Sieger ein ausgelassenes Fest. Das Geschrei der betrunkenen Matrosen drang bis in die Tiefe ihres Verlieses hinab, das sich mehr als vier Decks unterhalb der Kastells befand. In der Nacht nach der Meuterei wurde plötzlich das Schloß zur Tür des Gefängnisses aufgesperrt, wobei die Angeln heftig quietschten. Auf der Schwelle erschien, auf wackeligen Beinen und gefolgt von drei bewaffneten Männern, ein weißhäutiger Marokkaner namens Hasar, der Funches' rechte Hand war. »Wir sind gekommen, um die Damen einzuladen, an unserem Fest teilzunehmen«, sagte er mit einer Stimme, die vom Rum klebrig war, und seine Männer lachten höhnisch dabei.

Dann packten sie Antonia und ihre Begleiterinnen an den Handgelenken und zogen sie mit sich fort. Pater Pietro reagierte als erster, sein muskulöser Körper flog förmlich durch den engen Raum. Als er wieder auf dem Fußboden auftraf, hatte er zwei der Rebellen mit sich gerissen. Vasted verlor keine Zeit und warf sich auf die anderen beiden, die dabeistanden. Deren momentane Verwirrung kam ihm zu Hilfe. Er packte Hasar an der Kehle, so daß sie beide auf den Boden fielen. Aber gerade in dem Moment, als das Gesicht des Marokkaners begann, sich blau zu färben, traf Funches' Stiefelspitze Vasted mit aller Gewalt in die Zähne, die er vor lauter Anstrengung fest zusammengebissen hatte. Vasted spürte, wie sein Mund von den Splittern seiner Backenzähne erfüllt wurde und sich sein Speichel mit Blut mischte. Der Schmerz kam nicht sofort, erst nach wenigen Augenblicken, doch dann war er so stark und überwältigend, daß er den Verstand des jungen Manns benebelte.

Das plötzliche Eingreifen des aufständischen Anführers gab den entscheidenden Ausschlag dafür, daß die Gefangenen in die Knie gezwungen wurden. Im matten Licht der Öllampe sandte der Hals des Pater Pietro einen lichten Schimmer aus, und plötzlich schwebte in geringer Entfernung von seiner Halsschlagader die Klinge des Portugiesen. Die andere Hand des Rebellen hielt den Bart des Ordensbruders fest und zog seinen Kopf nach oben.

Die betrunkene Stimme von Funches' krächzte in dem engen Raum: »Noch seid Ihr mir dienlich, meine Herren, und das ist der einzige Grund, weshalb ich Euch noch nicht habe beseitigen lassen. Aber«, und seine Stimme stieg auf zu den schrillen Höhen eines hysterischen Gekreisches, »ihr tut wahrhaftig gut, in Zukunft weitere

Beweise Eures Heldentums zu vermeiden, sonst bin ich tatsächlich gezwungen, auf Euch zu verzichten.«

Als er gesprochen hatte, lockerte er seinen Griff so unvermittelt, daß der Kopf des Paters schwer auf den Boden fiel. »Wenn Ihr uns bitte folgen wollt, meine Damen, bald werden die Tänze eröffnet«, schloß er mit einem schmutzigen Lächeln und deutete spöttisch eine linkische Verbeugung an.

Die Frauen begannen zu weinen und um Gnade zu flehen, doch konnten ihnen die vier gefangenen Männer nicht helfen, da sie von den Degen der Meuterer bedroht wurden. Dann fing Funches wieder an zu sprechen: »Nein, die da kann uns gesund sehr viel mehr Nutzen bringen«, meinte er und zeigte auf Antonia. »Das Fräulein Llobet ist die Tochter eines der reichsten Männer des spanischen Königreichs. Don Francisco wird sicher nur allzugern bereit sein, ein dickes Lösegeld für sein einziges Kind zu bezahlen.«

Diese Worte schienen Kardinal de Blasi, der bis zu diesem Moment vor Schreck wie versteinert in einer Ecke der Zelle gelegen hatte, mit einem Schlag aufzurütteln. »Herr«, rief er aus und erhob sich mit einer Gelenkigkeit, die niemand bei ihm vermutet hätte. »Auch Seine Heiligkeit wird sicher bereit sein, Euch eine großzügige Vergütung zu gewähren, sofern ich gesund und wohlbehalten in der Heimat eintreffe.« Dann griff er mit seiner Rechten in sein purpurrotes Gewand und zog daraus einen ziemlich großen Gegenstand hervor. »Dies ist eine erste, bezeichnende Geste der Dankbarkeit für Euer Verständnis.«

Das goldene Kreuz hatte eine Länge von nicht ganz einer Spanne. Auf seinen Achsen waren fünf rechteckige Smaragde angebracht, und darunter glänzten ein achteckiger und ein tropfenförmiger Brillant.

»Das sind Aufmerksamkeiten, die mich glücklich machen«, erwiderte der Portugiese, wobei er das kostbare Manufakt hin- und herdrehte.

»Ich möchte Euch jedoch daran erinnern«, erwiderte de Blasi, »daß die Fracht, die ich in die Heimat führe, ausschließlich das Eigentum der Kirche und daher Unseres Herrn und Gottes ist.«

Das Gelächter des Quintetts war mehr als beredt, und als ob das noch nicht ausreichte, um klarzumachen, wie die Dinge lagen, gab

Hasar prompt seinen Kommentar ab: »Wir sind eben damit fertig geworden, die Beute zu teilen, und Eure Eminenz kommt daher und sagt uns, daß all dieses Gold und die Steine das Eigentum des Herrn sind.«

Die schamlose Verachtung in den Worten des Marokkaners brachte seine Helfershelfer dazu, erneut in unmäßiges Lachen auszubrechen. Dann schleppten sie die beiden Mägde Antonias buchstäblich mit sich, obwohl diese verzweifelt versuchten, sich zu wehren. Als sich die Tür hinter ihnen geschlossen hatte, brach Antonia in hilfloses Schluchzen aus.

Die Toten, aber auch die Verletzten waren inzwischen ins Meer geworfen worden und hatten innerhalb nur weniger Minuten ganze Schwärme von Haien angelockt. Das gleiche Los hatte die überlebenden Soldaten und auch die Besatzungsmitglieder ereilt, die offen ihre Treue zum Kapitän bekundet hatten. Von den fast zweihundert Personen, die sich in Cartagena eingeschifft hatten, waren nun etwa nur noch fünfzig Meuterer an Bord zurückgeblieben sowie die meisten der Sklaven und die sieben Gefangenen.

Für die meuternden Soldaten stellte die Insel Kuba das erste Hindernis auf dem Weg in die goldene Freiheit dar. Die Wahrscheinlichkeit lag sehr hoch, daß sie einer der Meerespatrouillen in die Hände liefen, die ständig Jagd auf die englischen und niederländischen Korsaren machten, die die Karibik heimsuchten. Sobald sie jedoch auf offener See waren, würden sie schwerlich auf weitere Kontrollen stoßen.

Die Umrisse von vier niederländischen Cromstern zeichneten sich am Horizont ab, als die Sonne bereits hoch am Himmel stand. Funches kannte sehr wohl die Vorzüge dieser Schiffe, die sehr viel kleiner als eine Galeone waren, aber deshalb nicht weniger gefährlich. Die Cromster waren in der Lage, sehr schnell zu manövrieren und hohe Geschwindigkeiten zu erreichen. Dank ihrer Takelage, die größtenteils aus dreieckigen Lateinsegeln bestand, konnten sie so hart am Wind segeln wie nur wenige andere Schiffe. Die Niederländer folgten in gewissem Abstand den Konvois, bereit, sich wie Habichte auf jedes Schiff zu stürzen, das in Verzug geriet oder sonstige Schwierigkeiten bekam. Funches wußte, daß selbst bei vollem Einsatz der gesamten Schiffsbesatzung eine einzige Galeone niemals den vier Korsarenschiffen standhalten konnte, denn sie waren dazu ausgebildet, in Formation zu kämpfen.

Mit Besorgnis bemerkte Funches, daß die feindlichen Schiffe immer näher kamen. Schon in wenigen Stunden würden sie an ihnen kleben und ihnen den Garaus machen. Die Galeone mußte Gewicht verlieren, damit sie an Geschwindigkeit gewann – auf welche Weise auch immer. Also gab er Befehl, die Holzstapel, einen nach dem anderen, mit einer Seilschlinge zu umwickeln und dann mit der Winde im Laderaum über Bord werfen zu lassen. Schon hatten sie den ersten Block Stämme erfaßt und hochgehoben, als ihm ein sonderbares Manöver der Niederländer auffiel. Fast im selben Augenblick hörte er den Ausguck rufen: »Schiffe in sechs Meilen. Sieht aus wie die *Flota*.«

Für den Augenblick waren sie gerettet, denn flugs hatten die Niederländer kehrtgemacht. Jetzt aber ging es darum, die Flotte des Königs von Spanien irrezuführen, sonst würden sie alle am Galgen enden.

Funches gab Befehl, Kurs nach Osten zu nehmen und sich der *Flota de Tierra Firme* anzuschließen.

Miami. Florida. April 1995.

Die Hitze wirkte äußerst entspannend auf den Geist und den Körper von Laura Joanson, in der Sonne Floridas war es ihr immer möglich, innerhalb weniger Stunden wieder Energie aufzutanken. Gerade war sie von ihrer ergebnislosen Reise in die Nordsee zurückgekehrt, und schon hatte Pete Dayle nach ihr gesucht. Er war einer ihrer alten Mitschüler aus dem College, und es hatte einst auch zärtliche Gefühle zwischen ihnen gegeben. Mittlerweile aber waren sie nur noch Freunde. Dayle leitete eine ziemlich delikate Abteilung der Central Intelligence Agency, obwohl sie eigentlich nie so recht verstand, womit er sich wirklich beschäftigte. Sie wußte nur, daß er vom CIA war. Dayle hatte sie mehrfach angerufen, um von ihr einen Rat zu erhalten. Auch bekam sie von ihm gelegentlich einen Auftrag, ein Seminar über ein bestimmtes Thema zu halten, für das sie anerkanntermaßen Expertin war. Ihre heimliche Zusammenarbeit fand inzwischen schon seit mehreren Jahren statt, was Laura mit Freude erfüllte, da sie fest davon überzeugt war, sich auf diese Weise dem Land, in dem sie geboren war, als nützlich zu erweisen. Sie erlebte gewiß keine Abenteuer wie die Mata Hari und suchte auch gar nicht danach, denn ihre Arbeit und ihr überaus einträgliches Hobby reichten wahrhaft aus, um ihre Tage sinnvoll auszufüllen.

»Dieses Mal aber«, konnte sie nicht umhin zu denken, »hat sich Pete wirklich einiges einfallen lassen.«

Auf der Piste eines kleinen Flughafens südlich von Miami wartete auf sie eine Falcon 20, an deren Einstiegstür für alle deutlich sichtbar das Wappen des CIA prangte. Bei den vielen vorangegangenen Reisen war sie immer brav in der Touristenklasse zu dem Ort geflogen, an dem sie vor einer Gruppe von Mitarbeitern des CIA Vorträge über die Geheimnisse einer im Meer versunkenen Welt hielt. Angesichts dieses Aufwands und des Aufrufs zur Eile, mit dem Pete sie gebeten hatte, zu ihm zu kommen – um ehrlich zu sein, klang es geradezu wie ein Befehl –, wußte sie, daß es sich um etwas sehr wichtiges handeln mußte. Und so nahm sie auf dem bequemen Flugzeugsitz Platz und wartete darauf, daß sich die Räder vom Boden erhoben. Dann zog sie die Schuhe aus und streckte die langen schlanken Beine von sich, denn seit sie von ihrer Reise aus Europa zurückgekommen war, hatte sie nur wenige Stunden Ruhe gefunden.

Sie wachte auf, als sich die Geschwindigkeit des Flugzeugs verlangsamte und es auf der Privatpiste aufsetzte, die nur wenige Meter vom Zentrum des CIA entfernt war. Pete empfing sie in seinem Büro im Hauptgebäude, in dem, so hieß es wenigstens, die Geheimnisse der gesamten Welt aufbewahrt wurden.

»Sieh einer an, ich mußte die Nachricht aus der Presse erfahren, denn du sagst mir ja nichts«, meinte er in scherzhaftem Ton, kaum hatte er sie gebeten, Platz zu nehmen. Laura trug ein pastellgelbes italienisches Kostüm, das ihre Sonnenbräune und ihre anmutige Schönheit hervorragend zur Geltung brachte. Sofort auf den Ton ihres früheren Studienkameraden eingehend, fragte sie lächelnd: »Was war's denn, das du aus den Zeitungen erfahren hast, Pete?«

»Daß Laura Joanson die Bergungsarbeiten eines alten Nazi-U-Boots leitet, das genau zu dem Zeitpunkt in der Nordsee unterging, als die Alliierten Berlin eingenommen haben.«

Laura wußte genau, daß keine Zeitung diese Meldung veröffentlicht hatte: »Was brauchst du, Pete?« fragte sie ohne irgendwelche Umschweife.

»Das *U 115* muß geborgen werden«, antwortete Pete ebenso kurz und prägnant. »Es ist wichtig.«

»Vergiß es, Pete. Dieses U-Boot kann nur in Einzelteilen von kaum mehr als einem Quadratmeter wieder an die Oberfläche gebracht werden.« Und dann beugte sich die junge Frau über seinen Schreibtisch und begann auf einem weißen Papier die Sachlage zu skizzieren. Aber Dayle unterbrach sie.

»Habe ich die Person vor mir, die das *Time-Magazine* als *die* Expertin der Meerestiefen bezeichnet hat, die unmittelbar hinter Jacques Cousteau kommt und die gleichzeitig die Autorin von Bestsellern aus der Unterwasserwelt ist, die unmittelbar hinter Clive Cussler kommt? Oder irre ich mich?« fragte er scherzhaft.

Laura zuckte mit den Achseln, aber ihr Gegenüber ließ nicht locker: »Wenn die Dinge tatsächlich so liegen, dann streng deine kleinen grauen Zellen an. Du mußt die Ladung des U-Boots an die Oberfläche bringen, und wenn du weißt, wie, dann schreib mir einen schönen Bericht – mit sämtlichen Details.«

»Du wirst immer netter, mein Lieber. Tatsächlich, je älter du wirst, desto entzückender wirst du, das muß man dir lassen. Denn ansonsten gibt's keinen Grund, daß ich mir das hier von dir gefallen lasse! Ich sollte sofort gehen und die Tür hinter mir zuschlagen.«

»Unsinn! Du wirst es tun, Laura Joanson, denn du bist eine von uns. Der CIA liegt dir im Blut, so wie sie bei jedem von uns bis in alle roten Blutkörperchen eingedrungen ist. Sag mir, daß ich auf dich zählen kann.«

»Wenn du deinen Status vergißt und den Umhang von Superman an den Haken hängst, bekommt man fast Lust, dich gern zu haben, Pete.« Mittlerweile hatten sie nur noch selten das Vergnügen, sich zu sehen, aber die freundschaftliche Beziehung, die im Lauf ihrer Studienzeit entstanden war, blieb bestehen.

»Hör mal«, erwiderte er, »trotz dieses banalen Vergleichs mit Cousteau und Cussler, ach was, eins hat *Time* außer acht gelassen, obwohl es sicher der interessanteste, unfaßbarste Charakterzug an dir ist: Du wirst von Jahr zu Jahr schöner, Laura Joanson!«

»Deine honigsüßen Schmeicheleien helfen dir auch nicht, mich von deinen Ideen zu überzeugen, Pete. Mir tut es wirklich leid, auf dieses Projekt verzichten zu müssen, schon allein wegen des Prestiges, das für mich dabei rausspringen würde. Aber ich halte es für meine Pflicht, dich zu warnen – das U 115 zu bergen ist ganz und gar unmöglich. Ich meine, es unbeschädigt zu bergen.«

»Willst du damit sagen, daß du den Job annimmst?« fragte er mit ein wenig banger Miene, die nicht ganz so scherzhaft wirkte, wie er gerne gewollt hätte. Doch wartete er nicht einmal ihre Antwort ab, sondern griff hinter sich, um eine elektrisch verschiebbare Wand zu betätigen.

Nach wenigen Augenblicken verdunkelte sich der Raum, und über einen Bildschirm begannen die Bilder eines alten Schwarzweißfilms zu flimmern. »Das«, erklärte Pete, der wieder seinen normalen professionellen, etwas pedantischen Ton angenommen hatte, »ist das Wohnzimmer im Haus von Adolf Hitler, wie es die Soldaten der Roten Armee vorgefunden haben. Und das ist sein Schlafzimmer.« Die Bilder liefen weiter, bis der leitende Angestellte des CIA das Licht wieder anschaltete und unvermittelt fragte: »Ist dir etwas aufgefallen?«

»Alles sieht sehr aufgeräumt aus«, antwortete Laura augenblicklich, »aber es sind keine Gemälde und keine dekorativen Sachen zu sehen.«

Hoffnungsvoll betrachtete Dayle sie mit einem zufriedenen Ausdruck – Gott sei Dank, im Grunde war sie doch sein Geschöpf! Und so begann er erneut: »Genau! Du bist wirklich nicht übel. Als die Alliierten das Haus des Führers betraten, fanden sie auch nicht einen wirklich persönlichen Gegenstand von Adolf Hitler vor, mit Ausnahme von Büchern und Kleidungsstücken. Es sind sogar einige Bilder von sehr großem Wert verschwunden, die von vielen Zeugen beschrieben wurden und sicher eine Beute der vielen Raubzüge des Dritten Reichs waren. Sie sind alle durch einfache Drucke ersetzt worden. Doch sind wir felsenfest davon überzeugt, daß in diesem Haus, wenige Tage bevor diese Szenen gedreht wurden, eine riesige Räumung stattgefunden hat.«

Wieder nahm Pete die Fernbedienung zur Hand, und während das Licht langsam schwächer wurde, begannen weitere Bilder über den Schirm zu laufen. Auf Lauras Lippen erschien ein amüsiertes und doch nachsichtiges Lächeln. Pete hatte schon immer ein Faible für elektronische Choreographie gehabt, wodurch es ihm gelang, seine Erläuterungen besonders einprägsam zu gestalten und das Wesentliche dabei hervorzuheben.

»Der Mann, den du hier siehst, ist ein deutscher Journalist«, fing er wieder an, »Autor oder Opfer einer der kolossalsten Zeitungsenten der achtziger Jahre. Damals kam er mit einer Nachricht heraus, die in der ganzen Welt Aufsehen erregte: Er behauptete, er habe die persönlichen Tagebücher des Führers gefunden.«

»Ich erinnere mich gut daran«, unterbrach sie ihn. »Es stand im deutschen *Stern*, einem der weltweit angesehensten Wochenmagazine, und es hat ihn fast das gesamte Renommé gekostet.«

»Genau. Jedenfalls führte das, was sich später als genialer Streich herausstellte, zur Generalmobilmachung der Geheimdienste auf der ganzen Welt.« Pete machte eine Kunstpause, sprach aber sofort weiter, als er die neugierigen Blicke Lauras auf sich ruhen sah: »Erinnerst du dich? Jedesmal, wenn es in Los Angeles bebt, sagt man, ist es für die Menschen, die dort leben, die Generalprobe für den Big Bang. Gut, und dieser Betrug, auf den der *Stern* hereingefallen ist, wurde für uns ebenfalls dazu. Hitler war gewissenhaft und methodisch, sogar fast pingelig. Er liebte es, die Ereignisse seines Lebens in die berühmten schwarzen Hefte einzutragen. Fünfzig Jahre danach könnte die Welt noch immer erzittern, wenn die innersten Geheimnisse des Führers ans Licht kämen.«

Wiederum machte Pete eine kurze Pause. Dann fuhr er fort: »Wir sind davon überzeugt, und verschiedene Meinungen liefern die Bestätigung dafür, daß Hitlers Privatutensilien und die Dinge, die er am meisten geliebt hat, auf dem *U 115* transportiert wurden – einschließlich seiner geliebten Tagebücher und Notizen sowie anderer Dokumente höchster Geheimhaltungsstufe.«

Vor Lauras Augen erschienen unverzüglich Bilder, die ihre eventuelle Rückkehr auf die Bohrinsel zeigten. Doch als sie sich wieder das Gesicht des Präsidenten der NPO vorstellte und an sein wahrlich ruppiges Benehmen dachte, fühlte sie sich, als drehte es ihr den Magen um. Außerdem haßte sie es, Entscheidungen, die sie bereits getroffen hatte, wieder über den Haufen zu schmeißen. Sie beabsichtigte nicht, erneut vor Rustom zu treten und sich Asche aufs Haupt zu streuen. Warum sollte sie auch? Und war es schließlich nicht Rustom selbst gewesen, der plötzlich seine Meinung angesichts der tausend Schwierigkeiten geändert hatte, die mit der Bergung des Wracks verbunden waren?

Als hätte er ihre Gedanken gelesen, hob Pete wieder an zu sprechen. »Dieses Wrack interessiert die Vereinigten Staaten ebenso wie die britische Regierung, Laura. Urteile nicht nach dem äußeren Anschein. Wir können bei dieser Operation nicht außen vor stehen. Du wirst sehen, sie werden dich auf der Crude Brent sicher mit offenen Armen erwarten. Und deine Meinungsänderung kannst du damit rechtfertigen, daß du allen mitteilst, dich über eine neue Bergungsmethode kundig gemacht zu haben, die du nun in der Praxis ausprobieren möchtest.«

Das war in der Tat eine gute Erklärung, die keinen falschen Eindruck entstehen lassen würde … Aber was wußte Pete überhaupt von ihr und von dieser Operation? Erst der Hinweis auf den nicht existierenden Zeitungsbeitrag und jetzt der Name der Bohrinsel. Dann die Bemerkungen über das Interesse der britischen Regierung. Und über den »äußeren Anschein«. Wußte er etwa auch von dem seltsamen Verhalten Rustoms? Also, was steckte da wirklich dahinter? Sie wollte sich Klarheit verschaffen: »Außerdem ist mir Sir Rustom denkbar unsympathisch«, erwiderte sie.

Als Pete bemerkte, daß er ihr direkt in die Falle gelaufen war, war er schon einen Schritt zu weit gegangen. »Sicher«, bestätigte er, »Rustom ist kein einfacher Mann. Es heißt, er stünde dem MI5 sehr nahe, der, wie du sicher weißt, der britische Nachrichtendienst ist. Und sicher ist er ein Geschäftsmann, der seine Firma ohne viel Skrupel führt.«

Seine Lippen öffneten sich zu dem verführerischen Lächeln, für das er an der Universität einmal berühmt gewesen war, doch wußte Laura genau, daß ihn der Gedanke, sein Versteckspiel aufzugeben, nervös und dünnhäutig machte.

»Macht es dir eigentlich Spaß, die Fakten meines Lebens zu sammeln und von dem, was ich tue, gleichsam den Schleier herunterzureißen?« fragte sie in gespielt verärgertem Ton.

»Nur wenn es um eine Sache geht, die mich interessiert«, antwortete er prompt. »Oder, besser, die unser Land interessiert. Und in diesem Moment haben wir ein ziemlich großes Interesse an dem Wrack des letzten U-Boots, das die Küsten des Nazireichs verlassen hat.«

»Ach! Ich darf also darauf gefaßt sein, daß ich an Bord der Bohrinsel einige ›Freunde‹ vorfinden werde.«

»Nun, ich kann dir sicherlich nicht ihre Namen auf die Nase binden, denn es handelt sich um Undercoveragenten. Aber ich kann dir versichern: du wirst nicht allein sein«, antwortete Pete.

»Erinnerst du dich, als du noch keine zwanzig Jahre warst, bist du auch als Undercoveragent auf dem infernalischen Campus der Universität Harvard herumgeschlichen«, sagte Laura mit einem Anflug von Wehmut.

»Sicherlich. Ganz genau. Und ich erinnere mich auch daran, daß du mich mit einer Reihe der hinterlistigsten weiblichen Tricks als einen blutigen Anfänger demaskiert hast, der sein Innerstes hinter der romantischen Idee eines vom CIA eingeschleusten Agenten verbergen wollte. Gott, habt ihr mich alle mit Spott bedeckt!«

»Schon richtig«, gab Laura mit verträumter Miene zu. »Vielleicht ist unsere Geschichte gerade deswegen zu Ende gegangen, weil ich es schaffte, in deine verborgensten Geheimnisse vorzudringen. Du dagegen…«

»Ach was«, erwiderte er und schüttelte heftig seine breiten Schultern. »Wer von uns beiden kann das besser beurteilen? Immerhin könntest du heute abend zum Abendessen bleiben. Sie haben in der Stadt ein grandioses italienisches Restaurant eröffnet, richtig mit Mandolinen, Chianti und Kerzenlicht. Das Flugzeug steht dir ohnehin bis morgen früh zur Verfügung.«

Sie konnte nicht umhin zu bemerken, daß Petes Stimme einen ganz anderen Ton angenommen hatte.

»Nein«, erwiderte sie. »Ich glaube tatsächlich, ich sollte mich stehenden Fußes wieder an Bord dieses Haufens assortierter Metalllegierungen begeben, den du geschickt hast, um mich von zu Hause abzuholen. Darin werde ich noch heute abend nach Miami zurückkehren. Bevor ich wieder ins eisige Nordmeer fahre, nehme ich mein Recht auf mindestens zwei Tage Urlaub in Anspruch. Ich hab' dich lieb, höchster Kommandant.«

Sie streichelte liebevoll seinen Kopf und verabschiedete sich mit einem Kuß auf seine Wange.

Nordküsten Kubas. 4. September 1622.

Der Marchese de Cadereita blickte forschend auf den Horizont. Seine Miene verriet große Unruhe, denn trotz aller Anstrengungen hatten sie sich im Hinblick auf das geplante Abreisedatum um mittlerweile sechs Wochen verspätet. Außerdem gab es noch einen weiteren Grund für seine Besorgnis – noch immer hatte die *Santa Esmeralda* den Konvoi nicht eingeholt. Freilich war sie ein Schiff, das unter der Bezeichnung »Registerschiff« klassifiziert worden war, das also für so sicher gehalten wurde, daß es nicht – wie das spanische Gesetz befahl – nur in einer Formation von mindestens zehn Schiffen den Atlantik überqueren durfte. Und die Vereinbarungen, die mit Kapitän de la Molina getroffen worden waren, waren ebenfalls klar: Sobald die geschäftlichen Operationen in Havanna beendet waren, würde die *Flota* in See stechen und dann möglicherweise mit reduzierter Geschwindigkeit segeln, um auf die letzte Galeone des Konvois warten zu können.

Die schlechte Jahreszeit hatte begonnen, und diese steife, wechselhafte Brise ließ nichts Gutes ahnen. Ein wenig angstvoll betrachtete der Admiral die Formation der achtundzwanzig dahinsegelnden Schiffe. Eindrucksvoll überragten die mächtigen Schiffskörper der drei Galeonen, die das Geleit sicherten, die übrigen Schiffe. So fuhr die *Santa Margarita* an der Spitze des Konvois, während die *Nuestra Señora de Atocha* ihn am Ende beschloß. Und die Galeone, auf der sich der Kommandositz befand, die *Nuestra Señora de Candeleira*, segelte genau in der Mitte der Formation.

»Segel an achtern! Das erste etwa sechs Meilen entfernt!« Der Ruf des Ausgucks lockte eine kleine Gruppe von Menschen an die Reling.

Cadereita zog das Fernrohr aus: »Sieht aus wie eine Galeone, die von vier Cromstern verfolgt wird«, urteilte er mit sicherem Blick. »Killt die Segel, damit sie uns einholen können.«

Als die Entfernung sich mehr und mehr verringerte, bestätigten die Tatsachen, was der Admiral angenommen hatte: Die vier Korsarenschiffe verschwanden am Horizont, während die *Santa Esmeralda* auf sie zusteuerte.

»Die Männer der *Esmeralda* holen gerade eine Schaluppe nieder, Kapitän«, meldete einer der Offiziere, während auf dem meuternden Schiff sämtliche Manöver in scheinbarer Ruhe mit der üblichen Präzision durchgeführt wurden.

»Señor Vasted«, sagte Funches in einem Ton geheuchelter Unschuld, »solltet Ihr irgendwie die Idee haben, Euch bei den Schiffen der Flota um Hilfe zu bemühen, so erinnere ich Euch daran, daß das Fräulein Llobet die erste wäre, deren Lebenslicht ausgeblasen wird. Auf wahrhaft sehr unschöne Weise.« Und ruckartig riß er seine Hände auseinander, mit einer Geste, als schlachte er ein kleines, lebendes Tier ab.

»Sie haben die gelbe Fahne gehißt, Admiral. Anscheinend herrscht eine Epidemie an Bord. Und jetzt lassen sie die Schaluppe zu Wasser«, verkündete gerade auf der *Candeleira* der Wachoffizier, der noch immer sein Auge am Fernrohr hielt.

Es dauerte nur wenige Minuten, bis die Schaluppe, die von der *Santa Esmeralda* ins Meer gelassen wurde, gegen die Bordwand des Admiralsschiffs anschlug. Vasted stand aufrecht in der Mitte des Boots. Der Mann, der ihn begleitete, hatte ein Messer im Ärmel versteckt. Auch die Ruderer waren bis an die Zähne bewaffnet.

»Wir sind von einer unbekannten Seuche befallen, Herr«, schrie der Erste Offizier der *Esmeralda*, kaum war er unten an der Bordwand angekommen. »Wir bitten um Erlaubnis, uns dem Konvoi anschließen zu dürfen.«

»Hattet Ihr Tote?« fragte der Admiral de Cadereita und lehnte sich weit über die Reling hinaus.

»Nur zwei, Herr. Die Seuche ist von schrecklicher Heftigkeit und verursacht hohes Fieber, aber sie scheint für jemanden, der gesund ist, nicht tödlich zu sein«, antwortete Vasted, dem diese Worte genau eingetrichtert worden waren.

»Wie ist die Moral der Männer?« fragte wieder der Admiral der Flota.

Für einen kurzen Augenblick zögerte Vasted, dann antwortete er: »Gut soweit. Natürlich nur bei denjenigen, die nicht unter Deck in ihren Betten liegen müssen.«

»Bestellt dem Kapitän de La Molina meine Grüße, Señor Vasted. Die Erlaubnis, Euch dem Konvoi anzuschließen, ist hiermit erteilt. Euer Platz wird am Ende der Formation sein, direkt neben der *Nuestra Señora de Atocha*.«

Nochmal ein Moment des Zögerns von seiten des jungen Offiziers, dann antwortete er: »Gewiß werde ich das dem Kapitän unseres Schiffes ausrichten, Herr, sobald er in der Lage ist, seine Unterkunft zu verlassen.«

In Gedanken versunken, blieb der Marchese de Cadereita stehen und betrachtete die sich entfernende Schaluppe, wobei er sich fragte, ob er nur wieder das übliche, durch die Fülle seiner Erfahrungen erzeugte Mißtrauen verspürte, oder ob sich doch irgendein deutlicher Hinweis fand, daß es an Bord der *Santa Esmeralda* nicht mit rechten Dingen zuging.

All diese merkwürdigen Vorkommnisse, die mit der Reise dieses Schiffes verbunden waren, hatten ihm bereits von Anfang an mißfallen, seit er sich damals mit de la Molina in einem der Gasthäuser in Cartagena längere Zeit unterhalten hatte.

Was für einen Sinn sollte es haben, eine Galeone aus Spanien zu entsenden, nur um sie mit Bauholz zu beladen und dann, mitten in der Jahreszeit der schlimmsten Wirbelstürme, über eine lange, einsame Strecke reisen zu lassen? Wozu diese Eile? Cadereita begriff ja die Dringlichkeit, wenn es darum ging, Gold und Edelsteine aus der Neuen Welt nach Spanien zu transportieren. Doch warum solch gewaltige Aufmerksamkeit für eine bloße Ladung Holz? Welches Geheimnis umgab diese Fracht? Auch der Befehl, den *veedor general* und den *maestre de plata* auf der *Santa Esmeralda* reisen zu lassen, hatte ihn ziemlich verärgert. Wie kam der Herzog von Figueres dazu, ihn auf einer solch riskanten Reise seines Stabs zu berauben?

Und jetzt kam noch die Geschichte mit der geheimnisvollen Epidemie dazu. Wer weiß! Zwar hatte er jedes Mitglied der Besatzung auf seinem Posten gesehen, aber normalerweise stellte die Begegnung auf offenem Meer ein derartig aufregendes Ereignis dar, daß die gesamte Besatzung auf Deck zusammenlief und über die Reling schaute, noch dazu, wenn das befreundete Schiff entscheidend dazu beigetragen hatte, den Angriff niederländischer Korsaren abzuwenden.

»Ja, sicher gibt es da eine Epidemie«, überlegte der Admiral. Aber wenn der Rest der Matrosen gezwungen war, unter Deck zu bleiben, hätte ihn Vasted doch darüber informieren müssen, daß sie mit der Schichtablösung der Männer bei den einzelnen Manövern ziemliche Schwierigkeiten hatten. Außerdem war ihm das verlegene Verhalten des jungen Offiziers nicht entgangen – seine wächsern-blasse Gesichtsfarbe und sein hochgradig verwirrter Zustand, während er ihn doch schon bei so manchen Gelegenheiten als einen brillanten jungen Mann voller Kühnheit und Lebenskraft kennengelernt hatte. Freilich konnte die Epidemie eine Erklärung für sein Verhalten sein, aber das glaubte er nicht. Irgend etwas stimmte da nicht. Ganz sicher, nein.

Nordsee. April 1995.

Das Szenario wiederholte sich auf fast identische Weise – der Hubschrauber, der auf dem kleinen Landeplatz auf der Plattform der Bohrinsel aufsetzte, Oswald, der sich die Kapuze auf dem Kopf festhielt und darauf wartete, daß Laura ausstieg. Nicht einmal eine Stunde später waren sie schon an der Arbeit. Wie immer hatten zwei Tage in Miami ausgereicht, um der jungen Wissenschaftlerin das Gefühl von vollständiger Erholung zu geben, so daß sie vor neuen Ideen, wie die Bergung des *U 115* vorzunehmen sei, nur so sprühte. Auf dem Tisch im Sitzungssaal waren sämtliche Unterlagen über die Lage und Konstruktion des Wracks ausgebreitet.

Laura Joanson nahm einen Stift zur Hand und wies auf die vom Echolot gezeichneten Teile eines Felsausschnitts.

»Sehen Sie, Oswald«, erklärte sie, »in Wirklichkeit ist es so, daß sich die beiden Felszacken überlagern. Sie versperren uns also jeden Ausweg in Richtung Oberfläche. Aus diesem Grund nehme ich an, daß sich das *U 115* in einer Art Grotte befindet, die nach beiden Seiten offen ist. Man könnte es nur von einer der beiden Seiten her bergen. Doch in Anbetracht des lädierten Zustands des U-Boots glaube ich nach wie vor nicht, daß dies möglich ist. Allerdings – wenn es uns auf irgendeine Weise gelänge, die Brücke des *U 115* zu erhalten – könnten wir die Felsnadel über dem Boot entfernen und es von oben bergen.«

Oswald hatte ihr aufmerksam zugehört, dann schüttelte er etwas ratlos den Kopf: »Und wie stellen Sie sich das vor? Wie wollen Sie unter Wasser Tausende von Tonnen Fels entfernen? Vielleicht mit Preßlufthämmern und Grubenarbeitern, in fast zweihundert Metern Tiefe?«

Laura lächelte. »Das ist sicherlich nicht das, was mir Sorgen bereitet. Sechzehn Ladungen Sprengstoff können, wenn sie am richtigen Platz angebracht sind, selbst ein Hochhaus zu Staub pulverisieren. Anhand der seismographischen Untersuchungen habe ich bereits genaue Berechnungen angestellt, daher schätze ich, daß wir an die dreißig Ladungen brauchen, um diesen Zacken zu entfernen. Nach meiner Meinung liegt das tatsächliche Problem darin, eine Art Gerüst zu bauen, das den Rumpf des U-Boots davor schützt, unter den Trümmern des Felsens begraben zu werden.«

»Um einen künstlichen Schutz aus Eisen und Stahl zu bauen, also etwas ähnliches wie – verstehen Sie mich nicht falsch – einen Straßentunnel, benötigte man in dieser Tiefe mehrere Jahre Arbeit«, kommentierte Oswald, der zwar den Part eines Advocatus Diaboli einnahm, sich aber dennoch für Lauras Beharrlichkeit, eine Lösung für ihre Probleme zu finden, zunehmend begeisterte.

Laura warf ihm einen rätselhaften Blick zu. »Und wer hat gesagt, daß man den Käfig in dieser Tiefe bauen muß?«

Sie schob eine Diskette in den Computer und tippte einige rasche Kommandos auf dem Keyboard. Sofort erschien auf dem Bildschirm eine dreidimensionale Graphik des Meeresgrundes, auf dem die Silhouette des Felsens, gebildet aus roten Linien, erschien, während der Umriß des *U 115* in Gelb gezeichnet war.

»Hier haben wir die Computerumsetzung der Daten, die uns vom Echolot übermittelt wurden«, erklärte sie. »Natürlich müssen wir die Diagramme noch einer genaueren und direkten Prüfung unterziehen, aber das können wir nur in einem Tauchgang erreichen. Und das ist, was ich vorhabe.«

Sie betätigte noch einige weitere Tasten, dann nahm die weiße Struktur des geplanten Gerüsts eine neue Form und Größe an und begann sich auf dem Bildschirm zu drehen, wobei die einzelnen Abschnitte und sogar die Abmessungen eines jeden Eisenträgers, Metallgitters und Bleches gezeigt wurden.

»Dieses Gerüst muß an Land konstruiert werden, und zwar bestehend aus drei Elementen«, begann sie erneut. »Danach senken wir es auf den Grund des Meeres ab und montieren es so, daß es über dem Wrack zu stehen kommt.«

Oswald unterbrach sie mit einem Lächeln, aus dem man schließen konnte, daß der Plan seine Zustimmung fand. »Zeigen Sie her, ob ich das richtig verstanden habe, Laura. Praktisch haben Sie vor, ein Gerüst zwischen dem Schiffsrumpf und dem Felsen darüber anzubringen, dann die Felsspitze mit dreißig Sprengladungen wegzubomben und die Trümmer über das Metallgerüst in die Tiefe rutschen zu lassen. Auf die Weise kommen sie mit dem U-Boot in keinerlei Berührung. Und nachdem dieses Gesteinstrumm verschwunden ist, bauen Sie Ihren Metallkäfig wieder ab und haben dann freien Zugriff auf das Wrack.«

Nach diesen Worten machte der kleine Mann eine kurze Pause, tief in Gedanken versunken, doch dann schüttelte er heftig den Kopf. »Aber selbst wenn wir auf diesem Weg vorgehen, brauchen wir mindestens vier oder fünf Monate. Vergessen Sie dabei nicht die wichtigsten Faktoren. Erstens: Ihr Vertrag mit der North Pole Oil sieht für die Bergung eine Höchstzeit von fünfundvierzig Tagen vor. Zweitens: Ein Mensch kann dort unten nur wenige Minuten arbeiten, danach muß er für einige Tage in die Dekompressionskammer. Drittens: Ein Bathyskaph, auch ein hochentwickelter, hat in dieser Tiefe nur eine Aktionszeit von achtzehn Minuten. Maximal!«

»Gestatten Sie mir auch in diesem Fall eine grundlegende Korrektur, Oswald«, erwiderte Laura. »Alles, was Sie sagen, ist richtig, aber nur unter der Voraussetzung, daß man von der Oberfläche aus anfangen muß.«

Oswalds fragender Blick veranlaßte sie, ihre Schweigepause länger auszudehnen als nötig – sie wußte schließlich, wie man die Neugierde eines Menschen steigern konnte.

»Aber wie es der Zufall will, hat mir die NASA zugesichert, mich bei diesem Projekt zu unterstützen. Sie können ihr Unterwasserlabor mitsamt ihren Technikern in weniger als fünf Tagen hierher verfrachten. Und sie garantieren uns, daß sie es schaffen, uns innerhalb von vierzehn Tagen die Schlüssel zu unserem Appartement in hundertachtzig Metern Tiefe auszuhändigen.«

Natürlich erwähnte Laura nicht, inwieweit Petes Intervention nötig war, um ihr die vollständige und wundersame Unterstützung der amerikanischen Raumfahrtbehörde zu gewähren.

Am nächsten Morgen stieg die junge Frau bis zum linken vorderen Tragpfeiler der Bohrinsel hinab, an dem sich der Landungssteg befand und der *Gorgonia* und die übrigen Hilfsboote vertäut waren. Kaum war sie an Bord, bemerkte sie, daß nicht der übliche Pilot das Kommando hatte, sondern Oswald Breil selbst, dem ein breites Willkommenslächeln ins Gesicht geschrieben war.

»Beruhigen Sie sich, Laura«, sagte der kleine Mann aus dem ergonomischen Sitz heraus, in dem er auf eine fast lächerliche Weise verschwand. »Ich habe den *Gorgonia* selbst entworfen und persönlich getestet. Ich kenne diesen Bathyskaphen besser als mein eigenes Schlafzimmer.«

Schon nach kurzer Zeit hob der Laserstrahl den Umriß des Felsens hervor, Laura mußte einräumen, daß Oswald den Bathyskaphen wirklich fachmännisch steuerte. Noch wenige Minuten, und es würde möglich sein, eine genaue dreidimensionale Karte von dem Gebiet zu zeichnen, in dem das Nazi-U-Boot festhing.

Als sie die Oberfläche wieder erreicht hatten, stieg Laura aus der Lukentür mit einigen Blättern Fotopapier und einer Diskette in der Hand. Kaum hatte sie die oberste Plattform der Bohrinsel erreicht, entdeckte sie den Hubschrauber des Präsidenten der NPO. Nun war ihr klar, daß sie keinem sehr angenehmen Vormittag entgegensehen würde.

Das Telefon begann in ihrer Kabine gerade in dem Augenblick zu läuten, als sie den Raum betrat. Sir Rustom wollte sie sofort im Sitzungssaal sehen. Sie beschloß, daß das keine Eile hatte, auch deshalb, weil sie von ihrem Abstieg in die Tiefe erschöpft war. Rasch zog sie sich aus und legte sich für ein paar Minuten hin. Dann erhob sie sich wieder und machte sich mit festem Schritt auf zu ihrer Verabredung mit dem bösen Wolf.

Schon an seiner blutroten Gesichtsfarbe war zu erkennen, daß sich der Präsident der NPO wie eine Art Dampfkochtopf fühlen mußte, und zwar einer, in dem es schon seit etlichen Stunden siedete. Dennoch ließ er sich dazu herab, ihr seine Hand nach zustrecken und ihr

Platz anzubieten. Laura kam seiner Aufforderung nach, wobei sie den Eindruck hatte, daß Oswald, der auch anwesend war, große Mühe hatte, nicht in lautes Gelächter auszubrechen.

Rustoms Worte brachen das Schweigen, das schwer im Raum lastete. »Ich sehe, daß auch eine mutige, hervorragend ausgebildete und intelligente Frau wie Sie in der Lage ist, ihre Meinung mit der gleichen Leichtigkeit zu ändern, mit der sie den Rückzug antritt.«

Kein schlechter Auftakt, beileibe nicht, doch hatte sich Laura fest vorgenommen, auf keine der Provokationen des großen Präsidenten einzugehen. Sie schwieg, während Rustom wieder anfing: »Dr. Breil hat mir in groben Zügen Ihren Plan erläutert. Er kommt mir schlichtweg absurd und sinnlos vor. Wenn Sie glauben, Sie können das Geld meiner Gesellschaft zum Fenster hinauswerfen und das Leben unserer besten Techniker aufs Spiel setzen, dann irren Sie sich gewaltig.«

Nun allerdings war Laura nicht länger bereit, sich zurückzuhalten. »Ich möchte Sie nur daran erinnern, daß ich heute morgen einen Vertrag mit Ihrer Firma unterschrieben habe, und zwar in Anwesenheit eines leitenden Angestellten der britischen Finanzbehörde. In besagtem Vertrag wird mir die Leitung der Bergungsarbeiten übertragen und ein Budget von einer Million dreihunderttausend Dollar anvertraut sowie ein Zeitraum von fünfundvierzig Tagen eingeräumt, um das *U 115* zu bergen. Gut. Und ich habe die Absicht, dieses Boot nicht nur innerhalb der mir zur Verfügung gestellten Zeit zu heben, sondern auch mit einer beträchtlichen Einsparung der im voraus veranschlagten Kosten.«

»Ich wiederhole, daß ich die gesamte Situation als Farce empfinde, die ich in keiner Weise gutheißen kann. Ich fordere Sie daher auf, morgen früh die Bohrinsel zu verlassen und den Vertrag als nichtig zu betrachten«, beharrte Rustom in verächtlichem Ton. »Und lassen Sie mich wissen, was ich Ihnen für Ihre Bemühungen schulde.«

»Sehen Sie, Sir Rustom«, erwiderte die junge Frau mit überlegener Ruhe, »Ihre äußerst tüchtigen und kostspieligen Londoner Anwälte haben es für richtig erachtet – zweifellos im Sinne der zu vertretenden Firma und in dem der britischen Regierung –, in den Vertrag eine einseitige Rücktrittsklausel einzufügen und als Vertragsstrafe eine astronomische Summe für diejenige Partei festzusetzen, die sich entschließt, den Vertrag ohne objektiv stichhaltigen oder nachzuvollziehenden Grund zu brechen. Und nach der Vorstellung dieser Anwälte wäre diese Partei – ich. Welchen Grund konnten denn Ihre Rechtsvertreter haben, daß sie zu der Annahme gelangten, die NPO würde von einem Vertrag zurücktreten, den sie mit einer jungen Wirrköpfin unterzeichnet hat?«

Während Rustoms Gesicht nun eine schon ins Blaurot gehende Farbe annahm, führte er seine zitternde Hand an eine Flasche Mineralwasser, goß sich hastig ein Glas ein und stürzte das Wasser beinahe in einem einzigen Schluck hinunter. Laura machte sich zum finalen Ausfall bereit.

»Es ist meine feste Absicht, die Bergung dieses U-Boots zu versuchen, und niemand sollte sich die Illusion machen, einen gültigen und unterschriebenen Vertrag für nichtig erklären zu können. Abgesehen davon, was es Sie an Schadenersatz kostet, fordere ich Sie auch dazu auf, sich ein paar Gedanken darüber zu machen, welches Licht das auf einen gigantischen Ölmulti werfen würde. Grandios! Vor den Augen der gesamten Welt würde deutlich, daß dieser Multi von einer schwachen Frau, die von einer Idee begeistert ist, in die Knie gezwungen wird… Wie haben Sie gesagt, Sir Rustom? Ach, ja: eine schlichtweg absurde und sinnlose Idee, wenn ich mich recht erinnere.«

Nun hielt es Oswald für angebracht, sich in das Gespräch einzuschalten, und begann, vor seinem Präsidenten die ökonomisch positiven Aspekte der Angelegenheit auszubreiten.

»Wir haben von der britischen Regierung einen pauschalen Steuerfreibetrag von siebenhunderttausend Pfund Sterling erhalten für den Fall, daß wir uns dazu bereiterklären, die Bergung vorzunehmen. Außerdem reduzieren sich auch dank der Beteiligung der NASA ganz deutlich die Kosten, vor allem in der Anfangsphase der Operation. Bis zum Zeitpunkt einer definitiven Entscheidung, ob wir das Wrack nun bergen oder nicht, sollten wir nicht mehr als zweihunderttausend Pfund ausgegeben haben. Wie auch immer die Dinge dann laufen, sicher ist, daß die Gesellschaft bis dahin ein Image in der Öffentlichkeit erreicht hat, das sie nicht einmal dann gewinnen würde, wenn sie zwei Jahre lang ununterbrochen Werbespots in allen Fernsehsendern der Welt laufen lassen würde.«

Normalerweise hatte die Fata Morgana eines eindrucksvollen ökonomischen Vorteils auf Rustom den gleichen Effekt wie ein Knochen auf einen ausgehungerten Hund. Diesmal war dem aber nicht so. Er murmelte irgendwelche unverständlichen Worte, die besser nicht zu wiederholen waren, und verließ wutschnaubend den Raum.

Verschmitzt bedachte Oswald Laura mit einem Augenzwinkern und erhielt im Austausch ein strahlendes Lächeln.

Karibisches Meer. 4. September 1622.

In den ersten Abendstunden hatte der starke Wind aufgefrischt. Obwohl Admiral de Cadereita über die Wetterlage sehr beunruhigt war, ging ihm die Erinnerung an die Männer der *Santa Esmeralda* nicht aus dem Sinn.

Plötzlich durchfuhr es ihn wie ein Blitz: Natürlich, der Degen! Vasted trug keinen Degen! Kein Offizier würde je bei dem Besuch eines anderen Schiffes seine Waffe zurücklassen, es sei denn, er ist dazu gezwungen.

Der alte Admiral stürzte aus seiner Kabine und marschierte an Deck. Der Wind peitschte die Wassermassen so gewaltig auf, daß sie bis zum Achterkastell spritzten. »Bootsmann«, lautete sein Befehl, »holt die Segel ein. Wir gehen auf halbe Fahrt und lassen uns von der *Atocha* und der *Santa Esmeralda* einholen. Und die nächsten paar Stunden werden wir damit zubringen, die einzelnen Schiffsabschnitte zu kontrollieren.«

Nicht im entferntesten wäre es dem Unteroffizier in den Sinn gekommen, das, was ihm zumindest als recht verwunderlicher Befehl vorkam, in Frage zu stellen, also gab er nur gezielt einige Kommandopfiffe ab. Vielleicht war es gerade dieses unvorhergesehene Manöver, das das Admiralsschiff davor bewahrte, von dem plötzlichen Wettereinbruch betroffen zu werden.

Denn innerhalb weniger Minuten hatte der Wind seine Geschwindigkeit verdoppelt, so daß sich das Meer immer höher auftürmte. Ständig drangen durch das Getöse der Wellen die Rufe der Matrosen von den anderen Schiffen, die mit der schwierigen Aufgabe beschäftigt waren, die Segelfläche zu verringern.

Es geschah durch puren Zufall, daß diese Entscheidung, die der Admiral auf Grund seiner Zweifel getroffen hatte, mit dem anbrechenden Gewitter zusammenfiel. Doch war dies ein weiterer Anlaß, seinen Ruhm als großer Seemann, der ihn als Kapitän der *Flota de Tierra Firme* umgab, noch zu erhöhen. Durch die abgetakelten Segel war die *Nuestra Señora de Candeleira* das einzige Schiff, das in der Lage war, dem Tosen von Wellen und Wind stabil standzuhalten. Die anderen Segelschiffe wurden von der Gewalt des Sturms auf die Wasseroberfläche gedrückt und neigten sich so gefährlich zur Seite, daß es aussah, als wären sie nicht länger manövrierfähig.

Cadereita beobachtete, wie verzweifelt die *Flota* vor ihm gegen die lebensgefährlichen Böen ankämpfte, und fing an, für die Rettung der Männer zu beten. Jedesmal, wenn er sich auf dem Wellenkamm befand, suchte er das Meer zum Heck hin ab. Die *Atocha* konnte er leicht erkennen, sie war allerdings von dem Kurs, den sie einhalten sollte, weit nach Norden abgetrieben worden. Aber die *Santa Esmeralda* sah er nicht.

Funches hatte beschlossen, den Konvoi zu verlassen, sobald es dunkel würde. Er beabsichtigte, auf den Golf von Mexiko zuzusteuern und sich dann entlang der nördlichen Küste zu bewegen. Danach wollte er in einer geschützten Bucht das Schiff verlassen, um später in irgendeinem Teil der Neuen Welt die geraubte Beute zu genießen.

Aber der Sturm war für ihn wie für alle anderen unerwartet losgebrochen. Der Wind schob die Galeone aus dreiviertelachtern und stellte damit die Stabilität des Schiffskörpers auf eine harte Probe. In aller Eile setzte sich der Anführer der Meuterer mit seinen Komplizen zu einer Beratung zusammen. Sie kamen überein, daß sie bloß diesen Kurs zu halten und die Küste Floridas auf einige Dutzend Meilen zu ihrer Rechten zu lassen brauchten, dann erreichten sie wie von selbst die ruhigen Wasser des Golfs von Mexiko.

Unter Deck bemerkte der Pater als erster, daß sich das Wetter verschlechterte. Die hohen, sich überstürzenden Brecher folgten immer heftiger aufeinander, und in dem engen Raum der Zelle spürten die Gefangenen das Schlingern noch sehr viel unangenehmer. Vasted, der seit seiner Rückkehr in die Zelle nicht mehr den Mund aufgemacht hatte, hob seinen Kopf und sah in die Richtung des Paters.

»Ihr habt recht, Pater Pietro«, sagte er. »Wir sind in einen tropischen Sturm geraten. Hoffen wir, daß diese Mörderbande die *Santa Esmeralda* auch bei diesem Wetter zu steuern versteht. Vor allem unter Berücksichtigung der Tatsache, daß da oben, soweit ich gesehen habe, wohl nur noch sehr wenige sind.«

»Sicher, aber was ändert das schon?« fragte Antonia mit dünner Stimme aus einer Ecke des Verschlags, wo sie sich der einen der beiden Zofen annahm, die lebend die brutalen Vergewaltigungen überstanden hatte. »Ich weiß wahrlich nicht, ob es schlimmer ist, dem Wüten des Meeres oder dem wüsten Treiben dieser Folterknechte zum Opfer zu fallen.«

Auf der anderen Seite der Zelle hockte Kardinal de Blasi zusammengekrümmt auf dem Boden. Er war seekrank und wurde vom ständigen Brechreiz geschüttelt. Sein Sekretär hatte zu Anfang noch unsichere Anstrengungen unternommen, ihm fürsorglich zu Hilfe zu eilen, doch innerhalb kürzester Zeit war auch er von Übelkeit überwältigt worden.

Langsam begann das Toben der Elemente, seine Wirkung auch auf Funches' abgestumpften und niederträchtigen Charakter auszuüben. Der Anführer des meuternden Haufens starrte wie verloren vor sich hin, unfähig, der Besatzung noch irgendeinen Befehl zu geben. Die Wogen fegten über die Brücke und rissen einen Teil der Ausrüstung und auch der draußen verstauten Fracht mit sich.

Spät in der Nacht wurde der Sturm zu einem Hurrikan, in dem der Wind eine Stärke von fünfundsiebzig Knoten entwickelte. Die Kraft des Meeres war unbezähmbar geworden. Zwei der drei Masten der *Santa Esmeralda* lagen in Stücken. Die Galeone konnte nur noch notdürftig gesteuert werden, denn es waren nur noch zwei Sturmsegel auf dem Großmast vorhanden. Die wenigen Aufständischen, die noch in der Lage waren zu arbeiten, suchten hinter den Deckaufbauten der Kastelle Zuflucht und Schutz vor dem tobenden Meer. Als sie das Korallenriff bemerkten, war es bereits zu spät.

»Die Anker nieder!« schrie Funches, in der Hoffnung, die unvermeidbare Abdrift noch zum Stillstand zu bringen, doch seine Stimme wurde vom Getöse des Hurrikans übertönt. Also stürzte der Portugiese selbst vor zum Bug, wo ihn einige seiner Männer in der Gischt der Wellen und dem strömenden Regen erblickten und ihm zu Hilfe eilten. Dann lösten sie unter großen Schwierigkeiten den etwa zwei Tonnen schweren Anker aus seiner Haltevorrichtung. Nur noch wenige Hundert Fuß trennten sie von dem undurchdringlichen Korallenriff, und der Aufprall schien unvermeidlich. Und genau in dem Augenblick, als der Rumpf der *Santa Esmeralda* in dem Tal einer majestätischen Welle zu verschwinden drohte, wurde der Anker außenbords zu Wasser gelassen. Dann schoß das Schiff wieder empor, was bewirkte, daß die zwei Tonnen Eisen an der Außenwand entlangschrammten. Durch den Wellenschub wurde die pendelnde Bewegung noch verstärkt, so daß der Anker gegen die Schott prallte und einen mehrere Meter langen, klaffenden Riß verursachte.

Das Geräusch der splitternden Bretter führte dazu, daß der Kardinal wieder aus seinem Dämmerzustand erwachte. Mit Wucht brach das Wasser in ihr Gefängnis ein und riß die Bordseite noch weiter auf, bis sich das Schiff nicht mehr aufrichten konnte. Bevor der Rumpf in das stürmische Meer zurückfiel, floß das Wasser, das die Zelle überflutet hatte, aus dem Leck wieder hinaus und riß alle Gefangenen mit sich.

8.

Norwegisches Meer. April 1995.

Laura Joanson schaute auf das amerikanische Kriegsschiff, das, wenige hundert Meter von der Bohrinsel entfernt, vor Anker gegangen war. Die Pünktlichkeit, mit der die NASA es geschafft hatte, ihre sündhaft teuren Apparaturen in die Nordsee zu verfrachten, war wirklich beeindruckend. Nach diesem Resultat zu urteilen, sah es ganz so aus, als hätte ihr ehemaliger Schulkamerad Pete beim CIA eine sehr beachtliche Karriere gemacht. Und offensichtlich war die Angelegenheit des *U 115* tatsächlich von allerhöchstem Interesse.

Deep-House – diesen Spitznamen hatten die Techniker der NASA dieser merkwürdigen Zigarre aus Titanlegierung in Anlehnung an den Film *Deep Throat* gegeben – war annähernd fünfzehn Meter lang und knapp zweieinhalb Meter hoch. Wären da nicht die vier Bullaugen gewesen sowie die Antennenanlage, die Apparaturen und Scheinwerfer oben auf dem Dach, hätte man es für eine Art Container mit abgerundeten Formen halten können. Das Innere war in drei separate Abteilungen gegliedert: ein wasserdichter Raum, in dem ein Team von vier Tauchern Platz fand, sowie ein Schlafraum mit zehn Feldbetten, eine Sanitärzelle, sogar mit Dusche, einschließlich einer Dekompressionskammer, die mit einer Ausrüstung modernster Instrumente versehen war.

Die Vorbereitungsarbeiten gingen schnellstens voran. Zwölf Tage später befand sich *Deep-House* bereits etwa vierzig Meter von dem Wrack entfernt und hatte auf einer Erhebung in geringer Entfernung der Felsen festgemacht, die das U-Boot gefangenhielten.

Die Konstruktion der Unterwasserstation erlaubte es einer Mannschaft von acht bis zehn Männern, für eine ganze Woche in dieser Tiefe zu arbeiten. Jeder Teilnehmer des Teams war imstande, drei Tauchgänge täglich zu absolvieren, jeder etwa vierzig Minuten lang. Dabei atmete er ein Luftgemisch ein, das auf der Grundlage von Helium aufgebaut war, und benutzte Tauchanzüge und Helme, die denen von Astronauten glichen. Der Lastkahn, mit dem das Metall-gerüst transportiert werden sollte, traf dagegen erst drei Tage später vor Ort ein.

Laura bat darum, am ersten Tauchgang teilnehmen zu dürfen, und zwar an Bord des *Gorgonia*, der zwischen der Basisstation und der Oberfläche hin- und herpendeln sollte. Der obere Teil des Ba-thyskaphen war ein wenig verändert worden, um ein perfektes An-docken an die wasserdichte Einstiegstür der Unterwasserbasis zu er-möglichen. Als sie in der Nähe des *Deep-House* waren, drehte der Pilot das Mini-U-Boot so auf die Seite, daß die beiden Luken exakt aufeinanderpaßten. Nach dem erfolgreichen Ankoppeln liefen au-genblicklich die hydraulischen Winden an, die die Dichtungen eng zusammendrückten, so daß die beiden Baukörper perfekt überein-stimmten. Das Zischen der Preßluft signalisierte den Insassen des *Gorgonia*, daß die Aktion in Kürze abgeschlossen sein würde.

Sowohl Oswald als auch der Pilot des *Gorgonia* hielten ständigen Funkkontakt mit der Unterwasserbasis. Bevor sie allerdings Hand an das stählerne Schwungrad legten, das dazu diente, den einzigen Aus-gang des Bathyskaphen zu öffnen, warteten sie das Signal ab, mit dem angezeigt wurde, daß der Weg frei war.

Aber irgend etwas funktionierte anscheinend nicht richtig. Mit einem leichten Gefühl der Panik bemerkte Laura, daß Wasser in den Bathyskaphen drang. Doch hatte Oswald glücklicherweise alle nur denkbaren Vorsichtsmaßnahmen getroffen, sonst hätten sie sicher nicht überlebt.

»Schneller Aufstieg!« befahl der Direktor der Bohrinsel, während er mit seinen winzigen Händen versuchte, mit aller Kraft das Schwungrad wieder zuzudrehen. Aber es war bereits zu spät. Die Dichtungen gaben langsam dem Druck nach, wodurch es unmög-lich wurde, das Eindringen des Wassers zu stoppen. Als der Bathys-kaph endlich die Oberfläche erreichte, war sein Inneres fast zehn Zentimeter hoch von Meerwasser überflutet, und ziemlich viele der Ausrüstungsgegenstände hatten bereits Schaden genommen.

Laura atmete auf, denn sie war sich der Gefahr völlig bewußt, in der sie sich befunden hatten. Der unbeirrbare Oswald dagegen hatte schon die Ausstiegsluke geöffnet und damit begonnen, die Appara-turen des Anschlußstücks einer eingehenden Untersuchung zu unterziehen. Er wollte so schnell wie möglich herausfinden, wie es zu diesem Zwischenfall gekommen war. Und mit Sicherheit würde er die nächsten Stunden damit zubringen, die hydraulischen Winden und Dichtungen auseinanderzunehmen.

Karibisches Meer. 4. September 1622.

Vasted tauchte als erster wieder auf. Machtlos mußte er mit ansehen, wie der Schiffsrumpf der Galeone auf den Pater fiel, der verzweifelt versuchte, den Kopf von Antonias Magd über Wasser zu halten. Als er sich umdrehte, stellte er fest, daß Antonia Llobet selbst in dieser Situation erstaunlich gut zurechtkam, in jedem Falle besser als der Sekretär des Kardinals, der den schweren, besinnungslosen Körper des Prälaten hinter sich herziehen mußte. Mit wenigen kraftvollen Armstößen schwamm der junge Offizier auf die beiden zu und packte de Blasi mit festem Griff. Laut schreiend versuchte er, das Toben der Elemente zu übertönen: »Weg, bloß weg, schnell, um Gottes Willen, bevor uns die Wellen auf das Korallenriff werfen!«

Dann begann er mit aller Kraft zu schwimmen, den Nacken dem Wind zugewandt, wobei er den Kardinal hinter sich herzog. Antonia und der Priester folgten ihm, und auch sie versuchten, mit all ihrer Kraft die mächtigen Wasserwände zu überwinden, die sie mehrere Meter weit emporschleuderten, um sie dann wieder in die scheinbar unergründlichen, bodenlosen Tiefen des Abgrundes zurückzuwerfen. Ohne ein Floß oder sonst einen schwimmfähigen Gegenstand, an dem sie sich festhalten konnten, wären sie sicher kaum länger als eine Stunde imstande, die Strapazen durchzuhalten.

Die *Santa Esmeralda* hing inzwischen so stark zur Seite, daß die Wassermassen von allen Seiten bereits über die Bordkante ins Schiff liefen. Außerdem drangen sie bei dem riesigen Leck am Bug ein, wodurch die Stabilität des Schiffes so beeinträchtigt wurde, daß es nicht mehr auszugleichen war. Das Schiff bekam Schlagseite und stieg fast senkrecht in die Höhe. Vasted war wie versteinert, als er zusehen mußte, wie sein Schiff kenterte und innerhalb weniger Augenblicke in den Fluten versank. Der trommelnde Regen und die dicht sprühende Gischt, die der Wind aus den Wellen peitschte, tauchten alles in ein trübes Licht und verliehen der Szene immer unwirklichere Züge. Der junge Offizier fühlte sich wie benebelt, und er glaubte, sich in einem entsetzlichen Traum zu befinden. Langsam verließen ihn seine Kräfte, doch beschloß er unter der letzten Aufbietung einer wahrhaft übermenschlichen Anstrengung, das Menschenbündel, das er hinter sich herzog, nicht loszulassen. Vielmehr streckte er noch eine Hand nach Antonia aus und zog auch sie zu sich her. Nicht weit von ihnen trudelte der Sekretär des Purpurträgers erschöpft in den Wellen umher, während er zugleich von heftigen Hustenanfällen geschüttelt wurde.

Vasted bewegte wirbelnd und stampfend die Beine. Er zwang sich, den krampfartigen Schmerzen standzuhalten, die ihm fast die Sinne raubten, während er mit der Rechten weiterhin den Kopf von de Blasi über Wasser hielt und mit der Linken Antonia die nötige Unterstützung gab, sich ebenfalls über der Wasseroberfläche zu halten.

»Wir sterben«, schrie Antonia verzweifelt.

Aber genau in diesem Moment stieß die feste Fläche eines Ruders an den Rücken des Offiziers, der sich danach umwandte. Tazpletacuz, der Sohn des Geiergottes, balancierte mit einiger Mühe auf einem Wrackteil, auf dem er Rettung gefunden hatte. Es schien ziemlich stabil zu sein. Vorsichtig legte er sich auf seinen Bauch und streckte sich weit vor, so daß er den Schiffbrüchigen das Ruder hinhalten konnte.

Der plötzliche Satz, den der Sekretär des Kardinals machte, überraschte Vasted, der gerade versuchte, Antonia auf das Wrackteil zu zerren. Die junge Frau wurde regelrecht von dem Jesuiten übersprungen, den die Aussicht auf Rettung wie wahnsinnig machte. Aber genau in dem Augenblick, als er sich auf das Floß hinaufzuhieven versuchte, traf ihn ein Wellenbrecher und riß ihn mehrere Meter weit weg. Dann verschwand sein dunkler Kopf für immer unter Wasser.

Nachdem es ihr mit großer Mühe gelungen war, sich an dem Wrackteil emporzuziehen, lehnte sich Antonia vor und zerrte mit der Hilfe des Indios auch den Kardinal aus dem Wasser. Dem jungen Offizier allerdings gelang es, das schwimmende Holzteil aus eigener Kraft zu erklimmen. Vasted kam sehr rasch wieder zu Atem. Er drehte den Kardinal auf die Seite, so daß der sich, geschüttelt von gräßlichen Hustenanfällen, erbrechen konnte. Das Wrackteil, so stellte der junge Offizier bald fest, war ein Stück der Planken aus dem Achterkastell. Es würde sich nur sehr schwer steuern lassen, noch dazu, da sie bloß ein einziges Ruder zur Verfügung hatten.

»Gott segne dich, Juan«, waren die einzigen Worte, die er, dem Indio zugewandt, unter Keuchen von sich geben konnte. Dann nahm er aus seinen Händen das Ruder entgegen und versuchte, die Kontrolle über das Floß zu bekommen. Nur wenige Hundert Fuß lag das Korallenriff von ihnen entfernt, doch hatte er bereits zwischen den schneidend scharfen Felsen einen Durchgang entdeckt, der ein wenig breiter war als ihr schwimmender Notbehelf.

Aber die Kraft der Wellen warf das Wrackteil so unbarmherzig hin und her, daß es ihm unmöglich erschien, es durch den schmalen Durchgang hindurchzusteuern.

Drohend lagen die gefährlichen Felsen vor ihnen, ständig vom Schaum der tosenden Brecher überflutet. Sie waren nur noch wenige Meter davon entfernt und wußten nicht, ob sie zerschmettert und sterben würden oder imstande wären, sich zu retten. Vasted wußte, daß ihr Leben an einem sehr dünnen Faden hing und sie nur noch auf den Zufall hoffen konnten. Er schloß die Augen, die vom Salz und vom Wind brannten. Dann bemerkte er, wie sich das Floß wild aufzubäumen begann, und fürchtete, daß es nun an den Korallenfelsen zerschellen würde. Aber als er mit äußerster Anstrengung erneut die Augen öffnete, erkannte er, wie etwas geschah, das sich nur als Wunder bezeichnen ließ. Das sperrige Holzteil streifte zwar beinahe die tödliche Barriere, doch dann richtete es sich mit einem erschütternden Stoß quer in den sich gigantisch brechenden Wassermassen aus und glitt durch den Durchgang.

Plötzlich trat eine Ruhe ein, die ihnen noch viel unwirklicher vorkam als der vorangegangene Alptraum. Nur das Heulen des Windes störte die ungeheure Stille des Meeres. Sie hatten es geschafft! Sie hatten die Barriere überwunden und befanden sich nun sicher im geschützten Wasser.

Den Sand unter den Füßen zu spüren kam Vasted wie ein Traum vor. Der schönste, der unverhoffteste aller Träume. Er sah, wie Juan sich um Antonia kümmerte, während er abermals den Kardinal stützte. Mit stolpernden Schritten und unsicher auf den

Beinen, ging er mit den anderen auf die windgepeitschten Mangroven zu.

Bohrinsel Crude Brent. Norwegisches Meer. 1995.

Laura setzte sich im Bett auf. Wer war das? Jemand mußte ihr etwas wirklich Wichtiges zu sagen haben, um sie mitten in der Nacht aufzuwecken, vor allem nach dieser schrecklichen Erfahrung, die sie hinter sich hatte. Doch klopfte es tatsächlich an ihrer Tür, auch wenn das Geräusch so leise war, daß es kaum zu vernehmen war. Mit einem erleichterten Lächeln dachte Laura, daß es ganz so klänge, als würden die klopfenden Geräusche von Elfenhändchen verursacht werden. »Also dann herein«, rief sie und preßte mit beiden Händen ihren Morgenrock fest an die Brust.

Er war es wirklich. Oswald Breil nahm in dem Sessel Platz.

»Nun ist es klar, das Preßluftventil wurde manipuliert«, sagte er hastig.

»Sind Sie sich dessen sicher?« fragte sie und spürte, wie panische Angst in ihr hochkroch, die sie immerhin völlig wach machte.

»Und ob, leider. Jemand hat versucht, uns zu töten. Sie wissen auch, Laura, daß schon beim minimalsten Öffnen der Luke eine Wassersäule von riesigem Druck entstanden wäre, die uns sofort mit fortgerissen hätte.«

Laura nickte stumm.

Beide verharrten für einige Sekunden in dieser Stille, bevor Oswald fortfuhr: »Die hydraulisch betriebenenen Winden waren nur in der Lage, die Hälfte der Strecke zurückzulegen, so daß der Druck der inneren Dichtung nicht ausreichte, um den äußeren Druck auszugleichen.« Wieder war ein Augenblick Stille, dann begannen die beiden Wissenschaftler fast gleichzeitig zu sprechen: »Soweit wie wir sind, können wir nicht mehr aufgeben.«

»Allerdings müssen wir zur Kenntnis nehmen, daß irgend jemand absolut gegen die Bergung dieses U-Boots ist«, fuhr Breil fort, »und das heißt für uns, daß wir mit sehr viel größerer Vorsicht vorgehen müssen.«

»Ja, wir müssen die Ausrüstungsgegenstände vor jedem Tauchgang sorgfältig prüfen«, pflichtete ihm Laura bei. »Das wird zwar deutlich mehr Zeit erfordern, aber kein wirkliches Hindernis sein.«

»Um so mehr, wenn wir berücksichtigen, daß wir der Planung ziemlich voraus sind«, stellte Oswald fest.

»Ja, es wird weitergemacht, Dr. Breil«, schloß die Frau in festem Ton.

Fünf Tage später wurde der letzte der großen Eisenträger in den Felsen zementiert. Den gesamten Rumpf des Nazi-U-Boots schützte jetzt ein solides Gerüst, das in der Lage war, das Gewicht der Steinmassen zu tragen, die bei der Sprengung des Felsens darauf herabstürzen würden.

Laura hatte ihre Schicht in der Tiefe beendet. In den langen Tagen, die sie unter Wasser verbracht hatte, hatte sie sich vor keiner Art Arbeit gescheut, selbst wenn sie noch so schwer und nervenaufreibend war. Ganz so, als wollte sie die übrigen Besatzungsmitglieder des *Deep-House* nicht mit etwaigen Weigerungen belasten, die aus der Tatsache resultierten, daß es nun mal eine Frau war, die mit der Gesamtleitung des Unternehmens beauftragt war.

Während des sechs Tage währenden Tauchgangs hatte Oswald Breil niemals die wasserdichte Einstiegstür passiert, sondern klebte förmlich die ganze Zeit an seinen Instrumenten, doch war er in beständiger Kommunikation mit seinen Verbindungsleuten auf der Bohrinsel. Bedauerlicherweise konnten die seltsamen Schutzanzüge, die die Körper der anderen vermummten, nicht in einer Kindergröße gefertigt werden, so daß es nicht einen gab, der ihm paßte. Zum Glück wurde ihr weiterer Aufenthalt unter Wasser von keinem Unfall mehr gestört – abgesehen von einigen Unannehmlichkeiten minderen Ausmaßes, wie zum Beispiel zwei Robotern, die nicht zu gebrauchen waren, und einer Reihe bürokratischer Hindernisse, die einen Arbeitsstopp von einem ganzen Tag bewirkten. Also ziemlich alltägliche Ereignisse, die in keinem Vergleich zu der Sabotage standen, die sie vor wenigen Tagen noch so tief beunruhigt hatte.

Kaum waren sie wieder auf die Crude Brent zurückgekehrt, wurden sie für mehrere Stunden in der Dekompressionskammer verschiedenen medizinischen Untersuchungen unterzogen – wenn auch nur aus Gründen der Vorsicht.

In der zweiten Phase der Bergung traten die Sprengstoffexperten in Aktion, deren Aufgabe es war, die Ladungen in den Bohrlöchern anzubringen, deren Stärke aus den Daten der seismologischen Analysen berechnet wurde.

Völlig enstpannt und wie hingegossen, ruhte Laura auf ihrem Feldbett in der Druckkammer. Obwohl sie fast ein Gefühl von Klaustrophobie entwickelte, genoß sie auf der anderen Seite diesen seltenen Moment der Ruhe. Auch Oswald sah recht mitgenommen aus. Doch dann drang in diese fast unwirkliche Stille der ohrenbetäubende Lärm der Alarmsirenen, die überall auf der Bohrinsel losheulten und selbst in dem Metallzylinder ertönten, in dem sie eingeschlossen waren. Jede Vorsicht vergessend, stürzten sie aus der Einstiegstür der Druckkammer hinaus und jagten in aller Eile in den Kontrollraum, von dem aus alle Unterwasseroperationen geleitet wurden.

Die Tauchkapsel, die vor wenigen Stunden von dem Trägerschiff der US-Marine mit drei Männern an Bord und den ersten zehn Kilogramm Sprengstoff zu Wasser gelassen worden war, kehrte völlig zertrümmert zurück. Niemand ahnte, was geschehen sein konnte. Um maximale Sicherheit zu gewährleisten, waren vorher alle nur denkbaren Vorsichtsmaßnahmen ergriffen worden. Die Sprengstoffladungen waren von einem Typus, bei dem die Zündung mit Hilfe von Infrarotstrahlen getätigt wurde. Der Impuls, den Sprengstoff zu zünden, erfolgte direkt über die Apparaturen des Kontrollraums, und zwar nach einer langen und peinlich einzuhaltenden Abfolge von festgelegten Schritten. Wie auch immer die Dinge gelaufen waren, und welche Ursache auch immer dafür verantwortlich war – dort unten in der tiefsten Tiefe hatten drei Männer einen schrecklichen Tod gefunden.

Laura nahm an allen Bergungsarbeiten teil. Sie hätte auch einen Tauchgang übernommen, wenn es ihr der Arzt nicht verboten hätte. Als sich jedoch herausstellte, daß man nichts tun konnte, um die zerfetzten Körper oder das, was von dem Mini-U-Boot übriggeblieben war, zu bergen, spürte sie, wie sie physisch und auch geistig in eine nicht mehr zu bezwingende Müdigkeit fiel, in der sich Schmerz und Verzweiflung mischten. Erschöpft zog sie sich in ihre Kabine zurück – sie mußte alles tun, um ihre geistige Klarheit und Denkfähigkeit wiederzufinden.

Es waren noch keine zehn Minuten vergangen, als sie ein Klopfen an der Tür hörte, das so leicht und hingehaucht klang, daß es nur von ihm stammen konnte. »Herein, Oswald«, sagte sie mit einer gebrochenen Stimme, die wohl noch nie jemand aus ihrem Mund vernommen hatte.

Auch Oswald schien verzagt zu sein, als er mit gesenktem Kopf bei ihr eintrat. »Entschuldige, wenn ich es mir erlaube, dich zu dieser Zeit zu stören, noch dazu nach solch schrecklichem Tag wie heute. Aber ich muß dich unbedingt sprechen.« Und auf einen Schlag schien sich sein fragiler Körper wieder zu beleben, ganz so, als sei in einem entfernten Winkel eine geheime Kraftreserve geöffnet worden, von deren Existenz er noch nicht einmal selbst gewußt hatte. Und auch seine Stimme ertönte mit neuer Kraft.

»Ich verstehe, was in dir vorgeht, Laura«, fuhr er fort. »Auch ich fühle mich völlig entmutigt, wenn an Bord etwas schiefgeht. Aber du bist eine starke Frau, du darfst nicht klein beigeben. Das kannst du nicht. Wir ... können das nicht.«

»Das sagst du so leicht«, erwiderte sie im Ton höchster Verzweiflung. »Aber da sind drei junge Männer, nicht mal dreißig Jahre alt, von zehn Kilo C4 zerfetzt worden. Zerfetzt, verstehst du? Und wofür? Um irgendein altes U-Boot zu bergen, das zwischen ein paar Felsen eingeklemmt ist!« Ihre Stimme brach nun vollständig ab.

»Nein«, antwortete Oswald und schüttelte den Kopf. »So geht das wirklich nicht, Laura. Ich weiß, es ist ein fürchterlicher Tag, aber ich flehe dich an, gib dir einen Ruck. Versuche, wenigstens deinen Verstand wiederzufinden, auch wenn du dein inneres Gleichgewicht verloren hast. Du weißt genau, daß diese Männer ihr Einverständnis gaben, diese hochgefährliche Arbeit zu tun. Und ein Unfall dieser Art fällt nun mal unter die vorhersehbaren Risiken ihres Berufes. Das Problem, dem wir gegenüberstehen, ist meines Erachtens ein völlig anderes. Und das jagt mir einen viel größeren Schrecken ein. Sag mir, haben wir es tatsächlich mit einem Unfall zu tun?«

Laura schüttelte müde den Kopf und starrte einige Augenblicke still vor sich hin. Offensichtlich hatte sie selbst bereits an diese abscheuliche Möglichkeit gedacht. »Hast du schon einen Verdacht?« fragte sie schließlich.

»Ich habe alle Systeme der Fernzündung kontrolliert«, antwortete

Breil. »Der Impuls kann unmöglich von ihnen ausgegangen sein. Das C4 ist ein extrem stabiler Sprengstoff, was bedeutet, daß er nur explodieren kann, wenn er mit einer Sprengkapsel gezündet oder direkt in ein Feuer hineingeworfen wird. Ich bin absolut davon überzeugt, daß der Tod der drei Bombenexperten nicht zufällig war, sondern der Impuls von einer anderen Station gesendet wurde, die in der Lage ist, unsere Codes zu verwenden.«

»Willst du damit sagen, daß jemand an der Bergung dieser Banane so sehr interessiert ist, daß er dafür einen Mord begeht?« fragte Laura.

»Mittlerweile bin ich davon überzeugt, Laura. Vielleicht nicht so sehr an der Bergung, ich glaube, eher an der *Zerstörung* des *U 115*. Und mehr denn je bin ich davon überzeugt, daß wir der Sache auf den Grund gehen müssen.«

»Meiner Meinung nach sind wir eher dazu gezwungen, das ganze Unternehmen sausen zu lassen, ob wir wollen oder nicht. Ein neuer Bathyskaph, vorausgesetzt, die Militärs wollen uns auch noch weiterhin helfen, kann nicht vor Ablauf von zehn Tagen hier sein und ist dann in vierzehn Tagen überhaupt erst einsatzbereit. Wir können sicher nicht mit der Flasche hinunter, um an diesem U-Boot hundertdreißig Kilo hochexplosiven Sprengstoff zu befestigen.«

»Mit der Flasche sicherlich nicht, aber mit dem *Gorgonia* schon«, erwiderte Oswald, ohne zu zögern, und schon blitzte in seinen Augen erneut die Begeisterung auf.

»Der *Gorgonia* ist nicht für den Transport solch riesiger Mengen Sprengstoff ausgerüstet, Oswald. Das weißt du besser als ich. Und die Mechanik seiner Tentakel ist nicht sensibel genug, um mit soviel C4 umzugehen«, warf Laura kopfschüttelnd ein.

»Innerhalb von zwei, höchstens drei Tagen werden wir in der Lage sein, jeweils fünfzehn bis zwanzig Kilo hinunterzubringen«, erwiderte Breil, wobei sich seine Stimme vor Eifer fast überschlug.

»Dann bleibt uns nur noch das Problem, das dir vielleicht unwichtig erscheint: Wer sind überhaupt die Mörder? Und wie werde ich mit meinem Gewissen fertig? Denn ich glaube, mich erschüttert der Gedanke an diese jungen Männer sehr viel mehr als meine Angst. Dabei habe ich aber wirklich große Angst, Oswald. Zwecklos, mit Worten zu spielen. Ich habe Angst vor dem unsichtbaren Mörder, der nach deiner Meinung auf die Zerstörung des *U 115* hinarbeitet. Deswegen, denke ich, werde ich morgen eine Verzichtserklärung aufsetzen, aus der hervorgeht, daß ich diesen Auftrag nicht erfüllen kann. Und dann bereite ich mich darauf vor, die halsbrecherische Vertragsstrafe zu bezahlen, die sich die Londoner Anwälte ausgedacht haben.«

Laura war tatsächlich am Ende. Oswald Breil fürchtete, daß er ihr nicht helfen konnte, wieder Motivation zu finden. Aber er war nicht bereit, das Unternehmen aufzugeben. Doch wußte nur er um die wirklichen Beweggründe für die Bergung. Also blieb ihm nichts anderes übrig, als sie ihr auseinanderzusetzen.

Er setzte all seine Geduld und all die rhetorischen Finessen ein, für die ihn jedermann schätzte und bewunderte. Er wußte, daß er eine Frau vor sich hatte, deren Kenntnis weit über das hinausging, was andere Menschen wußten, die dazu noch tüchtig und zielstrebig war sowie mutig und ausgeglichen. Also zu überzeugen. Und mit unendlicher Sorgfalt tat er alles, um die geeigneten Worte für seine Ausführungen zu finden.

»Hör zu, Laura. Adolf Hitler verließ seinen Wohnsitz um acht Uhr dreißig am 27. April 1945, um im Führerbunker in Berlin Zuflucht zu suchen. Außer seiner normalen Eskorte wurde er sonst von keinen weiteren Wagen oder Soldaten begleitet. Niemand wagte daran zu denken, daß Berlin fallen könnte, und mit noch größerer Sicherheit würde es niemand wagen, diesen Gedanken jemals auszusprechen. Zwei Tage später wurden in der Nähe des Führersitzes mehrere schwere Fahrzeuge und einige Männer gesehen, die eine große Anzahl wasserdichter Kisten transportierten, und zwar von der Art, wie sie bei der Marine der Nazis verwendet wurden. Unerklärlicherweise jedoch tauchte in keinem Bericht der Russen über die Eroberung Berlins auch nur eine Spur von ihnen auf. Wir sind daher absolut sicher, daß sie niemals wiedergefunden wurden.«

»Sie könnten sie vergraben haben«, warf Laura mit neu erwachtem Interesse ein.

»Völlig richtig. Tatsächlich aber ereignete sich folgendes: Am 29. April fährt das *U 115* von einem Pier in Hamburg ab, nachdem es eine ziemliche Anzahl von Kisten genau des Typs geladen hat, wie sie aus dem Wohnsitz des Führers transportiert wurden. Bevor wir den Boden von ganz Berlin mit Löchern versehen – was im übrigen bereits die Russen und Amerikaner weidlich getan haben –, wird es einfacher sein – und davon bin ich fest überzeugt –, sich an die Bergung des letzten Transport-U-Boots der Nazis heranzuwagen. Meinst du nicht auch?«

»Du scheinst mir viel besser über das *U 115* informiert zu sein als wir anderen alle. Und ganz offensichtlich liegt dir seine Bergung mindestens ebenso am Herzen, wie es einer bestimmten anderen Person am Herzen liegt, es zu zerstören. Und nun die Karten auf den Tisch, Oswald! Warum willst du dieses U-Boot?«

»Aus einem ganz einfachen Grund, der für mich mehr als ausreichend ist. Weil ich davon überzeugt bin, daß darin die Wahrheit zu finden ist. Darin sind sicher die Daten über all diese Leute verborgen, die an der tragischen Entscheidung, den Zweiten Weltkrieg zu entfesseln, mitgewirkt haben. Und Daten über die verschiedenen Verantwortlichkeiten von Siegern und Besiegten, Daten, die ausnahmslos Licht auf das dunkelste Blatt unseres Jahrhunderts werfen können.«

»Ich will wissen, warum du das *U 115* willst, Oswald!« bedrängte ihn Laura. Inzwischen war sie sich völlig klar darüber, daß sie es nicht mehr allein mit dem Hauptverantwortlichen für eine Bohrinsel zu tun hatte.

»Einverstanden, Karten auf den Tisch. Ich habe jetzt nicht mehr viel zu verlieren, und im übrigen zähle ich auf deine Seriosität und Ehrenhaftigkeit. Es wird dir sonderbar vorkommen, vor allem im Hinblick auf deine Romane, die du mit so großem Erfolg schreibst: Aber tatsächlich geschehen auch einige sonderbare Dinge in der Wirklichkeit. Trotz meines Körpers, der nun, ich meine sicher nicht der … hm, eines Superman ist, bin ich für den Geheimdienst tätig und suche bereits seit zwölf Jahren nach diesem U-Boot.«

»Du arbeitest für den CIA!« rief Laura aus, die davon ausging, einen der »Freunde« vor sich zu haben, von denen ihr Pete erzählt hatte.

Oswald schüttelte den Kopf. Und mit einem Hauch, der kaum vernehmbar war, kam ihm das Wort aus dem Mund.

»Mossad«, sagte er. »Ich bin ein Major des Mossad.«

Laura antwortete nicht sofort. Sie mußte nachdenken, da die

Situation zunehmend komplexer wurde. In der Tat würde sie sich wirklich hervorragend für einen ihrer Romane eignen.

Also: immer mit der Ruhe. Bringen wir Ordnung in die Gedanken, ermahnte sie sich. Zuerst ein grober, superreicher Ölbaron, der wahrscheinlich mit dem britischen Geheimdienst in Verbindung steht. Dann Pete Dayle, der sie flehentlich bittet, die Mission im Namen des CIA zu Ende zu führen und ihr nichts weniger als fast die gesamte Technologie der NASA und ein Kriegsschiff zur Verfügung stellt. Und jetzt ein Agent des besten Spionagedienstes, den die Welt überhaupt kennt, eben des israelischen, der bereits seit zwölf Jahren hinter dem Nazi-U-Boot her ist. Klar, schloß sie blitzartig daraus. Sie war eine ziemlich dumme Gans gewesen! Abgesehen von den drei bedauernswerten Opfern, hätte ihr bereits der Sabotageakt vor wenigen Tagen einen Hinweis auf die bedeutsame Wichtigkeit geben müssen, die irgendeine geheimnisvolle Person dieser Mission zuschrieb.

»Dann wird eben weitergemacht, Oswald! Wir werden dieses verdammte Ding aus dem Wasser ziehen, koste es, was es wolle«, rief sie schließlich.

Sofort meldete sich aber in ihrem Hirn trotzig die Stimme des gesunden Menschenverstands, die sie niemals zum Schweigen bringen konnte: Was, wenn es sich nur um Vermutungen ihres kleinen Freundes handelte, die von einer Reihe zufälliger Übereinstimmungen bestärkt wurden? Nun, dieses Risiko bestand immer!

Die Geheimdienste fielen oft genug auf eine Ente herein und machten sich lächerlich, sogar noch öfter als die Medien. Sie erinnerte sich noch sehr gut daran, als vor einigen Jahre in einem italienischen See drei eiserne Kisten gefunden worden waren, die die Welt in Atem hielten. Denn es herrschte damals die feste Überzeugung, daß sich in ihnen die Geheimnisse Mussolinis befanden, während sie tatsächlich außer alter, durchnäßter Munition nicht das geringste enthielten. Bestand nicht das Risiko, daß sich das gleiche mit diesem U-Boot und seiner geheimnisvollen Fracht wiederholen konnte, von der Oswald so überzeugt war, sie darin zu finden?

Aber der versuchte Sabotageakt ... Die drei Toten ...

Und sie sah Oswald Breil mit festem, entschlossenem Blick in die Augen.

Sie klommen den leicht ansteigenden sandigen Hügel am Strand mit der gleichen Mühe empor, als hätten sie es mit einer Felswand zu tun. Sie gingen gebeugt und waren erschöpft. Vasted ließ endlich den schweren Körper des Kardinals auf den vom heftigen Regen gepeitschten Sand gleiten. Er sah aus, als wäre er tot. Der Offizier drehte ihn mit dem Kopf zum Meer und begann, ihm mit kräftigen Bewegungen den Brustkorb zu massieren. Die Hustenanfälle erhoben sich über das Pfeifen des Sturms wie der Schrei eines Kindes bei seiner Geburt, während sich aus dem Mund des Geistlichen das Wasser ergoß.

»Hilf mir, Juan«, bat der junge Mann und zeigte dabei auf eine niedrige, sehr breite Mangrove. »Legen wir den Kardinal unter diesen Baum, und kümmern wir uns um Fräulein Llobet!« Vasted hatte den Indiofürsten ohne nachzudenken auf spanisch angesprochen. Als er dann bemerkte, daß Juan ihn verstanden hatte, verwunderte ihn das sehr.

Sie fanden die junge Frau auf dem Sand liegend. Sie atmete schwer, wobei sich ihre Brust rhythmisch hob und senkte. Ihr Gewand war leicht zerrissen und ließ die helle Haut ihres Busens erkennen. Die beiden Männer ergriffen sie unter den Achseln und halfen ihr, den Unterschlupf zu erreichen. In großen Bächen fiel der Regen auf sie herab und sickerte durch die von einem wütenden Wind gepeitschten, dichten Blätter des Baumes. Und doch kam den vier Schiffbrüchigen nach ihrem langen Leid diese Notunterkunft wie ein Palast vor. Ringsum standen die Palmen, vom Wind halb aus dem Boden gerissen, es sah so aus, als würde dieser sich niemals legen.

Antonia ruhte sich einige Minuten aus, dann ging sie zum Kardinal und versuchte, ihm Beistand zu leisten. Vasted und Juan fielen fast gleichzeitig in einen tiefen Schlaf. Stunden später wurde die junge Frau, die inzwischen der zermürbenden Müdigkeit auch keinen Widerstand mehr geleistet hatte, von einem blendend hellen Strahl geweckt, der ihr tief in die Augen drang – und das, obwohl sie ihre Lider geschlossen hielt und das Licht durch die tropische Vegetation gefiltert wurde.

Die Sonne! dachte sie, als sie sich aufsetzte. Der Hurrikan hatte sich gelegt, obwohl noch immer ein starker Wind wehte. Sie drehte sich zur Seite. Wenige Schritte von ihr entfernt, schlief Vasted noch immer, während von dem Indiosklaven, dem sie alle ihr Leben zu verdanken hatten, keine Spur zu sehen war. Der Kardinal sah mit seiner wächsernen Gesichtsfarbe und den bläulichen Lippen fast noch elender aus als zuvor, doch war er bei vollem Bewußtsein und schien auch langsam wieder zu Kräften zu kommen.

Nun, da sie sich alle in Sicherheit befanden, wurde Antonia plötzlich von Wogen der Angst geschüttelt, und ihr Verstand begann all die schrecklichen Geschehnisse zu rekapitulieren, die sie erlebt hatte – daß ihre beiden Zofen auf so schreckliche Weise gestorben waren und daß der mutige italienische Pater in den Fluten versunken war. Sie verlor sich fast in der Krise des Schreckens, und nur ihre Selbstbeherrschung hinderte sie daran, in Tränen auszubrechen.

Als Vasted erwachte, kehrte der Aztekenherrscher und Sklave der spanischen Krone gerade aus nördlicher Richtung zu ihnen zurück. Unvermutet begann er, ein Spanisch zu sprechen, das zwar nicht fehlerfrei, aber völlig verständlich war: »Wir befinden uns auf einer Insel«, sagte er, »einer ziemlich großen sogar. Ich bin mehrere Meilen nach Norden gegangen, bevor der Strand nach rechts abbog.«

»Eine Insel«, überlegte Vasted mit lauter Stimme, »aber welche? Auf dem Kurs, den wir verfolgt haben, konnte ich einige Anhaltspunkte erkennen, zumindest bis wir in der Zelle eingeschlossen wurden. So haben wir den Weg der *Flota* querschiffs zu Kuba gekreuzt, während wir in Richtung auf die Bermudas segelten. Und der Hurrikan kam aus Südsüdwest. Wenn ich wüßte, welchen Kurs wir eingeschlagen haben, als wir die *Flota* verließen, dann könnte ich annähernd einschätzen, wo wir uns jetzt befinden. So aufs Geratewohl gesagt, könnten wir überall sein, bei den Cayos Floridas an der Ostküste der Halbinsel, aber es könnte auch die Westküste sein.«

Juan hatte verstanden. »Ich war auf der Brücke. Als es dunkel wurde, haben wir nach Nordwesten abgedreht«, sagte er.

Vasted wunderte sich immer mehr über den Scharfsinn und die Kraft, die der Sklave zum Ausdruck brachte. Schon an Bord hatte er Tazpletacuz immer respektvoll und menschlich behandelt und an ihm Gaben erkannt, die im allgemeinen Sklaven nicht besaßen.

»Das ist keine große Hilfe für mich, Juan«, bemerkte er, »obwohl das Gebiet, in dem unser Schiffbruch stattfand, doch damit um einige Hundert Meilen eingeschränkt wird. Dennoch glaube ich fest, daß wir uns an der Westküste Floridas befinden, auf irgendeinem Atoll.«

In der Tat waren sie nach Norden unterwegs gewesen. Aber die Gewalt des Windes hatte sie um viele Grade nach Osten abdriften lassen, etwa einhundert Meilen von dem Punkt entfernt, an dem sich Vasted zu befinden glaubte.

Norwegisches Meer. 1995.

Der Hubschrauber landete in den ersten Morgenstunden auf der Plattform des amerikanischen Trägerschiffes. Pete Dayle stieg rasch aus, seine Reisetasche in der Rechten. Wenige Minuten später brachte ihn ein Kabinenboot zur Bohrinsel. Niemand hätte in ihm einen leitenden Beamten des CIA vermutet, sondern ihn statt dessen für einen Universitätsdozenten gehalten. Gewandt, fast geschmeidig stieg er den Laufsteg empor, der von den Schwimmbasen zur oberen Plattform der Crude Brent führte.

Laura begegnete ihm, als er in dem üblichen Sitzungssaal neben dem Präsidenten der North Pole Oil saß.

»Pete Dayle! Was zum Teufel machst du denn hier?« rief sie ein wenig unbedacht aus. Er war schließlich einer ihrer ehemaligen Schulkameraden, und sie sah keinen Sinn darin, diese Tatsache aus irgendeinem Grund zu verbergen.

»Gut, wie ich sehe, kennen Sie sich ja schon«, sagte Rustom mit seiner unangenehmen Stimme. »Damit erübrigt sich also jede Vor-stellung. Und so erteile ich Ihnen das Wort, Agent Boyle.«

Pete war kein Agent – dachte Laura –, sondern einer der Führungs-kräfte des CIA, dem er bereits seit vielen Jahren angehörte. Und nach allem, was sie inzwischen mitbekommen hatte, schien er kurz davor zu stehen, die nächsthöhere Stufe auf der Karriereleiter zu erklimmen, wenn sie allerdings nicht sehr viel höher sein konnte als die, die er bereits innehatte.

»Mein Name ist Dayle, Herr Rustom. Pete Dayle, Agent der Central Intelligence Agency, abkommandiert zur Botschaft der Vereinigten Staaten in Stockholm und auf diese Bohrinsel entsandt, um den Tod dreier amerikanischer Soldaten zu untersuchen.«

»Das habe ich bereits zur Kenntnis genommen, junger Mann. Aber sollten in diesem Fall nicht eigentlich die militärischen Geheimdienste ermitteln?« fragte Rustom in ziemlich gereiztem Ton.

»Es tut mir leid, doch sind die Militärs mit sehr viel wichtigeren Angelegenheiten als der einfachen Untersuchung eines Betriebsunfalls befaßt. Jedenfalls wurde von der Stelle entschieden, von der im allgemeinen solche Entscheidungen getroffen werden, daß ein einfacher Agent wie ich ausreicht, um den Fall für das Pentagon zum Abschluß zu bringen, Herr Rustom«, erwiderte Pete schlagfertig. »Und jetzt sollte ich mir, mit Ihrer Erlaubnis, die Kommandozentrale und die Systeme der Zündvorrichtung ansehen.«

»Frau Joanson, wären Sie so nett, den Agenten Dayle in die Kommandozentrale zu führen?« fragte Rustom eisig und streckte dem amerikanischen Beamten zum Abschied die Hand hin.

Als sie auf dem Flur waren, platzte Laura heraus: »Also, raus mit der Sprache. Darf ich erfahren, was du hier, verdammt noch mal, machst?«

Pete bedeutete ihr zu schweigen, als fürchtete er, daß die Wände Ohren hätten. Und während sie locker über dies und das plauderten, ließ er sich von ihr in die Kommandozentrale führen.

Laura hatte den deutlichen Eindruck, daß Oswald und Pete sich bereits kannten, jedenfalls meinte sie zu erkennen, daß sie ihre gegenseitige Achtung ziemlich offen zum Ausdruck brachten. Pete ließ sich in Ruhe die Handgriffe der Zündvorrichtung erklären, dann bat er die anderen beiden, ihm nach draußen zu folgen.

Als sie die Plattform erreicht hatten, auf der noch der Hubschrauber der Ölgesellschaft stand, sagte Pete in einem nun offen freundschaftlichen Ton: »Diese Unfälle haben mich sehr beunruhigt, Oswald, wenn wir sie nicht gleich als Attentate bezeichnen wollen.«

»Genauso ist es, Pete«, erwiderte Breil in ernstem Ton. »Ich bin überzeugt, daß es sich keinesfalls um Unfälle handelt.«

Mit weit aufgerissenen Augen beobachtete sie Laura, die von der Position dieser Männer und ihrer Kenntnis von den Geheimnissen der halben Welt völlig fasziniert war.

»Im MI5«, fing der Amerikaner wieder an, »gibt es mehr als eine Abteilung, die nur allzugern von der offiziellen Marschroute abweichen würde. Leute, die eine Menge Gründe haben zu befürchten, daß der Fund von Hitlers privatestem Besitz dem Andenken der einen oder anderen großen britischen Persönlichkeit zum Nachteil gereichen könnte. Die haben natürlich nicht das geringste Interesse und auch keine Freude daran, die Wahrheit zu enthüllen, die bis heute niemand kennt und sich auch niemand vorstellen kann.«

»Nur ein Beispiel, Laura«, schaltete sich Oswald ein, wobei er seinen Blick auf die junge Schriftstellerin richtete. »Alle wußten von dem Völkermord, alle wußten, daß Millionen Juden in den Konzentrationslagern zugrunde gerichtet und dann in Gaskammern umgebracht wurden. Aber es wird behauptet, daß Heydrich, der Chef des berüchtigten RSHA, des Reichssicherheitshauptamts, im Namen von Hitler fünfhunderttausend deutschen und polnischen Juden die Ausreise angeboten hat. Und das, kurz bevor die sogenannte Endlösung begann. Und weißt du, wie die Antwort lautete, die ihm anscheinend die Spitzen der Alliierten zuteil werden ließen? Er solle seine Juden ruhig behalten, da keiner wußte, wo er sie in dem Europa, wie es zur Kriegszeit aussah, hätte unterbringen sollen.«

»Ja, dieses Geheimnis könnte in diesem U-Boot verborgen sein und noch so dieses und jenes«, bestätigte Pete. »Und glaubst du nicht, Laura, daß es eine ganze Menge Leute gibt, die alles riskieren, nur damit das *U 115* für immer in den Tiefen des Meeres bleibt?«

Gespannt hörte die junge Frau zu und nickte, während Oswald mit dem Kopf eine Geste auf einen Punkt in dem dunklen Wasser machte. »Tut so, als ob nichts wäre«, sagte er. »Aber ich fürchte, irgend jemand beobachtet uns. Und es ist besser, wenn wir ausschließlich im Freien miteinander reden, also verhaltet euch bitte auch so, als würdet ihr mit großem Interesse das Meer da unten betrachten.«

»Ich hoffe, daß durch meine Anwesenheit diesen Typen einige Steine in den Weg gelegt werden, die sie stolpern lassen«, begann Pete erneut, als ob er Lauras fragenden Blick beantworten wollte. »Angenommen, sie wissen noch nichts über meine Rolle in der Firma – die werden sie sicher innerhalb weniger Stunden in Erfahrung bringen. Doch wenn sich ein hoher Beamter des CIA für eine

Operation interessiert, gibt es nicht allzu viele Leute, die es für sinnvoll halten, ihn in seiner Arbeit zu behindern. Wenn es allerdings in diesem Fall einige gibt, muß man sie schleunigst ausfindig machen und ihnen das Handwerk legen, auf daß sie nicht noch mehr Schaden anrichten, als sie bereits getan haben.«

London. April 1995.

Der Chef des Geheimdienstes Ihrer Majestät von Großbritannien war offensichtlich verlegen. Der Blick des Premierministers haftete unverwandt auf seinem Gesicht. Dessen von dicken Brillengläsern vergrößerte Augen hatten einen Ausdruck, in dem sich Ungläubigkeit mit Zorn miteinander mischten.

»Sie haben richtig gesehen, Herr Premierminister«, gab der Geheimdienstchef zu, denn er hatte beschlossen, so schnell wie möglich auf den Punkt zu kommen. »Aber erinnern Sie sich an das, was vor einigen Jahren in Italien geschah? Einer abweichlerischen Freimaurerloge ist es gelungen, ihre Anhänger aus der Beamtenschaft des Staates zu rekrutieren, wodurch sie sich in allen Institutionen etablieren und diese von der Basis aus unterminieren konnten. Und Sie haben wirklich recht! Es sieht ganz so als, als sei etwas Ähnliches auch hier in Großbritannien geschehen. Die reaktionärsten Vertreter der Streitkräfte sowie einige Abteilungen des Nachrichtendienstes scheinen in einer Geheimorganisation vereinigt zu sein, die sich Lobby von Trafalgar nennt.«

»Genau. Deswegen haben wir ja den Köder mit der Bezuschussung der Bergung des *U 115* erfunden. Und es scheint auch irgend jemand darauf hereingefallen zu sein. Aber der Punkt ist doch vor allem, über wieviel Macht sie verfügen?« erwiderte der Premierminister.

Das konnte eine schwierige oder auch nur eine oberflächliche Frage sein. Doch wußte der Chef des Geheimdienstes inzwischen nur allzugut, welche Bedeutung den Fragen und Anforderungen der Politiker eigentlich beizumessen war. »Soweit ich weiß, kontrollieren sie eine Staffel Fallschirmspringer und ein paar Personen, die beim Heer, der Marine und der Luftwaffe verstreut sind, aber auch bei den

Geheimdiensten. Und sie scheinen über praktisch unbegrenzte Geldmittel zu verfügen.«

Dann, nach einer kurzen und effektvollen Pause, sagte er: »An der Spitze der Lobby von Trafalgar steht übrigens Sir Robert Rustom, Präsident und größter Einzelaktionär der North Pole Oil.«

Der Premier stieß einen lebhaften Ausruf des Erstaunens aus. »Wie, der Sohn von Admiral Rustom?« Er verharrte für ein paar Augenblicke in Schweigen, dann fuhr er in nachdenklichem Ton fort: »Nun, welchen Grund sollte er sonst haben, solche Eile an den Tag zu legen? Natürlich, er mußte ganz sicher der erste sein, der unser Angebot beantwortet!«

»Ja, genau! Der Sohn eines Helden des Zweiten Weltkrieges, der noch dazu der militärische Ratgeber des damaligen Premierministers war«, bestätigte der Chef des MI5.

»Bitte, klären Sie die Angelegenheit auf, Herr Pratt. Sie haben völlig freie Hand. Aber natürlich ist größte Diskretion geboten, das versteht sich von selbst. Niemand darf etwas darüber erfahren. Ich werde meinerseits die Königin erst nach Abschluß der Operation informieren.«

Karibisches Meer. 5. September 1622.

Wenige Meter vom Strand entfernt eine Süßwasserquelle zu finden kam ihr wie das höchste und unsäglichste Glück vor. Antonia drehte sich um und spähte aufmerksam durch die Mangrovenbäume. Als sie sicher war, daß niemand sie sehen konnte, zog sie aus, was von ihren zerrissenen Kleidungsstücken noch übriggeblieben war, und tauchte ins Wasser. Sie mußte sich den Schmutz und das Salz von ihrer Haut waschen, vor allem aber die Angst und die Müdigkeit. Erst als sie wieder aus dem Wassertümpel zwischen den Mangrovenwurzeln herauszustieg, bemerkte sie den Kardinal. In seinen Augen zeichneten sich Gefühle ab, die weit von dem Schwur und seinen heiligsten Gelöbnissen entfernt waren. Ein kurzer Moment der Verlegenheit, dann beeilte sich de Blasi, seinen Blick zu senken, wobei er vergebens versuchte, seine Stimme einigermaßen ruhig klingen zu lassen: »Ihr werdet doch vor einem Mann der Kirche keine Angst haben, Antonia?«

»Sicherlich nicht, Eminenz«, antwortete die junge Frau, ohne auch nur im geringsten zu zögern. »Aber entfernt Euch bitte und vergeßt nicht, Euch umzudrehen, bis ich mich wieder angekleidet habe.«

Der Kardinal beeilte sich, ihrem Wunsch nachzukommen, und zeigte dabei ein Lächeln, das voller Verständnis zu sein schien. Aber Antonia spürte noch den ganzen Tag über seinen unangenehmen, zweideutigen Blick auf sich ruhen.

In den ersten Abendstunden legte sich der Wind so plötzlich, wie er sich erhoben hatte, und die vier Schiffbrüchigen schickten sich an, eine zweite Nacht im Freien zu verbringen. Erschöpft fielen sie bald wieder in einen tiefen Schlaf.

Am frühen Morgen wurden sie von der Sonne geweckt, die bereits richtig heiß war. Vasted wandte sich mit äußerster Höflichkeit an die junge Frau und sagte: »Juan und ich werden auf Erkundung gehen. Wir werden wahrscheinlich bis zum Abend fortbleiben. Ich glaube, es ist besser, wenn Ihr und der Kardinal Euch zwischen der üppigen Vegetation versteckt und dort unsere Rückkehr abwartet. Wir haben keinerlei Kenntnis, wer diese Küsten bevölkert. Deshalb, denke ich, ist es besser, alles zu tun, um keine unangenehmen Überraschungen erleben zu müssen.«

So geleitete er Antonia zu einem Dickicht, das aus Büschen und niedrigen Bäumen bestand, die eine regelrechte Höhle aus Grün bildeten. Sie war so groß, daß mehrere Personen in ihr Platz fanden, und dort wuchsen dank der Gnade Gottes so viele Früchte, daß sie keinen Hunger leiden mußten. Doch kehrte Antonia sofort an den Strand zurück, um Vasted und Juan mit ihren Blicken zu folgen, bis sie längst außer Sichtweite waren.

»Sind sie gegangen?« fragte de Blasi, kaum war sie zu ihm in die grüne Höhle zurückgekommen. Die junge Frau nickte, während der Kardinal fortfuhr: »Ich möchte Euch von Herzen meine Dankbarkeit ausdrücken, Fräulein Llobet. Ohne Eure Fürsorge hätte ich wahrscheinlich nicht überlebt. Doch muß ich leider befürchten, daß eins meiner Beine eine schwere Schädigung erlitten hat.« Und noch während er so sprach, krempelte er bereits die Fetzten seines ehemals prächtigen Gewands hoch und enthüllte vor ihren entsetzten Augen sein rechtes Bein, das hager und ziemlich behaart war.

Und wieder hatte Antonia keine andere Wahl, als mit anzusehen, wie sich der lüsterne Blick des Kardinals auf ihren Ausschnitt heftete.

»Gnädiges Fräulein, ich bitte Euch, einen Blick auf mein Bein zu werfen, um zu prüfen, ob auch nichts gebrochen ist.«

»Ich kann Euch freilich pflegen, Eminenz, doch bin ich nicht imstande, irgendwelche Brüche oder Quetschungen festzustellen«, erwiderte die junge Frau, die alles versuchen mußte, um Zeit zu gewinnen und den angebrachten Abstand zu gewährleisten. Die hinterlistigen und durchdringenden Augen des Kardinals hatten ihr schon immer mißfallen, bereits als sie ihn zum ersten Mal sah, aber seit dem gestrigen Tag hatte dieser Blick regelrecht begonnen, sie mit Angst zu erfüllen.

Die Bewegung war rasch, fast so schnell wie die Attacke einer Schlange, und dann spürte Antonia, wie sich zwei Hände auf sie legten, die sie unter ihren Lumpen zu betasten begannen. Heftig stieß sie den Kardinal zur Seite, um sich aus seinem Griff zu befreien, aber ohne Erfolg. Im Nu hatte er sie zu Boden geworfen und sich auf sie gestürzt. Trotz seines Alters und des abgezehrten Körpers schien es ganz so, als habe er noch die Kraft eines viel jüngeren Manns. So sehr sie sich auch bemühte, ihn von sich abzuwälzen, Antonia schaffte es nicht, sich von ihm zu befreien.

Mit der Kraft der Verzweiflung gelang es ihr schließlich, ihr rechtes Bein aus der Umklammerung herauszuwinden und es zwischen ihren Körper und den des Purpurträgers zu schieben. Dann nahm sie den letzten Rest ihrer Energie zusammen und schleuderte ihn so weit von sich, daß sie Zeit gewann, um vor ihm zu fliehen.

Der Prälat war außer sich vor Zorn. Sie beobachtete, wie sein Gesicht blau anzulaufen begann und sich in seinen Augen plötzlich der Wahnsinn entzündete. Auf einmal hielt er einen Dolch in seinen Händen. Nur das Entsetzen half ihr dabei, sich mit dieser Schnelligkeit zu bewegen. Im Nu war sie auf den Beinen und sprang zur Seite, wobei es ihr gelang, dem Kardinal auszuweichen, der versuchte, sich ihr in den Weg zu stellen, und dann stürzte sie hinaus aus der dichten Vegetation. Sie wußte, daß er sie verfolgen würde und es für sie, wenn er sie einzuholen vermochte, keine Rettung mehr gab.

Sie lief, so schnell sie nur konnte. Aber schon nach wenigen Schritten hatte de Blasi sie erreicht, und sie spürte, wie ihr die dünne

Klinge ins Fleisch drang. Seltsamerweise fühlte sie keinen Schmerz, obwohl sie verletzt war, vielleicht sogar schwer. Trotz seiner sechzig Jahre gelang es dem Kardinal, sie abermals in den Sand zu werfen. Dann war er erneut über ihr und schaute auf sie mit furchterregendem Blick, in dem sich maßloser Zorn mit Lüsternheit mischte.

Antonia sah, wie er die Klinge seines Dolchs emporhob, die bereits scharlachrot war von ihrem Blut. Ergeben schloß sie ihre Augen, dann spürte sie fast im gleichen Augenblick einen heftigen Stoß. Doch stammte diese Bewegung nicht von der Klinge, die für sie bestimmt war. Auch spürte sie auf einmal nicht länger den ekelerregenden Druck ihres Angreifers auf sich. Sie öffnete ihre Augen.

Das Entsetzen lähmte ihr die Glieder, als sie die beiden Körper sah, die miteinander kämpften und dabei Wolken feinsten weißen Staubs aufwirbelten. Dann schien der, der sich mit seinem kräftigen Körperbau wie ein Berserker gebährdete, die Oberhand gewonnen zu haben, denn er erhob sich von dem weißen Sand und ließ den Kardinal leblos zurückgleiten.

»Schnell, Antonia, um Gottes willen«, keuchte der Unbekannte mit fast atemloser Stimme. »Zwei von Funches' Halsabschneidern sind auf dem Weg hierher. Wir müssen uns sofort verstecken.«

Sie brauchte ein paar Augenblicke, bis sie in diesem nur mit einem Lendenschurz bekleideten Wilden Pater Pietro wiedererkannte. Doch spürte sie dann, wie sie von einem unbändigen Glücksgefühl durchdrungen wurde, vielleicht mehr aus dem Grund, daß er noch lebte, als durch die Tatsache, daß sie von ihm gerettet worden war. Das Aufstehen raubte ihr fast all ihre Kraft, während ein stechender Schmerz ihr durch den Rücken jagte und den Atem abschnürte. Ohne ein Wort fing sie der Pater auf und trug sie wie eine zerbrochene Puppe in seinen Armen in das Versteck aus Laubwerk zurück. Dann rannte er noch einmal hinaus, um den noch immer wie leblos wirkenden Körper von de Blasi hinter sich her in die Höhle zu ziehen.

Hasar schien der Schiffbruch nicht besonders mitgenommen zu haben, denn er schritt mit raschen, elastischen Schritten den Strand entlang. Der andere Meuterer hatte es schwer mitzuhalten.

»Ich bin ganz sicher, Hasar«, sagte dieser gerade. »Wie ich schon sagte, ich habe es in den Holzbalken gesehen, die Funches ins Meer werfen ließ. Der Hurrikan tobte gerade über uns, als eine heftige Welle die Balken gegen den Fuß des Großmasts schleuderte. Ich habe mit eigenen Augen das Gold zwischen den Holzstämmen hervorblitzen sehen, als sie über das Deck gefegt wurden. Und dann kam der Mast herunter.«

»Der Rum muß dir den Blick vernebelt haben, García«, erwiderte der Marokkaner. »Die *Santa Esmeralda* hatte eine Holzfracht geladen. Was für einen Sinn hätte es, daß ein Typ wie Llobet versucht hat, 'ne Menge Gold zu schmuggeln, wenn er es doch wunderbar bei sich in Peru behalten konnte. Dort mußte er nicht riskieren, entdeckt und verurteilt zu werden, geschweige denn, es zu verlieren – wie es ihm jetzt geschehen ist.«

»Ich sage dir doch, ich habe es mit meinen eigenen Augen gesehen«, beharrte der Matrose. »Mehrere Goldbarren, überall auf dem Deck verteilt.«

»Na gut«, machte Hasar kurzen Prozeß. »Wenn wir mit unserer Erkundung der Insel fertig sind, gehen wir zu Funches und sprechen mit ihm darüber. Jetzt gilt es aber herauszufinden, wo zum Teufel, verdammt noch mal, wir eigentlich sind. Und dann müssen wir warten, bis uns ein paar Schiffe als unglückselige Schiffbrüchige auflesen und uns auf spanischen Boden zurückbringen, damit wir von dort die Bergung unseres Schatzes organisieren können. Den echten meine ich, nicht den, den du dir in deinen Alkoholschwaden zusammengeträumt hast.«

Antonia und Pietro hielten sich verborgen und behielten durch das dichte Laub hindurch die beiden Gestalten im Auge, die, nicht weiter als zweihundert Fuß von ihrem Versteck entfernt, auf dem Strand dahinschritten.

Da machte der Kardinal plötzlich Anstalten zu jammern, doch hielt ihm der Pater rasch den Mund zu, um zu verhindern, daß diese widerwärtigen Halunken ihn hörten. Glücklicherweise waren Hasar und sein Kumpan weit genug von der Höhle entfernt, und dazu blies noch ein kräftiger Wind.

Endlich waren sie vorübergegangen, ohne auf die Spuren aufmerksam zu werden, die die Schiffbrüchigen in der Nähe des Strandes hinterlassen hatten.

Bohrinsel Crude Brent. Norwegisches Meer. 1995.

Aus Sicherheitsgründen war *Deep-House* um ein paar Dutzend Meter versetzt worden und schwebte jetzt förmlich im tiefen Blau der Nordsee. Durch das dicke Glas der Bullaugen konnte man dennoch deutlich den seltsamen Umriß des Felsens erkennen, der sich schwer und massig aus den Tiefen des Nordmeeres erhob. Um nichts in der Welt hätte Laura darauf verzichtet, bei der Sprengung dabei zu sein. Als der Countdown lief, herrschte völlige Stille an Bord des Bathyskaphen. Das einzige, was zu hören war, waren die Worte aus der Kommandozentrale der Bohrinsel: »… drei… zwei… eins… null.« Die metallene Lautsprecherstimme erfüllte den Raum der Unterwasserstation, bevor sich mit einem orangeroten Gleißen über ihnen die Sprengladungen entzündeten. Dann wurde alles in dichten Nebel gehüllt. Der Rückstoß versetzte *Deep-House* einen so starken Schlag, daß es erzitterte. Doch hielten es seine Stahlkabel so weit fest, daß es nur sachte hin- und herzuschwanken begann. Dann senkte sich das Schweigen des Ozeans auf sie herab.

»Wie geht es da unten?« fragte die angenehme Stimme Oswald Breils, die ihre einzige Verbindung zu der Oberfläche war und nun fast wie Musik in ihren Ohren klang.

»Alles in Ordnung«, antwortete Laura in das Mikrophon. »Ich denke, ihr könnt uns nun wieder auf den Felssporn zurückbringen. Sobald die Sichtverhältnisse wieder besser sind, gehen wir hinaus und überprüfen es aus der Nähe.«

»Viel Glück«, war Oswalds Antwort. »Aber bitte, Laura: Sei vorsichtig!«

»Worauf du dich verlassen kannst«, antwortete die junge Wissenschaftlerin mit einem zufriedenen Lächeln.

Ein paar Augenblicke später bewegte sich die Unterwasserstation auf das Gefängnis des *U 115* zu – von einem Wirbel aus Sand, Kieseln und kleinen Gesteinsbrocken wie von dichten Schleiern umhüllt.

Beinahe zwei Stunden vergingen, bevor das Meer wieder klarer wurde und Laura und die beiden Taucher hinauszugehen beschlossen. Die komplizierten Unterwasseranzüge, die eigens für das Tiefseetauchen angefertigt waren, umfaßten jeweils zwei Flaschen sowie eine dritte zusätzliche, die mit einem Gemisch aus Helium und Sauerstoff gefüllt waren. Ihnen standen lediglich sechs Minuten zur Verfügung, in denen sie sich außerhalb von *Deep-House* aufhalten konnten.

Zunächst nahmen sie das stählerne Gerüst in Augenschein. Auf seiner Bedachung lag eine große Menge von Gesteinsbrocken, doch waren die meisten schon in die Tiefen des Meeres abgerutscht. Ein paar Tage Arbeit mit den Unterwasserrobotern würden genügen, dann konnte das Wrack des *U 115* geborgen werden. Laura war mit sich sehr zufrieden – erst vierundzwanzig Tage waren vergangen, seit sie den Auftrag übernommen hatte, und bereits jetzt stand fest, daß innerhalb einer knappen Woche das U-Boot ans Tageslicht zurückkehren würde.

Wieder in *Deep-House* mußte sie allerdings fast einen ganzen Tag über mit den Froschmännern in der Dekompressionskammer bleiben, bevor sie der *Gorgonia* wieder abholen und zurück an die Oberfläche bringen konnte.

Sir Robert Rustom war sichtlich aufgeregt, als er auf der Plattform der Bohrinsel umherwanderte. Er hatte Minute für Minute den Tauchgang mitverfolgt und natürlich auch die positiven Nachrichten über den Ausgang der Sprengaktion vernommen. Oswald hatte ihn während der gesamten Zeit, die er sich in der Kontrollzentrale befand, nicht einen Moment aus den Augen gelassen.

Als sie endlich aus der Dekompressionskammer stieg, war Laura sehr erschöpft. Um zu ihrer Kabine zu gelangen, mußte sie sich am Geländer der Treppe festhalten. Dort holte sie Oswald schließlich ein.

»Jetzt muß man sehr, sehr vorsichtig beim Anheben sein«, sagte sie zu ihm, und natürlich verstand er sofort, daß sie über das Wrack sprach.

»Wir werden versuchen, es langsam zu machen«, stimmte Oswald ihr zu.

»ICH werde es versuchen«, korrigierte sie ihn, »denn du wirst die Arbeiten von der Zentrale aus an deinen Knöpfen überwachen. Oder ist es dir lieber, mir stößt ausgerechnet jetzt, da wir fast am Ende angelangt sind, noch ein Unfall zu?«

»Gehen wir hinaus«, unterbrach Oswald sie sofort. Laura begriff, daß sie es trotz ihrer schrecklichen Müdigkeit nicht vermeiden konnte, ihm zu folgen.

Sie stiegen hinauf bis zur Landeplattform, wo Breil sich mit größter Vorsicht mehrere Male umsah, bevor er weitersprach: »Weißt du, wer Admiral Francis Rustom war?«

»Ein Verwandter deines widerwärtigen Präsidenten, kann ich mir vorstellen«, antwortete sie, ohne zu zögern.

»Genau. Aber abgesehen davon, daß er der Vater von Robert Rustom war, arbeitete er während des gesamten Krieges als militärischer Berater des britischen Premierministers.« Während er das sagte, bemerkte er mit Freude, daß Laura ihm mit verstärkter Aufmerksamkeit zuhörte.

»Wie du dir sicher vorstellen kannst, haben sich die Geheimdienste aller Nationen auf ihn gestürzt und sein Leben durchleuchtet. Ich habe sämtliche Informationen, derer ich habhaft werden konnte, aus den unterschiedlichsten Quellen zusammengetragen und somit eine ziemlich genaue Biographie bekommen. Ich fand heraus, daß es im Leben des großen militärischen Beraters Rustom zwei dunkle Punkte gibt, die sich trotz aller Nachforschungen nicht aufklären lassen. Es handelt sich dabei um zwei relativ kurze Zeiträume, in denen Rustom wie vom Erdboden verschluckt schien, jeweils für drei oder vier Tage und jeweils in einem entscheidenden Moment des Krieges. Das erste Mal in der Zeit zwischen dem 16. und 19. März 1941, gerade zwei Tage vor dem massiven Überraschungsangriff der deutschen Luftwaffe auf London. Das zweite Mal war wenige Tage vor dem Fall Berlins. Und ich glaube, wir können es als gegeben annehmen, daß Rustom bei beiden Anlässen mit den höchsten Vertretern von Nazideutschland zusammengetroffen ist. Im ersten Fall, um über eine eventuelle Kapitulation Großbritanniens zu verhandeln, das durch die Bombardierungen am Boden darniederlag. Eine Kapitulation, die dann aber doch nicht stattfand. Beim zweiten Anlaß allerdings haben wir Grund anzunehmen, daß genau das Gegenteil eintrat – angesichts des bevorstehenden Zusammenbruchs des Dritten Reichs wurden verschiedene geheime Vereinbarungen getroffen.«

»Sag mir, ob ich das richtig verstehe. Du denkst wahrhaftig, daß es unser hervorragender Robert Rustom war, der diese Sabotageakte organisiert hat? Und nur, um das Gedenken an seinen lieben Papi zu schützen, der den Fehler machte, mit dem Feind zu unterhandeln?« fragte Laura aufgeregt.

»Genau das. Und ich glaube auch, daß er nicht allein agiert, auch wenn er mit größter Wahrscheinlichkeit keine weiteren Beweggründe hat. Aber ich bin davon überzeugt, daß an dieser Stelle als zentrales Motiv etwas Großes und wirklich Geheimnisvolles zutage tritt. Sehr groß und sehr geheimnisvoll. Und damit kommt nun das wirkliche Problem ins Spiel. Oder, mit anderen Worten ausgedrückt – welche Zugeständnisse sind damals den Nazis gemacht worden? Worum ging es tatsächlich bei diesen Verhandlungen? Und warum wurden diese Verhandlungen ausgerechnet zu einem Zeitpunkt geführt, als bereits die Russen auf dem Vormarsch waren und Berlin schon in die Zange genommen hatten? Doch bin ich mir sicher, daß wir die Antworten auf diese Fragen, zumindest einen Teil davon, tatsächlich in den Hinterlassenschaften finden, die in dem *U 115* eingelagert wurden.«

Laura gab keinen Kommentar ab. Statt dessen sprach ihr Gesichtsausdruck, der gleichzeitig erstaunt und verblüfft war.

Karibisches Meer. 1622.

Vasted und Juan kehrten im Laufschritt zum Versteck zurück. »Wir sind auf zwei der Halsabschneider gestoßen, die sich hier herumgetrieben haben«, erklärte der junge Offizier, während er nach Atem rang. »Und glaubt mir, sie haben für das Leben unserer Kameraden bezahlt.« Erst in diesem Augenblick wurde er der Anwesenheit von Pietro gewahr, der neben dem gefesselten und geknebelten Kardinal stand.

»Gott sei gelobt«, rief er mit großer Freude. »Herzlich willkommen unter den Lebenden, Bruder! Doch was ist mit Seiner Eminenz, dem Kardinal? Wollt Ihr mir nicht erklären, was während unserer Abwesenheit geschehen ist?«

Es war Antonia, die trotz ihrer Schwäche durch den Blutverlust die Antwort gab: »Dieser Mann, der nach dem Titel eines Heiligen trachtet«, sprach sie, wobei sie auf de Blasi wies, der blaß auf dem Boden lag, »hat versucht ... Ja, zuerst hat er versucht, mir Gewalt anzutun, und dann, als er sah, daß ihm das nicht gelingen würde, hat er gedacht, es sei zu gefährlich, mich am Leben zu lassen, da ich seinen Frevel bezeugen könnte.«

»Auch er wird die Strafe bekommen, die er verdient, falls es uns jemals gelingt, wieder in die zivilisierte Welt zurückzukehren«, sagte Vasted und blickte voller Verachtung auf den Kardinal. »Jetzt aber müssen wir uns sputen. Ich hege einigen Zweifel, daß diese beiden die einzigen Besatzungsmitglieder waren, die mit heiler Haut davongekommen sind. Und wenn sie nicht zurückkommen, werden ihre Spießgesellen sicher auf der Suche nach ihnen auch hierherkommen. Juan und ich haben inzwischen entdeckt, daß wir uns auf einer Insel befinden. Wir müssen von hier fort. Also werden wir versuchen, ein Floß zu bauen, mit dem wir das Festland erreichen können... Aber Ihr seid verwundet, Fräulein Llobet!«

»Ich fürchte tatsächlich, daß die Klinge ziemlich tief eingedrungen ist«, stimmte die junge Frau zu, die leichenblaß aussah.

»Wir müssen uns beeilen«, schaltete sich der Pater ein. »Leider habt ihr recht gesehen, Vasted. Funches und weiteren zwölf seiner Männer – ohne die beiden zu zählen, die ihr getötet habt – ist es leider gelungen, sich zu retten. Sie haben es geschafft, eine der auf dem Meer umhertreibenden Schaluppen zu bergen. Und jetzt befinden sie sich ungefähr sieben Meilen von hier entfernt.«

Am Boden lagen etliche Stämme der Bäume, die der Hurrikan ausgerissen hatte. Sie waren für ihr Vorhaben bestens geeignet, doch fehlte es ihnen an der einfachsten Ausrüstung sowie den Werkzeugen, die zum Bau eines Floßes nötig waren.

Doch der Aztekenherrscher begann, Palmblätter zusammenzuflechten, und stellte daraus ziemlich feste Stricke her. Pater Pietro reihte mit Vasted die Stämme von etwa einem Dutzend Bäumen aneinander und band sie anschließend mit den Pflanzenstricken zusammen. Dann überprüften sie die Stabilität ihres Bauwerks, so gut es ging, und hißten ein kümmerliches, etwas rudimentäres Segel, das aus einem Ast und aus ebenfalls geflochtenen Palmblättern bestand. Sie ließen ihr Floß zu Wasser, als es tiefe Nacht war.

Genau in diesem Moment, im Licht des riesengroßen Mondes, sahen sie Funches und die anderen etwa eine halbe Meile von ihnen entfernt um eine Strandbiegung kommen. Der Wind trug ihre Stimmen zu ihnen herüber. Doch bemerkten sie die widerwärtigen Gesellen erst, als das Floß bereits die Durchfahrt des Korallenriffs passiert hatte. Es war also glücklicherweise schon zu spät, als daß sie versuchen konnten, ihr schwimmendes Gefährt zu erreichen. So war das Letzte, das Antonia sah, die Gruppe der Meuterer, die aufgeregt ihre Köpfe zur Beratung zusammensteckten und dann den Weg zurückgingen. Dann trübte sich ihr Blick, und ihr schwanden die Sinne.

»Nun werden sie sicher die Schaluppe der *Santa Esmeralda* holen«, kommentierte Vasted finster. »Und wenn sie uns ein zweites Mal aufspüren, bevor es uns gelingt, die Insel zu umsegeln, werden sie uns nach wenigen Meilen auf den Fersen sein. Gott stehe uns bei.«

Norwegisches Meer. 1995.

Wieder einmal quetschte sich Laura durch den engen Gang, durch den man in das Innere des *Gorgonia* gelangte. Verblüfft sah sie, daß Oswald an den Instrumenten saß. Doch bevor sie lauthals protestieren konnte, gab ihr Breil die entsprechende Information: »Unser ständiger Pilot bekam einen heftigen Anfall von Gastroenteritis, also sei vernünftig. Wenn wir das U-Boot bergen wollen, mußt du dich mit der Tatsache abfinden, daß ich das Kommando habe – es sei denn, du möchtest darauf warten, bis es ihm wieder bessergeht.«

»Keine Sorge«, fuhr er gleich fort. »In der Zentrale mit all ihren Knöpfen sitzt immer noch Peter Dayle. Ich habe ihm nichts von Rustom erzählt, aber du kannst sicher sein, daß er ihn im Auge behalten wird. Dem CIA scheint mehr an der Bergung des *U 115* zu liegen als unserem tüchtigen Präsidenten.«

Nach nicht einmal fünf Minuten war der Bathyskaph unter der Wasseroberfläche.

Sie erreichten die Stelle, an der sich das Wrack befand. Bevor sie in *Deep-House* überwechselten, drehten sie noch rasch eine weite Runde über dem *U 115*. Der Schiffsrumpf war jetzt gut in seiner gesamten Länge zu sehen, da nun die Felsspitze, die ihn gefangengehalten hatte, abgetragen war. Die Roboter und die Männer, die in der Unterwasserstation zurückgeblieben waren, hatten bereits die restlichen Gesteinsbrocken von dem Metallgerüst weggeräumt, das selbst ebenfalls schon im Abbau begriffen war.

Inzwischen waren in der Mitte, am Bug und am Heck des U-Boots etliche große Ringe aus Stahl angeschweißt worden, an denen die Bergungsseile befestigt werden konnten. Als sie nach ihrer Runde im Innern der Station angelangt waren, wechselten Laura und Oswald mit den Mitgliedern der an Bord verbliebenen Besatzung einen herzlichen Händedruck. Jetzt, da ihre Arbeit beendet war, konnten diese endlich an die Oberfläche zurückkehren.

Wenige Minuten später waren im Innern des *Deep-House* nur noch sie beide zurückgeblieben sowie drei Techniker, von denen Laura sich nicht erinnern konnte, sie jemals vorher unter ihren Tauchkameraden gesehen zu haben.

Sie verfolgten durch die Bullaugen aufmerksam die Arbeit der Männer, die dicke Stahlkabel an den am Schiffsrumpf angeschweißten Ringen befestigten. Eine Arbeit, die kein Ende zu nehmen schien. Mit nervenzerrüttender Langsamkeit schlichen die Minuten dahin. Doch dann kam endlich der – nicht weniger heikle – Moment, als alles nur noch den Befehl erwartete, mit der Bergung zu beginnen.

Während sie mit angehaltenem Atem zuschauten und dabei förmlich an den Bullaugen klebten, gab es einen plötzlichen Ruck, und langsam begann sich das Wrack in die Höhe zu bewegen. Laura Joanson schrie vor Freude laut auf und sprang von ihrem Sitz auf, um den Genossen ihrer Arbeit und ihres Schicksals zu umarmen – wobei sie sich wiederum herunterbeugen mußte.

Doch wurde ihre Freude sofort im Keim erstickt, als sie plötzlich in den Händen der drei Männer, die mit ihnen an Bord der Unterwasserstation geblieben waren, Pistolen aufblitzen sahen.

»Ein Schuß aus einer Feuerwaffe gegen die Schotten des Bathyskaphen«, bemerkte Breil außerordentlich kaltblütig, »würde unsere kleine Metallzigarre in tausend Stücke reißen. Und das heißt, daß es in dieser Tiefe für niemanden von uns eine Rettung gäbe.«

»Wir beabsichtigen gar nicht, auf Sie zu schießen, Dr. Breil. Wir wollen Sie nur in die Druckkammer einschließen, damit Sie beide uns keinen Ärger machen können. Und ich glaube wirklich nicht, daß dafür Waffengewalt nötig ist. Ich zähle auf Ihren gesunden Menschenverstand, Frau Dr. Joanson. Und daher bitte ich Sie beide, sich ohne Widerstand dort hinein zu begeben.«

Mit zusammengebissenen Zähnen gehorchte Laura. Widerwillig mußte sie zugeben, daß der Sprecher, der offensichtlich auch der Anführer des Trios war, recht hatte. Jedwede Protestaktion von ihnen würde nirgendwohin führen, da die drei anscheinend genau wußten, was sie taten. Also ließ sie sich willig zusammen mit Oswald in die Dekompressionskammer führen und leistete nicht den geringsten Widerstand, als die wasserdichte Tür hinter ihnen geschlossen wurde.

In diesem Moment griff einer ihrer drei Gefängniswärter zum Mikrophon, und beide mußten mit anhören, wie er der Crew an der Oberfläche mitteilte: »Frau Dr. Joanson und Herr Dr. Breil haben eine Embolie erlitten. Ihr Zustand scheint ernst zu sein. Wir haben sie daher in die Druckkammer gebracht, um an ihnen intensive medizinische Maßnahmen vorzunehmen.«

Nun begriff Oswald, welche Todesart man für sie vorgesehen hatte. Ein schrecklicher Tod, den er nicht hinzunehmen gedachte. Er spürte, wie der Zorn in ihm aufwallte, und so warf er sich mit aller Kraft gegen das Handrad, das den Öffnungsmechanismus der Einstiegstür regelte. Jedoch zwang er sich dann erneut zur Ruhe. So war nichts zu machen. In diesem Moment spürte er, wie sich der Druck in seinen Schläfen verstärkte. Dann hörte er das Geräusch der Apparate, die sich in der Druckkammer in Bewegung setzten.

Innerhalb der nächsten Minuten würde ihr Tod durch eine Gasembolie eintreten, und niemand käme je auf den Gedanken, daß der Tod von außen herbeigeführt worden war. Oswald drehte sich zu Laura um. Er mußte – auf welche Weise auch immer – alles versuchen, um sie von dem abzulenken, von dem auch sie wußte, daß es ihr Schicksal sein würde.

»Eine Sache gibt es noch, die ich dir nicht mitgeteilt habe«, begann er hastig, wobei er gleichzeitig aus seiner Hosentasche ein Metallschächtelchen holte, das einen vergilbten menschlichen Backenzahn enthielt. »Dies ist ein Zahn, der im Bunker in Berlin der Leiche Adolf Hitlers entnommen wurde.«

Laura unterbrach ihn sofort, denn nun nahm sie selbst den starken Schmerz in ihren Ohren wahr. »Glaubst du wirklich, daß dies jetzt der richtige Augenblick für eine solche Ankündigung ist?«

Oswald schien sie nicht einmal gehört zu haben, vielmehr entfernte er mit geschickten Fingern etwas, das aussah wie eine Goldplombe. Dann fuhr er unerbittlich fort: »Dieser Zahn ist gesund, er zeigt keinerlei Spur von Karies und brauchte überhaupt nicht behandelt werden. Weißt du, was das bedeutet?«

Und obwohl Laura schwach nickte, fuhr er in seinen Erklärungen fort: »Wenn du über keine Fingerabdrücke verfügst, erfolgt die Identifizierung der Leichen über die körperlichen Eingriffe, die von Zahnärzten, Orthopäden, Chirurgen und so weiter vorgenommen wurden.«

In diesem Augenblick unterbrach ihn die Stimme Robert Rustoms, die durch den internen Lautsprecher stark und klar zu ihnen drang: »Sehr gut, Major Breil«, sagte der Präsident der NPO. »Eine beispielhafte Lektion in Rechtsmedizin. Aber ich denke, die werden auch Sie beide bald nötig haben. Ich meine natürlich die Rechtsmedizin.«

Ohne ihn weiter zu beachten, begann Oswald wieder: »Der Führer hatte eine Reihe von Doubles, die ihm nicht nur vom Aussehen ähnlich waren, sondern zum Zwecke einer möglichen Identifizierung auch sämtliche medizinischen Eingriffe über sich ergehen lassen mußten, die der Führer hatte. Schließlich hinterläßt so etwas besondere Kennzeichen. So wiesen sie tatsächlich die gleichen Knochenbrüche auf wie er und hatten auch die gleichen Operationsnarben. Und wie du jetzt selbst gesehen hast, stimmten auch die Zahnplomben vollkommen überein… Begreifst du allmählich den Grund für diese ganze Verwicklung?« schloß er, doch dann verstummte er plötzlich, und sein Gesicht verzog sich zu einer Grimasse von Schmerz und höchster Pein. Der Druck verursachte in ihren Köpfen ein schreckliches Gefühl des Schwindels.

Durch die Hochfrequenzmikrophone hörten sie wieder Rustom, der an der Oberfläche saß, und offensichtlich legte der Präsident der NPO großen Wert darauf, ihm alles detailliert zu erklären.

»Die Dinge liegen nicht so, wie Sie meinen, Oswald. Ich versuche nicht nur, den guten Namen meiner Familie zu bewahren, sondern auch die Ehre all derer aufrechtzuerhalten, die im Zweiten Weltkrieg die Sieger waren.«

»Was wollen Sie damit sagen?« fragte Breil rasch, denn Rustom setzte offensichtlich alles daran, sie schnell und endgültig loszuwerden. Es war von lebenswichtiger Bedeutung, auf jede nur denkbare Weise Zeit zu gewinnen. Aber er hegte keine großen Hoffnungen.

Tatsächlich wartete er nur auf die große Lautlosigkeit, die ihren Tod ankündigte. Doch statt dessen hörte er, wie die eisige Stimme des Präsidenten der NPO wieder aus dem Lautsprecher drang.

»In dieser Orgie aus Wahnsinn und Blut, die den Zweiten Weltkrieg beendete, haben sich Ereignisse zugetragen, die auch der Frieden niemals aus dem Gedächtnis der Menschheit tilgen wird«, antwortete Rustom, der sich angesichts seiner elendiglich sterbenden Feinde wohl in der Rolle eines Schiedsrichters über die Geschichte fühlte. »Alle wären bereit gewesen«, fuhr er weiter fort, »alles zu vergessen. Aber eine Erinnerung hätte niemals ausgelöscht werden können, bis in alle Ewigkeit nicht – der Völkermord an den Juden. Deshalb beschloß mein Vater, sich darum zu kümmern, daß über die wahren Verantwortlichkeiten, die den Tod von Millionen Menschen bewirkt haben, nicht mehr gesprochen wird.«

»Entspricht es also der Wahrheit, daß England sich immer geweigert hat, fünfhunderttausend Juden Asyl zu geben?« fragte Oswald in dem Versuch, sich an einen letzten, dünnen Faden der Hoffnung zu klammern.

»Es waren nicht bloß fünfhunderttausend. Und in Wirklichkeit war es auch nicht England allein, das den anderen die Last an diesem Blutbad überließ. Im übrigen bin ich da gleicher Meinung wie Sie, Oswald, und kann mir daher auch vorstellen, zu welchen Schlüssen Sie gekommen sind. Auch ich fürchte, daß all diese Dokumente und Wahrheiten in dem U-Boot zu finden sind. Und aus diesem Grund werde ich jetzt die Leitung unterbrechen und von meinem sicheren Platz voller Genuß dem Ende des letzten Nazi-U-Boots zuschauen. Sicher wird es ein ganz vortreffliches Schauspiel werden. Ich koste es jetzt bereits aus. Ich bedauere nur, daß ich dabei einen so fähigen Mitarbeiter und eine so schöne Forscherin verlieren muß. Doch fordert der Respekt vor der Geschichte sein Recht, glauben Sie nicht? Also, meine Lieben, lebt wohl!«

Fast gleichzeitig mit dem Wrack hatte auch die Unterwasserstation ihren Wiederaufstieg begonnen. Als beide Objekte ungefähr fünfzig Meter unter der Wasseroberfläche waren, trat plötzlich Stillstand ein. Nach einem Moment völliger Bewegungslosigkeit spannten sich die Kabel erneut, wobei sie fast in winselndes Wehklagen ausbrachen. Dann begannen sie sich von neuem aufzuwickeln, allerdings nun mit einer übermäßigen, fast rasanten Geschwindigkeit.

»Wir steigen zu schnell auf«, sagte Laura in einem seltsam ruhigen, professionellen Ton, während sie gleichzeitig versuchte, sich das Blut abzuwischen, das ihr aus der Nase rann.

»Bravo!« Oswald konnte nicht anders, als voller Bewunderung ihre überlegene Haltung anzuerkennen. Laura hatte tatsächlich Nerven aus Stahl, die ihr niemals den Dienst versagten.

»Das Wrack hält das niemals aus«, fuhr die junge Wissenschaftlerin fort, »und wahrscheinlich wird auch unsere Unterwasserstation nicht unversehrt die Oberfläche erreichen.«

Und plötzlich schien sich der nachtdunkle Umriß des *U 115* um sich selbst zu winden, wobei ein Rasseln und Klappern über das Wasser bis zu ihnen getragen wurde, das dem letzten jaulenden Gewimmer eines zu Tode getroffenen Tiers glich. Dann zerfiel das U-Boot vom Heck her bis zu seinem Kommandoturm buchstäblich in tausend Stücke und verschwand mit all seinen Geheimnissen endgültig in den unerforschlichen Abgründen des Ozeans.

Oswalds Gesicht war nur noch eine blutende Maske. Mit der letzten Kraft, die ihm noch verblieben war, streckte er seine Hand nach der Lauras aus und versuchte zu drücken: »Wir sterben, Laura Joanson. Es ist nicht wie in einem deiner Romane, wir sterben wirklich.«

Das letzte, was die junge Frau wahrnahm, war ein machtvoller Stoß gegen die Konstruktion der Unterwasserstation. Ein Wrackteil, das mehrere Tonnen wog, war mit ungeheurer Kraft gegen die Wand von *Deep-House* gekracht und hatte ein großes Leck geschlagen. Pfeifend und mit stürmischem Geheul drang das Wasser ein und brachte die druckfeste Station zur Explosion.

9.

Havanna. Kuba. 6. September 1622.

Der Marchese de Cadereita hielt eine Versammlung mit den Kapitä-
nen all jener Schiffe ab, denen es gelungen war, den Hafen zu erreichen. Doch fehlten bei diesem Appell nicht weniger als acht von den
achtundzwanzig Schiffen, die die *Flota de Tierra Firme* bildeten. Leider waren auch die Namen der *Santa Margarita*, der *Nuestra Señora
de Atocha* sowie der *Santa Esmeralda* dabei, Galeonen, die mit vielen
Männern, aber vor allem mit einer Menge Gold beladen waren. Was
den Verlust an Leben und besonders an verlorengegangener Fracht
anbetraf, sollte die Katastrophe von 1622 für die spanische Marine
eine der größten sein, die sich jemals ereignet hatte. Einige Besatzungen hatten gesehen, wie die *Santa Margarita*, vom Toben des
Hurrikans getrieben, auf eine der Inseln zusteuerte, die vor der südlichen Küste von Florida liegen. Der Admiral schloß daraus, daß
auch die *Atocha* demselben Kurs gefolgt sein mußte, da sie neben der
anderen Galeone segelte.

Zwei Tage später fuhr das Admiralsschiff *Nuestra Señora de Candeleira* von neuem aufs offene Meer hinaus. An Bord hatte sie eine
erfahrene Gruppe von Perlenfischern sowie alle Ausrüstungsgegenstände, die zur Bergung eines Schiffes nötig waren. Dem Konvoi
gehörten weitere sechs Schiffe an, die durch den schrecklichen Hurrikan die wenigsten Schäden erlitten hatten.

Sie sahen gerade, wie die Umrisse der Insel Kuba am Horizont verschwanden, als der Ausguck vom Mast des Flaggschiffes meldete:
»Von Süden zwei Segel in Sicht, unter spanischer Flagge.« Der Admiral befahl, den Bug in den Wind zu richten, damit die Schiffe, die
noch nicht identifiziert waren, die Rettungsflotte einholen konnten.

Als sie auf gleicher Höhe mit ihnen waren und die Schaluppe zum
Flaggschiff hinüberruderte, erkannte Cadereita in der Gestalt, die
aufrecht darin stand, sofort Francisco Llobet. Er war nur noch der
Schatten seiner selbst – ein verzweifelter Mann, auf der verzweifel-

ten Suche nach seiner einzigen Tochter, die in den grenzenlos weiten Wassern des Karibischen Meeres verschwunden war.

»Wir haben die *Santa Esmeralda* in etwa dieser Position gesichtet«, sagte Cadereita zu dem Kaufmann, als er an Bord gestiegen war. »Ich hatte das Gefühl, daß auf der Galeone etwas nicht in Ordnung war, etwas, das weit über die leichte Epidemie hinausging, die nach Señor Vasteds Angaben an Bord geherrscht haben sollte. Als ich später versuchte, näher an die Galeone heranzukommen, um herauszufinden, was da wirklich vor sich ging, war die *Santa Esmeralda* nicht mehr im Konvoi. Dann kam der Hurrikan, und Ihr werdet sicher verstehen, daß ich dann keine Zeit mehr hatte, mich weiter um die Sache zu kümmern.«

»Welches war ihre Position, Admiral, bevor Ihr sie aus den Augen verloren habt?« fragte Llobet bekümmert.

»Wir waren querab von Florida, auf Kurs in Richtung Bermuda. Wenn sie sich retten konnten, müssen sie sich derzeit in irgendeinem Teil dieser Gewässer aufhalten. Doch hat niemand von den Besatzungen unserer *Flota* wieder die *Santa Esmeralda* zu Gesicht bekommen.«

»Ich habe nur diese einzige Tochter, Admiral«, sagte der Kaufmann mit von Verzweiflung gebrochener Stimme, »und ich werde nicht ruhen, bevor ich sie nicht gefunden habe. Wäre ich sicher, daß sie nicht mehr am Leben ist, glaube ich nicht, daß ich den Mut fände, noch weiterzuleben. Seht, ich habe mein ganzes Leben damit zugebracht, Reichtümer anzuhäufen, und dabei die wirklich wichtigen Dinge vernachlässigt. Und plötzlich, nur drei Tage nach der Abfahrt der *Santa Esmeralda*, wurde mir klar, wie schwer das Gewicht ist, das auf meinem Herzen lastet. Darum habe ich beschlossen, an Bord eines meiner Schiffe zu gehen, die zum Auslaufen bereitstanden. Ich wollte mich nach Kuba begeben, um die Reise an der Seite meiner innigst geliebten Tochter fortzusetzen. Die Gewalt des Hurrikans hat uns auf unserem Weg nur wenig gestreift, doch hat sie getroffen, was mir hier auf Erden das Liebste ist. Heute bin ich mir darüber bewußt, wie groß meine Fehler waren. Und daher bitte ich zu Gott, meinem Herrn, mir die Gnade zu gewähren, für mein schlimmes Verhalten Buße zu tun.«

Gerührt umarmte ihn der Marchese. Er hatte den Hurrikan miterlebt und wußte daher, wie schwierig es sein würde, die Überlebenden zu finden – noch dazu, wenn es sich um ein junges Mädchen handelte, das, wie er dachte, zu zerbrechlich war, um der Gewalt dieser Wellen standzuhalten. Und so machten sich die beiden Männer auf getrennten Wegen auf, nach den Überlebenden zu suchen, nachdem sie sich zu ihrem Unterfangen gegenseitig viel Glück gewünscht hatten.

Tags darauf wurde das Wrack der *Santa Margarita* gesichtet – es lag, auf die Seite geneigt, in der Nähe des Korallenriffs der Cayos y Baxos del Marques auf dem Grund des Meeres. Am Strand fand man ungefähr zweihundert Schiffbrüchige, die von den Anstrengungen und vom Hunger zu Tode erschöpft und von den Insekten halb aufgefressen waren. Der Admiral veranlaßte, daß die Überlebenden mit einem der Schiffe nach Havanna zurückgebracht wurden, und sorgte auch dafür, daß soviel wie möglich von der kostbaren Fracht der Galeone geborgen wurde.

Die Perlenfischer, die zum größten Teil von der Isla Margarita stammten, tauchten einer nach dem anderen in die Tiefe hinab, um die kostbaren Objekte und Kleinodien sowie die Gold- und Silberbarren wieder ans Licht zu bringen. Wenn sie es alleine nicht schafften, die Frachtstücke an die Oberfläche zu bringen, sicherten sie sie mit starken Seilen, damit sie von den Hilfsbooten geborgen werden konnten.

Der Marchese de Cadereita kannte das Manifest, wie die Frachtdeklaration der Galeone offiziell genannt wurde, mittlerweile auswendig. Aber in Anbetracht der nicht zu bestimmenden Menge an Gold und Edelsteinen, die in aller Heimlichkeit an Bord geschafft worden waren, ließ sich unmöglich feststellen, wie hoch letztlich der Prozentsatz von dem war, was wirklich geborgen werden konnte. Allerdings waren im Verlauf der Bergungsarbeiten bereits Tausende von Barren ans Licht gekommen, die keinen Stempelaufdruck trugen, der die Garantie erbrachte, daß die Bezahlung der königlichen Steuern erfolgt war.

Nach zwei Wochen wurden die Funde immer sporadischer und seltener, so daß der Admiral beschloß, die Suchanstrengungen auf die *Atocha* zu konzentrieren, von der viele Überlebende der *Santa*

Margarita beschworen, sie hätten sie in der Entfernung von nur wenigen Meilen Schiffbruch erleiden sehen.

In der Tat sichteten Cadereitas Männer nach nur zwei Tagen den Stumpf eines der Großmasten von der *Atocha*, der aus dem Wasser herausragte. Das Wrack sah unversehrt aus und war von der Oberfläche aus gut zu sehen.

Sofort wurden die Hilfsboote zu Wasser gelassen, und die Männer begannen, den Meeresboden auszuloten und abzusuchen. Gleich darauf tauchten auch die Fischer in der Gewißheit hinab, eine riesige Beute bergen zu können. Dem war allerdings nicht so – die Panzertür zum Laderaum war hermetisch verschlossen, und obwohl sie es von morgens bis abends unablässig versuchten, war es ihnen nicht möglich, ins Innere des großen Tresors vorzudringen, der sich mittschiffs befand. Im Lauf der Nacht dann frischte der Wind auf und drohte mit einem neuen Hurrikan. Eingedenk dessen, was zuvor geschehen war, ließ Cadereita lieber die Anker lichten und verschob die Bergung der *Atocha* auf eine spätere Expedition. Tatsächlich brach ein Hurrikan los, aber zum Glück erst, als sich die Rettungsflotte bereits sicher im Hafen von Havanna befand. Auch war dieser Sturm schwächer als der vorangegangene, doch blieben die Wetterbedingungen in den nächsten vier Tagen denkbar ungünstig.

Die Kräfte des Windes und des Meeres verschoben das Wrack der *Atocha* von der Stelle, an der sie es zuerst gesichtet hatten. Als Cadereita und seine Männer nach dem Sturm zielstrebig an ihrem Bestimmungsort, den Cayos y Baxos del Marques ankamen, war von dem Schiff keine Spur mehr zu finden, und so sollte es auch all den anderen gehen, die den Schatz der *Nuestra Señora de Atocha* im Verlauf der Jahrhunderte noch suchen sollten.

Norwegisches Meer. 9. Mai 1995.

Sie wurden alle von den Hubschraubern der Marines überrumpelt, die plötzlich am Himmel auftauchten und selbst die Besatzungsmitglieder des amerikanischen Kriegsschiffes in Erstaunen versetzten. Während die metallenen Riesenvögel unbeweglich in der Luft verharrten, ließen sich die Männer an langen Tauen auf die Bohrinsel herab. Sie waren in Kampfanzügen und ausgestattet mit leichten Waffen, aber um die Bohrinsel einzunehmen, brauchten sie noch nicht einmal einen einzigen Schuß abzufeuern. Die Hubschrauber landeten erst, als die amerikanischen Militärs bereits wußten, daß die Situation vollständig unter ihrer Kontrolle war.

Robert Rustom wurde von zwei Soldaten der Marines im Sitzungssaal in Gewahrsam gehalten. Als Pete ihn sah, ging er gemessenen Schritts durch den Raum, während er kühl die folgenden Worte sprach, die klangen, als hätte er eine Rolle auswendig gelernt: »Ich beschuldige Sie des mehrfachen Mordes, Rustom, und zwar unter den erschwerenden Umständen der internationalen Verschwörung und Konspiration!«

»Ich verstehe nicht, Dayle«, erwiderte der Präsident der NPO. »Nein...«

»Bei der Anbringung von Wanzen sind wir mindestens ebenso gut und effektiv wie Sie, Rustom«, brachte Pete ihn sofort zum Schweigen. »Wir verfügen über die vollständige und technisch einwandfreie Aufzeichnung Ihrer etwas makabren Unterhaltung, die Sie mit den unglücklichen Insassen des *Deep-House* führten. Leider sind wir zu spät gekommen, um zwei unschuldige Menschen noch retten zu können.«

Doch in diesem Moment betrat ein Offizier der Marines ohne anzuklopfen den Raum. »Ich bitte um Entschuldigung, aber ich habe Nachrichten von außergewöhnlicher Bedeutung. Ungefähr eine halbe Meile von dem Versorgungsschiff ist plötzlich die Druckkammer des Bathyskaphen aufgetaucht, und zwar völlig intakt. Laura Joanson und Dr. Breil leben! Allerdings befinden sie sich in einem sehr schlechten Zustand, doch werden sie die Gefahr nach Ansicht der Ärzte überstehen, auch wenn sie mehrere Tage in der Dekompressionskammer bleiben müssen.«

Pete ließ Rustom unter Bewachung seiner zuverlässigsten Männer zurück und stürzte in die Krankenstation, wo man die beiden Taucher hingebracht hatte. Die Ärzte verboten ihm jedoch strengstens den Zutritt zur Druckkammer, in der die ersten Behandlungen durchgeführt wurden. Bevor er überhaupt mit den beiden sprechen könnte, und sei es auch nur für ein paar Minuten, würde er mindestens vierundzwanzig Stunden warten müssen.

Während Pete in eine lebhafte Unterhaltung mit den Ärzten vertieft war, drang plötzlich eine Salve von Schüssen aus einer Maschinenpistole an ihr Ohr, die so deutlich zu hören war, als werde sie direkt neben ihnen abgefeuert. Dabei kam es nur zu diesem Eindruck, weil die Metallkonstruktion der Bohrinsel alle Schallwellen dramatisch verstärkte.

Pete lief zum Sitzungssaal, und er sah einen Körper auf dem Rücken am Boden liegen – ein wahrhaft schauderhafter Anblick! Rustom war es gelungen, sich einer Waffe zu bemächtigen, die einem der Agenten gehörte, und sich damit in den Mund zu schießen.

Inzwischen waren auf dem Versorgungsschiff bereits wieder die elektronischen Systeme repariert, so daß die Bergungswinden wieder hervorragend funktionierten. Endlich bestand die Möglichkeit, das, was von dem U 115 übrig war, an Bord zu hieven. Die Ringe, die am Bug angeschweißt waren, hatten mustergültig gehalten, und schließlich konnten etwa fünfzehn Meter des U-Boot-Bugs auf dem Deck des Versorgungsschiffes abgelegt werden.

Karibisches Meer. 8. September 1622.

Antonia Llobet verlor das Bewußtsein im frühen Morgengrauen, obwohl Vasted nicht aufgehört hatte, alles zu ihrer Versorgung zu tun, was in dieser Situation möglich war. Die Wunde, die de Blasis Klinge verursacht hatte, war sehr viel schwerer, als bei oberflächlicher Betrachtung angenommen. Wahrscheinlich war es in ihrem Innern zu einer Verletzung gekommen, mit Sicherheit aber zu einer Blutung.

Der Kardinal war in einer Ecke des Floßes untergebracht, die Handgelenke fest zusammengebunden. Ständig hielt er die Augen offen und warf wie ein Wahnsinniger haßerfüllte Blicke um sich. Mit nervenzerrüttender Langsamkeit schob ein schwacher Wind das Floß in nördliche Richtung. Die Augen der Schiffbrüchigen waren krampfhaft auf einen Punkt am Horizont gerichtet, ganz so, als erwarteten sie jede Minute, daß Funches' Schiff dort auftauchte.

Pietro war es, der das Schiff schließlich sichtete, als die Sonne bereits hoch im Süden stand. Antonia, die mittlerweile im Delirium lag, hatte man in den Schatten des Segels gebettet, das an diesem primitiven Fahrzeug angebracht war.

Sie fuhren entlang der Insel, dicht in der Nähe ihrer Nordspitze. Doch holten die Meuterer zusehends auf. Niemand konnte mehr daran zweifeln, daß sie innerhalb kürzester Zeit von ihnen eingeholt werden würden. In der Aufregung des Augenblicks bemerkte niemand, daß es dem Kardinal gelungen war, seine Hände zu befreien, und er mit den Stricken hantierte, mit denen die Baumstämme zusammengebunden waren. Er war sich vollkommen darüber bewußt, daß seine Fluchtmöglichkeit in den Händen der Aufrührer sehr viel größer war als auf dem Floß. Diese Verbrecher würden für das Gold, das er ihnen im Tausch für seine Freiheit anbieten konnte, bestimmt empfänglich sein. Vasted und der Pater aber würden sicher keine Sekunde zögern, ihn vor ein Gericht zu bringen, und aufgrund seines mächtigen Amtes auf einen Freispruch zu hoffen, durfte mit Sicherheit trügerisch sein.

Kaum war es dem Kardinal gelungen, die Stricke durchzureißen, gaben auf einmal alle Hölzer am Heck des Floßes nach. Vasted gelang es, Antonia und sich auf dem Rest des Floßes festzuhalten, während Juan und Pietro keine Mühe hatten, wieder die Hölzer zu erklimmen, die noch einigermaßen stabil geblieben waren. Von dort mußten sie ohnmächtig mit ansehen, wie de Blasi auf die Schaluppe der Meuterer zuschwamm und dann unter dem Hall eines mächtigen Chors aus Geschrei und Gelächter an Bord gehievt wurde.

Die Flüchtenden wußten, daß ihre Lage ausweglos war. Funches und seine Männer würden in wenigen Minuten bei ihnen sein. Die drei Männer waren sicher, daß sie sterben mußten, doch machten sie sich dazu bereit, ihre Haut so teuer wie möglich zu verkaufen. Die beiden Schiffe, die plötzlich an der Spitze der Insel auftauchten, schienen zunächst ein Trugbild zu sein, ein Phantasiegebilde ihres verwirrten Verstandes. Doch konnten sie ebenfalls beobachten, wie plötzlich auf der anderen Seite die Schaluppe der Meuterer in ihrer Fahrt innehielt, um dann auf einmal einen plumpen Fluchtversuch zu unternehmen. Das war ihre Rettung. Die unverhoffteste Art einer Rettung überhaupt.

Das Drama, das sich vor ihren Augen auf den beiden Wasserfahrzeugen abspielte, ließ keinen Zweifel aufkommen. Von dem Floß, auf dem sich offensichtlich eine kranke oder verletzte Frau befand, kamen verzweifelte Rufe. Die Schaluppe dagegen versuchte zu entkommen. Mit dem ersten Schuß von der Breitseite wurde, nur wenige Meter vom Bug des Boots der Meuterer entfernt, das Meer in Kaskaden von aufspritzendem Wasser getaucht. Dennoch hielten die Meuterer nicht inne, sondern begannen, mit doppelter Kraft zu rudern.

Ihrer Einschätzung nun gewiß, feuerten die Schiffe eine zweite Breitseite ab, die die Schaluppe voll traf und keine Überlebenden zurückließ. Wenige Minuten später wurden die Schiffbrüchigen von ihrem Floß aufgefischt, wobei Llobet selbst dabei half, seine Tochter vorsichtig an Bord zu heben. Antonia hatte das Bewußtsein noch nicht wiedererlangt und wurde daher in die Obhut des Arztes gegeben, den der Kaufmann glücklicherweise mitgenommen hatte.

Llobet kniete auf Deck nieder, um Gott im Gebet darum zu bitten, daß seine Tochter gerettet werde. Obwohl beide völlig erschöpft waren, knieten Vasted und Pater Pietro neben ihm nieder. Nach etwa einer Stunde kam der Arzt zu ihnen.

»Señor Llobet«, sagte er, »ich möchte Euch unter vier Augen sprechen.«

Er führte den Kaufmann ein wenig beiseite und sprach zu ihm: »Eure Tochter wurde von einer Stichwaffe schwer verletzt, die, wie ich befürchte, einen der Lungenflügel durchbohrt hat. Es liegt eine innere Blutung vor, die junge Frau hat bereits viel Blut verloren. Ihr müßt auf das Schlimmste gefaßt sein, Señor Llobet. Ich glaube nicht, daß das arme Kind dies überleben wird.«

Francisco Llobet war ein starker Mann und gewohnt, vielen Risiken ins Auge zu blicken, doch spürte er, daß ihm diese Nachricht fast den Verstand raubte. Den Kopf zwischen die Hände gelegt, murmelte er mit tränenüberströmtem Gesicht so leise, daß es kaum zu hören war: »Wozu ist es mir dann überhaupt gelungen, sie zu finden? Gott, unser Vater und Herr, ich flehe zu dir, hilf ihr, daß sie am Leben bleibt. Nimm mein Leben an ihrer Stelle. Oder ich schwöre, daß ich die Zeit, die mir noch vergönnt ist, allein in ihren Dienst stellen werde.«

Dann ging er langsam davon, allein und mit gesenktem Haupt.

»Gott«, fuhr er still bei sich fort, »ich bin sicher, daß Gold und

Reichtümer für deine unermeßliche Barmherzigkeit keine Rolle spielen, aber du weißt auch, daß der Verstand des Menschen oft blind sein kann. Mit der *Santa Esmeralda* habe ich auch den größten Teil meines Vermögens verloren. Aber ich schwöre dir bei allen Heiligen, wenn Antonia am Leben bleibt, werde ich das alles auf dem Grund der Meere lassen und keinen Versuch unternehmen, diesen Schatz wieder zu bergen. Auch werde ich die Welt der Geschäfte aufgeben und allen meinen Sklaven die Freiheit schenken.«

Bohrinsel Crude Brent. Norwegisches Meer. Mai 1995.

Pete beugte sich über Lauras wachsbleiches Gesicht. Sie lag auf einer der beiden schmalen Pritschen in der Druckkammer. Unterhalb ihrer Nasenlöcher und in den Ohren zeigten sich noch Spuren von geronnenem Blut.

Endlich öffnete die junge Frau die Augen, und Pete sah, daß sie sich in einem Zustand hochgradiger Verwirrung befand. »Wo bin ich?« fragte sie mit leiser Stimme.

»Du bist in Sicherheit, Laura«, antwortete Pete. »Sei ganz ruhig. Du schaffst es.«

»Und Oswald? Wo ist Oswald?« fragte sie wieder, mit einer Stimme, die kaum zu hören war, aber vor Angst bebte. Dabei heftete sie bestürzt ihre Augen auf ihn.

Pete trat ein wenig zur Seite, damit sie alles sehen konnte. Auf der zweiten Pritsche der Dekompressionskammer lag der Offizier des Mossad, der nun, wenn auch mit großen Schwierigkeiten, ihr seinen Kopf zuwandte – auch er war am Leben.

»Meine Güte, ihr hattet wirklich schlechte Karten«, begann der leitende Angestellte des CIA. »Und es ist meine Schuld. Ich habe die Bohrinsel verlassen, um Rustom in eine Falle zu locken. Ich war davon überzeugt, all seine Schachzüge über die Wanzen aus der Ferne verfolgen zu können. Aber ich habe zu spät kapiert, was er da wirklich anrichtete. Wir standen alle bereit, auf einem amerikanischen Hubschrauberträger, nicht mehr als zwanzig Meilen von hier. Kaum haben wir eure Gespräche empfangen, stürzten wir schon hierher. Aber ich hätte vorsichtiger sein müssen und niemals meinen Fuß aus der Kommandozentrale setzen dürfen. Nur dadurch, daß ein wahrhaftes Wunder geschah, kann ich jetzt wieder mit euch sprechen.«

Dann, nach einer kurzen Pause, fuhr er fort: »Das *Deep-House* brach auseinander, als es sich in etwa fünfzig Meter Tiefe befand. Aber die Druckkammer in seinem Innern, in der ihr eingeschlossen wart, nahm zum Glück dadurch keinen wesentlichen Schaden. Was nach dem Wunsch Rustoms und seiner Anhänger zu eurem Grab erkoren war, hat sich statt dessen in eine Überlebenszelle verwandelt, die, gegen den hohen Druck beständig, wieder an die Oberfläche gestiegen ist. Auf wundersame Weise tauchte sie genau in dem Augenblick wieder auf, als wir bereits all unsere Hoffnungen begraben hatten, euch jemals lebendig wieder zu Gesicht zu bekommen.«

»Das U-Boot!« rief Laura aus und versuchte dabei – wenn auch vergeblich –, sich auf einem Ellenbogen aufzurichten. »Was ist mit dem U-Boot geschehen?«

»Nur der Bugteil wurde geborgen. Die Experten sind schon an der Arbeit, um den Inhalt der vier wasserdichten Kisten zu analysieren, die in einem Laderaum in der Nähe des Torpedoraums gefunden wurden. Es handelt sich jedoch um unbedeutende Dinge, zumindest was unsere Zwecke und Vorstellungen betrifft. Abgesehen von einigen vergilbten Familienfotos des Führers, die zumindest die Tatsache beweisen, daß das *U 115* ihm persönlich zu Diensten stand, sind in zwei der Kisten Gegenstände von großem Wert verstaut, darunter sogar ein Raffael und verschiedene andere Renaissancegemälde. Dazu kommen Schmuck- und Ziergegenstände aus Gold und Silber, eine Sammlung silberner Schnupftabaksdosen sowie Juwelen, Kleinodien und viele andere Kostbarkeiten, so drei antike Statuetten aus Gold, bei denen es jedoch noch gilt, ihre Echtheit zu prüfen.

Die dritte und vierte Kiste sind dagegen voller Dokumente und sonstiger Akten, aber nichts, was so aussieht wie Hitlers Geheimnisse. Mehr so etwas wie Notizen über Astronomie oder entsprechende Dinge. Es wird sicher eine ganze Zeit dauern, bis wir herausgefunden haben, was da geschrieben steht. Ich fürchte, daß sich damit unsere Hoffnungen, mehr über die dunklen Abläufe des Zweiten Weltkriegs zu erfahren, nicht erfüllt haben. Diese Informationen landeten höchstwahrscheinlich alle in mehr als zweitausend Metern Tiefe auf dem Grund des Meeres und sind unwiederbringlich verloren.«

Key Largo. Florida. Dezember 1927.

Der Archipel der Keys erstreckt sich mehr als hundertfünfzig Meilen südlich der äußersten Spitze der Halbinsel Floridas. Die warme, starke Sonne taucht die Inseln in leuchtende Farben. Das Grün des niedrigen Pflanzenwachstums verliert sich im Weiß des korallenen Sands, um sich dann in den türkisen Reflexen des Wassers wiederzufinden.

Die *Siegfried I* lag in geringer Entfernung von der Westküste der größten Insel des Archipels vor Anker. Sie war ein Segelboot von sechsundvierzig Metern Länge, entworfen von einem der reichsten Erben der Epoche. Siegfried Sachs, Alleinerbe des Industrieimperiums des größten deutschen Stahlherstellers, genoß die Tage in der karibischen Sonne.

Die Nachricht von der Krankheit seines Vaters hatte ihn nicht besonders getroffen. Seine fieberhaften Tätigkeiten in Wirtschaft und Politik, denen er voll gespanntem Interesse nachzugehen pflegte, hatten den strengen Industriekapitän von seiner Familie längst entfremdet. Außerdem hatte sich der Charakter seines Sohnes, der buchstäblich mit einem goldenen Löffel im Mund geboren worden war, unter dem Einfluß des immensen Reichtums durchaus nicht in eine positive Richtung entwickelt. Denn das einzige Problem, dem sich der verwöhnte Sprößling durch die Krankheit gegenübergestellt sah, war sein Bedauern darüber, seine denkwürdigen Ferien abbrechen zu müssen, die er sich nun bereits seit mehr als einem Jahr gönnte.

Der junge Sachs war sicherlich nicht geeignet, in die Fußstapfen seines Vaters zu treten. Aber ebenso gewiß war, daß der autoritäre, vielleicht auch eifersüchtige Charakter seines Vaters ihm niemals eine Motivation gab, für diesen Weg auch nur das geringste Interesse zu entwickeln oder ihn tatsächlich selbst einzuschlagen. So verbrachte der Erbe eines der größten Vermögen des alten Europa seine Zeit damit, sich auf märchenhaften Festen, auf Traumyachten und in der Gesellschaft fabelhaft schöner Frauen zu amüsieren. Die einzige Beschäftigung, der sich Siegfried tatsächlich mit großer Leidenschaft hingab, war seine ständige Suche nach Manufakten, Kostbarkeiten, die, von menschlicher Hand hergestellt, bei Schiffskatastrophen in den Meeren der Karibik versunken waren. Dank der väterlichen Leibrente, die ihm offenbar mit der spezifischen Auflage gewährt worden war, stets einen weiten Bogen um die Fabriken seines Vaters zu machen, erhob er nicht den geringsten Anspruch auf eine Führungsposition in der komplexen Firmenstruktur, die der alte Sachs geschaffen hatte.

In diesem Augenblick saß er an einem prächtig gedeckten Tisch an Deck seiner Yacht, während vier Kellner eifrig darum bemüht waren, ihn und seine beiden Gäste einwandfrei zu bedienen.

In Anbetracht der jüngst erlittenen Reihe von Mißerfolgen und Schlappen, hatte Siegfried beschlossen, bei der Suche nach der gesunkenen spanischen Galeone zwei Tage auszusetzen und nur das Meer zu genießen, bevor er in die Heimat zurückkehren und sich wieder der winterlichen Kälte aussetzen mußte. Wie bei allen Schatzsuchern nagte in ihm eine Unruhe, die ihn nie völlig zum Stillstand kommen ließ. Die *Nuestra Señora de Atocha* beherrschte seine Gedanken. Schon seit fast zwei Jahren jagte er dem Traum hinterher, einen der größten Schätze aller Zeiten zu bergen. Er wußte, daß er nahe daran war, den Anfang des Garnknäuels zu finden, doch tauchte jedesmal, wenn es so aussah, als sei die exakte Position des Wracks gefunden, irgendein neues Element auf, das seine Suche zunichte machte. Es war ein Unternehmen, dem er sich mit Leib und Seele verschrieben hatte – angefangen von dem Studium alter Folianten und Chroniken in den Archiven von Sevilla bis zu den langen, zermürbenden Tauchgängen, die bis jetzt noch kein Ergebnis gezeitigt hatten.

»Verdammt noch mal, sie muß doch irgendwo sein!« rief er plötzlich aus und wandte sich der schönen Amerikanerin zu, die seine Tafel zierte. »Wir haben fast alle Keys abgesucht und Millionen von Kubikmetern Sand sondiert und erkundet, wir haben zwei Bände voller Luftbildaufnahmen gesammelt, aber das einzige Resultat, das wir erzielt und vom Meeresboden aufgelesen haben, waren ein paar Goldmünzen und ein oder zwei oxydierte Silberbarren.«

»Sieg, ich beschwöre dich«, erwiderte die schöne Frau und warf die Haare nach hinten. »Du hast mir versprochen, daß wir wenigstens in den letzten beiden Tagen nicht mehr von dieser Geschichte sprechen.«

»Ja, in Ordnung, verflucht noch mal, aber irgendwo muß doch dieses Schiff versteckt sein. Vielleicht sind wir zigmal drübergefahren und haben es nicht gemerkt.«

»Ganz genau«, erwiderte der andere Tischgast, »diese Inseln bildeten für die spanischen Schiffe, die bei einem der häufigen Hurrikans in dieser Gegend gesunken sind, eine natürliche Barriere, durch die nicht das kleinste Bißchen entkommen konnte. Nicht umsonst heißt es von dieser Region, daß ein Großteil der Bevölkerung sich damit durchschlägt, daß er von Zeit zu Zeit einige der Kleinodien birgt, die das Meer nach Jahr und Tag wieder hergibt.«

»Die Spanier«, beharrte Sachs, »haben lediglich ein paar Jahrzehnte gebraucht, um Länder von so unermeßlichem Reichtum auszubeuten, daß sogar ihre Straßen mit Gold gepflastert waren. Und diese Reichtümer mußten gezwungenermaßen die Meere überqueren. Häufig sind die Schiffe nicht an ihrem Bestimmungsort angekommen. Versucht euch einmal die Laderäume auf der *Atocha* vorzustellen, was da alles verstaut war – Gold, Silber und Smaragde im Wert von zwei Millionen Pesos, was heute einer zweistelligen Millionensumme in amerikanischen Dollars entspricht. Und dabei berücksichtige ich noch nicht einmal die Tatsache, daß jedes Schiff noch heimlich eine ziemliche Menge Juwelen und anderer Preziosen transportierte, deren Wert oft so hoch war, daß er den der offiziell angegebenen Ladung noch weit überstieg.«

»Genieße die letzten Sonnenstrahlen, Sieg«, seufzte die Frau wieder. »Denk daran, daß dich dann der Nebel erwartet, der Schnee und die Schlöte deiner Fabriken.«

»Vielleicht hast du recht, ich muß mit dieser wahnsinnigen Sucht nach dem Schatz aufhören! Der verfolgt mich regelrecht! Ich muß die *Atocha* vergessen, zumindest bis ich wieder zurück bin.«

Früh am nächsten Morgen ging Sachs ans Steuerruder seines Segelboots und befahl, den Anker zu lichten. Trotz seines mächtigen Namens würde das Liniendampfschiff, das ihn nach Europa bringen sollte, sicher nicht auf ihn warten. Und es lag mindestens ein Tag Fahrt vor ihm, um Miami zu erreichen. Und von dort aus konnte er dann ein Flugzeug nach New York nehmen.

»Halt, Herr, stoppen Sie sofort das Schiff!« rief plötzlich der Matrose aus, der am Bug mit dem Einholen des Ankers betraut war.

Besorgt brachte Siegfried die beiden Hilfsmotoren zum Stehen. Dann überließ er das Steuerruder dem Kapitän und lief zum vorderen Teil des Schiffes. Er begriff sofort, warum der Matrose gerufen hatte. In den Hakenarmen des Ankers hatte sich eine Kette verfangen, die mehrere Meter lang war. Sie bestand aus Gold, das unglaublich gut erhalten war. Und die Sonne entlockte ihm ein intensives gelbes Leuchten.

Trotz der zitternden Aufregung, von der er ergriffen wurde, verlor Siegfried keine Zeit. »Werft den Anker, und zwar sofort!« befahl er. »Schnell, Herrgott, schnell!«

Das Schiff richtete sich wieder in den Wind, fast an derselben Stelle, an der es sich noch kurz vorher befunden hatte. Im Nu wurde die Tauchoperation organisiert.

Sachs selbst ging als erster hinunter. Nachdem er seinen Taucheranzug angelegt hatte, ließ er sich in das durchsichtige und nicht sonderlich tiefe Wasser hinab. Er war von einer unbändigen Neugier ergriffen. Das erste, was ihm ins Auge stach, war eine Gruppe von vier Kanonen, dann weitere sechs und noch weitere. Das Wrack war mit Sicherheit das einer Galeone oder eines gleichgroßen Schiffes mit ähnlich großer Feuerkraft. Mit der offenen Handfläche bewegte er das Wasser über dem bronzenen Schaft der Waffe. Er konnte das Datum deutlich erkennen – 1621. Er versuchte ungeduldig, die Schrift zu entziffern, die gleich über der Jahreszahl zu sehen war, obwohl sie fast vollständig von Algen und Korallen bedeckt war.

Santa Esmeralda konnte er lesen. Und plötzlich empfand er trotz seines Fundes Enttäuschung. Dann tastete er sich vorsichtig zwischen den Baumstämmen durch, die im Sand verstreut lagen und die wahrscheinlich ein Sturm, der vor kurzem hier aufgekommen war, wieder aus der Tiefe des Meeres hatte auftauchen lassen. Seine Aufmerksamkeit wurde von etwas angezogen, das wie ein Stoß behauener Stämme aussah. Das vom Meer und der Zeit angegriffene Holz hatte seine ursprüngliche kompakte Festigkeit inzwischen vollständig verloren.

Mit einem Gefühl, das dem beseligten Empfinden eines Orgasmus sehr nahekam, entdeckte er im Innern der Pyramide, die von den Stämmen gebildet wurde, das Blitzen von Gold. Er schien alles zu vergessen, so war er von seiner Entdeckung geblendet. In diesem

Augenblick war alles aus seinen Gedanken ausgelöscht, das nicht unmittelbar mit der Bergung des Schatzes zu tun hatte – sei es nun seine Heimreise, der Gesundheitszustand seines Vaters oder die Sachs'schen Stahlwerke.

Die *Siegfried I* blieb zweiundzwanzig Tage vor Anker liegen, in deren Verlauf der Wert des geborgenen Schatzes ständig größer wurde, bis er tatsächlich alle Dimensionen zu sprengen schien. Jeder Taucher kam aus der Tiefe mit Gold- oder Silberbarren, Münzen und feinst gearbeiteten Manufakten wieder an die Oberfläche zurück.

Sachs wiegte sich in einer ständigen Euphorie. »Das ist der gerechte Preis für alle meine Opfer!« wiederholte er ohne Unterlaß, wobei er völlig die Tatsache vergaß, daß seine auf Gold gebettete Person nicht einmal wußte, was wirkliche Opfer und Entbehrungen waren.

Nach den ersten zwei Wochen wurden die Funde seltener, bis sie in den darauffolgenden Tagen schließlich nichts mehr entdeckten. Folglich beschloß Sachs, ein Zeichen vor Ort zu hinterlassen, das, halb ins Wasser getaucht, nicht sogleich jedem Erstbesten auffallen würde. Damit würde er mit Sicherheit die Stelle, an der das Wrack der *Santa Esmeralda* lag, wieder auffinden. Sobald wie möglich wollte er mit einer neuen, wesentlich ausgeklügelteren Ausrüstung zurückkehren, um auch die Objekte bergen zu können, die er bislang noch nicht an Bord seines Schiffes gebracht hatte.

Bevor er den westlichen Strand von Key Largo verließ, spürte er noch immer dieses nagende Gefühl tief in seinem Innern, und so entschoß er sich, noch einen letzten Tauchgang zu wagen. Nach einigen Minuten der Suche, die zunächst ergebnislos verlief, sah er plötzlich etwas seltsam Grünes aus dem Sand herausragen. Er griff danach, was mit seinen von unförmigen Handschuhen geschützten Händen gar nicht so einfach war. Aber endlich hielt er das Smaragdkreuz in Händen, das einst dem Gesandten des Papstes in der Neuen Welt gehört hatte. Von dem Fund elektrisiert, beschloß er, noch einmal die Umgebung zu sondieren, und inspizierte das Rund mit einem langen, langsamen Blick durch das schmale Fenster seines Taucherhelms. Er sah sie in wenigen Schritten Entfernung, umgekippt und fast vollständig im Sand versunken, doch immer noch eng von den Resten dessen beieinander gehalten, was einst eine Schatulle aus Holz gewesen sein mochte. Doch waren die Gesichter vom Sand nicht bedeckt. Und es sah beinahe so aus, als würden die menschenähnlichen Züge der drei Mondphasen nach ihm rufen und doch gleichzeitig über seine Anstrengungen aus vollem Herzen lachen.

Als er zitternd an Bord zurückgekehrt war, setzte sich Siegfried an den großen Tisch, der auf Deck stand, und stellte die zuletzt gefundenen Objekte darauf. Dann wandte er sich an seine beiden Gäste.

»Ich glaube, daß sich der Wert des Schatzes, den wir geborgen haben, kaum ermessen läßt. Doch wird jeder von euch eine Million Dollar erhalten, jedoch nur unter der Bedingung, daß er über den Fund absolutes Stillschweigen bewahrt. Auch die Männer von der Besatzung werden eine erkleckliche Sondergratifikation bekommen. Dann segeln wir die Yacht ohne jeden Zwischenstop nach Europa, um sicher zu sein, daß die Matrosen nicht in Kontakt mit der Außenwelt kommen. Doch handelt es sich bei ihnen sowieso um äußerst verläßliche Leute, so daß ich nicht glaube, daß auch nur einer von ihnen groß daran interessiert wäre, die Nachricht an andere weiterzugeben.«

Nachdem er das gesagt hatte, hielt Sachs ein paar Augenblicke inne, um voller Bewunderung das Smaragdkreuz zu betrachten. Dann nahm er die Mondsteine in die Hand und sagte laut überlegend: »Das ist genau das Richtige. Diese drei Gegenstände werden mir sicher als allerbeste Eintrittskarte dazu verhelfen, meine ersten Schritte in die Welt der neuen deutschen Politik zu tun.«

»In welchem Sinne, Sieg?« fragte die schöne Frau.

»Letztes Jahr hatte ich die Gelegenheit, Adolf Hitler kennenzulernen. Er ist ein Mann, der einmal wichtig und mächtig sein wird. Da ich weiß, daß er leidenschaftlich für alles Antike schwärmt, denke ich, daß er überglücklich sein wird, wenn ich ihm dieses kleine Geschenk präsentieren werde«, antwortete er, ohne den Blick von den Mondsteinen zu wenden.

»Hitler ist keine glaubhafte Persönlichkeit«, erwiderte die Frau. »Seine Leute sind eine Bande von Schurken, die die schlimmsten politischen und rassenideologischen Theorien verfechten, die man sich nur denken kann. Du solltest das mehr als alle anderen berücksichtigen, Sieg. Ist deine Familie nicht jüdischer Herkunft?«

»Genau deswegen tue ich es ja! Gerade wegen des zukünftigen Schicksals, das den Fabriken meiner Familie bevorsteht, habe ich mich entschlossen, mich auf Hitlers Seite zu schlagen. Und wie könnte ich meine Bewunderung auf bessere Art und Weise zum Ausdruck bringen, als ihm diese drei goldenen Statuen aus der Antike zu schenken?«

Das Segelboot war inzwischen in den Osten des Archipels gefahren und segelte in Richtung des Festlandes, und Siegfried, der sich zunehmend an seinen Ideen und Vorstellungen berauschte, sprach verzückt weiter: »Was wir entdeckt haben, war nicht das Wrack der *Atocha*, sondern das ihres Schwesternschiffes, das nur ein Jahr später ebenfalls auf den Werften von Havanna gebaut worden war. Der Fehler war, die Suche auf die Ostküste zu beschränken. Als die *Flota* vom Hurrikan erfaßt wurde, schien sie bereits die Dry Tortugas südlich der Keys passiert zu haben und bewegte sich inzwischen auf einem Kurs in Richtung Bermuda. Aber vielleicht waren die Peilangaben der damaligen Zeit nicht immer ganz richtig. Vielleicht genügte bereits ein wenig Dunst, um bei der Berechnung des Standorts schon eine Abweichung von mehreren Graden zu erhalten und sich damit um Meilen zu verschätzen. Auch die berühmten Matecumbe, die von Admiral Cadereita mehrmals in seinem Logbuch erwähnt werden und die er kurzfristig als Fundort des Wracks bezeichnete, entsprechen mit großer Wahrscheinlichkeit nicht dem Ort, den wir heute Key Matecumbe nennen, sondern sind eher die Bezeichnung für das gesamte Archipel.«

Inzwischen langweilte sich die Frau bereits zum Erbarmen, täuschte aber in Anbetracht der reichen Belohnung, die Siegfried ihr für ihr Schweigen versprochen hatte, noch immer gespannte Aufmerksamkeit vor. Sie nickte mehrere Male verständnisvoll und hob und senkte gekonnt ihre dichten, perfekt geschminkten Wimpern, als wäre sie von seinen Worten vollständig bezaubert. Das Interesse des anderen Gastes für die Erläuterungen des Deutschen war dagegen echt.

Der Blick des Konteradmirals Francis Rustom, der bereits auf dem Weg an die Spitze der politisch-militärischen Karriereleiter im

Königreich Großbritannien war, zeigte noch größere Aufmerksamkeit, als der junge Sachs fortfuhr: »Ich bleibe also bei meiner Behauptung, daß sich die *Nuestra Señora de Atocha* noch unangetastet dort unten auf dem Meeresgrund befindet. Sobald ich die Dinge in Deutschland geregelt habe, werde ich zurückkommen und sie suchen.«

Zu seinem Bedauern sollte es Siegfried Sachs nicht mehr vergönnt sein, je wieder einen Fuß in das Gebiet von Florida zu setzen, geschweige denn, in diesen Gewässern je wieder auf Schatzsuche zu gehen.

Als er einige Tage später mit seiner Yacht, die ihn in Richtung Heimat führte, New York verließ und in der Mündung des Hudson-River von dem üblichen Chor der Schiffssirenen verabschiedet wurde, war sein Vater bereits seit etlichen Stunden tot.

In den kommenden Jahren sollte die gesamte Welt bis in ihre Grundfesten erschüttert werden.

Buckingham Palace. London. 28. Mai 1995.

Die Zeremonie, mit der ihnen die hohe Auszeichnung verliehen wurde, fand feierlich in den höchsten Rängen des Offizierskorps statt und war von einer fast unüberwindbaren Mauer der Geheimhaltung umgeben. Ihre Majestät, die Königin von Großbritannien, saß auf einem vergoldeten Sessel, zu ihrer Rechten hatte der Premierminister Platz genommen und zu ihrer Linken ein herausragender Vertreter des House of Lords.

Oswald und Laura standen in der Mitte des Raums. Seltsamerweise fühlte Laura sich nicht eingeschüchtert, denn das überaus sympathische und freundliche Lächeln der Königin verhalf ihr dazu, sich wohlzufühlen. »Gut gemacht«, schien ihr dieses Lächeln zu sagen.

»Aber ist das alles überhaupt wahr?« Sie ertappte sich, wie sie sich selbst diese Frage stellte. »Findet diese erstaunliche Zeremonie tatsächlich statt, oder träume ich das alles nur?«

Sie wurde aus ihren Gedanken aufgerüttelt, als die Stimme des Premierministers, der am Ende seiner kurzen Rede angekommen war und zum Zeichen seines Respekts nun den Kopf senkte, laut verkündete: »Ich habe daher die Ehre und die Pflicht, das Wort Ihrer Majestät von Großbritannien zu übergeben.«

Elisabeth II. erhob sich, und mit hoher, fester Stimme sprach sie die Worte, die zwischen den herrlichen Fresken des Saals im ersten Stock des Buckingham Palace erklangen:

»Frau Dr. Joanson! Dr. Breil! Ihr Mut und Ihre Opferbereitschaft haben Unserem Land einen unschätzbaren Dienst erwiesen. Dank Ihnen ist es Uns gelungen, eine gefährliche Verschwörung zu zerschlagen, die das Fundament aller Institutionen in Unserem Königreich zu unterminieren drohte. Das Böse schien sich bereits in allen Bereichen Unserer Macht eingenistet zu haben – sowohl in den Spitzen der militärischen Führung wie auch der politischen – und bereit, einen Umsturz herbeizuführen.

Unter Rustoms vertraulichen Dokumenten fand man eine Liste mit den Namen der Männer, die vom Anführer der verschwörerischen Lobby von Trafalgar gedungen wurden. Wir verhehlen nicht, daß Wir darin Namen gelesen haben, die Uns in großes Erstaunen versetzten. Um nicht zu sagen: in große Bestürzung. Jetzt, da es Uns gelungen ist, die Aufrührer wieder aus den Machtzentren Unserer Institutionen zu entfernen und ihrer gerechten Bestrafung zuzuführen, halten Wir es für Unsere Pflicht, den beiden Menschen Unseren Dank und Unsere Anerkennung auszusprechen, die es Uns ermöglichten, das Wohl des Vereinigten Königreichs schützend zu bewahren.

Wir sind auch über andere, äußerst schwerwiegende Vorkommnisse unterrichtet, die im Lauf Ihrer Unternehmungen ans Tageslicht gekommen sind. Wir halten es nicht für überflüssig zu betonen, daß derlei Entdeckungen – vor allem, wenn sie nicht durch unanfechtbare Beweise untermauert werden – eine verheerende Auswirkung auf die Gleichgewichtsverhältnisse der zivilisierten Welt haben können. Obwohl Wir daran zweifeln, daß dies nötig sein wird, fordern Wir Sie wie auch die Organisationen und Nationen, denen Sie angehören, auf, absolutes Stillschweigen über jeden nur möglichen Verdacht in bezug auf eventuelle geheime Hintergründe des Zweiten Weltkriegs zu bewahren.«

Nach einer kurzen Pause fuhr Ihre Majestät fort: »Wir, die Königin des Vereinigten Königreichs, verleihen mit großem Stolz die Ehrenbürgerschaft an Laura Joanson und Oswald Breil eingedenk der großen Tapferkeit, die sie bewiesen haben, und zeichnen sie mit dem Titel ›Peer des Königreichs‹ aus.«

Die beiden Experten der Unterwasserforschung senkten das Haupt, während das sympathische Gesicht der Königin erneut ein überaus herzliches Lächeln an Laura richtete.

»Wir sind darüber unterrichtet, daß Sie eine große, berufsbedingte Leidenschaft für Unterwasserfunde haben, die Sie dazu veranlaßt hat, auf eigene Kosten ein Museum in Florida einzurichten. Entspricht das den Tatsachen?«

»So ist es, Majestät«, antwortete die junge Frau erfreut und verwirrt, während ein Page, der eine Schachtel aus rotem Samt trug, den Raum betrat.

»Dies ist unsere ganz persönliche Art, Ihnen zu danken, Lady Laura Joanson«, schloß die Königin und zeigte dabei auf die Schachtel.

Auf dem weichen Stoff, dessen Farbe ihre einzigartige Form unterstrich, lagen in Reih und Glied, gesäubert und funkelnd, die Mondsteine.

Die kühle Etikette war mittlerweile dem Ausdruck direkter, persönlicher Sympathie gewichen, der weitaus nuancenreicher wirkte.

»Ich könnte mir vorstellen«, fuhr die Königin fort und wandte sich dabei der jungen Frau zu, wobei sie jedoch auf den feierlichen Ton ihrer Rede und vor allem den Pluralis majestatis verzichtete, »daß Sie inzwischen ausreichend Material für einen neuen Roman gesammelt haben, Lady Laura. Ich muß Ihnen gestehen, daß ich ihn sehnlich erwarte. Patricias Tod in Ihrem letzten Buch hat in mir einen ziemlich bitteren Nachgeschmack hinterlassen. Also, bleiben Sie weiter dran!«

DRITTER TEIL

FEUER

Die Angst

10.

Hierosolyma. Römisches Gouvernement Judäa.
Anno 837 nach der Gründung Roms.
[84 n. Chr. (Anm.d.Ü.)]

Die Karawane erreichte die Stadt mitten in der Nacht. Clelia war in der Sänfte, vom Gang der Sklaven gewiegt, eingenickt. Sie wurde von dem Widerhall der Schritte in den engen Gassen geweckt. Verstohlen öffnete sie die Vorhänge und streckte ihren Kopf hinaus, um sich ein wenig umzuschauen. Das Licht der spärlich angebrachten Laternen verlor sich in den menschenleeren Straßen, aber trotz der Dunkelheit waren die Auswirkungen der Zerstörung, die vor vierzehn Jahren von Titus angeordnet worden war, in all ihrer Dramatik noch immer deutlich zu erkennen. Aus den Ruinen und den nur notdürftig wieder instandgesetzten, Wehmut erweckenden Überresten stach die Residenz des Gouverneurs von Judäa deutlich heraus. Sie wirkte mit den großen, von eisernen Armen gehaltenen Fackeln, die an der ganzen Fassade angebracht waren, wie ein Gebäude, das vom Gott der Sonne selbst geküßt wurde.

Sextilius empfing die heilige Vestalin äußerst reserviert und kühl. »Ich heiße die edle Trägerin des heiligen, ewigen Feuers in meiner bescheidenen Wohnstätte willkommen«, sprach er. »Ein kaiserlicher Legat hat mich bereits über deine Mission in diesen Gebieten unterrichtet, die eher einer Wüste gleichen als einem kultivierten Land.«

Doch im Gegensatz zu ihm empfand die junge Frau diese Gebiete als sehr kultiviert und umweht vom Hauch der Geschichte, während seine »bescheidene Wohnstätte« in ihrem Prunk und Protz so aussah wie jede kaiserliche Residenz, vor allem, wenn man sie mit den Ruinen verglich, die sie umgaben.

»Ich hoffe«, fuhr der Gouverneur von Judäa fort, »die Fügung hilft dir, daß deine Mission sich auf nutzbringende Weise entwickelt und dir die Tausende von unangenehmen Überraschungen erspart bleiben, die dieses Land bereitzuhalten vermag.«

Clelia fand diesen Satz sehr seltsam und unpassend. Sie konnte nicht umhin anzunehmen, daß sich der Gouverneur in irgendeiner Weise abzusichern suchte. Doch war es nur ein momentaner Eindruck, fast wie ein rascher, unheilvoller Schauder, und so erwiderte die junge Frau: »Dein Empfang, Gouverneur Sextilius, ist der Freigebigkeit dieses Hauses würdig. Möge die Heilige Vesta dich und dein Herdfeuer schützen. Bedrohungen und Gefahren«, hob sie hervor, »können hinter jeder Ecke lauern. Aber ich denke, daß eine Priesterin davor geschützt sein wird. Und im übrigen weiß ich, daß diese Gebiete sich größerer Sicherheit erfreuen, seitdem du hier die Herrschaft innehast. Wenn du mich jetzt entschuldigen möchtest, aber die lange Reise, die ich hinter mir habe, beginnt sich bemerkbar zu machen.«

Angesichts der Tatsache, daß sich die Göttin auf Erden allein durch ihre Priesterinnen feierlich verkündete, hätte die Etikette ein Zeichen des tiefsten Respekts verlangt. Doch zog es Sextilius vor, sich hinter seiner üblichen kriegerischen Haltung zu verschanzen, wobei er sich ganz offensichtlich nicht der Tatsache bewußt war, wie schlecht dies mit seinem schwächlichen Körperbau zusammenpaßte. Clelia geschah es häufig, daß sie bei übertriebenen Zeichen der Unterwürfigkeit verlegen wurde, doch die arrogante Haltung der Gouverneurs erfüllte sie mit großem Unbehagen.

Sie konnte nicht wissen, daß das gotteslästerliche Liebespaar, das sie einst dabei entdeckt hatte, wie es in den Gärten des Imperators tierisch kopulierte, beschlossen hatte, nicht länger ein Risiko einzugehen, sondern sie jetzt endgültig zu beseitigen. Und so hatte der mächtige Senator dem getreuesten seiner Schergen, der mittlerweile Gouverneur von Judäa geworden war, in dieser Hinsicht einen geheimen Befehl zukommen lassen.

Kaiserliches Rom.

Es dauerte nicht lange, und Iunius hatte begriffen, daß es ihm niemals gelänge, sich im Treibsand des politischen Lebens mit der gleichen Geschicklichkeit zu bewegen, die er auf dem Schlachtfeld und bei den Kämpfen im Zirkus aufgebracht hatte.

Die Verwaltung öffentlicher Angelegenheiten zeigte viele Ähnlichkeiten mit der Führung privater Geschäfte, wobei jedoch die Regeln keineswegs dieselben waren. So schien es zum Beispiel keine Schande zu sein, ein einmal gegebenes Wort oder eine Verpflichtung, der man sich unterworfen hatte, nicht einzuhalten. Vielmehr war es ein Zeichen besonderer Geschicklichkeit, sie zu brechen oder sonstwie zu umgehen. Ein jeder, der in die Politik ging oder sich sonst damit beschäftigte, schien durch eine Art von Immunität geschützt, die ihn ermächtigte, gewisse Handlungen zu begehen, wofür ein gewöhnlicher römischer Bürger mit Sicherheit bestraft worden wäre. Derjenige, der die besten Reden gegen die Korruption hielt und dafür mit viel Applaus bedacht wurde, war oft selbst – und das verstand Iunius sehr bald – der korrupteste aller Senatoren. Und wer den Verfall der Sitten beklagte, gab sich gewöhnlich in seinem Privatleben den ausschweifendsten Orgien hin. Unter dem Mantel verschleierter Heuchelei versteckten sich nur allzuoft die unglaublichsten Interessen und Machtspiele sowie Verrat und Verschwörungen.

Eine Welt, die ihm niemals gefiele, soviel stand fest. Dennoch brachte er für dieses Abenteuer des Marcius im Senat des römischen Volkes die gleiche Stetigkeit und ernsthafte Anständigkeit auf, die er bei all seinen sonstigen Unternehmungen aufgewandt hatte. Doch war es für sein redliches, offenes Wesen nicht einfach, sich in diesem Labyrinth zurechtzufinden, das aus halben Sätzen, verschleierten Botschaften und niederträchtig-gemeinen Zielen bestand, alle hinter den geschicktesten Wortspielen verborgen.

An jenem Morgen war anläßlich eines Gesetzerlasses eine Senatssitzung einberufen worden, deren Vorsitz Menenius führte. Er hatte soeben Platz genommen, nachdem er einleitend das Thema auf der Tagesordnung erläutert hatte. Die majestätische Erhabenheit der *aula* machte die feierliche Atmosphäre noch wuchtiger und massiver.

»*Quid censes?*« richtete der mächtige Senator die Frage an Marcius, als der aufgerufen war, seine Stimme abzugeben.

Trotz seiner Jahre noch immer athletisch und schlank, auch wenn das unter den weiten Falten des *latiklaviums* verborgen war, erhob der ruhmreiche Soldat seine Stimme und bestritt seinen ersten Rednerbeitrag vor der Versammlung, ohne besondere Gefühlsregungen zu zeigen.

»Ich habe die Kälte der Gletscher am eigenen Körper kennengelernt«, begann er seine Rede. Aber da sich das Stimmengewirr offenbar nicht legen wollte, legte er eine kurze Pause ein und betrachtete seine Kollegen mit einem direkten, sicheren Blick, der sie zum Schweigen brachte, ganz so, als hätte er sie sich unterworfen. »Diese Kälte habe ich in meinem Fleisch und in meinem Geist empfunden und gespürt, vortreffliche Väter. Ich habe die Körper und Waffen unserer Soldaten gesehen, wie sie völlig unbeschädigt nach der Schneeschmelze wieder zum Vorschein kamen. Ich habe den Lärm der Schlachten und die Tapferkeit der Menschen von Rom kennengelernt. Und ich weiß, daß diese Tapferkeit die wahre Stärke ist, und durch sie ist es gelungen, damit die Macht des größten Kaiserreichs aller Zeiten zu erbauen – ganz so, wie man einen Stein auf den anderen baut.«

Während einer neuen bedeutsamen Pause richtete sich sein Blick auf den Präsidenten der Versammlung. Es war ein stolzer und unerbittlicher Blick aus den Augen eines Manns, der es gewohnt war, dem Feind zu trotzen. »Ich habe für die Eroberung und die Verteidigung dieses Territoriums gekämpft, Menenius, und ich habe viele Römer sterben sehen, um die Sicherheit unserer Grenzen zu wahren oder das kleinste Stückchen Raum zu erobern, das oft nicht größer als ein Fetzen Stoff war. Doch damit gelang es uns, die Häuser und Familien der römischen Bürger vor der Bedrohung feindlicher Invasionen zu schützen.«

Von neuem hielt er inne und ließ den stählernen Blick über seine Mitsenatoren gleiten – ganz langsam wanderte er über jeden einzelnen von ihnen.

»Aber heute«, fing er wieder an, »soll ein Gesetz verabschiedet werden, das die Verteidigung des Kaiserreichs in die Hände und Waffen der Menschen legt, die die römischen Provinzen bewohnen. Ich gehe nicht so weit, ihre militärische Tapferkeit in Frage zu stellen, obwohl ich das nach reiflicher Überlegung durchaus tun könnte. Doch was mich stutzig macht, sind die Beweggründe dieser Soldaten aus der Provinz, das, was sie tatsächlich zum Kampf antreibt. Die vortrefflichen Senatoren können sich sicher vorstellen, mit welch leidenschaftlichem Eifer und auch Ungestüm ein Vater die eigenen Kinder verteidigt. Und die römischen Legionäre sind Väter, die ihre

Kinder, ihre Häuser und ihr Land verteidigen. Sie glauben an das, was sie tun, denn sie tun es zum Schutz all dessen, was ihnen das Liebste ist.

Aber könnt ihr euch einen Bewohner Judäas oder Ägyptens auf einem Gipfel der Alpen vorstellen, der dem Feind an der Front bereitwillig seine Brust darbietet, um Roms Größe und Reichtum zu mehren? Oder zu schützen? Ich kann das nicht. Ich verlange daher, daß der Senat des römischen Volkes die Angelegenheit noch einmal gründlich diskutiert, bevor der *senatus consultum* erlassen wird.«

Marcius setzte sich wieder auf seinen Platz, während sich um ihn ein Stimmengewirr erhob, das lauter als üblich war, und die Kommentare auf seine prägnante Rede die Luft erfüllten. Die Senatoren wußten, daß sich der Kaiser selbst für diese Gesetzesänderung stark machte, da er die fortschreitende Vernachlässigung der Landwirtschaft durch die römische Bevölkerung besorgniserregend fand. Und der Senat war bezüglich seines Wirkens dem göttlichen Domitian direkt Rechenschaft schuldig. Natürlich wußte dies auch Marcius. Aber mit seinem rhetorischen Beitrag wollte er allen begreiflich machen, welche Meinung er von nun an in dieser Versammlung zu vertreten gedachte.

Menenius nickte mit undurchschaubarer Miene. Er bewertete die von Marcius zum Ausdruck gebrachte Meinung schlicht und einfach als ablehnendes Votum. Und nur allzugern packte er die Gelegenheit beim Schopf, Marcius unmittelbar als Gegenpol des kaiserlichen Willens darzustellen, sie erschien ihm zu wertvoll, als daß er sie ungenutzt vorüberziehen ließ.

Nach einem kurzen Moment des Schweigens erhob sich Menenius und stellte mit einer schroffen Geste seines Arms das Gerede ab. »In aller Offenheit gesprochen«, sagte er in seinem gewohnten leutseligen Ton, »hege ich tiefe, begründbare Zweifel, ob es tatsächlich zweckmäßig ist, die Debatte über den *senatus consultum* noch länger auszudehnen. In meinen Augen ist praktisch alles bereits klar durchleuchtet. Doch da ein angesehener Senator und profunder Kenner der militärischen Realität dieses edle Bedürfnis verspürt, erkläre ich hiermit, daß die Diskussion von heute ab in dreißig Tagen wiedereröffnet wird.«

Und er löste die Sitzung mit der traditionellen Formel auf: »*Nihil vos moramur, patres conscripti* », was bedeutet: »Wir halten euch nicht weiter auf, einberufene Väter.«

In diesem ersten Monat, den er in seiner neuen Rolle als Berater des Senators Marcius in der Hauptstadt verbrachte, begleitete Iunius den ehemaligen General täglich, wohin ihn seine politischen Verpflichtungen auch führten. Er kannte das kurze Stück Straße mittlerweile auswendig, das von dem römischen Haus des Marcius zum Senat führte. Auf ihrem Weg traten viele gewöhnliche Bürger an den Senator heran – einer mochte ihn um irgendwelche Fürsprache bitten, ein anderer um ein Geschenk oder Naturalien. Die Mehrheit der Bürger aber näherte sich einfach einer Persönlichkeit von so hohem Rang, um mit ihr ein paar Worte oder Sätze zu wechseln. Und immer hörte Marcius geduldig und mit großem Interesse zu. Nie sah ihn Iunius jemanden, der sich ihm näherte, arrogant oder verärgert behandeln.

Judäa.

Der Angriff erfolgte in der Nacht, und zwar in dem Lager, das nicht weit von der Westküste des Toten Meeres aufgeschlagen worden war. Die Wachen, die die heilige Vestalin begleiteten, wurden schnurstracks überwältigt und die Überlebenden einheimischen Sklaven, die als Träger fungierten, etwa fünfzehn an der Zahl, in der Mitte des Zeltlagers zusammengetrieben. Nur sechs von ihnen ließen die Angreifer am Leben, denen sie erlaubten, in den ersten Stunden des Morgens zu entfliehen, damit sie möglichst rasch die Nachricht von einem Angriff der Wüstenräuber verbreiteten.

Clelia fühlte sich verloren. Sie hatte keine besondere Angst vor dem Tod, den sie sich schon seit sehr langer Zeit als ihren Befreier herbeisehnte, aber sie war bestürzt und verstört von dem, was ihre Augen sehen mußten. Sie war von etwa vierzig Männern umgeben – Mörder, die imstande waren, wehrlose, arme Wesen kaltblütig niederzumetzeln.

Sie beobachtete, wie sich ihr ein Mann näherte, der der Anführer der Räuber zu sein schien. Seltsamerweise hörte sie ihn in der Sprache des Volkes von Rom sprechen. »Es tut mir leid, edle Priesterin, aber deine Stunde ist gekommen«, kündigte er ihr an. Dann wandte er sich an eine Gruppe finsterer Halsabschneider, die ganz in der Nähe zwischen den leblosen Körpern auf der Suche nach Beute umherstreifte. Und seltsamerweise befahl er auch ihnen auf Latein: »Tötet sie!«

Aber die Männer schienen die Frage, wer das tun sollte, bereits untereinander besprochen zu haben, denn sie wiesen mit ihren Blicken auf einen der ihren, den sie beauftragt hatten, ihr Sprecher zu sein. Mit gesenktem Kopf trat er vor den Anführer.

»Herr«, sagte er, »für uns alle bist du ein so hervorragender Offizier, so daß wir nie daran dächten, einen Befehl von dir in Frage zu stellen. Doch das einzige, worum wir dich bitten: Verlange nicht von uns, was in unseren Augen ein entsetzliches Sakrileg darstellt – das Blut einer heiligen Vestalin zu vergießen.«

Für einen kurzen Augenblick zögerte der als Wüstenräuber verkleidete Kommandant der persönlichen Garde des Gouverneurs von Judäa. Doch bevor er noch seinem Zorn freien Lauf lassen konnte, fuhr der älteste der Männer in einem beinahe entschuldigenden Ton fort: »Wir können uns nicht mit einer so schweren Schuld beflecken. Auch in Rom werden die zum Tod verurteilten Vestalinnen lebendig begraben, eben damit niemandem die undankbare Aufgabe zufällt, den Todesstoß auszuführen.«

Der Offizier fand nach einigem Überlegen, daß in diesen Worten viel Richtiges lag. Natürlich hatte er im Auftrag von Sextilius zusammen mit diesen Männern viele ruchlose Taten begangen, seien es Morde oder sonstige Überfälle gewesen. Er hatte auch viele, von seinem Herren angezettelte schändliche und blutige Verschwörungen ausgeführt. Nie hatte sich einer von diesen Leuten seinen Befehlen widersetzt oder auch nur im geringsten gezögert, sie auszuführen. Und er meinte, daß er niemanden dafür tadeln konnte, wenn er sich weigerte, ein Verbrechen zu begehen, das von der römischen Welt als die vielleicht größte Gotteslästerung angesehen wurde.

»Lebendig begraben«, überlegte er laut. »Genau. Eine sehr gute Idee. Bindet ihr Hände und Füße fest. Sie wird auf dieselbe Weise sterben, wie die Wüstenbewohner ihre Ehebrecherinnen töten – bis zum Hals im Sand eingegraben.« Seine Lippen verzogen sich zu einem sadistischen Lächeln, während er Clelia erklärte: »Richtig,

Frau. Deine Augen werden mit ansehen, wie in der glühenden Sonne dieses Landes die Skorpione und Schlangen über dich herfallen.«

Kaiserliches Rom.

An diesem Abend wirkte Marcius nachdenklicher als sonst, obwohl Iunius bereits bemerkt hatte, daß sein Antlitz sich schon seit dem Tag seiner ersten Rede im Senat verfinstert hatte. Die Wirkung, die seine Worte auf viele Senatoren gehabt hatten, war unglaublich gewesen. In den zwanzig Tagen nach seiner Rede fanden unablässig Treffen mit vielen der Togaträger statt. Daher bekümmerte Marcius nicht so sehr die Angst, gegen irgendwelche Interessen verstoßen zu haben, sondern die ständig weiter auseinandergehenden Meinungen, von denen er fühlte, daß sie schließlich den gesamten Senat erfassen würden. Außerdem fürchtete er, daß dieser Dissens nur nach jemandem suchte, der bereit war, ihn in eine bestimmte Richtung zu lenken, um dann in aller Klarheit an die Oberfläche zu treten.

Was Marcius so finster stimmte, war das Bewußtsein darüber, daß er sich bereits wieder in einer Schlacht befand und erneut die Führung übernehmen sollte. Der einzige Unterschied zu den Kämpfen, die er in der Vergangenheit mit Waffen führen mußte, war der Einsatz, der dabei investiert wurde: Die Senatoren, die sich vorgenommen hatten, der allzu großen Macht des Menenius ein Ende zu setzen, hegten ihrerseits die Hoffnung, das römische Kaiserreich regieren zu können.

Der Honigwein tat mehr und mehr seine Wirkung bei Iunius, der nie ein starker Trinker war. Aber viele der ausgesuchten Persönlichkeiten, die in Marcius' Haus zusammengekommen waren, schienen das gleiche Problem zu haben wie er. Da erhob sich Marcius und begann mit ruhiger Stimme zu sprechen:

»Daß wir uns an diesem Abend hier befinden, sollte uns zum Nachdenken bringen. Ich persönlich bin der Ansicht, daß wir voller Achtung im Geist der Gesetze von Rom handeln und von einer Verschwörung oder irgendwelchen Machtintrigen weit entfernt sind. Unser Ziel ist es, daß der Senat von Rom ein Senat des Volkes bleibt und kein Markt, wo mehr oder weniger statthafte Interessensphären wachsen und gedeihen. Doch werden wir es alles in allem kaum schaffen, eine Mehrheit der Senatssitze zu erhalten. Ganz im Gegenteil, wir sind sehr weit davon entfernt. Aber unsere Stimmen sind laut genug, um gehört zu werden. Und wir sind auch dazu bereit, das Übel aufzuzeigen, darüber Aufklärung zu verlangen und die Versammlung zu den Richtlinien moralischer Rechtschaffenheit zurückzuführen, die leider allzulange aus den Augen verloren wurden.«

In dem großen Saal von Marcius' Haus waren mindestens siebzig Männer versammelt, zum größten Teil waren es Senatoren oder andere hohe Staatsdiener. Doch der Schrei, der nun einstimmig aus ihren Kehlen drang, klang in Iunius' Ohren fast so wie das Geschrei der Menschenmassen, die er im Zirkus gehört hatte.

Judäa.

Der Mann hatte eine sehr dunkle Haut. In der Rechten hielt er das Zaumzeug des Kamels, mit der Linken umfaßte er einen Stock, den er brauchte, um Stellen mit Treibsand auszumachen und auch um die Schlangen fernzuhalten. Seine Frau saß auf dem Kamel, fast verborgen unter den Vorräten und der übrigen Ladung, die an seine Höcker gebunden war. Ein zweites Tier folgte ihnen, auch dieses so voll beladen, wie es nur möglich war.

Die Frau ließ einen glücklichen Blick über das Land jenseits der kahlen Fläche gleiten, die das Tote Meer säumte. Sie waren sicher kein junges Paar mehr, aber die Zufriedenheit, die sie in ihrer Verbindung fanden, glich den mit der Zeit einsetzenden, langsamen körperlichen Verfall um ein Vielfaches aus. Eine Zufriedenheit, bewirkt durch die Kinder, durch ihre Liebe, ihre gegenseitige Achtung und ihre Verbundenheit, die sie in allem und jedem bestätigt fühlten. Und dann ihr Glaube an den einzigen Gott, die Wärme, die sie darin empfanden sowie die Gewißheit eines ewigen Lebens, von dem Christus gepredigt hat.

Aretas, so hieß der Bildhauer, der in der Stadt Petra lebte, ruckte an den Zügeln seines Tiers. Dann zog er ein zweites Mal, um sich zu vergewissern, daß das Zaumzeug wirklich gut an den Zähnen des

Kamels anlag. Der große Wiederkäuer schien aber davon nichts wissen zu wollen, sondern begann, einfach vorwärts zu gehen, so daß sie sich immer weiter von dem ausgetretenen Wüstenpfad entfernten. Aretas verzichtete darauf, das Tier wieder auf den Hauptweg zurückzubringen, sondern gab mit einem Seufzer seinen Launen und seiner Wahl nach, diesen parallel laufenden Weg zu gehen. Es war ein altes Kamel, das sehr weise war und eine lange Erfahrung über all die Gefahren besaß, die es in einer Wüste zu bestehen galt.

Aber nach ein paar Augenblicken begriff er, daß es mehr der Instinkt als die Erfahrung gewesen war, der das Kamel in diese Richtung trieb. Denn auch er hatte etwas bemerkt, das sich von der öden und flachen Natur, die sie umgab, abhob – eine runde Form, die, wenige Schritte von ihnen entfernt, aus dem Sand herausragte. Es war nicht schwer für ihn zu erkennen, daß es sich um den Kopf eines Menschen handelte. Ein kleines Stück weiter sah er die Überbleibsel eines ehemaligen Zeltlagers und die deutlichen Spuren eines Kampfes.

Clelias Lippen waren von tiefen Wunden zerfurcht, und infolge der langen, quälenden Zeit, in der die sengenden Sonnenstrahlen auf sie heruntergebrannt hatten, blutete ihr Gesicht an vielen Stellen. Immerhin war sie ihnen bereits seit mehreren Stunden ausgesetzt. Und Ameisen, so groß wie ein Fingernagel, hatten schon damit begonnen, sich in ihr Fleisch einzugraben, was ihr so unerträgliche Schmerzen bereitete, daß sie das Bewußtsein verlor.

Nicht weit von der Stelle, an der das lag, was nach Aretas' Meinung nur eine Leiche sein konnte, ließ er die Zügel fallen. Er rannte hin und beugte sich über das zerschundene Gesicht. »Frau«, befahl er ängstlich, »gib mir Wasser und Werkzeug, schnell! Diese Unglückliche ist noch am Leben.«

Als er das Verlangte erhalten und einen feuchten Lappen auf die verletzten Lippen gelegt hatte, fing er sofort an, rings um Clelias Körper zu graben, wobei er sehr darauf achtgab, ihren Leib nicht mit der Spitze seiner Schaufel zu treffen. Als er sicher war, daß er sie aus dem Sand herausziehen konnte, ließ er das Werkzeug liegen und grub fieberhaft mit den Händen weiter. Seine Ehefrau half ihm dabei, so gut sie nur konnte.

»Nimm den Lappen, tauche ihn erneut ins Wasser und benetze

damit ihre Lippen«, sagte Aretas, der wußte, welch verheerende Wirkung ein plötzlicher Flüssigkeitsüberschuß auf einen ausgetrockneten Körper haben konnte. »Halte ihren Kopf hoch«, fuhr er fort. »Gott, ich danke dir, daß du mein braves Kamel zu dieser Unglücklichen gelenkt hast, so daß wir ihr zu Hilfe eilen konnten. Ich glaube, sie ist nicht viel älter als unsere Tochter«, sagte er schließlich, wieder zu seiner Frau gewandt.

Kaiserliches Rom.

Wie es seine Gewohnheit war, hörte sich Menenius die honigsüßen Reden des üblichen Kreises seiner *clientes* an, ohne allerdings besonders viel Aufmerksamkeit darauf zu verwenden. Als sich einer der Diener näherte und ihm etwas ins Ohr flüsterte, zögerte er keinen Augenblick, auf mehr als kurz angebundene Weise seinen Hofstaat aus Bittstellern und Schmeichlern zu verabschieden, der ihn immer in seinen ruhigen Momenten umgab.

»Worauf wartest du?« fragte er den Sklaven in schroffem Befehlston. »Führe den Senator Gracchus her. Spute dich.«

Als er vor ihm stand, schlug sich Gracchus mit seiner Rechten auf die Brust und streckte sie danach zum Zeichen des Grußes nach oben. An seinem aufgeregten Zustand ließ sich unschwer erkennen, daß er der Überbringer sehr wichtiger Nachrichten war.

»Niemand hegt einen Verdacht gegen mich. Alle Senatoren, die Marcius getreu zur Seite stehen, sind fest davon überzeugt, daß auch ich ihre Sache unterstütze ...«

»Und, welche Ränke schmieden sie?« fragte Menenius schroff. »Verliere dich bitte nicht in langen Vorreden!«

»Sie haben sich gegen das Kaiserreich und gegen den Senat verschworen.«

»Hast du Beweise für das, was du sagst?«

»Nein ... Beweise sicherlich nicht. Niemand bedroht den Imperator mit dem Tod, aber die Anhänger von Marcius haben geschworen, daß sie im Interesse des Volkes von Rom in Zukunft mit Zähigkeit und Ausdauer das Wirken der Kurie überwachen wollen.«

»Doch kann ich nach deiner Meinung zu Domitian gehen und

ihm erzählen, daß eine zahlenmäßig kleine Gruppe von Senatoren eine Verschwörung gegen das Kaiserreich anzettelt, weil es die Interessen Roms und des römischen Volkes schützen will?« Menenius' Blick hatte nun jenen wohlbekannten, eiskalten Ausdruck angenommen, der jeden Gesprächspartner einschüchterte.

»Sie sind nicht wenige«, begann Gracchus wieder. »Bei der letzten Versammlung in Marcius' Haus waren wir mehr als siebzig. Aber es scheint, als seien mindestens hundertfünfzig Senatoren und hohe Staatsdiener bereit, sich an seine Seite zu stellen… Du mußt etwas tun, bevor sich all diese Differenzen auch im Volk verbreiten.«

Plötzlich nahm Menenius' Blick einen Ausdruck an, der so wirkte, als sei er imstande, durch den Körper seines Gesprächspartners hindurchzusehen und sich dann auf eines der griechischen Gemälde zu heften, die den Saal schmückten.

»Ja«, murmelte er. »Ich muß etwas tun.«

Judäa.

Clelia erlangte das Bewußtsein erst am folgenden Abend wieder. Das alte Nabatäerpaar hatte sich bei der Wache an ihrem Krankenlager abgewechselt, das sie auf einem Teppich in der Mitte ihres aufgeschlagenen Zelts gerichtet hatten. Als sie sahen, wie sie die Augen öffnete, empfanden die beiden Eheleute ein ähnliches Gefühl wie beim ersten Schrei ihrer Kinder. Jemandem das Leben wiederzugeben war ähnlich der Erfahrung, Leben zu gebären.

Sie blieben noch zwei Tage in dem kleinen, grünen Wäldchen, in dem sie ihr Lager aufgeschlagen hatten, denn Clelia sollte sich so weit erholen, daß sie die Anstrengungen der Reise auf sich nehmen konnte. Am zweiten Abend nun entschied Aretas, daß die Hitze so weit abgekühlt war, daß sie aufbrechen konnten. Unterstützt von seiner Frau, legte er Clelia auf eine notdürftige Trage, die er auf den Rücken des Kamels band. Das rotgoldene Licht des Sonnenuntergangs tauchte alles in seine farbige Glut. Langsam bewegte sich die kleine Karawane den Kamm einer kahlen, steinigen Anhöhe hinauf. Unter ihnen erstreckte sich die unbewegte Fläche des Toten Meeres, das sie für den Großteil ihrer Reise begleiten sollte.

Kaiserliches Rom.

In heller Aufgeregung stürzte Iunius in das Zimmer des Senators, zu dem er gerade die Tür aufgebrochen hatte. Schon auf den ersten Blick sah er den Körper des Marcius rücklings neben dem Bett auf dem Boden liegen, in einer riesigen Blutlache, die sich ständig weiter auf dem Mosaikfußboden ausbreitete. Mit größtmöglicher Vorsicht drehte er ihn um. Doch begriff er sofort, daß nichts mehr zu machen war. In der Blässe seines Antlitzes waren die Zeichen des Todes unverkennbar.

»Lebwohl, mein Sohn, gib auf dich acht...«, konnte der Sterbende noch flüstern, dann ließ er den Kopf auf den Arm sinken, der ihn stützte, und verließ seinen Freund und Schützling für immer.

Iunius legte ihn sanft auf den Boden. Er konnte noch nicht fassen, was geschehen war. Doch dann überwältigte ihn plötzlich die Wirklichkeit und verdrängte die dunstigen Umrisse dessen, was ein Alptraum schien. Der Mann, den er wie einen Vater geliebt hatte, war soeben in seinen Armen verschieden. Aus der kleinen Wunde an seiner linken Seite strömte noch immer Blut. Der Dolch, mit dem ihn der Mörder getroffen hatte, mußte bis in sein Herz gedrungen sein.

Er spürte, wie ihn eine verzweifelte, fast nicht bezähmbare Raserei ergriff und ein unbändiges Bedürfnis nach Rache sich seiner bemächtigte. Einige der Diener hatten sich vor der Tür zu Marcius' Zimmer versammelt. Iunius trat aus dem Raum, mit Händen, von denen noch immer das Blut des edlen Marcius tropfte. In dem Nebel, der ihm die Augen verschleierte, tauchte unklar das Gesicht Darius', des Legionärs auf, den er einst in den Minen der Sklaverei entrissen hatte und der später als Geschäftsführer von Marcius seinen Platz eingenommen hatte.

»Was tust du, Iunius? Was ist geschehen?« fragte er. Iunius, der in einer dem Wahnsinn ähnlichen Gemütsverfassung war, hörte ihn nicht. Er stürzte in sein Zimmer und griff rasch nach seinem Schwert.

Die Nacht in Rom war alles andere als menschenleer. Doch bemerkte Iunius nicht einmal, daß die Leute zur Seite traten, wenn er an ihnen vorbeikam. Er lief weiter und weiter, bis er schließlich an die Umfriedungsmauer von Menenius' Stadthaus gelangte, die er geschickt überstieg.

Petra.

Aretas hatte ihr nicht erlaubt, von der Bahre aufzustehen, obwohl Clelias Kräfte mittlerweile fast vollständig wiederhergestellt waren. Auf ihrem Lager hingestreckt, betrachtete die junge Frau die Wände aus Kalkfelsen zu beiden Seiten des engen Weges, auf dem sie sich der Stadt näherten.

Plötzlich tauchte Petra auf, die glanzvolle Stadt. Die Tempel erhoben sich majestätisch in ihren rosaroten Farben, während die steineren, in mehreren Nuancen gestreiften Felsen, in die sie hineingehauen waren, eindrucksvolle Zeichnungen aus Licht und Schatten schufen. In der Mitte des Tals tauchte wie aus dem Nichts, nach dem langen Weg zwischen den Felswänden, die Stadt auf – mit ihren niedrigen Häusern, den kleinen Geschäften und Werkstätten sowie den Straßen, in denen es von Menschen, Wagen und Tieren nur so wimmelte.

»Das ist unsere Stadt, Clelia«, erklärte Aretas in gebrochenem Latein, während sie sich auf die Ellenbogen stützte, um das Schauspiel besser sehen zu können. Sie trug Kleider, die ihr die Frau des Bildhauers geliehen hatte. »Die großen Fassaden der öffentlichen Gebäude, die du siehst, sind ebenso wie ihr Inneres geduldig in den Stein gehauen worden. In jedem der Tempel und Mausoleen, die uns umgeben, ist die Jahrhunderte dauernde Arbeit vieler Menschen enthalten.«

Kurz darauf erreichten sie die Wohnung, in der Aretas mit seiner Familie lebte. Sie lag nur wenige Schritte von einem großartigen Grabtempel entfernt, einem Gebäude, das mehr als hundertdreißig Fuß hoch war und in einen Berg aus rosa Stein gehauen war.

Die sieben Kinder, denen der Vater während seiner Abwesenheit die Werkstatt anvertraut hatte, bereiteten der Neuangekommenen einen warmen und herzlichen Empfang.

»Vater«, erzählte sofort der älteste der Jungen, »es ist eine große Menge von Arbeiten liegengeblieben, die unbedingt weitergeführt werden müssen. Dem einzigen Gott sei Lob und Dank, daß du wieder da bist.«

Aretas lächelte nachsichtig, denn er hatte den unausgesprochenen Vorwurf in diesem Satz sehr wohl vernommen: »Ich müßte derjenige sein, der dich anhält, fleißig zu arbeiten, mein Sohn, und nicht umgekehrt«, gab er liebevoll zur Antwort. »Die zwanzig Tage, in denen eure Eltern abwesend waren, sind keine Ewigkeit, noch dazu, da unsere Reise nach Hierosolyma den alleinigen Zweck hatte, uns mit neuen Arbeitswerkzeugen zu versorgen.« Der alte Handwerker klopfte seinem Sohn auf die Schulter. »Du erlaubst uns doch sicher, daß wir uns erst einmal stärken«, meinte er. »Nach den vielen Tagen in der Wüste, in denen wir uns fast ausschließlich von Datteln ernährten, können eure Mutter und ich es kaum erwarten, uns an einen reich gedeckten Tisch zu setzen. Und auch unser Gast, meine ich.«

Als die ganze Familie zusammen um den Tisch saß, erzählten die beiden Nabatäer kurz, wie sie Clelia gefunden und ihr zu Hilfe geeilt waren. Obwohl sie die Worte nicht verstand, wurde der jungen Frau klar, daß die Kleidungsstücke, die sie trug, als man sie aus dem Sand zog, so zerrissen und schmutzig waren, daß sie ihre hohe Stellung nicht länger zu erkennen gaben. Ihre Retter hatten nicht begriffen, daß es sich bei ihr um eine römische Priesterin handelte. Und im übrigen hätte in diesen, von Rom so weit entfernten Landstrichen mit großer Wahrscheinlichkeit sowieso niemand die Gewänder ihres heiligen Amtes erkannt. Und es erschien Clelia vorläufig auch nicht angebracht, ihre wahre Position zu enthüllen.

Aretas setzte sich zu Tisch, nahm einen Laib ungesäuerten Brotes und erhob feierlich seine Stimme, um Gott zu danken.

Kaiserliches Rom.

Das Haus des Menenius war dunkel und sehr weitläufig. Die vier Öllampen, die in den Ecken des *impluviums* angebracht waren, erhellten nichts, sondern beschworen nur unheilvolle Schatten herauf. Im oberen Stockwerk gingen mindestens acht der Räume auf den Innenhof hinaus. Der kristallene Klang des Wassers in den Brunnen war das einzige Geräusch, das man hörte. Er konnte sich keine Fehler erlauben. Er mußte Menenius' Gemach sofort und mit absoluter Sicherheit herausfinden. Also stieg er eine Treppe empor, ohne auch nur das geringste Geräusch zu machen. Um den Schutz und die Unversehrtheit der Bewohner zu gewährleisten, hielten zwei bewaffnete Sklaven die Wache. Die konnten jedoch, da sie in einen tiefen und unziemlichen Schlaf versunken waren, ihre Aufgabe nicht erfüllen.

Deutlich vernahm er die Stimme des Senators. Er hörte ihn, wie er voller Genugtuung und mit sonorem Klang eine Rede deklamierte, die er offenbar am folgenden Tag vor der Kurie halten wollte. Er verstand jedes Wort: »Ein rechtschaffener, tapferer, ehrlicher und gerechter Mann ist von uns gegangen. Und vor allen in diesem edlen Kreise schwöre ich, daß die Mörderhand, die Marcius getroffen hat, es auf beispielhafte Weise zu büßen hat.«

Nun entbrannte der Zorn des Iunius in all seiner Heftigkeit. So kurze Zeit war erst seit dem Mord vergangen, und Menenius hatte bereits die Totenrede parat. Wer hatte ihm wohl in der Zwischenzeit die Nachricht überbracht?

Die Tür war nur angelehnt, leise schritt er hindurch. Das Licht in dem Gemach leuchtete hell und klar. Mit dem Rücken zu ihm, sprach Menenius in seinem feierlichsten Ton und gestikulierte dazu, als stünde er tatsächlich vor dem Stuhl des Senatsvorsitzenden. Er bemerkte Iunius erst, als der hinter ihm stand.

Sein Gesicht verzog sich zu einer Grimasse der Angst, und aus seinem Mund drang ein gurgelnder, halb erstickter Schrei. Iunius kümmerte es wenig, daß Menenius versuchte, Alarm zu schlagen. Alles, was ihn bewegte, war nur, dem hassenswerten Leben dieses Menschen um jeden Preis den Garaus zu machen. Er hörte die Rufe der Wachen, doch sorgte er sich nicht darum. Weit holte er mit seiner Rechten nach oben aus. Das Schwert schien sein Gewicht verloren zu haben. Und dann setzte er seinen Hieb, von oben nach unten, mit der Kraft der Verzweiflung. Der Stoß, mit dem er zu Boden geworfen wurde, erfaßte ihn in genau dem Augenblick, als sein Schwert den Kopf des Senators traf. Bevor er zu Boden ging, konnte Iunius noch sehen, daß sein Hieb die rechte Gesichtshälfte des Menenius getroffen und halb abgetrennt hatte. Und obwohl seine Klinge durch das Eindringen der Wachen abgelenkt wurde, war er davon überzeugt, daß der unwürdige Senator diesen Angriff nach aller Wahrscheinlichkeit nicht überleben würde. Jedenfalls wünschte er das von ganzem Herzen. So mußte es sein.

Doch mitten in diesen Überlegungen traf es ihn wie ein Blitz: Wenn er nicht etwas unternähme, würden ihn die Wachsoldaten bald überwältigt haben. Während er also blindwütige Hiebe austeilte, um seine Gegner soweit wie möglich zu verwirren, wagte er einen schnellen Ausfall und befreite sich damit aus dem Gewirr der Körper. Er war gewillt, alles nur Erdenkliche zu tun, um seine Haut, die die eines Gladiators im Zirkus und eines Soldaten war, so teuer wie möglich zu verkaufen.

Petra.

Clelia verbrachte einen Großteil ihrer Zeit damit, dem Bildhauer und seiner Familie bei der Arbeit in der Werkstatt zuzuschauen und ihre geschickten Hände zu betrachten, wie sie die Werkzeuge führten, um damit die Formen aus dem Stein herauszuzisielieren. Jedes einzelne Mitglied hatte eine genau definierte Aufgabe – während Aretas und die drei ältesten Söhne die eigentlichen Bildhauer waren, besorgten die drei jüngeren die einfacheren Arbeiten. Den beiden Frauen wiederum war die Verwaltung und die Sorge für das Haus anvertraut. Jeden Abend versammelten sie sich zum freundschaftlich lebendigen Gespräch um den Tisch, um ihre Meinungen auszutauschen und sich gegenseitig Ratschläge zu erteilen.

Seit ihrer Ankunft in Petra waren erst wenige Tage vergangen, doch langsam fühlte sie die Verpflichtung, diesen guten Menschen einige Erklärungen zu geben – auch wenn sie wußte, daß es nicht leicht sein würde. Erschwert wurde die Angelegenheit noch dadurch, daß sie nur ein sehr dürftiges, einfaches Latein sprachen und auch sie selbst bisher nur wenige Worte in ihrer Sprache gelernt hatte. Doch versuchte sie alles, um sich so gut wie möglich verständlich zu machen.

»Ich glaube, ich muß euch etwas sagen«, begann sie, an die versammelte Familie gewandt. »Euch erklären…«

Aretas unterbrach sie sofort: »Du mußt dich uns gegenüber nicht verpflichtet fühlen, Clelia. Du bist eine Tochter Gottes wie wir alle. Das genügt, damit dir unser Haus offensteht. Nach der Eskorte und der Gefolgschaft deiner begleitenden Diener zu urteilen, denke ich, daß du eine Persönlichkeit von hoher Herkunft bist und vielleicht der Aristokratie Roms angehörst. Und ich glaube auch, verstanden zu haben, daß du es wahrscheinlich für besser erachtest, wenn in Rom angenommen wird, daß du tot seist – denn nie hast du darum gebeten, daß du vor die örtlichen Behörden deines Imperators gebracht wirst.«

»Die Männer, die uns angegriffen haben«, erklärte Clelia, »waren keine echten Räuber, sondern verkleidete römische Soldaten.« Und nach einer kurzen Pause fuhr sie ein wenig unsicher fort: »Ich bin eine Priesterin, ihr guten Freunde, eine Vestalin, wenn euch das etwas sagt. Trotz meines jugendlichen Alters bekleide ich eines der höchsten religiösen Ämter des Kaiserreichs.

Aber zu meinem Unglück«, sprach sie weiter, »bin ich an das Wissen so entsetzlicher Geheimnisse gelangt, daß ich damit gleichsam mein Todesurteil unterschrieben habe. Nur euer Eingreifen und eure mitleidsvolle Fürsorge haben verhindert, daß der Plan bis zum bitteren Ende durchgeführt wurde.«

Aretas schwieg einige Augenblicke, in Gedanken versunken, dann erwiderte er: »Wir wissen, was eine Vestalin ist, auch wenn unsere Religion eine andere ist. Wisse in jedem Fall, daß du unser bescheidenes Heim als deine Zuflucht betrachten kannst und die hier«, sagte er abschließend und deutete auf seine Kinder, »deine Geschwister sein werden... wenn du es möchtest.«

Kaiserliches Rom.

Er hatte keine Vorstellung davon, wie viele Männer ihn angriffen, noch, wie viele er treffen mußte, vielleicht fünf oder auch sechs, bevor es ihm schließlich gelungen war, sich wieder zur Einfriedungsmauer durchzuschlagen und die Flucht zu ergreifen.

Marcius' Haus war jetzt schon nah. In der Dunkelheit erkannte er die vertraute Gestalt eines Sklaven, der ihm entgegenkam. »Die Prätorianer...«, informierte er ihn und versuchte dabei, wieder zu Atem zu kommen. »Die Prätorianer suchen nach dir. Du bist des Mordes an unserem Herrn angeklagt!«

Er? Sie klagten ihn an? Er hatte Menenius getötet, und das war eine Schuld, für die er gern die Verantwortung übernehmen würde. Doch war er ganz sicher nicht für den Tod des Marcius verantwortlich.

»Was sagst du da? Beruhige dich!« rief er und ergriff den Sklaven bei einem Arm, um ihn zornig zu schütteln.

»Sie sagen, du hast ihn getötet, um dich seines Vermögens zu bemächtigen. Darius hat bezeugt, daß er dich bewaffnet und mit bluttriefenden Händen aus dem Zimmer kommen sah. Fliehe, Iunius, fliehe. Du mußt dich in Sicherheit bringen!«

Blind vor Zorn, wie er war, hatte er nicht einen Augenblick lang über die Folgen seiner Tat nachgedacht und nicht überlegt, was er zu tun gedachte, nachdem er die Rache vollzogen hatte.

Doch galt es, nun keine Zeit mehr zu verlieren. Im Morgengrauen hatte er schon einige Meilen auf der Via Julia Augustea zurückgelegt, der Straße, die zur Stadt Luna führte. Dort war vermutlich der einzig sichere Ort, der ihm noch blieb, um sich zu verstecken und seine Verteidigung zu planen.

Er konnte zu diesem Zeitpunkt noch nicht wissen, wieviel Unheil seine Entscheidung nach sich ziehen würde.

11.

Key Biscayne. Miami. Florida. Oktober 1995.

Die Gegenstände, fast alle von großem Wert oder ausgesprochene Raritäten, wurden in einbruchsicheren Vitrinen aus Panzerglas aufbewahrt. Darüber hinaus brachte eine raffiniert installierte Beleuchtung ihre Wirkung voll zur Geltung.

Laura Joanson hatte mit viel Hingabe dieses Museum für Unterwasserfunde geschaffen, obwohl es keinen besonders großen Raum einnahm – was ihre Verdienste natürlich nicht schmälerte. Die junge Expertin für Unterwasserforschung hatte sich vorgenommen, die Objekte – die einst von Menschenhand produziert und wieder dem Grund der Meere entrissen worden waren – so vorteilhaft wie nur möglich zu plazieren. Und so folgten die Besucher bezaubert dem Ausstellungsweg, der in präziser historischer Anordnung von verschiedenen griechischen Manufakten aus der Antike, wie zum Beispiel Statuen, Schmuckstücken und Gebrauchsgegenständen, bis zu einigen Teilen eines Silberservices aus der ersten Klasse der *Titanic* reichten, die erst in jüngster Zeit von einer Unterwasserexpedition geborgen worden waren.

Laura war eben damit fertig geworden, in der Mitte des Saals eine Vitrine aufzustellen, unter deren Glas ein Sockel aus glänzend poliertem Mahagoniholz angebracht war. Sie blieb entzückt stehen und beobachtete, wie sich das Halogenlicht in den rotgoldenen Oberflächen widerspiegelte, die nach so vielen Jahrtausenden noch immer unversehrt waren. Unterhalb der kurzen Beschreibung der Mondsteine war eine Notiz angebracht: *PERSÖNLICHES GESCHENK IHRER MAJESTÄT, ELISABETH II. VON GROSSBRITANNIEN.*

Eine Stimme hinter ihr löste den Zauber und zitierte mit scherzhafter Feierlichkeit: »Vorrömische Kunst. Zweites Jahrtausend vor Christus. Wahrscheinliche Herkunft: Ligurien, Norditalien.« Dann wurde die Stimme wieder ernst und sagte abschließend: »Drei wirklich außergewöhnliche Objekte.«

Selbstbewußt drehte sich Laura um. Ja, natürlich war sie stolz auf dieses königliche Geschenk. Und wieso erlaubte sich dieser... Auf der Brust der Uniform, die der Offizier der Luftwaffe trug, der auf der Schwelle stand, sah sie deutlich das Logo der Nationalen Behörde für Luft- und Raumfahrt, kurz NASA genannt.

Pete Dayle, dem die Bergungsaktion des *U 115* sichtlich noch weitere Karrierevorteile gebracht hatte, betrat den Saal und ließ den unbekannten Offizier vorangehen.

»Laura«, sagte er, »darf ich dir Oberst Kevin Dimarzio von der NASA vorstellen. Ich habe den Antrag gestellt – der mir übrigens auch bewilligt wurde –, daß er sich deine wertvolle Mitarbeit nutzbar machen kann, um...«

Laura konnte nicht umhin zu bemerken, wie ein Hauch von Verdruß sie überfiel.

»Wobei denn, Pete?« fragte sie mit einer Miene scherzhaften Mißtrauens. Dann streckte sie dem Neuankömmling die Hand entgegen und musterte ihn verstohlen. Kevin Dimarzio hatte ein schönes, männliches Gesicht, das gut zu seinem athletischen Körperbau paßte. Er war vielleicht zwischen vierzig und fünfundvierzig Jahren, wirkte aber deutlich jünger. Seine meergrünen Augen verrieten einen starken Charakter und eine lebhafte Intelligenz. Mit Sicherheit ein gutaussehender Mann, fällte Laura ihr abschließendes Urteil, und beendete damit ihre rasche und dennoch sehr aufmerksame Prüfung.

»Um die Analyse der Karten durchzuführen, die du wieder an die Oberfläche gebracht hast«, antwortete Dayle prompt.

»Pete, darf ich dich vielleicht daran erinnern, daß ich – bis auf ein paar äußerst magere Zahlungsanweisungen für das eine oder andere Seminar, das ich hielt, und die im übrigen mit ziemlicher Verspätung eingetroffen sind – also, ich verdiene meinen Lebensunterhalt außerhalb des CIA«, protestierte Laura, während sie sich gleichzeitig darüber bewußt war, daß der Ton, in dem sie das sagte, alles andere als überzeugend klang. »Und daher bitte ich dich von ganzem Herzen«, sprach sie dennoch weiter, »nicht über meine Zeit zu verfügen, als sei ich deine Sekretärin oder die eines deiner Agenten. Bevor du Verpflichtungen eingehst, die meine Person betreffen, wäre ich dir äußerst verbunden, wenn du mich wenigstens fragtest, ob ich das auch will.«

»So wie ich dich kenne«, wandte Pete ein, »dachte ich mir, daß du es gar nicht magst, wenn eine Operation auf halber Strecke liegenbleibt. Vor allem, nachdem du dein Leben riskiert hast.«

»Ich muß meinem Verlag innerhalb der nächsten dreißig Tage den Korrekturabzug für meinen neuen Roman zurückgeben, und dazwischen warten auf mich noch zwei Ölprobebohrungen in Alaska. Findest du nicht, daß mein Bedarf an Verpflichtungen ausreichend gedeckt ist?« erwiderte Laura im Brustton der Überzeugung, daß wirklich niemand von ihr verlangen konnte, sich in ein neues Abenteuer hineinziehen zu lassen.

»Dein Verleger ist ein guter Freund von mir«, erwiderte Pete seelenruhig. »Und die Ölgesellschaften stehen der Agency so nahe, daß sie mit ihren Bohrungen sicher bereit sind, ein paar Tage zu warten. Wenn du den Job annimmst, werde ich mich um alles kümmern. Außerdem wünscht sich auch Oswald Breil, daß du an der Sache teilnimmst. Du hast ihn tief beeindruckt. Er behauptet, ohne deine Anwesenheit wäre nicht einmal ein Krümelchen von dem *U 115* geborgen worden. Deshalb bitte ich dich auch in seinem Namen...«

»Pete...«, versuchte Laura aufzubegehren, aber sie wußte ganz genau, daß Dayle all diese Probleme bereits gelöst hatte, bevor er sie überhaupt um ihre Zustimmung gebeten hatte. Und schon bemerkte sie mit leichter Besorgnis dieselbe Aufregung, die sie bei der Aussicht auf eine neue Forschungsarbeit immer ergriff.

»Pete Dayle!« fing sie wieder an. »Schon als Junge nannten sie dich den ›Schlaumeier‹. Was hättest du mit deinem Leben angestellt, wenn es den CIA nicht gegeben hätte? Aber ich sehe, daß ich alt werde: In der Vergangenheit habe ich dich bei sehr viel interessanteren Sachen abblitzen lassen. Jetzt dagegen kriege ich dich nicht mehr los.«

»Gibt es einen Raum, in dem wir in Ruhe reden können?« schnitt Pete kurzerhand die Diskussion ab.

Jerusalem.

Oswald Breil gab seinem Körper einen leichten Ruck, dann sprang er mit einem Satz von seinem Stuhl herunter. Er reichte nur knapp über den Konferenztisch, aber das schien ihn in keiner Weise in Verlegenheit zu bringen. Wie jedesmal, wenn er einen seiner Berichte vortrug, drückte er sich präzise bis ins letzte Detail aus, so daß es schon fast pedantisch wirkte – und dabei hatten sich die Ereignisse in einem atemberaubenden Tempo abgespielt. Der Premierminister hörte aufmerksam zu, ohne ihn auch nur ein einziges Mal zu unterbrechen.

»Nach einem halben Jahrhundert der Nachforschungen«, leitete Oswald ein, »ist es uns also auch dieses Mal nicht gelungen, konkrete Beweise dafür zu finden, welches Ziel die Person, die für den Völkermord die größte Verantwortung trägt, eigentlich hatte. Dabei sind wir tatsächlich noch nie so nahe an die Wahrheit herangekommen. Dieses U-Boot transportierte tatsächlich die persönliche Habe und den Besitz des Führers an einen geheimen Ort der Zuflucht. Und sicher fanden sich bei diesen Dingen auch die privaten Unterlagen des Nazidiktators.

Doch leider haben wir in den aufgefundenen Kisten nur einige, wenn auch ziemlich wertvolle Bilder und andere Einrichtungsgegenstände entdeckt. Was mich betrifft, zöge ich es zweifellos vor, lieber einen Raffael weniger und dafür einen Beweis mehr für die Bestätigung der Tatsache zu haben, daß der Leichnam, der in dem Berliner Bunker aufgefunden wurde, auch tatsächlich der Hitlers war. Denn um ehrlich zu sein, Herr Premierminister, steht es vielmehr so, daß ich im Lauf der vergangenen Jahre eine Reihe von Indizien gesammelt habe, die mich zu der Überzeugung kommen ließen, daß der Führer des nationalsozialistischen Deutschland weitergelebt hat und in irgendeiner Ecke der Welt ein gutsituiertes, beschauliches Leben führte – auch ohne den wundervollen Raffael, der auf dem Meeresgrund gelandet ist.

Wie jeder von uns nur zu gut weiß, flüchteten viele der Nazigrößen, die als Kriegsverbrecher verurteilt wurden, nach Südamerika oder Afrika und lebten dort in aller Ruhe und ohne irgendwelche Geldsorgen weiter. Um so mehr müßte das auch dem Führer des Reichs möglich gewesen sein, der sicher in den Genuß von sehr viel mehr Protektion kam als die übrigen Bonzen. Die Vorstellung, daß Hitler seelenruhig in seinem Bett gestorben ist, umhegt von der Fürsorge all seiner Getreuen, bereitet mir schlichtweg Entsetzen. Diese Behandlung haben Millionen unserer Brüder und Schwestern durchaus nicht beanspruchen können.«

Oswald schwieg einen Moment lang, um seine Gefühle in den Griff zu bekommen, dann begann er erneut:

»Aber kehren wir zu unserer jüngsten Aktion zurück. Uns sind noch immer nicht die Beziehungen klar, die zwischen der Lobby von Trafalgar, notabene Sir Rustom, und dem Nazidiktator bestanden haben. In dieser Angelegenheit führt der CIA seine Ermittlungen weiter fort. Francis Rustom und später sein Sohn Robert waren die Eigentümer eines Wirtschaftsimperiums von wahrhaft ungeheuren Ausmaßen. Doch glaube ich nicht, daß die Gier nach Geld ausreicht, um solch eine Position zu erlangen. Dahinter muß etwas sehr viel Bedeutsameres stecken.«

»Vielleicht die Lobby von Trafalgar?« unterbrach ihn der Premierminister und schob seine Brille auf die Nasenwurzel.

»Darüber finden Sie alles in meinem Bericht, Herr Premierminister«, antwortete Oswald, doch begann er dann wenigstens in groben Zügen zu erklären, was er in seinem Bericht ausführlich dargelegt hatte. Natürlich konnte er dabei auf all die vielen photographischen Dokumente und schriftlichen Ermittlungsergebnisse, die in Form von Computerauswertungen und Abhörergebnissen gesammelt worden waren, nur kurz hinweisen.

»Die Lobby von Trafalgar entstand unmittelbar nach dem Zweiten Weltkrieg, zumindest haben wir seit dieser Zeit Kenntnis von ihr. Sie ist ein Geheimbund, der exakt aus dreiunddreißig Mitgliedern besteht, die auf Lebenszeit gewählt werden, sowie einem *spiritus rector*, der von einem Führungsstab von insgesamt sechs Mitgliedern unterstützt wird. Die Nachrichten, die über sie seit ihrer Gründung durchgesickert sind, sind äußerst spärlich. Man weiß nur, daß ihr die Mächtigsten der Mächtigen angehören, die untereinander durch das Band einer unauflöslichen Bruderschaft verbunden sind. Die Wahrung des Geheimnisses ist unverletzlich. Es wird vermutet, daß verschiedene Staatsoberhäupter oder zumindest wichtige Minister diesem Geheimbund beigetreten sind. Vielleicht ist es an den Haaren herbeigezogen, aber wenn es stimmt, daß die Lobby von Sir Robert Rustoms Vater begründet wurde, und zwar genau in der Zeit, als er Militärberater des britischen Premierministers war, können sich diese Annahmen mit ziemlicher Sicherheit als der Wahrheit entsprechend bestätigen lassen.«

An dieser Stelle öffnete Oswald sein Dossier und lenkte die Aufmerksamkeit des Premierministers auf einige der Seiten – vor allem um sicherzustellen, daß er diese Schriftstücke nicht einfach ungelesen bei sich stapelte, wie es Politiker normalerweise mit Vorlagen tun, die ihnen unterbreitet werden. Während er auf die Papiere wies, fuhr er in seiner Rede fort: »Leider, Exzellenz, ist es uns auch bei dieser Gelegenheit nicht gelungen, all den Toten, die aus den Lagern nach Gerechtigkeit schreien, endlich eine befriedigende Antwort zu geben. Allerdings gibt es noch einige andere Dokumente, doch werden sie augenblicklich von bestimmten Leuten einer abschließenden Analyse unterzogen, doch es sieht ganz so aus, als beträfe das Angelegenheiten von ganz anderer Art.«

»Andere Leute? Ich dachte, daß sich das Interesse an dieser Operation lediglich auf uns beschränkt, wenn auch im Einvernehmen mit dem CIA«, fiel der Premierminister ein.

»Es handelt sich um Dokumente, die anscheinend so etwas wie raumfahrttechnische Berechnungen betreffen. Sie wurden einem Labor der NASA anvertraut.«

»Wem genau bei der NASA?« Der Premierminister kannte die Tricks und Umwege nur allzugut, die in dem Fall verwendet wurden, wenn man sich eines unbequemen Verbündeten und seiner Neugier entledigen wollte. Aber Breil war auch auf diese Frage vorbereitet. Er begann wieder, in seinem Dossier herumzublättern, und hielt dann bei einem Foto inne: »Oberst Kevin Dimarzio«, antwortete er, »ist ein hundertprozentiger NASA-Mann. Bestnoten in Flugzeugbau. Master in Astrophysik am Massachusetts Institute of Technology. Einer der besten Schüler seines Pilotenkurses, Kommandant des 187. NATO-Geschwaders, stationiert auf der Basis Southend-on-Sea in der Nähe von London. Mit sechsundzwanzig Jahren zur NASA versetzt. Pilot und Testpilot bei verschiedenen Projekten. Auf sein Konto gehen neunzehn Flüge außerhalb der Erdumlaufbahn, und zwar an Bord des Spaceshuttles *Columbia* . Kurz und gut, er ist eine Art Guru des Weltraums.«

»Aber in dem Bereich der NASA sind wir nicht zugelassen, nicht wahr?« drängte der Premierminister.

»Nicht nur wir, wie es scheint. In diesem Bereich ist nicht einmal der CIA besonders willkommen. Sie haben ausdrücklich verlangt, daß wir ihnen nicht in die Quere kommen, sondern brav die Ergebnisse ihrer Analysen abwarten.«

»Und Sie haben der amerikanischen Raumfahrtbehörde einfach zwei Kisten mit Nazidokumenten überlassen?«

»Mir ist es in Zusammenarbeit mit Pete Dayle gelungen, einen unserer Experten bei der NASA unterzubringen, und er wird sowohl die Arbeiten Schritt für Schritt mitverfolgen als auch dem CIA und uns darüber berichten.«

»Und wer ist derjenige, der inoffiziell in das Allerheiligste der Weltraumangelegenheiten hineingeschleust wird?«

»*Diejenige*«, korrigierte ihn Oswald. »Es ist eine Frau, Herr Premierminister. Sie heißt Laura Joanson.«

»Ach, wirklich«, nahm der Minister diese Information mit einem vagen Lächeln zur Kenntnis. »Ist das nicht die Schriftstellerin, die bei dem jüngsten Bergungsunternehmen sogar ihr Leben riskiert hat?«

»Erlauben Sie mir, wenn ich hervorhebe, daß sie nicht nur eine Schriftstellerin und eine Expertin der Unterwasserforschung ist. Wenn Sie es mir gestatten, Herr Premierminister, möchte ich behaupten, daß sie… eine echte Powerfrau ist!« rief Oswald aus und strahlte dabei wie jedesmal, wenn er von Laura sprach.

»Gut, Oberst«, verabschiedete ihn der Premierminister, »vergessen Sie nicht, ihrer Herzensdame, die Sie hineingeschmuggelt haben, mitzuteilen, daß sie ihre vollkommenen und erschöpfenden Berichte nicht nur an die Amerikaner liefern möge, sondern auch an uns.«

»Gewiß, Herr Premierminister. Das werde ich Laura Joanson ausrichten, sobald ich sie davon informiert habe, daß sie auch für uns arbeitet und nicht nur für den CIA«, war Oswald drauf und dran zu antworten, hielt sich aber gerade noch rechtzeitig zurück.

Key Biscayne. Miami. Florida.

Laura ließ Pete und den Obersten in ihrem Büro Platz nehmen.

»Haben Sie Erfahrung mit antiker Kunst, Oberst?« fragte sie. »Ich habe bemerkt, daß Sie sich sehr für die Mondsteine, die *Pietre della Luna*, interessierten.«

»Nein, aber meine Familie stammt aus der Gegend, aus der, wie ich gesehen habe, diese Statuen herkommen. Das Gelände rings um die antike Stadt Luna scheint mit ähnlichen Stelen übersät zu sein, wie die, die sich in Ihrem Besitz befinden. Allerdings sind die dort alle aus Stein. Aber natürlich habe ich sie sofort wiedererkannt. Auch wird in meiner Familie von Generation zu Generation eine alte Legende überliefert, die mit einer ähnlichen Statuengruppe wie dieser zusammenhängt. Es scheint, als ginge es dabei um einen meiner Vorfahren, der große Berühmtheit erlangt hat.«

Laura konnte nicht umhin zu bemerken, daß die Augen des Mannes unverwandt auf ihr ruhten, doch zeugte sein Blick nicht von Achtung, ja nicht einmal von Interesse, sondern strahlte nur die kalte Höflichkeit aus, die sein militärischer Rang verlangte.

Kaum hatten sie rings um Lauras Schreibtisch Platz genommen, begann Dimarzio: »Nach der ersten Prüfung der Karten läßt sich vermuten, daß es sich wahrscheinlich dabei um Dokumente und Notizen aus dem astronomischen Observatorium im ehemaligen Berlin handelt.« Er öffnete seine lederne Aktentasche, die er mit sich trug, und zog einen kleine Mappe mit der Aufschrift STRENGSTE GEHEIMHALTUNG hervor. In ihr waren mehrere vergilbte Ausgaben alter Tageszeitungen enthalten sowie ein paar Fotos von einem sehr eleganten Herrn in der Kleidung der zwanziger Jahre.

»Das ist Professor Leonhard Speitz, der damalige Direktor des astronomischen Observatoriums in Berlin«, erklärte er. »Ein wahrer Pionier der Astronomie und der Vorreiter der Astrophysik. Seine Vorträge werden noch heute bei einer Vielzahl von Kongressen und in der einschlägigen Fachliteratur besonders hervorgehoben und zitiert. Man nimmt an, daß er während der Belagerung von Berlin umgekommen ist. Speitz war der unermüdlichste Observator des Weltraums, den man sich vorstellen kann, und er hat viele, bis dahin unbekannte Himmelskörper und weit entfernte Sterne entdeckt. Außerdem war seine Bescheidenheit in universitären Kreisen Legende und sprichwörtlich bekannt. Er liebte es, allen kundzutun, daß er die Geheimnisse des Kosmos auf Zehenspitzen zu betreten gedenke, damit das Unendliche nicht plötzlich aus seinem Schlaf erwachte…

Ich glaube wirklich, daß es etlichen Wissenschaftlern unserer Zeit

– die fest davon überzeugt sind, alles zu wissen – durchaus guttäte, ebensoviel Bescheidenheit zu entwickeln. Natürlich gehört das nicht zur Sache, also entschuldigen Sie. Dennoch«, fuhr er, zu Laura gewandt, fort, »habe ich Ihnen all das mitgeteilt, was nach einer ersten Prüfung dieser Karten zum Vorschein trat. Ich denke allerdings, daß mindestens fünf Wochen nötig sein werden, um das gesamte Material dieser Dokumente vollständig zu prüfen und zu analysieren.«

»Fünf Wochen?« warf Dayle ungläubig ein.

»Herr Dayle, ich erlaube mir, Sie daran zu erinnern, daß mir diese Angelegenheit zwar von seiten der Behörden übertragen wurde, ohne sich vorher mit mir abzustimmen. Doch gibt es auch keinen Zweifel daran, daß sie vornehmlich unter der Schirmherrschaft der NASA und damit meinem persönlichen Kommando steht.«

Nach diesen Worten richtete der Oberst erneut seinen Blick auf Laura und fügte als Mahnung für sie hinzu: »Daher werde ich nicht die geringste Einmischung oder Kritik an meinen Arbeitsmethoden zulassen.«

Eine Erklärung, die sicherlich nicht dabei half, die Fortführung der Debatte zu erleichtern. Nachdem er für einen Augenblick das Büro verlassen hatte, richtete Laura, kaum daß Dimarzio die Tür hinter sich schloß, die Frage an Pete: »Kannst du mir sagen, aus welchem Tümpel du diese kostbare Perle gefischt hast?«

»Er ist verantwortlich für ein NASA-Projekt, das das gleiche Thema wie einst Speitz erforscht«, konnte Pete gerade noch halblaut bemerken, bevor der Oberst wieder bei ihnen war. »Den haben sie auch mir angehängt, ich hab ihn mir wirklich nicht ausgesucht.«

Cocoa Beach. Florida.

Oswald hatte inzwischen begriffen, daß das Material, das aus dem *U 115* geborgen wurde, nur von sehr geringer Bedeutung war – zumindest was seine Interessen betraf. Die Gemälde von unschätzbarem Wert wie auch die kostbaren Umrahmungen, in denen die Privatfotos des Führers steckten, halfen ihm bei seinen Ermittlungen in keiner Weise weiter.

Doch gab es mehr als einen Grund, der ihn dazu veranlaßte,

trotzdem die Hoffnung nicht ganz aufzugeben und die Prüfung des geborgenen Materials noch weiter zu betreiben. Einerseits war er, nachdem er aus Motiven, die offensichtlich waren, seinen Auftrag bei der North Pole Oil niedergelegt hatte, praktisch arbeitslos und frei von jeder offiziellen Verpflichtung. Vor allem aber verbot ihm seine berühmte Dickköpfigkeit, einfach das Handtuch zu werfen.

Mehrere Menschen waren bereits bei dem Versuch, die Fracht des *U 115* an die Oberfläche zu holen, ums Leben gekommen. So erschien es ihm, als erwüchse daraus für ihn die Verpflichtung, unter den wenigen Papieren, die sich in den Händen der NASA-Techniker befanden, nach etwas zu suchen, das die Opfer rechtfertigte. Und schließlich brachte ihn der Gedanke an Laura noch weiter zum Träumen. Nicht, daß er sich irgendwelche Illusionen machte. Dazu war er sich seiner körperlichen Erscheinung nur allzu bewußt. Doch was machte das schon? Er wußte, daß zwischen ihm und der schönen amerikanischen Wissenschaftlerin der Funke der tiefsten menschlichen Sympathie übergesprungen war. Und ihm genügte es, sie in seiner Nähe zu wissen, das machte ihn bereits glücklich.

Das Haus, das er sich in Cocoa Beach zu mieten anschickte, nicht weit von Cape Canaveral in Florida entfernt, war mit allem Komfort ausgestattet. Der große Innenhof ging direkt auf den Strand hinaus. Nachdem er die Formalitäten mit dem Angestellten des Immobilienmaklers erledigt hatte, legte er sein Gepäck aufs Bett und stieg unter den belebenden Wasserstrahl der Dusche.

Cape Canaveral. Florida. Kennedy Space Center.

»Oberst«, rief Laura zornig aus, »würden Sie bitte damit aufhören, mich wie einen Ihrer Untergebenen oder wie Ihre Laborassistentin zu behandeln? Ich darf Sie vielleicht daran erinnern, daß ich immerhin eine Wissenschaftlerin von einem gewissen Bekanntheitsgrad bin und daher Respekt und Achtung verdiene und solches auch von Ihnen verlange.«

Die erste Woche der Zusammenarbeit mit Kevin Dimarzio hatte ihre Geduld auf eine harte Probe gestellt. Sie trug ihren Dienstkittel mit dem Identifikationsschildchen auf der Brust, darunter ein Paar leichte Hosen und ein weißes T-Shirt. Ihre Erbitterung machte sie noch schöner. Es war vielleicht eines der ersten Male, daß Oberst Kevin Dimarzio sie mit einem Lächeln bedachte. Und gegen ihren Willen konnte Laura nicht umhin, die fast statuarische Vollkommenheit seiner Gesichtszüge anzuerkennen, in denen die sehr hellen Augen dominierten, die das Licht der Sonne widerspiegelten, das durch die Fenster des Forschungszentrums drang.

Vielleicht wäre das der Augenblick gewesen, in dem sie es beide gewagt hätten, über etwas zu sprechen, das nichts mit ihrer Arbeit zu tun hatte. Doch da begann das Haustelefon zu läuten.

»Frau Dr. Joanson?« fragte die Vermittlung. »Man bat mich, Ihnen auszurichten, daß beim Pförtner ein Besucher auf Sie wartet.«

»Besuch für mich?« fragte Laura ungläubig. »Und wer sollte das sein, der mich an diesem Ort besuchen will?«

»Dr. Oswald Breil, Frau Joanson.«

»Oswald!« rief Laura glücklich aus und legte rasch den Hörer auf. Der eisige, aber von der Sonne so einzigartig beleuchtete Blick des Oberst hatte sich keinen Augenblick lang von ihr gelöst.

Der Besucherraum des Forschungszentrums ähnelte in beunruhigender Form dem Wartezimmer eines Zahnarztes – da lag die eine oder andere alte Zeitschrift herum, dazu ein Aschenbecher mit dem Werbeaufdruck von Budweiser-Bier, der direkt unter dem Schild RAUCHEN VERBOTEN stand. Und vervollständigt wurde das trostlose Bild von einigen Sesseln aus den frühen siebziger Jahren. Allerdings kreuzte wohl in diesem strengbewachten Flügel des Raumfahrtzentrums Cape Canaveral nicht allzuhäufig ein Besucher auf.

Als Laura eintrat, stand Oswald mit dem Gesicht zum Fenster. Kaum schaffte sie es, den Impuls zu unterdrücken, ihn unter den Achseln zu packen und hochzuheben, als ob er ein kleines Kind sei, das sie in die Arme schließen wollte. Sie umarmten einander mit tiefer Zuneigung.

»Wie zum Teufel hast du es geschafft, hierherzukommen?« fragte sie ihn, wohl wissend um die sechs Sicherheitssperren, die es zu überwinden galt, um in das Forschungszentrum zu gelangen.

»Für den Sohn eines Volkes, das gewohnt ist, die Wasser des Roten Meeres zu teilen, ist es ein Kinderspiel, an euren Wachtposten vorbeizukommen«, antwortete er augenzwinkernd.

»Wie laufen die Dinge hierzulande?« fragte er dann.

»Dokumente, Dokumente, Dokumente ... Noch dazu auf deutsch abgefaßt. Positionen von Sternen zu jeder Tages- und Nachtzeit, über dreißig Jahre hinweg. Und eine Flut von Notizen. Professor Speitz hatte die grandiose Angewohnheit, peinlich genau alles aufzuschreiben, aber leider war ihm die Gabe der Ordnung versagt. Für mich sieht es so aus, als handele es sich bloß um Angaben von geringem Interesse. Ich hoffe von ganzem Herzen, daß diese Geschichte möglichst bald zu Ende ist. Außerdem tut mein Obergefreiter absolut nichts, um mir den Aufenthalt angenehm zu gestalten. Ganz im Gegenteil.«

»Spielst du auf den schönen Obersten italienischer Abstammung an?«

»Ich glaube, Kevin Dimarzio ist der größte Scheißkerl, dem ich je begegnet bin!«

Ein plötzliches Geräusch von Schritten auf dem Flur zwang sie dazu, das Gespräch zu unterbrechen, das ohnehin immer stärker ins Fahrwasser des Klatsches geriet. Als hätte er einen telepathischen Ruf vernommen, betrat Kevin Dimarzio mit seinem elastischen Schritt das Zimmer. Als er nach Lauras Vorstellung Oswald zerstreut die Hand gegeben hatte, verkündete er sogleich kurz angebunden:

»Frau Dr. Joanson, leider bin ich jetzt für ein paar Stunden abwesend. Ich möchte Sie aber bitten, während meiner Abwesenheit mit der Katalogisierung der Notizen fortzufahren.«

Und ohne ihre Antwort abzuwarten, richtete er einen zerstreuten Gruß an Breil und verschwand dann.

»Du gerätst immer wieder an wahre Prachtkerle«, scherzte Oswald. »Vielleicht sollte er lieber einen Gefängniswärter schicken, der uns mitteilt, daß die Besuchszeit abgelaufen ist.«

12.

Stadt Luna. Anno 837 nach der Gründung Roms.
[84 n. Chr. (Anm. d. Ü.)]

Die Straße, die Emilius Scaurus gebaut hatte, teilte die Stadt Luna in
genau zwei Hälften. Iunius konnte sicher sein, daß das Tor, das nach
Osten führte, wie jeden Abend bei Einbruch der Dunkelheit geschlossen sein würde. Seit sechs Tagen war er nun schon unterwegs.
Er hatte absichtlich die Hauptverkehrsstraße gemieden, so daß er,
anstatt bequem über das gewölbte Pflaster der Via Aurelia zu schreiten, durch den Sand der Küstenregion stapfen mußte. Er wußte, daß
die Bettler und die kleinen fliegenden Händler, die sich tagsüber
außerhalb der Stadtmauer aufhielten, schon darauf warteten, ihre
Zuflucht im Innern der Stadt zu suchen, um dort die Nacht verbringen zu können. Deshalb hatte er bei ihnen Schutz gesucht und sich,
wie sie auch, auf dem großen Platz vor dem Stadttor auf den Boden
gesetzt. Er war erschöpft, und seine Beine hatten nicht mehr die
Kraft, ihn zu tragen. Nach diesem sechs Tage währenden, anstrengenden Fußmarsch konnte ihn jemand sehr leicht mit einer der ärm-
lichen Gestalten verwechseln, unter die er sich gemischt hatte.
   Er nutzte einen Moment, in dem der Verkehr besonders stark war,
um dann, inmitten einer Gruppe von sonstigen armen Teufeln, unversehrt an der Wachmannschaft vorbeizugelangen – die an diesem
Abend, wie er bemerkte, besonders zahlreich war. Und so betrat er
die Stadt. Er hatte sofort das Gefühl, daß etwas nicht stimmte. Die
Straßen waren menschenleer, während sie sonst an den warmen
Sommerabenden voller Leute waren, die ausgingen, um frische Luft
zu schnappen und sich ein wenig auf der Hauptstraße zu ergehen.
Nichts war jetzt von alledem zu erkennen. Nur Stille – und darüber
ein alles umfassendes, fast greifbares Gefühl der Furcht. Für ihn barg
die Stadt keinerlei Geheimnisse, und so bewegte er sich darin mit der
größten Vorsicht, er drängte sich in die dunklen Ecken und kontrollierte ständig, ob der Weg frei war. Er nahm es als sicher an, daß der

Imperator seine besten Spürhunde und die grausamsten, blutrünstigsten Prätorianer auf ihn gehetzt hatte. Tatsächlich mußte er sich sehr in acht nehmen.

»Iunius!« hörte er eine Stimme, die ihn flüsternd aus einem dunklen Gewölbe zu seiner Rechten anrief. Erschrocken fuhr er zusammen, doch beruhigte er sich sogleich wieder. Von den schwachen Strahlen des Mondlichts beleuchtet, stand Abis vor ihm, der Mann, der mit den wilden Tieren handelte.

»Bleib stehen, Iunius«, sagte er. »Geh nicht nach Hause.«

Sein Gesichtsausdruck war aufrichtig, und obwohl er ziemliche Schwierigkeiten hatte, sich korrekt auf lateinisch auszudrücken, schien er wirklich in Sorge um ihn zu sein.

»Ich warte schon zwei Tage auf dich«, fuhr der Mann fort, der damals nur dank Iunius' tapferem Eingreifen der Lynchjustiz entkommen war. Iunius spürte, wie er von ihm in den dunklen Winkel gezogen wurde, aus dem der Ägypter so plötzlich aufgetaucht war.

»Was sagst du, Abis? Und wo sind mein Vater und meine Mutter?«

»Ich bin gestern morgen im Hafen angekommen«, erklärte Abis. »Und gleichzeitig mit meinem Schiff kamen auch die Soldaten an, so daß jetzt in der Stadt mehr als fünfzig Prätorianer stationiert sind, die ausdrücklich mit der Aufgabe hergeschickt wurden, dich zu fangen. Tatsächlich wird von nichts anderem geredet, und kein Mensch weiß, wo sie deine Mutter und deinen Vater hingebracht haben. Heute nacht wird mein Schiff mit den Verladearbeiten fertig. Komm mit uns, das ist die einzige Möglichkeit, die du hast, um dich zu retten.«

»Ich danke dir, Abis, aber ich kann meine Eltern nicht in den Händen dieser Mörder zurücklassen.«

»Du hast keine andere Wahl, Iunius von Luna, du wirst verfolgt wie die Raubtiere, die ich in meinen Käfigen transportiere. Doch vermögen deine Hände ebensowenig wie deren Klauen etwas gegen die Eisenstangen auszurichten, die sich rings um dich schließen. Komm mit mir! In etwa einem Monat werden wir in Afrika sein, wo du dir ein neues Leben aufbauen kannst. Natürlich kannst du dort auch darauf warten, daß die wilden Wasser wieder zur Ruhe kommen, so daß du eines Tages wieder nach Rom zurückkehren kannst.

Wenn du hierbleibst, verschlimmerst du nur deine Situation und auch die deiner Lieben.«

Der ägyptische Kaufmann hatte recht.

Petra. Anno 838 nach der Gründung Roms.
[85 n. Chr. (Anm. d. Ü.)]

Aretas war gerade damit beschäftigt, den Sockel eines Kapitells in den rötlichen Felsen zu meißeln. Er hatte es sehr viel lieber, direkt an dem nackten Felsen zu arbeiten und dort die verschiedenen Teile des majestätischen Monuments mit Flachreliefs zu versehen. Ganz anders seine Söhne, die lieber in der Werkstatt blieben und Statuen oder Friese in Stein schufen, die erst nach ihrer Fertigstellung an ihren Bestimmungsort gebracht wurden. Er stieg von dem Gerüst herunter, auf dem er in mehreren Fuß Höhe arbeitete.

»Ave, Steinmetz!« Diese Art, seinen Beruf zu bezeichnen, irritierte ihn immer zutiefst. Doch gab er sich einen Ruck und erwiderte seinem Gegenüber mit festem Blick: »Sag, Vilcus, brauchst du irgend etwas?«

Der Legat des Gouverneurs von Judäa trug eine Uniform, die für seine rundliche Statur viel zu eng war, und auch seinen Helm hatte er wenig kriegerisch aufgesetzt.

»Deine Familie hat sich wohl vergrößert, was?« Der feiste Römer hatte regelrecht die Manie, alles bis ins kleinste kontrollieren zu müssen. Auch liebte er es, zu denunzieren und selbst noch die kleinste Kleinigkeit über jeden Bewohner von Petra zu wissen.

»Ich habe die Cousine meiner Kinder aus Hierosolyma mitgebracht«, erwiderte Aretas kurz angebunden, lud sich seine Werkzeuge auf die Schulter und machte Anstalten davonzugehen.

»Ist denn die Schwester deiner Frau nicht vor zwei Jahren gestorben?« bedrängte ihn der Römer.

»Genau, deshalb habe ich ja die junge Waise zu uns geholt. Hätte ich vielleicht vorher deine Erlaubnis einholen sollen?« erwiderte der Nabatäer nun leicht ärgerlich.

»Nein, keine Erlaubnis. Den Göttern sei Dank, denn die Regierung von Rom ist so zivilisiert und aufgeschlossen, daß sie den Einwohnern der Provinzen große Selbständigkeit überläßt. Aber sieh, wie es uns vergolten wird. Weißt du, daß vor ein paar Tagen ein paar Wüstenräuber eine heilige Vestalin mit all ihrem Gefolge niedergemetzelt haben? Ausgerechnet auf der Straße nach Hierosolyma.«

»Wirklich?« täuschte Aretas seine Verwunderung vor, so als ginge ihn diese Nachricht nicht das geringste an. Dann machte er sich endgültig auf den Heimweg.

»Ich werde dich besuchen kommen, Steinmetz«, schrie ihm der Legat des Gouverneurs hinterher.

Meer von Alexandria in Ägypten.

Das Wasser hatte die Farbe gewechselt, womit nun deutlich offenbar wurde, daß die Küste nicht mehr allzuweit entfernt sein konnte. Die Vorstellung, vor seiner Verantwortung geflohen zu sein, machte Iunius nach wie vor sehr zu schaffen, vor allem, da nun zu seiner Unruhe wegen Marcius' Tod die Angst um seine Eltern kam. In den sechsunddreißig Tagen seiner Reise hatte er sich einen Bart wachsen lassen, damit ihn nicht jedermann so leicht erkennen konnte.

Er hatte ständig das Bild von Marcius' leblosem Körper vor seinem geistigen Auge. Ständig war er damit beschäftigt, Vermutungen und Hypothesen aufzustellen und zu überlegen, wem wohl die Mörderhand gehörte, die im Auftrag des Menenius gehandelt hatte. Keiner der Sklaven hätte es je gewagt, seinen Herrn zu verletzen, ganz im Gegenteil, die meisten von ihnen hätten jederzeit ihr Leben für ihn gegeben. Doch hatte er keinerlei Zeichen eines Kampfes oder Einbruchs gesehen, was darauf schließen ließ, daß der Mörder dem Senator bekannt war und in seine Nähe gelangen konnte, ohne den geringsten Verdacht zu erregen.

Er erinnerte sich plötzlich, daß auf dem Boden verstreut ein paar Schriftrollen herumgelegen hatten. Sie waren ihm wohlvertraut, denn sie enthielten die Abrechnungen über all die Tätigkeitsbereiche, die er zusammen mit dem großen römischen Patrizier entwickelt hatte. Wahrscheinlich war Marcius gerade dabei gewesen, sie zu prüfen, als …

Und Darius! Wieso war er in Rom gewesen? Nur Marcius oder er hätten ihn in die Hauptstadt rufen können, doch hatte dies keiner von ihnen getan. Warum war er nach Rom gekommen? Das Bild begann, immer klarer zu werden. Er sah vor sich den neuen Mann des Vertrauens auftauchen, während er selbst völlig verstört aus Marcius' Zimmer stürzte. Er!

Er zwang sich zur Ruhe und Überlegung. Gefühle nützten gar nichts, hier waren Beweise nötig. Erst wenn er sich völlig sicher war, welche Rolle jede einzelne Person bei diesem Mord gespielt hatte, konnte er erbarmungslos Rache nehmen. Doch wie sollte er Nachforschungen anstellen, da er so weit entfernt war?

Abis kam zu ihm an den Bug. Er hatte sich als sehr fähig erwiesen. Erst hatte er unter großer Geheimhaltung den Plan für Iunius' Einschiffung vorbereitet. Dann verlangte er von ihm, daß er sich vom Hafen von Luna bis zu dem von Pozzuoli, der ersten Station ihrer Reise, im Laderaum zwischen den leeren Raubtierkäfigen versteckt hielt. Und während das Schiff in der kleinen Stadt Proviant an Bord nahm, ließ Abis ihn in aller Heimlichkeit aussteigen und arrangierte es so, als würde er ihm auf der Mole begegnen, um ihn dann anzuheuern und dem Rest der Besatzung als neuen Matrosen vorzustellen. Sicherlich war ein ansehnliches Kopfgeld auf Iunius ausgesetzt, und viele dieser widerwärtigen Gauner hätten keinen einzigen Moment auch nur gezögert, ihn schon für einige wenige Asse zu verraten. Aber der Bestiarier hatte keinen Grund, die inszenierte Komödie zu bereuen. Da sie mit dem stürmischen Meer zu kämpfen hatten, erlebten sie zusammen Augenblicke, die alles andere als leicht waren, und hier hatte sich die Hilfe des Flüchtlings als sehr wertvoll erwiesen.

»Woran denkst du, Iunius?« fragte der Ägypter.

»An meine Eltern, Abis, und an Marcius, der auf so feige Weise getötet wurde.«

»So wenig wie ich die Römer kenne, habe ich schon einiges erlebt, was schlimmer war. Und was deine Eltern anbetrifft, kann ich nur wiederholen, was ich dir bereits gesagt habe: Man munkelt in der Stadt Luna, daß deine Eltern von den Prätorianern weggebracht wurden, aber niemand weiß, an welchen Ort.«

»Ich muß sie finden, Abis. Um jeden Preis.«

»Du mußt Geduld haben, Iunius«, erwiderte der Afrikaner. »Du mußt warten, bis sich die Situation wieder beruhigt hat. Wir wissen noch nicht einmal, ob Menenius deinen Angriff überlebt hat. In Pozzuoli ist es mir nicht gelungen, darüber Nachricht zu erhalten. Niemand schien etwas zu wissen. Und das ist seltsam. In jedem Fall wollte ich auch nicht zu viele Fragen stellen. Sonst hätte ich mich dadurch verdächtig gemacht. Aber ich weiß nicht, welches von beiden das schlimmere Übel ist – eine Anklage wegen doppelten Mordes oder den Senator munter und lebendig auf den Fersen zu haben.«

Inzwischen war der imposante Leuchtturm von Alexandria in Sicht gekommen. Iunius drehte sich um und sah seinem Retter fest in die Augen: »Ich glaube, ich verdanke dir mein Leben, Bestiarier«, sagte er in einem Ton ehrlicher Dankbarkeit.

»Betrachte es als Begleichung einer alten Schuld. Wir, die vom Handel leben, können nicht zulassen, daß man uns mit Gerüchten von einer möglichen Zahlungsinsolvenz in Zusammenhang bringt«, antwortete der andere mit einem herzlichen Lächeln.

»Um mich zu retten, hast du dich mit den Gesetzen Roms angelegt. Kennst du das Los, das einen Verräter des Römischen Reiches erwartet? Ein Kreuz, nicht weit vor der Stadtmauer entfernt, oder der Brunnen in einem Gefängnis, aus dem niemand mehr herauskommt. Ich werde dir mein ganzes Leben lang dankbar sein, Abis.«

Petra.

Aretas hatte seine Familie um sich versammelt. Seine Stimme verriet seine Aufregung und zeigte, wie weit er von seiner üblichen Besonnenheit und Ruhe entfernt war. »Der Legat des Gouverneurs hat mir einige Fragen bezüglich deiner Anwesenheit gestellt, Clelia«, sagte er auf lateinisch. »Er hat einen Verdacht. Er hat auch über den Überfall gesprochen, dem du zum Opfer gefallen bist. Doch glaube ich, daß dies mehr ein Zufall war und er wohl keine Idee hat, wer du nun wirklich bist. Er hat jedenfalls gesagt, daß er uns besuchen kommen wird. Was können wir tun? Du sprichst nicht unsere Sprache, und sowohl deine Gesichtszüge wie auch deine Hautfarbe unterscheiden sich völlig von der unserer Landsleute.«

»Ich wollte schon seit einer Weile mit dir über das sprechen, was mich bedrückt«, antwortete die junge Frau. »Weißt du, daß ich bereits vorhatte, euer Haus zu verlassen? Glaube mir, die Tage, die ich mit euch verbringen durfte, waren wundervoll für mich. Mir ist klar geworden, daß ich nie wirklich gelebt habe. Hier habe ich die Freuden eines normalen Daseins kennengelernt, wie es ist, in den vier Wänden eines Heims und mit der Liebe einer Familie zu leben. Eben deswegen habe ich beschlossen, daß ich nicht bleiben kann. Meine Anwesenheit bedeutet für euch alle eine große Gefahr.«

»Auch ich habe lange darüber nachgedacht, leider«, stimmte der alte Nabatäer zu. »Und auch ich bin zu diesem Entschluß gekommen. Ich habe einen Verwandten, der eine Bäckerstube in Alexandria besitzt. Der wird dir mit Freuden für die nächste Zeit seine Gastfreundschaft gewähren. Und du kannst dich ihm gegenüber dadurch erkenntlich zeigen, daß du für ihn arbeitest. Ich werde dich selbst hinbegleiten.«

»Das ist zu gefährlich«, widersprach Clelia. »Außerdem glaube ich, daß ich inzwischen selber sehr gut zurechtkomme.«

Sie hatte diesen Satz noch nicht zu Ende gesprochen, als sie von Rabel, dem ältesten Sohn, der in einer Ecke des Zimmers in sehr nachdenklicher Haltung saß, unterbrochen wurde. »Wir würden dich niemals allein durch die Wüste gehen lassen, mit all ihren Räuberhorden. Und vielleicht wirst du ja sogar von den Römern verfolgt. Vater, mit deiner Erlaubnis möchte ich Clelia begleiten.«

Sie verließen die Stadt bei tiefster Dunkelheit. Die Fackeln erleuchteten die steinernen Tempel von Petra, wodurch sie noch faszinierender wirkten. Clelia saß auf dem ersten der beiden Kamele. Ein Schleier fiel ihr übers Gesicht und verdeckte es fast vollständig, er ließ nur ihre kobaltblauen Augen frei. Sie war in die weiten Gewänder von Aretas' Frau gehüllt, womit beide hofften, vor den indiskreten Blicken der Leute geschützt zu sein, vor allem aber die römischen Spitzel täuschen zu können.

Alexandria. Hafen von Bruchium.

Iunius schnappte sich einen der Säcke, aus denen die Ladung bestand. Dann machte er sich damit auf den Weg und rannte den Anlegesteg hinab, der das Schiffsdeck mit der Mole verband. Rasch packte er den Sack zu den anderen, die bereits entladen worden waren, dann mischte er sich unter die Menschen, die in großer Zahl den Kai bevölkerten. Er gedachte der Worte, die Abis zu ihm gesprochen hatte, als er sich von ihm verabschiedete und ihm dabei eine Börse voller Münzen in die Hand drückte: »Die sind für dich. Ich glaube nicht, daß du Geld hast, und in einem Land, das du nicht kennst, ist Geld unentbehrlich. Tüchtig wie du bist, dürfte es dir allerdings nicht besonders schwerfallen, eine Arbeit zu finden. Wenn wir uns eines Tages wiedersehen und du es dir inzwischen leisten kannst, wirst du mir dieses Geld wiedergeben.«

Er hatte das, was er für ein kleines Darlehen hielt, angenommen, doch dann mit großer Verwunderung bemerkt, daß die Börse die unglaubliche Summe von zweihundert Sesterzen enthielt. Von diesem Betrag hätte eine begüterte Familie mehr als zwei Monate leben können. Doch war er bereits zu weit von dem Schiff entfernt, um das viele Geld noch zurückgeben zu können.

»He du, Matrose«, rief hinter ihm eine deutliche Stimme gebieterisch. Vom Ton her begriff er sofort, daß es sich nur um einen Soldaten handelte. Aber er drehte sich nicht um.

»Ich rede mit dir«, beharrte der andere mit noch lauterer Stimme. »Bist du taub?«

Worte, die ihm eine plötzliche Eingebung verschafften – also ging er weiter, als wäre gar nichts.

Da packte ihn eine energische Hand an der Schulter und zwang ihn, sich umzudrehen. Er sah zwei römische Soldaten vor sich, der eine schon ziemlich bejahrt, während der andere noch ein bartloser Jüngling und Grünschnabel war. Ohne groß nachzudenken, war er bereits dabei, die beiden als potentielle Gegner einzuschätzen. Sollte es tatsächlich zu einem Kampf kommen, wäre er leicht mit beiden fertiggeworden.

Der Ältere sah ihn forschend an. »Wer bist du, Matrose?«

Iunius stieß einen kehligen Laut aus und deutete auf seine Ohren.

Sein Gegenüber fing an zu gestikulieren und die Worte überdeutlich auszusprechen: »Willst du uns vielleicht sagen, daß du taubstumm bist?«

Er nickte mit einem breiten, einfältigen Lächeln und gab zu verstehen, daß dies genau sein Problem war.

»Von woher kommst du? Dein Gesicht ist mir nicht unbekannt«, fuhr der ältere Legionär verwundert fort.

Und auf gut Glück zeigte er auf eins der vielen Schiffe, die am Kai lagen und an dessen Deck ähnliche Käfige zu sehen waren wie die, in denen Abis seine Raubtiere transportiert hatte.

»Ah, ich verstehe. Paß nur gut auf, daß diese Käfige immer verschlossen sind.« Kaum hatte er diese Worte gesagt, verzog der Soldat sein Gesicht zu einer komischen Miene und brach in Gelächter aus. Iunius antwortete darauf mit dem angedeuteten Fauchen eines Löwen und brach dann ebenfalls in ein rauhes Lachen aus. Dann ging er von dannen.

Er hatte wenige Schritte getan, als er von neuem die Stimme des Legionärs vernahm, die nun noch durchdringender geworden war.

»Iunius von Luna«, schrie er.

Auch diesmal tat er so, als wäre nichts, und setzte seinen Weg fort.

»Wie hast du ihn genannt?« fragte sein jüngerer Kollege.

»Iunius von Luna, der größte Gladiator aller Zeiten und darüber hinaus ein beispielhafter Kommandant in der römischen Armee. Nicht zu glauben! Dieser stumme Matrose sah wirklich so aus wie sein Doppelgänger.«

Wer weiß, was der gute Mann wohl gedacht hätte, wenn er die Nachricht erhielte, daß sein Lieblingsheld sich auf der Flucht befand und wegen Mordes gesucht wurde.

Als es ihm endlich gelungen war, mit dieser List den Hafen zu verlassen, mußte Iunius sich der Tatsache stellen, daß die Stadt nur so von römischen Soldaten wimmelte. Ganz gewiß war sie nicht der sicherste Ort für ihn.

Wüste in der Nähe von Petra.

Die Beine der Kamele vollführten seltsam schaukelnde Bewegungen, wenn sie ihre Hufe beim Gehen aufsetzten. Es sah ständig so aus, als ob die plumpen Tiere kraftlos hin- und herschwankten. Aber jedesmal faßten sie in der Schotterdecke der Straße festen Tritt und versetzten damit ihre Körper und die darauf befestigten Lasten in eine schwingende Bewegung, die auf eigenartige Weise dem Schlingern eines Schiffes auf hoher See glich. Clelia konnte sich nur schwer an dieses rüttelnde Schwanken gewöhnen, aber schließlich hatte sie die für sie richtige Position gefunden. Von ihrem erhöhten Sitz betrachtete sie die beiden Männer, die die Zügel in der Hand hielten.

Sie konnten nicht wissen, wie notwendig und überaus angebracht ihre Abreise gewesen war. Als am Morgen danach Aretas' Frau und ihre Kinder wie üblich ihrer Arbeit nachgingen, erschien plötzlich auf der Schwelle zu ihrer Werkstatt der Legat des Gouverneurs.

»Wo ist dein Mann, Frau?« fragte der Römer wenig höflich und trat ein, ohne um Erlaubnis zu fragen.

»Er ist nach Hierosolyma gereist, um ein paar Werkzeuge umzutauschen, die nicht die richtigen waren«, log die Frau und deutete in die entgegengesetzte Richtung, in der ihre Lieben gerade unterwegs waren.

»Und du bist nicht mit ihm mitgegangen?« fragte der Mann, setzte sich breitbeinig hin und versuchte, sich mit ein paar Eisenlamellen, die er von dem Arbeitstisch genommen hatte, ohne sich die Mühe zu machen, sie um Erlaubnis zu fragen, Luft zuzufächeln,. Aber keine Luft der Welt, nicht einmal der eisigste und heftigste Wind hätte ihm den Schweiß trocknen können, der ihm von der Stirn ins Gesicht rann.

»Nein, ich bin zu alt und müde, um so kurz hintereinander zwei weite Reisen auf mich zu nehmen.«

»Sonderbar, denn die Wachen haben mir berichtet, daß du es warst, die gestern zusammen mit Aretas und seinem ältesten Sohn abgereist ist.«

»Das war nicht ich«, erwiderte prompt die Frau und bemühte sich, der Situation standzuhalten, doch ihr Gesicht wurde von einer Röte überzogen, die sie zu verraten drohte. »Das war die Tochter meiner Schwester, die darum gebeten hat, heimkehren zu dürfen.«

»Wirklich schade, daß sie nur so kurz hiergeblieben ist. Petra hat dem Mädchen mit den tiefblauen Augen, von denen man so viel reden hört, wohl nicht gefallen? Dabei bin ich heute morgen extra hierhergekommen, um sie endlich selbst zu Gesicht zu bekommen und unsere neue Mitbürgerin kennenzulernen.«

Aber plötzlich, ohne jede Vorankündigung, änderte sich das Verhalten des Mannes und wurde schroff. »Diese Geschichte gefällt mir nicht, Frau«, hob er in drohendem Ton wieder an. »Vergiß nicht, daß ich ebensoviel Hirn wie Fett im Körper habe und jeden Braten von Anfang an rieche. Ich möchte nicht, daß vor mir etwas verborgen wird... wer weiß... Ich erwarte eine Erklärung, sobald dein Mann wieder zurückgekehrt ist. Obwohl ich denke, daß ich ihn mit großer Sicherheit auf der Straße nach Hierosolyma treffen werde, denn dorthin wurde ich von Gouverneur Sextilius bestellt.«

Nachdem er diese Worte gesprochen hatte, erhob sich der Legat des Gouverneurs mit einem Ruck und steuerte auf die Tür zu. Aber bevor er hinaustrat, wandte er sich noch einmal mit einem mahnenden Blick an die Kinder, die ihre Beschäftigungen bei seinem Eintritt sofort eingestellt hatten: »Nehmt euch in acht, Nabatäer, nehmt euch gut in acht. Vilcus entgeht nichts.«

Eine Oase im Nildelta.

»Da, seht, was uns die Römer gebracht haben«, sagte Aretas, zu Clelia gewandt, und hielt sich dabei zum Schutz vor der Sonne die Hand über die Augen. »Eine Straße und das letzte Kapitel unserer Geschichte, fürchte ich.« Und er deutete auf die Straße, die den ganzen Küstenstrich des Mittelmeeres entlangführte.

Sie waren mittlerweile acht Tage unterwegs, wobei sie sehr strenge Tagesmärsche, fast ohne Ruhepause, einhielten, da sie befürchteten, verfolgt zu werden. Rabel, Aretas' Sohn, überschüttete die junge Frau mit Aufmerksamkeiten. Am Horizont tauchte ein dunkler Fleck Grün auf, der der ewigen Dürre dieses Landstrichs zu trotzen schien. Sie würden die Nacht in der Oase verbringen und am Morgen darauf sehr zeitig ihre Reise fortsetzen. Jetzt waren es nur noch zwei Tage bis Alexandria.

Wenige Stunden zuvor war aus derselben Stadt der Flüchtling Iunius aufgebrochen, der fest davon überzeugt war, dort niemals eine sichere Zuflucht finden zu können. Er war gegen jede Art von Kälte abgehärtet, aber diese sengende Hitze war er nicht gewohnt. Zum Glück aber schien das Pferd, das er sich in der Stadt gekauft hatte, nicht unter der Temperatur zu leiden. Es trabte unermüdlich dahin und brachte ihn wenigstens dadurch in den Genuß einer leichten Brise.

Als er sich vor die Frage gestellt sah, einen neuen Bestimmungsort für sich zu finden, war er sich zunächst äußerst unsicher. Mit Bestimmtheit wußte er nur, daß er nicht in Alexandria bleiben konnte, denn seine Heldentaten als Gladiator hatten ihn allzu berühmt gemacht, so daß er Gefahr laufen mußte, von dem einen oder anderen Soldaten oder römischen Bürger früher oder später erkannt zu werden. Aber wohin sollte er gehen? Er fühlte sich verloren in diesem fernen Land, in dem ihm alles fremd war – die Sprache, die Art zu leben und die Städte.

Kaum war er an einer Weggabelung angelangt, die nicht weit hinter der Stadt lag, lockerte er daher die Zügel und vertraute sein Schicksal dem Überlebensinstinkt dieses herrlichen Tiers an. Und ohne das geringste Zögern, machte sich das Pferd in Richtung Osten auf und schlug die Wüstenstraße ein, die nach Petra und dann nach Hierosolyma führte.

Er ritt nun schon seit vielen Stunden, als eine grün schimmernde Fläche ihm anzeigte, daß dort sicher eine Quelle oder ein Brunnen vorhanden sein mußte. Also beschloß er, dort die Nacht zu verbringen.

Rabel hatte inzwischen die gleiche Geschicklichkeit gewonnen, das Zelt, in dem sie die Nacht verbrachten, aufzubauen, wie er sie bei seiner Arbeit als Bildhauerassistent zeigte. Er behauptete sogar, daß er innerhalb weniger Stunden eine ganze Stadt zu erbauen imstande sei.

Da sie von den beiden so viele Aufmerksamkeiten empfing, fühlte

Clelia, wie sie die ständig wachsende Dankbarkeit gegenüber Aretas und seinem Sohn immer verlegener machte. Wie jede Nacht würde sie im Schutz des Zeltinneren ruhen, während sich die beiden Männer vor dem Eingang mit zwei notdürftigen Lagern zufriedengeben mußten.

Plötzlich sah sie, etwa hundert Schritt von ihnen entfernt, einen Mann, der alleine auf seinem Pferd daherritt. Sie betrachtete ihn einige Augenblicke lang, dann fühlte sie, wie die Müdigkeit der Reise sie jählings und ohne jede Vorankündigung überfiel, so daß sie sich in ihr Zelt zurückzog.

Nicht weit von Iunius entfernt, trank das Pferd aus der Wasserstelle, so daß er genügend Zeit und Muße hatte, es aufmerksam zu betrachten. Es war ein Tier von geringerer Größe als die, die er gewohnt war, doch war es darum nicht weniger stark oder schnell. Ganz im Gegenteil. Wahrscheinlich war es aus Arabia Petraea, dem nördlichen Teil über dem Sinai, wenn nicht sogar aus dem fernen und sagenumwobenen Arabia Felix, dem Land des Weihrauchs im Süden der arabischen Halbinsel. Es gab dort schnelle und nervöse Pferde, und er hatte des öfteren von ihnen erzählen gehört, sie aber selbst bislang noch niemals gesehen. Er hatte den Eindruck, daß das Tier sofort gelernt hatte, ihn sich einzuprägen, und es ihn bereits als seinen Gefährten mochte. Als er den Blick auf die Gefilde der Oase und ihrer Vegetation richtete, sah er, nicht weit von sich entfernt, drei Menschen, die ihm wie eine kleine Familie auf der Reise vorkamen. Mit ihnen würde er für diese Nacht die Gastfreundschaft der Oase teilen. Er hörte nicht auf, sie mit seinem Blick zu verfolgen.

Die beiden Männer standen neben dem Feuer. Die Frau dagegen war im Zelt verschwunden, aus dem sie auch nicht mehr herausgekommen war. Er tauschte mit den beiden aus der Ferne ein Zeichen des Grußes, ohne das Wort an sie zu richten. Er hätte nicht gewußt, in welcher Sprache er es tun sollte – und daß die Völker dieser fernen und rauhen Länder das Lateinische kannten, konnte er sich nicht vorstellen. Vor allem aber wollte er auf keinen Fall das Risiko eingehen, irgendwelche Erklärungen abgeben zu müssen. Und so bettete er sein Haupt auf sein Bündel, in dem die wenigen Dinge verstaut waren, die ihm gehörten. Doch bevor er in einen tiefen Schlaf sank, begann sein Geist, zu all den Menschen und Dingen zu wandern, die ihm lieb und teuer waren.

Natürlich dachte er auch an die junge Vestalin, die ihn so sehr bezaubert hatte. Wirre Eindrücke waren das, die weit in der Zeit zurücklagen und von den Ereignissen wild durcheinandergerüttelt waren. Aber Clelia hatte mittlerweile einen festen Platz in den ihn beglückenden Erinnerungen, auch wenn er von ihr keine Nachricht mehr hatte, seit er sie damals das Schiff nach Judäa besteigen sah. Er wußte, daß der Ort ihrer Bestimmung nicht allzuweit von der Stelle entfernt war, an der er sich gerade aufhielt, und es schien durchaus wahrscheinlich, daß sie sich in seiner Nähe befand. Doch niemals hätte er sich vorstellen können, daß die Gestalt seiner Träume und Gedanken direkt an diesem Ort, nur wenige Schritt von ihm entfernt, in dem Zelt schlief und sie zu der kleinen Karawane gehörte, in deren Gesellschaft er die Nacht in der Wüste verbrachte.

Als er erwachte, stand die Sonne bereits hoch am Himmel, und die Hitze ihrer Strahlen brannte ihm auf der Haut. Die kleine Familie mußte das Zelt schon im Morgengrauen abgebrochen haben. Er war in der Oase ganz allein zurückgeblieben. Sein Pferd, das sich wie gewohnt nicht gegen das Aufsteigen wehrte, nahm erneut seinen Weg auf – in Richtung auf das unbekannte Ziel, das es sich selbst gewählt hatte.

Hierosolyma. Residenz des Gouverneurs von Judäa.

Es bestand die Regel, daß einmal pro Monat jeder Beauftragte dem Gouverneur Rechenschaft über den Zustand der Territorien abzulegen hatte, die zu der römischen Provinz gehörten. Es waren kurze Zusammenkünfte, bei denen nur wenige Worte und Informationen ausgetauscht wurden. Sextilius verfolgte dies Verfahren nur lustlos und ohne große Aufmerksamkeit, während seine Untergebenen ihn mit Reichtümern und honigsüßen Reden überschütteten.

Vilcus mit dem feisten Gesicht, der die Verantwortung für die Stadt Petra hatte, war einer seiner besten Emissäre – aufmerksam, gewissenhaft, verschlagen und ebenso gierig, die militärische Karriereleiter emporzuklettern, wie boshaft und servil.

»Herr«, begann er seine Rede, »Petra vergrößert seinen Wohlstand ständig. Da die meisten der Verkehrswege durch diese Stadt führen, kann es sich eines Reichtums rühmen, mit dem nur wenige andere Gebiete konkurrieren können. Was mich jedoch erschreckt, ist, daß auch in diesem Landstrich der christliche Gedanke um sich greift, der unseren Göttern lästert. Ich hege die Ansicht, daß ich mit einer exemplarischen Aktion diesem Übel rasch ein Ende setzen will.«

»Was hast du im Sinn?« unterbrach ihn Sextilius.

»Es gibt da die Familie eines Steinmetz, die in der Stadt sehr angesehen und geschätzt ist. Doch habe ich ihn im Verdacht, daß er den Frevel begeht, die christlichen Riten auszuüben. Ihr Verhalten kommt mir alles andere als eindeutig vor. Vor einiger Zeit zum Beispiel kehrten der alte Steinmetz und seine Frau von einer Reise aus Hierosolyma zurück und brachten eine junge Frau mit tiefblauen Augen und heller Haut mit, von der sie behaupteten, sie sei ihre Nichte. Ich dagegen hege die Überzeugung, daß es sich um eine Christin handelt, die bei ihnen Zuflucht gesucht hat, als sie aus dieser Provinz flüchtete.«

Bei diesen Worten hörte der Kommandant der persönlichen Leibwache des Gouverneurs auf einmal auf, mit dem Handgriff seines Schwertes zu spielen, und hörte plötzlich voll gespannter Aufmerksamkeit und auch ein wenig beunruhigt dem Legat von Petra zu.

Der wiederum fuhr fort: »Ich denke mir wirklich, wenn du diesem Bildhauer, der auf den Namen Aretas hört, eine harte Lektion erteilen würdest, könnte das allen Nabatäern als Beispiel dienen und sie davon abbringen, weiterhin den Riten des Christentums nachzustreben.«

»Wie, denkst du, könnten wir vorgehen, Vilcus? Petra ist keine römische Provinz. Die Nabatäer sind ein freies Volk und dazu sehr stolz.«

»Petra gewiß, aber ich weiß, daß der Steinmetz sich in diesem Moment auf einer Reise befindet, die ihn in unser Land führt...«

Da unterbrach Cassius, der Kommandant der Garde, seine Rede und auch die Überlegungen des Sextilius: »Sprich zu uns von dieser jungen Frau, Vilcus. Wie lange ist es her, daß sie in Petra angekommen ist?« Daß er nach einer Erklärung verlangte, verwunderte den Gouverneur zutiefst, aber ließ ihn auch aufmerksam werden.

»Ich hatte leider nicht die Gelegenheit, ihr zu begegnen, aber wer sie gesehen hat, sagt, sie sei sehr schön. Und das, obwohl ihr Gesicht von vielen Narben und Hautverbrennungen gezeichnet war. Sie sah anscheinend überhaupt nicht wie eine Nabatäerin oder eine Hebräerin aus. Jedenfalls blieb sie nur wenige Tage in Petra, dann wollte sie nach Hierosolyma zurückkehren. Deshalb befindet sich der Steinmetz auf der Reise in unser Gebiet. Das Ganze geschah übrigens vor ein paar Wochen, wenige Tage nach dem schrecklichen Gemetzel, das unbekannte Wüstenräuber zum Schaden unserer heiligen Vestalin und ihres Gefolges verübt hatten.«

Cassius schrak sichtlich zusammen: Ein unangenehmer und lästiger Zweifel hatte von ihm Besitz ergriffen.

»Ich bitte darum, mich mit dir allein besprechen zu dürfen, Sextilius«, sagte er mit sichtlicher Verlegenheit.

In den Anhöhen der Wüste.

Iunius war immer auf der Hut und sorgfältig darauf bedacht, sich vor jeder Patrouille zu verstecken, sobald er ihrer ansichtig wurde. Aber zu seinem Glück begegnete er in den ersten beiden Tagen der Wegstrecke nur zwei endlos langen Karawanen von Kaufleuten, die in derselben Richtung wie er unterwegs waren, und einigen kleinen Gruppen von Reisenden, die auf dem Weg nach Ägypten waren. Erst am Morgen des dritten Tages erblickte er sie von einer Anhöhe herab. Die fünf Pferde stürmten im Galopp voran und ließen eine dichte Staubwolke hinter sich. Auch aus dieser Entfernung konnte er deutlich die purpurne Farbe der Uniformen und das Funkeln der Waffen erkennen.

In großer Eile verwischte er die Spuren seines Nachtlagers und suchte mit seinem Pferd Unterschlupf in einer Berggrotte, um dort solange abzuwarten, bis die Schar vorbeigezogen war. Leider erfüllte sich jedoch diese Hoffnung nicht. Voller Sorge mußte Iunius mit anhören, wie die Soldaten im Schritt verharrten und in geringer Entfernung von seinem Versteck anhielten. Er hörte die einzelnen Stimmen genau. Er betete zu den Göttern, daß sein Pferd nicht durch ein Schnauben seine Anwesenheit verriet, aber das Tier blieb ruhig und schien sich in der kühlen Grotte wohlzufühlen.

»Machen wir halt, um ein wenig auszuruhen«, sagte einer, der anscheinend der Anführer des Trupps war.

Wenn er die ausgetrockneten Pflanzen, die am Eingang der Grotte wuchsen und ihn hervorragend verdeckten, ein wenig beiseite schob, konnte Iunius die fünf Männer sehen, die sich die Beine vertraten und dabei waren, auf dem Plateau unterhalb der Anhöhe hin- und herzugehen.

»Was sagte der Gouverneur, als du ihm unsere Schuld gestanden hast, Cassius?« fragte der Älteste den Kommandanten des Trupps.

»Ihr wißt, daß Sextilius« – allein diesen Namen zu hören hatte die Macht, Iunius' Sinne zu schärfen und ihm jede Angst zu nehmen – »seine Gefühle kaum jemals zeigt. Ich glaube jedoch, daß er die Gründe verstanden hat, warum wir unsere Mission nicht bis zu Ende gebracht haben. Er hat versprochen, alles zu vergessen, wenn wir Clelia fingen und sie in seine Hände gäben«, antwortete Cassius.

»In den zwanzig Jahren, die ich im Dienst des Gouverneurs und seiner Familie stehe, ist das das erste Mal, daß ich einem Befehl nicht gehorche«, schaltete sich ein anderer der fünf Soldaten ein, ein nicht mehr ganz junger Mann, dessen Gesicht von schlimmen Verletzungen entstellt war. »Bis heute habe ich jeden Befehl ausgeführt, den uns der Vater unseres Herrn Sextilius gegeben hat, und auch für Sextilius selbst habe ich Männer bespitzelt, gefoltert und getötet. Ich bin sogar so weit gegangen, meine Kameraden aus der Legion im ewigen Eis Germaniens anzugreifen. Aber von uns zu verlangen, eine Priesterin abzuschlachten, ist zuviel – selbst für so getreue Leute wie uns!«

»Ausgerechnet du sprichst von Treue, Britannicus, obwohl wir doch alle wissen, daß du nur den Sesterzen treu bist!« verhöhnte ihn der Kommandant und brachte damit den Rest des kleinen Trupps dazu, in wildes Gelächter auszubrechen.

»Bereits seit sechs Tagen patrouillieren wir auf dieser Straße, und noch immer haben wir keine Spur von der Vestalin und ihren Begleitern gefunden. Doch hat, den Göttern sei Dank, die Tochter des Steinmetz die Folterungen der von Vilcus gekauften Männer nicht ausgehalten und aufgedeckt, wohin sie tatsächlich gegangen sind«, erwiderte der alte Legionär. »In Petra mußte Vilcus heimlich und unter größter Gefahr seine Aktionen durchführen, aber hier herrscht Rom. In Alexandria wird es nicht lange dauern, die Öfen von Silleus, dem Vetter unseres Bildhauers Aretas, zu finden.«

»Richtig«, resümierte Cassius. »Wir kennen jetzt ihr Ziel! Und so werden wir Clelia spätestens bei dem backenden Verwandten des Aretas erwischen und damit endlich Sextilius' Zorn besänftigen. Jetzt aber werden wir für ein paar Stunden ruhen. Sobald die Hitze nachgelassen hat, setzen wir uns wieder in Bewegung.« Während er die Worte sagte, hatte er sich bereits ein notdürftiges Lager gerichtet und sich darauf zum Schlaf ausgestreckt.

Iunius' Herz schlug in wildem Aufruhr. Clelia! Auf der Flucht vor einer solch schrecklichen Bedrohung, weit schrecklicher noch als die, die auf ihm lastete. Und wieder einmal waren es Menenius' Männer und auch Sextilius, die sich gegen ihn richteten und gegen die, die er am meisten liebte auf dieser Welt. Das alles war wie eine Art Fluch, dem er anscheinend niemals entkommen konnte.

Er mußte alles versuchen, um diese Männer aufzuhalten, so daß sie die Vestalin nicht erreichen konnten. Aber wie? Um in Alexandria nicht aufzufallen, hatte er es vorgezogen, keine Hiebwaffen zu kaufen. So verfügte er nur über einen scharfen Dolch, den er am Gürtel trug.

Außerdem hatte er es mit fünf sicher erfahrenen Soldaten zu tun, während er bloß allein war. Aber eine unbezähmbare Kraft gebot ihm, es auf einen Angriff ankommen zu lassen, koste es, was es wolle. Vor Aufregung bebend, beschloß er daher, erst einmal abzuwarten, vielleicht würde der eine oder andere von ihnen in Schlaf fallen, und dann könnte er in Aktion treten …

Alexandria.

Clelia war von Aretas' Vetter mit der gleichen Freundlichkeit empfangen worden, mit der ihr bereits die Familie des Bildhauers in Petra begegnet war. Es war ein altes Ehepaar, dessen einziger Sohn es vorgezogen hatte, das Leben eines Soldaten statt eines Bäckers zu führen. Ihr Dasein war voller Mühe und Plage, so daß ihnen eine Hilfe gerade recht kam.

Im hinteren Teil des Ladens befand sich die Backstube mit dem Ofen, und in dem Raum mahlte Silleus, der Ehemann, jede Nacht zusammen mit seinen zwei Sklaven das Korn und rührte mit diesem Mehl den Teig an, aus dem er die Brotlaibe buk, die er am nächsten Tag verkaufte. Eine harte, mühselige Arbeit, die aber durchaus einträglich war. Und in den frühen Morgenstunden kam dann auch seine Ehefrau, die die Brote verkaufte.

»Du wirst dich ein paar Tage ausruhen, um dich von den Anstrengungen der Reise zu erholen«, sagte Silleus zu der jungen Frau auf der Flucht. Er sagte es in einem Latein, das mit seinem griechischen Akzent fast wie Musik klang und sehr viel besser war als das von Aretas. »Und dann wirst du meiner Frau im Laden helfen. Ich bin sicher, daß du damit keine Schwierigkeiten haben wirst.«

Nachdem sie ihre hochherzige Aufgabe zu Ende gebracht hatten, schickten sich Aretas und Rabel zur Rückreise an. Clelia verabschiedete sich voller Rührung von ihnen. Sie hatten ihr Leben aufs Spiel gesetzt, um sie zu retten, nichts auf der Welt würde je in ihr die Zuneigung und das Gefühl der Dankbarkeit auslöschen, die sie ihnen gegenüber empfand. Wollten es die Götter und wollte es *ihrer beider* Gott, daß sie eines Tages die Familie wiedersehen konnte …

»Einziger und barmherziger Gott, wache über sie«, flehte sie im stillen, unbekümmert der Tatsache, daß diese Anrufung aus ihrem Mund einem Sakrileg gleichkam. »Ich werde euch nie genug danken können für das, was ihr getan habt«, sagte sie mit Tränen in den Augen.

»Christus«, erwiderte Aretas feierlich, »lehrte uns die Liebe, die Brüderlichkeit und die Frömmigkeit. Wir haben nur getan, was jedes anständige menschliche Wesen tun sollte. Du selbst hättest nicht anders gehandelt. Du schuldest uns nichts, Clelia. Dein kurzer Aufenthalt in unserem Hause war eine große Freude für uns.«

»Aber ihr habt das Mißtrauen der Römer auf euch gezogen«, sagte sie traurig. »Ich fürchte um euch auf eurer Heimreise …«

»Die Römer trachten danach, unser Land zu erobern«, erwiderte der alte Bildhauer. »Aber der wirkliche Grund für ihren Haß gegen mich und meine Familie ist der Gott, an den wir glauben, und ganz gewiß nicht deine Person. Früher oder später werden wir gezwungen sein, mit Vilcus und seinen Schergen abzurechnen. Die Tatsache, daß wir dich vor dem Tod gerettet haben, macht das, was sie für unsere Schuld halten, nur um weniges größer.«

Auch Rabel trat zu ihr, aus seinen Augen leuchtete die Fülle seiner Gutherzigkeit und Liebe. Die Schönheit und das sanfte Wesen Clelias hatten ihn nicht gleichgültig gelassen, und alles, was er sich erträumte, war, daß sie für immer in ihrem Hause bliebe.

»Wenn sich alles wieder beruhigt hat, werde ich dich holen kommen, Clelia«, sagte er mit schüchterner Stimme. Wie viele Male hatte er diese wenigen Worte in Latein geübt und wieder geübt, der arme junge Mann. Er streichelte hastig und ein wenig verlegen ihre Hand, dann senkte er den Kopf und folgte seinem Vater, der sich bereits auf den Rückweg gemacht hatte.

Clelia blieb auf der Schwelle der Bäckerei stehen und folgte ihnen mit ihren Augen, während sie sich auf der von Menschen überfüllten Straße entfernten, bis sie ihrer Sicht schließlich ganz entschwunden waren.

Auf den Anhöhen der Wüste.

Britannicus saß auf einem Felsbrocken und drehte Iunius den Rücken zu. Es schien, als wären seine Waffengenossen in tiefen Schlaf gesunken. Mittlerweile hielt es Iunius für besser, sein Versteck in der Grotte zu verlassen, schon weil sein Pferd langsam unruhig zu werden begann. Er schlich sich geräuschlos an und gab acht, daß ihn der Legionär nicht sehen konnte.

Als ihn Britannicus endlich bemerkte, war es zu spät. Da hatten sich die Hände des Ex-Gladiators bereits fest um seinen Nacken und sein Kinn geschlossen. Mit einer Kraft, die durch seinen Ingrimm vervielfacht wurde, drehte ihm Iunius den Kopf um, bis ein unheilvolles Knirschen ihm zeigte, daß der Mörder seiner Kameraden in jenem perfiden Kampf in den Gletschern keine schändlichen Taten mehr vollbringen konnte.

Er legte die Leiche zu Boden und nahm das Schwert, das an seiner Seite lag. Er konnte deutlich die Punze der kaiserlichen Schmiede erkennen, die auf der Klinge eingeprägt war – es war ihm gelungen, ein dunkles Kapitel seines Lebens endgültig zu klären.

Den zwei Soldaten, die in der Nähe ruhten, ließ er nicht die Zeit, aus dem Schlaf aufzuwachen, um dem Tod ins Auge zu blicken. Die tödliche kaiserliche Klinge agierte rasch und ohne jedes Geräusch.

Cassius und der andere Legionär hatten sich im Schatten eines dornigen Busches, der ein paar Ellen entfernt war, ein Lager gerichtet. Entschlossen steuerte Iunius auf den Kommandanten von Sextilius' Garde zu. Aber genau in dem Moment sah er, wie dieser die Augen öffnete.

»Männer, wir werden angegriffen, zu den Waffen«, schrie Cassius sofort geistesgegenwärtig. Er dachte sicherlich nicht daran, daß ein einzelner Mann so verrückt sei, sich mit fünf Soldaten anzulegen. Doch waren bereits drei seiner Leute nicht mehr in der Lage, ihm zu antworten.

Die beiden waren sofort auf den Beinen. Iunius wunderte sich, daß er nach dieser langen Zeit der körperlichen Untätigkeit noch immer so gelenkig und schnell war. Für ihn war es wirklich leicht, den Hieben ihrer Waffen auszuweichen, gerade als wäre das Ganze ein Spiel.

Aber dennoch waren es zwei, die gegen ihn allein kämpften. Während er Cassius die Stirn bot, spürte er, wie ihn die Arme des anderen mit eisernem Griff an den Schultern packten. Dadurch wehrlos geworden, sah er, wie die Klinge des Gardeoffiziers sich ihm bedrohlich näherte, bereit, ihn zu durchstechen. Da bäumte er sich mit einem heftigen Hüftschwung noch einmal auf und drehte seinen Brustkorb zur Seite, was ihm die Kraft der Verzweiflung eingab, vor allem aber das Ergebnis seiner langen Übungszeit im Zirkus war und auch all der Erfahrung, die er aus den Gladiatorenkämpfen gewonnen hatte. Tatsächlich gelang es ihm, sich aus dem tödlichen Griff zu befreien und zu Boden fallen zu lassen. So ging die Klinge ein wenig oberhalb seines Kopfes vorbei, um sich dann in den Brustkorb des Mannes zu bohren, der hinter ihm stand.

Mit einem katzenhaften Sprung kam er wieder auf die Beine. Jetzt waren die Kräfte ausgeglichen. »Wir sind allein, Mörder!« schrie er mit einer Stimme, die vor Anstrengung heiser klang.

»Wer zum Teufel bist du?« fragte der andere, wobei er in langsamen Kreisen um Iunius herumtänzelte, leicht gebeugt und mit weit ausgebreiteten Armen, dabei gespannt auf der Hut.

»Ich bin der Preis, den du für all das Böse zahlen wirst, das du angerichtet hast«, antwortete Iunius. Und mit einem von Wut gespeisten Sprung war er über ihm. Mit heftiger Gewalt stießen ihre Klingen aufeinander. Iunius führte den ersten Hieb, dem Cassius mit großem Geschick ausweichen konnte, dann folgte dessen Streich, der ihn, wenn auch nur oberflächlich, am Arm verletzte. Aber durch den Schwung war er aus dem Gleichgewicht gebracht worden und hingefallen.

Seine Position war mehr als unglücklich. Und schon war Cassius über ihm und stellte seinen rechten Fuß auf die Hand, mit der er das Heft seines Schwertes umklammert hielt. Innerhalb weniger Augenblicke war Iunius entwaffnet.

Der Feind war über ihm, schon sah er seine Klinge aufblitzen. Hastig griff er mit der Rechten nach dem Dolch, den er an seinem Gürtel trug, schloß die Hand über ihm und zog ihn heraus. Ihm schien Cassius' Körper, der gerade den tödlichen Stoß gegen ihn führen wollte, ein klares und ungeschütztes Ziel zu sein. Und so bohrte Iunius, ehe sich das Schwert seines Feindes auf ihn senkte, die Klinge kurz unterhalb der Rippen ins Fleisch, von unten nach oben.

Cassius verweilte ein paar Augenblicke lang regungslos in einer seltsamen Haltung, das Schwert zum Himmel gerichtet, die Augen weit geöffnet, dann schoß ihm ein Blutstrahl aus dem Mund, und er brach wehrlos über seinem Gegner zusammen.

Iunius warf den leblosen Körper von sich ab, wobei er ihn keines Blickes würdigte. Seine Brust keuchte so heftig, daß sie schmerzte. Ohne auch nur einen Augenblick zu verweilen, lief er rasch zu seinem Pferd, voller Angst, daß es weggelaufen sein könnte. Er mußte unbedingt zu Clelia und sie in Sicherheit bringen, bevor Sextilius bemerkte, daß seine Schergen nie mehr zu ihm zurückkehrten.

Alexandria.

Die ersten beiden Arbeitstage waren für Clelia ein reines Vergnügen. Obwohl sie der Sprache nicht mächtig war, gelang es ihr mit Gesten und einem Lächeln, sich mit den Kunden zu verständigen. Die Brotlaibe lagen ordentlich aufgereiht auf dem marmornen Ladentisch, alles, was sie zu tun hatte, war, sie an den Kerben, die Silleus vor dem Backen eingeschnitten hatte, zu trennen, das Geld anzunehmen und freundlich zu sein.

»Wenn unsere Kunden wüßten«, sagte der Bäcker am Ende des zweiten Tages zu ihr, »daß sie von einer der höchsten Autoritäten in der Religion des Römischen Reiches bedient worden sind, wer weiß, wie sie dann reagieren würden.«

»Das ist eine Rolle, die wir zugunsten unserer Seelenruhe besser vergessen sollten«, antwortete sie rasch. »Noch dazu, da ich gewiß nicht nach Rom zurückkehren kann, solange das Kaiserreich von denen regiert wird, die mich lieber tot sehen wollen.«

»Du kannst so lange bei uns bleiben, wie du willst, Clelia«, sagte nun die Frau. »Hier bist du sicher. Wer könnte je kommen und dich in dieser bescheidenen Backstube suchen?«

»Ihr seid wirklich gut zu mir, wie es auch Aretas und seine Familie gewesen sind. Aber es erfüllt mich mit Angst, wieviel Not und Tod ich um mich verbreite, auch wenn ich es gar nicht will. Was habe ich bloß getan, um derlei Dinge hervorzurufen? Und wie kann ich aus dem allen nur wieder entfliehen?« Nie könnte Clelia je die Männer ihres Gefolges vergessen, die von den falschen Räubern hingeschlachtet wurden, noch all die anderen schmerzvollen Vorkommnisse, die sie macht- und schuldlos hatte über sich ergehen lassen müssen. Darüber hinaus schnürte es ihr das Herz zusammen bei dem Gedanken an die Gefahr, in die sie Aretas und seine Familie gebracht hatte.

»Sorge dich nicht«, schaltete sich Silleus ruhig ein. »Die Drohungen der Römer machen zwei alten Leuten, die seit jeher nur von der Arbeit ihrer Hände leben, sicherlich keine Angst.«

Zur selben Zeit war Iunius bereits auf dem Weg zurück, den er gerade hinter sich gelassen hatte. Er gönnte seinem armen Pferd keine Rast, doch schien dieses glücklich zu sein, auf dem feinen Sand laufen zu können. In nur zwei Tagen gelang es ihm, in Sichtweite der Stadt zu kommen, obwohl er es vorgezogen hatte, sich so weit wie möglich von der Hauptverkehrsstraße entfernt zu halten.

Die Leichname der fünf Häscher, die der Gouverneur auf Clelia angesetzt hatte, hatte er in der Grotte versteckt, dann ihre Pferde frei-gelassen und mit größter Sorgfalt alle Spuren des Kampfes beseitigt. Doch mußte er sich dabei sehr sputen, denn es würde nicht allzu lange dauern, bis Sextilius seine Männer suchen ließ, wenn sie nicht zu ihm zurückkehrten.

Am dritten Morgen hatte Clelia gerade einige Kunden bedient, dann war der Laden leer. Da trat die Gestalt eines Manns ein, die sich machtvoll gegen das Licht von draußen abzeichnete. Trotz seines Bartes erkannte sie ihn fast sofort.

»Iunius!« rief sie. »O Iunius!« wobei sie sich rasch mit einem Tuch die Hände säuberte, die vom Mehl weiß waren. Sie rannte hinter dem Ladentisch hervor und stürzte sich ihm entgegen. Sie umarmte ihn und drückte ihn an sich, wie sie es sich in den vielen, langen schlaflosen Nächten immer gewünscht hatte. Ihre Finger glitten durch sein Haar, und sie strich ihm zart über sein Gesicht, das von so vielen Kämpfen und endloser Mühsal gezeichnet war.

Iunius hatte die Augen geschlossen, tief in dem Glück ihrer Um-armung versunken. Seit wie langer Zeit hatte er davon geträumt. Als sich seine Augen nach langer Zeit wieder öffneten, sah er den Bäcker und seine beiden Bediensteten, die ihre Arbeit stehen und liegen gelassen hatten und, die Backschaufeln schwingend, in den Raum gestürzt waren. Clelias Schrei hatte sie herbeigerufen.

Aber als sie die beiden in einer Umarmung vorfanden, zögerten sie und kamen ein wenig verunsichert näher, um dann, bei dem An-blick von Clelias hingerissenem Gesichtsausdruck, erleichtert aufzu-atmen und ihre behelfsmäßigen Waffen beiseite zu legen.

Silleus' Wohnung befand sich in demselben Häuserblock wie sein Laden. Der Mann war erfreut, auch Iunius in seinen Räumen zu empfangen, der als Clelias Freund nun ebenfalls ihr Freund war.

Rasch setzte der ehemalige Tribun Clelia von dem in Kenntnis, was er von den Wachsoldaten des Sextilius erlauscht hatte, auch wenn er es vermied, allzutief in die Einzelheiten des Zusammentref-fens zu gehen.

»Wenn du hier bleibst, bist du in ernster Gefahr«, schloß er. »Und du bringst auch diese guten Leute mit in Gefahr. Es wird nicht lange dauern, bis andere Soldaten dich suchen kommen. Du mußt mit mir fortgehen, wir müssen einen sicheren Platz finden.«

»Iunius hat recht«, schaltete sich Silleus in seinem sanft singenden Latein ein. »Zwei armen alten Leuten wie uns bedeuten die Gefahren wenig, wir haben sowieso nicht mehr allzulang zu leben. Aber du bist jung. Wenn du hierbleibst, werden dich die Männer des Gouverneurs von Judäa fangen, und die kennen keine Gnade. Auf den Anhöhen der Wüste von Hhóreb lebt eine Christengemeinde, die dorthin Zuflucht genommen hat, um ihren Verfolgern zu entkommen. Ihr Anführer ist ein Nabatäer, ein Freund von mir aus den Tagen der Kindheit. Die werden euch sicher gastfreundliche Aufnahme und Hilfe gewähren. Wir selbst werden uns nicht mit euch auf diese Reise begeben, unser Alter läßt das nicht mehr zu. Wir bleiben hier, und wenn die Soldaten kommen, werden wir sie auf jede nur mögliche Art aufzuhalten versuchen und sie auf eine falsche Fährte locken. Ich gebe euch in jedem Fall ein Schriftstück mit, mit dem ihr euch bei eurer Ankunft der Gemeinde vorstellen könnt.«

»Ich kann doch nicht mein Leben damit zubringen, ständig zu fliehen«, entgegnete Clelia beherzt, »und damit all die gefährden, die mir ihre Hilfe gewähren. Es ist besser, wenn ich meinem Schicksal allein entgegentrete, mich den römischen Soldaten in Ägypten ausliefere und ihnen alles über die Ränke erzähle, die gegen mich geschmiedet wurden.«

»Und wer, denkst du, wird dir das glauben?« unterbrach sie Iunius. »Denkst du etwa, sie würden nicht sofort eine Nachricht an Sextilius senden, um dich ihm schnellstens auszuliefern? Nach meinem Dafürhalten gibt es bis auf die wenigen Menschen, die in diesen Tagen soviel Mut bewiesen haben, niemanden, der bereit wäre, dir seine Hilfe zu geben. Auch ist keiner so mächtig, daß seine Stimme bis zum Imperator gelangen könnte.

»Jetzt kann dir nur noch Domitians Eingreifen das Leben retten, doch wage ich zu bezweifeln, ob der große Augustus die Lust verspürt, sich mit den Knechten anzulegen, von denen er umgeben ist. Und dann, Clelia«, schloß er und blickte ihr dabei fest in die Augen, »jetzt, da ich dich wiedergefunden habe, bringt mich keine Macht der Welt mehr dazu, dich ein weiteres Mal aufzugeben und zu verlieren.«

Wüste der Schwarzen Berge.

Das Zugpferd, das ihnen der Bäcker gegeben hatte, war von kräftiger und gedrungener Statur. Silleus hatte es als Leihgabe angeboten und dafür das Versprechen erhalten, daß Iunius und Clelia es mit einer der Karawanen zurückbringen lassen würden, die immer in die Stadt kamen – mit der Bitte, daß es wieder zu seinem Eigentümer zurückgebracht würde. Und wieder waren sie in der Wüste, und wieder auf der Flucht, verfolgt von Soldaten, die den Auftrag hatten, sie einzufangen und zu töten, ohne daß eine Spur von ihnen zurückbliebe.

Die Reise zu den Anhöhen der Wüste von Hhóreb gestaltete sich weniger schwierig und langwierig als die, die Iunius gerade hinter sich gebracht hatte. Doch bereitete ihm die Gegenwart der geliebten Frau ziemliche Sorge, ja sogar Angst, obwohl sich Clelia sofort als gute und unermüdliche Reiterin erwies. Sie reisten in den Stunden, in denen es am kühlsten war, früh am Morgen, noch bevor die Sonne in der Höhe des Mittags stand und sie mit gleißenden Strahlen blendete, und auch bei Einbruch des Abends. Während der Nacht ruhten sie, da es für sie dann zu schwierig war, sich zu orientieren. Während dieser erzwungenen Pausen erzählten sie einander von den unglücklichen Ereignissen, durch die sie in diese Situation gekommen waren. Zum ersten Mal war es ihnen vergönnt, längere Zeit miteinander verbringen zu können, doch für sie sah es so aus, als kannten und liebten sie sich bereits von Anbeginn an.

Die Hinweise, die Silleus ihnen gegeben hatte, erwiesen sich als sehr exakt und umfassend. Nach einigen Tagen der Reise tauchten vor ihnen die Gipfel der Schwarzen Berge auf, die den Namen Hhóreb trugen und nun in den Farben der Abenddämmerung erglühten. Iunius beschloß, am Fuß der Berge die Nacht zu verbringen und erst am darauffolgenden Morgen den Aufstieg in Angriff zu nehmen.

Als Clelia sich in dieser Nacht auf die Seite drehte und dabei sehr nah an ihn heranrückte, überlegte Iunius, ob das geschah, weil sie im Schlaf lag. Dann roch er den Duft ihrer Haut und nahm die Berührung ihres Körpers wahr, was in ihm eine Erregung auslöste, wie er sie nie gekannt hatte. Er küßte sie voller Leidenschaft. Und ebenso leidenschaftlich umschlangen ihn die Arme der jungen Frau:

»Ich liebe dich, Iunius von Luna, immer schon liebe ich dich. Ich habe nie auch nur einen Augenblick lang aufgehört, an dich zu denken, nicht einmal in den schlimmsten Momenten. Im Gegenteil, je einsamer und verlorener ich mich fühlte, desto mehr betete ich darum, dich bei mir zu haben.«

Er küßte sie nochmals und drückte sie fest an sich.

»Ich bin einem Gelöbnis unterworfen, das ich der erlauchten Göttin selbst gegeben habe, erinnere dich«, sagte sie und wurde plötzlich ernst. »Obwohl ich inzwischen wirklich nicht mehr weiß, wozu es dienen soll. Dennoch kann ich es nicht so einfach brechen. Nein.«

Es war nicht leicht, aber Iunius zwang sich dazu, ihren Wunsch auf dieselbe Weise zu respektieren, wie er seine eigenen Schwüre einhalten würde. Also fiel er neben dem Körper der Frau, die er liebte und immer lieben würde, in einen tiefen Schlaf.

Als er bei den ersten Sonnenstrahlen wieder die Augen öffnete, stand Sextilius vor ihm. Nachtwandlerisch griff seine Rechte an die Stelle, an die er sein Schwert gelegt hatte, doch fand er es nicht. Aber irgendwelchen Widerstand zu leisten war sowieso ohne Zweck, denn sie waren von mindestens zwanzig bewaffneten Soldaten umringt. Inzwischen war auch Clelia erwacht und starrte mit entsetztem Blick auf den Gouverneur von Judäa.

»Ich freue mich wirklich, dich wiederzusehen, Tribun Iunius«, knarrte Sextilius mit rauh näselnder Stimme. »Obwohl es vielleicht passender wäre, dich Iunius, den Mörder, zu nennen. Doch sieh, in welch angenehmer Gesellschaft wir dich finden! Du, in den Armen von niemand geringerem als einer heiligen Vestalin, die inzwischen sicher keine Jungfrau mehr ist. Werft sie in Ketten!«

Iunius versuchte sich zu widersetzen, aber er begriff, wie sinnlos das war.

»Ich hätte wirklich nicht gedacht, dich in diesem unglückseligen Land wiederzufinden«, fuhr der Gouverneur von Judäa fort. »Du hättest durchaus deinem alten Waffenkameraden einen Besuch abstatten können, anstatt mich zu zwingen, ganze Familien von Nabatäern foltern zu lassen, um dich mit deiner Geliebten aufspüren zu können.

Weißt du, ich habe diesen Männern nicht mehr getraut. Denn sie hatten sich schon einmal meinen Befehlen widersetzt, so daß ich mich persönlich daran machte, wenige Tage, nachdem sie aufgebrochen waren, der Spur von Cassius und seinen Männern zu folgen. Und wie man sieht, habe ich mehr als recht daran getan. Nur, daß meine Pläne jetzt geändert werden müssen. Das läßt sich nicht umgehen.

Es ist nämlich so, daß du voller Ungeduld in Rom erwartet wirst, Iunius von Luna, und ich überlege ernsthaft, ob es nicht besser ist, dich in guter Gesellschaft in die Hauptstadt reisen zu lassen«, fuhr er fort und warf dabei einen hinterhältigen Blick auf Clelia. »Die werden schon wissen, wie man eine Vestalin bestraft, die ihr Gelöbnis beschmutzt und besudelt hat – noch dazu mit einem verachtenswürdigen Mörder, der vielleicht sogar ein Vatermörder ist.«

Sextilius stand seinem eingeschworenen Feind von Angesicht zu Angesicht gegenüber. Da konnte Iunius seinen Zorn nicht länger zurückhalten, sondern spuckte in das Gesicht des gemeinen Verräters, um dann von den heftigen Schlägen der Soldaten, die die Aufgabe hatten, ihn zurückzuhalten, auf die Knie gezwungen zu werden.

Ruhig säuberte sich der Gouverneur von Judäa das Gesicht und senkte die Augen, um ihn mit geheucheltem Mitleid anzublicken. »So versuchst du, dich selbst zu trösten, Iunius von Luna? Auch das wird dich teuer zu stehen kommen. Ich werde dabei sein, wenn du hingerichtet wirst, und das, genau das, wird mir außerordentliche Genugtuung geben. Was dich betrifft, Clelia, weißt du sehr wohl, welches Schicksal dir bevorsteht. Ein weitaus schlimmerer Tod als der, den wir diesen elenden Christen angedeihen ließen, die dir ihre Hilfe und Unterstützung gaben.«

Im Geist kehrte die Priesterin zurück zu den vielen Erinnerungen an Aretas, Rabel, Silleus und seine Frau, die sich unauslöschlich in ihr Gedächtnis eingeprägt hatten – all diese Menschen, die ihr geholfen hatten, ohne etwas dafür zu verlangen. Da fühlte sie, wie sich der heiße Zorn über die Verzweiflung schob, die ihr Inneres gefangenhielt, und sie rief, während ihre Augen sich zu zwei haßsprühenden Schlitzen verengten: »Du seist für immer verflucht, Sextilius!«

VIERTER TEIL

LUFT

Die Sterne

13.

Cocoa Beach. Florida. 1995.

Oswald Breil war soeben in seinen gemieteten Bungalow zurückgekehrt. Sein winziger Laptop lag neben den übrigen Gepäckstücken auf dem Bett. Er machte sich nicht einmal die Mühe auszupacken. Er öffnete statt dessen den tragbaren Computer und stellte ihn auf den Tisch. Danach nahm er aus einer der Taschen einen doppelten Telefonstecker, der eine rote LED-Anzeige enthielt. Es war ein Detektor, mit dem sich prüfen ließ, ob die Leitung abgehört wurde.

Er steckte das Ding in die Telefonsteckdose, nachdem er zuvor das Kabel mit dem im Computer eingebauten Modem verbunden hatte. Ein krächzendes Geräusch drang aus dem Lautsprecher des Geräts und bestätigte ihm, daß die Verbindung hergestellt war. Um Zugang zu dem gewünschten Level zu erhalten – den Archiven des Mossad, die vielleicht das umfassendste Informationszentrum der Welt waren –, mußte er drei geheime Identifizierungsformeln eintippen.

Als ihm die Berechtigung zum Zugang erteilt wurde, gab er den Namen von Kevin Dimarzio ein, und fast augenblicklich blinkte auf dem Display eine Schrift auf, die ihn aufforderte, kurz zu warten. Einige Momente später verdunkelte sich das Display, wurde wieder hell und öffnete die Personalakte des NASA-Oberst. Oben rechts sah man ein aktuelles Foto von ihm als Soldat und daneben und darunter all die Daten, die sich über ihn im Besitz des Mossad befanden.

Es handelte sich praktisch um dieselben Informationen, über die er bereits verfügte. Ein einwandfreier Lebenslauf ohne auch nur den geringsten Schatten. Oswald schüttelte den Kopf: Der scheinbare Superman mußte doch irgendeine Schwachstelle haben. Alles war so perfekt, daß es nicht echt sein konnte – nie eine Rauferei mit seinen Kameraden, nie irgendein Hinweis über eine tadelnswerte Handlung, nicht einmal eine Ausgangssperre von der Kaserne wegen Nichtbefolgung eines Befehls, nie auch nur einen Tropfen Alkohol zuviel, keine Verfehlung in Liebesdingen und nicht die geringste Aktion, die nicht »politically correct« gewesen wäre. Nur erfolgreiche, brillante und überaus denkwürdige Unternehmungen.

Ihm gefiel Kevin Dimarzio überhaupt nicht, und es kam selten vor, daß ihn seine Intuition trog. Er tippte erneut in die Tastatur, bis er einen Zugang zur Direktleitung des CIA hatte. Er zog diese Art des Kommunizierens jedem Telefon vor, auch wenn das als sicher deklariert war. Doch war es weitaus schwieriger, einen Computer abzuhören, vor allem wenn er darauf angelegt war, in verschlüsselter Form zu kommunizieren, als ein Telefon.

Sobald der Kursor auf dem Bildschirm zu blinken anfing, tippte er bloß zwei Worte ein: BUERO TOPFGUCKER.

Als Antwort liefen die folgenden Worte über den Monitor: JA, OBERST BREIL, ICH BIN SERGEANT BERNSTEIN VON DER CIA. IN TEL AVIV SCHEINT DIE SONNE, UND DER MOND WIRD IN WENIGEN STUNDEN AUFGEHEN.

IN JAFFA IST FLUT, antwortete er sofort. Und dann: WANN HOERT IHR ENDLICH MIT DIESEN DAEMLICHEN LOSUNGSWORTEN AUF? HAT MAN EUCH NICHT INFORMIERT, DASS NICHT EINMAL 007 DIE VERWENDET?

SO IST DIE PRAXIS, VEREHRTER HERR, sah er es über den Bildschirm laufen.

IN ORDNUNG, LASSEN WIRS, SERGEANT. IHR MUESST FUER MICH EINEN NASA-OBERSTEN DURCHLEUCHTEN. VOR- UND NACHNAME: KEVIN DIMARZIO.

WIE VIELE GENERATIONEN ZURUECK? Es war unglaublich, wie der Computer über Tausende von Meilen hinweg die Gleichmütigkeit dieses jungen, gewissenhaften Sergeanten aus der israelischen Abteilung zum Ausdruck brachte.

GEHEN SIE BIS ZU DEN ELTERN ZURUECK, SERGEANT. WENN ICH NOCH WEITER ZURUECK MUSS, SAGE ICH ES IHNEN. WOHIN KANN ICH IHNEN DIE INFORMATIONEN SCHICKEN, MAJOR?

IN EINE MEINER E-MAILBOXEN. BITTE AN DIE ANSCHRIFT MIT DER HOECHSTEN GEHEIMHALTUNGSSTUFE. SOBALD ES MIR MOEGLICH IST, LADE ICH ALLES AUF DEN COMPUTER HERUNTER. SHALOM.

Key Biscayne. Miami. Florida. November 1995.

Nachdem sie drei Wochen damit zugebracht hatte, belanglose Unterlagen zu prüfen, hatte Laura beschlossen, ein erholsames Wochenende zu Hause zu verbringen. Obwohl sie wußte, daß Oberst Dimarzio das nicht billigte – vielleicht auch deswegen, weil sie das wußte –, verließ sie exakt Punkt sieben am Freitagabend ihr Büro.

»Home, sweet home!« rief sie etwa eine halbe Stunde später aus, sobald sie die Brücke hinter sich hatte, die zu der Insel südlich von Miami führte, auf der sie wohnte. Der Nachtportier begrüßte sie mit großer Herzlichkeit und übergab ihr einen Packen Post. Mit dem Fahrstuhl fuhr sie bis ins oberste Stockwerk des Biscayne Tower, wobei sie zerstreut all die Kontoauszüge, Prospekte, Telefonrechnungen und Werbeanzeigen von Supermärkten durchblätterte.

Sie nahm sich gerade noch die Zeit für eine rasche Dusche, die sie sehr erfrischte. Wenige Minuten später lag sie in tiefem Schlaf, aus dem sie höchstens eine Alarmsirene wieder aufwecken konnte.

Und einer Alarmsirene ähnlich, drang dann viele Stunden später das Läuten des Telefons an ihr Ohr. Sie erwachte davon und fühlte sich erholt und voller Energie. Die Digitaluhr auf dem kleinen Nachttisch zeigte zwanzig Minuten nach zwölf, Samstagmittag, den 4. November 1995. Sie hatte fast sechzehn Stunden in einem Stück geschlafen. Dann hob sie den Hörer ab.

»Willkommen zu Hause«, wünschte ihr am anderen Ende der Leitung eine Stimme, die sie mit einer Woge der Sympathie erfüllte.

»Oswald? Wo bist du?«

»Im Augenblick bin ich in einem Taxi, das sich auf dem Weg zu dir befindet, und möchte dich zu einem Brunch einladen. Weigerung zwecklos.«

Aber ja. Die wenigen Dinge, die mit der Post angekommen waren, konnten durchaus noch ein wenig warten, sagte sie sich, nachdem sie nun bereits zwanzig Tage und sechzehn Stunden gewartet hatten. Außerdem hatte sie seit Mittag des gestrigen Tages nichts mehr gegessen, und die Vorstellung von einem guten Brunch verlockte ungemein.

»Okay«, sagte sie schwungvoll. »Ich gehe unter die Dusche, und dann komme ich runter. Dauert nur ein paar Minuten.«

Das Café Milano befindet sich in der Mitte des Ocean Drive, dem Viertel, das als Aushängeschild dieser Stadt gilt. Es ist ein echtes italienisches Restaurant mit echt italienischen Inhabern, italienischen Kellnern, italienischem Essen und Wein und vor allem strikt italienischen Preisen.

Laura hatte ein leichtes pastellfarbenes Kostüm angezogen, das ihr sehr gut stand. Den Menschen, die die Straße bevölkerten, mußte das Paar recht außergewöhnlich vorkommen – eine hochgewachsene, elegante Frau von außergewöhnlicher Schönheit in Begleitung einer Art Kind, das etwa vierzig Jahre alt war.

»Wie gehen deine Forschungen voran?« fragte Oswald sofort, als sie vor einem Aperitif mit frischem Picolit aus dem Friaul saßen.

»Nichts Neues, wir sind dabei, alle Daten in die Computer einzugeben, aber soweit ich sehen kann, sind diese Angaben sowohl für dich wie auch für mich von nur geringer Bedeutung.«

»Versuchen wir, geordnet vorzugehen. Zunächst einmal gehe ich immer von der Annahme aus – und das habe ich sogar zu meiner Arbeitsphilosophie erhoben –, daß es überhaupt nichts Uninteressantes gibt! Auch die unbedeutendste Kleinigkeit muß registriert, katalogisiert, analysiert und aufbewahrt werden. Man weiß nämlich nie. Wie sonst hätten wir es geschafft, zum effizientesten Geheimdienst der Welt zu werden?«

»Ich bin dabei, einen Bericht für Pete anzufertigen. Der CIA wird dir sicher eine Kopie davon zukommen lassen.« Von wegen! dachte Oswald. Seine schöne Freundin war dabei, einen Bericht für Pete anzufertigen, und glaubte anscheinend tatsächlich, daß der CIA so freundlich wäre, ihm eine Kopie davon zukommen zu lassen. Holde Einfalt, glückliche Unschuld. Auf diesem Gebiet brauchte Laura ganz offensichtlich einen schnellen Fortbildungskurs. Das mußte jedoch auf ein andermal verschoben werden. Bloß vorsichtig sein und schlau, sagte er sich.

»Ich möchte nicht das durchkreuzen, was du als Weisung erhalten hast«, erwiderte er, »aber Pete und unser Büro arbeiten gemeinsam an diesem Fall. Deshalb glaube ich, daß alles, was auf deinen Schreibtisch kommt, gleichzeitig auch auf meinen kommen sollte. Und in diesem Fall direkt von dir.«

Laura sah ihm in die Augen.

»Nein, lieber Dr. Breil. So geht das nicht. Es tut mir leid, dich unhöflich behandeln zu müssen, aber sowohl ihr wie auch eure Geheimdienste gehen mir mehr und mehr auf die Nerven. Tag um Tag«, erwiderte sie mit ruhiger Stimme und freundlicher Miene, als sprächen sie bloß über einige belanglose Dinge, »wühle ich mich durch Berge von angeschimmelten Kladden und Heften, in denen haufenweise irgendwelche Notizen über alle Sterne des Universums stehen. Und das Ganze in Gesellschaft eines Bären, dessen Höhle für seinen Winterschlaf ich, ohne es zu wollen, offensichtlich okkupiert habe. Wegen eures Ermittlungswahnsinns bin ich drauf und dran, meine eigene Arbeit, mit der ich meine Brötchen verdiene, den Bach hinuntergehen zu lassen. Ich habe es endgültig satt, Dr. Breil, noch weiter Befehle entgegenzunehmen, von wem sie auch immer kommen mögen.«

»Mir tut es ebenfalls leid, Laura«, erwiderte Oswald, »aber bevor nicht alles archiviert ist, muß diese Angelegenheit mit der größten Vorsicht und Aufmerksamkeit behandelt werden. Der Einsatz, der hier auf dem Spiel steht, ist enorm: die mögliche Aufdeckung der Wahrheit, welches Ende der größte Verbrecher des zwanzigsten Jahrhunderts gefunden hat.«

»Der heute unwahrscheinliche hundertsechs Jahre alt wäre«, platzte sie heraus. Aber Oswald fuhr unbeirrt fort, als hätte er sie nicht gehört:

»Mir liegt die Sache sehr am Herzen. Ich will herausfinden, wie eins der schwärzesten Kapitel der Menschheit seinen Abschluß gefunden hat. Und was den Ermittlungswahnsinn betrifft, von dem du sprichst, so laß dir eins gesagt sein: Vielleicht handelt es sich tatsächlich nur um die Annahmen und Empfindungen zweier dämlicher Geheimagenten, doch war es gerade ihre ›Idiotie‹, die sie in diese hochgeachteten Positionen hinaufkatapultiert hat.«

»Du hast mir das Wort aus dem Munde genommen, Oswald. Denn, weißt du, da ist noch ein kleines Detail. Ich unterstehe keinem eurer Geheimdienste und ebensowenig euch beiden persönlich. Und ich habe es mehr als satt, von jedem Befehle annehmen zu müssen, vor allem, wenn sie auf eine so unhöfliche Art und Weise geäußert werden. Doch werde ich diese Arbeit schon aus persönlicher Neugier beenden. Aber trotzdem muß ich dir sagen, daß ihr euch beide mir gegenüber sehr schlecht benehmt. Wirklich sehr schlecht. Folglich werde ich mich von nun an euch gegenüber ebenso schlecht benehmen. Und jetzt begleitest du mich nach Hause, Dr. Breil. Ich dachte, Sie haben mich zu einem Brunch eingeladen und nicht zu einem Rapport. Aber jetzt habe ich schreckliche Kopfschmerzen bekommen, und der Hunger ist mir auch vergangen.«

Ziemlich niedergeschlagen beglich Oswald die Rechnung für die Aperitifs und ließ einen wehmütigen Blick über die reich gedeckte Tafel schweifen.

Dann traten sie auf die Straße hinaus, auf der es äußerst belebt zuging. Die Autos der Bewohner der Stadt, die ausgegangen waren, um einen freien Samstag zu genießen, bildeten eine lange Schlange, die fast still stand. Es war sicher unwahrscheinlich, daß es ihnen in diesem Stau gelingen würde, ein Taxi zu finden. So bogen sie in die Washington Avenue ein. Der weiße Oldsmobile, der neben dem Bürgersteig parkte, bäumte sich plötzlich auf wie ein scheuendes Pferd und tat einen wilden Satz nach vorn. Dann hörte Oswald das Knirschen von Reifen hinter sich, und er erschrak heftig. Blitzartig riß er sein rechtes Bein herum, während sich seine Hand mit aller Kraft in die Seite der jungen Frau preßte. Durch seine plötzliche Aufregung völlig verwirrt, rechnete Laura nicht damit, daß er ihr ein Bein stellen könnte, und so fiel sie ziemlich ungelenk und schwer zu Boden, während ihr der hastig hervorgestoßene Befehl ihres winzigen Freundes wie ein Pistolenschuß in den Ohren dröhnte: »Runter!«

Aus dem hinteren rechten Fenster des Wagens ragte ein Schalldämpfer heraus. Die Räder des Oldsmobile fuhren so schnell an, daß sie eine Wolke aus Staub hinter sich ließen. Das schallgedämpfte *pop-pop-pop* des Maschinengewehrs hörte nicht mehr auf zu explodieren und verteilte in der gesamten Umgebung endlose Salven von zersplitterndem Verputz, der von dem unteren Teil der Fassade hinter ihnen abgeplatzt war.

Noch immer lagen sie flach auf dem Bürgersteig und schützten den Kopf mit den Händen, als ein riesiger Chrysler mit dunkelgetönten Fensterscheiben über die Kreuzung fuhr, in deren Nähe sie sich befanden. Noch bevor das Auto mit einem theatralischen Quietschen der Bremsen zum Stillstand kam, sprangen schon zwei Männer heraus, die die goldene Marke des FBI in der Hand hielten.

»Schnell, steigen Sie ein, bevor sie zurückkommen«, befahl ihnen hastig einer der beiden, während der andere mit gezogener Waffe die Straße im Auge behielt. Oswald und Laura gehorchten widerspruchslos und standen auf.

»Verzeihen Sie die Verspätung, mit der wir eingegriffen haben, Frau Dr. Joanson, aber bei diesem Verkehr ist es uns nicht gelungen, an Ihnen dran zu bleiben und Sie vorschriftsmäßig zu beschützen. Agent Terranova vom CIA«, stellte sich der Mann vor.

Sobald sie sich in der Sicherheit des Fahrzeugs befand, spürte Laura, wie ihr Adrenalinspiegel anstieg. Erst in diesem Augenblick wurde sie sich ihrer Angst bewußt. Vorher hatte sie nicht die Zeit dazu gehabt, sie zu spüren.

»Wir haben den Auftrag, Sie zu beschützen. Herr Dayle ist der Ansicht, daß Sie schon genug riskiert haben. Aber wie Sie sehen, haben wir es nicht geschafft, unsere Arbeit zu tun. Dafür möchte ich mich entschuldigen. Hätte Major Breil nicht diese Geistesgegenwart bewiesen…« Und der Agent richtete ein Zeichen des Dankes an den kleinen Mann, der auf dem Rücksitz saß und eine unerschütterliche Ruhe zur Schau trug.

»Nachdem sicher Hunderte von Menschen das Attentat mit angesehen haben, ist es bestimmt nicht möglich, über die Sache Stillschweigen zu bewahren«, fuhr der Agent fort. »Aber wenn Sie nichts dagegen haben, Frau Dr. Joanson, werden wir dafür sorgen, daß die Sache bei der örtlichen Polizei angezeigt wird und wir ihnen offiziell die Version liefern, daß es sich um ein gewöhnliches Verbrechen handelte.«

Genau in diesem Augenblick klingelte das Autotelefon. Der Agent, der am Lenkrad saß, antwortete. Nachdem er den anderen Teilnehmer kurz über den Vorfall informiert hatte, gab er den Hörer an Oswald Breil weiter und bemerkte: »Herr Dayle möchte Sie sprechen, Major.«

»Allmählich solltest du mir erklären, Pete«, begann Oswald sofort, »ob wir an diesem Fall gemeinsam arbeiten oder jeder für sich. Falls das erstere zutrifft, möchte ich dich darauf hinweisen, daß es deine Leute sind, die hinter einigen wichtigen Informationen her sind. Aber die können nur wir euch liefern.«

»Oswald, deine Vorhaltungen solltest du an anderer Stelle vorbringen«, erwiderte Pete nach einem Moment des Schweigens. »Leider muß ich dir eine ganz schlechte Nachricht überbringen«, fuhr er im selben Atemzug fort. »Euer Premierminister Rabin ist vor zehn Minuten bei einem Attentat getötet worden. Noch wurde die Nachricht nicht offiziell bestätigt, doch muß das in Kürze erfolgen.«

»Danke für die Information«, war das einzige, was Oswald herausbrachte. Er gab den Hörer zurück an den Mann am Lenkrad, wobei sich sein Blick ins Leere zu verlieren schien. Die Digitaluhr am Armaturenbrett zeigte fünf nach drei Uhr an, am Samstag, den 4. November 1995, Ortszeit Florida.

Jerusalem.

In den ersten Reihen hatten die Staatsoberhäupter Platz genommen, von denen viele ihre Erschütterung nicht verbergen konnten. Die Fahne mit dem blauen Davidstern auf weißem Grund, die den Sarg bedeckte, war der einzige Farbtupfer unter all den Menschen in Trauerkleidung. Die hochrangigen Angehörigen des Mossad waren alle in der vierten und fünften Reihe versammelt.

Unter ihnen saß auch Oswald. Alle wußten, daß er infolge seiner körperlichen Behinderung eigentlich niemals über den militärischen Rang eines Oberstleutnants hinauskommen konnte, und doch war es ihm gelungen, in den Rängen des Geheimdienstes so weit aufzusteigen, daß er dem Führungsstab angehörte.

Die Enkelin des Premierministers stieg auf die Tribüne: eine schöne, junge Frau mit kupferroten Tönen im Haar, das Gesicht voller Sommersprossen und mit sehr grünen Augen. Ihre Worten rührten die Herzen mehr, als alle Staatsoberhäupter es vermochten, die vor ihr gesprochen hatten.

»...du wirst immer bei uns sein«, konnte sie noch abschließend sagen, bevor sie von ihren Tränen überwältigt wurde.

Da fühlte Oswald, daß auch über sein Gesicht die Tränen liefen, doch trocknete er sie nicht. Es weinten so viele Menschen. »Du wirst immer unter uns weilen, Großer Löwe«, murmelte er still bei sich. »Immer.«

Von nun an verschärfte sich die Kritik am Geheimdienst. Erst die schier nicht enden wollende Serie von Attentaten, dann die Überfälle an der Grenze zum Libanon. Und jetzt war es gar so weit gekommen, daß es einem einzelnen Attentäter gelungen war, so mir nichts, dir nichts dem Premierminister dreimal in den Rücken zu schießen. Von allen Seiten schrien die Menschen danach, endlich einzugreifen, aber Oswald konnte nicht wissen, daß der Mann, der dazu ausersehen war, in Kürze die Verantwortung für die israelische Spionage- und Terrorismusabwehr Shin Bet zu übernehmen und dafür den Geheimdienst Mossad zu verlassen, er sein sollte.

Momentan hatte er nur die fixe Idee, unbedingt die *U 115*-Mission zu Ende zu führen.

Florida.

Laura war noch immer zutiefst erschüttert. Seit sie sich in dieses Abenteuer hatte hineinziehen lassen, hatte sie beständig ihr Leben riskiert. Als sie am Montagmorgen im Innern der Basis den letzten Wachtposten passierte, hatte sie noch immer die schallgedämpften Schüsse von vor knapp zwei Tagen in den Ohren. Kevin Dimarzio kam ihr entgegen, und er schien plötzlich sehr viel höflicher und zuvorkommender geworden zu sein. »Wie fühlen Sie sich, Frau Dr. Joanson? Sie müssen Schlimmes durchgemacht haben. Tatsächlich sieht es so aus, als nähme die Ausbreitung der Kriminalität langsam unerträgliche Ausmaße an.«

Er bezog sich offenbar auf die in allen Zeitungen verbreitete Nachricht, nach der Laura als das Opfer eines versuchten Raubüberfalls dargestellt wurde. »Alles in Ordnung, Oberst. Alles, was ich möchte, ist diese Arbeit so rasch wie möglich zu Ende bringen und dann in mein normales Leben zurückkehren.«

Wenige Minuten später saßen sie wieder in ihrem Büro und fuhren damit fort, die Notizen von Leonhard Speitz auszuwerten.

Inzwischen saß Oswald Breil am Schreibtisch des Hauses von Cocoa Beach und verband seinen Laptop mit der Telefonleitung. Mit großer Sorgfalt wiederholte er die Prozedur der Identifizierung. Der Bildschirm verdunkelte sich, während die rote Kontrollampe der

LED-Anzeige auf dem Stecker zu blinken begann. Ein eindeutiges Signal. Die Verbindung wurde abgehört.

Nur mit Mühe unterdrückte er seinen Ärger. Dann zog er den Stecker wieder heraus. Ihm erschien es kaum möglich, daß irgendein eingeschleuster V-Mann in der Lage war, die Mitteilungen eines Computers zu dechiffrieren, der in einer so hochentwickelten Geheimsprache sendete, wie sie der israelische Geheimdienst entwickelt hatte. Aber man konnte nie vorsichtig genug sein. Seit dem Nachmittag des Attentats wurde der Bungalow ständig von drei Männern des Mossad im Auge behalten, und sicherlich hatte auch der CIA für einige Bewacher gesorgt.

Alles in allem wollte Oswald im Augenblick erreichen, daß endlich jemand zutage träte und es ihm ermöglichte, den toten Punkt, in dem er jetzt steckte, zu überwinden. Und gerade deshalb hatte er außer Laura und Pete Dayle niemanden sonst von der Bedeutung und dem Umfang des Materials in Kenntnis gesetzt, das aus dem U-Boot geborgen worden war. Daß jemand mit einem Maschinengewehr auf ihn schoß, war natürlich nicht sein Ziel gewesen. Aber da sich die Anstrengungen, ihn für immer zum Schweigen zu bringen, zunehmend häuften, wußte er, daß er auf der richtigen Spur sein mußte.

Genau in diesem Moment hörte er am Nebeneingang die Türglocke klingeln. Er ging hin, um zu öffnen, und sah zwei Agenten des Mossad neben einem Mann in der Arbeitskleidung der Telefongesellschaft. Ein dritter Israeli hatte sich hinter ihm postiert und zielte mit großer Wahrscheinlichkeit mit einer Waffe auf ihn, die er in seiner Tasche verborgen hielt.

»Dieser Bursche weigert sich, uns zu sagen, was er in der Nähe des Telefonverteilers zu schaffen hatte. Zwar hat er einen Ausweis der AT&T, aber er steht nicht auf deren Mitarbeiterliste. Außerdem ist er mit einer Empfängeranlage ausgestattet, die einer Raketenabschußbasis würdig ist. Wir haben Sie nur gestört, um Sie darüber zu informieren, daß zwei von uns ihn in die Geschäftsstelle nach Miami bringen werden, Major. Ich glaube, daß er uns einen ganzen Haufen erzählen kann.«

Oswald spürte, wie ihm ein Schauer über den Rücken lief – um nichts auf der Welt hätte er ein Verhör durch die Agenten des Mossad über sich ergehen lassen wollen.

Am selben Abend war Laura noch spät damit beschäftigt, die Datenbank mit weiteren Notizen des deutschen Astronomen zu laden. Das Verfahren war denkbar einfach. Mit einem Scanner wurde das Dokument gelesen, dann übersetzt und schließlich in den elektronischen Speicher eingefügt. Und nachdem somit die Texte katalogisiert waren, konnte man darangehen, sie mit größter Genauigkeit zu analysieren und in ihrer Gedankentiefe zu erfassen. Das sparte eine Menge Zeit, weil man auf diese Weise alle Möglichkeiten der direkten, aber auch sich überschneidenden Suchprogramme verwenden konnte.

Die komplizierte mathematische Gleichung befand sich genau auf der letzten Seite des Heftes. Laura stoppte das Textleseprogramm und lud das Programm für die astronomischen Berechnungen. Mit größter Sorgfalt ging sie daran, die mathematischen Symbole korrekt zu übertragen, dann gab sie das Kommando zum Start. Auf dem Bildschirm erschienen die drei kartesianischen Koordinaten, die der Zeichnung eine dreidimensionale Gestalt verliehen. Bezaubert verharrte Laura für einige Momente davor, wie es ihr immer erging, wenn sie es mit diesen Maschinen zu tun hatte, die innerhalb weniger Minuten Millionen von Berechnungen ausführen und sie auch mit größter Exaktheit graphisch darstellen konnten. Mehr und mehr begann die elliptische Figur, Form anzunehmen, als die Ausführung plötzlich unterbrochen wurde und der Computer einen Fehler in der Formel meldete. Laura versuchte mehrmals, das Programm neu zu starten, ohne jedoch zu einem besseren Resultat zu kommen.

Während sie noch immer mit dieser Tätigkeit beschäftigt war, betrat Kevin Dimarzio den Raum. Rasch eilte er an ihre Seite und beugte sich über den Bildschirm. »Ich hatte doch gesagt, daß wir die Daten zu einem späteren Zeitpunkt analysieren werden«, sagte er im Ton freundschaftlicher Zurechtweisung. Offenbar schien die Beziehung der beiden während der letzten Stunden ihrer Zusammenarbeit ein gewisses Gleichmaß gefunden zu haben, auf jeden Fall befanden sie sich nicht länger im Kriegszustand.

»Das war die letzte Seite, Oberst. Ich konnte nicht widerstehen. Aber schauen Sie, ich weiß nicht, warum das Programm nicht funktioniert.«

Dimarzio zog sich einen Stuhl direkt vor den Bildschirm und

setzte sich neben die junge Wissenschaftlerin. Vielleicht geschah es nicht zufällig, daß sich ihre Körper berührten, aber beide schienen sich erst in diesem Moment bewußt zu werden, daß sie ein Mann und eine Frau waren – beide jung und einander alles andere als gleichgültig.

Nachdem er sich von den drei Mossad-Agenten verabschiedet hatte und wieder in sein Arbeitszimmer zurückgekehrt war, überprüfte Oswald Breil sofort, ob es noch immer zu Interferenzen in der Leitung kam, und schloß daher wieder seinen Computer an. Offensichtlich hatten die drei ins Schwarze getroffen. Trotzdem erschien es ihm unwahrscheinlich, daß der falsche Arbeiter der Telefongesellschaft etwas wirklich Wichtiges verraten hatte. Sicher war er nur einer dieser kleinen Handlanger, die von Mal zu Mal für bloß untergeordnete Arbeiten von sekundärer Bedeutung eingestellt wurden und über keine wesentlichen Informationen verfügten. Doch hoffte er von ganzem Herzen, daß ihm dessen »spontane« Enthüllungen insofern weiterhalfen, als er an Hand dessen zu den Hintermännern in den oberen Bereichen gelangte.

Nun war die Verbindung hergestellt, und Kevin Dimarzios Foto erschien klar und deutlich auf dem Bildschirm. Im Vergleich zum letzten Mal, als er die Akte eingesehen hatte, traf Oswald nun auf zwei zusätzliche Seiten mit neuen Informationen. Rasch ging er diese Nachrichten durch, die sich auf die soldatische Laufbahn des NASA-Oberst bezogen, wobei verschiedene Daten über Dimarzios Vater hinzugefügt worden waren, der ebenfalls Offizier und Pilot im Zweiten Weltkrieg gewesen war – und zwar bei der britischen Royal Air Force.

Die Nachricht von Sergeant Bernstein aus dem Topfguckerbüro, die ganz plötzlich über den unteren Teil des Bildschirms zu laufen begann, traf ihn völlig unvorbereitet. QUERVERWEIS: SIR ROBERT RUSTOM.

Er spürte, wie in ihm die Aufregung emporstieg und sein Mund trocken zu werden begann. Dann gab er der Maschine den Befehl, den Vergleich zwischen Kevin Dimarzio und seinem früheren Arbeitgeber, dem Präsidenten der NPO, herzustellen, den ihm Bernstein nahegelegt hatte. Sofort füllte sich der Bildschirm mit Informationen.

Mit einem ehrlichen Gefühl der Dankbarkeit segnete Oswald den israelischen Sergeanten, der so übertrieben gewissenhaft war. Und auf dem Bildschirm konnte er lesen, daß George Dimarzio, Major der US-amerikanischen Luftwaffe, zur siebten Luftbrigade der RAF abkommandiert war, und zwar als Pilot des persönlich zur Verfügung gestellten Flugzeugs von Admiral Francis Rustom.

Außerdem hatten die peniblen Recherchen des israelischen Sergeanten auch eine Übereinstimmung zwischen den beiden Söhnen der vorher genannten Persönlichkeiten entdeckt. Beide hatten ein persönliches Konto bei einer Züricher Bank, die der Schweizerischen Bankgesellschaft angehörte.

Zehn Stunden später bestieg Breil einen Jumbo der Swissair, der ihn von Miami nach Zürich bringen sollte.

Inzwischen hatte Laura Joanson fast zwei Stunden damit zugebracht, ständig neue Versuche zu starten, mit ihrem Computer eine graphische Zeichnung zu entwerfen, die auf der Gleichung von Leonhard Speitz aufbaute. Aber obwohl Kevin sie dabei unterstützte, waren sie noch zu keiner Lösung gekommen.

Es war sehr spät geworden, doch bewirkte die plötzliche körperliche Anziehungskraft, die Laura in der Nähe des vorher fast hassenswerten Dimarzio verspürte, daß ihr die Zeit alles andere als lang wurde. Als sich ihre Knie berührten, machte keiner irgendwelche Anstalten, die Beine zurückzuziehen. Und nun begann die unfehlbare Triebfeder der erotischen Anziehung direkt zu arbeiten. Beide waren sich völlig darüber im klaren, daß die Aufmerksamkeit, mit der sie den Bildschirm betrachteten, bloß vorgetäuscht war. Und so atmeten sie beide rascher.

Endlich fühlte Laura, wie sich die Hand des schönen Oberst entschlossen der Außenseite ihres Oberschenkels näherte und ganz und gar nicht zufällig darüberstrich. Sie war viel zu erregt und auch zu neugierig, als daß sie auch nur die kleinste Reaktion dagegen unternahm. Vielmehr tat sie etwas, bei dem sie sich nicht erinnern konnte, es jemals schon vorher getan zu haben, ganz gewiß nicht bei der Arbeit. Denn das wäre ein sicherlich viel zu hohes Risiko gewesen, das anschließend auf einen dieser endlosen ideologischen Dispute über die Belästigung weiblichen Personals und über »political correctness« hinausgelaufen wäre. Wie auch immer – sie drückte ihr Bein nach außen und ermutigte damit die sie »belästigende Person«. Und so fand sie sich – beinahe ohne zu wissen, wie ihr geschah – in seinen Armen wieder, und er überwältigte sie mit einem leidenschaftlichen Kuß.

Kevin hob sie hoch und setzte sie auf einen der leeren Schreibtische, die in ihrer Nähe standen. Dabei schaffte er es sogar, das Licht zu löschen. Dann fühlte Laura, wie seine kundigen und geschickten Hände ihren Körper zu erforschen begannen. Plötzlich fand sie sich nackt unter ihm, und da begriff sie endlich, daß sie sich nie etwas anderes gewünscht hatte. Sie scherte sich keinen Deut um die unbequeme Lage, in der sie sich befand, sondern öffnete sich ihm in ungehemmter Erregung, und er drang in sie ein und versenkte sich mit immer kräftiger werdenden Hüftstößen in sie. Und sie verspürte durch ihn eine Lust, die ihr ganz neu war, ein fast schon animalisches Gefühl des Genusses, das gleichzeitig den Geschmack des Verbotenen in sich trug und das durch das Risiko, vielleicht entdeckt zu werden, noch verstärkt wurde. Dann bäumte sich Kevin in einer letzten Anspannung über ihr auf, und während sie im Orgasmus versank, strömte die Wärme seines Samens in sie hinein.

Als alles vorbei war, waren sie für einen kurzen Moment verlegen. Der nackte, makellose Körper Lauras strahlte im Mond. Regungslos blieb Kevin vor ihr stehen und sah sie an, wobei er versuchte, seine gewohnt distanzierte Haltung des beispielhaften Staatsdieners, der ohne Fehl und Tadel ist, wiederzugewinnen. »Der Mond«, flüsterte er plötzlich unerklärlicherweise.

Zwei Sekunden später war Laura so wütend auf ihn, daß sie ihn am liebsten geohrfeigt hätte. Er hatte sich ruckartig von ihr entfernt und war wieder an den Computer gestürzt, um sofort daran Platz zu nehmen. Nach ein paar Augenblicken hörte sie, wie er leise vor sich hinsprach: »Der Mond! In der Graphik fehlt die Position des Mondes! Deshalb meldet der Computer ständig einen Rechenfehler!«

Im Nu streifte sie ihre Kleider über und schloß die Knöpfe ihrer Bluse. Dann war sie bei ihm.

Mit ziemlich verkrampfter Aufmerksamkeit folgte sie den Aktionen, die Kevin unternahm, um an der ursprünglichen Formel einige Korrekturen anzubringen. Wie durch Zauberei bot sich die Zeichnung endlich vollständig dar. Kevin drehte sich zu Laura und sah sie mit besorgtem Gesichtsausdruck an.

»Die Ellipse sieht aus wie die Bahn eines Himmelskörpers«, erklärte er. »Sehr wahrscheinlich ein Asteroid von riesigen Ausmaßen, den Speitz entdeckt hatte. Siehst du, Laura, diese gestrichelten Linien zeigen die Umlaufbahnen an, die der Himmelskörper in unserem Jahrhundert durchlaufen hat. Und in einigen Fällen nähern sie sich der Erde bis auf wenige Millionen Kilometer.«

Dann fuhr Kevin Dimarzio eine der Ellipsen mit dem Finger nach und fügte hinzu: »Im Verlauf dieser Umlaufbahn muß Speitz den Asteroiden entdeckt haben, denn die Daten sind dieselben, wie sie der deutsche Wissenschaftler in seinen Studien niedergelegt hat. Und es war auch diese Bahn, die unsere Maschine daran gehindert hat, das Programm korrekt durchzuführen. Schlicht und ergreifend diese letzte Umlaufbahn. Etwas war falsch daran oder es fehlte. Denn die Berechnungen des großen Astronomen aus den Zeiten des Dritten Reichs wurden von Hand durchgeführt und hatten die Anziehungskraft des Mondes nicht berücksichtigt. Vielleicht konnte er die Daten nicht rechtzeitig einfügen, da die Formel erst am Ende seiner Notizen auftaucht. In jedem Fall«, fuhr er fort und begann, wieder aufmerksam die Computerzeichnung zu studieren, »um welches Ding es sich auch immer handelt, seine Bahn wird unvermeidlich abgelenkt, wenn es in die Nähe des Mondes kommt. Und damit erhöht sich auch seine Geschwindigkeit in erheblichem Maß. Auf jeden Fall werde ich die Berechnungen bis ins kleinste Detail durchführen. Aber ausgehend von den Näherungswerten, die ich eben kurz überschlagen habe, sieht es mit hoher Wahrscheinlichkeit so aus, als ob dieser Himmelskörper mit absolut verheerender Geschwindigkeit auf unsere Erde zustürzt.«

»Ich war eigentlich davon überzeugt, daß der Weltraum ständig überwacht wird«, bemerkte Laura, die jetzt vor lauter Aufregung weiche Knie hatte, einer Aufregung von ganz anderer Art als die, von der sie noch kurz zuvor überwältigt worden war. »Immerhin meinte ich, zumindest der Teil, der sich in unserer unmittelbaren Nähe befindet.«

»Natürlich«, antwortete Kevin, »sind die Planeten das Objekt stetiger Erforschung. Aber es ist praktisch unmöglich, die Bewegung von Asteroiden und kleineren Kometen zu verfolgen, die sehr weit von uns entfernt sind, es sei denn, man entdeckt sie zufällig. Und von dem Augenblick stehen auch sie unter ständiger Beobachtung.«

Zürich. Dezember 1995.

Er erinnerte sich nicht daran, die Stadt jemals so grau gesehen zu haben. Aber er schrieb dieses Gefühl dem Verhalten zu, das sich auch in seinem Kopf festgesetzt hatte – alles miteinander zu vergleichen und in Bezug zu setzen: Und jemandem, der direkt von den Stränden Floridas kam, wäre jede Metropole trübe und grau vorgekommen.

Er kam pünktlich zu seiner Verabredung mit dem Präsidenten der Bank, doch Ceorsky ließ ihn geschlagene zwanzig Minuten warten, bevor er ihn in seinem Büro empfing.

»Dr. Breil?«, fragte er, als dieser vor ihm stand, wobei er sich nicht die geringste Mühe gab, seine Überraschung angesichts des Kleinwuchses seines Besuchers zu verbergen. Er hatte offensichtlich jemand anderen erwartet.

»Ja genau, ich bin Oswald Breil, Dr. Ceorsky.« Gequält lächelnd streckte Oswald ihm seine kleine Hand entgegen, dann setzte er sich sehr entschieden auf einen der beiden Sessel, die vor dem Schreibtisch aus Nußbaumholz standen, ohne erst die Aufforderung Ceorskys abzuwarten.

»Womit kann ich Ihnen dienen, Herr Dr. Breil? Das israelische Konsulat hat mir bei der Vereinbarung des Termins keine Erklärung für den Grund Ihres Besuches angeben wollen.«

»Ich bin ein Führungsoffizier des Mossad, Herr Direktor, und in dieser Funktion benötige ich Ihre Hilfe«, erklärte Breil kurz und bündig.

Ceorsky konnte ein leichtes Zusammenschrecken nicht verbergen, doch gewann er sofort seine Fassung wieder und bemerkte dann in gewichtigem Ton: »Womit auch immer ich Ihnen dienen könnte, darf ich doch mit Respekt auf die Eigenschaft größter Diskretion hinweisen, die das Bankensystem dieses Landes berühmt gemacht hat…«

»Ich glaube wirklich, daß in der Angelegenheit, um die ich Sie bitte, die allseits bekannte, sprichwörtliche Verschlossenheit der schweizerischen Kreditinstitute ein wenig umgangen werden muß. Denn ich bin hier, um von Ihnen Informationen über einige persönliche Konten zu erhalten.«

Der Körper des Direktors verkrampfte sich leicht: »Sie wissen, daß solch ein Vorgehen etliche Verfahren voraussetzt. Internationale Amtshilfeersuchen, Prüfung der Akten und entsprechende Genehmigung der Kantonsstaatsanwaltschaft...«

»Ich verfüge über nichts davon und glaube auch nicht, daß ich die Zeit habe, diesen bürokratischen Gepflogenheiten Genüge zu tun«, erwiderte Oswald mit fester Stimme.

Noch immer trug Dr. Ceorsky die Haltung distanzierter Höflichkeit zur Schau, auch wenn er mit allen Mitteln versuchte, Oswald auszuweichen, wenn nicht ihn unverzüglich vor die Tür zu setzen. »Ich zweifle nicht am Wert Ihrer Zeit, Dr. Breil, aber ich bitte Sie, meine für ebenso begrenzt zu betrachten. Ich arbeite bereits seit dreiundfünfzig Jahren in diesem Institut und habe Stufe für Stufe die Karriereleiter erklommen, vom einfachen Angestellten bis zum Präsidenten. Glauben Sie, daß ich heute, mit sechsundsiebzig Jahren, eines meiner grundlegenden Prinzipien verletzen werde?«

Oswald, der wie immer seine Beine vom Stuhl herabbaumeln ließ, wirkte plötzlich wie ein Kind, das gleich ein Weihnachtsgedicht aufsagen wird.

»Misha Ceorsky«, begann er, »eingewandert in die Schweiz zu einer Tante väterlicherseits im Alter von zwölf Jahren. Die Eltern und ein älterer Bruder bleiben in Warschau zurück, wo sie einen kleinen Lebensmittelladen im Judenviertel führten. In der Lesznostraße, genauer gesagt. Korrigieren Sie mich, wenn ich mich irre.«

Dann, nach einem verwunderten, bejahenden Nicken seines Gegenübers, fuhr er fort: »1942 fällt die Familie einer Säuberungsaktion zum Opfer und wird im Lager von Auschwitz interniert. Ihre unglücklichen Verwandten werden einer der Rüstungsfabriken zum Arbeitsdienst zugeteilt, in der Nähe des Lagers. Aber gegen Ende des Jahres verschwinden sie. Ihre Kameraden im Unglück, die wenigen, die überlebt haben, halten sie für tot. Unerklärlicherweise erscheint nach Kriegsende die Familie Ceorsky wieder auf der Bühne, gesund

und wohlbehalten und ausgerechnet hier in Zürich, wohin sie dem Sohn und Bruder Misha gefolgt ist, der inzwischen eine erfolgversprechende Bankkarriere eingeschlagen hat.«

Es folgte ein langer Augenblick des Schweigens, bevor Oswald wieder anfing. Jetzt war er sicher, das Heft in der Hand zu haben: »Jeder weiß, daß während des Krieges die Confoederatio Helvetica zum Tresor der ganzen Welt geworden ist. Auch die riesigen Vermögen der Nazibonzen mußten über eure Nummernkonten laufen. Man braucht sich nicht darüber aufzuregen, wenn ein tüchtiger jüdischer Bankangestellter alles versucht hat, um seine Eltern und den Bruder vor der Gaskammer zu retten, und dabei alle Kontakte nutzte, die aus seiner Tätigkeit herrührten. Gott bewahre. Das war ja geradezu seine menschliche Pflicht.

Weitaus schwerwiegender wäre es allerdings, wenn man uns heute, fünfzig Jahre später, Informationen von entscheidender Bedeutung vorenthielte, die Licht auf die historischen Verbrechen werfen könnten. Mein Flugzeug geht morgen nachmittag, Herr Ceorsky. Sie haben also einige Stunden Zeit, um zu überlegen. Sollten Sie es wünschen, mich zu sprechen, finden Sie mich im Hôtel Baur au Lac.«

Nach diesen Worten legte Oswald einen Zettel auf den Schreibtisch, auf dem die Nummern der Konten von Robert Rustom und Kevin Dimarzio geschrieben standen. Ohne ein weiteres Wort zu sagen, stand er auf und verließ mit schnellem Schritt das Büro des Bankpräsidenten.

14.

Hafen von Ostia. Anno 838 nach der Gründung Roms.
[85 n. Chr. (Anm. d. Ü.)]

Das Licht der Sonne war nach den zwanzig Tagen, die er in dem dunklen Laderaum verbracht hatte, so gleißend hell, daß es ihn schmerzte. Obwohl er nur mit großer Mühe etwas sehen konnte, erkannte Iunius sofort die Hafenmole der Stadt Ostia. Mit Ketten an Handgelenken und Knöcheln überquerte er den Kai, wobei er von einer Schar Soldaten überwacht wurde. Aus den Mienen der Leute, denen er begegnete – die gleichen Leute, die ihm bis vor kurzem wegen seiner hervorragenden Leistungen in der Geschäftswelt zugejubelt hatten – sprach nun die pure Verachtung.

Die Blicke, die den seinen auswichen, sowie die feindseligen Worte, mit denen er bedacht wurde, erfüllten ihn mit Scham und Verzweiflung. Er hätte allen seine Unschuld entgegenschreien wollen, aber er war so verwirrt, daß er kein Wort hervorbrachte. Man ließ ihn zusammen mit vier Soldaten auf einen Wagen steigen, bei dem jede Öffnung mit schweren Eisenstangen versperrt war. Die Pferde setzten sich in Bewegung, und der Konvoi, der aus diesem Wagen und einer Eskorte von zahlreichen Reitern bestand, brach nach Rom auf.

Von Clelia hatte er nichts mehr gehört, seit man ihn in Alexandria auf das Schiff gebracht hatte. Er wußte, daß sie auf demselben Schiff war und ebenso wie er einem schrecklichen Schicksal entgegensah, sobald sie in Rom angekommen waren.

Nie mehr würde ihm ihr Duft aus dem Sinn gehen, ihr Körper, der dem seinen so nah war, ihre unbeschreibliche Sanftheit, aber auch die Entschiedenheit, mit der sie die Einhaltung ihres Gelübdes verlangt hatte.

Wieder sah er die Spur des Todes vor seinen Augen, all die unschuldigen Menschen, die wegen der schrecklichen Machenschaften des Menenius und seiner Verschwörer ihr Leben lassen mußten. Und er flehte zu Gott, daß es ihm hoffentlich gelungen war, den Verräter mit seinem Schwerthieb wirklich zu töten.

Voller Unruhe dachte er an seine Eltern. Wer wußte, ob sie inzwischen wieder die Freiheit erlangt hatten oder wo sie sich in diesem Moment befanden. Er sah sich vorsichtig um – zu fliehen war nicht möglich. Er spürte, wie die Sicherheit, die eigentlich ein Teil seiner Natur war, ihn endgültig verließ. Doch blieb ihm nichts übrig, als der Zukunft ins Auge zu sehen, er durfte nicht einfach klein beigeben, selbst dann nicht, wenn er zum Tod verurteilt würde.

Clelia hatte den größten Teil der Reise eingesperrt in der Unterkunft eines Offiziers verbracht. Zu wissen, daß unter den Deckplanken der Mann eingekerkert war, den sie liebte, erfüllte sie mit doppelter Verzweiflung.

Sobald sie in Rom war, gäbe es keinen Ausweg mehr für sie, sie würde sicher für immer in die geheimen Zellen des Campus Scelleratus gesperrt und lebendig begraben werden. Die einzige Hoffnung, die sie hatte, war, daß sie sich nicht mit dieser Schuld befleckt hatte, für die die Todesstrafe vorgesehen war. Niemand konnte sie je beschuldigen, das Gelübde gebrochen zu haben.

»Das Gelübde gebrochen...«, wiederholte sie stumm zum x-ten Male, während die Prätorianer sie nach Rom eskortierten. Der Gedanke wurde unerträglich, Iunius, der neben ihr lag, die sternklare Nacht... Vielleicht wäre es besser gewesen nachzugeben. Sie hätte es sicherlich getan, wenn sie gewußt hätte, was sie erwartete.

Kaiserliches Rom.

Ein weiteres Mal ging er durch das Portal der Prätorianerkaserne, doch diesmal von den Wachen gezogen, die seine Ketten in Händen hielten. Dann wurde er in ein kahles Zimmer geführt. Sextilius erkannte er sofort, während ein anderer Mann ihm den Rücken zukehrte. Doch als sich dieser langsam umdrehte, wurden auf seinem Gesicht Verletzungen sichtbar, und er erkannte den Senator Menenius. Erst wenige Monate waren vergangen, so daß das Fleisch seiner Narben noch rosig und zart aussah. Von der Schläfe bis zum Kinn war seine rechte Gesichtshälfte fast völlig abgetrennt. Die Klinge des Schwertes hatte Menenius' Kieferknochen zerschnitten und zertrümmert, so daß der Senator nur noch die linke Seite seines Mundes verwenden und nur stammelnd sprechen konnte.

Iunius hatte noch nie einen so haßerfüllten Blick gesehen. »Dieses Mal wirst du für deine Verbrechen bezahlen«, sagte Menenius so böse, als verspritzte er Gift. »In Rom hat es viel Gerede über die Beschuldigungen gegeben, die auf dir lasten. Das ist auch der Grund, weshalb ich dich jetzt nicht mit meinen eigenen Händen töte. Es ist besser, dich in einem ordentlichen Prozeß zum Tod verurteilen zu lassen.« Seine Stimme schraubte sich zu einem wahren Crescendo des Zorns empor. »Sei gewiß! Diesmal wird es keine Wunder geben! Und auf deinem Weg in die Verdammnis werden auch keine Vestalinnen mehr erscheinen. Du könntest vielleicht einer begegnen, ja, aber einer, die entweiht wurde, und so werdet ihr die Reise zu eurem letzten Urteil gemeinsam antreten.«

Iunius sah, wie Sextilius lächelte. Bevor ihn die Wachen hinausschleiften, konnte er noch verzweifelt schreien: »Mein Vater, meine Mutter! Wo sind meine Eltern, ihr verdammten Feiglinge? Ihr könnt eure Überlegenheit nur demonstrieren, indem ihr schutzlose Alte ihrer Freiheit beraubt oder das Leben wehrloser, junger Priesterinnen gefährdet. Ich verfluche euch, ihr Mörder!«

In einer ganz anderen Gegend Roms vergingen derweil einige Stunden, bevor Clelia hörte, wie jemand die Tür öffnete. Vor ihr erschien das Gesicht der Obersten Vestalin, das noch finsterer wirkte als sonst. Vielleicht lag der Grund ja darin, daß es von der Öllampe, die sie in Händen hielt, von unten her fahl beleuchtet wurde. Die drei Frauen, die sie begleiteten, waren von gedrungener, kräftiger Statur. Zu spät bemerkte die junge Frau die Stricke. Bevor sie sich zur Wehr setzen konnte, war sie schon fest an das Bett gebunden.

Man riß ihr die Kleider vom Leib, und sie sah, wie sich die Flamme herabsenkte, um ihre Schamgegend zu beleuchten. Ohnmächtig mußte sie zulassen, daß Cornelia sich zu ihr hinabbeugte, um die widerliche Untersuchung vorzunehmen, die ihre Beschuldigungen bestätigte. Erleichtert erkannte sie dann, wie die Oberste Vestalin in offensichtlicher Enttäuschung den Kopf schüttelte.

»Clelia«, murmelte das schreckliche Mannweib, wobei sie sie wild anstarrte, »es scheint, als hättest du deine Jungfräulichkeit nicht verloren.«

»Ich habe nie das heilige Gelübde gebrochen«, erwiderte sie, beseelt von neuem Mut.

Doch da ließ sie der aufblitzende Haß im Blick der Obersten Vestalin förmlich zu Eis erstarren. Sie sah, wie diese sich zu einer der Frauen beugte, die sie festhielten, und ihr etwas ins Ohr flüsterte. Die Frau eilte aus dem Zimmer und kehrte wenig später wieder zurück.

Clelia begriff nicht sofort, was sie vorhatten, bis sie fühlte, wie ihr die Hände von neuem die Schamgegend öffneten und ein Gegenstand ihr plötzlich einen schrecklich bohrenden Druck verursachte. Sie versuchte mit aller Gewalt, sich zu entziehen, und schlug wild um sich, um die schändliche Entweihung nicht über sich ergehen lassen zu müssen. Aber alles war vergebens. Der Schmerz benebelte ihr die Sicht. Sie fühlte ganz deutlich, daß ein Teil von ihr und ein Teil in ihr zerbrochen war. Dann spürte sie, wie ihr das Blut an der Innenseite der Schenkel herunterrann.

Cornelia stand am Fuß des Bettes und hielt den großen Phallus hoch, den man einer Priaposstatue entwendet hatte.

»Jetzt«, rief sie mit einem Lächeln voller Bosheit aus, »wird dein Sakrileg für alle sichtbar sein.«

Die Tür des Zimmers wurde von außen zugesperrt, während Clelia in eine Ohnmacht aus Schmerz und Verzweiflung fiel.

Ebenso dunkel war die Zelle, in die Iunius eingeschlossen war, und ebenso schmutzig. Die Knochen schmerzten ihn, und seine Augen schienen aus den Höhlen herauszuquellen. Bevor man ihn in die Verliese des Kerkers warf, hatten die Soldaten alles getan, um mit Stockschlägen und Peitschenhieben sein Gmüt abzukühlen. Dann hörte er aus der Dunkelheit ein Rascheln.

»Wer bist du?« fragte eine alte, brüchige Stimme.

»Iunius aus der Stadt Luna. Und du?« antwortete er und massierte sich den schmerzenden Kopf.

»Ich heiße Valeriano. Man wirft mir vor, daß ich an Gott glaube.«

»Ich dagegen werde zu Unrecht beschuldigt, den Mann getötet zu haben, den ich verehrte und noch immer wie einen Vater liebe«, erwiderte Iunius, während sich seine Augen mehr und mehr an die Dunkelheit gewöhnten, so daß er langsam die Silhouette seines Mitgefangenen erkennen konnte. »Wie kommt es, daß man dich noch nicht den Löwen zum Fraß vorgeworfen hat, Christ?«

»Wer kann den Willen Gottes kennen? Es scheint, als hätten mich die Römer hier vergessen. Auch wenn es, alles in allem, eine recht harte Prüfung ist, die man mir auferlegt hat. In manchen Momenten wäre es mir sogar lieber, das Los meiner Brüder zu teilen, als mich hier in dieser Zelle von Mäusen und Insekten ernähren zu müssen.«

»Ob es nun der Wille deines Gottes, der von Rom oder der des Schicksals ist – wahr ist, daß das Leben höchst sonderbar ist, Alter. Auch meine Geschichte ist unglaublich. Meinen Verfolgern war es schon einmal gelungen, mich zu verurteilen, aber eine heilige Erscheinung hat mich vor dem Tod bewahrt«, sagte Iunius und schüttelte traurig den Kopf. »Und die einzige Art, mit der ich mich für diese Gnade erkenntlich erwies, war, die Priesterin, die mich rettete, gleichfalls in Lebensgefahr zu bringen. O Clelia!«

»Hast du Clelia gesagt?« rief der Alte ungläubig und in großer Aufregung, wobei er sich gleichzeitig bemühte, aufzustehen und näherzukommen.

»Ja«, antwortete Iunius. »Und mit jedem Augenblick, der vergeht, werde ich mir mehr darüber bewußt, wie wichtig mir diese heilige junge Frau ist. Aber warum diese heftigen Gefühlsregungen bei dir, Valeriano? Kennst du Clelia?«

»Und ob ich sie kenne...«, antwortete der Alte in träumerischem Ton. Lange sprachen sie miteinander. Einer neben dem anderen in dem schmutzigen Loch sitzend, erzählten sie, was sie erlebt hatten.

In einem Dorf Illyriens geboren, war Valeriano kaum älter als ein Kind, als man ihn als Sklave nach Rom brachte. Er trat in den Dienst einer Patrizierfamilie, bei der er einen Großteil seines Lebens verbrachte – erst als junger Diener des Erstgeborenen seiner Herren und dann als dessen Vertrauensmann. Er hatte miterlebt, wie der junge Herr gleichfalls zum Vater wurde, und seinen Kinder fühlte er sich wie ein Onkel verbunden. Als ihn der Letztgeborene, der ihn geerbt hatte, zum Zeichen seiner Dankbarkeit freiließ und ihn aufforderte, sich in Rom ein Heim und eine eigene Familie zu schaffen, fühlte sich Valeriano zu Anfang überaus bestürzt. Wohin sollte er gehen, in der Weltstadt Rom, und was sollte er beginnen? Doch da er bereits seit einiger Zeit Beziehungen zu den Christen geknüpft und sich ihnen schließlich ganz zugewandt hatte, erhielt er von ihnen die liebevollste Hilfe, die er sich vorstellen konnte. Aber diese Patrizierfamilie zu verlassen bedeutete für ihn, auch auf ein kleines Mädchen zu verzichten, dem er inzwischen so innig wie ein Großvater zugetan war.

Es war die Erstgeborene seines Herrn. Eine Kleine namens Clelia, die noch kaum sprechen konnte, aber ihm auf ihren dünnen, kleinen Beinchen immer entgegengelaufen kam, wenn sie ihn sah – eben als sei er ein guter Großvater.

Doch auf seine Freiheit zu verzichten, die ihm so großmütig angeboten worden war, vermochte er ebensowenig. Sie gab ihm die Möglichkeit, sich mit noch größerer Hingabe für die Religion einzusetzen, der er sich insgeheim verschrieben hatte. Er verließ das Haus seines guten Herrn, wobei ihm das Bild der Kleinen tief im Herzen eingeprägt war.

»Doch kannst du dir meine Rührung nicht vorstellen«, schloß der Alte mit einem Seufzer, »als ich eines Tages dieses kleine Mädchen, das inzwischen erwachsen war, in dieser heiligen Vestalin wiedererkannte, der ich begegnete, als ich gerade in den Kerker geführt wurde. Meine kleine Clelia! Gewiß wollte ich mich ihr in diesem Augenblick nicht offenbaren, welchen Sinn hätte das schließlich gehabt? Damit hätte ich ihr nur unnötigen Schmerz bereitet. Wahrscheinlich kann sie sich nicht einmal mehr an meine Existenz erinnern. Aber eigentlich hätte ich meinen Blick nie mehr von ihrem Gesicht abwenden wollen. Sie war es also, die dich gerettet hat? Es scheint tatsächlich, als sei uns vom Schicksal bestimmt, uns hier, an diesem Ort der Verdammnis, zu begegnen.«

»Hast du bemerkt, wie tief du unter die Erdoberfläche gestiegen bist, bis du in das Verlies gekommen bist?« fragte Valeriano ein paar Stunden später. Doch ohne Iunius' Antwort abzuwarten, fuhr er sofort mit seinem kaum hörbaren Gemurmel fort: »Wir sind knapp unter der Flußebene des Tibers. Weißt du, was das bedeutet? Und hast du mir nicht selber erzählt, wie du mit dem Gefälle zu kämpfen hattest, um die Wasser nach Rom zu leiten?«

»Das bedeutet, daß sich über unseren Köpfen irgendwo eine

Abwasserleitung befinden muß«, antwortete Iunius, ohne zu überlegen.

»Genau. Nun, weißt du, als freier Mann war ich als Landvermesser tätig. Meine Arbeit bestand darin, das riesige Kanalisationsnetz, das unter der Stadt verläuft, zu planen und auszubauen. Ich kenne die unterirdischen Verbindungsgänge besser als die Straßen an der Oberfläche«, fing der Alte wieder an und umschloß mit seiner mageren Hand und einer Kraft, die man von ihm nicht erwartet hätte, den Arm seines Gegenübers. »Dort droben«, fuhr er dann fort und deutete in dem fast undurchdringlichen Dunkel mit der anderen Hand zu dem Zellengewölbe empor, »verläuft keine einfache Abwasserleitung, sondern die Cloaca Maxima, der größte und wichtigste Abwasserkanal Roms.«

Die Cloaca Maxima! Nie hätte Iunius gedacht, sie jemals mit der Idee von Freiheit in Verbindung zu bringen. So unwahrscheinlich und verrückt die Aussicht auch erscheinen mochte, konnten die Dinge doch so liegen. Es gab für sie die Möglichkeit, durch die Kloake zu entfliehen. Diese Hoffnung auf Freiheit, auch wenn sie noch so geringfügig erschien, ließ Iunius alle körperlichen Schmerzen vergessen.

»Doch wie sollen wir das anstellen?« rief er aus, plötzlich wieder auf den Boden der Tatsachen zurückgekehrt. »Wie kann es uns gelingen, in der wenigen Zeit, die mir noch zu leben verbleibt, einen Durchgang zur Kloake aufzutun?«

Nun nahm die Stimme des Alten einen fast fröhlichen Klang an: »Was glaubst du, was ich in all den Jahren getan habe, die ich hier drinnen eingesperrt war?« Und mit noch mehr Kraft preßte er seine Hand auf den Arm seines Kameraden.

Im Dunkel ihrer Gefängniskammer weinte Clelia, obwohl der Schmerz mittlerweile nachgelassen hatte. Es war bereits einige Zeit vergangen, seit ihr auf so niederträchtige Weise Leid angetan worden war. Da öffnete sich erneut die Tür zu der Kammer, aber gewiß nicht, um ihr Hilfe oder Erleichterung zu bringen.

Die Untersuchung durch den Arzt und zwei Priester ging sehr oberflächlich vonstatten, und all ihre Weigerungen, selbst der Versuch, sie zu beschuldigen, halfen ihr nichts – die drei abstoßenden

Personen, die mit fast krankhaftem Ehrgeiz nur eins im Sinn hatten, nämlich, das Sakrileg Clelias festzustellen, blieben gegenüber ihrem Bitten und Flehen völlig ungerührt. Und nachdem etliche Augenblicke verstrichen waren, die ihr fast endlos vorkamen, blieb sie in ihrer Verzweiflung wieder allein in ihrer Kammer zurück.

Sie fühlte sich nach kurzem Schlaf von der Scham und der Erschöpfung ein wenig erleichtert, als plötzlich eine liebevolle Hand ihren Rücken streichelte. Mit einem Ruck drehte sie sich um und sah direkt in das freundliche Gesicht ihrer Freundin Gaia.

»Wie hast du es geschafft, hier hereinzukommen?« murmelte sie.

»Sie haben das Fenster mit Brettern vernagelt, so daß du es nicht erkannt hast. Aber es ist unser Zimmer von einst, Clelia. Und ich habe den Schlüssel dafür aufgehoben.« Sie streckte ihr die Arme entgegen, in die sich Clelia im Überschwang ihrer Zuneigung hineinsinken ließ.

»Wenn sie dich entdecken, wirst du schön in der Patsche sitzen«, flüsterte sie.

»Ich mache mir sehr viel mehr Sorgen über die Patsche, in die du dich gebracht hast, meine arme Freundin«, antwortete Gaia und drückte sie an sich, als wollte sie sie beschützen. »Was hast du getan? Wie konntest du das Gelübde brechen? Weißt du, was dich jetzt erwartet?«

»Ich habe nichts Schlimmes getan, Gaia, ich habe kein Gelübde gebrochen, das schwöre ich dir bei dem, was mir das Liebste ist«, stammelte die Unglückliche und spürte dabei, wie ihr ein würgendes Gefühl die Kehle zuschnürte. Gab es denn niemanden, der an ihre Unschuld glaubte?

Gaia nickte betrübt. »Ich glaube, ich verstehe dich. Nein, sag nichts, Clelia, das ist nicht nötig. Diese schrecklichen Menschen machen nicht einmal Halt vor den niederträchtigsten Lügen. Aber dein Prozeß steht unmittelbar bevor, du kannst ihm nicht entfliehen. Und es besteht kein Zweifel darüber, daß du dazu verurteilt werden sollst, lebendig begraben zu sein.«

Clelia begann in ihrer Verzweiflung zu weinen, und während die Tränen aus ihr herausquollen, überfiel sie die Erinnerung an die Gewalt, die sie erlitten hatte, und erfüllte sie mit schmerzvoller Angst: »Nein, laß mich sprechen, Gaia. Die Ärzte lügen nicht. Es ist wahr, daß mein Körper geschändet wurde. Aber durch das Einwirken von Gewalt, nicht durch die Liebe. Und es war Cornelia.« Sie erhob ihre Stimme zu einem Schrei. »Cornelia hat mich auf infame Weise mißbraucht und mir die Jungfräulichkeit geraubt! Hilf mir, Gaia. Ich bin unschuldig. Ich will nicht sterben.«

Valerianos Hand umschloß noch immer Iunius' Unterarm. Mit langsamen Bewegungen kroch er, ohne aufzustehen, auf allen vieren dahin und leitete ihn zu der nahen Wand zu ihrer Rechten. Als er dort angelangt war, begann er sofort, die dünne Schicht Sand zu entfernen, die die Zwischenräume zwischen den Tuffsteinblöcken ausfüllte. Iunius erkannte sofort, daß vier der Steine herausgenommen werden konnten, wodurch ein Durchgang entstand, der ausreichend groß war, daß ein Mann hindurchpaßte.

Er folgte dem Alten, der mit unerwarteter Gelenkigkeit durch die Öffnung schlüpfte. Es war völlig dunkel, aber Iunius war klar, daß sie einen Gang emporstiegen, der zur Außenseite des Zellengewölbes führte. Je weiter sie vorankamen, desto breiter wurde der Gang, doch plötzlich stieß er mit Valeriano zusammen, der ohne Vorwarnung haltgemacht hatte.

Seine Stimme drang, durch den Hohlraum verstärkt, an Iunius' Ohr: »Gott hat mir geholfen! Er hat mich diese alte Wasserzisterne finden lassen, die sich genau oberhalb unserer Zelle befindet. Hier, lege dein Ohr daran.« Und er fühlte, wie ihm der Alte mit seinen Händen den Kopf in eine bestimmte Richtung lenkte. Deutlich hörte er das Rauschen, als flösse hinter der Mauer ein Fluß.

Tastend erkannte er auf dem Boden des unterirdischen Ganges die Gegenstände, die der Christ zum Graben benutzt hatte – zwei eiserne Anker, wie sie die Maurer zur Sicherung von Baugrubenwänden an den Enden einer Mauer einsetzten. Er griff nach dem einen, der ihm am nächsten lag, und begann im Dunkel des Ganges, mit aller Kraft auf die Scheidewand einzuhauen, die sie vom Tageslicht und damit von der Freiheit trennte.

Sofort hielt Valeriano ihn am Arm fest und warnte ihn: »Die Cloaca Maxima ist ein unterirdischer Fluß, der durch die Eingeweide Roms fließt. Ich bin sicher, daß diese Mauer, die du zum Einsturz zu bringen versuchst, sich unterhalb des Wasserspiegels befindet. Wenn du sie niederreißt, wird sich das Wasser mit furchtbarer Gewalt in diesen Durchgang ergießen. Bevor wir überhaupt Zeit haben, einen genügend großen Ausschlupf zu schaffen, würde es uns erdrücken und wegschwemmen. Und selbst wenn es uns gelänge, den Druck zu überwinden, würde man innerhalb kürzester Zeit unsere Flucht entdecken, und zwar durch die Überschwemmung, die wir hervorgerufen haben. Auch wenn die Wachen nur selten in die Kerkerverliese hinabsteigen.«

»Mir ist das Risiko, durch Ertrinken zu sterben, um vieles lieber als die Qual der Todesstrafe«, rief Iunius zur Antwort.

Der Alte schüttelte den Kopf. »Du hast recht«, erwiderte er nach einer Weile. »Aber wir müssen vorsichtig vorgehen.«

Sie beschlossen, die Gefängsniszelle dadurch zu sichern, indem sie zwischen ihr und dem unterirdischen Gang eine Sperre einbauten. Der Plan war, von außen die Tuffsteinblöcke wieder an ihren Platz zu rücken und sie exakt in die Mauer einzupassen. Auf diese Weise böten sie dem Wasserdruck zumindest einen gewissen Widerstand und zögerten die Überschwemmung der Zelle für eine Weile hinaus. Kaum waren sie damit fertig, nahm Iunius die Ziegelmauer der Zisterne in Angriff.

Es dauerte einige Zeit, bis es ihm gelang, an einer Stelle die Wand zu durchschlagen, und schon schoß das Wasser daraus hervor. Flugs zog er Valeriano hinter der Mauer zu sich her und schlug dann erneut mit doppelter Kraft zu. Plötzlich sprangen etliche Ziegelsteine aus der Höhlung heraus, während sich ein Strahl übelriechenden Wassers über sie ergoß.

Ohne auch nur einen Moment Zeit zu verlieren, hämmerte Iunius mit seinem Eisen wieder auf die Mauer ein. Er mußte es schaffen, einen genügend breiten Durchgang zu hauen, damit sie auf die andere Seite gelangen konnten, bevor das Wasser den schmalen Gang, in dem sie sich befanden, ganz und gar überflutete. Es dauerte noch eine Weile, dann hatte er sein Ziel erreicht. Obwohl der anfängliche Druck längst nicht mehr so stark war wie zu Anfang, stand das Wasser bereits so hoch, daß ihnen nur eine dünne Schicht Luft unterhalb der Decke zum Atmen verblieb.

Iunius gab Valeriano zu verstehen, daß er tief einatmen solle, dann packte er ihn am Arm und zog ihn unter die Wasseroberfläche. Als er an der Maueröffnung, die er herausgeschlagen hatte, angelangt war, schob er ihn mit aller Kraft hindurch. Dann konnte er nicht mehr, er mußte wieder an die Oberfläche zurückkehren, um seine Lungen, die ihm bereits brannten, mit Atem zu füllen. Dabei mußte er seinen Mund mittlerweile schon dicht unterhalb der Decke der Zisterne halten, da sie fast vollständig überflutet war.

Dann tauchte er wieder ein, und endlich erreichte er den rettenden Durchgang. Rasch steckte er seinen Kopf in die Öffnung, wobei er feststellen mußte, daß seine Schultern nur mit einiger Mühe durchpaßten – aber es ging. Sein Brustkorb dagegen – vielleicht wegen des hohen Drucks des Wasser, das in die Gegenrichtung strömte – blieb im Durchgang stecken. Er war einfach zu eng für seine Statur. Iunius versuchte, sich herauszuwinden. Dann konzentrierte er all seine Kraft, indem er sich mit den Händen an den scharfkantigen Rändern der niedergerissenen Ziegelsteine festhielt. Die Luft in seinen Lungen ging langsam zu Ende, doch gewann er gerade dadurch für einen Augenblick seine geistige Klarheit wieder. Die wenige Luft half ihm sowieso nichts mehr, also versuchte er, sie aus seinem Körper zu stoßen. Mit aller Kraft blasend, leerte er seine Lungen, wodurch sich der Umfang seines Brustkorbs ein wenig verringerte.

In seiner Brust schien ein Feuer ausgebrochen, aber zugleich blitzte in ihm die Hoffnung auf, es dennoch zu schaffen. Dann spürte er, wie die Umklammerung nachließ. Mit letzter Energie wand er sich heraus und ruderte mit den Armen, um die Wasseroberfläche zu erreichen.

Er spürte, wie ihn fünf Finger an seiner rechten Hand, die bereits aus dem Wasser reichte, umklammerten, wobei sich Knöchel auf Knöchel drückten. Die Hand des alten Christen zog ihn empor – zur Luft, zur Rettung und zum Licht, das, schwach und von giftigen Ausdünstungen geschwängert, doch für sie beide das Licht des Lebens war. Valerianos Lächeln war das erste, was er erblickte. Dann spürte er, wie er auf eine Art gepflasterten Laufgraben gezogen wurde, der von dem stinkenden, unterirdischen Flußlauf wegführte.

Die Augen brannten ihm, sein Körper schmerzte aus Hunderten kleiner Wunden, seine Brust wurde von heftigem Husten geschüttelt, aber er war frei. Wieder einmal – welche Gottheit es auch sein mochte, deren Wille dies geschehen ließ, welche neue Mission auch immer ihm anvertraut werden würde. Doch im Grunde kannte er sie ja bereits, Zug für Zug. Es konnte keine andere für ihn geben.

Mühsam tastete er nach dem Körper des alten Manns und drückte ihn in einer Anwandlung von Zuneigung und Dankbarkeit fest an sich. Regungslos verharrten sie in langem Schweigen und versuchten, wieder zu Kräften zu kommen. Dann machte sich Valeriano als erster auf und stellte erneut unter Beweis, wie gut er dieses unterirdische Labyrinth in all seinen Geheimnissen kannte. Von Zeit zu Zeit blieb er stehen, für einen Moment nicht ganz sicher, wie es angesichts der unendlichen Verzweigungen weitergehen sollte. Aber jedesmal schlug er nach kurzer Überlegung wieder entschlossen eine neue Richtung ein und schritt mit weit von sich gestreckten Armen voran. Ohne ihn, darüber war sich Iunius im klaren, wäre er rettungslos dort unten gefangen geblieben.

Mit einem Mal tauchte in der Ferne ein schwacher Lichtstreifen auf, der ihren schmerzenden Augen aber wie ein Leuchtfeuer erschien. Es sah ganz so aus, als wollte er ihnen den Weg weisen, der sich immer deutlicher abzeichnete, je weiter sie voranschritten. Noch einmal bogen sie ab, und dann wurde der unterirdische Gang endlich breiter. Die Biegung, an der sie sich befanden, wurde von einigen Fackeln beleuchtet, und ein Metallgitter versperrte einen Durchgang.

Valeriano schob eine der Angeln beiseite, und mit einem Knarren bewegte sich das Gitter. Iunius merkte, daß sie in einen der unterirdischen Gänge eintraten, in denen – so wurde gemunkelt – die Christen ihre Versammlungen abhielten. Er hatte oft davon reden gehört, aber diesen Gerüchten nie besonderen Glauben geschenkt.

Wenige Augenblicke später sah er sich eines Besseren belehrt. Nie hätte er gedacht, daß der Untergrund der Stadt so bevölkert sein konnte. Er sah beleuchtete kleine Tempel, Heiligenstandbilder und Menschen, die sich in kleinen Gruppen an den Stellen zusammenscharten, an denen die Gänge breit genug waren. Es mußte ein äußerst denkwürdiger Eindruck sein, Valeriano nach dem jahrelangen Aufenthalt im Verließ zu sehen, noch verwundet von den Schlägen, die er erhalten hatte. Ein junger Mann mit kastanienbraunem Haar kam ihnen entgegen, der sehr auf der Hut war und sie ängstlich musterte.

Plötzlich öffnete sich sein Gesicht zu einem breiten Lächeln. »Aber dich kenne ich ja«, rief er, an den Alten gewandt, aus. »Du bist Valeriano, der Vetter meines Vaters. Die ganze Familie glaubt, du seist längst tot. Doch wen hast du da bei dir, Vetter?«

»Das ist Iunius aus der Stadt Luna, mein Leidensgefährte. Ihm verdanke ich mein Leben und unsere erfolgreiche Flucht.«

»Gottes Wille geschehe. Ein jeder, der die barmherzige Nächstenliebe kennt, ist unser Bruder«, antwortete der junge Mann mit ruhiger Stimme. Dann zeigte er ihnen eine Quelle mit frischem Wasser, an der sie ihren Durst stillen und sich waschen konnten.

Mit unsagbarem Genuß fühlten sie die eiskalten, reinigenden Ströme auf ihren Körpern. Sie wollten gar nicht mehr aufhören, dieses Wasser zu trinken, als wäre es purer Nektar. Es kam ihnen vor wie die Quelle des Lebens. Sich damit die Augen zu netzen und es als heilende Tinktur für ihre Wunden zu nutzen war ein unendlicher Genuß.

Man gab ihnen einfache, aber saubere Kleider, und der junge Mann bot sich an, ihnen den Weg zu weisen. Als sie in Sichtweite eines zweiten kleinen Christentempels kamen, hatte Iunius eine Vision, die ihn zusammenschrecken ließ: Er sah eine junge Vestalin, die in lebhaftem Gespräch mit einigen Anwesenden war und ihre Worte mit aufgeregten Gesten untermalte. Sie stand mit dem Rükken zu ihm, und für einen Augenblick hatte er die Illusion, daß er seine Clelia wiedergefunden hätte.

Gaia wandte ihren Kopf um, als die drei näherkamen. Sie brauchte nur kurze Zeit, bevor sie sie einordnen konnte, dann erkannte sie trotz des spärlichen Lichts in der Katakombe und den Wunden, die er im Gesicht hatte, daß er Iunius aus der Stadt Luna war, der ehemalige Gladiator, dem es gelungen war, das gesamte Zirkuspublikum für sich einzunehmen und – wie sie inzwischen nur allzugut wußte – auch das Herz der unglücklichen Clelia für sich zu entflammen.

»Dich schickt das Schicksal, Iunius«, rief sie ohne weitere Vorrede mit erstickter Stimme. »Schnell, schnell! Clelia ist in großer Gefahr.«

»Beruhige dich, Vestalin«, erwiderte Iunius ungläubig. Konnte es wirklich sein, daß das Schicksal ihn schon so bald auf die Spur der Frau brachte, die er sich für sein Leben erkoren hatte? Welche Götter wollten… Welcher Gott…

»Ich bin Gaia, die seit der Zeit, als wir noch kleine Mädchen waren, die einzige Freundin Clelias ist«, begann die Vestalin erneut mit ängstlicher Stimme. »Wir haben beide die Weihen erhalten. Daß ich an diesem Ort bin, bedeutet für mich die höchste Lebensgefahr. Wie für euch alle im übrigen auch. Jemand könnte die Oberste Vestalin bereits davon unterrichtet haben, daß ich mit den Christen in Verbindung stehe. Doch seid ihr meine letzte Hoffnung, die einzigen, die mir helfen können, Clelia davor zu bewahren, lebendig begraben zu werden.«

Einer der Männer, die neben ihr standen, schüttelte den Kopf. »Wir sind keine Armee unter Waffen, wir kennen uns im Kampf nicht aus, niemals könnten wir…«

»Wo ist sie«, unterbrach ihn Iunius wie toll. »Wo ist Clelia?«

»In diesem Moment befindet sie sich noch im Atrium Vestae, streng bewacht von Soldaten«, antwortete die Priesterin. »Aber morgen wird sie in aller Frühe unter strengster Bewachung zum Campus Scelleratus gebracht, und dort wird das Urteil vollstreckt.«

»Habt ihr Waffen oder Schwerter in diesen Katakomben?« fragte wiederum Iunius und warf dabei auf die Anwesenden einen feurigen Blick, der voller Hoffnung war.

»Beruhige dich, Iunius«, unterbrach ihn der alte Valeriano in ruhigem Ton. »Benutze deine Vernunft. Wir können Clelia ganz sicher nicht mit Waffengewalt aus den Händen ihrer Kerkermeister befreien.«

15.

Zürich. Dezember 1995.

Oswald schob den Vorhang zur Seite und blickte hinaus. Der Verkehr floß in ordentlichen Bahnen durch Zürich unter einem bleiernen Dezemberhimmel dahin. Es würde sicher bald zu schneien anfangen. Er stopfte seine Sachen in die Reisetasche und machte den Reißverschluß zu. Im selben Augenblick läutete das Telefon.

»Ich war gerade dabei, mein Zimmer zu verlassen, Dr. Ceorsky«, sagte er, kaum hatte er den Hörer abgenommen. »Ich wollte nur noch ein wenig durch die Stadt schlendern, bevor ich mich zum Flughafen begebe. Mein Flug nach Florida geht am Nachmittag.«

»Haben Sie noch eine Stunde Zeit für mich, bevor Sie abreisen?« fragte der Präsident der Kantonalbank mit ziemlich aufgeregter Stimme. »Ich würde Ihnen gern noch ein paar Dinge in bezug auf die Angelegenheit mitteilen, die Sie interessiert.«

Sie kamen überein, miteinander in einem Restaurant in der Innenstadt zu Mittag zu essen.

Key Biscayne. Miami. Florida. Museum für Unterwasserfunde.

Kevin Dimarzio interessierte sich sicher nicht für die Kunstgegenstände, sonst hätte er auch bei ihnen dieses Gefühl bekommen, das ihn jedesmal ergriff, wenn er die drei Goldstatuetten sah. Die Mondsteine übten eine unwiderstehliche Anziehungskraft auf ihn aus. Sie kamen ihm so vertraut vor wie alte Freunde, und er erkannte in ihnen die geheimnisvolle Bedeutung wieder, die ...

Laura betrat den Museumssaal und unterbrach seine Überlegungen. »Ich bin in wenigen Minuten fertig, Kevin«, sagte sie.

»Kein Problem, Laura, ich bin völlig gefangen in der Bewunderung dieser Objekte, so sehr, daß die Zeit für mich aufgehört hat zu existieren.«

»Ich habe mich über die Mondsteine informiert, zumindest über ihre jüngere Geschichte. Sie wurden Hitler 1928 von einem Freund geschenkt – von Siegfried Sachs, dem Erben des deutschen Stahlimperiums. Anscheinend liebte der Führer diese Statuetten sehr, sie tauchen auf verschiedenen Fotos des Diktators auf, die in seinem Arbeitszimmer aufgenommen wurden. Sachs dagegen wurde trotz der Freundschaft mit dem später mächtigsten und grausamsten Mann seines Jahrhunderts 1942 in ein Konzentrationslager eingesperrt, wo er verschwand. Seine Firmen wurden verstaatlicht und vollständig auf die Bedürfnisse Nazi-Deutschlands abgestimmt, das fast überall in der Welt Krieg führte.

Der Fall Sachs wird von den Biographen oft erwähnt, um den Zynismus des Führers zu unterstreichen. Es ist bewiesen, daß die Sachs-Gruppe einer der bedeutendsten Finanziers der Nationalsozialistischen Partei war, doch der Präsident des Stahlimperiums erhielt als Ausgleich dafür nur Deportation und Tod. Die Erbitterung, mit der Siegfried Sachs verfolgt wurde, erscheint mehr als verwunderlich. Nur eine Woche später, nachdem der Führer in seinem Schloß im Schwarzwald zu Gast war, wurde er von einem Major der SS in seinem Büro festgenommen und noch in derselben Nacht in einem Konzentrationslager interniert.«

»Möglicherweise hat Sachs' Ruf als Herzensbrecher Eva Braun allzu heftig in den Bann gezogen«, erwiderte Kevin scherzhaft. »Ich sehe jedenfalls, daß deine Informationen mittlerweile immens sind.«

»Mittlerweile bin ich acht Monate mit dieser Sache befaßt, Kevin, und ich denke, daß ich trotz des Makels, eine Frau zu sein, einen gewissen Beitrag geleistet habe«, erwiderte die junge Frau und warf ihm einen Blick voller Ironie zu. Während der Oberst ihr mit einem offenen Lächeln antwortete, das das Weiß seiner Zähne in dem sonnengebräunten Gesicht erstrahlen ließ, fuhr sie fort:

»Worauf ich aber einfach nicht komme, ist das wahre Geheimnis dieser Goldstatuetten. Was bedeuten sie? Und wo kommen sie her? Wo haben sie sich in all den Jahrhunderten befunden, bevor Sachs sie Adolf Hitler schenkte? Ich denke, früher oder später muß ich eine Reise in das schöne Italien deiner Vorfahren machen, Kevin.«

»Es würde mich sehr glücklich machen, dich begleiten zu dürfen, Laura«, erwiderte er galant und deutete eine kleine Verbeugung an.

»Ich bin fertig«, verkündete sie ein paar Minuten später, als sie in den Saal des Museums zurückkam, in dem sie den Oberst zurückgelassen hatte.

Kevin Dimarzio konnte seine Bewunderung nicht verhehlen, als er sie so selbstsicher, schlank und elegant in ihrem Wollkostüm erblickte.

»Gut, daß du dich warm angezogen hast«, kommentierte er, weil ihm nichts anderes einfiel. »Anscheinend liegt die Temperatur in New York weit unter Null Grad.«

Zürich.

In dem kleinen Salon, der in dem luxuriösen Restaurant für ihn reserviert worden war, saß Oswald Breil bei seinem zweiten Martini. Ihm erschien die halbstündige Verspätung durchaus nicht dem typischen Verhalten des Präsidenten einer Bank zu entsprechen, noch dazu einer schweizerischen.

Die beiden Beamten der schweizerischen Polizei, die plötzlich in der Tür standen, zückten ihren Dienstausweis, bevor sie sich ihm mit den Worten näherten:

»Dr. Ceorsky hatte einen schweren Unfall. Doch hat er uns mitgeteilt, daß er sie unbedingt sprechen muß, Herr Dr. Breil. Bitte folgen Sie uns. Wir müssen uns beeilen, denn die Verletzungen, die er davontrug, lassen ihm, wie wir befürchten müssen, nur noch wenig Zeit.«

Mit der üblichen Gelenkigkeit, die für andere Menschen überraschend war, sprang Oswald auf die Füße und folgte ihnen mit seinen schnellen kleinen Schritten. Auf der Fahrt, die das Auto mit hoher Geschwindigkeit und lauter Sirene zurücklegte, informierten ihn die Polizisten darüber, daß Misha Ceorsky in unmittelbarer Nähe der Bank von einem Verkehrsrowdy angefahren wurde, der dann Fahrerflucht beging. Ceorsky hatte schwere innere Verletzungen davongetragen.

In der luxuriösen Klinik, die inmitten eines Kiefernwaldes versteckt lag und in die der Bankpräsident auf eigenen Wunsch gebracht worden war, wurden sie sogleich in das Sprechzimmer des Chefarztes geführt. Seine Miene ließ wenig Hoffnung. »Sind Sie ein Verwandter?« fragte er Breil, während er sich vom Schreibtisch erhob, um ihm entgegenzugehen. Ein Satz, der deutlich zur üblichen Routine gehörte und mit der entsprechenden Miene ausgesprochen wurde.

»Herr Dr. Breil ist die Person, die der Verletzte zu sprechen wünscht«, erklärte einer der Beamten.

Der Chefarzt nickte. »Gewiß, gewiß, ich verstehe. Ich wurde von Herrn Dr. Ceorsky persönlich darüber informiert. Er bat mich aber auch, die eine oder andere Vorsichtsmaßnahme zu treffen, was verständlich ist. Nicht wahr? Er befindet sich in einem hoffnungslosen Zustand. Er darf in keinem Fall Besuch empfangen. Aber er hat mich gebeten, diese eine Ausnahme zu machen. Wenn Sie mir bitte folgen wollen, Herr Dr. Breil, ich führe Sie zu ihm. Doch bitte ich Sie, größte Rücksicht walten zu lassen, denn er wird nur noch wenige Augenblicke haben, die er bei klarem Bewußtsein ist. Der Arme!«

Der Präsident der Züricher Bank lag im Bett eines Krankenzimmers, das sich separat im Herzen des eleganten medizinischen Trakts befand und von drei schweren Eisentüren geschützt wurde, deren Sicherheitsschlösser, durch digitale Zahlenkombinationen gesteuert, der Chefarzt mit einigen geschickten Handgriffen persönlich aufsperrte.

Außergewöhnliche Vorsichtsmaßnahmen, die Breil nicht verwunderten. Er wußte, daß er Ceorsky bereits einer großen Gefahr ausgesetzt hatte, als er ihn in seiner Bank aufsuchte. In Wirklichkeit hatte er niemals geglaubt, von ihm auch nur die geringste Information erhalten zu können. Später hatte er sich höchstens über die Leichtigkeit gewundert, mit der der erlauchte Bankdirektor die Sache aufgenommen zu haben schien, die ausgesprochene Seelenruhe, mit der er das Telefon benutzte, um ihn in ein öffentliches Lokal einzuladen. Sein eigener Apparat in der Bank war mit größter Wahrscheinlichkeit durch einen Zerhacker gegen unerwünschte Mithörer geschützt, aber ganz sicher nicht die Telefonanlage des Hotels.

Das einzige Geräusch in der aseptischen Umgebung, in die er hineinkam, war das leise Brummen der elektronischen Apparaturen zur

Wiederbelebung. Auf dem geschwollenen Gesicht des Bankiers lagen bereits deutlich die Zeichen des nahenden Todes.

Ceorsky öffnete die Augen und versuchte mühsam, seinen Kopf aus den Kissen zu heben. Und mit ebenso großer Mühe machte er den Anwesenden Zeichen, sich zu entfernen, und mit flüsternder Stimme bat er, ihn mit seinem Besucher allein zu lassen.

Breil trat zu ihm. Er war bereit, sich seine Enthüllungen anzuhören, die ziemlich sicher die letzten Worte sein würden, die Ceorsky vor seinem Tod noch äußerte.

South Miami. Sweetwater Military Airport.

Auf dem Militärflughafen wenig außerhalb von Miami wehte von Süden her eine leichte warme Brise. Der Grumman der NASA, der auf der Rollpiste stand, stach mit seiner weißen Farbe aus den spartanisch gehaltenen, einfarbigen Militärmaschinen der Air Force förmlich heraus. An Bord war Laura nicht wenig verwundert, als sie feststellte, daß keine Besatzung vorhanden war.

»Du kannst im Salon für Passagiere Platz nehmen, Laura«, sagte Kevin zu ihr, während er kurz den Flugplan durchging. Offensichtlich würde er das Flugzeug steuern. »Wenn es dir lieber ist, kannst du aber auch bei mir in der Pilotenkanzel bleiben. Ganz wie du möchtest.«

Laura dankte ihm mit einer raschen Geste, dann ging sie auf den Salon zu, den ihr Kevin angewiesen hatte, und setzte sich ein wenig nervös in einen der bequemen Ledersitze. Sie benötigte ein paar Minuten, um das Mißtrauen tief in ihr zu besiegen, das sie gegenüber allen Objekten empfand, die sich in die Lüfte erheben konnten, selbst wenn es sich bloß um die Aufzüge in irgendwelchen Hochhäusern handelte. Aber schließlich gewann ihre Neugier doch die Oberhand, auch wenn ihr ein vages Gefühl der Aufregung beigemischt war, das sie schon seit einiger Zeit verspürte. Rasch verstaute sie ihre persönlichen Utensilien in der bequem zugänglichen kleinen Ablage über dem Sitz, dann steuerte sie mit entschlossener Miene auf die Tür zu, die die Pilotenkanzel vom Passagierraum trennte. Der weiße Jet mit dem blauen Streifen bewegte sich jetzt bereits auf der Piste.

Während sie versuchte, noch entschlossener auszusehen, nahm sie auf dem Sitz des Copiloten Platz, suchte den Sicherheitsgurt und schloß ihn mit einem lauten Klicken. Verstohlen schielte sie nach links, wo Kevin Dimarzio saß und über Funk mit dem Tower sprach. Sie beobachtete seine starken und dennoch schlanken Hände, wie sie sich an den verschiedenen Hebeln zu schaffen machten. Während sie bewußt vermied, nach vorne zu blicken, spürte sie, wie das Flugzeug seine Bahn gen Himmel einschlug. Die drei Düsentriebwerke am Heck begannen ihr gesamtes Kraftpotential zu entladen, dann hob sich die Nase vom Boden. Sie hörte das metallische Geräusch des Fahrgestells, das eingezogen wurde, sowie die Klappen, die sich auf ihre Flugposition ausrichteten.

Als sie auf Kurs waren, bemerkte sie, daß sie es mit ihren fahrig-unsteten Bewegungen in dem engen Raum der Pilotenkanzel irgendwie geschafft hatte, ihren Rock bis hoch über den Ansatz der schwarzen Strümpfe, die sie an diesem Morgen angezogen hatte, hochzuschieben. War das mit Absicht geschehen? fragte sie sich. War es Zufall, daß sie sich schwarze Strümpfe ausgesucht hatte? Wer weiß? Doch hatte sie keine Lust, darüber nachzudenken. Jedenfalls zog sie den Rock nicht zurecht.

Sie gab vielmehr dreist vor, die demonstrative Zurschaustellung der schwarzen Seidenstrümpfe überhaupt nicht zu bemerken. Und auch als sie feststellte, daß sich die Augen Kevin Dimarzios auf die Stelle zwischen der Seide und ihrem nackten Bein richteten und dabei einen unergründlichen Ausdruck annahmen, übersah sie es. Die Höhe, in der sie flogen, hatte die sonderbare Erregung verstärkt, von der sie bereits in dem Augenblick ergriffen wurde, als sie das Flugzeug bestiegen und entdeckt hatte, daß sie nur zu zweit an Bord waren.

Sie hatte keinerlei Lust, sich in irgendeiner Weise zurückzuhalten. Alles, was sie von der Flugangst ablenkte, so belog sie sich schamlos selbst, kam ihr gerade recht. Langsam bewegte sie ihre Beine, wohl wissend, daß sie sich dadurch noch mehr zur Schau stellte, und starrte dabei so hartnäckig auf die Windschutzscheibe, als gälte ihr gesamtes Interesse den Schleiern aus Dunst und Dampf, durch die sich das Flugzeug hindurchbohrte.

Sie senkte auch dann nicht die Augen, als sie seine fieberhafte

Hand sich auf der verfänglichen Grenze zwischen Seide und Haut zur Innenseite ihres Schenkels hintasten fühlte. Doch hatte inzwischen ihr Blick den Hebel ausgemacht, mit dem sich der Sitz nach hinten verstellen ließ. Sie betätigte ihn wortlos und ruckartig, und erst, als sie voller Begehren auf die Rücklehne sank, blickte sie Kevin an. Kurz entschlossen vertraute er den Jet dem Autopiloten an und beugte sich über sie.

Sie hob ihm ihren Körper entgegen, so daß er ihr den Rock bis über die Taille hinaufschieben konnte, dann folgte sie mit ihren Blicken den immer fieberhafteren Bewegungen seiner Hände, die ihre Schenkel streichelten und unter die Strapse ihres Strumpfhalters schlüpften.

Ihre Rechte glitt hinunter, und sie löste seinen Gürtel und öffnete seine Hose vom ersten bis zum letzten Knopf. Sie konnte sich nicht zurückhalten und stieß ein heiseres Stöhnen aus. Mit der Linken schob sie ihren seidenen Slip zur Seite, gerade so weit, daß sich nichts mehr zwischen sie und seine Berührung drängte. Dann führte sie ihn mit der Hand zu sich heran und fühlte, wie er mit der Kraft, die ihr bereits vertraut war, in ihren Körper eindrang, die sie, wie sie mit Besorgnis feststellte, schon als festen Bestandteil ihrer Gedanken empfand.

Das Flugzeug flog von alleine. Vorläufig war jede Flugangst in ihr besiegt.

Zürich. Konrad von Gesner Klinik.

»Sie sind es gewesen«, waren die ersten Worte, die Misha Ceorsky gemurmelt hatte, »meine Brüder von der Lobby von Trafalgar …«

Nach fünfundzwanzig Minuten eines mühsamen Monologs, der nur ab und zu durch einige rasche Fragen Oswalds unterbrochen worden war, hatte der Bankdirektor das Bewußtsein verloren und war in ein Koma gefallen, das sicher das Ende bedeutete. Natürlich hatte Breil sofort den Chefarzt gerufen, obwohl er sich bereits darüber im klarem war, daß sich nichts mehr machen ließ. Zehn Minuten später wurde Misha Ceorsky für klinisch tot erklärt. Oswald betrachtete lange sein verzerrtes Gesicht und die von der letzten Anstrengung entstellten Züge. Immerhin war es dem Mann noch gelungen, so lange am Leben zu bleiben, daß er seine Schuld bekennen konnte und so mithalf, Licht in das düstere Geheimnis zu bringen.

Fast ohne es zu bemerken, fand er sich ein wenig desorientiert auf der von Bäumen gesäumten Straße wieder, die durch den Park der Klinik führte. Das Polizeiauto wartete dort auf ihn. Tief in Gedanken versunken, stieg er ein. Nach wenigen Minuten angestrengten Überlegens beschloß er, sein Programm zu ändern. Er mußte unverzüglich nach Israel und sich mit dem Premierminister besprechen. In einer so brandheißen Angelegenheit konnte er nicht der einzige sein, der davon wußte und darüber entschied.

Er konsultierte den Weltflugplan der Fluggesellschaften, mit dem der israelische Geheimdienst alle zwei Wochen die einzelnen Zweigstellen versorgte. Das erste Flugzeug nach Tel Aviv startete erst am nächsten Morgen von Zürich aus. Zu spät. Die Lobby von Trafalgar würde sicherlich nicht nur zuschauen. Aber von Frankfurt aus, am Abend…

Er ließ sich inmitten der Innenstadt absetzen, und zwar in der Straße, die ihm am dichtesten bevölkert schien. Fast im Laufschritt nahm er eine Abkürzung über eine Querstraße, die nur für Fußgänger war, und dann eine zweite und eine dritte, immer in Zickzacklinien. Dabei hörte er, wie die schwere Reisetasche bedrohlich über das Straßenpflaster scheuerte. Schließlich kam er in einer anderen Straße heraus, auf der der Autoverkehr ruhig dahinfloß.

»Taxi«, rief er hektisch. »Taxi!«

Zusammengekauert in einer Ecke des Rücksitzes, ließ er die fünf Stunden, die die Fahrt dauerte, den Rückspiegel nicht einen Moment aus den Augen. Sie waren ihm nicht gefolgt. Er hatte es geschafft.

New York. Gebäude der Vereinten Nationen.

Laura zog sich aus, ließ ihre Kleidungsstücke auf den Teppich gleiten und schlüpfte in der Toilette des Jets in die Duschkabine, die sich nahe dem Heck im Flugzeug befand. Vielleicht käme sie mit noch feuchten Haaren im Glaspalast an, aber sie fühlte sich ohne Zweifel sehr viel frischer und ausgeruhter.

»Ihr behandelt euch gut bei der NASA, ich finde es richtig, daß der Kongreß vorhat, euch die Mittel zu kürzen«, scherzte sie, als sie, in einen sauberen Bademantel gehüllt, wieder die Pilotenkanzel betrat.

»Dieses Flugzeug steht den diensthöchsten Rängen für ihre Reisen zur Verfügung«, antwortete Kevin, der sich wieder ans Steuer des Flugzeugs gesetzt hatte. »Ich glaube, man hat es mir nur aus dem Grund zugewiesen, damit wir uns nicht blamieren, wenn wir auf der Rückreise den Generalsekretär der Vereinten Nationen an Bord haben.«

»Die Rückreise wird sicherlich sehr viel weniger leidenschaftlich verlaufen als der Hinflug«, scherzte sie, während sie sich anzog.

Big Apple kündigte sich durch eine dunkle Wolke am kalten und klaren Himmel an, die sich wie ein Mantel über die Stadt legte. Langsam erkannte Laura die Umrisse der Wolkenkratzer am Horizont, als der Offizier mit absichtlich näselnder Stimme kundtat: »Der Flugkapitän teilt mit, daß wir in zwölf Minuten auf dem Flughafen La Guardia von New York landen werden. Die NASA hofft, Sie wieder einmal an Bord ihrer Flugzeuge begrüßen zu dürfen. Wir bitten Sie, Ihr Handgepäck und Ihre persönlichen Gegenstände nicht zu vergessen.«

Eine Stunde und vierzig Minuten später hielt der Dienstwagen der NASA vor dem Haupteingang des Gebäudes der Vereinten Nationen. Laura stieg aus, noch bevor Kevin es schaffte, ihr die Tür zu öffnen. Sie wirkten fast wie zwei Schauspieler, die dabei waren, die Aufnahmen für einen Film in den Kasten zu bekommen, und nicht wie zwei Techniker, die auf dem Weg waren, einen Bericht vor einer ständig tagenden wissenschaftlichen Kommission abzulegen.

Kurze Zeit später, als sie am runden Konferenztisch saß, fühlte sich Laura Joanson tatsächlich wie ein Fisch auf dem Trockenen, oder besser wie eine Expertin für Unterwasserforschung in einem Symposium von Astrophysikern, wie es sich tatsächlich auch verhielt.

Vor jedem der fünf Männer, die um den Tisch herum saßen, lag ein Dossier von dreißig Seiten, das von Oberst Kevin Dimarzio verfaßt und anschließend einwandfrei in die Muttersprache eines jeden Anwesenden übersetzt worden war – alle fünf die höchsten Autoritäten auf dem Gebiet der Erforschung des Kosmos und weltweit anerkannt.

»Unsere Kommission«, begann einer von ihnen, »hat die vorgelegte Dokumentation mit großem Interesse untersucht. Und obwohl wir mit einigen Ihrer Annahmen übereinstimmen, Oberst Dimarzio, sind wir zu einer anderen und tröstlicheren Schlußfolgerung gelangt. Nach unserer Meinung besteht keine Gefahr, daß der nach Leonhard Speitz benannte Asteroid auf Kollisionskurs mit der Erde gerät. Nach den von uns angestellten Berechnungen dürfte der Himmelskörper unseren Planeten in einer Entfernung von mehr als neunhunderttausend Kilometern passieren. Sicherlich sehr nahe, aber nicht so nah, daß er eine Gefahrenquelle darstellen wird.«

»Meine Herren«, erwiderte Kevin Dimarzio mit fester, sicherer Stimme, »würden sich Ihre Theorien auf Gewißheiten stützen, fiele mir ein Stein vom Herzen. Aber wie ist es Ihnen möglich, ohne den Rest eines Zweifels eine solche Hypothese aufzustellen? Woher nehmen Sie die Sicherheit, daß nicht irgendwelche äußeren Faktoren ins Spiel kommen, die beim gegenwärtigen Stand nicht bekannt, aber durchaus nicht auszuschließen sind? Der Asteroid Speitz-42 bewegt sich mit einer Geschwindigkeit von etwa zweihunderttausend Stundenkilometern. In diesem Moment müßte er sich auf halber Strecke zwischen der Umlaufbahn des Saturn und der des Jupiters befinden, über neunhundert Millionen Kilometer von der Erde entfernt. Die sechs Monate, die uns von dem möglichen Zusammenstoß trennen, reichen mit Ach und Krach dazu aus, einen Verteidigungsplan aufzustellen und eine Expedition in den Weltraum vorzubereiten. Wenn es uns gelingt, sie mit den geeigneten Mitteln auszurüsten, haben wir vielleicht eine gewisse Chance, den Kurs dieses Himmelskörpers zu beeinflussen. Sind Sie sich darüber im klaren, was passieren wird, wenn dieses Unglücksding mit seinem Durchmesser von hundertsechzig Kilometern und seiner momentanen Geschwindigkeit auf die Erde aufschlägt? Nach einem Modellversuch am Computer, den wir im Labor durchgeführt haben, würden mehr als zwei Drittel der Erdbevölkerung diesen Aufprall nicht überleben.«

Sonderbarerweise hielt sich der Präsident der Kommission, Gregory Bender, noch immer völlig zurück, obwohl er ein Pionier auf dem Gebiet der Weiterentwicklung von Wasserstoffbomben war und das Projekt des Raketenabwehrsystems SDI, für das sich Präsident Reagan eingesetzt hatte, entworfen hatte. Nachdem er die beiden Berichterstatter begrüßt und somit alle Höflichkeitsfloskeln erledigt hatte, hatte er seinem Stellvertreter das Wort übergeben, einem Japaner, dessen anmaßender Ton die Geduld von Oberst Dimarzio arg strapazierte.

»Wir wüßten sicherlich über die Gefahr Bescheid, wenn auch nur die geringste Möglichkeit bestünde, daß sie eintritt«, fuhr der Japaner im dünkelhaften Ton eines Inhabers der absoluten Wahrheit fort, was ihn jedoch nicht daran hinderte, über jedes »R« der englischen Sprache zu stolpern. »Aber – und hier bin ich leider gezwungen, mich zu wiederholen – wir haben Tag und Nacht damit zugebracht, den Asteroiden zu beobachten. Und wir sind dabei zu der Schlußfolgerung gelangt, die ich soeben geäußert habe: Es besteht keine Gefahr eines Kontakts mit der Erde. Auch wenn ein gewisser Raum für Zweifel noch bleibt. Denn es besteht immer die Möglichkeit, daß unbestimmte äußere Faktoren dazukommen.«

»Als 1994 der Komet Shoemaker-Levy den Planeten Jupiter verwüstete, konnte sich auch bis kurz vorher niemand vorstellen, was passieren würde«, erwiderte Kevin, der drauf und dran war, angesichts der Starrköpfigkeit dieser Gesetzgeber der Sterne die Ruhe zu verlieren.

»Und genausowenig läßt sich vorhersagen, was mit der Erde geschehen wird, und zwar bis kurz vor dem Zeitpunkt, an dem wir tatsächlich Gefahr laufen, aus dem Sonnensystem gelöscht zu werden. Ich bestehe darauf, daß die Vereinten Nationen den Plan, eine Mission auf die Beine zu stellen, voll unterstützen, um der aufziehenden Gefahr zuvorzukommen.«

Noch einmal war es der japanische Wissenschaftler, der das Wort ergriff. »Oberst Dimarzio, Sie sind persönlich für dieses ehrgeizige Projekt der NASA verantwortlich, das sich neben anderen Aufgaben auch mit der Überwachung des Weltraums beschäftigt – eben um die Gefahr aufzuhalten, daß uns so ein Felsblock nicht einfach auf den Kopf fällt. Muß gerade ich Sie dazu auffordern, mit dieser Arbeit weiterzumachen, indem Sie auch diesen Fall betreuen?«

»Sie können sich sicher die Antwort vorstellen, die mir die Verwaltung der NASA geben wird: Das Budget ist bereits für die nächsten fünf Jahre vollständig verplant, ja sogar schon ausgegeben. Und für mein Projekt, Professor Deng, verfüge ich über die sensationelle

Summe von hundertfünfzigtausend Dollar pro Jahr. Wo, glauben Sie, finde ich die Hunderte Millionen von Dollar, die ich brauche, um diesen Fall auch nur annähernd vorzubereiten? Ihr Starrsinn«, fuhr der Oberst fort, wobei er auf jede scheinheilige Heuchelei verzichtete und so offen sprach, wie es die überheblich-abweisende Art seines Gegenübers erforderlich machte, »wundert mich nicht besonders. Der ist in unseren Kreisen nur allzugutbekannt. Was mir allerdings Sorge bereitet, und zwar große Sorge, ist die Vorstellung, daß von Ihrem eigensinnigen Gebaren das Schicksal unserer Erde abhängen könnte. Bis zum heutigen Tag hatte Ihre Kommission lediglich die Aufgabe, systematisch den Weltraum unter den einzelnen Großmächten aufzuteilen. Die einzige Aufgabe, vor die Sie alle gestellt sind, ist, einen Modus zu finden, wie die spätere Ausbeutung der Bodenschätze auf Mars oder Saturn in geordneten Bahnen ablaufen kann.

Aber nicht einmal das ist Ihnen gelungen, denn Sie stehen völlig unter dem Druck der internationalen Wirtschaftsmogule und auch der Politiker der halben Welt. Und heute, im Angesicht einer wirklichen Notsituation, sind Sie alle nur dazu in der Lage, wie ein Orakel einen Bericht vorzutragen, den irgendeiner ihrer fleißigen Assistenten verfaßt hat.«

Nach dem Ende seiner Rede ordnete Kevin mit hochrotem Gesicht seine Unterlagen, die er vor sich hatte. »Aber ich werde mich ganz gewiß nicht zum Komplizen Ihrer Oberflächlichkeit machen. Statt dessen fahre ich damit fort, mit allen Mitteln – und seien sie auch noch so begrenzt – zu versuchen, die Menschheit zu retten«, schloß er. Doch während er sich bereitmachte, vom Konferenztisch aufzustehen, erhob sich die ruhige Stimme des Präsidenten Bender und brachte ihn dazu, an seinem Platz zu verweilen.

»An dieser Stelle, glaube ich, ist ein Eingreifen meinerseits vonnöten«, sagte der vielfach preisgekrönte Nobelpreisträger mit sanfter Stimme. Seine Meinung hatte sehr wohl die Schlagkraft – auch wenn das Präsidentenamt fast nur ehrenhalber war –, die Mitglieder der Kommission zu überzeugen.

»Ich bin der Ansicht, daß Oberst Dimarzio zumindest die Würdigung erteilt werden muß, die sowohl seine Arbeit wie auch seine Person verdienen. Obwohl unsere Kommission die Meinung hegt, daß dieses Phänomen nicht vertieft zu werden braucht, gedenke ich dafür einzutreten, den Asteroiden Speitz-42 unter sehr genaue Beobachtung zu stellen. Und zwar ständig. Also schlage ich vor, daß Sie ab sofort detaillierte Pläne ausarbeiten, wie einer eventuellen Krisensituation vorgebeugt werden kann.

Nachdem ich damit beauftragt wurde, die Theorien Oberst Dimarzios persönlich zu prüfen, werde ich für die korrekte Durchführung dieser Operation einstehen und der Kommission, deren Vorsitz ich habe, in regelmäßigen Abständen darüber berichten. Und jetzt, Frau Doktor Joanson und Oberst Dimarzio, erlauben Sie mir, Sie zum Flughafen zu begleiten. Mein Fahrer erwartet uns.«

Während der Rede des betagten Wissenschaftlers hatte Laura das deutliche, wenn auch nicht beweisbare Gefühl, daß er ihr unter seinen dichten Augenbrauen mehrmals zuzwinkerte. Doch mußte sie sich getäuscht haben. Wie auch immer, das Ergebnis, das erzielt wurde, lag weit von dem entfernt, was sie und Kevin erhofft hatten. Immerhin stellte es eine Zwischenlösung dar, die nicht geringgeschätzt werden sollte.

Nachdem sie sich von der Kommission verabschiedet hatten, fuhren sie in die unterirdische Parkgarage des Glaspalastes hinab, in der die Limousine, die Bender zur Verfügung stand, auf sie wartete. Während der Fahrt zum Flughafen wirkte Kevin recht düster und tief in Gedanken, so daß die junge Frau wie auch der Präsident der Kommission es vorzogen, ihn nicht zu stören. Als sie jedoch aus dem Auto stiegen, legte der alte, höfliche Herr in freundschaftlicher Geste seine Hand auf Kevins Arm und sagte: »Halten wir durch, Oberst, halten wir durch. Sie werden sehen, es findet sich eine Lösung.«

Als sie das NASA-Flugzeug erreichten, war Laura ziemlich erstaunt. Unten an der Gangway erwartete sie ein zweiter Pilot. Ein wenig herrisch ergriff sie Kevins Arm, was ihn dazu brachte stehenzubleiben, und fragte: »Warum fliegt diesmal ein Copilot mit?«

Kevins Lächeln nach mehr als drei Stunden höchster Nervenanspannung machte ihr klar, daß sich die Atmosphäre durch die Worte des Nobelpreisträgers sehr gelockert hatte. »Für diese Art Flugzeug müssen mindestens zwei Piloten anwesend sein, zumindest schreibt dies das Gesetz vor.«

»Und warum war dann auf dem Hinflug kein zweiter Pilot da?«
fragte sie ihn leicht drängend, obwohl sie glaubte, die Antwort zu
wissen.

»Ich hatte den Flugkapitän gebeten, einen Linienflug nach New
York zu nehmen, weil ich ja wußte, daß ich dich als Copilot hätte. Ich
wußte aber nicht, ob du mit mir und Professor Bender zurückfliegst.«

»Aber ich kann doch noch nicht einmal ein kleines Flugzeug aus
Papier fliegen lassen. Wo warst du mit deinen Gedanken?« gab sie
vor zu protestieren.

»Ach papperlapapp«, erwiderte Kevin in dem leichtfertigen Ton
aufgedeckter Komplizenschaft. »Du weißt doch, wie zerstreut ich
bin. Ich habe die Geschicklichkeit, mit der du einen Bathyskaphen
handhaben kannst, irgendwie verwechselt. Ich war tatsächlich davon
überzeugt, du könntest ein dreistrahliges Düsenflugzeug steuern.«
Und während er ihr an der Gangway den Vortritt ließ, sagte er leise
zu ihr, wobei er ihr zuzwinkerte: »Ich hoffe, es war dir recht so.«

Jerusalem.

Oswald Breil hatte bezüglich der öffentlichen Gebäude in Israel eine
sehr eigene Meinung. Der Sitz des israelischen Parlaments, die Knesset, wirkte auf ihn eher wie ein assyrisch-babylonisches Mausoleum
als ein funktionales Gebäude des ausgehenden zwanzigsten Jahrhunderts. Die Beratungen waren seit kurzem beendet, und der neue
Premierminister war von den anwesenden Parlamentsmitgliedern
fast einstimmig gewählt worden. Sein Land erlebte ausgerechnet in
dem Moment, da es an der Schwelle zum Frieden zu stehen schien,
eine sehr schwierige Zeit.

Der Direktor des Mossad und der Premierminister kannten sich
schon seit sehr langer Zeit. Zwischen ihnen herrschte eine At-
mospäre der gegenseitigen Bewunderung und des Vertrauens, auch
wenn sich Oswald mit dem unglücklichen Amtsvorgänger sehr viel
mehr verbunden gefühlt hatte. Die Miene des Premierministers
wirkte angespannt und ließ vermuten, daß die Parlamentswahl, die
wenige Augenblicke zuvor stattgefunden hatte, ihn sehr viel Kraft
und Anstrengung gekostet haben mußte.

»Bevor Sie mir erklären, welcher Grund Sie mit solcher Dringlichkeit hierher geführt hat, Breil«, meinte der Premier ziemlich kurz angebunden, nachdem er die Höflichkeitsfloskeln hinter sich gebracht hatte, »möchte ich Ihnen mitteilen, daß gerade die Probleme unseres Abwehrdienstes gegen Spionage und Terrorismus mich veranlassen, Ihre zumindest zeitweilige Versetzung vom Mossad zum Shin Bet zu verfügen. Ich möchte, daß Sie die Leitung des Shin Bet übernehmen. Bis zum heutigen Tag war lediglich eine einzige Institution sowohl bei den Falken als auch den Tauben über jeden Zweifel erhaben – eben der Shin Bet. Jetzt jedoch, und dafür kann ich niemanden ins Unrecht setzen, beginnt man, alles in Frage zu stellen – die Gesetze, die Methoden und auch die Personen. Die Ermordung meines unglücklichen Amtsvorgängers hat auf der ganzen Welt eine Menge Kritik ausgelöst und unsere Strukturen ins Wanken gebracht. Als logische Konsequenz erhoben sich danach auch sofort die Stimmen aus den Reihen der Opposition. Um die Resultate zu erzielen, die wir erwarten und die für uns lebensnotwendig sind, brauchen wir Männer wie Sie, die uns jederzeit und vollständig verfügbar sind. Und so bitte ich Sie, diese Aufgabe anzunehmen. Ja, ich befehle es Ihnen sogar.«

»Ich stehe zu Ihrer Verfügung, Herr Premierminister. Wie immer«, antwortete Breil und schaffte es sogar, beinahe strammzustehen. »Allerdings glaube ich«, fuhr er fort, »daß Sie – wenn Sie hören, was ich Ihnen zu sagen habe – mit mir übereinstimmen werden, daß der Shin Bet durchaus noch ein wenig warten kann.«

Heutiges Rom. Labor von Sara Terracini.
Anfang Juni 1996.

»Wo zum Teufel steckt bloß Oswald Breil?« fragte sich Sara zum hundertsten Mal. Er schien aus ihrem Leben verschwunden zu sein.

Langsam begann sie zu begreifen, daß die Vermutungen, die sie über den kaum faßbaren Gnom hegte, nicht nur ihrer spielerischen Phantasie entsprungen waren, sondern real waren.

Ob Oswald wirklich ein diabolischer Späher und Spion war – nicht ein Geschöpf der Realität, sondern die Projektion eines Romans von John Le Carré oder von Laura Joanson?... Ah, Laura Joanson. Sie würde sie von Herzen gern eines Tages kennenlernen und ihr die Bewunderung zum Ausdruck bringen, die sie für sie empfand. Vielleicht sie auch ein wenig ausschimpfen wegen der Marotte, immer ihre sympathischsten Figuren in solch eklatante Schwierigkeiten zu bringen oder sie gar auf erbarmungswürdigste Weise sterben zu lassen.

Patricia zum Beispiel! War es wirklich nötig gewesen, sie zu töten? Und damit die Leserin Sara Terracini heiße Tränen weinen zu lassen? Oh, wenn sie nur einmal Gelegenheit hätte, Laura Joanson kennenzulernen, dann würde sie ihr klar und deutlich die Meinung sagen. Ohne Anführungszeichen und ohne Auslassungspunkte.

Trotzdem konnte sie es kaum mehr erwarten, deren neuen Roman endlich auch in den römischen Buchhandlungen vorzufinden, dessen Ankündigung sie bereits in allen Zeitungen in fettgedruckten Lettern und mit den schmückendsten Adjektiven gesehen hatte. Ach, würde sie es nur selbst lernen, so zu schreiben wie diese bewundernswerte Künstlerin der spannenden Kriminalliteratur, und ebenso erzählen können wie sie. Irgendwann einmal wollte sie es versuchen. Ganz gewiß. Vielleicht würde sie die Erlebnisse des Iunius von Luna und auch die seines Nachkommen, Pater Pietro, zum Thema wählen und in die Form eines Romans bringen, warum schließlich nicht? Sie würde es dem Spion Oswald Breil schon zeigen!

Doch wurde ihr theatralischer Seufzer des Selbstmitleids, in das sie sich gerade hineinflüchten wollte, im Keim erstickt von dem leuchtenden Lämpchen am Bildschirm, das ihr bedeutete, daß eine Nachricht für sie vorlag.

WIE WEIT SIND WIR? sah sie über den Bildschirm laufen. Ihre telepathischen Fähigkeiten hatten den diabolischen Kleinwüchsigen ohne jede Vorwarnung aus dem Nichts der Spionagewelt wieder auftauchen lassen, in dem er verschwunden gewesen zu sein schien.

GEHT GANZ GUT, tippte sie ganz impulsiv ein, nachdem sie die Tasten *CTRL* und *R* gedrückt hatte, ES GEHT VORAN.

MACH SCHNELLER, BITTE, kam sofort die Antwort. FASSE MEHR ZUSAMMEN. ENTSCHULDIGE, ABER WIR MUESSEN SO SCHNELL WIE MOEGLICH WISSEN, WIE DIE GESCHICHTE ZU

ENDE GEHT. CIAO. Dann wurde die Kommunikation abrupt abgebrochen, und die Hände der jungen Frau blieben wie schwebend über der Tastatur zurück.

»Verdammt!« platzte Sara heraus und brach in ein Lachen aus.

Wir müssen so schnell wie möglich wissen? Wer? Keine Ahnung. Und was sprang für sie, Sara Terracini, dabei heraus, abgesehen von dem bißchen Prestige, das sich daraus ergab, daß sie die Abschrift erstellt hatte. Tatsache war auch, daß die Folianten im Eigentum der öffentlichen Einrichtung verblieben, die ihr Gehalt zahlte – also, was?

Gehalt? Ein Hungerlohn regelrecht, ganz wie im Arbeitslager.

Ein grausames Los. Und jetzt sollte sie zu allem Überfluß auch noch »schneller machen, mehr zusammenfassen«! Verdammter Oswald Breil. Wieder legten sich ihre Finger auf die Tasten und galoppierten wie wild darauf herum.

Kaiserliches Rom. Anno 838 nach der Gründung.
[85 n. Chr. (Anm. d. Ü.)]

Ein leichter Nebel legte sich wie ein Schleier über das Licht des Morgengrauens. Clelia sah in die Sonne, die hinter den Befestigungsanlagen Roms aufging. Sie hatte keine Angst, sie bedauerte nur, auf eine so grauenhafte Weise sterben zu müssen, ohne je wirklich gelebt zu haben. Gefügig ließ sie sich mit gesenktem Haupt zu der Tür führen, die für sie das Ende ihres Lebens bedeutete. Doch bevor sie in die ewige Finsternis stürzte, drehte sie sich um, um ein letztes Mal die mittlerweile hoch am Himmel stehende Sonne in all ihrem Glanz zu betrachten. Fast ohne es zu bemerken, nahm sie die Laterne und das Brot in Empfang, die das einzige Gepäck darstellten, mit dem sie ihre letzte Reise antrat.

Als sie in die Zelle hineinging und sich umsah, erblickte sie jenseits der Mauer, die jetzt eiligst aufgerichtet wurde, die Gesichter der anderen Vestalinnen. Doch begann sie erst dann zu weinen, als sie bemerkte, daß Gaia ihre Tränen nicht mehr zurückhalten konnte. Fassungslos sah sie mit an, wie die letzten Ziegel gesetzt wurden, die den Eingang verschlossen. Dann war sie allein, und die Stille klang in ihren Ohren wie die Ankündigung des Todes.

Sie hob die Laterne, um sich umzusehen. Der Tuffstein schwitzte an verschiedenen Stellen und erfüllte die unterirdische Zelle, in der sie lebendig begraben war, mit dem widerlichen Geruch von Feuchtigkeit. Sie kauerte sich in eine Ecke und versuchte, mutig und zugleich ergeben, ihrem schrecklichen Schicksal entgegenzutreten.

»Das werden wir nie schaffen!« knurrte Iunius, der zu diesem Zeitpunkt kopfschüttelnd die Zeichnung studierte, die Valeriano mit einem Stock auf den Boden gekritzelt hatte.

»Wieviel Zeit bleibt uns überhaupt? Zwei Tage, vielleicht auch drei. Doch nur unter der Voraussetzung, daß die Luft in dieser Kammer des Campus Scelleratus ausreicht, um sie am Leben zu halten. In nur zwei Tagen müßten wir einen Gang von über zweihundert Schritt graben. Das geht weit über alle menschlichen Möglichkeiten hinaus.«

»Wir können mit zehn Gruppen zu je drei Männern rechnen«, unterbrach ihn Valeriano gelassen, »die sich Tag und Nacht mit der Arbeit abwechseln. Es sind dieselben jungen Männer, die die Katakombenstadt in den Eingeweiden Roms gegraben haben. Ihre Erfahrung ist nicht zu unterschätzen.«

Diese Worte hatten die Kraft, Iunius wieder Hoffnung zu geben. »Euer Gott stehe uns bei, Christen«, rief er aus. »Machen wir schnell und beginnen wir mit der Arbeit. Die Stunden sind gezählt.«

Verzweifelt sah Clelia, wie die Flamme der Laterne erzitterte, bevor sie erlosch. Die völlige Dunkelheit und der üble Geruch nach Feuchtigkeit ließen die Luft noch stickiger wirken. Sie hatte nicht den Mut, sich selbst zu töten – sie hätte gar nicht gewußt, wie und womit sie das tun sollte. Wie viele Tage, wie viele Stunden würde es dauern, bis sie das Bewußtsein verlöre? Wie würde sie sterben? Im Schlaf oder unter den grausamsten Qualen, hervorgerufen durch Hunger und Durst?

Sie faltete die Hände vor der Brust und bat Gott – den einzigen Gott, an den sie nun glaubte –, ihr die Qual zu erleichtern. Sie wandte sich an ihn und an seine Barmherzigkeit und bat ihn, sich um die Menschen zu kümmern, die sie von Herzen liebte. Wie viele von ihnen waren noch übrig? Recht wenige, dachte sie mit einem schrecklichen Stich im Herzen.

Sie erinnerte sich daran, was ihr die herzlose Cornelia ins Ohr geflüstert hatte, kurz bevor sie sie zu ihrer Hinrichtung führte. »Wisse, daß deinem schönen Gladiator morgen früh der Prozeß gemacht und er verurteilt werden wird. Freue dich. In der Unterwelt könnt ihr euch gegenseitig Gesellschaft leisten.«

Sie hatte kein Instrument, um die Zeit zu messen, aber nachdem die Lampe verloschen war, schätzte sie, daß mehr oder weniger ein ganzer Tag vergangen sein mußte, seit man sie begraben hatte. Mit aller Wahrscheinlichkeit hauchte Iunius gerade in diesem Augenblick seinen letzten Atem aus.

Der Gedanke nahm ihr alle verbliebene Kraft. Und sie fiel leblos zu Boden.

Nicht weit entfernt von ihr arbeiteten fieberhaft die Männer in Schichten. Besonders Iunius gönnte sich keine Ruhe, er blieb ständig im Tunnel und verfolgte die erreichten Fortschritte. Man hatte ihm erklärt, daß die Katakomben nicht weit von dem Ort entfernt waren, an dem Clelia lebendig begraben worden war. Doch betrug der Höhenunterschied zwischen dem Ort, an dem sie zu graben angefangen hatten, und den verschlossenen Zellen des Campus Scelleratus mehrere Ellen. Und so stellte sich die Aufgabe, ihr Ziel im Auge zu behalten, als ziemliche Schwierigkeit dar – trotz der genauen Berechnungen, die Valeriano unermüdlich auf den neuesten Stand brachte. Denn sie mußten den Berg hinauf graben.

Dann plötzlich sah Iunius, wie das Gesicht des Alten unter dem Tuffsteinstaub, der es bedeckte, zu leuchten begann.

»Wir sind bei einem Hohlraum angelangt«, rief er aufgeregt. »Noch ein wenig, und dann müßte die Trennwand einstürzen.«

Tiefe Freude erfüllte Iunius, und aus seiner Brust erhob sich wie ein Gebet die Bitte, daß die Grabungen in die richtige Richtung gegangen seien. Er fühlte sich von einer fast überirdischen Kraft beseelt. Rasch holte er eine Fackel und einen geflochtenen Docht, dann kehrte er zurück und kroch über zweihundert Schritt in den Schacht hinein, der gerade so groß war, daß ein Mann hindurchpaßte.

Die Männer am Blasebalg, die für die Belüftung im Stollen zuständig waren, arbeiteten wie wild, da keinerlei Luft in dem Raum vorhanden war, in den er jetzt vordrang.

Der Anblick, der sich Iunius bot, als die Trennwand endlich fiel, erschütterte ihn bis in die innersten Grundfesten. Die Gewänder der Priesterin erglänzten in ihrer ursprünglichen Pracht, und das Fehlen der Luft hatte den Verwesungsprozeß des Körpers vereitelt. Die Leiche der Frau, die dort zweifellos seit vielen Jahren begraben war, lehnte zusammengesunken an der Mauer, und an ihren Händen war das Fleisch bis auf die Knochen abgeschürft in dem hilflosen, vergeblichen Versuch, sich einen Weg in die Freiheit zu bahnen.

Iunius schauderte es bei dem Gedanken, daß vielleicht bereits Clelia das gleiche Schicksal beschieden sein mochte. Doch sagte ihm sein Verstand, daß selbst angesichts des mißlungenen ersten Versuchs sie doch jetzt die Sicherheit hatten, in den Campus Scelleratus vorgedrungen zu sein. Und der mumifizierte Körper der Unglücklichen, die sie entdeckt hatten, gehörte nicht der Frau, die sie suchten.

Die Fackel vor sich schwenkend, fand er nach kurzer Zeit die Wand, die hinter der unglücklichen Priesterin geschlossen worden war. Rasch stürzte er auf sie zu, und mit der Hilfe der tüchtigen Christen, die hinter ihm hereilten, brachte er sie zum Einsturz, wobei er jeden Appell zur Vorsicht beiseite fegte.

An der Oberfläche patrouillierten mindestens fünfzig Wachsoldaten, um diesen Ort des Todes abzuschirmen. Aber nichts hätte ihn aufhalten können.

Hinter dieser Wand erkannte er einen langen Gang, in dem verschiedene Durchgänge waren. Manche von ihnen waren zugemauert, während sich andere zu den gleichen engen Grabkammern öffneten, in der sie die mumifizierte Priesterin gefunden hatten.

Als er mit seiner Hand über die rauhe Wand strich, fühlte er bei einer der zugemauerten Öffnungen den noch neuen Kalk. Wortlos heischte er mit seinen Augen nach den Werkzeugen, dann machte er sich über die Mauer her, die jetzt das einzige Hindernis war, das ihn von der geliebten Frau trennte.

Clelia hatte inzwischen jedes Zeitgefühl verloren. Sie fühlte sich so schwach, daß sie nicht einmal mehr sitzen konnte. Die Luft zum Atmen war fast aufgebraucht. Dann hörte sie, wie ein Gaukelspiel, die Schläge der Vorschlaghämmer in ihrem Kopf widerhallen. Oder vielleicht war es nur ein Traum von der endgültigen himmlischen Befreiung. Aretas hatte ihr so viele Male von dem silberhellen Gesang der Engel erzählt, vielleicht kamen sie gerade, um ihre Seele in Empfang zu nehmen. Sie kauerte sich auf den Boden und erwartete in heiterer Gelassenheit den Tod.

Was konnte es anders sein als der Wahn des letzten Augenblicks, der sie sehen ließ, wie die Mauer einstürzte und das Licht einer Fackel in ihr Gefängnis drang? Beglückt schloß sie die Augen. Das war tatsächlich das Ende. Der Frieden. Dann verlor sie das Bewußtsein.

Sie spürte nicht, wie die starken Arme von Iunius sie vom Boden emporhoben, um sie zu ihrer irdischen Rettung zu führen.

Wie ein Raubtier im Käfig marschierte Menenius mit großen Schritten in dem schmutzigen Zimmer der Wachmannschaft auf und ab. Er war so zornig, daß er sogar vergaß, nur die unversehrte Seite seines Profils zur Schau zu stellen und die Mißbildung zu verstecken, die sein Gesicht entstellte – wie er es sonst immer mit größter Sorgfalt tat. Jedesmal, wenn er das Zimmer von links nach rechts durchschritt, sah man in all ihrer Häßlichkeit die schreckliche Wunde, die ihm Iunius zugefügt hatte.

Der Offizier, der für das Gefängnis verantwortlich war, stand reglos in militärischer Haltung vor ihm, die allerdings in keiner Weise seinen Zustand der Verlegenheit, ja des Entsetzens, verbergen konnte.

»Was bedeutet das, er ist ausgebrochen?« wütete die Stimme des Senators, wenngleich sie durch die Verstümmelung ziemlich weinerlich und nuschelnd erklang. »Ist es so leicht, aus den Kerkern Roms zu fliehen und eurer Bewachung zu entkommen? Was habt ihr denn gerade gemacht? Spieltet ihr etwa das Spiel der zwölf Zahlen? Habt ihr geschlafen? Oder euch in Gesellschaft eurer kräftigsten Männer vergnügt? So redet doch endlich, bei den Göttern!«

»Es ist ihm gelungen, zusammen mit seinem Zellenkameraden, einem Christen namens Valeriano, die Kanalisation zu erreichen, und zwar durch einen Stollen, an dem der andere offensichtlich schon seit längerer Zeit grub. Wir haben sicherlich nicht geschlafen, verehrter Senator. Drei meiner Männer, die unvorsichtigerweise jene Tuffgesteinsbrocken entfernten, die die Flüchtlinge aufgeschichtet hatten, um dem Wasser Einhalt zu gebieten, sind ertrunken«, antwortete der Offizier mit klagender Stimme.

»Ihr seid Dummköpfe und Nichtsnutze. Der gefährlichste Mann des Römischen Reiches wird mit einem Mann in die Zelle gesperrt, der allein schon deshalb, weil er ein unbeugsamer Christ ist, genauso gefährlich ist, und dann läßt man sie dort ohne ständige Überwachung«, brüllte der Senator mit wutverzerrter Grimasse.

»Noch nie hat es jemand geschafft, aus diesen Verliesen herauszukommen, der nicht in ein Leichentuch gehüllt war, ehrenwerter Menenius. Dieser Christ muß den Stollen offensichtlich während all der Jahre seiner Haft gegraben haben«, stammelte der Soldat jetzt noch verzweifelter.

»Ich werde noch Gelegenheit haben, euch eure Dummheit zu vergelten«, erwiderte Menenius. »Ihr werdet diese Verliese noch sehr gut kennenlernen. Jetzt aber will ich, daß ihr ganz Rom durchkämmt und keine Stelle dabei auslaßt – vor allen Dingen nicht diese unterirdischen Gänge, in denen die verhaßten Christen ihre Zusammenkünfte und ketzerischen Riten abhalten. Lauft so schnell ihr könnt! Begebt euch in die Unterwelt Roms, aber bringt mir diesen Mann zurück. Sein Leben steht gegen eures. Raus hier.«

»Die römischen Soldaten suchen Euch überall«, verkündete ein paar Stunden später der junge Christ, der in Iunius' Versteck geeilt war, noch ganz außer Atem und ziemlich verwirrt. »Sie sind an einigen Stellen schon in die Katakomben eingedrungen, wo sie Tod und Verderben unter unseren Brüdern gesät und gegen unsere Frauen und Kinder gewütet haben. Valeriano, mein Freund, du mußt mit Iunius fortgehen und dich zusammen mit ihm und der Frau verstecken.«

Iunius sah sich verzweifelt nach Clelia um, die nicht weit von ihnen auf einer Liegestatt lag. Sie war nicht in Lebensgefahr – ein paar energische Maßnahmen hatten ausgereicht, sie wieder ins Leben zurückzubringen. Doch würde es einige Tage dauern, bevor sie wieder zu Kräften kam.

Wieder ertönte die weise Stimme Valerianos. »Ich kann mich unter meine Brüder mischen, Iunius. Keiner der Kerkermeister kann sich mit Gewißheit an mein Gesicht erinnern. Tatsächlich haben sie es nie gesehen, so versteckt lag es unter meinem seit Jahren wachsenden Bart. Du dagegen bist nur allzugut bekannt. Wenn du hierbleibst, wirst du mit Sicherheit wieder gefangen, denn zweifellos werden die Häscher früher oder später bis zu uns gelangen.«

Der Alte machte eine kurze Pause und spielte sinnend und zerstreut mit dem Stock herum, auf den er sich inzwischen stützte. Plötzlich erhellte sich sein Gesicht und ließ erkennen, daß er möglicherweise eine Lösung gefunden hatte.

»Aber sicher!« rief er aus. »Es gibt einen Platz, den nie ein Soldat betreten würde und an dem ihr ohne Zweifel große Chancen habt zu überleben. Wieso habe ich bloß nicht früher daran gedacht? Gehen wir, schnell«, schloß er und erhob sich mit einer Gelenkigkeit, die ihm die Begeisterung verlieh, und eilte durch den Tunnel davon.

Nachdem sie unter tausend Vorsichtsmaßnahmen aus den Katakomben emporgestiegen waren – wobei sie mit Sorgfalt einen Ausgang gewählt hatten, der vor Blicken sicher war und gleichzeitig an einer guten Stelle lag – mußten sie nicht mehr weit gehen.

Der Wachtposten, den man an den Eingang zum Lager der Aussätzigen abkommandiert hatte, döste vor sich hin. Die paar Unglücklichen, die verrückt genug waren, sich aus diesem Höllengraben der Verzweiflung zu entfernen und versuchten auszubrechen, wurden ohne Erbarmen niedergemacht. Doch war es sinnlos, diejenigen kontrollieren zu wollen, die diese Schwelle ins Innere überschritten. Wer hätte sich schon in diese Kloake faulender Körper begeben, der nicht vom schlimmsten aller Schicksale dazu gezwungen wurde?

Die zwei in Lumpen gehüllten Männer und die Frau, die sie stützten, brauchten den Wachmann nicht aus seiner trägen Faulheit abzulenken, in die er versunken war. Lustlos hob er einen Finger, um dem Terzett zu bedeuten, ihm so schnell wie möglich aus den Augen zu gehen, und nachdem er ihnen kurz auf dem Weg nachgeblickt hatte, der zur Höhle der Schmach führte, kehrte er in seinen Abgrund der Langeweile zurück.

Sein Soldatenherz kannte nicht die kleinste Regung des Mitleids. Er hatte sich dieser Höhle niemals genähert, und er wäre auch nie so weit gegangen, sich die Lebensbedingungen der Aussätzigen überhaupt vorzustellen – ihre blutenden Verstümmelungen und ihren schrecklichen Tod. Es waren die Kranken, die noch bei Kräften waren, die dafür sorgten, daß die Leichen auf den wackeligen Karren geladen wurden, der gelegentlich zum Tor kam, um sie fortzubringen. Wo sie dann letztlich hinkamen, interessierte ihn noch weniger.

Langsam begannen die Lappen, die seinen Kopf bedeckten und damit sein Gesichtsfeld begrenzten, Iunius zu stören. Dennoch ging er weiter, wobei er so tat, als sei er zu Tode erschöpft, und stützte Clelia, die allerdings wirklich seiner Hilfe bedurfte und auch der des Alten.

Er hatte lange versucht, Valeriano von der Idee abzubringen, ihnen in das gefährliche Abenteuer zu folgen. Doch das war nicht möglich gewesen.

»Ich bin alt, Iunius«, hatte er bestimmt zur Antwort gegeben. »Und ich werde genau wie du wegen des Ausbruchs aus dem Gefängnis gesucht. Wenn ich unter meinen Brüdern bleibe, setze ich nur deren Leben aufs Spiel. Außerdem wirst du bei Clelias Zustand sicherlich Hilfe brauchen, wobei ich noch nicht in Betracht ziehe, daß viele der Aussätzigen unsere Brüder in Christo sind. Viele von ihnen sind nicht krank, sondern haben sich freiwillig an diesen Schreckensort begeben, um den Unglücklichen die Frohe Botschaft zu bringen und die Aussicht auf das neue Leben, das sie erwartet. Ich kenne jeden Winkel des Leprosariums. Hineinzugelangen ist leicht, wie du sehen wirst. Herauszukommen dagegen nicht. Aber unsere Brüder wissen, wie es geht. Im richtigen Moment werden sie uns sicher bei unserer Flucht helfen.«

Als sie an ihnen vorbeikamen, hüllten sich die Kranken in ihre verschlissenen Lumpen, als wollten sie die Schmach ihrer Verstümmelungen vor den Neuankömmlingen verstecken. Gespensterhafte Schatten, die ihnen in diesem irdischen Totenreich den Vortritt ließen.

Die Höhle schien überhaupt nicht zu enden. Hier und da sah man im Halbdunkel ein Feuer brennen. Um den orangefarbenen Schein der Flammen ging das Leben auf schier unglaubliche Weise weiter. Ganze Familien von Kranken kamen zusammen und nahmen ihre kargen Mahlzeiten ein. Und sie stärkten im Gebet die Hoffnung, daß der unerbittliche Tod sie von jeder Pein befreie.

Iunius legte Clelia in einem Teil der Höhle nieder, in dem sich noch niemand befand. Hinter ihm, ganz in der Nähe, hörte er die herzzerreißenden, keuchenden Atemgeräusche eines sterbenden alten Manns. Mit seinen Händen strich er der geliebten Frau durchs

Haar. Sie schien sich inzwischen besser zu fühlen, doch zeigte sich auf ihrem Gesicht, auf dem die Schweißperlen standen, noch eine große Müdigkeit.

»Wie geht es dir?« fragte er Clelia und streichelte ihr Gesicht.

»Sehr viel besser«, antwortete sie mit kaum hörbarer Stimme. Aber die Angst in ihren Augen war nur allzu beredt.

Schwach erhob sich die Stimme des sterbenden alten Mannes hinter ihnen, doch wechselte sie plötzlich zu unerwarteter Festigkeit: »Deine Stimme würde ich auch auf einem riesigen Platz voller Menschen wiedererkennen, mein Sohn!«

Wie auch er überall die Stimme wiedererkennen würde, die ihn in lange zurückliegenden, aber unvergeßlichen Jahren durchs Leben geleitet hatte.

Iunius fühlte, wie ihn eine unbändige Welle der Freude ergriff, die jedoch sofort von dem schmerzhaften Empfinden ohnmächtiger Verzweiflung gedämpft wurde. Der alte Mann hob seinen Kopf vom Lager. Seine Gefühle fanden auch über das Dunkel seiner Augen hinaus ihren Ausdruck.

»Vater! Vater!« rief Iunius. Nichts und niemand hätte ihn bremsen können, als er auf den gepeinigten Körper des alten Manns zueilte, um ihn zu umarmen.

»Langsam, langsam, Iunius! Die Krankheit hat meinen Körper fast vollständig zerfressen. Ich wartete auf die ewige Stille des Todes, und da hörte ich deine Stimme.«

»Meine Mutter? Wo ist meine Mutter?« fragte Iunius und versuchte, einen bohrenden Blick in das Halbdunkel zu werfen.

»Sie ist vor wenigen Tagen dahingegangen, mein Sohn, und hat mich zurückgelassen, auf daß ich allein diese Pein weitertrage. Aber ich werde ihr bald nachfolgen.«

»Menenius, dieser schändliche Mensch, wird für alle seine Schuld bezahlen, mein Vater. Und mit ihm seine verachtenswerten Komplizen. Das schwöre ich dir.«

»Ich habe nie geglaubt, was ich erzählen hörte, mein Sohn. Ich habe nie geglaubt, daß du ein Verräter und ein Mörder bist. Sie haben uns ins Gefängnis gesteckt, deine Mutter und mich. Und dann, als ich krank wurde, haben sie uns in diesen Vorraum der Hölle eingeschlossen.«

»Das ist vor allem meine Schuld, Vater, und die Folge meiner unbesonnenen Flucht aus unserer Stadt. Du ahnst gar nicht, wie mich das bedrückt. Ach! Niemals kann ich wieder Frieden finden, nie deine Verzeihung erlangen.«

»Warum sprichst du von Schuld, mein Sohn? Welche Schuld denn? Dafür, daß du dich immer für die Gerechtigkeit und für Rom eingesetzt hast? Mein Schicksal ist vorgezeichnet und meine Krankheit nur das Mittel, um deiner Mutter ins Reich der guten Menschen zu folgen.«

Iunius hatte nicht bemerkt, daß Clelia zu ihm getreten war. Die Hand der Geliebten glitt in die seine, doch nur für eine Weile, dann stützte sie dem Sterbenden den Nacken.

»Wem gehören diese weichen, wohltätigen Hände?« fragte der alte Mann, der den Unterschied in der Berührung bemerkt hatte und seinen Kopf in Richtung Clelias richtete.

»Sie gehören der Frau, die ich liebe, Vater«, antwortete Iunius ohne Zögern und blickte Clelia an. »Viel ist geschehen, seit wir uns das letzte Mal getroffen haben ...« Doch dann bemerkte er das Zittern des Todes, das durch den Körper seines Vaters fuhr, und er schwieg.

»Erinnere dich an deine Mutter«, hub der Vater mit kaum hörbarer Stimme wieder an. »Du weißt, sie lebte nur in der Erwartung, daß du ihr Enkel schenkst, die sie als Großmutter umhegen kann. Jetzt weiß sie, daß sie welche haben wird, auch wenn sie nicht in der Weise für sie sorgen kann, wie sie es sich erträumte. Aber wer weiß. Ich wüßte gerne, wie die Welt der Guten nach dem Tod aussehen wird. Doch gerade an diesem trostlosen Ort habe ich Worte der Hoffnung vernommen für ein anderes Leben als das, das wir auf dieser Erde leben. Nicht mehr lange, und ich werde es sehen. Denn dort, wohin ich gehen werde, werde ich auch in meiner Dunkelheit, in der ich übrigens viele Dinge sehe und wahrnehme, das Licht finden. Behalte mich in Erinnerung, mein Sohn, und auch das einzige Geschenk, das ich dir – außer deinem Leben – gemacht habe: die Mondsteine, die sich jetzt in den Händen eines Manns befinden, der dich tot sehen will ...«

»Sie werden in den Besitz unserer Familie zurückgelangen, Vater, das schwöre ich dir.«

Aber es war nichts mehr zu machen. In ohnmächtiger Verzweiflung mußte er mit ansehen, wie sich der Kopf seines Vaters ein letztes Mal aufbäumte, und ein heftiges Schluchzen zerriß ihm die Brust.

In einem anderen unterirdischen Raum befahl währenddessen die Oberste Vestalin, herausgeputzt und gebieterisch wie ein militärischer Anführer, einem Soldaten, die Mauer zum Campus Scelleratus niederzureißen. Ihre Augen leuchteten voller Genugtuung. Sie war sicher, Clelia inzwischen leblos in der vermauerten Zelle vorzufinden, die jenseits des dritten Siegels lag.

Aber schon als sie den unterirdischen Gang voranschritt, gefror ihr das höhnische Lächeln beim Anblick der herumliegenden Trümmer. Und ihre Vorahnung wurde zur Gewißheit, als sie das Gefängnis erreicht hatte und die letzte Mauer niedergerissen sah.

Menenius hatte es nicht gewagt, den heiligen Ort zu betreten, und wartete außerhalb des Campus auf eine Nachricht. Er war sich sicher, daß Iunius, kaum in Freiheit, alle Mittel daran setzte, um seine Gefährtin zu retten. Aber das war, wie er wohl wußte, ein unmögliches Unterfangen, und die Vorstellung, daß sein verhaßter Feind bei diesem verzweifelten Versuch nur weitere Schmerzen erfahren würde, erfüllte ihn mit großer Freude. Ah, hätte er ihn nur dabei sehen können, wie er mit seinen Händen und Zähnen grub – leider ein vergebliches Unterfangen!

Und dennoch verließ ihn niemals der Zweifel! Er ließ ihn nicht schlafen und gab ihm keine Ruhe. Zu oft war es diesem Mann mit den tausend Leben gelungen, dem Schicksal ein Schnippchen zu schlagen, auch wenn er endgültig verdammt zu sein schien.

Deshalb hatte er nach einer weiteren schlaflosen Nacht beschlossen, Cornelia zu bitten, nachzuprüfen, ob der leblose Körper der jungen Frau in dieser Zelle eingeschlossen war.

Dabei konnte darüber kein Zweifel bestehen! Es durfte keinen geben!

Als er die finstere Miene der Priesterin sah, die aus dem unterirdischen Labyrinth emporstieg, fühlte er sich in einen Taumel des Schreckens versetzt.

Iunius verließ zusammen mit Clelia und Valeriano das Leprosarium sieben Nächte, nachdem sein Vater begraben war. Die Christen waren sehr hilfsbereit und führten sie durch einen langen, gewundenen Stollen, den er niemals allein hätte begehen können, obwohl er wahrhaft viele Male gezwungen gewesen war, die Kunst des Gefängnisausbruchs und der Flucht bis in alle Feinheiten zu erlernen.

Als er die Kraft fand, sich umzuwenden und den geheimen Eingang zu der Höhle zu erspähen, waren sie schon weit davon entfernt. Er sah ihn nicht mehr. Und wahrscheinlich würde er ihn auch niemals mehr finden. Doch bereits die Idee, daß die Ereignisse ihn dazu zwängen, ihn noch einmal suchen zu müssen, ließ ihn erschaudern.

»Im Fretum Taphros, dem von Stürmen heimgesuchten Meeresarm, der Sardinien vom Land der Korsen trennt«, erklärte ihm Valeriano im Weitergehen, »gibt es einige Inseln, die von Wind und Meer umspült sind und von den Menschen gemieden werden. Ich hatte als junger Mann die Gelegenheit, sie zu besuchen, und in jüngerer Zeit haben mir einige Seeleute davon berichtet, die auch unserem Glauben anhängen. Diese Inseln sind noch ganz wie früher, unbewohnt, aber reich an wildlebenden Tieren und Vegetation.

Das ist der beste Ort, um eine Kolonie zu schaffen, in der die Christen endlich in Sicherheit vor ihren Verfolgern leben können. Deshalb sind wir heute aufgebrochen. Noch vor dem Morgengrauen wird ein Schiff, das von unseren Brüdern gesteuert wird, aus einer recht unwegsamen Felsenbucht südlich von Rom in See stechen und uns dorthin bringen – mit etwa fünfzig Männern und Frauen an Bord, die sich nur wünschen, in Frieden zusammen zu leben.«

»Nein«, gab Iunius mit Bestimmtheit zur Antwort. »Ich kann nicht einfach so weggehen. Ich werde nie Frieden finden können, bis ich nicht meine Rache vollendet habe. Zu viele unschuldige Tote fordern sie ein.«

»Überlege doch, Iunius«, erwiderte Valeriano ebenso bestimmt, wenn auch gelassen. »Rache ist ein Wort, das ich nicht hören möchte. Die Bestrafung steht allein Gott zu. Was zählt, ist, daß du von diesen schweren Anschuldigungen freigesprochen wirst und vielleicht eines Tages sogar die Steine zurückerhältst, die das Symbol deiner Familie sind. Aber das wird dir nur als freier Mann gelingen, nicht wenn du dich, von den Häschern des Menenius gehetzt, wie ein Strauchdieb im Unterholz verkriechen mußt.

Ich beschwöre dich, komm mit uns auf diese Inseln. Wir brauchen dich und deine Erfahrung, die du dir angeeignet hast, als du die Felder des Marcius aufblühen ließest und seine Geschäfte geleitet hast. Verschwende nicht diese Reichtümer, sondern stelle sie in unseren Dienst. Meine Leute brauchen verzweifelt deine Führung, und auch Clelia braucht dich an ihrer Seite.«

Der Weg war lang, und Iunius schritt schweigend voran, tief in Gedanken versunken.

»In Ordnung«, rief er nach einer Weile. »Ich werde bei euch bleiben, solange es nötig ist. Aber diese niederträchtigen Männer dürfen nicht ohne Strafe bleiben. Sie werden eines Tages bestraft werden.«

Sie fanden die Christen an dem engen, steinigen Platz versammelt, von dem aus ein Boot hin- und herpendelte, um die Menschen und Vorräte auf das Schiff zu laden. Mitten in der Nacht stachen sie in See, bebend vor Abenteuergeist, der das Herz eines jeden bahnbrechenden Wegbereiters höher schlagen läßt.

16.

Gregory Bender ließ sich in den weichen Sitz des Jets sinken. Mit der selbstverständlichsten Geste der Welt zog sich der alte Nobelpreisträger die Schuhe aus, streckte die Beine und griff nach der Fernbedienung des Fernsehapparats, der in die Bar eingebaut war. Vorher hatte er schon seine beiden Reisegefährten gebeten, ihn Greg zu nennen, wie all seine Freunde es taten. Laura beobachtete ihn amüsiert: Es war erstaunlich, daß eine Persönlichkeit, die auf der ganzen Welt bekannt war, sich im stattlichen Alter von neunundsechzig Jahren so zwanglos benehmen konnte. Nachdem er es sich bequem gemacht hatte, schien sich der Präsident der UNO-Raumfahrtkommission endlich wieder an ihre Gegenwart zu erinnern.

»Unser Freund hat diesem... diesem üblen gelben Typen völlig zurecht die Meinung gesagt«, sagte er plötzlich aus heiterem Himmel. »Ich war von den Schlüssen, zu denen diese Besserwisser gekommen sind, alles andere als überzeugt. Ich habe die Theorien von Leonhard Speitz sehr genau untersucht. Und ich denke – und sei es auch nur aus Gründen des Respekts, den jeder einem Wissenschaftler seines Formats zu schulden hat –, daß wir das Ding, das von ihm im Weltraum entdeckt wurde und seinen Namen trägt, beobachten und bis ins kleinste Detail untersuchen müssen. Ja, es ist regelrecht unsere Pflicht, das zu tun. Man kann nie wissen, vielleicht handelt es sich dabei tatsächlich um eine gerechtfertigte Vorsichtsmaßnahme.«

Und dann – unberechenbar wie zuvor – nahm er einen komischkomplizenhaften Tonfall an, beugte sich zur Seite und flüsterte in Lauras Ohr: »... aber ganz im Vertrauen kann ich Ihnen verraten, daß meine persönlichen Schlußfolgerungen fast völlig mit denen von Oberst Dimarzio übereinstimmen. Wenn es uns nicht gelingt, seinen Kurs umzulenken, wird uns der Asteroid Speitz-42 mit großer Wahrscheinlichkeit auf den Kopf fallen und eine Katastrophe auslösen, die nicht nur den größten Teil aller lebenden Arten vernichtet, sondern auch unvorhersehbare Auswirkungen auf die Bahnen und Bewegungen der Himmelskörper haben wird.«

»Und warum haben Sie das nicht diesen Mumien in der Kommission mitgeteilt?« konnte Laura nicht umhin, ihn zu fragen.

»Wissen Sie, die seltsamen Gesetze des Fair play, die unsere Kommission regieren, schreiben vor, daß der Präsident kein Stimmrecht hat. Ich bin eine reine Symbolfigur. Ein Prestigeträger vielleicht? Ich weiß es nicht. Gewiß ist es eine Art Anerkennung für den Nobelpreis, den ich erhalten habe. Aber die Geschichte ist auch schon alt. Sagen wir, es ist eine Art Blume im Knopfloch. Und Sie haben ja nicht die geringste Ahnung, wieviel Animositäten schon die Verleihung einer kleinen Medaille hervorrufen kann. Was dann erst beim Nobelpreis passiert, können Sie sich überhaupt nicht mehr vorstellen.

Glauben Sie, daß ein verschrobener Siebzigjähriger – dem schon die Bedienung eines elektronischen Taschenrechners furchtbare Anstrengungen bereitet, von einem Computer ganz zu schweigen – von diesen hervorragenden Gelehrten und Wissenschaftlern überhaupt ernstgenommen wird? Die sind doch voll damit beschäftigt, den Weltraum zu erobern, wobei jeder von ihnen das größte Stück für sein eigenes Land ergattern will.«

Nachdem alle Operationen für einen erfolgreichen Start beendet waren, hatte Kevin den Copiloten in der Kanzel allein gelassen und sich während der bittersüßen Äußerungen des Wissenschaftlers zu ihnen gesellt.

»Doch machen Sie sich keine Sorgen«, fuhr Bender fort und tippte dabei an seine Stirn. »Dieser Kopf mag wohl ein wenig alt sein, aber er funktioniert noch immer recht gut. Außerdem enthält er eine riesige Menge an geheimen Informationen, die von ungeheurem Nutzen für unsere Arbeit sind.«

Etwa zwei Stunden später landeten sie auf der Piste 7 des Kennedy Space Center in Florida. Kaum waren sie in der Niederlassung angekommen, bat Kevin um einen sofortigen Termin bei General Steps, der für die Besatzung der Raumfahrtmissionen verantwortlich war.

Ferdinand Steps war der klassische Schreibtischsoldat. Aber vielleicht hatte er gerade wegen seiner Fähigkeit im Umgang mit Akten und im Slalom durch die gewundenen Pfade der Bürokratie noch vor Kevin den Rang eines Generals erreicht, auch wenn sie Lehrgangskameraden gewesen waren. Als Farbiger hatte er schon seit der Zeit der Militärakademie gegen jede Diskriminierung aus rassischen Gründen gekämpft, und sein beinahe einziger Verbündeter war damals der Kollege Kevin Dimarzio gewesen.

»Was verschafft mir die Ehre eines Besuchs von unserem Helden der beiden Welten?« fragte er mit heiterer Miene, zeigte auf eine kleine Couch und öffnete unter Kevins Nase eine Schachtel wohlriechender kubanischer Zigarren.

»Ich möchte wieder fliegen, Ferd«, erwiderte Dimarzio kurz.

»Meinst du nicht, daß du ein wenig zu betagt bist, um in die Kanzel eines F16 zu schlüpfen?« kicherte der General, in eine Rauchwolke gehüllt.

»Ich möchte sofort in den Kreis der Besatzungsmitglieder des STS 74 aufgenommen werden«, erwiderte Kevin und ging damit direkt auf den Kern des Problems zu. Das Lachen seines Gesprächspartners erlosch im Nu.

»Du bist immer ein Aufschneider gewesen, Kevin Dimarzio, schon damals, als du mir auf dem Klo der Flugschule die Ergebnisse der schriftlichen Prüfungen überlassen hast, damit ich sie abschreiben konnte. Aber glaubst du nicht, daß du jetzt ein echtes Problem hast? Nimm es mir nicht übel, aber, ich meine ... du wirst bald fünfundvierzig, wenn du es nicht schon bist. Die Wechseljahre ... Du weißt, die Reflexe trüben sich und werden langsamer ... Was ist denn los mit dir? Sehnst du dich nach den rosaroten Zeiten deiner Jugend zurück? Hast du schon mal versucht, den Rat eines Psychoanalytikers einzuholen?«

Ferds Ton war herzlich und scherzhaft geblieben, so daß Kevin ohne Gereiztheit fortfahren konnte: »Es bringt nichts, wenn ich dir jetzt alles erkläre. Denn das würde bedeuten, daß ich das, was ich vorhabe, nicht mehr tun könnte. Ich sage dir nur, daß nach meinen Berechnungen das Überleben der Menschheit ernsthaft in Gefahr sein könnte. Und die einzige Möglichkeit, die uns bleibt, um das Überleben unserer Kinder zu garantieren, ist deine Erlaubnis, mich wieder in den Weltraum zu schicken. Von dort kann ich die entsprechende Verteidigung vorbereiten.«

Immer wenn die Rede auf Kinder kam, von denen er selber fünf hatte, war Ferd tief beeindruckt, ganz abgesehen von der Tatsache, daß Kevin Dimarzio immer großen Einfluß auf ihn ausgeübt hatte. Und so nickte er nachdenklich.

»Mehr kannst du mir nicht sagen, was? Tja, was für ein Soldat wäre ich, wenn ich den Befehl zum Stillschweigen nicht zu respektieren wüßte! Einverstanden. Noch morgen früh beginnst du zusammen mit den anderen Astronauten dein Training. Abgesehen von dem einen oder anderen, durchaus nicht unerheblichen Problem körperlicher Verrostung, über das unmittelbar zu berichten ich dich von ganzem Herzen bitte, ja, dir sogar befehle, glaube ich nicht, daß dich das allzusehr anstrengen wird. Es haben sich nicht viele Dinge verändert seit der *Columbia*, die du einige Male gesteuert hast, bis zur *Atlantis*, mit der man heute im Weltraum spazierenfährt. Einige Stunden Flugsimulator und eine umfassende Fortbildung im technischen Bereich werden genügen. Immer unter der Voraussetzung, daß dein altes Herz die körperliche Anstrengung aushält...«

Und der sympathische Offizier reichte ihm die Hand und zwinkerte ihm zu.

»Das wird es aushalten, das wird es aushalten, keine Sorge, mein Alter«, erwiderte Kevin.

Isola del Cavallo. Südlich von Korsika.
Anno 844 nach der Gründung Roms.
[91 n. Chr. (Anm. d. Ü.)]

Nach Norden hin erhoben sich majestätisch die weißen Klippen des korsischen Landes. Ständig fegte ein heftiger Wind über die Insel, der die Gerüche des Festlands und der Freiheit mit sich brachte.

Die Tiere wurden plötzlich von einer Seuche befallen, als Marcius, Iunius' Erstgeborener, gerade zwei Jahre alt geworden war. Bis zu diesem Zeitpunkt hatte sich das Leben der Gemeinschaft auf sehr friedliche Weise und in größter Harmonie abgespielt. Obwohl er sich, im Gegensatz zu Clelia, nicht zu der Religion bekannt hatte, respektierte Iunius die Gebräuche der Christen. Er war ein Mann, den die vielen Schlachten geprägt hatten. Eine Zeitlang hatte er sich sogar von den Göttern für eine Mission auserkoren gefühlt. Aber diese Zeiten lagen nun schon lange hinter ihm. Und welche Götter auch? Jedenfalls gehörte die Achtung vor den Gewohnheiten anderer zu der Erziehung, die er als Kind erhalten und unter der Leitung seines Generals noch verfeinert hatte.

»Iunius, die Tiere werden von einer unheilbaren Krankheit dahingerafft«, teilte ihm Lucas mit, ein glühender Anhänger der Christen, der vor der Verfolgung im Umland Roms als einer der besten Tierärzte des Kaiserreichs bekannt war.

»Besteht eine Gefahr für die Menschen?« fragte Iunius in Sorge bei dem Gedanken an die mittlerweile über siebzig Personen, die die Insel bevölkerten.

»Nein, sie scheint nicht ansteckend für die Menschen zu sein«, lautete die Antwort.

Nach Iunius' Ansicht war der einzige Grund, warum sie bis dahin in aller Ruhe leben konnten, die Tatsache, daß die Insel völlig autark war. Alle Güter, die sie für ihren Lebensunterhalt benötigten, wurden vor Ort produziert, ohne daß sie dazu mit der Außenwelt in Kontakt treten mußten. Freilich war es nicht leicht gewesen, die Tiere auf der Insel, die vor ihrer Ankunft wild gelebt hatten, zu domestizieren, aber schließlich trugen ihre Anstrengungen Früchte. Jetzt allerdings waren sie angesichts des Massensterbens ihres Viehs gezwungen, sich mit einem Zustand auseinanderzusetzen, der sie plötzlich und ohne jede Vorwarnung in die größte Unsicherheit stürzte: Falls sie nun begännen, mit den Bewohnern der nahegelegenen großen Inseln Handelsbeziehungen aufzubauen, würde innerhalb kurzer Zeit unweigerlich auch in Rom ihre Existenz bekannt werden.

Clelia holte ihn ein, während er mit finsterer Miene auf dem weißen Sandstrand spazierenging. Sie begegnete seiner Konzentration mit dem größten Respekt und begnügte sich damit, sich ihm still zur Seite zu gesellen.

»Wir können jetzt nicht aufgeben«, dachte Iunius laut nach. »Wir können nicht… Aber Tatsache ist, daß wir notgedrungen die Insel verlassen müssen, wenn wir für unsere Kinder keine Lebensmittel und Milch mehr haben. Es sei denn, wir beginnen irgendeinen Handel. Aber was kann uns dieses rauhe Land über das wenige hinaus, das wir zum Leben brauchen, noch weiteres bieten? Noch dazu, wenn es von morgen an gar nicht mehr sicher ist, daß unser Lebensunterhalt garantiert ist.«

Er sah zu, wie der kleine Marcius am Strand entlangtrippelte und wie verzaubert vor einem Granitfelsen in einer sehr sonderbaren Form stehenblieb, die das Meer und der Wind gemeißelt hatten.

Plötzlich kamen ihm die Marmorbrüche von Luna wieder in den Sinn. Die Männern schnitten geduldig den Stein in große Blöcke, die dann auf die Schiffe geladen wurden, die im Hafen vor Anker lagen. Dank dieses einzigartigen Handels lebte seine Geburtsstadt in Wohlstand und Glück.

Er nahm das Kind auf den Arm und fuhr mit der freien Hand nachdenklich über den roten, glatten Felsen. Auf seinem Antlitz erschien nach und nach ein zufriedenes Lächeln. Genau! Die Farbe des Steins ließ vor seinem Geist die Aussicht auf eine wahrhaft rosafarbene Zukunft für die gesamte Inselgemeinschaft erstehen.

Jerusalem. Knesset. Dezember 1995.

Der israelische Premierminister hob den Hörer des Haustelefons ab: »Ich möchte für eine Stunde aus keinerlei Grund gestört werden«, befahl er seiner persönlichen Sekretärin. Dann legte er die Fingerspitzen aneinander und rückte sich bequem auf seinem Sessel zurecht.

»Ich bin ganz Ohr für Sie, Major Breil«, sagte er und heftete seinen Blick auf Oswald.

Der kleine Mann ließ nicht die mindeste Gefühlsregung erkennen, sondern setzte sofort seinen sorgfältig ordnenden Verstand in Gang, um seinem Staatsoberhaupt über seine Entdeckungen Bericht zu erstatten.

»Ich werde in groben Zügen vorgehen«, begann in aller Ruhe der kleinwüchsige Gesprächspartner, »und erst, je weiter wir fortschreiten, dann auch zunehmend zu den Details kommen. Wenn Ihnen irgend etwas unverständlich sein sollte, bitte ich Sie, mich zu unterbrechen, Herr Premierminister.

Ich glaube, Ihnen ist bekannt, daß ich mich in meiner Eigenschaft als Direktor einer Ölplattform auch mit Unterwasserforschung beschäftigt habe. Tatsächlich aber bemühte ich mich um diese Aufgabe, um eine alte Idee von mir in die Realität umzusetzen: das Ausfindigmachen und die mögliche Bergung des *U 115*. Das war das letzte Nazi-U-Boot, das von Deutschland abgelegt hat und – nach meiner Meinung, aber auch der Ansicht anderer, wie wir noch sehen werden – die persönlichen Geheimnisse des Führers barg.

Leider aber ist das U-Boot, wie wir wissen, wenige Meter unterhalb der Wasseroberfläche in der Mitte durchgebrochen, so daß nur ein sehr geringer Teil seiner Ladung geborgen werden konnte.

Hinter diesem Zwischenfall wie auch hinter den zahlreichen anderen, die viele Opfer forderten und mein Leben ebenso wie das anderer Menschen aufs Spiel setzten, stand nun, wie sich herausstellte, Sir Robert Rustom, der Präsident der North Pole Oil. Derselben Ölgesellschaft, bei der ich mich aufgrund einiger Überlegungen und verschiedener Verdachtsmomente um diese Arbeit beworben hatte. Und auch Sir Robert ist uns wohlbekannt.«

Nach diese Worten legte Oswald eine kurze Pause ein, als wollte er prüfen, ob sein Gegenüber ihm auch mit der gebotenen Aufmerksamkeit folgte. Dann sprach er weiter: »Da er sich der Schmach einer Gefängnisstrafe für seinen Verrat nicht aussetzen wollte, hat Rustom Selbstmord begangen. Sofern er nicht *umgebracht* wurde… Das weiß ich nicht… Auf jeden Fall hatte sich seine Familie in der jüngeren Geschichte des Vereinigten Königreichs in den Mantel größter Heldenhaftigkeit gehüllt. So war sein Vater bereits der militärische Berater von Winston Churchill. Aber kommen wir zum entscheidenden Punkt. Die Objekte, die in dem geborgenen Teil des *U 115* gefunden wurden, sind leider nur von geringem Interesse. Sie untermauern in keinem Fall meine persönlichen Ideen, wie ich sie angedeutet habe.«

»Und die wären, Oswald?« unterbrach ihn der Premierminister.

»Ich habe nie geglaubt, daß Hitler in dem Bunker in Berlin Selbstmord begangen hat. Auch nicht, daß die Leiche, die von den Russen gefunden wurde und später dann auf unerklärliche Weise verschwunden ist, diejenige des Führers war. Aber wenn Sie erlauben, Herr Premierminister, werde ich in einzelnen Etappen fortfahren.

Bereits an diesem Punkt hatte ich trotz des Mangels an urkundlich belegten Informationen entdeckt, daß Rustoms Vergangenheit außerordentlich interessant, um nicht zu sagen, beunruhigend schien. Sicher ist, daß sie voller dunkler Punkte steckt, die alle um die Gründung eines Geheimbundes kreisen, dessen Vorsitz ebenso wie jedes andere Amt vom Vater auf den Sohn übertragen wird. Haargenau wie das Anrecht auf einen Thron. In zweiter Linie kam mir der Reichtum der Familie verdächtig vor. Da gab es einen zu starken Qualitätssprung zwischen dem normalen Wohlstand eines Admirals und der Möglichkeit, die mächtigste britische Ölgesellschaft der Nachkriegszeit aufzukaufen, wie es sein Sohn getan hatte.

Drittens, das Leben des Admirals Rustom weist an zwei exakt zu bezeichnenden Punkten Lücken auf. Die erste mitten im Zweiten Weltkrieg und die andere wenige Tage vor dem Fall Berlins.

An dieser Stelle ist es unerläßlich, einen Schritt in die Zeit davor zu tun. Und zwar in die vierziger Jahre, direkt auf die scheinbar glückliche Insel, die die Schweiz in dem vom Krieg verwüsteten Europa darstellte. Ein junger Bankangestellter jüdischer Herkunft geht in einem Züricher Bankinstitut seiner Arbeit nach. Er ist mit der Verwaltung der Tresorräume befaßt, hält die Listen der Nummernkonten auf dem laufenden und begleitet die Kunden in die großen Panzerkammern. Natürlich erst, nachdem er sie mittels der geheimen Ziffern des Kontos identifiziert hat. Der Kunde muß auch im Besitz eines Schlüssels sein, denn nur damit kann er an den Inhalt der Schließfächer gelangen. Allerdings auch nur, wenn er gleichzeitig mit dem Universalschlüssel verwendet wird, den die Bank aufbewahrt und der dann dem entsprechenden Angestellten anvertraut wird.

Im Jahr 1942 wird Misha Ceorsky, so hieß der junge Bankangestellte, von einem angeblichen deutschen Geschäftsmann angesprochen, der aber in Wirklichkeit ein hochrangiger Offizier des Dritten Reichs ist und verantwortlich für die »Deutsche Erde und Steinwerke«. Also schlicht für den Finanzarm der SS.

Eine weitere kleine Zwischenbemerkung und noch ein weiterer Schritt zurück. Siegfried Sachs, einziger Erbe des deutschen Stahlimperiums, ist ein reicher Taugenichts und Tagedieb, der aus purer Liebhaberei in den Wassern südlich von Florida nach gesunkenen Schiffswracks sucht. Durch Zufall stößt er eines Nachmittags im Jahr 1927 auf den größten Schatz, der je geborgen wurde – eine versunkene Galeone, deren Ladung fast ausschließlich aus Goldbarren, Silberbarren und Edelsteinen besteht. An Bord seiner Yacht befinden sich, neben der Besatzung – die zusammen mit der Yacht auf mysteriöse Weise auf der Rückfahrt nach Europa verschwindet –, ein hoher Offizier des britischen Empires und eine nicht weiter bezeichnete amerikanische Gefährtin des Augenblicks.

Kommen wir nun auf die Begegnung in Zürich 1942 zurück. Der unbekannte deutsche Geschäftsmann teilt Ceorsky mit, daß das persönliche Vermögen der Familie Sachs konfisziert ist und deren Vermögensbestand im Ausland vom gleichen Schicksal betroffen ist, wie auch der Geldtresor, in dem Siegfried Sachs einen Schatz von heute schätzungsweise tausend Millionen Dollar sicher verwahrt hatte. Zur Unterstützung seiner Forderung weist der Nazifunktionär den Schlüssel des Tresorraums vor. Aber er kann nicht umhin zuzugeben, daß weder er noch seine Auftraggeber den Geheimcode des Kontos kennen.

Pflichtgetreu bedauert Ceorsky, obwohl der andere mehrmals betont, daß der Führer in Person ihn zu belohnen wüßte. ›Das Gesetz erlaubt es mir nicht, Ihnen den Zugang in die Panzerkammer von welcher Person auch immer zu gestatten‹, erwidert fest der junge Bankangestellte und empfiehlt dem Nazi, seine Regierung zu bitten, die international gültigen bürokratischen Formalitäten einzuleiten, die nötig sind, um Anspruch auf den rechtmäßigen Zugang geltend zu machen. Worauf die höflichen Manieren des Deutschen ganz plötzlich umschlagen.

›Zu Ihrer Information: Ihre Eltern trafen genau gestern im Lager Auschwitz ein‹, erklärt er ohne alle Umschweife dem bestürzten jungen Mann. ›Ich könnte mir vorstellen, daß Ihnen ihr Leben sehr viel mehr am Herzen liegt als ein kleiner Verstoß gegen das schweizerische Bankgesetz. Denken Sie darüber nach, Herr Ceorsky, wir haben keine Eile.‹«

An diesem Punkt angekommen, gönnte sich Oswald eine weitere Pause, um sich ein Glas Wasser einzuschenken und sich zu räuspern. Aber ermuntert von dem aufmerksamen Blick des Premierministers, fuhr er sogleich wieder fort: »Was war in der Zwischenzeit geschehen? Wir befinden uns noch immer im Jahr 1942, aber kurz vor der Begegnung in Zürich. England und die Alliierten sind in Schwierigkeiten. London wird von der deutschen Luftwaffe bedroht, hält aber stand. Admiral Rustom läßt sich von einer Rede anregen, in der Churchill sagte: ›Hätte ich diesen Hitler hier vor mir, würde ich ihm gerne meine Meinung sagen, bevor ich ihn zum Schafott begleite.‹

Rustom sieht die Niederlage bevorstehen. Er verliert jedoch nicht den Mut, sondern stellt in höchster Eile fast blitzartig in Nordfrankreich eine geheime Mission auf die Beine. Mir liegen mehrere Dokumente vor, die beweisen, daß sich am 16. März 1942, einem Montagmorgen, Admiral Rustom mit Adolf Hitler traf, und zwar unter vier Augen, um mit ihm eine ganz persönliche Version der Kapitulation der Alliierten zu verhandeln. Die wurde jedoch offensichtlich niemals angenommen.

Aber der tüchtige Admiral macht nun einen anderen Zug, gewiß um sich freies Geleit für die Zukunft zu sichern, man weiß ja nie. Er enthüllt Hitler die Entdeckung in den Gewässern von Florida, deren Zeuge er Jahre zuvor an Bord der Yacht von Siegfried Sachs gewesen ist. Gesagt, getan. Aus heiterem Himmel fällt Sachs in Ungnade, wird flugs all seines Besitzes beraubt und in ein Konzentrationslager gesteckt. Die SS konfisziert sein Vermögen in Deutschland und meldet ihre Rechte auf die im Ausland angelegten Vermögensgüter an. Und in diesem Zusammenhang findet das Treffen zwischen Ceorsky und dem Nazibeauftragten statt. Der junge Angestellte gibt nicht gleich nach, er versucht es zunächst mit Ausflüchten. Aber Tatsache ist, daß ein paar Tage nach dem Treffen seine Eltern plötzlich aus Auschwitz befreit und heimlich in die Schweiz überführt werden. Angesichts der Aussicht, das Leben seiner Lieben zu retten, war auch seine Redlichkeit ins Wanken gekommen. Doch wird ihn niemand von uns dafür kritisieren. Ich jedenfalls tue es nicht.

Nun findet ein neuerlicher Wechsel der Szenerie statt, und wir befinden uns in den letzten Kriegstagen. Hitler fühlt sich gehetzt, er sieht, wie die Fronten seiner Truppen unter den alliierten Vorstößen nachgeben. Die Russen sind fast in Berlin. Er erinnert sich an den englischen Offizier, läßt ihn über sein Spionagenetz kontaktieren und erpreßt ihn. Er droht ihm, daß er der ganzen Welt den Inhalt ihres geheimen Treffens vor ein paar Jahren bekanntgäbe, wenn er ihm nicht zur Hand ginge. Hitler möchte sich abseilen, sich am besten unter falschem Namen an einem ruhigen Ort verbergen, von dem aus er eventuell seine Kräfte neu organisieren kann. Im Tausch für die Mühe ist er bereit, den Schatz von Siegfried Sachs herzugeben.

Ein weiteres Mal wird unser junger Bankangestellter unfreiwillig Zeuge einer Seite, die nicht in Geschichtsbüchern erscheint. Wenige Tage vor dem Fall Berlins erhält Ceorsky wieder Besuch, und zwar von demselben deutschen Abgesandten, der ihn auffordert, den Namen jener Person, der das ehemalige Nummernkonto Sachs' gehört, noch ein zweites Mal zu ändern. Allerdings erst dann, wenn er den ausdrücklichen Befehl dazu erhält, den er ihm selbst ohne Beisein sonstiger indiskreter Ohren und Augen übermitteln werde.

Der Befehl, die Wertsachen und Gelder, die der Tresor enthielt, auf den Admiral Rustom zu übertragen, wird Ceorsky am Morgen des 30. April 1945 erteilt. Am selben Tag nehmen die Russen Berlin ein, und Hitler erreicht an Bord des Flugzeugs, das ausschließlich zur persönlichen Verfügung der höchsten britischen Militärautorität steht, gesund, munter und wohlbehalten amerikanischen Boden. Hinter der Identität eines Grundbesitzers namens Deumir Magruder verborgen, starb Hitler 1964 in Texas an einem Gehirnschlag, umgeben und beweint von den Kühen seiner Ranch und einer Schar mehr oder weniger alten Getreuen.

Hier die Fotos und die Ergebnisse des Gutachtens, das anläßlich der Obduktion an dem vestorbenen Magruder angefertigt wurde. Ich habe die Leiche übrigens gestern über eine Dringlichkeitsanfrage durch unsere Mitarbeiter vor Ort exhumieren lassen. Nur ein kurzer verschlüsselter Anruf vom Frankfurter Flughafen aus. Ich habe den Bericht vor ein paar Stunden erhalten, ebenfalls verschlüsselt. Wir haben ihn entschlüsselt und ausgedruckt.«

Und Oswald legte einen Stapel Blätter auf den Schreibtisch des Premierministers und fuhr fort: »Unnötig zu sagen, daß ich schon persönlich in den elektronischen Archiven nachkontrolliert habe: Hitler und Magruder sind ein und dieselbe Person, ohne auch nur die geringste Spur eines Zweifels.«

Danach verharrte er für eine Weile in vollständigem Schweigen, wohl um abzuwarten, wie die Nachricht in ihrer ganzen dramatischen Bedeutung aufgenommen würde. Anschließend fuhr Breil fort: »Nun zurück zu unserem britischen Admiral, dem Sieger des Zweiten Weltkrieges, der plötzlich schwerreich geworden war. In seinen Händen lag noch immer eine extrem harte Nuß, die es zu knacken galt. Sicher war es unwahrscheinlich, daß von seiten des

Führers oder seiner Anhänger irgendwelche Informationen durchsickerten, aber was sollte man mit den gut dreißig weiteren Personen tun, die von die Operation wußten? All diese Leute, angefangen von dem Fälscher, der Hitlers Papiere angefertigt hatte, über den Bankangestellten, der über die Herkunft des Kontos Bescheid wußte, bis zu dem Piloten von Rustoms persönlichem Flugzeug, waren mit hohen Summen entlohnt worden. Und gewiß, möchte ich hinzufügen, mit einem überzeugenden Hinweis auf einen raschen, gewaltsamen Tod, falls sie von ihrem Versprechen, Stillschweigen zu wahren, abweichen sollten.

Aber in jedem Fall waren es viel zu viele, um a) auf Dauer Stillschweigen zu wahren oder b) sie alle verschwinden zu lassen, ohne daß irgendwelche Spuren auf ihn, Rustom, zurückführten. Also mußte er sie noch fester an sich binden, und das machte er, indem er ihnen drohte, diese unwürdige Aktion samt allen Komplizen öffentlich zu machen. Mag Samson sterben, wird er wohl so oder auch so ähnlich gesagt haben, aber mit ihm zusammen werden auch alle Philister sterben. Und alle fügten sich und akzeptierten seinen Vorschlag. Aber welchen Vorschlag?

Rustom, offensichtlich ein Geist von großer Leidenschaftlichkeit, gründete eine Geheimorganisation – vielleicht hatte er das schon vorher getan, dieser Punkt läßt sich heute nicht mehr mit Sicherheit aufklären – und zwang alle Beteiligten, sich darin einzuschreiben, wodurch er sie zu Schweigen und gegenseitiger Solidarität verpflichtete. In Wirklichkeit aber spielte er dadurch einen gegen den anderen aus. Danach pumpte er, immer noch von leidenschaftlichem Geist beseelt, in die Kassen der Vereinigung mehrere Millionen Dollar hinein, die er aus dem ehemaligen Sachs-Schatz nahm, womit er allen Karriere, Reichtum und Schweigen sicherte.

Aber das nicht nur für sie selbst, sondern auch für die erstgeborenen Söhne, die ebenfalls dazu verpflichtet wurden, der Lobby anzugehören, und somit auch selbst in den Genuß der väterlichen Privilegien kamen. Aber natürlich unter der Verpflichtung, sich gegenseitig im Auge zu behalten und damit wechselseitiges Schweigen zu garantieren. Auch nach Rustoms Tod besteht daher die Geheimverbindung fort, wenn auch noch immer aufzudecken bleibt, wer ihr neuer Anführer ist. Dahinter kommen wir noch, so hoffe ich wenigstens. Bislang gelang es mir nur, den größten Teil der ursprünglichen Mitglieder und ihrer Nachkommen zu ermitteln. Aber, an diesem Punkt angelangt, fühlte ich plötzlich, wie schwer das Gewicht der Verantwortung auf mir lastete, dieses Geheimnis für mich allein zu behalten.«

Der israelische Premier legte die Brille auf den Tisch und nahm den Kopf zwischen die Hände: »Fahren Sie mit den Ermittlungen fort, Oswald. Inzwischen werde ich abwägen, ob es sinnvoll ist, diese Informationen auch der übrigen Welt mitzuteilen. Ich muß mich zumindest mit dem Präsidenten der Vereinigten Staaten und dem britischen Regierungschef beraten.«

Oswald gab ein Zeichen der Zustimmung, dann erhob er sich. Er hatte mit einiger Sicherheit von Anfang an damit gerechnet, diese Antwort zu erhalten. Dennoch war er zutiefst erleichtert, daß nun endlich die Verantwortung für ein so schwerwiegendes Geheimnis von seinen Schultern genommen wurde.

Isola del Cavallo. Anno 849 nach der Gründung Roms.
[96 n. Chr. (Anm. d. Ü.)]

Iunius' zweiter Sohn wurde geboren, als der Erstgeborene, Marcius, fünf Jahre alt war. Während die Hebamme Clelia half, ihn auf die Welt zu bringen, befand sich Iunius in der Nähe des Steinbruchs und war damit beschäftigt, den Stapellauf ihres ersten Lastschiffes vorzubereiten. Inzwischen hatte in einem kleinen Rahmen der Handel mit den Granitplatten begonnen, und zwar insofern, als gelegentlich ein paar Angebote an die nahe gelegenen Küstenorte gingen, die die Platten mit ihren eigenen Booten dann selbst nach Hause transportierten. Aber die Aktivitäten nahmen rasch zu. Also entschlossen sie sich, den Abbau in einen Steinbruch zu verlegen, der von ihrem Dorf weiter entfernt lag. Auf diese Weise könnten die Besatzungen der Schiffe, die zum Beladen kamen, nicht zwischen ihren Häusern herumschnüffeln, die häufig mit christlichen Bildnissen und Symbolen geschmückt waren.

Sie lebten nun schon etwa sechs Jahre auf der Insel. Mittlerweile hatte sich die Bevölkerung fast verdoppelt, und die Kinder liefen glücklich herum. Clelia war eine wertvolle Gefährtin und eine liebevolle Mutter, immer präsent und aufmerksam.

Iunius aber hatte niemals die Verpflichtung vergessen, die er gegenüber seinem Vater eingegangen war. Und auch seine Frau erwähnte ab und zu das Versprechen, das er seinem Vater feierlich gegeben hatte, während dieser sterbend in seinen Armen lag. Doch hoffte sie von ganzem Herzen, daß die Zeit die Wunden geheilt habe.

»Beabsichtigst du immer noch, dein Gelöbnis einzuhalten?« fragte sie ihn eines Abends ohne alle Umschweife.

»Ich habe einiges mit Menenius zu begleichen: Einerseits bin ich am Tod vieler Menschen schuldig, zum andern habe ich ein Guthaben wegen des römischen Schatzes. Früher oder später bin ich gezwungen, mich meiner Schuld zu stellen und auch das Guthaben einzufordern. Dazu zwingt mich mein Gewissen. Aber sei unbesorgt, es ist noch genügend Zeit. Ich habe es nicht eilig, meine Rache zu üben, und werde es sicher nicht tun, bevor unsere Söhne groß sind.«

»Ich fürchte mich, Iunius. Jeden Tag wache ich mit der Angst auf, dich fortgehen zu sehen. Ich beschwöre dich, mein Gemahl, verzichte darauf. Geben wir uns mit dieser ruhigen Existenz zufrieden, die wir uns unter so großen Mühen erworben haben«, erwiderte Clelia mit einer von Angst verschleierten Stimme.

Das erste Mal verlor Iunius ihr gegenüber die Haltung. »Ausgerechnet du sagst mir, ich solle ein Gelöbnis brechen?« platzte er los. »Denkst du, daß diese Ungeheuer, die den Tod so vieler, uns teurer Menschen auf dem Gewissen haben, ihrer Strafe entgehen sollen? All diese Urheber der abscheulichen Ränke, die uns entehrt und ausgestoßen haben und uns zwangen, in die Illegalität zu gehen! Die Diebe der heiligen Hinterlassenschaft meiner Ahnen ungerächt?«

»Und was ist mit uns?« widersprach sie beherzt und drückte die Kinder an ihre Brust. »Sind wir dir nicht teuer? Bist du an uns nicht durch ein ebenso heiliges Band gebunden? Uns zu verlassen, hätte das keine Bedeutung?«

Ihre Worte drangen ihm ins Herz, und er fühlte in sich eine tiefe Wehmut. Er betrachtete Marcius' verängstigtes Gesichtchen und das frische Lächeln, das zwei zarte Grübchen in die Wangen des Kleinen grub, den Clelia in ihrem Arm trug. Da er keine Antwort fand, suchte er eine Ausrede, um die Diskussion abzubrechen: »Gehen wir nach

Hause, Clelia. Morgen muß ich bereits sehr früh an der Mole sein und das Beladen des Schiffes überwachen, das heute abend hier ankommt.«

An diesem Nachmittag hatte er früh den Steinbruch verlassen, so daß er das Lastschiff nicht sah, das an der Reede ankerte.

Am nächsten Morgen fand sich kurz nach Sonnenaufgang Valeriano bei ihm zu Hause ein. Er hatte sich inzwischen erfolgreich in all die technischen Aspekte ihrer neuen Tätigkeit eingearbeitet. »Der römische Händler, dem das Schiff gehört, hat den Wunsch geäußert, das Oberhaupt unserer Gemeinde kennenzulernen«, sagte er zu ihm. »Ich glaube, er beabsichtigt, eine regelmäßige Schiffsverbindung in die Wege zu leiten, um unseren Granit in das ganze Kaiserreich zu transportieren. Es ist besser, wenn du selbst mit ihm sprichst, Iunius.«

Der kleine Marcius kam zu Iunius auf die Schwelle, zog ihn an der Tunika und ruhte nicht, bis er einwilligte, ihn mit zur Hafenmole zu nehmen.

Auf dem Weg dorthin spielte Iunius abwechselnd mit dem Kind und unterhielt sich mit Valeriano über die Arbeit. Aber kaum hatte er den Felsen hinter sich gelassen, der die Sicht auf die Bucht versperrte, schlug ihm das Herz bis zum Hals, als ahnte er nichts Gutes. Im kristallklaren Wasser ihrer Insel vor Anker liegend, dümpelte das Schiff friedlich vor sich hin. Das Schiff, das er selbst entworfen hatte – das Flaggschiff der Flotte, die einst Marcius gehört hatte. Und selbst aus dieser Entfernung erkannte er sofort Darius, der auf dem Pier stand, wobei er zugleich das deutliche Empfinden hatte, von diesem auch gesehen worden zu sein, und zwar noch bevor er sich hinter dem Felsen verstecken konnte.

Es ist unglaublich, wie die tiefsitzenden, heiligen Instinkte imstande sind, die Natur zu verändern! Zu einem früheren Zeitpunkt hätte er sofort zum Schwert gegriffen und sich ohne Zögern auf den geworfen, von dem er genau wußte, daß er den Mord an Marcius begangen hatte. In diesem Moment aber hielten seine Hände den Sohn umfangen, in dessen Name die Erinnerung an seinen ermordeten Herrn auf immer fortlebte.

Der weise Valeriano begriff sofort und trat neben ihn. »Ich glaube, dieser Mann hat dich erkannt«, sagte er. »Er wendet den Blick nicht mehr von der Stelle, an der wir waren. Wer ist das?«

»Darius, ein Sklave, den ich vor einem elenden Tod in den Bergwerken gerettet habe. Und im Gegenzug hat er sich, sobald er mein Vertrauen und das unseres Herrn erworben hatte, wie ich meine, mit dem schrecklichsten Verrat befleckt.«

»Geh mit deinem Sohn nach Hause, Iunius. Mit diesem Mann kann ich reden. Ich werde mir eine Ausrede ausdenken und ihm sagen, daß du unpäßlich seist und nicht kommen könntest, um ihn selbst zu empfangen.«

Der Köcher mit den Wurfspeeren stand in einer Ecke des Zimmers neben dem Schwert. Seit der Zeit, als er auf der Insel an Land gegangen war, hatte Iunius nur noch zu den Waffen gegriffen, um die Tiere zu jagen, die in der Wildnis lebten. Clelia beobachtete ihn angstvoll und sprach kein Wort, als er die Hand nach ihnen ausstreckte.

»Ich muß gehen, meine Liebste, es ist unvermeidbar. Ich muß es tun, zum Wohl von uns allen«, erklärte er ihr. »Ich fürchte, dieser Mann hat mich wiedererkannt, und wenn dem so ist, werden in wenigen Tagen die Soldaten kommen. Zu Hunderten. Um alles zu zerstören, was wir geschaffen haben. Unser kleines Schiff ist wendiger und schneller. Ich habe Valeriano bereits gesagt, daß er alles tun soll, um die Ladearbeiten so lang wie möglich hinauszuzögern. Wenn Darius in Ostia ankommt, wird er meiner Klinge begegnen, noch bevor er mich bei den Behörden anzeigen kann.«

Clelia legte den Kopf an seine Schulter. Mit ihrer weichen Hand strich sie ihm durch das Haar und legte ihre Lippen auf die seinen: »Möge Gott dich beschützen, mein Gatte. Ich werde hier mit unseren Söhnen auf deine Rückkehr warten.«

Er drückte sie leidenschaftlich an sich, bis Marcius seine kleinen Hände zwischen sie schob. »Vater, wo gehst du hin?« fragte er in aller Unschuld.

Iunius gab das erste zur Antwort, das ihm einfiel: »Ich muß hinaus zum Fischen. In wenigen Tagen werde ich zurück sein.«

»Nimm mich mit, bitte«, flehte das Kind.

»Das kann ich nicht, mein Kleiner«, antwortete er. »Es ist ein gefährlicher Fischzug, da können nur große Männer mit.«

»Aber ich bin groß«, erwiderte Marcius prompt und deutete auf das hölzerne Schwert, das er an der Seite trug. Aber zum Glück ließ er sich überzeugen, auf seinen Wunsch zu verzichten.

Das kleine Schiff entfernte sich von der anderen Seite der Insel, so daß niemand von dem Lastschiff sie sehen konnte. Als sie weit genug entfernt und sicher waren, nicht mehr entdeckt zu werden, drehten sie in Richtung Ostia ab.

**Cape Canaveral. Florida. Kennedy Space Center.
Januar 1996.**

Greg Bender liebte es, den freundlich umgänglichen Lehrer zu spielen – und er spielte die Rolle gut. Laura und Kevin wurden seiner Witze niemals müde und auch nicht seiner einfach-anschaulichen Beispiele, mit denen er jedes, selbst das komplizierteste Konzept darstellen konnte.

»Wissen Sie, was ich einem Journalisten zur Antwort gab, der mich fragte, wie man eine kosmische Katastrophe von der Art abwenden kann, wie diejenige, mit der wir uns jetzt abplagen müssen?« fragte der alte Wissenschaftler.

»Hundert Millionen Dollar genügen«, habe ich zu ihm gesagt. »Die brauchen wir, um einen Nuklearsprengkörper herzustellen, der achthundertmal stärker ist als der von Hiroshima und somit imstande, kleinere Himmelskörper vollständig zu zerstören und größere vom Kurs abzulenken.«

»Frage!« warf Laura ein und hob scherzhaft die Hand wie eine Schülerin. »Wie sollen wir es schaffen, in so kurzer Zeit einen Sprengkörper von dieser Stärke herzustellen? Um so mehr, als wir von der gesamten wissenschaftlichen Welt mit größter Skepsis beäugt werden und fast keine Mittel zur Verfügung haben?«

»Wer hat gesagt, daß wir dieses Ding machen müssen«, erwiderte Bender mit maliziösem Lächeln. »Es genügt, sich mit dem zufrieden zu geben, was schon da ist ... im Weltraum.«

Laura und Kevin wirkten noch verblüffter, falls das überhaupt möglich war.

»Wie jeder weiß, war es das höchste Ziel Präsident Ronald Reagans, als der Mann in die Geschichte einzugehen, der SDI verwirklicht hat, jenen Plan der Vereinigten Staaten von Amerika, der die Verteidigung aus dem Weltraum anstrebte. Zu dieser Zeit wurde ich dazu berufen, das Projekt des Raketenabwehrsystems zu koordinieren und zu leiten. Es handelte sich dabei um einen wirklich effektiven Plan, die Territorien der westlichen Welt vor einem nuklearen Angriff zu schützen.

Vereinfachend ausgedrückt, hätte das Abwehrsystem so funktionieren sollen: Mehrere Batterien von Raketen mit Nuklearsprengkopf sollten wie normale Satelliten um die Erde kreisen. Bei einigen der Trägerraketen handelte es sich um Abfangjäger mit der Aufgabe, Sprengköpfe, die sich gegen unsere Städte richteten, im Flug explodieren zu lassen. Andere wiederum waren so konzipiert, daß sie jede Form des Lebens in den Gebieten des Feindes auslöschen sollten.

Bevor uns der Kongreß die finanziellen Mittel dafür strich und der Kommunismus durch seine Selbstauslöschung sogar das Konzept des puren militärischen Wettrüstens, wie es der kalte Krieg propagiert hatte, zu Fall brachte, gelang es meinem Team und mir, fast sechzig Raketen mit der Detonationskraft von vierhundert Kilogramm nuklearen Sprengstoffs – das ist etwa sechshundert Mal stärker als die Bombe von Hiroshima – in die Erdumlaufbahn zu bringen.«

Der alte Wissenschaftler legte eine kurze Pause ein, um zu sehen, welche Wirkung seine Worte auf seine Gesprächspartner hatten, dann begann er wieder: »Es ist nicht nötig, daß Sie mich so streng anschauen, Frau Dr. Joanson. Das schmeichelt keineswegs Ihren schönen Augen. Ich war und bin davon überzeugt, daß eine Atombombe wesentlich weniger gefährlich ist, wenn sie auf einer Umlaufbahn um die Erde fliegt, als wenn sie in irgendeinem geheimen Stützpunkt begraben ist, der direkt unter unserer Wohnstube liegt.«

»Glauben Sie, daß Ihre Raketen ausreichen, um die Gefahr des Asteroiden Speitz-42 abzuwenden?« warf Kevin nervös ein.

»Immer mit der Ruhe, Oberst. Ich weiß noch nicht, ob sie für unsere Zwecke ausreichen werden, immer angenommen, daß sich die Notwendigkeit dazu herausstellt. Aber ich kenne die mit der Operation verbundenen Schwierigkeiten sehr gut. Zuallererst müssen wir dafür ein geeignetes Fahrzeug finden, damit wir anfangen können, die Raketenbatterien im Weltraum zu suchen. Allerdings scheint mir die *Atlantis* für unsere Zwecke hervorragend geeignet.

Sobald die Richtstationen erreicht sind, brauchen wir jemanden, der sich mit diesen Sprengkörpern auskennt. Derjenige wird einen Weltraumspaziergang unternehmen, um die Sprengköpfe zu entschärfen und sie von der Lafette der Raketen abzumontieren. Danach können die Nuklearsprengköpfe mit Hilfe des mechanischen Greifarms unseres Shuttles im Laderaum des Raumschiffes untergebracht werden.

Nun kommt allerdings der wirklich schwierige Teil. Mit welcher Trägerrakete können die Nuklearsprengköpfe zu ihrem Ziel gebracht werden?«

Und wieder machte Bender eine kurze Pause und sprach dann mit nachdenklicher Miene weiter: »Vielleicht könnte man sie traubenförmig um eine Rakete befestigen und sie direkt vom Laderaum auf die mutmaßliche Bedrohung aus dem Weltraum abfeuern. Immer angenommen, wiederhole ich noch einmal, daß diese Bedrohung auch wirklich eintritt. Wer weiß.«

»Wäre es nicht einfacher, eine mit den Nuklearwaffen ausgerüstete Raumkapsel bereits von der Erde aus abzuschießen?« fragte Laura.

»Eine sehr richtige Bemerkung«, stimmte Bender zu. »Allerdings gibt es da ein großes ›aber‹. Sie waren doch gleichfalls anwesend, als all die wichtigen Leute, die für den Weltraum verantwortlich sind, uns ihre Skepsis bezüglich der mutmaßlichen Gefahr zum Ausdruck gebracht haben. Und Sie können sicher sein, daß wir auf die gleiche Haltung stoßen werden, wenn wir *jetzt* darum nachsuchten, auf die Nuklearwaffenlager zurückgreifen zu dürfen. Würde diese Bedrohung zur Gewißheit werden, hätten wir sicherlich nicht das geringste Problem. Von diesem Moment an würden sich alle darum reißen, uns Hilfe zu leisten. Der entsprechende Befehl des Präsidenten der Vereinigten Staaten würde reichen. Aber dann könnte es zu spät sein. Ja, dann wäre es sicherlich zu spät.

Außerdem«, fuhr Bender nachdenklich fort, »gibt es noch etwas zu bedenken, das für die öffentliche Meinung und daher auch für die Politiker von größter Wichtigkeit ist. Können Sie sich ein Shuttle vorstellen, das mit Megatonnen nuklearen Sprengstoffs beladen ist und von der Erde aus startet? Ein Unfall zum Zeitpunkt des Abhebens oder kurz danach würde die denkbar schrecklichsten Folgen haben, die sogar weit katastrophaler wären als die *mutmaßliche* Bedrohung durch den Asteroiden. Nein, nichts würde beim gegenwärtigen Stand solch ein Vorgehen überhaupt rechtfertigen. Wir müssen selbst für die Vorbereitung sorgen.«

Hafen von Ostia. Anno 849 nach der Gründung Roms.
[96 n. Chr. (Anm. d. Ü.)]

Iunius ging im Schutz der nächtlichen Dunkelheit an Land. Er bedeckte sich nach Art vieler afrikanischer Matrosen mit einer dunklen Tunika und einem Turban, um das Risiko auszuschalten, erkannt zu werden.

Das mit Granit beladene Lastschiff traf am Abend darauf im Hafen ein. Aus seinem Versteck unter einem Fischerboot, das umgedreht an Land lag, verfolgte Iunius aufmerksam, wie die Matrosen das Schiff vertäuten. Er konnte Darius deutlich am Bug erkennen. Er bemerkte, daß dieser Mann ein sehr aufgeregtes Verhalten zur Schau trug.

Noch bevor die Trossen an den Pollern befestigt wurden, stieg er an Land. Es fehlte nicht fiel, und er wäre gerannt. Das Kopfgeld, das auf den wegen Mordes angeklagten Flüchtigen ausgesetzt war, schien noch immer seine Wirkung auf diesen Geizhals auszuüben.

Iunius verließ sein Versteck und trat ihm mit gezücktem Schwert in den Weg. Trotz der Dunkelheit sah er deutlich, wie sich Darius' Gesicht zu einer Maske des Schreckens verzerrte. Doch als der erste Augenblick der Panik vorüber war, gelang es Darius, seine Fassung wiederzugewinnen und sogar ein Lächeln anzudeuten: »Iunius«, rief er aus, »mein Retter! Mein Herz erfüllt sich mit Freude, dich wiederzusehen!«

»Schluß mit der Komödie, Darius«, wandte Iunius ein und schloß seine Hand um das Heft seines Schwertes. »Ich bin zurückgekommen, um dich für deine Schuld zahlen zu lassen.«

»Warte, Bruder, was tust du da? Ich habe nie an die Lüge geglaubt, mit der man deinen Namen besudelt hat«, erwiderte der andere und trat dabei leicht zur Seite.

Iunius war die Erinnerung an den schrecklichen Augenblick unauslöschlich ins Gedächtnis eingebrannt. Wieder sah er Marcius leblos am Boden liegen und die Rollen, auf denen die Abrechnungen vermerkt waren, in wildem Durcheinander in geringer Entfernung von seinem Körper verstreut. Und dann Darius! Darius war der erste gewesen, der ihm entgegengekommen war, als er aus dem Zimmer des Ermordeten trat.

»Du hast ihn getötet«, fuhr er fort und setzte ihm die Schwertspitze an die Kehle. »Du hast es getan! Du hast dich mit seinen verabscheuenswerten Feinden verschworen, allein wegen deiner widerlichen Habgier. Und als Lohn erhieltst du den gesamten Besitz dieses rechtschaffenen Manns, den du hingeschlachtet hast. Und jetzt mußt du sterben.«

»Warte, Iunius, halte ein. Ich bin nun ein reicher und mächtiger Mann. Ich kann dir Wohlstand und Straffreiheit anbieten«, beschwor ihn Darius mit einem Blick, der nun flehend geworden war. »Denke an meine Familie, an meine Kinder.«

Familie! Kinder! Wieder einmal hatte es der listig-schlaue Phönizier verstanden, einen sensiblen Nerv zu treffen. Nur für einen kurzen Augenblick zögerte Iunius, doch der reichte Darius, um nach dem Dolch zu greifen, den er in seinen Gewändern versteckt hatte. Er stürzte sich auf ihn und setzte zu einem furchtbaren Hieb an.

Aber wieder einmal kamen Iunius die Erfahrungen zugute, die er im Zirkus gemacht hatte, und er wich dem Stoß mit einer geschickten Körperdrehung aus. Da er sein Ziel verfehlte, schoß Darius mit gekrümmtem Körper an ihm vorbei. Eiskalt und voller Entschlossenheit, hob Iunius seinen rechten Arm und ließ ihn zum tödlichen Stoß niedersausen.

»Stirb, Verräter!« rief er, als die Klinge seinen Gegner am Nacken traf und ihm den Hals durchschnitt. Er tötete ihn auf der Stelle. Nun war ein Teil der seit Jahren erwarteten Rache vollbracht. Mit Genuß kostete er diesen bittersüßen Geschmack voll aus.

Miami. Florida. Februar 1996.

Oswald Breil hörte aufmerksam dem zu, was Pete Dayle sagte, der ihn zusammen mit Laura zu einer Sitzung im kleinen Kreis zu sich gerufen hatte. Nachdem sie sich eine knappe Übersicht über die Ereignisse verschafft hatten, kam der leitende Angestellte des CIA zu der Folgerung: »Unsere Aufgabe ist hiermit erfüllt. Du kannst nun wieder zu deiner normalen Tätigkeit zurückkehren, Laura. Dein Beitrag zu unseren Unternehmungen war außerordentlich wertvoll, aber die mögliche Gefahr, die vom Asteroiden Speitz-42 ausgeht, fällt nicht unter die Zuständigkeit der Geheimdienste. Darum wird sich jemand kümmern, der über das Know-how und die entsprechenden Mittel verfügt. Was uns drei betrifft, betrachte ich den Fall des *U 115* als abgeschlossen und schlage daher vor, ihn zu den Akten zu legen.«

Ein voreiliger Vorschlag, fand Oswald, auch wenn man von den bestürzenden Informationen absah, die von ihnen dreien nur er allein besaß. Nein, er durfte die wertvolle Informationsquelle im Innern der NASA, die Laura für ihn war, auf keinen Fall verlieren. Aber zum Glück war es Laura selbst, die in streitbarer Manier antwortete und ihm jegliches Eingreifen ersparte.

»Nachdem ich fast über ein Jahr lang alle meine Verpflichtungen hinten anstellen mußte, und das nur wegen eines Felsblocks, der uns unbedingt auf den Kopf fallen wollte, ganz zu schweigen von der Tatsache, daß ich nur mit knapper Not mehreren Attentaten entging, da willst du, Pete, mir nun mitteilen, daß der Fall zu den Akten gelegt wird? Was mich betrifft, ganz sicher nicht. Ich bin eine freie Frau und entschlossen, diesen Fall nicht aufzugeben, schon gar nicht, bevor er auch für mich einen wirklichen Abschluß gefunden hat. Welcher das auch sein mag, verehrter Herr Dayle!«

»Tja, daß du eine Frau bist, haben wir alle gemerkt«, entgegnete Pete trocken. »Einschließlich, wie mir scheint, der wackere Oberst der NASA…«

»Meine Privatangelegenheiten gehen dich gar nichts an, Pete!« fuhr Laura ihn an, nahe daran, die Geduld zu verlieren.

Oswald war klar, daß die Diskussion Gefahr lief auszuarten, was für seine Zwecke, die er sorgfältig geheimhielt, verheerende Wirkungen gehabt hätte. Praktisch hatte er bereits das erreicht, was er sich wünschte, nämlich, daß Laura auch in Zukunft mit der NASA zusammenarbeitete. Das hatte sie selbst beschlossen, und niemand könnte sie jetzt noch dazu bringen, ihre Meinung zu ändern. Vor allem mußte er Zeit gewinnen, um die wenigen, verstreuten Puzzleteile, die es noch aufzutun galt, zu einem Ganzen einzuordnen.

»Immer mit der Ruhe, Kinder«, sagte er so ruhig wie nur möglich. »Soweit es Adolf Hitler und die Vergangenheit betrifft, kann niemand bezweifeln, daß der erste Abschnitt unserer Ermittlungen als abgeschlossen betrachtet werden kann. Tatsächlich aber«, fuhr er mit der Kaltblütigkeit eines Pokerspielers fort, »hat uns das wenige, was wir aus dem *U 115* bergen konnten, in keiner Weise weitergeholfen, um Licht auf den Verbleib des Führers und seiner Getreuen zu werfen. Aber so, wie ich das sehe«, schloß er in versöhnlichem Ton, zu Pete gewandt, »kann Laura durchaus weiter für die NASA arbeiten und all die Hypothesen, die an diesem Punkt aufgetaucht sind, durchspielen und zu einem vernünftigen Abschluß bringen. Außerdem meine ich mitbekommen zu haben, daß Oberst Dimarzio das sehr begrüßen würde.«

Kaiserliches Rom. Anno 849 nach der Gründung.
[96 n. Chr. (Anm. d. Ü.)]

Das Gebäude der Thermen lag an einer verkehrsreichen Straße mitten in Rom. Noch immer in seine Tunika gehüllt, wartete Iunius in einer nahe gelegenen Taverne auf den Abend und unterhielt sich mit einem Mann, der zufällig mit ihm am gleichen Tisch saß. Der verriet ihm, daß sich innerhalb der Bevölkerung, selbst innerhalb des Militärs eine große Unzufriedenheit breit machte, die bereits mehrmals Anlaß zum Aufflackern rebellischer Aktionen gegeben hatte. Als Mann aus dem Volk, der es liebte, Gerüchte zu verbreiten, war er felsenfest davon überzeugt, daß diese Dinge auch schon dem mutmaßlichen afrikanischen Matrosen bekannt waren.

Es war schon dunkel, als Iunius sich mit vorgetäuscht unsicherem Gang ins Innere der Thermalanlage aufmachte. Die in einem ordentlichen Spalier stehenden Lorbeerbäume boten ihm bis zur Schließung ein hervorragendes Versteck. Als völlige Ruhe herrschte, trat er wieder hervor, betrat den Gebäudekomplex und steuerte ohne Zögern auf den weitläufigen Saal des *sudatorium* zu, in dem er seine Waffen unter einer Holztruhe versteckte. Dann suchte er sich einen sicheren Unterschlupf. Dort wollte er den Tag abwarten und damit den Zeitpunkt, zu dem die Honoratioren der Stadt diese öffentliche Einrichtung besuchten, unter denen, da war er sich sicher, auch Menenius sein würde. Hier, hinter den Schleiern von Dampf und Hitzeschwaden, liebte es der alte Fuchs, in alter, eingefleischter Gewohnheit seine Köder auszulegen und seine Machenschaften anzuzetteln.

Versteckt in einem Ruheraum nahe den Badekammern schlief Iunius, so gut es ging. Früh am Morgen wachte er auf und wartete darauf, daß die Thermen geöffnet würden. Von seinem Versteck aus konnte er den Eingang gut im Auge behalten und jeden Neuankömmling sehen. Er wartete und wartete, aber je mehr die Zeit verging, desto mehr sah es so aus, als würde seine Unternehmung zum Scheitern verurteilt sein. Am späten Nachmittag war Menenius noch immer nicht im Eingang erschienen.

Nun versuchte Iunius trotz aller Aufregung, rasch einen Alternativplan auszuarbeiten, doch erschien es ihm sehr schwierig, einen anderen Ort zu finden, um seine Rache zu vollenden. Die Zeiten wären unsicher, hatte der Mann in der Taverne gesagt, und die Senatoren ließen sich immer von einer umfangreichen Eskorte begleiten, die natürlich bewaffnet war.

Und gerade eine solche Eskorte war es, die ihn aufmerken ließ. Während er dabei war, die x-te Folge von Mutmaßungen und Hypothesen auszuarbeiten, hielt kurz vor der Schließung ein Trupp von Soldaten genau vor dem Eingang zum Thermalkomplex an. Aus ihren Reihen trat Menenius, der noch die Tunika mit den breiten Purpurstreifen trug. An seiner Seite war Sextilius, mit dem er munter parlierte. Iunius vernahm deutlich, wie der alte Senator den Dienern befahl, den Saal zu räumen und draußen zu warten, bis er mit der Benutzung der Anlage fertig war. Natürlich wurde seinen Worten ohne Widerspruch Gehorsam geleistet, sowohl von den Dienern wie auch dem letzten Besucher, der noch im Schwitzbad verweilte.

Iunius verfolgte mit größter Aufmerksamkeit die beiden hinterlistigen Individuen, die, nun endlich allein, auf die Umkleidekabine zugingen. Er schwor sich, sie nicht einen Augenblick lang aus den Augen zu verlieren. Gespannt wartete er auf den günstigen Moment, der ihm erlaubte, seine Rechnung zu begleichen, die so schwer auf ihm lastete und nun schon so lange offen war.

**Cape Canaveral. Florida. Kennedy Space Center.
April 1996.**

Nun war der unvorhergesehene Faktor tatsächlich eingetreten, den Kevin Dimarzio befürchtete und den die Wissenschaftler der UNO-Kommission in ihrem Dünkel so absolut sicher ausgeschlossen hatten. Hinter dem Schweif des Kometen Hyakutake und vollständig von dessen blendender Helligkeit verdeckt, war plötzlich der Asteroid Speitz-42 aufgetaucht, und zwar auf einer Umlaufbahn, die völlig von der vorher berechneten abwich. Wie er die Anziehungskraft des Mondes nicht berücksichtigt hatte, so hatte Leonhard Speitz noch weniger das Auftauchen dieses riesigen Kometen vorhergesehen und auch nicht die Wirren, die er in den Flugbahnen der Himmelskörper hervorrufen würde. Und auch die Wissenschaftler, so fest in ihrer starrsinnigen Gewißheit verankert und entschlossen, alles Unvorhergesehene von vornherein auszuschließen, hatten es nicht vorausgesehen. Zwecklos, sich darüber zu beklagen. Der Asteroid steuerte zweifellos und unerbittlich auf die Erde zu.

Viel zu spät nahmen die vermeintlichen Kenner des Weltraums zur Kenntnis, welche unmittelbare Bedrohung ihrem Planeten bevorstand. Besser gesagt, es wäre zu spät gewesen, wenn nicht Laura Joanson, Kevin Dimarzio und der alte Professor Bender trotz aller stumpfsinnig verursachten Feindseligkeiten ihre Arbeit mit peinlicher Gewissenhaftigkeit zu Ende gebracht hätten. Sicherlich, im Licht der wissenschaftlichen Gewißheiten war der von ihnen ausgearbeitete Plan in einigen Aspekten durchaus beunruhigend oberflächlich. Doch waren die drei trotzdem felsenfest von seinem Erfolg überzeugt. Jedenfalls war er die einzige Karte, die überhaupt zum Ausspielen da war, und somit der einzige Versuch, der – vielleicht – die Menschheit vor der Katastrophe retten konnte.

»Gott weiß, wie sehr ich es gewünscht habe, daß sich unsere Befürchtungen als grundlos erweisen«, sagte Greg Bender, während Laura und Kevin buchstäblich an seinen Lippen hingen. Der Tisch vor ihnen war vollständig mit Karten und Computerausdrucken bedeckt.

»Auf der anderen Seite bringt es uns gar nichts, wenn wir jetzt herausposaunen, wie sehr wir recht hatten. Wir müssen sofort zur Tat schreiten und unseren Plan, den wir am grünen Tisch erarbeitet haben, zur Anwendung bringen. Unsere Berechnungen sind absolut präzise. Jetzt sind es nur noch sechsundzwanzig Tage bis zum Aufprall.«

Als er das gesagt hatte, nahm Bender ein Foto des Asteroiden Speitz-42 zur Hand, das anhand der Bilder des Radioteleskops von Mount Palomar rekonstruiert worden war. Und während er auf einen wesentlich dunkleren Bereich in der Kruste dieses riesigen Felsbrockens aus dem Weltraum zeigte, fuhr er fort:

»Dies hier ist ein Krater, der bis tief ins Innere des Asteroiden hinabreicht. Wenn es uns gelänge, an dieser Stelle eine Bombe mit sechshundert Kilo nuklearen Sprengstoffs zu zünden, würden die Kraterwände mit großer Sicherheit wie ein kegelförmiges Triebwerk funktionieren. Unter dem Druck der Explosion würde sich der Asteroid um etliche Grad aus seiner derzeitigen Umlaufbahn bewegen, so daß die Gefahr, daß er auf der Erde einschlägt, gebannt wäre.«

»Aber woher nehmen wir diese Sprengwirkung?« fragte Kevin. »Sie selbst haben gesagt, daß im Weltraum Nuklearsprengköpfe kreisen, die etwa sechshundertfach stärker sind als die Bombe von Hiroshima. Um also unser Ziel zu erreichen, benötigen wir zusätzliche zweihundert Kilogramm Sprengstoff, was mir wirklich nicht wenig erscheint. Aber selbst wenn wir über die nötige Sprengkraft verfügten, wie könnten wir es schaffen, sie exakt in dem Krater zu plazieren?«

»Um nicht ins Hintertreffen zu geraten, haben die Sowjets damals gleich nach uns zwei Raketenstationen in eine Umlaufbahn gebracht, die jetzt wegen fehlender Mittel und des im Weltraum eingetretenen Machtvakuums, sich selbst überlassen sind. Es würde genügen, sie anzusteuern und sich ihrer zu bedienen ...«, antwortete Bender versonnen. »Jedenfalls habe ich korrekterweise«, fuhr er fort,

»den russischen Präsidenten von der Notlage informiert, und Jeltsin hat mir versichert, uns die größte Unterstützung zukommen zu lassen. Ein Experte für Nuklearsprengköpfe trainiert bereits auf dem Weltraumstützpunkt Gorny. Er wird ein Teil Ihrer Besatzung sein, Oberst. Verzeihen Sie, wenn ich Sie nicht früher darüber informiert habe, aber es herrschte höchste Geheimhaltungsstufe. Kommen wir also zur Trägerrakete.«

Bender holte mehrere Fotos aus einer Mappe hervor und begann wieder: »Ich habe mich nicht nur darauf beschränkt, die Russen zu kontaktieren. Angesichts der drohenden Katastrophe haben sich zu unserem Glück auch alle Mächte endlich untereinander solidarisiert. Dies hier zum Beispiel ist Long March 4, eine Trägerrakete, die bei Atomversuchen in der Volksrepublik China verwendet wurde. Leer wiegt sie neuntausend Pfund, und ihre Maße sind so, daß sie im Laderaum eines Shuttles transportiert werden kann. Und dennoch ist die Raketenspitze so geräumig, daß sie alle unsere Sprengköpfe aufzunehmen vermag. Um eine Kettenreaktion hervorzurufen, brauchen wir nur einen einzigen Sprengkopf davon zu zünden.

Die Pekinger Regierung hat uns einen Typus zur Verfügung gestellt, und er ist bereits auf dem Weg zum Kennedy Space Center. Dort wird er für den Transport vorbereitet. Was jedoch das Ziel betrifft, so wird sich die Sache erheblich verkomplizieren. Denn sobald der Asteroid aus der Mondumlaufbahn austritt, wird seine Geschwindigkeit bei etwa zweihundertdreißigtausend Stundenkilometern liegen. Keine Rakete und kein elektronisches Zielsystem schafft es jemals, einen Meteoriten einzuholen, der mit dieser Geschwindigkeit durch den Weltraum düst. Selbst in Abwesenheit der Gravitation wäre das niemals möglich. Der Moment des Abfeuerns ist also nur in einem Bereich von wenigen Sekunden gegeben, und zwar genau dann, wenn der Asteroid aus der hinteren Region des Mondes hervortritt und auf die Erde zusteuert.«

Kaiserliches Rom. Anno 849 nach der Gründung.
[96 n. Chr. (Anm. d. Ü.)]

Durch den Dampf, der sich in der Luft ausbreitete, war seine Sicht stark behindert. Dennoch gelang es Iunius, zwischen den Schwaden Menenius und Sextilius auszumachen. Sie waren dabei, auf der Marmortreppe Platz zu nehmen, nicht weit von der Stelle entfernt, an der er die Waffen versteckt hatte. Lebhaft plauderten die beiden miteinander, bis Menenius plötzlich die Stufen herabschritt, zur Türe ging und sie von innen mit dem Riegel verschloß. Offensichtlich eine von vielen Vorsichtsmaßnahmen, die seine persönliche Sicherheit garantierten. Iunius mußte unwillkürlich bei dem Gedanken lächeln, daß der Senator damit sein eigenes Todesurteil unterschrieben hatte. Die Kuppel des Schwitzbads reflektierte die Hitze, wodurch der Raum mit dichtem Dunst erfüllt wurde. In seinem Schutze ging Iunius um die beiden herum, so daß er zwischen seinen Todfeinden und der verschlossenen Tür postiert war. Die beiden bemerkten ihn nicht und fuhren angeregt in ihrem Gespräch fort.

»Ich glaube nicht, daß es ein Räuber war, der Darius getötet hat«, sagte Sextilius gerade.

»Der Schwerthieb hat ihm den Kopf beinahe glatt vom Hals getrennt«, stimmte Menenius zu. »Darius war immer einer meiner fähigsten Männer, mit allen Wassern gewaschen und ganz und gar nicht unbedacht. Und er wußte sich immer zu verteidigen. Der Mörder muß ein Mann gewesen sein, der in der Kunst der Waffen sehr bewandert war.«

Die beiden wechselten einen besorgten Blick, als hätten sie Furcht, den Namen auszusprechen, der ihnen so deutlich auf der Zunge lag.

»Nach so langer Zeit?« murmelte Sextilius. »Iunius?«

Der Senator sah ihn einen Augenblick lang an und nickte, brachte aber kein Wort heraus.

»Ja«, rief eine Stimme hinter ihnen aus, »ich bin es gewesen, der diesen Verräter bestraft hat, und das gleiche Los steht euch bevor, ihr infamen Verräter!«

Nachdem er diese Worte gesprochen hatte, zog Iunius seine Waffen aus ihrem Versteck hervor. Mit höchstem Genuß beobachtete er, wie sich auf ihren Gesichtern der Ausdruck des Entsetzens abzeichnete.

»Du wirst doch nicht zwei unbewaffnete Männer töten?« fragte Sextilius bebend.

»Damit begäbe ich mich auf euer Niveau«, entgegnete er, »allerdings mit dem Unterschied, daß ich niemals imstande wäre, gegen wehrlose Frauen zu wüten, wie ihr es getan habt, ihr elenden Feiglinge. Aber ich werde euch nicht kaltblütig töten, dazu bin ich nicht fähig. Ich hatte damit auch die allergrößte Mühe in diesem Zirkus, zu dem ihr mich durch eure unwürdigen Machenschaften verdammt habt.«

Mit diesen Worten warf er ihnen ein Schwert und einen Wurfspeer zu und behielt in seinen Händen nur einen leichten Pfeil.

Menenius stürzte sich auf das Schwert. Er ergriff es, und sein nackter, mit Schweißperlen übersäter Körper richtete sich auf. Sein mißgestaltetes Gesicht war zu einer niederträchtigen Miene verzogen, in der sich Entsetzen und Haß mischten.

Geblendet von dem Wunsch nach Rache, wandte sich Iunius sofort ihm zu, ohne dabei auf die Aktionen des Sextilius zu achten. Der Speer, der ihm von seinem ehemaligen Mittribun entgegengeschleudert wurde, tauchte ohne jede Vorwarnung aus den Dampfwolken auf. Nur dank seiner schnellen Reaktionsfähigkeit gelang es Iunius, ihn zu fangen und damit zu vermeiden, daß sich die scharfe Spitze in seine Brust bohrte. Allerdings hatte ihn die Waffe gestreift.

Mit einem raschen Blick schätzte er die Wunde an seiner linken Schulter ein: Sie war nicht besorgniserregend, aber durch die Schmerzen konnte er seinen Arm fast nicht mehr bewegen. Nun trat Menenius vor und fuchtelte mit dem Schwert herum. Er mußte Zeit gewinnen! Nicht das Duell beginnen, bevor der Schmerz in seinem Arm wieder nachgelassen hatte. Geschickt tänzelte er um seine Angreifer, bis sich Menenius' Körper zwischen ihm und Sextilius befand. In diesem Moment holte er mit seinem rechten Arm aus und packte all den Zorn, den er im Leib hatte, mit hinein. Der Speer schnellte los, als sei er von der Kraft der Wut selbst geschleudert. Er sah, wie die Eisenspitze die Brust des Menenius traf, der seine Augen verdrehte und in die Knie ging. Sextilius stand genau hinter ihm, als wollte er diesen Mann, der ihm so zahlreiche schändliche Aufträge erteilt hatte, als Schutzschild benutzen. Es sah beinahe so aus, als würden sich ihre nackten Körper berühren. Doch da trat die Spitze zwischen den Schulterblättern des Senators aus und vollendete ihre Bahn im Brustkorb von Sextilius.

Die beiden Männer, die alles getan hatten, um sein Leben zu zerstören, lagen nun rücklings in einem See ihres Bluts. Es schien, als würden sie sich im Tod in einem ungehörigen analen Akt umklammern, so wie sie im Leben in ihren zahlreichen Machenschaften vereint gewesen waren.

In den langen Stunden, die er in der Einsamkeit der Thermen verbracht hatte, hatte Iunius die Gelegenheit genutzt, aufmerksam die Lage der Räumlichkeiten auszukundschaften. Rasch griff er nach der langen afrikanischen Tunika und dem Turban und warf sie über sich, dann war er auch schon durch einen Nebenausgang verschwunden.

Seine Rache war vollbracht. Der Gerechtigkeit war Genüge getan.

Cape Canaveral. Florida. Kennedy Space Center.
2. Mai 1996.

Die Raumkapsel befand sich in aufrechter Position an der Rückseite der grauen Startrampe. Der Tank mit dreihundertachtzigtausend Gallonen Flüssigwasserstoff ragte weit über die Spitze des Shuttles hinaus. Bereits seit zwei Tagen lief der Countdown. Die Wetterbedingungen waren ideal für den Start.

Kevin Dimarzio hatte seinen Standort in dem Haus, das dem Kommandanten der Mission zur Verfügung stand, ein kleines, schmuckes Gebäude, das nicht weit von den Arbeitsstätten des Raumfahrtzentrums entfernt lag. Laura hatte die ganze Nacht kein Auge zugetan. Nun wartete sie darauf, daß er aus dem Umkleideraum neben dem Bad herauskam. Sie sah, wie er ihr bereits fertig angezogen entgegentrat, in dem grünen Anzug mit den Emblemen der NASA, die in lebhaften Farben leuchteten. Sie brauchte sich keine Fragen zu stellen, sie wußte, daß sie um ihn bangte, daß sie ihn liebte. Sie ging ihm entgegen, wobei sie das Kästchen hinter ihrem Rücken verbarg.

»Ich habe mich entschlossen, dir diese Objekte mitzugeben, bevor du startest, Kevin. Mir ist aufgefallen, wie du sie jedesmal angeschaut hast, wenn du ins Museum kamst. Für mich sah es immer so aus, als bestünde zwischen euch eine geheime Beziehung. Ich bin fest davon überzeugt, daß sie dir auf deiner Reise Gesellschaft leisten werden. Vor allem aber gebe ich sie dir als Symbol, daß du zurückkehren wirst. Du wirst sie mir wiederbringen.«

Langsam öffnete Oberst Dimarzio den Deckel des Kästchens. In goldenen Reflexen glänzten ihm die Mondsteine entgegen. Kevin wußte, daß diese Statuetten seiner Gefährtin unglaublich wichtig waren. Darüber hinaus wußte er noch viele weitere Dinge, die er bislang nie jemandem enthüllt hatte.

Mit einem Lächeln dankte er der Frau, von der er sicher wußte, daß er sie liebte. Er schloß den Deckel und auch den Verschluß des Kästchens und steckte es in die Stofftasche, die er mitnehmen würde.

»Hab' keine Angst, Laura«, ich werde sie dir wiederbringen.«

»Ich fürchte nicht nur um dich«, erwiderte sie, während sie ihren Kopf an seine Brust lehnte und in einem Atemzug sagte: »sondern auch um das Kind, das in mir wächst.«

Als sie diese Worte ausgesprochen hatte, fühlte sie sich von einer schrecklichen Last befreit. Lange hatte sie mit sich gerungen, ob sie ihm ihre Schwangerschaft mitteilen sollte, aber schließlich hatte sie beschlossen, es zu tun. Sie hoffte, die Nachricht würde ein entscheidender Impuls für ihn sein, der ihm dabei half, auf die Erde zurückzukehren. Denn da wartete sein Kind darauf, von ihm gesehen, geliebt und erzogen zu werden.

Leidenschaftlich schloß Kevin sie in seine Arme, küßte zart ihren Mund und murmelte: »Ich liebe dich, Laura Joanson. Und ich danke dir. Du hast mir die schönste Nachricht meines Lebens gebracht. Unser Kind wird ebenso wunderbar sein wie unsere Liebe. Ich werde die drei Glücksbringer dir und auch unserem Kind auf die Erde zurückbringen.«

Er trat aus dem Haus, als es noch dunkel war. Nachdem er den weißen Flugoverall angelegt hatte, traf er etwa eine Stunde später in der Halle zu Füßen der Startrampe ein. Die übrigen Mitglieder seiner Besatzung saßen bereits in den Sesseln und waren mit letzten medizinischen Kontrollen beschäftigt. Er begrüßte den Copiloten, den Bordtechniker und die beiden Techniker für die Nuklearspreng-köpfe. Die Anspannung war ungemein stark und fast körperlich spürbar.

Ein paar Momente später kam, wie üblich, General Steps, der für die Besatzung verantwortlich war. Aber Kevin war verblüfft. Hinter Steps spitzte Gregory Bender hervor, auch er im Flugoverall. Sein Zweifel wurde zur Gewißheit, als er den alten Nobelpreisträger mit einem schelmischen Lächeln sagen hörte: »Machen Sie nicht so ein Gesicht, Kevin. Ich trainiere schon lange, ohne daß Sie es wissen, damit ich an die Schwerelosigkeit und an die Schubkraft gewöhnt bin. In Ihren Augen lese ich den Einwand, daß ich fast schon siebzig bin, nicht wahr? Tja, die Raumerfahrung fehlt mir noch in meinem Lebenslauf, und die Gelegenheit, sie jetzt zu erwerben, laß ich mir nicht entgehen.«

»Es ist nicht der richtige Zeitpunkt für Scherze, Greg«, entgegnete Kevin in ziemlich gereiztem Ton und warf auch General Steps einen eisigen Blick zu. »Ich weiß nicht, wer für dieses Possenspiel verant-wortlich ist, aber ich kann sicher niemanden in der Besatzung akzeptieren, der nicht von Anfang an dabei war. Das Team ist seit Monaten absolut aufeinander eingespielt.«

»Ich habe den Bau der Raumstationen persönlich geleitet«, erwi-derte Bender in einem Ton, der überaus ernst und entschieden klang. »Ich kenne jedes einzelne Bauelement, jeden Schaltkreis und jede Schraube in diesem Gerät. Ich glaube, daß ich Ihnen dort oben sehr viel nützlicher sein werde, als Sie es sich vorstellen können, Kevin Dimarzio. Andererseits habe ich gehört, wie Sie mehrmals zu Laura gesagt haben, daß ein Raumflug an Bord des Shuttles immer mehr einem Interkontinentalflug gleicht. Wollen Sie ausgerechnet sich selbst Lügen strafen?«

Ferdinand Steps hielt dem Kommandanten dieser Mission ein Blatt unter die Nase: »Das ist eine Mitteilung des Präsidenten der Vereinigten Staaten, der Sie herzlich bittet, Professor Bender an Bord zu akzeptieren, Dimarzio. Ein bürokratischer Euphemismus, um Ihnen elegant zu sagen, daß dies ein Befehl ist«, sagte er knapp.

Kevin schüttelte den Kopf, und ohne noch etwas zu sagen, eilte er zusammen mit seiner Besatzung auf den Aufzug zu, der sie zur Ein-stiegluke bringen sollte.

Kaiserliches Rom. Anno 849 nach der Gründung.
[96 n. Chr. (Anm. d. Ü.)]

Die Nachricht von Menenius' Tod verbreitete sich in der ganzen Stadt wie ein Lauffeuer. Als wäre es ein Signal, das endlich zum Aufstand aufrief, strömte das Volk auf die Plätze, mit allem bewaffnet, was zur Verfügung war. Sofort wurden sie auch von vielen entlassenen oder noch im Dienst stehenden Soldaten unterstützt. Auch an den nordöstlichen Grenzen erhoben sich die Legionen und hielten in Eilmärschen auf Rom zu. Domitian fiel einer Verschwörung zum Opfer – getötet durch dieselbe Kunst, in der er einst selbst so viel Geschick bewiesen hatte, daß jeder römische Bürger daran verzweifelt war.

Iunius kämpfte mehrere Tage lang an der Seite der Aufständischen, in der festen Überzeugung, daß dies der einzige Weg war, um seinen Namen von der Schmach zu befreien, mit der er befleckt war.

Cocceius Nerva, der mit Marcius verwandt war und sich Jahre zuvor ehrlich für dessen Fall eingesetzt hatte, wurde nun zum Herrscher über die römische Welt ausgerufen. Und als er auf dem Forum Romanum, auf dem sich die festlich gestimmten Menschen in Scharen versammelt hatten, seine erste Rede hielt, gehörte Iunius zu den Männern seines engsten Kreises.

»Ich übernehme die Herrschaft über das Kaiserreich in eurem Namen und durch euren Willen«, erklärte Cocceius. »Ich schwöre bei den Göttern, daß ich dieses göttliche Amt nach denselben Prinzipien der Gleichheit und Gerechtigkeit ausüben werde, die auch meine Amtszeit als Richter begleiteten. Viele edle Geschlechter hat die *gens* Flavia in diesen Jahren ungesunden Regierens verletzt, wenn nicht sogar vernichtet.

Im politischen Leben von Rom schienen damals Verrat und Verschwörung noch das einzige zu sein, das eine Rolle gespielt hat. Zu oft sahen wir unsere Ideale von Domitians Grausamkeit mit Füßen getreten. So wird die Aufgabe, die ich mich anschicke, auf mich zu nehmen, alles andere als leicht sein, aber ich versichere euch, Bürger von Rom, daß nur die Gerechtigkeit meinen Weg beleuchten wird.«

Aus der Menge erhob sich ein Beifallssturm. Die letzten Jahre der Herrschaft von Domitian waren für jeden, der nicht in der Gunst des

Kaisers oder seiner Schergen stand, überaus schmerzlich gewesen. Alle Bürger Roms, vom edelsten Senator bis zum geringsten der freien Bürger, wurden wie Sklaven behandelt, und ihr Leben war nicht mehr wert als ein paar Asse.

»Ich fürchte«, fuhr Nerva fort, »daß es mir nicht gelingen wird, allen Opfern meines Vorgängers Gerechtigkeit widerfahren zu lassen. Zehn Leben würden nicht reichen, um die Untaten des Domitian aufzuwiegen. Öffentlich und mit größter Entschiedenheit aber will ich vor den Augen der Römer zumindest die Person rehabilitieren, die ein Held des Kaiserreichs war. In zwanzig Jahren erbarmungsloser und ungerechter Verfolgung seitens der Flavier und ihrer Häscher mußte dieser Mann mit ansehen, wie sowohl seine Eltern wie auch all die Menschen, die ihm am nächsten standen, zu Tode kamen.

Nicht nur das: Auch die Person des Publius Marcius, der ein integrer Kommandant der Legionen und ein Senator war, wurde mehrfach von ehrenrührigen Anschuldigungen in den Schmutz gezogen. Und allein die Redlichkeit dieses Manns, von dem ich zu euch gesprochen habe, hat es zumindest versucht, sich den Machenschaften seiner Feinde zu widersetzen.

Dieser Mann ist unter euch, und ihr kennt ihn alle. Vor nicht allzulanger Zeit habt ihr ihn mit der größten und leidenschaftlichsten Bewunderung bedacht. Ich bitte euch, die zu erneuern. Obwohl ich daran zweifle, daß es nötig ist, euch an seinen Namen zu erinnern, tue ich es: Es ist Iunius von Luna.

Also gut. Und ich fordere auch im Angesicht des römischen Volkes, daß der testamentarische Wille meines Vetters Publius Marcius endlich die nötige Achtung erfährt. Deshalb trete vor, Iunius. Hiermit erkläre ich dich zum Alleinerben all dessen, was einst deinem großen Förderer und gleichzeitigen Schützling gehörte. Im Namen Roms verleihe ich dir seinen Namen und setze dich wieder in deinen einstigen Offiziersrang ein. Durch deinen Mut hast du es verstanden, den allzulang unterdrückten Mechanismus der gerechten Revolte gegen einen Tyrannen wieder in Gang zu setzen. Deine Tüchtigkeit und dein Mut haben uns von einem der unwürdigsten Vertreter der Macht befreit.«

Wieder erhob sich das Rufen und Schreien der Menge, und wieder skandierte sie seinen Namen. Iunius trat im gleichen Augenblick vor den neuen Regenten, als dieser sich einem Sklaven zuwandte, der mit ausgestreckten Armen ein purpurnes Tuch vor sich her trug.

»Mir ist bekannt«, hub Nerva wieder an, »daß diese Statuen einst dir und deiner Familie gehörten, Tribun Iunius. So ist nur gerecht, daß sie an dich auch wieder zurückgegeben werden.«

Iunius griff nach den Mondsteinen und riß sie ihm buchstäblich aus den Händen. Er spürte ein unbezähmbares Beben der Aufregung, von dem er förmlich durchflutet wurde. Das rote Gold reflektierte die Strahlen der Sonne. Er hob die Stelen zum Himmel empor, zum Zeichen seiner Dankbarkeit gegenüber den Göttern, die endlich seinem Alptraum ein Ende gesetzt hatten.

»Du wirst gebraucht, Iunius Marcius«, sagte der Imperator abschließend. »Die Präsenz deiner Person kann dem Senat von Rom nur als Vorbild dienen.«

Cape Canaveral. Florida. Kennedy Space Center.
2. Mai 1996.

Kevin Dimarzio befand sich am Schaltpult in der Pilotenkanzel. Laut und deutlich hörte er die Worte, die die Stimme aus dem Kopfhörer in seinem Helm sprach: »Minus drei. Zwei. Eins. Start!« Er fühlte, wie er von dem ungeheuren Schub gegen den Sitz gepreßt wurde, während das Spaceshuttle sich in einer Rauchwolke von der Erde erhob. Und nach wenigen Augenblicken sagte er ins Mikrophon: »Capcom an Kontrollzentrum Houston. Hier alles in Ordnung, ich bitte um Bestätigung der folgenden Daten: Gewicht beim Abheben 4,5 Millionen Pfund; Schubkraft zum Zeitpunkt des Abhebens 6,5 Millionen Pfund; Treibstoffverbrauch pro Minute vierundsechzigtausend Gallonen.«

»Hier Houston«, kam sofort die Antwort. »Daten korrekt. Seid ihr bereit für das Ausklinken der SRB?« Nach ein paar weiteren Augenblicken klinkten sich an beiden Seiten der Raumfähre nun die zwei nutzlosen Feststoffraketen aus.

»Capcom an Houston. Geschwindigkeitskontrolle. Liegt die Geschwindigkeit bei sechstausendfünfhundert Fuß pro Sekunde?« fragte

Kevin nach wenig mehr als drei Minuten noch einmal. »Ich bitte um Bestätigung.«

»Positiv, Capcom. Ihr seid jetzt das Gewicht der Hilfsraketen los und fühlt daher die Schwerkraft immer weniger. Ihr befindet euch in einer Höhe von 51 nautischen Meilen, bei fast sechsfacher Schallgeschwindigkeit.«

Laura Joanson hatte bereits lang vor Beginn der Liveübertragung den Fernseher im Wohnzimmer des Hauses eingeschaltet. Wie eine Unzahl anderer Menschen auf der ganzen Welt hatte auch sie zugeschaut, als auf dem Bildschirm der Start des Shuttles gezeigt wurde. Doch bestand zwischen ihr und der anonymen Menge der Fernsehzuschauer ein grundlegender Unterschied. Sie wußte um den wirklichen Zweck dieser Mission, der dem Rest der Welt verheimlicht worden war in der Sorge, es könnte zu unkontrollierbaren Ausbrüchen von Panik kommen.

Im selben Moment, in dem die Fernsehkameras der Raumfähre nicht mehr folgen konnten, klingelte es an der Tür.

Als sie öffnete, sah sich Laura einem Hauptmann der Air Force gegenüber, der vor ihr strammstand und ihr, ohne diese militärische Pose aufzugeben, einen Brief entgegenhielt. Er sagte: »Oberst Dimarzio hat mir den Befehl erteilt, Ihnen sofort nach dem Start diesen Brief zu übergeben, Frau Dr. Joanson.«

Sonst sagte er nichts. Nachdem er geräuschvoll die Hacken zusammengeschlagen hatte, entbot er ihr seinen militärischen Gruß und verschwand wieder.

Kevins Stimme drang weiterhin in regelmäßigen Abständen an die Kontrollbasis: »Capcom an Houston. Umlaufbahn erreicht. Haupttriebwerk abgeschaltet. Wir kreisen nun mit fast siebzehntausend Meilen pro Stunde um euch.«

»Von hier aus sieht es aus, als stündet ihr still«, fuhr der Kommandant in scherzhaftem Ton fort.

»In achtzehn Minuten beginnen wir mit dem Bus Stop.«

»Gut, Capcom, empfangen«, war die Antwort von der Erde.

Den scherzhaften Ausdruck »Bus Stop« hatte Professor Bender in einem seiner häufigen Momente jugendlichen Humors geprägt, um die verschiedenen Stationen zu bezeichnen, bei denen das Spaceshuttle haltmachen und die Nuklearsprengköpfe von den einzelnen, in der Umlaufbahn verstreut liegenden Raketenstationen holen mußte.

Das Annäherungsmanöver an die erste Station war nicht sehr schwierig. Nachdem es Kevin gelungen war, die Raumfähre in eine Umlaufbahn parallel zur Raketenstation zu bringen, betätigte er die Schalter, womit sich der Laderaum öffnen ließ. Inzwischen legten die Männer ihre Raumanzüge an. Genau in der Mitte öffnete sich der Rumpf der Fähre. Der Bordtechniker ging als erster hinaus in den Weltraum und begab sich zu den äußeren Steuerelementen, die an dem über fünfzehn Meter langen Greifarm angebracht waren.

Nachdem sie an der Weltraumstation angedockt hatten, war die Reihe an dem Techniker für die Nuklearsprengköpfe. Aus der Pilotenkanzel und den Seitenfenstern verfolgten Kevin, Bender und der Copilot die Operationen mit höchster Anspannung und Aufmerksamkeit. Die Rampe der Nuklearsprengköpfe ähnelte stark einem Zylinderstumpf, allerdings mit einem Durchmesser von achtzehn Metern. In ihrem Innern befanden sich die Raketen, geschützt von einer Abschirmung, die dem höchsten Druck und der unerträglichsten Hitze standzuhalten vermochte.

Während er von seinem Platz aus das Hin und Her der Männer im Weltraum verfolgte, mußte Kevin mit großer Erleichterung anerkennen, daß trotz der besonderen Kenntnisse der Techniker die Ratschläge von Greg Bender durchaus wertvoll waren. Nach elf Stunden ununterbrochener Arbeit waren die Sprengköpfe im Rumpf des Shuttles verstaut. Erst zu einem späteren Zeitpunkt würden die Techniker dafür sorgen, die Sprengköpfe im Innern der chinesischen Trägerrakete unterzubringen, die ebenfalls der Länge nach im Laderaum verstaut war.

Endlose Meilen von leerem Raum entfernt, las Laura Joanson immer wieder Kevins Brief. Sie hatte ihn sofort geöffnet. Während sie die handgeschriebenen Zeilen Kevin Dimarzios überflog, verspürte sie immer stärker das Bedürfnis, sich zu setzen, um sich völlig auf seine Worte zu konzentrieren.

Meine Liebste,

ich weiß nicht, inwieweit Du bei Deiner Arbeit im Zusammenhang mit den Nachrichtendiensten die Gelegenheit hattest, etwas über mich und meine Vergangenheit zu erfahren. Wenn Du diese Zeilen liest, werde ich auf meiner Reise durch die Nacht des Weltraums sein. Genau diese Umgebung ist es, die ich mir für die sehr persönlichen Dinge wünsche, die ich Dir sagen muß. Erlaube mir zunächst die Bemerkung, daß ich mich mit meinen fünfundvierzig Jahren das erste Mal überhaupt in meinem Leben verliebt habe. Die Tatsache, daß ich ein Junggesellenleben führte, schrieb ich immer einer Art Rebellion gegen jede Form von Bindung zu. Aber tief im Innern wußte ich genau, daß es in Wirklichkeit mit meinem rauhen und verschlossenen Charakter zu tun hat.

Jedesmal, wenn ich mich zu sehr an eine Frau gebunden fühlte, packte ich meine Koffer und lief davon. Ein sehr negativer Charakterzug, gewiß, aber wer weiß, wodurch er hervorgerufen wurde!

Jedenfalls, wenn ich mich so verschlossen und abweisend gebe, dann nur deshalb, weil ich nie den Mut hatte, meine Art von Erbsünde zu gestehen, die wie ein Verhängnis auf mir lastet.

Was ich Dir jetzt sagen werde, habe ich noch nie jemandem gestanden, und ich bitte Dich herzlich, es für Dich zu behalten. Ich verlasse mich auf Dich. Aber wie könnte ich das auch nicht, meine Geliebte?

Im Weltraum waren inzwischen die Arbeitsergebnisse in dem Maße gediehen, wie es Kevin und seinen Männern gelang, sich den amerikanischen Raketenbasen anzunähern. So schafften sie es, alle dreißig Nuklearsprengköpfe in weniger als sechs Stunden und fünfundvierzig Minuten aus der letzten Station herauszuholen – und das inklusive der unerläßlichen Arbeitspausen. Nachdem der Laderaum wieder geschlossen und der Kabinendruck wieder ausgeglichen war, war es Aufgabe der Techniker, die Sprengköpfe in dem großen Hohlraum, der sich im Raketensprengkopf befand, zu verstauen. Um den wirklich operativen Teil der Mission wirksam anzugehen, fehlten jetzt nur noch die beiden »Bus Stops« bei den früheren sowjetischen Stationen.

Sie waren seit acht Tagen im Weltraum und hatten sich wirklich kaum eine Pause gegönnt. Die Müdigkeit begann sich bei allen bemerkbar zu machen. Ausgenommen dem alten Wissenschaftler, der nie seine gute Laune verlor und immer zu einer scherzhaften, wenn nicht gar typisch studentischen Bemerkung bereit war. Aber er bereicherte auch die Besatzung mit bestätigenden Worten, aus denen die Fülle seiner Erfahrung klang, die sich für alle als immer wertvoller erwies.

Endlich lenkte der Bordcomputer die Raumfähre neben die erste sowjetische Rampe. Obwohl das zugrundeliegende strukturelle Konzept das gleiche war, unterschied sich das Äußere der zusammengekuppelten Raumbatterie sehr stark von dem der amerikanischen.

Gregory Bender ermutigte den jungen Russen mit einem väterlichen Lächeln: »Jetzt sind wir in deinen Händen, Juri«, sagte er. »Ohne dich wüßten wir überhaupt nicht, was wir tun sollten. Gute Arbeit!«

Kaum hatte er diese Worte geäußert, schlug der Techniker einen fröhlichen Purzelbaum in der Schwerelosigkeit. Danach flog er förmlich in den Ankleideraum und glitt in einer einzigen Bewegung von oben herab in das einzige Kleidungsstück, das ihm außerhalb der Raumfähre ein Überleben ermöglichte.

Es war ungefähr eine halbe Stunde vergangen, als Juris Stimme mit ihrem unverwechselbaren russischen Akzent durch das Mikrophon krächzte: »Es gibt ein Problem, Kommandant Dimarzio.«

»Was ist los, Juri?« fragte Kevin unruhig.

»Vielleicht hängt es mit der schlechten Wartung des Kernreaktors zusammen, der die Raumstation mit den Atomsprengköpfen an Bord antreibt.«

»Entschuldige, Kevin«, schaltete sich Benders Stimme in die Leitung ein. »Hast du die Radioaktivität gemessen, Juri? Kontrolliere sie bitte noch einmal mit größter Aufmerksamkeit.«

Die folgenden Augenblicke der Stille erfüllten Bender und Kevin mit angstvoller Sorge. Vielleicht hatte der junge Russe in seiner Begeisterung es versäumt, den Geigerzähler, der in seinem Anzug eingearbeitet war, zu kontrollieren. Diese Angst bestätigte sich leider, als Juris Stimme endlich wieder zu hören war und er sagte: »Christus! Hier drinnen meint man, im Zentrum von Nagasaki zu sein, und zwar am Tag nach der Explosion!«

»Weg, Juri, sofort weg! Laß alles stehen und verschwinde, so schnell du kannst«, befahl Bender. »Und wenn du wieder hereinkommst, geh durch den Dekontaminationsraum! Vergiß es nicht!«

Es würde etliche Stunden dauern, bis die gesamte Operation durchgestanden wäre und der junge Russe wieder in die normale Druckzone zurückkehren könnte. Kevin und Bender quälten sich in beklemmender Angst durch diese Zeit.

»Wie du weißt, schirmt der Anzug eine geringe Verstrahlung ab. Der Junge könnte also durchkommen«, sagte der Kommandant der Mission, wobei er sich an einen dünnen Hoffnungsfaden klammerte.

»Juri hat zu lange unter sehr hoher radioaktiver Strahlung gearbeitet«, wandte der Wissenschaftler ein und schüttelte den Kopf. »Ich fürchte, es gibt wenig Hoffnung. Machen wir uns auf das Schlimmste gefaßt.«

Tragischerweise erwies sich seine Vorhersage als richtig. Als Juri in den Gemeinschaftsraum zurückkam, trug er das blaue Poloshirt, das als Bestandteil seiner Uniform während der Freizeit getragen wurde. Er sah aus wie ein Tourist, der sich mit milchweißer Haut zu lange in die starke Sonne der Tropen gelegt hatte. Bald schon begann er, über starkes Unwohlsein zu klagen, während die roten Flecken in seinem Gesicht anzuschwellen begannen.

Bender verabreichte ihm ein wenig Jod und eine Ampulle Morphin, die einzigen Substanzen, die in der Bordapotheke vorhanden waren und in dieser unvorhersehbaren Situation einen gewissen Nutzen zeitigten. Anschließend zog er sich an den Kartentisch zurück und versenkte sich dort in seine Berechnungen, wobei er mit der Schwierigkeit kämpfte, die Kugelschreiber und Bleistifte festzuhalten, die ständig in der Luft schwebten.

Etwa eine Stunde später kam er zu Kevin. »Ich habe alle Berechnungen neu formuliert«, sagte er, »und alle überflüssigen Toleranzen auf Null gesetzt. Ich denke, wir können es auch ohne die Sprengköpfe schaffen. Aber wir brauchen noch unbedingt die von der zweiten sowjetischen Station.«

»Wir haben Juri aus der Ferne beobachtet, während er die Raketen abmontiert hat«, schaltete sich da der amerikanische Sprengkopftechniker ein. »Vielleicht habe ich es ja mitbekommen, auch wenn ich nicht für den Erfolg garantieren kann.«

»Ich kann auch hinausgehen und mit zur Hand gehen. Kevin, du bist durchaus in der Lage, dieses Ding hier auch ohne meine Hilfe auf Kurs zu halten«, mischte sich sofort der Copilot ein.

Eine halbe Stunde später dockten sie von der Seite an der letzten Raumstation an.

Auf der Erde las Laura mit großer Rührung wieder und wieder Kevins Brief.

Weißt Du, Laura, es gibt sehr viele schwerwiegende Dinge, die den Mut und die Wahrheitsliebe eines Menschen ins Wanken bringen können. Oft verführt uns das Geld dazu, Handlungen zu begehen, die uns vom rechten Weg abbringen. Ein andermal ist es die Macht, die uns in fatale Fallen tappen läßt. Meine kalte und abweisende Schale, glaube mir, hängt damit zusammen, daß ich, selbst wenn ich entsetzlich darunter leide, schon seit so vielen Jahren ein Geheimnis hüten muß. Dahinter verbirgt sich ein geschichtliches Verbrechen oder besser, der Beitrag, den mein Vater zu diesem Verbrechen geleistet hat, um den größten Massenmörder unseres Jahrhunderts zu retten.

Durch meine Abstammung gehöre ich einem Geheimbund von nur wenigen, streng ausgewählten Mitgliedern an, die sich allein aus den Leuten rekrutieren, die an dieser unseligen Mission teilgenommen haben.

Am Tag bevor die Russen Berlin einnahmen, bestieg Adolf Hitler in der Nähe der deutschen Küste ein Flugzeug, dessen Pilot mein Vater war. Und am Morgen danach landete der Führer gesund und wohlbehalten in den Vereinigten Staaten von Amerika. All dies beileibe nicht aus ideologischen oder politischen Gründen, sondern schlicht wegen Geld. Es war eine ungeheure Menge an Geld, mit der es der organisatorische Kern dieser Operation verstanden hat, allen Komplizen das Maul zu stopfen.

Und wir nun, die erstgeborenen Söhne der Väter, die für die erfolgreiche Durchführung der Operation verantwortlich waren – wir wurden nun unsererseits automatisch zu Mitgliedern dieser Vereinigung und sind durch diesen Pakt gebunden, völliges Stillschweigen darüber zu wahren. Aber das war nicht der Grund, weshalb ich all diese Jahre geschwiegen habe. Wenn ich es tat, dann nur, um meinen Namen trotz aller Redlichkeit, die ich meinem Leben immer verleihen wollte, nicht mit Schande befleckt zu sehen.

Aber nun, glaube mir, halte ich das wirklich nicht mehr aus. Ich habe nie nach Reichtum gestrebt: Was ich mir ehrlich mit meiner Arbeit verdiente, hat immer für meine Bedürfnisse ausgereicht. Beweis dafür mag die Tatsache sein, daß ich nie auch nur einen einzigen Heller von dem Konto genommen habe, das auf meinen Namen bei einer Schweizer Bank geführt wird. Aber ich bin müde, Geliebte, und es verschafft mir unendliche Erleichterung, Dir dieses Geheimnis zu enthüllen.

Als Greg Bender die Pilotenkanzel bestieg, nahm er auf dem Sitz rechts neben Kevin Platz. Die drei Statuetten verströmten vom Armaturenbrett ihre rotgoldenen Strahlen, auf dessen Oberfläche sie mit ein paar Gummibändern befestigt waren, die verhinderten, daß sie durch die Luft schwebten. Der Wissenschaftler achtete nicht besonders auf sie. Er hatte sie schon gesehen und hielt sie für Talismane, die der Oberst aus Aberglauben mitgenommen hatte.

Dimarzio steuerte die Seitenraketen von Hand, um die Flugkapsel getrimmt zu halten. Aus dem Innern des Laderaums betätigte er den Greifarm, und schon beim ersten Versuch gelang es ihm, an die sowjetische Rampe anzukoppeln. Im Vergleich zur Erde standen sie auf dem Kopf und flogen mit einer Geschwindigkeit von mehr als achtundzwanzigtausend Stundenkilometern. Nachdem er die Schutzschirme entfernt hatte, nahm sich der Feuerwerker endlich die Zeit und verkündete durch sein Mikrophon: »Hier laufen die Dinge gut. Keinerlei gefährliche Anzeigen des Geigerzählers, weder während unseres Anflugs noch in der unmittelbaren Umgebung. Alles ist in hervorragendem Zustand, und auch im Innern der Station sind keinerlei Spuren von Radioaktivität festzustellen.«

Bender hatte die Aufgabe übernommen, Juris lebenserhaltende Systeme an den Monitor der Überwachungsanlage anzustöpseln, die mit der Basis auf der Erde in Kontakt stand. Der unglückliche Russe lag nun bereits seit mehreren Stunden im Koma.

»Houston an Capcom, Houston an Capcom. Alarm, Alarm. Probleme bei dem Verletzten. Die Apparate vermelden eine Herz-Kreislauf-Krise«, wurde ihnen aufgeregt über das interne Kommunikationssystem mitgeteilt.

Kevin verließ die Steuerung und hechtete schwungvoll in den Durchgang, der zum unteren Stockwerk führte. Er fand Juri in einem Zustand von Übelkeit und Erbrechen vor, sein Körper war nur noch eine einzige Brandwunde. Dann mußte er wie gelähmt mit ansehen, wie der Russe plötzlich ungewöhnlich tief einatmete und dann den Kopf senkte. Er war tot. Aber sein Kommandant versuchte, ihm trotzdem noch, wenn auch behindert von der fehlenden Schwerkraft, eine Herzmassage zu geben, doch vergeblich. Juris stark geschwächter Körper hatte bereits sehr viel weniger Lebenskraft gehabt, als es sonst normalerweise der Fall war.

Unbeweglich und mit einem verbitterten, fast schon mutlosen Ausdruck starrte Kevin auf den Toten, als er fühlte, wie ihn jemand am Arm ergriff. »Komm da weg«, sagte Greg Bender. »Es ist nichts mehr zu machen, denken wir an die anderen da draußen.«

Als sie in die Pilotenkanzel zurückkamen, war die Ladung an Nuklearsprengköpfen fast schon eingebracht. Kevin warf einen raschen Blick auf die Instrumente und schreckte zusammen, als er die Ankündigungen auf dem Radar wahrnahm.

»Meteoriten im Anflug. Ich wiederhole: Meteoriten im Anflug. Sofortige Rückkehr! Schnell, mein Gott, kommt wieder herein!« befahl er aufgeregt ins Mikrophon.

Es war zu spät. Das erste Objekt, wenig größer als ein Golfball, traf den Techniker, der in Richtung der Raketenstation flog, mit einer Geschwindigkeit von circa achtzigtausend Stundenkilometern. Der Körper des Unglücklichen wurde mit rasender Geschwindigkeit über eine Meile weit hinweggeschleudert. An mehreren Stellen riß der Raumanzug auf, und nach wenigen Augenblicken war von dem Mann keine Spur mehr zu sehen.

Nun gab es nur noch eins, was die Raumkapsel und das Leben ihrer Besatzungsmitglieder retten konnte – den Laderaum zu schließen und alle zurückzulassen, die noch draußen im Weltraum waren. Die enorme Verantwortung seines Kommandos zwang ihn zu dieser Aktion, doch brachte es Kevin nicht über sich, diese Handlung auch durchzuführen, selbst wenn sie seine Rettung bedeutet hätte. Doch war es für seinen Copiloten der sichere Tod.

Nun wurde die Raumkapsel wild durcheinandergeschüttelt und gleichzeitig prasselte mit unmäßiger Gewalt ein regelrechter Hagel aus kleinen Steinen auf die Schutzschilde am Bug hernieder. Als der kosmische Regen schließlich aufhörte, fehlte von den beiden im Weltraum verbliebenen Astronauten jede Spur.

Kevin und Greg sahen einander schweigend an. Sie wußten beide, daß sie nichts mehr tun konnten, um das Leben ihrer Kameraden zu retten. Außer wenn sie es geschafft hätten, die Bedrohung rechtzeitig zu bemerken, die über sie hereingebrochen war...

»Capcom an Houston. Capcom an Houston.«

»Bitte kommen, *Atlantis*. Wir hören Sie laut und deutlich.«

»Wir wurden von einem Meteoritensturm getroffen. Ende.«

»Und die Auswirkungen, Capcom? Fragezeichen. Ende.«

»Wir haben drei Männer verloren. Auch der Russe ist vor wenigen Augenblicken gestorben. Nur wir beide sind übrig, Professor Bender und ich.«

Auf die Nachricht folgte ein langes Schweigen, dann hob die Stimme von der Basis wieder an: »Habt ihr es geschafft, die restlichen Sprengköpfe noch rechtzeitig zu verladen? Fragezeichen. Gibt es Schäden an Bord? Fragezeichen. Ende.«

»Zum Zeitpunkt des Unglücks waren wir mit dem Verladen fast fertig. Ich weiß aber nicht, ob die Ladeluke beschädigt wurde. Während die Meteoriten auf uns herabschossen, waren die Tore zum Laderaum geöffnet. Ende.«

»Prognosen über den Ausgang der Mission? Fragezeichen. Ende.«

»Ich habe nicht die leiseste Idee, wie man die Atombomben in die Rakete lädt, und ich kenne auch nicht die Leistungsfähigkeit des Shuttles. Ich mache jetzt die elektronischen Checkups und kontaktiere euch in wenigen Augenblicken. Ende.«

Bender, der den Mund noch nicht aufgemacht hatte, sah ihn mit entschiedener Miene an: »Bist du dir darüber im klaren, daß es für unseren Planeten das Ende bedeutet, wenn wir die Mission nicht zu Ende bringen, Kevin?« fragte er. »Man hat uns mit einer Aufgabe von kosmischer Wichtigkeit betraut. Und das bedeutet, daß wir nicht einfach vor irgend etwas kapitulieren dürfen, nicht einmal vor dem Unmöglichen.«

»Aber wie schaffen wir es, die Bombe scharf zu machen und die letzten Sprengköpfe in die Rakete zu laden? Was sollen wir bitte nehmen, um gegen den Asteroiden vorzugehen? Etwa eine Zündschnur, die langsam vor sich hinschwelt, oder eine Steinschleuder mit Gummiband?« wendete Kevin genervt ein, während eine Reihe von Kontrollampen auf der Schalttafel zu leuchten begann.

»Ich bin durchaus in der Lage, einen Sprengkopf scharfzumachen. Vergiß nicht, daß es meine Geschöpfe sind. Das größte Problem ist es, die letzten Sprengkörper in Long March 4 einzubauen, aber ich kann es versuchen«, antwortete der Professor in seiner üblichen Gelassenheit.

»Schau mal hier«, wandte Kevin ein und deutete auf eine rote Kontrollampe, »das Schließsystem des Laderaums ist beschädigt. Das dauert mehrere Stunden, bis ich es wieder repariert haben werde. Aber«, und er schaute auf die Digitaluhr, die seitlich an dem komplizierten Steuerpult angebracht war, »es sind nur noch sechzehn Stunden bis zum Abschußfenster auf den Asteroiden. Wir schaffen es nicht, Greg, wir haben keine Zeit.«

»Ich kann die Raumkapsel verlassen und die nötigen Arbeiten draußen durchführen. Ich sehe keine Probleme, wenn der Laderaum offen bleibt«, antwortete der Wissenschaftler wieder im Ton völliger Sicherheit.

»Du bist verrückt, ein alter verkalkter Irrer«, platzte Kevin heraus. Aber sein Gesichtsausdruck war trotzdem verändert und leuchtete in einem neuen Glanz der Hoffnung. »Ich bin sogar noch verrückter als du, weil ich dir recht gebe. Capcom an Houston. Capcom an Houston«, fuhr er in aufgeregtem Ton fort.

»Wir hören Sie laut und deutlich. Bitte kommen, Capcom.«

»Wir machen jetzt einen Spaziergang im Freien und schauen einmal, ob wir die Knallfrösche in Schuß bekommen. Morgen werden wir einen harten Tag haben. Ende der Durchsage.«

Über die Kommandozentrale in Houston senkte sich eisig das Schweigen herab. Die Worte des Kommandanten waren scherzhaft gehalten, aber dahinter wurde seine Verzweiflung offenbar. Die Mission schien an einem mehr als dünnen Fädchen zu hängen, wenn sie nicht völlig zum Scheitern verurteilt war. Und mit ihr auch der Planet Erde.

Der Brief fuhr fort:

Ich denke, Laura, daß ich jetzt dazu gezwungen bin, koste es, was es wolle, der Welt zu offenbaren, was ich immer nur für mich behalten wollte. Doch fürchte ich andererseits, daß mich an diesem Punkt ein Gefühl beherrscht, das so alt ist wie die Welt – mein Überlebensinstinkt. Oder sagen wir ruhig, meine Angst, Laura.

Ja, ich habe wirklich »Angst« gesagt, Geliebte. Nicht den Tod fürchte ich oder die Luftschlachten oder die Leere des grenzenlosen Weltraums. Nein, was mich zutiefst entsetzt, ist allein der Gedanke, meinen Vater öffentlich dieses Verbrechens bezichtigen zu müssen, bei dem ich durch mein Schweigen, ob ich will oder nicht, zum Komplizen wurde. In jeder Hinsicht.

Praktisch denke ich bereits seit langem darüber nach, besonders aber seit dem Augenblick, als sie das Attentat auf Dich verübt haben. Ich hatte deshalb schreckliche Gewissensbisse, obwohl es mir gleichzeitig zu Bewußtsein brachte, wie wichtig Du für mich bist.

Ich werde zurückkommen, Geliebte, ich werde zurückkommen, um bei Dir zu bleiben, um an Deiner Seite zu leben. Aber wisse, daß ich mich erst dann frei fühlen werde, wenn ich mich von dieser Last befreit habe, die ich nicht mehr ertragen kann. Wenn wir uns jedoch aus irgendeinem Grund nicht mehr wiedersehen sollten, dann beachte, bitte, das, was ich Dir noch zu sagen habe. Hüte Dich vor den Menschen, die Du um Dich hast! Einige von ihnen verbergen gleichfalls die schrecklichsten Geheimnisse. Verzeihe mir, wenn ich Dir nicht mehr sagen kann.

Und erinnere Dich immer daran, daß ich Dich liebe.

Kevin

Bei dem Text lag noch ein letztes Blatt, das Kevin offenbar gleich nach dem Besteigen des Shuttles in aller Eile hinzugefügt hatte.

P.S. Heute morgen, Laura, hast Du mir die größte und beglückendste Freude meines Lebens geschenkt. Gib während meiner Abwesenheit gut auf unser Kind acht.

Bei mir zu Hause wirst Du im Wohnzimmer im obersten Fach meines Bücherschranks einen Packen alter, vergilbter Blätter finden, die ineinander verklebt und völlig unleserlich sind. Eigentlich sind es insgesamt vier Bände, die aber zu einem einzigem Block verschmolzen sind.

Bislang habe ich es noch nicht geschafft, sie einem entsprechenden Zentrum anzuvertrauen, das auf Restaurierungen und Analysen spezialisiert ist.

Sollte ich aus irgendeinem Grund nicht zurückkommen, kümmere Dich um diese Bücher und gib sie eines Tages an unser Kind weiter. Ich hätte bei meiner Rückkehr mit Dir darüber sprechen wollen, aber die neue, unerwartete Nachricht, von der Du mir heute morgen erzähltest, erlaubt keinerlei Verzögerung mehr. Sonst habe ich vielleicht keine Gelegenheit mehr, es Dir zu sagen. Aber diese alten Handschriften sind für mich von außerordentlicher Wichtigkeit, und sie werden das auch für unser Kind sein. Ich weiß nicht genau, was sie beinhalten. Ich wiederhole, daß ich nie die Gelegenheit hatte, sie restaurieren und interpretieren zu lassen. Aber nach den Überlieferungen meiner Familie, enthalten sie die Geschichte meiner Herkunft und, damit verbunden, all das, was Du noch nicht über die Vergangenheit der Mondsteine weißt.

Ja, Laura, die Mondsteine. Ich habe immer gewußt, was sie sind, schon von dem ersten Moment an, als ich sie sah. Deshalb betrachtete ich sie immer mit so viel Interesse. Und, glaube mir, die emotionale Kälte, die ich Dir gegenüber immer zur Schau trug, war zum großen Teil auch auf das Bewußtsein zurückzuführen, daß Du als ihre Hüterin mit mir unauflöslich und erbarmungslos vereint sein würdest.

Ich habe nicht die Zeit, um mich klarer auszudrücken, Laura! Aber gemäß den Überlieferungen meiner Familie soll dieses alte, zerstörte Dokument die Abschrift einiger Schriftrollen sein, die aus der römischen Zeit stammen. Einer meiner Vorfahren, der ein Mönch war, hat sie im 17. Jahrhundert angefertigt. Es scheint, als würde darin unter anderem auch erklärt, was die Mondsteine in Wirklichkeit darstellen, woher sie stammen und wie sie geradezu schicksalhaft immer wieder in unseren Besitz zurückgelangten, auch wenn sie den wechselhaftesten Geschehnissen ausgesetzt waren. In unseren Besitz, Laura. In den Besitz meiner Familie. Also meinen und Deinen. Und in den unserer Kinder, eines Tages.

Noch einmal: Ich liebe Dich für ein ganzes Leben lang.

Laura faltete die Blätter zusammen und trocknete ihre Tränen. Dann senkte sie den Blick auf den Tisch. Der Packen alter Blätter, der zu einem einzigen großen Klumpen eines scheinbar nicht mehr entwirrbaren Mischmaschs geworden war, lag darauf. Sie hatte ihn dorthin gelegt, und nun betrachtete sie ihn bereits seit etlichen Tagen.

Schließlich nahm sie den Telefonhörer in die Hand und tippte die Nummer von Oswald Breil ein. Er war der einzige Mensch, bei dem sie in diesem Augenblick die Kraft hatte, um Trost und Hilfe zu bitten.

Kevin half dem alten Wissenschaftler, den Raumanzug anzuziehen und sich den voluminösen Rucksack mit der Sauerstoffreserve und den Richtraketen anzulegen. Glücklicherweise befanden sie sich im schwerelosen Raum. Auf der Erde hätte dieses Bündel mehr als achtzig Kilo gewogen.

Die Luke der Druckkabine öffnete sich. Die beiden Astronauten wurden von dem Druck, der draußen herrschte, überwältigt, doch nach ein paar Augenblicken schwebten sie im grenzenlosen Raum. Greg versuchte, mit den beiden Boostern vertraut zu werden, die man brauchte, um sich im Weltraum frei bewegen zu können. Er machte einen halben Purzelbaum, rutschte aber dann zuerst nach links und dann nach rechts weg, bis es ihm nach einiger Mühe gelang, die Kontrolle darüber zu gewinnen.

»Am Ende dieses Abenteuers«, kommentierte er und unterbrach damit die Stille im Funk, »werde ich mich – wenn es dann noch jemanden auf der Erde gibt, der imstande ist, das Guinness-Buch der Rekorde fortzuschreiben – für eine ganze Seite vormerken lassen.«

Kevins Antwort bestand darin, daß er seinen vom Raumhelm geschützten Kopf schüttelte und dabei mit großer Mühe den Zeigefinger an seine Schläfe legte und ihn einige Male drehte.

Die achtzehn russischen Sprengköpfe waren in einer Ecke des Laderaums aufgereiht und mit Haltegurten und Stahlnetzen am Boden befestigt. Hergestellt aus einer leuchtenden Metallegierung, hob sich davon das gelb-schwarze Kennzeichnungssymbol für radioaktives Material deutlich ab.

Kevin wunderte sich, daß diese kleinen Objekte ein solch starkes

Potential der Zerstörung enthielten. Greg, der sie in- und auswendig kannte, machte sich ohne jede Verzögerung an die Arbeit. Jede Minute, die verloren wurde, konnte zu einer Katastrophe führen.

Nachdem der Kopf der Trägerrakete geöffnet war, sah Dimarzio verblüfft auf ein Gewirr von elektrischen Drähten, die zu den einzelnen, bereits in Reih und Glied angeordneten Sprengkörpern führten. Mit vorsichtiger Geduld glitten die Hände des Wissenschaftlers, von den riesigen Handschuhen geschützt, langsam von einem Kontakt zu dem anderen, und zwar exakt von dem Punkt, an dem der Draht aus dem Sprengkopf herausstand, bis zu dem, an dem er in die elektronische Zündvorrichtung des nächsten hineinführte.

Plötzlich hob Greg den Kopf. Wäre das Glas auf der Vorderseite seines Helms nicht verspiegelt gewesen, um der kosmischen Strahlung standzuhalten, hätte Kevin das befriedigte Leuchten in seinen Augen gesehen.

»Diese armen Kerle haben wirklich beste Arbeit geleistet«, informierte Greg Bender ihn über Funk. »Uns bleibt nur noch die Aufgabe, sie zu Ende zu führen.«

Vier Stunden später sahen sie die Erde, die aus dieser Höhe wie ein großer, bunter Strandball aussah. Die atmosphärischen Störungen tauchten die meisten Kontinente in einen Schleier aus Watte. Und die Ozeane leuchteten in ihrem intensiven Blau wie Seen.

»Ich glaube, meine Alte, dein letztes Stündlein hat noch nicht geschlagen!« rief Bender, als er den Sprengkopf der Trägerrakete wieder verschloß.

»Capcom an Houston. Capcom an Houston«, rief der Kommandant, wieder einmal über das Mikrophon gebeugt, gleich nach ihrer Rückkehr an Bord.

»Hier Houston. Bitte kommen, Oberst.«

»Wir haben ernste Probleme mit der Sprengwirkung. Sie hat erheblich nachgelassen. Aber wir denken trotzdem, daß wir es schaffen. Allerdings ist das hydraulische Verschlußsystem der Ladeluken beschädigt. Und für etwaige Reparaturaktionen haben wir keine Zeit. Also machen wir uns einfach so für das Treffen bereit.«

Nach dieser Information zündete Kevin die Hauptraketen, um einen höheren Schub zu erreichen, der sie noch weiter aus der Erdumlaufbahn schoß. Unter diesen Umständen die Raumfähre zu steuern bereitete ziemliche Schwierigkeit, doch andererseits machte die fehlende Atmosphäre ihre aerodynamischen Probleme um ein vielfaches leichter.

Aus dieser Entfernung verlor der Mond einen Großteil seines silbernen Zaubers. Nun war zu erkennen, daß er eine kahle, gräuliche Wüste war, übersät von Kratern, die als einziges die Monotonie der endlosen Flächen hier und da unterbrachen.

»Zehn Minuten bis zum Abschußfenster«, kündigte Greg an und zählte die Zeit mit.

»Acht Minuten bis zum Fenster«, fuhr er kurz danach fort. »Elektronischer Zündvorgang aktiviert.«

Dann tauchte endlich der Asteroid Speitz-42 hinter dem Trabanten auf. Von den Strahlen der Sonne erleuchtet, hob sich seine hochrote Farbe so lebhaft wie lodernde Flammen ab. Innerhalb kürzester Zeit hatte er den Mondhorizont ganz überquert.

»Raus mit der Trägerrakete!« sagte Kevin und wiederholte laut die Kommandos, während er sie ausführte und Greg damit fortfuhr, die Minuten zu zählen.

»Sechs Minuten bis zum Abschußfenster.«

»Jesus Christus, Greg, der mechanische Greifarm bewegt sich nicht. Ich schaffe es nicht, die Trägerrakete aus dem Laderaum hinauszubefördern.«

»Versuch es noch mal, Kevin! Versuch's! Vier Minuten bis zum Fenster …«

»Sie will einfach nicht, Greg, sie blockiert!«

»Drei Minuten bis zum Abschußfenster«, fuhr Bender unbeirrbar fort.

Die langsame Rotation des Asteroiden zeigte ihnen nun den riesigen Krater, in den sie die Rakete plazieren sollten. Kevin versuchte ein letztes Mal, den Mechanismus zu betätigen, der für den Abschuß notwendig war.

»Es ist nichts zu machen, Greg. Die Meteoriten haben ihn beschädigt. Es ist nichts zu machen«, wiederholte Kevin untröstlich.

»Zwei Minuten bis zum Fenster.«

Der Krater war genau vor ihnen.

Nun begann Kevin schleunigst damit, die für den Notfall vorgesehenen Operationen durchzuführen. Während sich seine Hände geschickt über die Schalttasten bewegten, wiederholte er laut die Kommandos.

»Kapselabstoßbefehl gegeben. Kontakte eingeschaltet, Sicherungen entfernt…«

Bender verfolgte mit gleichmütigem Gesichtsausdruck die raschen, präzisen Bewegungen von Kevins Fingern auf den Schalttasten. Er begriff erst, daß der Vorgang des Kapselausstoßes beendet war, als er sah, wie der Oberst die drei antiken Goldstatuetten vom Schaltbrett nahm und sie in die kleine Tasche steckte, die er sich bereits um der Taille geschnallt hatte.

Wenige Augenblicke später verschlang der Felskegel förmlich die Raumkapsel, die mit fünfhundertdreißig Kilogramm nuklearen Sprengstoffs vollgestopft war. Alles erfolgte in Bruchteilen von Sekunden. Und dann leuchtete in der Stille des Weltraums ein phänomenaler Lichtschein auf.

In der Bodenstation von Houston wurde die erfolgreiche Bewegungsänderung des Asteroiden mit einem befreienden Freudenschrei begrüßt. Von wahrhaft unbändigen Gefühlsregungen überwältigt, fielen die Techniker in frenetische Begeisterungsstürme, die weitab von ihrer gewohnten, unerschütterlichen Beherrschtheit lagen. Die einen umarmten einander, andere lachten hysterisch, klatschten oder warfen ihre Mützen in die Luft.

Für ein paar Augenblicke kümmerte sich niemand um die Tatsache, daß aus dem Weltraum keine menschlichen Signale mehr eintrafen.

Doch nachdem der kollektive Wahnsinn wieder abgeflaut war und plötzliche Grabesstille herrschte, mußten die Anwesenden mit Mienen düsterster Verlegenheit zur Kenntnis nehmen, daß die Rettung der Erde das Opfer zweier weiterer Helden gefordert hatte.

Die Instrumente gaben, kontinuierlich tickend und blinkend, ihre Informationen von sich.

EPILOG

Lima. Peru. Frühling 1623.

Hätte sie ein paar Monate früher stattgefunden, wäre die Hochzeit von Maria Antonia Llobet sicherlich mit viel mehr Gepränge und einem weit höheren Aufwand an Reichtum und Pomp gefeiert worden. Die Honoratioren der Stadt konnten nicht fassen, daß einer der reichsten Männer der beiden Amerikas plötzlich fast all seine Mittel eingebüßt hatte.

Aber leider war Llobet gezwungen gewesen, einen Großteil seiner Besitzungen zu verkaufen, um seinen Verpflichtungen gegenüber der spanischen Zentralbank nachzukommen. Nun war er nurmehr ein wohlhabender Mann, wie viele andere auch, weit entfernt von dem, was er einst gewesen war. Aber dafür hatte ein neuer Reichtum sein Leben erhellt: der eines heiteren Glücks.

Angetan mit der Paradeuniform eines Offiziers der Armada, trat Vasted strahlend aus der Kirche. Glücklich empfing er die Gratulationen der Anwesenden und legte den Arm um seine wunderschöne Braut. Die schrecklichen Abenteuer, die sie erleben mußte, hatten kaum Spuren in ihrem jugendlichen Sinn hinterlassen. Allenfalls erschienen dadurch ihre Gefühle bereichert und gefestigt. Und jetzt erwartete sie das Leben.

Francisco Llobet trocknete sich die Tränen und tat nicht das geringste, um sie zu verbergen. Er war so glücklich wie noch nie, er hätte sich niemals vorstellen können, jemals solch ein Gefühl zu empfinden. Kein Schatz der Welt könnte je diese Momente der höchsten Freude aufwiegen, nicht einmal der, der mit der *Santa Esmeralda* untergegangen war und den er auch niemals zu bergen versuchte, um nicht das feierliche Gelöbnis zu brechen.

Er küßte seine Tochter und umarmte den jungen Offizier. Erneut gewann die Rührung Oberhand. Und erneut versuchte er, sich die Tränen abzuwischen, während sein verschleierter Blick sich liebevoll auf das einzige wahre Gut richtete, das er auf dieser Welt hatte.

Pater Pietro trat zu ihm und schlug ihm die Hand mit der Kraft eines Holzhammers auf die Schulter.

Dann gesellte sich auch noch der aztekische Fürst zu den beiden, der aus der Menge der in der Kirche versammelten Gäste aufgetaucht war. Er trug das königliche Gewand seines Volkes, und sein biegsamer, gebräunter Körper war fast völlig unter der Fülle der bunten Federn verborgen.

Reglos und lächelnd stand das seltsame Terzett da und betrachtete die Brautleute in der Mitte der Plaza de la Catedral. Für keinen von ihnen würde es auch nur einen Grund auf der Welt geben, das Geheimnis, das auf dem Meeresgrund im Bauch der *Santa Esmeralda* verborgen war, jemals zu enthüllen.

»Die Legende«, dachte Pater Pietro dennoch. »Die Legende …«

Aus alter Überlieferung war auch ihm bekannt, daß früher oder später die Mondsteine unweigerlich in den Besitz seiner Nachfahren zurückkehren würden. Niemals konnten sie für immer auf dem Meeresgrund bleiben, dessen war er sich sicher.

Dann wanderten seine Gedanken zu den kostbaren Schriftrollen aus römischer Zeit. Ja, sie waren unrettbar verloren. Er dankte Gott, daß er so vorausschauend gewesen war und sich die Zeit genommen hatte, sie zu übersetzen und abzuschreiben, vor allem, daß er die vier Bände in Sicherheit gebracht hatte.

Das Gedenken an seine Ahnen war gerettet, und die Überlieferungen für seine Familie würden auch über die Jahrhunderte erhalten bleiben. Die Berichte und persönlichen Bemerkungen, mit denen er die Abschrift vervollkommnet hatte, selbst die, die er im letzten, bis jetzt ungeschriebenen Teil des vierten Bandes noch hinzufügen wollte, würden die Begebenheiten um Iunius und die Mondsteine endgültig aufklären.

Und vielleicht würde irgend jemand, der das alles las, eines Tages die Bergung der antiken Statuetten in die Wege leiten, wer weiß. Man müßte es nur so einrichten, daß die in Europa verbliebenen Verwandten in den Besitz der handgeschriebenen Bände kamen, ehe Gott ihn in seiner grenzenlosen Barmherzigkeit zu sich rief.

Land der Ligurer. Anno 870 nach der Gründung Roms.
[117 n. Chr. (Anm. d. Ü.)]

Der reichhaltige Pflanzenwuchs vor dem *portikus* reichte bis zum Meer hinab. Vor seinen Augen, in einer Entfernung von fast vier Meilen vor ihm, schloß sich der Golf. Nicht weit jenseits des Felsausläufers trennte die Meeresenge die größere der beiden Inseln vom Festland ab. Hoch oben, an der Spitze des Vorgebirges, weit über dem offenen Meer, stand der Tempel, der Venus geweiht war. Trotz ihres Alters waren an Clelia noch immer die Zeichen ihrer Schönheit zu erkennen. Sie hatte sich tatsächlich nur wenig verändert seit der Imperator Nerva verfügte, sie in einer feierlichen Zeremonie zu rehabilitieren. Iunius war ein wenig gealtert und müde, doch war sein Geist noch immer ungebrochen. Sein Körper allerdings wies deutlich die Spuren vieler vergangener Schlachten auf und auch seines langen Dienstes, den er mehr als zwei Jahrzehnte als Senator dem Volk von Rom geleistet hatte.

Er hatte beschlossen, sich mit seiner trauten Gemahlin ins Privatleben zurückzuziehen und die letzten Lebensjahre sorglos im Land seiner Ahnen zu verbringen. Er hatte diese Villa bereits vor etlichen Jahren bauen lassen. Und endlich konnte er jetzt wieder, wie in seiner frühesten Jugend, die frische Brise des Meeres genießen.

Clelia trat zu ihm. »Woran denkst du, Senator?« fragte sie liebevoll.

»An nichts, meine Gemahlin. Nach den vielen Jahren wild erregter, oft sogar angsterfüllter Gedanken merke ich zu meiner eigenen Verwunderung, daß ich an gar nichts denke.«

»Du wirst alt, Iunius, und ich mit dir.«

»Stört dich das, du liebliche Freundin?«

»Ich denke, daß älter zu werden eine der schönsten Erfahrungen ist, die ich machen darf. Um so mehr, als ich dabei an deiner Seite bin. Zu verspüren, wie die Zeit uns mit sich führt, manchmal mit leichtem Gang, manchmal allerdings auch schwer und unausweichlich.«

Iunius drückte sie fest an sich, beide hatten den Blick verloren auf das Meer gerichtet. Die freudigen Rufe eines der Sklaven holten ihre Aufmerksamkeit zurück. Ihr ältester Sohn, der Tribun Marcius, war ohne Vorankündigung von der Ostgrenze des Kaiserreichs zurückgekehrt.

Er stürmte zur Loggia herein, stolz trug er die Uniform, die sein Vater so gut kannte.

»Vater, Mutter! Wieviel Zeit ist vergangen!« rief er mit glückstrahlenden Augen.

Wie es die Tradition forderte, stieg der Vater in den Keller hinab, um dort eine Amphore süßen Weins zu holen, wohl wissend, daß er damit rituell jeden der Handgriffe wiederholte, die vor vielen Jahren sein Vater verrichtet hatte, wenn er von einer militärischen Unternehmung zurückgekehrt war. Vergnügt lächelte er im schützenden Halbdunkel des Kellergeschosses in sich hinein.

»Marcius«, forderte er seinen Sohn wenige Augenblicke später auf, während er ihm einen vollen Becher reichte. »Welche Neuigkeiten bringst du von den Grenzbezirken des Imperiums?«

Mit glühendem Gesicht ließ sich Marcius stundenlang über seine Unternehmungen aus und auch über die seiner Kameraden aus den vielen Schlachten, bis seine Mutter beschloß, daß es für sie nun Zeit wäre, sich niederzulegen. Sie küßte beide Männer auf die Stirn und ging.

Allein mit seinem Erstgeborenen, nahm Iunius aus einem geheimen Schränkchen die zwanzig Schriftrollen heraus und das Kästchen mit den Mondsteinen.

»Ich bin alt, mein Sohn. Die Zeit bleibt nicht stehen. Und so glaube ich, daß nun der Moment gekommen ist, das an dich weiterzugeben, was in unserer Familie jeweils der Vater an seinen Sohn übergibt.«

Und während er diese Worte äußerte, beobachtete er aufmerksam die Reaktion des jungen Manns, seinen Stolz und das Glück, von denen seine Augen beim Anblick der Mondsteine erfüllt waren. Die Goldstatuetten hatten sofort sein Herz berührt, so wie es auch seinem Vater ergangen war und dessen Vater und den vielen Ahnen, von Generation zu Generation. Damit hatte Iunius die Gewißheit, daß diese heiligen Gegenstände keinen besseren Hüter finden konnten.

Schließlich zeigte Iunius auf die Schriftrollen.

»In diesen Schriften«, sagte er abschließend, »habe ich die Ereignisse meines Leben und dem deiner Mutter zusammengefaßt. Mit großem Stolz vertraue ich sie dir an. In Augenblicken der Einsamkeit und der Trauer oder wenn du von angstvoller Furcht gepackt sein wirst, weil du meinst, den Widrigkeiten des Lebens orientierungslos gegenüberzustehen, dann lies sie mit großer Aufmerksamkeit. Doch hat die Geschichte kein Ende, mein Sohn.

Sie hat kein Ende, weil sie immer auf sich selbst zurückgeworfen ist und sich dadurch auf ewig wiederholt.«

Heutiges Rom. Juni 1996.

Sara Terracini ließ sich in den ergonomischen Bürostuhl sinken. Ihre Augen schmerzten aufgrund der endlosen Stunden, die sie auch an diesem Tag vor dem Bildschirm verbracht hatte. Sie legte den Kopf nach hinten an die Lehne, so daß ihr weiches, offenes Haar sie vollständig bedeckte. Eben hatte sie auf der Maschine vor ihr die letzten verschlüsselten Nachrichten an ihren Freund Oswald gesandt. Sie stellte sich vor, daß er weit, weit weg war, irgendwo verloren in der unmittelbaren Nähe der Insel Nimmerland, doch ebenso wie sie damit beschäftigt, diese Seiten zu überfliegen. Und sicher war er auch ebenso gefangen genommen von dem Gefühl tiefster Bewegtheit, das auch sie überwältigt hatte.

Sollte sie etwa dieser doch nicht ganz so unangenehmen Gefangenschaft nachtrauern, zu der sie der diabolische Gnom gezwungen hatte? Wie in einem wirbelnden Kaleidoskop begannen nun vor ihrem geistigen Auge verschiedene Bilder all der Ereignisse aufzublitzen, die sie nicht bloß kopiert, sondern buchstäblich miterlebt hatte – die antiken Tempel, die Schlachten und die Helden aus den fast zweitausend Jahre alten Geschehnissen, die wahrscheinlich vor ihr über mehrere Jahrhunderte hinweg kein Mensch je gelesen hatte.

Das Lämpchen fing nur wenige Augenblicke, nachdem sie die Informationen elektronisch verschickt hatte, wie wild zu blinken an. Sie war mit Oswald verbunden, der offensichtlich im Schatten gelauert hatte, um auf das große Finale zu warten.

IST DAS ALLES? las sie auf dem unteren Teil des Bildschirms. Sie beeilte sich zu antworten: JA, DAS IST ALLES, KOMMANDANT. ZU BE-

FEHL! NOCH ETWAS ERFORDERLICH? ICH WEISS NICHT, EIN STUECK FRISCHER PARMESAN, PROSCIUTTO DI SAN DANIELE, OLIO EXTRAVERGINE D'OLIVA, BRUNELLO DI MONTALCINO? Aber sie beendete sofort wieder den scherzhaften Ton, während ihre Finger ihren körperlichen und seelischen Zustand in die Tastatur hineintippten. ICH BIN MUEDE, OSWALD, schrieb sie. DIESE REISE IN DER ZEITMASCHINE HAT MICH WIRKLICH FERTIGGEMACHT.

DEINE BEMERKUNGEN HABEN MIR ABER WIRKLICH DAS WASSER IM MUND ZUSAMMENLAUFEN LASSEN, sah sie über den Bildschirm laufen. WIE HEISST NOCHMAL DAS RESTAURANT IN TRASTEVERE? ANTICA RESA? BESTELLE AUF MEINEN NAMEN EINEN TISCH FUER ZWEI PERSONEN, OBWOHL ICH WEGEN DES DATUMS NOCH KEINE GENAUEN ANGABEN MACHEN KANN. UEBRIGENS, BEI DIR MUESSTE ES JETZT VIERTEL NACH ELF UHR ABENDS SEIN. ICH FUERCHTE, DU HAST NOCH NICHT ZU ABEND GEGESSEN.TRINK BITTE EIN GLAS VON DIESEM BRUNELLO AUF MEIN WOHL. DU BIST UNBEZAHLBAR GEWESEN, UND ICH WEISS NICHT, WIE ICH DIR DANKEN SOLL. ABER ICH WERDE SEHEN, DASS ICH ES NOCH TUN KANN. ICH HABE DICH GERN. OSWALD.

Sara schüttelte den Kopf, ihre vollen Lippen öffeten sich zu einem Lächeln. Sie beugte sich wieder über die Tastatur: ALTE *WAAGE*, DOKTOR BREIL. HAST DU EINE *WAAGE* IM SINN? JETZT STELL DIR EINE AUS DER ANTIKE VOR, WIE SIE WEIZENKOERNER ODER GOLDSTATUEN WIEGT. SO ALT WIE DIESE GESCHICHTE, DIE DEN LESER UEBER DIE JAHRTAUSENDE FESSELT. HAST DU ROM IM KOPF? EIN WENIG NOERDLICH VON JERUSALEM. HEIMAT VON IUNIUS VON LUNA UND SEINER FRAU. ABER DENKE NICHT, DASS DU MIT EINER SOWIESO HOECHST UNWAHRSCHEINLICHEN EINLADUNG ZUM ABENDESSEN BEI KERZENSCHEIN DAVONKOMMST, VIELLEICHT NOCH GARNIERT MIT GALANTEN AVANCEN. ICH WUESSTE DIR SCHON ZU WIDERSTEHEN. ICH ERWARTE VON DIR ZUMINDEST EINEN AUSFUEHRLICHEN BERICHT. WAS ZUM TEUFEL STELLST DU DORT EIGENTLICH AN? NA GUT: ICH HAB DICH AUCH GERN, VERDAMMT NOCH MAL. WUENSCH DIR SCHOENE FERIEN AUF DEINER EINSAMEN INSEL. SHALOM.

Und nachdem sie diese letzten Worte getippt hatte, schlug sie entschieden die Tasten *CTRL* und *Q* an und begleitete die Geste mit einem klangvollen »Gute Nacht!«

Dann nahm sie den Hörer ab und wählte eine hausinterne Nummer. Am anderen Ende der Leitung antwortete Toni fast sofort. Wer weiß, ob er überhaupt ein Zuhause hatte, für den Fall, daß er sogar irgendwann einmal schlafen ging. Ach woher! Er war noch da und räumte seine Schalen mit den Säuren auf und reinigte die Instrumente. Nachdem er mit den vier Bänden des Paters fertig war, hatte er sich sofort auf den nächsten Packen zerknitterten Altpapiers gestürzt, als wäre es der feinste Leckerbissen. Doch auch er schien erschöpft.

»Machen wir den Laden zu, Marradesi?« fragte sie ihn. »Hier ist es schon wieder mal Nacht. Was hältst du von einer Pizza? Du darfst sie auch bezahlen.«

Ihr alter Kamerad aus vielen Schlachten nahm willig an.

Sara betätigte den Hauptschalter. Ein Knistern kündigte die verdiente Ruhe der Maschinen an. Sie erhob sich von ihrem Stuhl und streckte ostentativ die Beine. Draußen war es heiß, die wirkliche Hitze des römischen Sommers, doch abgeschwächt von der steten Brise eines sanften Windes vom Meer. Herrlich. Sie hakte sich bei Toni Marradesi unter und öffnete ihren Mund zu einem Lächeln.

Kleiner Mann... großer Teufel... die Insel Nimmerland..., dachte sie gerade mit einem merkwürdig undefinierbaren Gefühl, in dem sich halb blinde Bewunderung, halb Groll gegenüber dem geliebten Dreikäsehoch mischten, von dem sie sich dermaßen hatte tyrannisieren lassen. Dann mußte sie an Peter Pans Hinweise, wie man zu der Insel kommt, denken: »Erster Stern rechts, dann geradeaus bis zum Morgen...«

Sie küßte Toni Marradesi spontan auf die Wange, ohne Vorankündigung und ohne sich um seinen verblüfften Gesichtsausdruck zu kümmern. Nur als Dank dafür, daß es ihn gab.

Sie hatte keine Ahnung davon, wie nah an die Wahrheit sie mit dem Singsang Peter Pans gekommen war, noch wie sehr das, was so stark einem Stern der ersten Morgenfrühe ähnlich war, gerade aufgehört hatte, ihren Freund Breil zu bedrücken. Oder besser gesagt – es hatte keineswegs aufgehört.

Und sie drückte den Arm ihres Kollegen, trällerte den heiteren Refrain von der Insel Nimmerland vor sich hin und verschwand mit Toni Marradesi in der warmen römischen Nacht.

Miami. Florida. 14. Juni 1996.

Oswald Breil packte das letzte Blatt auf den großen Stapel, der auf dem Tisch lag. Damit hatte er alle Daten ausgedruckt, die ihm diese fabelhafte Sara Terracini per E-Mail zugesandt hatte. Sein leidenschaftlicher Geist arbeitete rasend schnell. Was für eine herrliche Geschichte war aus den verschimmelten, fast blockartig zusammengeklebten Papieren emporgestiegen, auf denen ein Vorfahre von Kevin Dimarzio die Chronik seiner Familie niedergeschrieben hatte, die fast zwei Jahrtausende zurückreichte. Eintausendneunhundert Jahre!

Sicher war die Geschichte des israelischen Volkes noch wesentlich älter, sie reichte sogar 5756 Jahre zurück. Aber wie weit hätte er seinen persönlichen Stammbaum zurückverfolgen können? Ziemlich weit, das wußte er, denn die Chroniken seiner Familie wurden mit gewissenhaftester Sorgfalt schon seit der grauesten Vorzeit geführt, wie die der Familie des Iunius, Marcius und Dimarzio. Aber eintausendneunhundert Jahre!

Und wer hätte das je bei dem Anblick von Kevin Dimarzio vermutet, eines solch effizienten und pragmatisch wirkenden Manns unserer Zeit, der einzig auf das Jahr 2000 und den unaufhaltsamen Fortschritt der technisch-wissenschaftlichen Evolution ausgerichtet zu sein schien? Es war schon seltsam, daß er bei allen Mitteln, die er bei der NASA und den sonstigen nordamerikanischen Staatsbehörden zur Verfügung hatte, niemals versucht hatte, diese Dokumente entschlüsseln zu lassen und somit seine eigene Vergangenheit aufzuspüren, die so weit zurückging. Jetzt konnte er es leider nicht mehr tun.

Aber wer weiß, vielleicht hatte ihn seine ganz persönliche Furcht daran gehindert, jenes Bewußtsein des Makels, das durch seinen Vater wie ein Felsblock auf ihm lastete. Denn bei ihm selbst schien keine persönliche Schuld zu existieren.

Wie erleichtert hatte er sich gefühlt, nachdem er den Brief gelesen hatte, den ihm Laura trotz ausdrücklichen Verbots zeigte. Und noch einmal fühlte er diese Kälte, von der er befallen wurde, als er mit peinlicher Sorgfalt in den elektronischen Archiven seines Nachrichtendienstes herumgestöbert hatte. Dort hatte er die Daten, die ihm der arme Ceorsky erzählt hatte, über alle möglichen Kontrollen gecheckt und gegengecheckt, bis er endlich den Code entdeckte, der untrennbar mit dem Familiennamen Dimarzio verbunden war.

Doch entsprach es der Wahrheit. Kevin hatte niemals von dieser stattlichen, aber von Blut und Schmerz triefenden Summe Gebrauch gemacht. Er hatte nie auch nur einen Heller davon abgehoben. Offensichtlich löste das Geld in ihm so viel Abscheu und Entsetzen aus, daß es ihm unmöglich war, es zu benutzen. Doch waren die Informationen überaus exakt und ließen auch keinen Zweifel zu. Kevin Dimarzio war durch Erblast in der Lobby von Trafalgar eingeschrieben, aber ebenso wie er nie den ungeheuren Reichtum antastete, den ihm sein Vater hinterlassen hatte, schien er in keiner Weise in die dunklen Machenschaften der Vereinigung verwickelt zu sein. Er war tatsächlich ein absolut anständiger Mensch.

Aber wann könnte dies jemals bewiesen werden? Kevin war für immer verschwunden und bei seinem großherzigen und geglückten Unternehmen, den Planeten Erde und damit die Menschheit zu retten, wahrscheinlich zu Asche oder sonst einer der hauchfeinen Weltraumsubstanzen verbrannt.

Und die Mondsteine? Auch sie – verloren. Wie außerordentlich stark war doch der Faden, der die alten Ligurer mit dem unendlichen Weltraum und dem ewigen Universum verband. Bestand überhaupt noch Hoffnung, daß sich auch dieses Mal die Legende trotz aller Widrigkeiten bewahrheiten würde und die Mondsteine zusammen mit dem Mann, der sie als letzter empfangen hatte, wiederauftauchten? Nein, diese Hoffnung ging entschieden zu weit über die harte Realität der Tatsachen hinaus.

Er mußte mit Laura darüber sprechen und ihr die witzigbrillante Bearbeitung des alten Textes zu lesen geben, die von der tüchtigen Sara Terracini angefertigt worden war. Aber wieviel Einfühlungsvermögen würde das erfordern. Und wieviel liebevolle Rücksichtnahme.

Mit einem tiefen Seufzer ordnete Oswald den Packen Blätter und schob ihn in einen großen gelben Umschlag. Er war sich noch nicht darüber im klaren, ob ihm diese Lektüre mehr Freude oder Bitternis bereitet hatte.

Nach fast einem Monat erst begann es Laura langsam ins Bewußtsein zu sickern, daß Kevin nie mehr zu ihr zurückkehren würde. Auch wenn ihre Liebe nur kurz angedauert hatte, war ihre tiefe Intensität für sie unvergeßlich. Hätte sie nicht dieses Wesen gefühlt, das in ihrem Schoße heranwuchs, hätte sie wahrscheinlich die Maske der starken Frau abgelegt und sich in ihre Verzweiflung ergeben.

Glücklicherweise empfand sie ihre Arbeit als große Hilfe, und so stürzte sie sich mit all ihrem Eifer hinein. Sie übergab ihrem Verleger den neuen Roman, der sich, nach den Vorankündigungen in der Presse zu schließen, aller Wahrscheinlichkeit nach sofort an die Spitze der Bestsellerlisten katapultieren würde. Und danach war die Analyse der Daten über Durchführbarkeit und den Nutzen der Ölbohrungen an der Reihe, die sie, notgedrungen, verzögert hatte. Und das Museum, um das sie sich auch jeden Tag kümmern mußte.

Mit dem Museum war sie auch gerade in diesem Moment beschäftigt. Reglos stand sie für ein paar Augenblicke da und blickte auf die leere Glasvitrine, die einst die Mondsteine enthielt. Sie hatte beschlossen, sie so leer stehenzulassen, ohne jegliches Exponat darin. Vielleicht aus Respekt gegenüber dem Mann, den sie liebte, oder vielleicht, weil sie wußte, daß es zu viele Erinnerungen in ihr wachrufen würde. Sie stellte sich die magischen Statuen dort droben im Weltraum vor, auf jenem Flug, der ihn, wer weiß wohin, ins Unendliche führte. Der Ewigkeit anvertraut. Sie strich sanft über ihren Bauch, der die ersten Anzeichen der Schwangerschaft erkennen ließ.

Pete Dayle hatte lange darauf gedrängt, zusammen mit ihr an diesem Abend Oswald zu treffen. Um den Stand der Dinge festzustellen, hatte er gesagt. Und schließlich hatte sie zugestimmt, vor allem in Anbetracht der Tatsache, daß auch Breil sie darum gebeten hatte, mit ihm zu sprechen.

Sie freute sich darauf, ihn zu treffen, und war neugierig auf ihn. Sie hatte ihn nicht mehr gesehen, seit sie sich dazu hatte hinreißen lassen, ihm Kevins Brief zu zeigen und ihm den muffigen Packen verknitterten Papiers zu geben. Breil hatte ihr versichert, daß er alles von einer Freundin, über die er jedoch nichts weiter sagen wollte, restaurieren und entschlüsseln lassen wollte.

Dayle dagegen hatte sie seit dem Unglück nicht mehr gesehen, wenngleich sie oft miteinander telefoniert hatten. Kurz nach Schließung des Museums sah sie die beiden miteinander ankommen.

»Du bist einfach immer schön, Laura«, begrüßte Oswald sie und beugte sich mit der gewohnten Liebenswürdigkeit herab, um ihre Hand mit seinen Lippen zu streifen.

Sobald sie in ihrem Büro Platz genommen hatten, ergriff Pete das Wort. »Jetzt, glaube ich, ist der Fall *U 115* wirklich abgeschlossen«, begann er. »Aber bevor ich ihn endgültig zu den Akten lege, gebietet mir meine Stellung in der Agency, euch die Frage zu stellen, ob ihr noch weitere Informationen habt, und falls ja, ob ihr mit irgend jemandem darüber gesprochen habt.«

Laura hatte nicht die geringste Absicht, ihm den Inhalt von Kevins Brief zu offenbaren – niemals wäre ihr das in den Sinn gekommen. Wozu auch? Sie hatte ihn in einem Moment der Verzagtheit allein Breil gezeigt. Aber zum Glück ergriff sofort Oswald selbst das Wort, um zu antworten.

Er sprach lange, faßte das historische Bild zusammen und erklärte es, wie er es geduldig Stein für Stein zu einem komplizierten Mosaik zusammengesetzt hatte. Er tat das in voller Aufrichtigkeit und verbarg nichts vor seinem Gefährten, der auch an den Ermittlungen beteiligt war.

»Leider«, schloß er, »existieren keine Dokumente, die auf die Beziehungen hinweisen, auf die sich Hitler während seines Aufenthalts in Amerika stützen konnte. Doch hat es auf jeden Fall einen Organisator gegeben, der sich darum kümmerte, ihn hier vor Ort unterzubringen – frei und sogar noch reicher, als er in Deutschland war. Eines Tages werde ich vielleicht nach ihm suchen, schon allein, um meine persönliche Neugierde zu befriedigen.«

Nachdem er das gesagt hatte, machte er deutlich, daß er diesem Thema nichts mehr hinzuzufügen hatte, und sprach nur noch über die nötige Archivierung des Falles. In höheren Kreisen würde sicherlich niemand die Verantwortung auf sich nehmen, um der Welt mitzuteilen, daß der Führer überlebt hatte. Und an diesem Punkt machte er eine kleine Unterbrechung.

»Weißt du, Pete, ich muß dich bitten, mir noch eine Sache zu erklären…«, fing er dann in beiläufigem Ton wieder an.

Der leitende Angestellte des CIA wurde sichtlich blaß. Ein Lächeln trat auf seine Lippen, während in seiner rechten Hand wie durch einen Zauber eine zweiläufige Beretta auftauchte.

»Ich werde mit Freuden jede deiner Fragen beantworten, Oswald. Auch weil euer Schicksal besiegelt ist«, erwiderte er, während Laura ihn bestürzt ansah.

»Jedenfalls ist bis zu diesem Punkt alles exakt, Professor Gnom, mit Ausnahme einer winzigen Kleinigkeit – ich bin es nun, der jetzt der unangefochtene Kopf der Lobby von Trafalgar ist.«

Oswald zeigte sich weiter unerschütterlich, obwohl er innerlich in Aufruhr war. Er hätte sich niemals vorstellen können, daß ihm das Schicksal so gnädig gesinnt wäre, Dayle den Kopf verlieren zu lassen, so daß er auf diese unüberlegte Weise nachgab und sich selbst überführte.

»Was für eine Leistung, Pete«, erwiderte er, ohne mit der Wimper zu zucken. »Der unbestrittene Anführer einer Armee zu sein, die keinen einzigen Soldaten mehr hat. Glückwunsch.«

»Hast du eine Ahnung, wie viele Soldaten sich mit etwa einer Milliarde Dollar in Gold und Edelsteinen kaufen lassen? Dieser Dummkopf von Rustom hat wirklich die Kontrolle über die Situation verloren«, widersprach Dayle mit dem Ausdruck des Wahnsinns in seinem Blick. »Liebes Zwerglein, du bist gar nicht so tüchtig, wie du glaubst. Und Fehler hast du auch gemacht, mindestens noch zwei weitere. Offenbar glaubst du an Märchen. Wie konntest du die Überzeugung hegen, daß Rustom wirklich Selbstmord begangen hat? Denkst du wirklich, daß solch ein menschlicher Schrotthaufen wie er es jemals geschafft hätte, einem meiner Wachtposten die Maschinenpistole zu entreißen? Du tust mir leid. Außerdem hast du bei deiner musterschülerhaften Rekonstruktion den dritten Zeugen vergessen, der sich an Bord der Sachs'schen Yacht aufhielt!«

»Nein, Pete, den habe ich ganz und gar nicht vergessen«, erwiderte Oswald, nun wirklich so zerknirscht wie ein Musterschüler, der doch sicher war, den Unterrichtsstoff auswendig zu beherrschen und niemals ertappt zu werden. »Die blonde Abenteurerin, die wir nicht identifizieren konnten und die die Organisatorin des Führers auf amerikanischem Boden war, sie hieß...«

Der Schuß aus der Pistole schnitt ihm das Wort ab. Das Geschoß bohrte sich in sein linkes Knie, und mit schmerzverzerrtem Gesicht stürzte er zu Boden.

»Das dafür! Damit du lernst, mehr Respekt vor meiner Mutter zu haben!« brüllte Dayle.

Oswald versuchte die Nerven zu behalten und den Schmerz zu besiegen. Er hatte nur noch eine einzige Möglichkeit, sich selbst und die unschuldige Laura zu retten. Er mußte alles tun, um Zeit zu gewinnen und Dayle so weit zu bringen, daß er endgültig die Nerven verlor.

»Ich lasse es Ihnen gegenüber nicht an Respekt fehlen, Pete. Es entspricht den wirklichen Fakten. Sie ging dem einzigen Gewerbe nach, von dem sie tatsächlich etwas verstand. Sie war eine Edelhure. Und damit also ist alles geklärt – die Sabotagen an den Sprengladungen, der angebliche Selbstmord von Rustom und...«

Dayle unterbrach ihn mit einem wilden Lachen, seine Augen waren nun endgültig vom Wahnsinn erfüllt.

»Bravo, Gnom, bravo. Du verdienst eigentlich eine Belobigung. Aber leider konnten meine Männer nicht die Leute ausschalten, die in der Lage sind, die Geheimnisse der Lobby von Trafalgar aufzudecken. Deshalb muß ich dafür sorgen«, brüllte er. »Deine Seele ruhe in Frieden, Oswald!«

Wie Breil gehofft hatte, waren ihm nun seine Nerven völlig durchgegangen. Seine Hand zitterte sichtlich.

Und so verirrte sich die Kugel in die Polsterung der Couch, die hinter ihm stand.

Entsetzt sah Laura, wie Dayle hysterisch die Waffe mit beiden Händen umklammerte und zielte. Nun schien er sich wirklich anzuschicken, eine tödliche Salve von Schüssen abzugeben.

Jetzt war sie an der Reihe. Die Kraft der Verzweiflung gab ihr den Mut. Urplötzlich schnellte sie vor und bohrte ihre Nägel in das Fleisch von Petes ausgestrecktem Arm. Mit all der Kraft ihres Körpers zog sie ihn zu sich heran, und für einen Augenblick schien es, als verlöre der Mann das Gleichgewicht. Doch fing er sich fast in der-

selben Sekunde wieder. Nun lag Laura am Boden, unter heftigen Schmerzen, und zwischen ihren Augen fühlte sie den Lauf der
Pistole.

»Leb wohl, wunderschöne Laura«, hörte sie die verrückt gewordene Stimme des Manns sagen, den sie einst als CIA-Agenten innerhalb der protestierenden Studentengruppen entlarvt hatte. Doch
niemals hätte sie ihn bei dieser Operation in der Rolle des tödlichen
Feindes vermutet. Sie schloß die Augen. Und hörte, wie das Echo
eines Schusses von den Wänden des Raums widerhallte.

Sie wartete mit geschlossenen Augen auf den Tod. Ein paar Momente später stellte sie fest, daß sie keinen Schmerz spürte. Sie öffnete die Augen. Ungläubig sah sie Dayle vor sich torkeln. Aus einem
roten Loch, genau in der Mitte seiner Stirn, drang ein Rinnsal schar-
lachroten Bluts. Er stürzte schwer zu Boden, beinahe auf sie. Es gelang ihr, ihm mit einem raschen Sprung zur Seite auszuweichen, den
sie sich selbst niemals zugetraut hätte.

Auf dem blutbefleckten Boden saß Oswald – im Blut, das ihm
reichlich aus dem Knie troff – und hielt die automatische Uzi in
seiner Rechten. Er hatte sogar noch die Kraft, ihr mit einem Auge zu-
zuzwinkern, aber danach verzog sich sein Gesicht aufs neue vor
Schmerz. Eine seltsame Grimasse war es diesmal, und diesmal war
sie echt.

Laura eilte zu ihm und kniete neben ihm nieder.

Miami. Florida. Jackson Memorial Hospital. 15. Juni 1996.

Das Ryder Trauma Center ist die modernste Abteilung des Jackson
Memorial Hospitals von Miami. Ein wenig verunsichert, zog Laura
die aseptischen Kleidungsstücke an. Danach mußte sie kurz im
Dekontaminationsraum haltmachen, in dem sie von Lampen mit
ultraviolettem Licht geblendet wurde. Schließlich durfte sie das
Zimmer betreten.

Ihr kleiner Freund lag auf dem Bett, über dem orthopädische
Streckgewichte hingen. Oswald sah sich nach ihr um, und auf
seinem Gesicht erschien ein schelmisch-lausbübisches Lächeln,
während sich Lauras Kehle heftig zusammenzog.

»Danke, Major Breil«, sagte sie schließlich so munter wie möglich. »Danke für all die Leben, die ich allein deinem Mut zu verdanken habe. Inzwischen habe ich aufgehört, sie zu zählen.«

»Nenn mich Bond«, erwiderte er mit noch breiterem Lächeln.

»Aber wenn ich an gestern denke, kann ich nur feststellen, daß wir jetzt quitt sind. Deshalb, danke dir.«

Als er das sagte, konnte Oswald nicht anders und verzog das Gesicht. Die Schußverletzung, die ihm die Knochen im Knie gebrochen hatte, schmerzte ihn sicher, aber nichts auf der Welt konnte ihn von seiner ständigen Angewohnheit abhalten, alle Situationen herunterzuspielen – und seien sie noch so schlimm. Leben zu retten gehörte zu seiner Mission und war seine Arbeit. Gerettet zu werden gehörte zu den Sondervergütungen des Nachrichtendienstes. Noch dazu von der Frau gerettet zu werden, die er am liebsten auf der Welt hatte…

Aber er hatte ein paar Dinge zu sagen, die schon etliche Stunden warteten.

»Mach diese Tasche auf, Laura«, sagte er und deutete auf die Aktenmappe, die auf dem Tisch neben dem Fenster lag. »Sie enthält etwas, das ich dir schon gestern abend geben wollte, wenn ich es gekonnt hätte. Es ist sehr interessant.«

»Was ist es?« fragte sie unsicher.

»Ein schlichtes Paket Computerausdrucke, Laura, aber…«

Er konnte nicht fortfahren, da sich plötzlich die Tür auf eine einem Krankenhaus wenig gemäße Weise öffnete. Auf der Schwelle stand Ferd Steps, der fast nicht wiederzuerkennen war. Nicht nur wegen der Art, wie er mit seiner aseptischen Kleidung – Haube, Handschuhen und Kittel – herausgeputzt worden war, sondern vor allem wegen der Aufregung, die sich in seinem Gesicht zeigte.

»General Steps!« rief Laura verwundert aus. »Was…«

»Frau Joanson, Doktor Breil, entschuldigen Sie bitte, aber ich konnte nicht… Ich mußte es Ihnen sofort sagen…«

Nach diesen Worten versuchte der General, sich wieder ein wenig zu fassen, als würde er sich in diesem Moment an die Regeln der guten Erziehung erinnern. Er streckte der jungen Frau seine Hand entgegen, und dann winkte er Oswald kurz zu.

»Was ich Ihnen jetzt sagen werde«, fing er schließlich an, »stützt sich nur auf einen sehr schwachen Verdacht, wenig mehr als eine gefühls-

mäßige Empfindung. Mit Kevin Dimarzio habe ich einige der schönsten Zeiten meines Lebens verbracht. Ich habe mit eigenen Augen gesehen, wie er wirklich sehr schwierige Situationen überstand und sich
bei seinen Aufträgen bis an der Grenze des Möglichen zu behelfen
wußte. Vielleicht ist es wegen dieser Bewunderung, die ich für ihn
empfinde, und der Art schon fast blinden Vertrauens, daß ich nie an
seinen Tod geglaubt habe. Nein, ich habe nie daran geglaubt, und…
und noch weniger glaube ich jetzt daran. Aber ich werde versuchen,
auf den entscheidenden Punkt zu kommen. Sowie die offizielle Untersuchung abgeschlossen war, bat ich darum, mir die Tonbandauf-
zeichnungen von den Gesprächen auszuhändigen, die zwischen der
Atlantis und der Bodenstation in Houston geführt wurden.«

Laura bedachte ihn mit einem feurigen Blick, während sie spürte,
wie sich das Klopfen ihres Herzens beschleunigte. »Fahren Sie fort,
General, ich bitte Sie«, rief sie aus.

Ferdinand Steps nickte, dann schob er die rechte Hand in die
Tasche des Kittels, den er hatte anziehen müssen, und holte den Kon-
struktionsplan der Raumfähre *Atlantis* hervor. Dann begann er wieder: »Ich muß einen Schritt zurückgehen. Am 28. Januar 1986 explo-
dierte die *Challenger* 61-L, die von Dick Scobee kommandiert wurde,
wenige Minuten nach ihrem Abheben vor den Augen von Millionen
von Fernsehzuschauern. Die Tragödie löste eine endlose Reihe pole-
mischer Diskussionen über die Sicherheit von Shuttle-Missionen
aus, vor allem über das Fehlen jedweder Rettungsmöglichkeit im Fall
eines Unglücks.

Wie Sie sich vielleicht erinnern, wurden danach die Raumflüge
für die folgenden zwei Jahre ausgesetzt. Während dieses Zeitraums
haben unsere Forschungsgruppen alles mögliche unternommen,
um ein System auszuarbeiten, das es der Besatzung erlaubte, bei auf-
tretenden Schwierigkeiten die Rakete zu verlassen. Sie haben es anscheinend geschafft, obwohl die endgültige Abnahme…

Also: die *Atlantis* STS-74, die Raumfähre, in der Kevin und Bender
bei der Nuklearexplosion getötet worden sein könnten – ich wiederhole: *könnten* –, hatte als erste diese Versuchs-Ejektionskapsel an
Bord. Ein Gerät, das dem Schleudersitz der Jetpiloten sehr ähnlich
ist, allerdings mit dem Unterschied, daß der gesamte Innenbereich
nach unten zur Seite ausgestoßen wird.«

Stumm klammerte sich Oswald an dem Haltegriff fest und zog sich mühevoll in die Sitzposition hoch. Inzwischen erklärte Ferd das Blatt, das auf seinem Bett lag, und zeigte auf die einzelnen Details, um seine Darlegungen, die er nach und nach ansprach, zu untermauern: »Das ist die Pilotenkanzel. Und hier, unmittelbar darunter, befinden sich die Unterkünfte und die Sauerstoffreserven. Einige lenkbare Sprengladungen, die gleichzeitig auf ein hydraulisches System wirken, stoßen im gegebenen Fall die gesamte Innenzelle heraus, und zwar unabhängig von der Geschwindigkeit, mit der sich die Raumfähre bewegt.

Wenn dieses Manöver innerhalb der Atmosphäre erfolgt, bremsen automatische Fallschirme den Sturz der Besatzung auf die Erde ab. Im Weltraum dagegen, in der Schwerelosigkeit, wird die Überlebenskapsel durch die Geschwindigkeit des Ausstoßes Dutzende von Meilen vom Mutterschiff wegkatapultiert, vielleicht sogar so weit, daß die Leute die Chance haben, selbst eine Nuklearexplosion von dem Ausmaß wie der unseren zu überleben, die mit ihrer Stärke den Kurs des Asteroiden abgelenkt hat.«

Laura spürte, wie ihre Hände zitterten. Sie konnte nicht länger mit ihren Gedanken bei der Sache bleiben. Aber auch nicht die Frage unterdrücken, die ihr von Anfang an auf der Zunge brannte. »Bedeutet das, Kevin lebt, General?« fragte sie mit dünner Stimme.

Der Gesichtsausdruck des Offiziers wurde auf einmal unergründlich.

»Ich würde es vielleicht vorziehen, Ihnen mit einem absolut sicheren Nein antworten zu können, Frau Dr. Joanson«, antwortete er. »Glauben Sie mir, es ist sicherlich leichter, von einer Nuklearexplosion getötet zu werden, als zu fühlen, wie man allein und verlassen in der Stille des Weltraums schwebt und nach und nach die eigenen Kräfte erlöschen. Ich habe mir tagelang die Aufzeichnungen der letzten Flugsekunden angehört und war dadurch in der Lage, jeden einzelnen Steuerungsschritt zu verfolgen, den Kevin ausgeführt hat. Ich bin sicher, daß er das Ausstoßverfahren für die Notfallsituation aktiviert hat. Absolut sicher. Aber die *bips* von *May Day* haben die Erde nie erreicht. Das hat alle denken lassen – mich inbegriffen –, daß sich die Kapsel nicht weit genug von der Raumfähre entfernt hat und somit ebenfalls zerstört wurde. Aber ...«

»Aber?« bedrängten ihn Laura und Oswald wie aus einem Mund.

»Wie ich Ihnen schon gesagt habe«, fing Steps wieder an, »ich konnte nicht glauben, daß Kevin tot ist. Ständig habe ich weiter überlegt und darüber nachgedacht. Und als ich schließlich in einer Arbeit über die Auswirkungen der Atomexplosion von Hiroshima nachlas, hatte ich endlich die Erleuchtung, jedenfalls hoffe ich es. Durch die Nuklearexplosion wurde nämlich der gesamte Funkkontakt und damit jede elektromagnetische Übertragung unterbrochen.

Und dieses Phänomen ist für eine Dauer von mehr als achtundsechzig Stunden im Weltraum aufgetreten. Deshalb haben die Techniker der NASA das *May Day*-Signal nicht einfangen können, das von der Kapsel in regelmäßigen Abständen ausgesandt wurde. Das habe ich selbst entdeckt, kurz bevor ich hierhergekommen bin. Denn ich habe mir ständig und bis zum Exzess sämtliche Aufzeichnungen von sämtlichen Funksignalen angehört, die in den drei Tagen, die auf das Unglück folgten, den Weltraum durchquerten. Und ich kann in diesem Moment mit fast absoluter Sicherheit sagen, daß die Überlebenskapsel des Shuttles nicht durch die Explosion zerstört wurde. Allerdings ist es leider nicht möglich, mit derselben Sicherheit zu behaupten, daß Kevin und Professor Bender überlebt haben.«

»Welchen Aktionsradius haben sie? Und wo, denken Sie, könnten sie sich jetzt befinden?« fragte Oswald aufgeregt.

»An Bord der Kapsel sind genügend Lebensmittel, Wasser und Sauerstoff vorhanden, um für zwei Wochen den Bedarf einer siebenköpfigen Besatzung zu decken. Das entspricht der durchschnittlichen Zeit, um eine Rettungsmission zu organisieren und die Bergung der Weltraumschiffbrüchigen zu ermöglichen«, antwortete Steps. »Wenn man also rechnet, daß in dem Shuttle nur zwei übrigblieben, nämlich Kevin und Bender, verfügen sie über einen Aktionsradius von etwa fünfzig Tagen.«

Oswald hatte nicht vor, es zu sagen, schon gar nicht zu dem Zeitpunkt, als er in Lauras Blick die Hoffnung aufkeimen sah, aber er konnte die bittere Schlußfolgerung nicht wegdrücken.

»Da das Unglück Anfang Mai erfolgte, bedeutet das, daß nur noch wenig Zeit bis zum endgültigen Ende der Reserven ist. Etwa eine Woche. Es könnte etwas mehr sein, denn die Berechnungen der

Vorräte werden immer so gehandhabt, daß noch eine gewisse Sicherheitsspanne gewährleistet ist. Aber da jegliche Kommunikation fehlt, bleibt alles reine Spekulation.«

»Warum wird nicht eine Rettungsexpedition organisiert, die versucht, sie zu bergen?« schaltete sich Laura aufgeregt ein.

Ferd Steps schüttelte melancholisch den Kopf. »Meine Entdeckung kommt zu spät, und das kann ich mir niemals verzeihen. Eine neue Raumfähre könnte frühestens in zwei Wochen zum Abschuß bereit sein. Und wir wissen noch nicht einmal die Position, in der sich die Kapsel befindet. Die Funksignale, die ich aufgefangen habe, schienen aus einem Orbit in der Nähe des Mondes zu kommen, aber das ist zuwenig, um als eine verläßliche Information zu gelten.«

»Besteht denn überhaupt die Möglichkeit, daß ihr den Ort feststellen könnt, an dem sie sich in diesem Moment befinden?« platzte es aus Laura heraus, und jedem wurde deutlich, welche Mühe sie es kostete, die Ruhe zu bewahren.

»Es ist nicht möglich, Frau Dr. Joanson«, antwortete Steps düster. »Um die Erde kreisen mindestens hunderttausend Weltraumwracks. Und mindestens dreißigtausend um unseren Satelliten herum. Auch wenn es uns mit annähernder Wahrscheinlichkeit gelänge, ihre Position auszumachen, bliebe es unmöglich, sie mit Sicherheit zu finden.«

Kraftvoll drückte Oswalds winzige Rechte Lauras Hand. Aber die junge Frau konnte ihr Schluchzen nicht länger zurückhalten. Mit unsicheren Schritten ging sie zum Fenster und blickte hinauf zum Mond. Sie schien etwas zu murmeln, doch drang aus ihrem Mund kein einziger Laut. So stand sie für einige Augenblicke, in absolutem Schweigen. Ein eiliges Klopfen an der Tür ließ sie zusammenfahren. Dann wurde die Tür zum zweiten Mal geöffnet, auf der Schwelle stand ein junger NASA-Offizier in Habachtstellung.

»Nachricht für General Steps von seinem Kommunikationsbüro«, verkündete er. »Sir!«

Und die Hacken zusammenschlagend, streckte er seinem vorgesetzten Offizier einen versiegelten Umschlag entgegen. Steps nahm ihn, riß ihn blitzschnell auf und zog ein Blatt Papier heraus. Er las es einen Augenblick lang mit undurchdringlicher Miene, während Laura, wie von einem Magneten angezogen, sich beinahe im Zeitlupentempo auf ihn zubewegte. Auf der Höhe des Bettes von Oswald Breil trafen sie zusammen. Aus den Händen des Offiziers ging das Papier in die zitternden Finger der Frau über.

Ihr reichte ein Augenblick, um es zu lesen. Es besagte: »Wiederholte Nachricht aus dem Weltraum. Nicht entzifferbar. Herkunft erkennen unmöglich. Wir optimieren die Einstellung. Eine einzige Sicherheit. Unmißverständliche Äußerungen: ›leben‹ und ›Kevin‹.«

General Steps hatte bereits das Zimmer verlassen. Wachsbleich wie der Tod, ließ sich Laura auf das Bett des verwundeten Freundes fallen. Oswald drückte sie zärtlich an sich und spürte auf seiner Haut ihre heißen, befreienden Tränen.

DANKSAGUNGEN

Zuallererst meiner Frau Consuelo – meiner ersten und aufmerksamen Leserin – und unseren Töchtern Andrea und Beatrice. Wenn um mich herum »jene magisch gedämpfte Atmosphäre« bestünde, die, wie man glaubt, den Schriftsteller umgibt, so gelänge es mir nicht einmal, einen Glückwunschbrief aufzusetzen.

An Mel Fisher, dem Menschen, dem dieses Buch gewidmet ist. Am 20. Juni 1985, nach sechzehn Jahren der Suche, die aus Enttäuschungen, Bitternissen und großen Schmerzen bestand, entdeckte er das Wrack der *Nuestra Señora de Atocha*... Später fand seine Bergungsgesellschaft, laut der Erklärung bei der Regierung Floridas, einen Schatz im Wert von 400 Millionen Dollar. Ich danke ihm für seine Fähigkeit zu träumen, die er in vielen Menschen zu erwecken verstanden hat.

Ich danke allen, die über das alte Rom geschrieben haben. Insbesondere habe ich konsultiert: die *Noctes Atticae* von Aulus Gellius in der Übertragung von G. Bernardi Perini (Turin 1992), die Worte von Fabius Pictor in bezug auf die »Gefangennahme« der Vestalinnen; die *Heroides* von Ovid: der zitierte Vers wird in der (italienischen) Übersetzung von E. Salvadori (Mailand 1996) zitiert; der Essay von Hubert Cancik in dem Buch *Princeps Urbium* (Mailand 1991) bezüglich der Beschreibung eines Opfers. Die anderen Angaben über das Leben der Vestalinnen, Kaiser oder Roms im allgemeinen sind Suetonius und Plutarch entnommen sowie *Il lessico classico* ('Reallexikon des klassischen Altertums') von Friedrich Lübker (hier: Bologna 1989), dem *Dizionario della civiltà classica*, hrsg. v. F. Ferrari, M. Fantuzzi, M. C. Martinelli, M. S. Mirto (Mailand 1993) und *La religione romana arcaica* von Georges Dumézil (Mailand 1977). Die Angaben über die Stadt Luna sind der Anthologie *Luni* entnommen, hrsg. vom Centro Studi Lunensi (Sarzana 1993). Die Informationen über die Flotten des spanischen Königreichs stammen aus: *Treasure of the Athocha* von R. Duncan Mathewson III.; *The Treasure Diver's Guide* von John S. Potter Jr.; *The Book of Old Ships* von Henry B. Culver. Die Daten über die Weltraummissionen stammen aus *Space Shuttle* von George Torres. Ich danke dem grenzenlosen Universum des Internet und der Accademia di Studi Lunensi, dieser kleinen Hochburg von Wissenschaft, Leidenschaft und Abenteuer. Was das *U 115* betrifft, ist es … vom Autor frei erfunden. Aber die technischen Daten, die sich darauf beziehen, sind echt: 1937 entworfen, ist es nie vom Stapel gelaufen.

Dank sei schließlich allen, die mir geholfen haben.

Brigitte Riebe

Palast der blauen Delphine

Ein Roman aus dem alten Kreta.
494 Seiten. SP 2274

»Zu den schönsten historischen Romanen zählt für mich Brigitte Riebes Buch ›Palast der blauen Delphine‹. Sagen, Mythen und historische Fakten werden hier zu einer spannenden Handlung verflochten. Brigitte Riebe beschwört die alte Welt der Großen Göttin, die zu jener Zeit noch mächtiger war als alle männlichen Götter des griechischen Olymp und die damals über das minoische Kreta herrschte. Es war die Epoche des Matriarchats, die mit den Eroberungszügen der Stämme vom Festland endete.«
Norddeutscher Rundfunk

»Der Roman von Brigitte Riebe wirkt wie eine traumhafte Rückkehr in die Kindheit, als wir noch an Märchen glaubten oder zumindest nicht ausschließen wollten, daß sie wahr sind.«
Sender Freies Berlin

Pforten der Nacht

Historischer Roman. 479 Seiten.
SP 3075

Als Kinder schworen sie sich ewige Freundschaft und wurden Blutsbrüder, doch inzwischen sieht alles ganz anders aus. Johannes, Sohn des wohlhabenden Kaufmanns Jan van der Hülst, und Esra, Neffe des Rabbiners Jakub ben Baruch, begehren beide dieselbe Frau: Anna, die Halbwaise aus dem Färberviertel, die schon früh auf eigenen Beinen stehen mußte. Vor dem farbenprächtigen Hintergrund des mittelalterlichen Köln mit seinen Händlern und Handwerkern, den kleinen Leuten und dem wohlhabenden Klerus erzählt Brigitte Riebe eine spannende Dreiecksgeschichte um Liebe, Eifersucht, Reichtum und Armut.

»Brigitte Riebes kraftvolle, farbige Sprache verbindet Fabulierlust mit realistischen Schilderungen zu einem glaubwürdigen, facettenreichen Sittengemälde. Der Leser wird spannend unterhalten und erhält en passant fundierte Informationen über das Alltagsleben im Mittelalter.«
Hannoversche Allgemeine

SERIE PIPER

Ross Leckie

Ich, Hannibal

Roman. Aus dem Englischen von Ursula Wulfekamp. 297 Seiten.
SP 2604

Zwei Jahrtausende hindurch hat die Gestalt Hannibals die Menschen fasziniert. Der listige Karthager Hannibal galt als größter Feind Roms, als genialer Feldherr, als nationaler Freiheitsheld und weitsichtiger Politiker. Mehr als sechzehn Jahre führte er Krieg gegen das römische Weltreich und brachte es an den Rand des Zusammenbruchs. In einem fesselnden Roman in Form eines autobiographischen Berichts schildert Ross Leckie diese markante Persönlichkeit und entwirft ein lebendiges Bild von den Lebensumständen der Menschen im dritten vorchristlichen Jahrhundert. Er läßt Hannibal in den letzten Stunden vor seinem Selbstmord von seinen militärischen Siegen wie der Schlacht bei Cannae erzählen, von dem Zug seiner Armee samt Elefanten über die Alpen, aber auch von seinen Niederlagen. Und er erinnert sich an seine Frau Similce, die er im Jenseits wiederzusehen hofft. Als die Römer sein Haus im bithynischen Exil umstellen, finden sie Hannibal tot vor.

Dominique Fernandez

Die Rache des Medici

Roman. Aus dem Französischen von Wieland Grommes.
335 Seiten. SP 2497

Florenz, Sommer 1737: In den Straßen der toskanischen Metropole drängen sich die Reisenden. Sie haben nur Augen für die grandiose Pracht ihrer Kunstschätze. Sie ahnen nicht, daß hinter den dicken Mauern des Palazzo Pitti der vierzehnte und letzte Herrscher der Medici, Gian Gastone de' Medici, im Sterben liegt, ein verkommener Wüstling, von Lustknaben umgeben, der wie einst Nero seine Stadt in Flammen aufgehen lassen wollte. Wer war dieser Mann, den die Geschichtsschreibung so geflissentlich ignoriert? Wir erfahren mehr über sein skandalumwittertes Leben aus der Feder seines Leibarztes und Erziehers Pino Simonelli, der zum Zeugen des theatralischen Abgangs einer ruhmreichen Dynastie wurde. Dem vielfach preisgekrönten Autor Dominique Fernandez gelingt in diesem Roman ein unprätentiöses, souverän gestaltetes und zugleich fulminantes Bild des letzten Medici und seiner Zeit.

SERIE PIPER

SERIE PIPER

Kathleen Robinson

Dominicus

*Ein Roman aus dem alten Rom.
Aus dem Amerikanischen von
Michael Hofmann. 511 Seiten.
SP 1924*

Gallien im Jahr 395 n. Chr. Mit der Geburt des zwergwüchsigen Knaben Dominicus beginnt dieser abenteuerliche Unterhaltungsroman, der den Leser mitnimmt auf eine spannende Reise durch die Spätantike. Nach dem frühen Tod seiner Eltern wird Dominicus von seinem Vormund an eine fahrende Gauklertruppe verkauft. Das Schicksal führt den Wanderzirkus von Gallien in das vor Leben übersprudelnde dekadente Rom, wo sich die Künstler unter der Obhut eines ehrgeizigen römischen Senators in kürzester Zeit einen Namen machen. Doch das Glück bleibt den Zirkusleuten nicht hold: Sie fallen in Ungnade, und Dominicus kann als einziger den Häschern entkommen… Kathleen Robinsons üppig erzählter, detail- und stimmungsreicher Roman führt uns in die aufregende Zeit des alten Rom, in Amphitheater mit fackelerleuchteten Bühnen, in das Gallien der Gladiatoren, in die winkligen Gassen Alexandrias, durch die der Wüstenwind weht, in die farbenprächtigen Basare Konstantinopels… »Dominicus« ist ein mitreißender historischer Roman, der die Zeit der Spätantike, ihre Kultur und ihre Menschen lebendig werden läßt: Eine faszinierende Lesereise in eine exotische, märchenhafte Welt voller Glück und Abenteuer, voller Liebe und Grausamkeit.

»Ein gut recherchierter, gut erzählter Plot, der überzeugende, liebenswerte Charaktere und prächtige Ansichten antiker Städte zeichnet. Und das Ganze hat Tempo!«
Kirkus Review

»Ein intelligenter historischer Roman mit viel Hintergrund, flotten Dialogen und einer Vielzahl faszinierenden Schurken.«
Brigitte

»So schillernd, märchenhaft und phantastisch der Roman von Kathleen Robinson ist, so vergnüglich ist er auch. Genüßlich ausgemalte Ungeheuerlichkeiten und amüsante Episoden sorgen für Abwechslung in diesem Roman, der genau der richtige Schmöker für lange Abende ist.«
Kieler Nachrichten